Le Comte de Monte-Cristo

ALEXANDRE
DUMAS

Le Comte de Monte-Cristo

Tome I

Roman
(1844-1846)

Hugo Poche

CLASSIQUE

Initialement publié en feuilleton dans *Le Journal des débats* (de l'été 1844 à janvier 1846), *Le Comte de Monte-Cristo* est ensuite édité en six volumes non illustrés chez l'éditeur Michel Levy.

La présente édition (texte intégral) en deux volumes, et le texte de ce volume, *Le Comte de Monte-Cristo*, tome I, sont conformes et établis d'après la nouvelle édition en six volumes non illustrés publiée par Calmann-Lévy éditeur, ancienne maison Michel Lévy frères, 3, rue Auber, à Paris.

Ouvrage et collection « Hugo poche classique » dirigés par Isabelle Solal
Collection Hugo Poche dirigée par Arthur de Saint Vincent
Photographie de couverture : © Mark Owen / Arcangel Images
Graphisme : Emmanuel Pinchon / Studio Hugo
Note biographique : Magali Brénon et Florence Le Grand.
Notes, texte revu et corrigé : Magali Brénon

34-36, rue La Pérouse
75116 Paris
www.hugopublishing.fr

ISBN : 9782755664843
Dépôt légal : septembre 2023
Imprimé en Espagne par CPI Black Print

LE COMTE DE MONTE-CRISTO

Tome I

I. MARSEILLE – L'ARRIVÉE

Le 24 février 1815, la vigie de Notre-Dame-de-la-Garde signala le trois-mâts le *Pharaon*, venant de Smyrne, Trieste et Naples.

Comme d'habitude, un pilote côtier partit aussitôt du port, rasa le château d'If, et alla aborder le navire entre le cap de Morgion et l'île de Rion.

Aussitôt, comme d'habitude encore, la plate-forme du fort Saint-Jean s'était couverte de curieux ; car c'est toujours une grande affaire à Marseille que l'arrivée d'un bâtiment, surtout quand ce bâtiment, comme le *Pharaon*, a été construit, gréé, arrimé sur les chantiers de la vieille Phocée, et appartient à un armateur de la ville.

Cependant ce bâtiment s'avançait ; il avait heureusement franchi le détroit que quelque secousse volcanique a creusé entre l'île de Calasareigne et l'île de Jaros ; il avait doublé Pomègue, et il s'avançait sous ses trois huniers, son grand foc et sa brigantine, mais si lentement et d'une allure si triste que les curieux, avec cet instinct qui pressent un malheur, se demandaient quel accident pouvait être arrivé à bord. Néanmoins les experts en navigation reconnaissaient que, si un accident était arrivé, ce ne pouvait être au bâtiment lui-même, car il s'avançait dans toutes les conditions d'un navire parfaitement gouverné : son ancre était en mouillage, ses haubans de beaupré décrochés ; et, près du pilote, qui s'apprêtait à diriger le *Pharaon* par l'étroite entrée du port de Marseille, était un jeune homme au geste rapide et à l'œil actif, qui surveillait chaque mouvement du navire et répétait chaque ordre du pilote.

La vague inquiétude qui planait sur la foule avait particulièrement atteint un des spectateurs de l'esplanade de Saint-Jean, de sorte qu'il ne put attendre l'entrée du bâtiment dans le port ; il sauta dans une petite barque et ordonna de ramer au-devant du *Pharaon*, qu'il atteignit en face de l'anse de la Réserve.

En voyant venir cet homme, le jeune marin quitta son poste à côté du pilote, et vint, le chapeau à la main, s'appuyer à la muraille du bâtiment.

C'était un jeune homme de dix-huit à vingt ans, grand, svelte, avec de beaux yeux noirs et des cheveux d'ébène ; il y avait dans toute sa personne cet air calme et de résolution particulier aux hommes habitués depuis leur enfance à lutter avec le danger.

– Ah ! c'est vous, Dantès ! cria l'homme à la barque ; qu'est-il donc arrivé, et pourquoi cet air de tristesse répandu sur tout votre bord ?

– Un grand malheur, monsieur Morrel ! répondit le jeune homme. Un grand malheur, pour moi surtout : à la hauteur de Civita-Vecchia, nous avons perdu ce brave capitaine Leclère.

– Et le chargement ? demanda vivement l'armateur.

– Il est arrivé à bon port, monsieur Morrel, et je crois que vous serez content sous ce rapport ; mais ce pauvre capitaine Leclère…

– Que lui est-il donc arrivé ? demanda l'armateur d'un air visiblement soulagé ; que lui est-il donc arrivé, à ce brave capitaine ?

– Il est mort.

– Tombé à la mer ?

– Non, monsieur ; mort d'une fièvre cérébrale, au milieu d'horribles souffrances.

Puis, se retournant vers ses hommes :

– Holà, hé ! dit-il, chacun à son poste pour le mouillage !

L'équipage obéit. Au même instant, les huit ou dix matelots qui le composaient s'élancèrent les uns sur les écoutes, les autres sur les bras, les autres aux drisses, les autres aux hallebas des focs, enfin les autres aux cargues des voiles.

Le jeune marin jeta un coup d'œil nonchalant sur ce commencement de manœuvre, et, voyant que ses ordres allaient s'exécuter, il revint à son interlocuteur.

– Et comment ce malheur est-il donc arrivé ? continua l'armateur, reprenant la conversation où le jeune marin l'avait quittée.

– Mon Dieu, monsieur, de la façon la plus imprévue : après une longue conversation avec le commandant du port, le capitaine Leclère quitta Naples fort agité. Au bout de vingt-quatre heures, la fièvre le prit ; trois jours après il était mort…

» Nous lui avons fait les funérailles ordinaires, et il repose, décemment enveloppé dans un hamac, avec un boulet de trente-six aux pieds et un à la tête, à la hauteur de l'île d'El Giglio. Nous rapportons à sa veuve sa croix d'honneur et son épée. C'était bien la peine, continua le jeune homme avec un sourire mélancolique, de faire dix ans la guerre aux Anglais pour en arriver à mourir, comme tout le monde, dans son lit.

– Dame ! que voulez-vous, monsieur Edmond, reprit l'armateur qui paraissait se consoler de plus en plus, nous sommes tous mortels, et il faut bien que les anciens fassent place aux nouveaux, sans cela il n'y aurait pas d'avancement ; et du moment que vous m'assurez que la cargaison…

– Est en bon état, monsieur Morrel, je vous en réponds. Voici un voyage que je vous donne le conseil de ne point escompter pour 25 000 francs de bénéfice.

Puis, comme on venait de dépasser la tour ronde :

– Range à carguer les voiles de hune, le foc et la brigantine ! cria le jeune marin. Faites penaud !

L'ordre s'exécuta avec presque autant de promptitude que sur un bâtiment de guerre.

– Amène et cargue partout !

Au dernier commandement, toutes les voiles s'abaissèrent, et le navire s'avança d'une façon presque insensible, ne marchant plus que par l'impulsion donnée.

– Et maintenant, si vous voulez monter, monsieur Morrel, dit Dantès voyant l'impatience de l'armateur, voici votre comptable, M. Danglars, qui sort de sa cabine, et qui vous donnera tous les renseignements que vous pouvez désirer. Quant à moi, il faut que je veille au mouillage et que je mette le navire en deuil[1].

L'armateur ne se le fit pas dire deux fois. Il saisit un câble que lui jeta Dantès, et, avec une dextérité qui eût fait honneur à un homme de mer, il gravit les échelons cloués sur le flanc rebondi du bâtiment, tandis que celui-ci, retournant à son poste de second, cédait la conversation à celui qu'il avait annoncé sous le nom

1. Mettre le pavillon en berne. Ici, pour signifier que l'équipage est en deuil.

de Danglars, et qui, sortant de sa cabine, s'avançait effectivement au-devant de l'armateur.

Le nouveau venu était un homme de vingt-cinq à vingt-six ans, d'une figure assez sombre, obséquieux envers ses supérieurs, insolent envers ses subordonnés ; aussi, outre son titre d'agent comptable, qui est toujours un motif de répulsion pour les matelots, était-il généralement aussi mal vu de l'équipage qu'Edmond Dantès au contraire en était aimé.

– Eh bien ! monsieur Morrel, dit Danglars, vous savez le malheur, n'est-ce pas ?

– Oui, oui. Pauvre capitaine Leclère ! c'était un brave et honnête homme !

– Et un excellent marin surtout, vieilli entre le ciel et l'eau, comme il convient à un homme chargé des intérêts d'une maison aussi importante que la maison Morrel et fils, répondit Danglars.

– Mais, dit l'armateur, suivant des yeux Dantès qui cherchait son mouillage, mais il me semble qu'il n'y a pas besoin d'être si vieux marin que vous le dites, Danglars, pour connaître son métier, et voici notre ami Edmond qui fait le sien, ce me semble, en homme qui n'a besoin de demander des conseils à personne.

– Oui, dit Danglars en jetant sur Dantès un regard oblique où brilla un éclair de haine, oui, c'est jeune, et cela ne doute de rien. À peine le capitaine a-t-il été mort qu'il a pris le commandement sans consulter personne, et qu'il nous a fait perdre un jour et demi à l'île d'Elbe au lieu de revenir directement à Marseille.

– Quant à prendre le commandement du navire, dit l'armateur, c'était son devoir comme second ; quant à perdre un jour et demi à l'île d'Elbe, il a eu tort ; à moins que le navire n'ait eu quelque avarie à réparer.

– Le navire se portait comme je me porte, et comme je désire que vous vous portiez, monsieur Morrel ; et cette journée et demie a été perdue par pur caprice, pour le plaisir d'aller à terre, voilà tout.

– Dantès, dit l'armateur se retournant vers le jeune homme, venez donc ici.

– Pardon, monsieur, dit Dantès, je suis à vous dans un instant.

Puis s'adressant à l'équipage :

– Mouille ! dit-il.

Aussitôt l'ancre tomba, et la chaîne fila avec bruit. Dantès resta à son poste, malgré la présence du pilote, jusqu'à ce que cette dernière manœuvre fût terminée. Puis alors :

– Abaissez la flamme à mi-mât, mettez le pavillon en berne, croisez les vergues !

– Vous voyez, dit Danglars, il se croit déjà capitaine, sur ma parole.

– Et il l'est de fait, dit l'armateur.

– Oui, sauf votre signature et celle de votre associé, monsieur Morrel.

– Dame ! pourquoi ne le laisserions-nous pas à ce poste ? dit l'armateur. Il est jeune, je le sais bien, mais il me paraît tout à la chose, et fort expérimenté dans son état.

Un nuage passa sur le front de Danglars.

– Pardon, monsieur Morrel, dit Dantès en s'approchant. Maintenant que le navire est mouillé, me voilà tout à vous : vous m'avez appelé, je crois ?

Danglars fit un pas en arrière.

– Je voulais vous demander pourquoi vous vous étiez arrêté à l'île d'Elbe ?

– Je l'ignore, monsieur ; c'était pour accomplir un dernier ordre du capitaine Leclère, qui, en mourant, m'avait remis un paquet pour le grand maréchal Bertrand.

– L'avez-vous donc vu, Edmond ?

– Qui ?

– Le grand maréchal ?

– Oui.

Morrel regarda autour de lui, et tira Dantès à part.

– Et comment va l'Empereur ? demanda-t-il vivement.

– Bien, autant que j'ai pu en juger par mes yeux.

– Vous avez donc vu l'Empereur aussi ?

– Il est entré chez le maréchal pendant que j'y étais.

– Et vous lui avez parlé ?

– C'est-à-dire que c'est lui qui m'a parlé, monsieur, dit Dantès en souriant.

– Et que vous a-t-il dit ?

– Il m'a fait des questions sur le bâtiment, sur l'époque de son départ pour Marseille, sur la route qu'il avait suivie et sur la cargaison qu'il portait. Je crois que s'il eût été vide, et que j'en eusse été le maître, son intention eût été de l'acheter ; mais je lui ai dit que je n'étais que simple second, et que le bâtiment appartenait à la maison Morrel et fils. « Ah ! ah ! a-t-il dit, je la connais. Les Morrel sont armateurs de père en fils, et il y avait un Morrel qui servait dans le même régiment que moi lorsque j'étais en garnison à Valence.

» – C'est pardieu vrai ! s'écria l'armateur tout joyeux ; c'était Policar Morrel, mon oncle, qui est devenu capitaine. Dantès, vous direz à mon oncle que l'Empereur s'est souvenu de lui, et vous le verrez pleurer, le vieux grognard. Allons, allons, continua l'armateur en frappant amicalement sur l'épaule du jeune homme, vous avez bien fait, Dantès, de suivre les instructions du capitaine

Leclère et de vous arrêter à l'île d'Elbe, quoique, si l'on savait que vous avez remis un paquet au maréchal et causé avec l'Empereur, cela pourrait vous compromettre.

– En quoi voulez-vous, monsieur, que cela me compromette ? dit Dantès. Je ne sais pas même ce que je portais, et l'Empereur ne m'a fait que les questions qu'il eût faites au premier venu. Mais, pardon, reprit Dantès, voici la santé et la douane qui nous arrivent ; vous permettez, n'est-ce pas ?

– Faites, faites, mon cher Dantès.

Le jeune homme s'éloigna, et, comme il s'éloignait, Danglars se rapprocha.

– Eh bien ! demanda-t-il, il paraît qu'il vous a donné de bonnes raisons de son mouillage à Porto-Ferrajo ?

– D'excellentes, mon cher monsieur Danglars.

– Ah ! tant mieux, répondit celui-ci, car c'est toujours pénible de voir un camarade qui ne fait pas son devoir.

– Dantès a fait le sien, répondit l'armateur, et il n'y a rien à dire. C'était le capitaine Leclère qui lui avait ordonné cette relâche.

– À propos du capitaine Leclère, ne vous a-t-il pas remis une lettre de lui ?

– Qui ?

– Dantès.

– À moi, non ! En avait-il donc une ?

– Je croyais qu'outre le paquet, le capitaine Leclère lui avait confié une lettre.

– De quel paquet voulez-vous parler, Danglars ?

– Mais de celui que Dantès a déposé en passant à Porto-Ferrajo ?

– Comment savez-vous qu'il avait un paquet à déposer à Porto-Ferrajo ?

Danglars rougit.

– Je passais devant la porte du capitaine qui était entr'ouverte, et je lui ai vu remettre ce paquet et cette lettre à Dantès.

– Il ne m'en a point parlé, dit l'armateur ; mais s'il a cette lettre, il me la remettra.

Danglars réfléchit un instant.

– Alors, monsieur Morrel, je vous prie, dit-il, ne parlez point de cela à Dantès ; je me serai trompé.

En ce moment, le jeune homme revenait ; Danglars s'éloigna.

– Eh bien, mon cher Dantès, êtes-vous libre ? demanda l'armateur.

– Oui, monsieur.

– La chose n'a pas été longue.

– Non, j'ai donné aux douaniers la liste de nos marchandises ; et quant à la consigne, elle avait envoyé avec le pilote côtier un homme à qui j'ai remis nos papiers.

– Alors, vous n'avez plus rien à faire ici ?

Dantès jeta un regard rapide autour de lui.

– Non, tout est en ordre, dit-il.

– Vous pouvez donc alors venir dîner avec nous ?

– Excusez-moi, monsieur Morrel, excusez-moi, je vous prie, mais je dois ma première visite à mon père. Je n'en suis pas moins reconnaissant de l'honneur que vous me faites.

– C'est juste, Dantès, c'est juste. Je sais que vous êtes bon fils.

– Et… demanda Dantès avec une certaine hésitation, et il se porte bien, que vous sachiez, mon père ?

– Mais je crois que oui, mon cher Edmond, quoique je ne l'aie pas aperçu.

– Oui, il se tient enfermé dans sa petite chambre.

– Cela prouve au moins qu'il n'a manqué de rien pendant votre absence.

Dantès sourit.

– Mon père est fier, monsieur, et, eût-il manqué de tout, je doute qu'il eût demandé quelque chose à qui que ce soit au monde, excepté à Dieu.

– Eh bien, après cette première visite, nous comptons sur vous.

– Excusez-moi encore, monsieur Morrel ; mais, après cette première visite, j'en ai une seconde qui ne me tient pas moins au cœur.

– Ah ! c'est vrai, Dantès, j'oubliais qu'il y a aux Catalans quelqu'un qui doit vous attendre avec non moins d'impatience que votre père : c'est la belle Mercédès.

Dantès sourit.

– Ah ! ah ! dit l'armateur, cela ne m'étonne plus qu'elle soit venue trois fois me demander des nouvelles du *Pharaon*. Peste ! Edmond, vous n'êtes point à plaindre, et vous avez là une jolie maîtresse !

– Ce n'est point ma maîtresse, monsieur, dit gravement le jeune marin : c'est ma fiancée.

– C'est quelquefois tout un, dit l'armateur en riant.

– Pas pour nous, monsieur, répondit Dantès.

– Allons, allons, mon cher Edmond, continua l'armateur, que je ne vous retienne pas ; vous avez assez bien fait mes affaires pour que je vous donne tout loisir de faire les vôtres. Avez-vous besoin d'argent ?

– Non, monsieur ; j'ai tous mes appointements du voyage, c'est-à-dire près de trois mois de solde.

– Vous êtes un garçon rangé, Edmond.

– Ajoutez que j'ai un père pauvre, monsieur Morrel.

– Oui, oui, je sais que vous êtes un bon fils. Allez donc voir votre père : j'ai un fils aussi, et j'en voudrais fort à celui qui, après un voyage de trois mois, le retiendrait loin de moi.

– Alors, vous permettez ? dit le jeune homme en saluant.

– Oui, si vous n'avez rien de plus à me dire.

– Non.

– Le capitaine Leclère ne vous a pas, en mourant, donné une lettre pour moi ?

– Il lui eût été impossible d'écrire, monsieur ; mais cela me rappelle que j'aurai un congé de quinze jours à vous demander.

– Pour vous marier ?

– D'abord ; puis pour aller à Paris.

– Bon, bon ! vous prendrez le temps que vous voudrez, Dantès ; le temps de décharger le bâtiment nous prendra bien six semaines, et nous ne nous remettrons guère en mer avant trois mois… Seulement, dans trois mois, il faudra que vous soyez là. Le *Pharaon*, continua l'armateur en frappant sur l'épaule du jeune marin, ne pourrait pas repartir sans son capitaine.

– Sans son capitaine ! s'écria Dantès les yeux brillants de joie. Faites bien attention à ce que vous dites là, monsieur, car vous venez de répondre aux plus secrètes espérances de mon cœur. Votre intention serait-elle de me nommer capitaine du *Pharaon* ?

– Si j'étais seul, je vous tendrais la main, mon cher Dantès, et je vous dirais : « C'est fait. » Mais j'ai un associé, et vous savez le proverbe italien : « *Che a compagne a padrone*[2]. » Mais la moitié de la besogne est faite au moins, puisque sur deux voix vous en avez déjà une. Rapportez-vous-en à moi pour avoir l'autre, et je ferai de mon mieux.

---

2. *Chi ha compagno ha padrone* : « Qui a un compagnon a un maître » (italien).

– Oh ! monsieur Morrel, s'écria le jeune marin, saisissant, les larmes aux yeux, les mains de l'armateur ; monsieur Morrel, je vous remercie, au nom de mon père et de Mercédès.

– C'est bien, c'est bien, Edmond, il y a un Dieu au ciel pour les braves gens, que diable ! Allez voir votre père, allez voir Mercédès, et revenez me trouver après.

– Mais vous ne voulez pas que je vous ramène à terre ?

– Non, merci ; je reste à régler mes comptes avec Danglars. Avez-vous été content de lui pendant le voyage ?

– C'est selon le sens que vous attachez à cette question, monsieur. Si c'est comme bon camarade, non, car je crois qu'il ne m'aime pas depuis le jour où j'ai eu la bêtise, à la suite d'une petite querelle que nous avions eue ensemble, de lui proposer de nous arrêter dix minutes à l'île de Monte-Cristo pour vider cette querelle ; proposition que j'avais eu tort de lui faire, et qu'il avait eu, lui, raison de refuser. Si c'est comme comptable que vous me faites cette question, je crois qu'il n'y a rien à dire et que vous serez content de la façon dont sa besogne est faite.

– Mais, demanda l'armateur, voyons, Dantès, si vous étiez capitaine du *Pharaon*, garderiez-vous Danglars avec plaisir ?

– Capitaine ou second, monsieur Morrel, répondit Dantès, j'aurai toujours les plus grands égards pour ceux qui posséderont la confiance de mes armateurs.

– Allons, allons, Dantès, je vois qu'en tout point vous êtes un brave garçon. Que je ne vous retienne plus : allez, car je vois que vous êtes sur des charbons.

– J'ai donc mon congé ? demanda Dantès.

– Allez, vous dis-je.

– Vous permettez que je prenne votre canot ?

– Prenez.

– Au revoir, monsieur Morrel, et mille fois merci.

– Au revoir, mon cher Edmond, bonne chance !

Le jeune marin sauta dans le canot, alla s'asseoir à la poupe, et donna l'ordre d'aborder à la Canebière. Deux matelots se penchèrent aussitôt sur leurs rames, et l'embarcation glissa aussi rapidement qu'il est possible de le faire, au milieu des mille barques qui obstruent l'espèce de rue étroite qui conduit, entre deux rangées de navires, de l'entrée du port au quai d'Orléans.

L'armateur le suivit des yeux en souriant, jusqu'au bord, le vit sauter sur les dalles du quai, et se perdre aussitôt au milieu de la foule bariolée qui, de cinq heures du matin à neuf heures du soir, encombre cette fameuse rue de la Canebière, dont les Phocéens modernes sont si fiers qu'ils disent avec le plus grand sérieux du monde et avec cet accent qui donne tant de caractère à ce qu'ils disent : « Si Paris avait la Canebière, Paris serait un petit Marseille. »

En se retournant, l'armateur vit derrière lui Danglars, qui, en apparence, semblait attendre ses ordres, mais qui, en réalité, suivait comme lui le jeune marin du regard.

Seulement, il y avait une grande différence dans l'expression de ce double regard qui suivait le même homme.

II. LE PÈRE ET LE FILS

Laissons Danglars, aux prises avec le génie de la haine, essayer de souffler contre son camarade quelque maligne supposition à l'oreille de l'armateur, et suivons Dantès, qui, après avoir parcouru la Canebière dans toute sa longueur, prend la rue de Noailles, entre dans une petite maison située du côté gauche des allées de Meilhan, monte vivement les quatre étages d'un escalier obscur, et, se retenant à la rampe d'une main, comprimant de l'autre les battements de son cœur, s'arrête devant une porte entre-bâillée, qui laisse voir jusqu'au fond d'une petite chambre.

Cette chambre était celle qu'habitait le père de Dantès.

La nouvelle de l'arrivée du *Pharaon* n'était pas encore parvenue au vieillard, qui s'occupait, monté sur une chaise, à palissader d'une main tremblante quelques capucines mêlées de clématites, qui montaient en grimpant le long du treillage de sa fenêtre.

Tout à coup il se sentit prendre à bras-le-corps, et une voix bien connue s'écria derrière lui :

– Mon père, mon bon père !

Le vieillard jeta un cri et se retourna ; puis, voyant son fils, il se laissa aller dans ses bras, tout tremblant et tout pâle.

– Qu'as-tu donc, père ? s'écria le jeune homme inquiet. Serais-tu malade ?

– Non, non, mon cher Edmond, mon fils, mon enfant, non ; mais je ne t'attendais pas, et la joie, le saisissement de te revoir ainsi à l'improviste… ah ! mon Dieu ! il me semble que je vais mourir !

– Eh bien ! remets-toi donc, père ! c'est moi, c'est bien moi ! On dit toujours que la joie ne fait pas de mal, et voilà pourquoi je suis entré ici sans préparation. Voyons, souris-moi, au lieu de me regarder comme tu le fais, avec des yeux égarés. Je reviens et nous allons être heureux.

– Ah ! tant mieux, garçon ! reprit le vieillard. Mais comment allons-nous être heureux ? Tu ne me quittes donc plus ? Voyons, conte-moi ton bonheur !

– Que le Seigneur me pardonne, dit le jeune homme, de me réjouir d'un bonheur fait avec le deuil d'une famille ! Mais Dieu sait que je n'eusse pas désiré ce bonheur. Il arrive, et je n'ai pas la force de m'en affliger : le brave capitaine Leclère est mort, mon père, et il est probable que, par la protection de M. Morrel, je vais avoir sa place. Comprenez-vous, mon père ? Capitaine à vingt ans ! Avec cent louis d'appointements et une part dans les bénéfices ! N'est-ce pas plus que ne pouvait vraiment l'espérer un pauvre matelot comme moi ?

– Oui, mon fils, oui, en effet, dit le vieillard, c'est heureux.

– Aussi je veux que du premier argent que je toucherai vous ayez une petite maison, avec un jardin pour planter vos clématites, vos capucines et vos chèvrefeuilles… Mais qu'as-tu donc, père, on dirait que tu te trouves mal ?

– Patience, patience ! ce ne sera rien.

Et, les forces manquant au vieillard, il se renversa en arrière.

– Voyons, voyons ! dit le jeune homme, un verre de vin, mon père ; cela vous ranimera ; où mettez-vous votre vin ?

– Non, merci, ne cherche pas ; je n'en ai pas besoin, dit le vieillard essayant de retenir son fils.

– Si fait, si fait, père, indiquez-moi l'endroit.

Et il ouvrit deux ou trois armoires.

– Inutile… dit le vieillard, il n'y a plus de vin.

– Comment, il n'y a plus de vin ! dit en pâlissant à son tour Dantès, regardant alternativement les joues creuses et blêmes du vieillard et les armoires vides, comment, il n'y a plus de vin ! Auriez-vous manqué d'argent, mon père ?

– Je n'ai manqué de rien puisque te voilà, dit le vieillard.

– Cependant, balbutia Dantès en essuyant la sueur qui coulait de son front, cependant je vous avais laissé deux cents francs, il y a trois mois, en partant.

– Oui, oui, Edmond, c'est vrai ; mais tu avais oublié en partant une petite dette chez le voisin Caderousse ; il me l'a rappelée, en me disant que si je ne payais pas pour toi il irait se faire payer chez M. Morrel. Alors, tu comprends, de peur que cela te fît du tort…

– Eh bien ?

– Eh bien ! j'ai payé, moi.

– Mais, s'écria Dantès, c'était cent quarante francs que je devais à Caderousse !

– Oui, balbutia le vieillard.

– Et vous les avez donnés sur les deux cents francs que je vous avais laissés ?

Le vieillard fit un signe de tête.

– De sorte que vous avez vécu trois mois avec soixante francs ! murmura le jeune homme.

– Tu sais combien il me faut peu de chose, dit le vieillard.

– Oh ! mon Dieu, mon Dieu, pardonnez-moi, dit Edmond en se jetant à genoux devant le bonhomme.

– Que fais-tu donc ?

– Oh ! vous m'avez déchiré le cœur.

– Bah ! te voilà, dit le vieillard en souriant. Maintenant tout est oublié, car tout est bien.

– Oui, me voilà, dit le jeune homme, me voilà avec un bel avenir et un peu d'argent. Tenez, père, dit-il, prenez, prenez, et envoyez chercher tout de suite quelque chose.

Et il vida sur la table ses poches, qui contenaient une douzaine de pièces d'or, cinq ou six écus de cinq francs et de la menue monnaie.

Le visage du vieux Dantès s'épanouit.

– À qui cela ? dit-il.

– Mais, à moi !... à toi !... à nous !... Prends, achète des provisions, sois heureux, demain il y en aura d'autres.

– Doucement, doucement, dit le vieillard en souriant ; avec ta permission, j'userai modérément de ta bourse. On croirait, si l'on me voyait acheter trop de choses à la fois, que j'ai été obligé d'attendre ton retour pour les acheter.

– Fais comme tu voudras ; mais, avant toute chose, prends une servante, père ; je ne veux plus que tu restes seul. J'ai du café de contrebande et d'excellent tabac dans un petit coffre de la cale, tu l'auras dès demain. Mais chut ! voici quelqu'un.

– C'est Caderousse qui aura appris ton arrivée, et qui vient sans doute te faire son compliment de bon retour.

– Bon, encore des lèvres qui disent une chose tandis que le cœur en pense une autre, murmura Edmond.

Mais, n'importe, c'est un voisin qui nous a rendu service autrefois, qu'il soit bienvenu.

En effet, au moment où Edmond achevait la phrase à voix basse, on vit apparaître, encadrée par la porte du palier, la tête noire et barbue de Caderousse. C'était un homme de vingt-cinq à vingt-six ans ; il tenait à sa main un morceau de drap, qu'en sa qualité de tailleur il s'apprêtait à changer en un revers d'habit.

– Eh ! te voilà donc revenu, Edmond ? dit-il avec un accent marseillais des plus prononcés et avec un large sourire qui découvrait ses dents blanches comme de l'ivoire.

– Comme vous voyez, voisin Caderousse, et prêt à vous être agréable en quelque chose que ce soit, répondit Dantès en dissimulant mal sa froideur sous cette offre de service.

– Merci, merci ; heureusement, je n'ai besoin de rien, et ce sont même quelquefois les autres qui ont besoin de moi.

Dantès fit un mouvement.

– Je ne te dis pas cela pour toi, garçon ; je t'ai prêté de l'argent, tu me l'as rendu ; cela se fait entre bons voisins, et nous sommes quittes.

– On n'est jamais quitte envers ceux qui nous ont obligés, dit Dantès ; car lorsque l'on ne leur doit plus l'argent, on leur doit la reconnaissance.

– À quoi bon parler de cela ! Ce qui est passé est passé. Parlons de ton heureux retour, garçon. J'étais donc allé comme cela sur le port pour rassortir du drap marron, lorsque je rencontrai l'ami Danglars.

– Toi, à Marseille ?

– Eh oui, tout de même, me répondit-il.

– Je te croyais à Smyrne.

– J'y pourrais être, car j'en reviens.

– Et Edmond, où est-il donc, le petit ?

– Mais chez son père, sans doute, répondit Danglars ; et alors je suis venu, continua Caderousse, pour avoir le plaisir de serrer la main à un ami !

– Ce bon Caderousse, dit le vieillard, il nous aime tant.

– Certainement que je vous aime, et que je vous estime encore, attendu que les honnêtes gens sont rares ! Mais il paraît que tu deviens riche, garçon ? continua le tailleur en jetant un regard oblique sur la poignée d'or et d'argent que Dantès avait déposée sur la table.

Le jeune homme remarqua l'éclair de convoitise qui illumina les yeux noirs de son voisin.

– Eh ! mon Dieu ! dit-il négligemment, cet argent n'est point à moi ; je manifestais au père la crainte qu'il n'eût manqué de quelque chose en mon absence, et pour me rassurer il a vidé sa bourse sur la table. Allons, père, continua Dantès, remettez cet argent dans votre tirelire ; à moins que le voisin Caderousse n'en ait besoin à son tour, auquel cas il est bien à son service.

– Non pas, garçon, dit Caderousse, je n'ai besoin de rien, et, Dieu merci, l'État nourrit son homme. Garde ton argent, garde : on n'en a jamais de trop ; ce qui n'empêche pas que je ne te sois obligé de ton offre comme si j'en profitais.

– C'était de bon cœur, dit Dantès.

– Je n'en doute pas. Eh bien ! te voilà donc au mieux avec M. Morrel, câlin que tu es ?

– M. Morrel a toujours eu beaucoup de bonté pour moi, répondit Dantès.

– En ce cas, tu as tort de refuser son dîner.

– Comment refuser son dîner ? reprit le vieux Dantès ; il t'avait donc invité à dîner ?

– Oui, mon père, reprit Edmond en souriant de l'étonnement que causait à son père l'excès de l'honneur dont il était l'objet.

– Et pourquoi donc as-tu refusé, fils ? demanda le vieillard.

– Pour revenir plus tôt près de vous, mon père, répondit le jeune homme ; j'avais hâte de vous voir.

– Cela l'aura contrarié, ce bon M. Morrel, reprit Caderousse ; et quand on vise à être capitaine, c'est un tort que de contrarier son armateur.

– Je lui ai expliqué la cause de mon refus, reprit Dantès, et il l'a comprise, je l'espère.

– Ah ! c'est que, pour être capitaine, il faut un peu flatter ses patrons.

– J'espère être capitaine sans cela, répondit Dantès.

– Tant mieux, tant mieux ! Cela fera plaisir à tous les anciens amis, et je sais quelqu'un là-bas, derrière la citadelle de Saint-Nicolas, qui n'en sera pas fâché.

– Mercédès ? dit le vieillard.

– Oui, mon père, reprit Dantès, et, avec votre permission, maintenant que je vous ai vu, maintenant que je sais que vous vous portez bien et que vous avez tout ce qu'il vous faut, je vous demanderai la permission d'aller faire visite aux Catalans.

– Va, mon enfant, dit le vieux Dantès, et que Dieu te bénisse dans ta femme comme il m'a béni dans mon fils !

– Sa femme ! dit Caderousse ; comme vous y allez, père Dantès ! Elle ne l'est pas encore, ce me semble !

– Non ; mais, selon toute probabilité, répondit Edmond, elle ne tardera pas à le devenir.

– N'importe, n'importe, dit Caderousse, tu as bien fait de te dépêcher, garçon.

– Pourquoi cela ?

– Parce que la Mercédès est une belle fille, et que les belles filles ne manquent pas d'amoureux ; celle-là surtout, ils la suivent par douzaines.

– Vraiment, dit Edmond avec un sourire sous lequel perçait une légère nuance d'inquiétude.

– Oh ! oui, reprit Caderousse, et de beaux partis, même ; mais, tu comprends, tu vas être capitaine, on n'aura garde de te refuser, toi !

– Ce qui veut dire, reprit Dantès avec un sourire qui dissimulait mal son inquiétude, que si je n'étais pas capitaine…

– Eh ! eh ! fit Caderousse.

– Allons, allons, dit le jeune homme, j'ai meilleure opinion que vous des femmes en général et de Mercédès en particulier, et, j'en suis convaincu, que je sois capitaine ou non, elle me restera fidèle.

– Tant mieux, tant mieux ! dit Caderousse, c'est toujours, quand on va se marier, une bonne chose que d'avoir la foi ; mais, n'importe ; crois-moi, garçon, ne perds pas de temps à aller lui annoncer ton arrivée et à lui faire part de tes espérances.

– J'y vais, dit Edmond.

Il embrassa son père, salua Caderousse d'un signe et sortit.

Caderousse resta un instant encore ; puis, prenant congé du vieux Dantès, il descendit à son tour et alla rejoindre Danglars, qui l'attendait au coin de la rue Senac.

– Eh bien ! dit Danglars, l'as-tu vu ?

– Je le quitte, dit Caderousse.

– Et t'a-t-il parlé de son espérance d'être capitaine ?

– Il en parle comme s'il l'était déjà.

– Patience ! dit Danglars, il se presse un peu trop, ce me semble.

– Dame ! il paraît que la chose lui est promise par M. Morrel.

– De sorte qu'il est bien joyeux ?

– C'est-à-dire qu'il en est insolent ; il m'a déjà fait ses offres de services comme si c'était un grand personnage ; il m'a offert de me prêter de l'argent comme s'il était un banquier.

– Et vous avez refusé ?

– Parfaitement ; quoique j'eusse bien pu accepter, attendu que c'est moi qui lui ai mis à la main les premières pièces blanches qu'il a maniées. Mais maintenant M. Dantès n'aura plus besoin de personne, il va être capitaine.

– Bah ! dit Danglars, il ne l'est pas encore.

– Ma foi, ce serait bien fait qu'il ne le fût pas, dit Caderousse, ou sans cela il n'y aura plus moyen de lui parler.

– Que si nous le voulons bien, dit Danglars, il restera ce qu'il est, et peut-être même deviendra moins qu'il n'est.

– Que dis-tu ?

– Rien, je me parle à moi-même. Et il est toujours amoureux de la belle Catalane ?

– Amoureux fou. Il y est allé ; mais ou je me trompe fort, ou il aura du désagrément de ce côté-là.

– Explique-toi.

– À quoi bon ?

– C'est plus important que tu ne crois. Tu n'aimes pas Dantès, hein ?

– Je n'aime pas les arrogants.

– Eh bien, alors ! dis-moi ce que tu sais relativement à la Catalane.

– Je ne sais rien de bien positif ; seulement j'ai vu des choses qui me font croire, comme je te l'ai dit, que le futur capitaine aura du désagrément aux environs du chemin des Vieilles-Infirmeries.

– Qu'as-tu vu ? allons, dis.

– Eh bien, j'ai vu que toutes les fois que Mercédès vient en ville, elle y vient accompagnée d'un grand gaillard de Catalan à l'œil noir, à la peau rouge, très brun très ardent, et qu'elle appelle *mon* cousin.

– Ah, vraiment ! et crois-tu que ce cousin lui fasse la cour ?

– Je le suppose : que diable peut faire un grand garçon de vingt et un ans à une belle fille de dix-sept ?

– Et tu dis que Dantès est allé aux Catalans ?

– Il est parti devant moi.

– Si nous allions du même côté, nous nous arrêterions à la Réserve, et, tout en buvant un verre de vin de La Malgue[3], nous attendrions des nouvelles.

– Et qui nous en donnera ?

– Nous serons sur la route, et nous verrons sur le visage de Dantès ce qui se sera passé.

– Allons, dit Caderousse ; mais c'est toi qui paies ?

– Certainement, répondit Danglars.

Et tous deux s'acheminèrent d'un pas rapide vers l'endroit indiqué. Arrivés là, ils se firent apporter une bouteille et deux verres.

Le père Pamphile venait de voir passer Dantès il n'y avait pas dix minutes.

Certains que Dantès était aux Catalans, ils s'assirent sous le feuillage naissant des platanes et des sycomores, dans les branches desquels une bande joyeuse d'oiseaux chantaient un des premiers beaux jours de printemps.

---

3. Vin de la vallée du Rhône.

III. LES CATALANS

À cent pas de l'endroit où les deux amis, les regards à l'horizon et l'oreille au guet, sablaient le vin pétillant de La Malgue, s'élevait, derrière une butte nue et rongée par le soleil et le mistral, le village des Catalans.

Un jour, une colonie mystérieuse partit de l'Espagne et vint aborder à la langue de terre où elle est encore aujourd'hui. Elle arrivait on ne savait d'où et parlait une langue inconnue. Un des chefs, qui entendait le provençal, demanda à la commune de Marseille de leur donner ce promontoire nu et aride, sur lequel ils venaient, comme les matelots antiques, de tirer leurs bâtiments. La demande lui fut accordée, et trois mois après, autour des douze ou quinze bâtiments qui avaient amené ces bohémiens de la mer, un petit village s'élevait.

Ce village, construit d'une façon bizarre et pittoresque, moitié maure, moitié espagnol, est celui que l'on voit aujourd'hui habité par des descendants de ces hommes, qui parlent la langue de leurs pères. Depuis trois ou quatre siècles, ils sont encore demeurés fidèles à ce petit promontoire, sur lequel ils s'étaient abattus pareils à une bande d'oiseaux de mer, sans se mêler en rien à la population marseillaise, se mariant entre eux et ayant conservé les mœurs et le costume de leur mère patrie comme ils en ont conservé le langage.

Il faut que nos lecteurs nous suivent à travers l'unique rue de ce petit village, et entrent avec nous dans une de ces maisons auxquelles le soleil a donné, au-dehors, cette belle couleur feuille morte particulière aux monuments du pays, et, au dedans, une couche de badigeon, cette teinte blanche qui forme le seul ornement des posadas espagnoles.

Une belle jeune fille aux cheveux noirs comme le jais, aux yeux veloutés comme ceux de la gazelle, se tenait debout adossée à une cloison, et froissait entre ses doigts effilés et d'un dessin antique une bruyère innocente dont elle arrachait les fleurs, et dont les débris jonchaient déjà le sol ; en outre, ses bras nus jusqu'au coude, ses bras brunis, mais qui semblaient modelés sur ceux de la Vénus d'Arles, frémissaient d'une sorte d'impatience fébrile, et elle frappait la terre de son pied souple et cambré, de sorte que l'on entrevoyait la forme pure, fière et hardie de sa jambe, emprisonnée dans un bas de coton rouge à coins gris et bleus.

À trois pas d'elle, assis sur une chaise qu'il balançait d'un mouvement saccadé, appuyant son coude à un vieux meuble vermoulu, un grand garçon de vingt à vingt-deux ans la regardait d'un air où se combattaient l'inquiétude et le dépit ; ses yeux interrogeaient, mais le regard ferme et fixe de la jeune fille dominait son interlocuteur.

– Voyons, Mercédès, disait le jeune homme, voici Pâque qui va revenir, c'est le moment de faire une noce, répondez-moi !

– Je vous ai répondu cent fois, Fernand, et il faut en vérité que vous soyez bien ennemi de vous-même pour m'interroger encore !

– Eh bien ! répétez-le encore, je vous en supplie, répétez-le encore pour que j'arrive à le croire. Dites-moi pour la centième fois que vous refusez mon amour, qu'approuvait votre mère ; faites-moi bien comprendre que vous vous jouez de mon bonheur, que ma vie et ma mort ne sont rien pour vous. Ah ! mon Dieu, mon Dieu ! avoir rêvé dix ans d'être votre époux, Mercédès, et perdre cet espoir qui était le seul but de sa vie !

– Ce n'est pas moi du moins qui vous ai jamais encouragé dans cet espoir, Fernand, répondit Mercédès ; vous n'avez pas une seule coquetterie à me reprocher à votre égard. Je vous ai toujours dit : « Je vous aime comme un frère, mais n'exigez jamais de moi autre chose que cette amitié fraternelle, car mon cœur est à un autre. » Vous ai-je toujours dit cela, Fernand ?

– Oui, je le sais bien, Mercédès, répondit le jeune homme ; oui, vous vous êtes donné vis-à-vis de moi le cruel mérite de la franchise ; mais oubliez-vous que c'est parmi les Catalans une loi sacrée de se marier entre eux ?

– Vous vous trompez, Fernand, ce n'est pas une loi, c'est une habitude, voilà tout ; et, croyez-moi, n'invoquez pas cette habitude en votre faveur. Vous êtes tombé à la conscription, Fernand ; la liberté qu'on vous laisse, c'est une simple tolérance ; d'un moment à l'autre vous pouvez être appelé sous les drapeaux. Une fois soldat, que ferez-vous de moi, c'est-à-dire d'une pauvre fille orpheline, triste, sans fortune, possédant pour tout bien une cabane presque en ruines, où pendent quelques filets usés, misérable héritage laissé par mon père à ma mère et par ma mère à moi ? Depuis un an qu'elle est morte, songez donc, Fernand, que je vis presque de la charité publique ! Quelquefois vous feignez que je vous suis utile, et cela pour avoir le droit de partager votre pêche avec moi ; et j'accepte, Fernand, parce que vous êtes le fils d'un frère de mon père, parce que nous avons été élevés ensemble, et plus encore parce que, par-dessus tout, cela vous ferait trop de peine si je vous refusais. Mais je sens bien que ce poisson que je vais vendre et dont je tire l'argent avec lequel j'achète le chanvre que je file, je sens bien, Fernand, que c'est une charité.

– Et qu'importe, Mercédès, si, pauvre et isolée que vous êtes, vous me convenez ainsi mieux que la fille du plus fier armateur ou du plus riche banquier de Marseille ! À nous autres, que nous faut-il ? Une honnête femme et une bonne ménagère. Où trouverais-je mieux que vous sous ces deux rapports ?

– Fernand, répondit Mercédès en secouant la tête, on devient mauvaise ménagère et on ne peut répondre de rester honnête femme lorsqu'on aime un autre homme que son mari. Contentez-vous de mon amitié, car, je vous le répète, c'est tout ce que je puis vous promettre, et je ne promets que ce que je suis sûre de pouvoir donner.

– Oui, je comprends, dit Fernand ; vous supportez patiemment votre misère, mais vous avez peur de la mienne. Eh bien, Mercédès, aimé de vous, je tenterai la fortune ; vous me porterez bonheur, et je deviendrai riche ; je puis étendre mon état de pêcheur ; je puis entrer comme commis dans un comptoir ; je puis moi-même devenir marchand !

– Vous ne pouvez rien tenter de tout cela, Fernand ; vous êtes soldat, et si vous restez aux Catalans, c'est parce qu'il n'y a pas de guerre. Demeurez donc pêcheur ; ne faites point de rêves qui vous feraient paraître la réalité plus terrible encore, et contentez-vous de mon amitié, puisque je ne puis vous donner autre chose.

– Eh bien, vous avez raison, Mercédès, je serai marin ; j'aurai, au lieu du costume de nos pères que vous méprisez, un chapeau verni, une chemise rayée et une veste bleue avec des ancres sur les boutons. N'est-ce point ainsi qu'il faut être habillé pour vous plaire ?

– Que voulez-vous dire ? demanda Mercédès en lançant un regard impérieux, que voulez-vous dire ? je ne vous comprends pas.

– Je veux dire, Mercédès, que vous n'êtes si dure et si cruelle pour moi que parce que vous attendez quelqu'un qui est ainsi vêtu. Mais celui que vous attendez est inconstant peut-être, et, s'il ne l'est pas, la mer l'est pour lui.

– Fernand, s'écria Mercédès, je vous croyais bon et je me trompais ! Fernand, vous êtes un mauvais cœur d'appeler à l'aide de votre jalousie les colères de Dieu ! Eh bien, oui, je ne m'en cache pas, j'attends et j'aime celui que vous dites, et s'il ne revient pas, au lieu d'accuser cette inconstance que vous invoquez, vous, je dirai qu'il <est mort en m'aimant.

Le jeune Catalan fit un geste de rage.

– Je vous comprends, Fernand : vous vous en prendrez à lui de ce que je ne vous aime pas ; vous croiserez votre couteau catalan contre son poignard ! À quoi cela vous avancera-t-il ? À perdre mon amitié si vous êtes vaincu, à voir mon amitié se changer en haine si vous êtes vainqueur. Croyez-moi, chercher querelle à un homme est un mauvais moyen de plaire à la femme qui aime cet homme. Non, Fernand, vous ne vous laisserez point aller ainsi à vos mauvaises pensées. Ne pouvant m'avoir pour femme, vous vous contenterez de m'avoir pour amie et pour sœur ; et d'ailleurs, ajouta-t-elle, les yeux troublés et mouillés de larmes, attendez, attendez, Fernand : vous l'avez dit tout à l'heure, la mer est perfide, et il y a déjà quatre mois qu'il est parti ; depuis quatre mois j'ai compté bien des tempêtes !

Fernand demeura impassible ; il ne chercha pas à essuyer les larmes qui roulaient sur les joues de Mercédès ; et cependant, pour chacune de ces larmes, il eût donné un verre de son sang ; mais ces larmes coulaient pour un autre.

Il se leva, fit un tour dans la cabane et revint, s'arrêta devant Mercédès, l'œil sombre et les poings crispés.

– Voyons, Mercédès, dit-il, encore une fois répondez : est-ce bien résolu ?

– J'aime Edmond Dantès, dit froidement la jeune fille, et nul autre qu'Edmond ne sera mon époux.

– Et vous l'aimerez toujours ?

– Tant que je vivrai.

Fernand baissa la tête comme un homme découragé, poussa un soupir qui ressemblait à un gémissement ; puis tout à coup relevant le front, les dents serrées et les narines entr'ouvertes :

– Mais s'il est mort ?

– S'il est mort, je mourrai.

– Mais s'il vous oublie ?

– Mercédès ! cria une voix joyeuse au dehors de la maison, Mercédès !

– Ah ! s'écria la jeune fille en rugissant de joie et en bondissant d'amour, tu vois bien qu'il ne m'a pas oubliée, puisque le voilà !

Et elle s'élança vers la porte, qu'elle ouvrit en s'écriant :

– À moi, Edmond ! me voici.

Fernand, pâle et frémissant, recula en arrière, comme fait un voyageur à la vue d'un serpent, et, rencontrant sa chaise, il y retomba assis.

Edmond et Mercédès étaient dans les bras l'un de l'autre. Le soleil ardent de Marseille, qui pénétrait à travers l'ouverture de la porte les inondait d'un flot de lumière. D'abord ils ne virent rien de ce qui les entourait. Un immense bonheur les isolait du monde, et ils ne parlaient que par ces mots entrecoupés qui sont les élans d'une joie si vive qu'ils semblent l'expression de la douleur.

Tout à coup Edmond aperçut la figure sombre de Fernand, qui se dessinait dans l'ombre, pâle et menaçante ; par un mouvement dont il ne se rendit pas compte lui-même, le jeune Catalan tenait la main sur le couteau passé à sa ceinture.

– Ah ! pardon, dit Dantès en fronçant le sourcil à son tour, je n'avais pas remarqué que nous étions trois.

Puis, se tournant vers Mercédès :

– Qui est monsieur ? demanda-t-il.

– Monsieur sera votre meilleur ami, Dantès, car c'est mon ami à moi, c'est mon cousin, c'est mon frère ; c'est Fernand ; c'est-à-dire l'homme qu'après vous, Edmond, j'aime le plus au monde ; ne le reconnaissez-vous pas ?

– Ah ! si fait, dit Edmond ; et, sans abandonner Mercédès dont il tenait la main serrée dans une des siennes, il tendit avec un mouvement de cordialité son autre main au Catalan.

Mais Fernand, loin de répondre à ce geste amical, resta muet et immobile comme une statue.

Alors Edmond promena son regard investigateur de Mercédès, émue et tremblante, à Fernand, sombre et menaçant.

Ce seul regard lui apprit tout.

La colère monta à son front.

– Je ne savais pas venir avec tant de hâte chez vous, Mercédès, pour y trouver un ennemi.

– Un ennemi ! s'écria Mercédès avec un regard de courroux à l'adresse de son cousin. Un ennemi chez moi, dis-tu, Edmond ! Si je croyais cela, je te prendrais sous le bras et je m'en irais à Marseille, quittant la maison pour n'y plus jamais rentrer.

L'œil de Fernand lança un éclair.

– Et s'il t'arrivait malheur, mon Edmond, continua-t-elle avec ce même flegme implacable qui prouvait à Fernand que la jeune fille avait lu jusqu'au plus profond de sa sinistre pensée, s'il t'arrivait malheur, je monterais sur le cap de Morgion, et je me jetterais sur les rochers la tête la première.

Fernand devint affreusement pâle.

– Mais tu t'es trompé, Edmond, poursuivit-elle, tu n'as point d'ennemi ici ; il n'y a que Fernand, mon frère, qui va te serrer la main comme à un ami dévoué.

Et à ces mots la jeune fille fixa son visage impérieux sur le Catalan, qui, comme s'il eût été fasciné par ce regard, s'approcha lentement d'Edmond et lui tendit la main.

Sa haine, pareille à une vague impuissante, quoique furieuse, venait se briser contre l'ascendant que cette femme exerçait sur lui.

Mais à peine eut-il touché la main d'Edmond, qu'il sentit qu'il avait fait tout ce qu'il pouvait faire, et qu'il s'élança hors de la maison.

– Oh ! s'écriait-il en courant comme un insensé et en noyant ses mains dans ses cheveux, oh ! qui me délivrera donc de cet homme ? Malheur à moi ! malheur à moi !

– Eh, le Catalan ! Eh, Fernand ! Où cours-tu ? dit une voix.

Le jeune homme s'arrêta tout court, regarda autour de lui, et aperçut Caderousse attablé avec Danglars sous un berceau de feuillage.

– Eh ! dit Caderousse, pourquoi ne viens-tu pas ? Es-tu donc si pressé que tu n'aies pas le temps de dire bonjour aux amis ?

– Surtout quand ils ont encore une bouteille presque pleine devant eux, ajouta Danglars.

Fernand regarda les deux hommes d'un air hébété, et ne répondit rien.

– Il semble tout penaud, dit Danglars poussant du genou Caderousse ; est-ce que nous nous serions trompés, et qu'au contraire de ce que nous avions prévu, Dantès triompherait ?

– Dame ! il faut voir, dit Caderousse, et, se retournant vers le jeune homme : Eh bien ! voyons, le Catalan, te décides-tu ? dit-il.

Fernand essuya la sueur qui ruisselait de son front et entra lentement sous la tonnelle, dont l'ombrage sembla rendre un peu de calme à ses sens et la fraîcheur un peu de bien-être à son corps épuisé.

– Bonjour, dit-il, vous m'avez appelé, n'est-ce pas ?

Et il tomba plutôt qu'il ne s'assit sur un des sièges qui entouraient la table.

– Je t'ai appelé parce que tu courais comme un fou, et que j'ai eu peur que tu n'allasses te jeter à la mer, dit en riant Caderousse. Que diable, quand on a des amis, c'est non seulement pour leur offrir un verre de vin, mais encore pour les empêcher de boire trois ou quatre pintes d'eau.

Fernand poussa un gémissement qui ressemblait à un sanglot, et laissa tomber sa tête sur ses deux poignets posés en croix sur la table.

– Eh bien ! veux-tu que je te dise, Fernand, reprit Caderousse, entamant l'entretien avec cette brutalité grossière des gens du peuple auxquels la curiosité fait oublier toute diplomatie ; eh bien ! tu as l'air d'un amant déconfit !

Et il accompagna cette plaisanterie d'un gros rire.

– Bah ! répondit Danglars, un garçon taillé comme celui-là n'est pas fait pour être malheureux en amour, tu te moques, Caderousse.

– Non pas, reprit celui-ci. Écoute plutôt comme il soupire. Allons, allons, Fernand, dit Caderousse, lève le nez et réponds-nous : ce n'est pas aimable de ne pas répondre aux amis qui nous demandent des nouvelles de notre santé.

– Ma santé va bien, dit Fernand crispant ses poings, mais sans lever la tête.

– Ah ! vois-tu, Danglars, dit Caderousse en faisant signe de l'œil à son ami, voici la chose : Fernand, que tu vois, et qui est un bon et brave Catalan, un des meilleurs pêcheurs de Marseille, est amoureux d'une belle fille qu'on appelle Mercédès, mais malheureusement il paraît que la belle fille de son côté est amoureuse du second du *Pharaon* et, comme le *Pharaon* est entré aujourd'hui même dans le port, tu comprends ?

– Non, je ne comprends pas, dit Danglars.

– Le pauvre Fernand aura reçu son congé, continua Caderousse.

– Eh bien ! après ? dit Fernand relevant la tête et regardant Caderousse en homme qui cherche quelqu'un sur qui faire tomber sa colère. Mercédès ne dépend de personne n'est-ce pas ? Et elle est bien libre d'aimer qui elle veut.

– Ah ! si tu le prends ainsi, dit Caderousse, c'est autre chose ! Moi je te croyais un Catalan ; et l'on m'avait dit que les Catalans n'étaient pas hommes à se laisser supplanter par un rival ; on avait même ajouté que Fernand surtout était terrible dans sa vengeance.

Fernand sourit avec pitié.

– Un amoureux n'est jamais terrible, dit-il.

– Le pauvre garçon ! reprit Danglars feignant de plaindre le jeune homme du plus profond de son cœur. Que veux-tu ? Il ne s'attendait pas à voir revenir ainsi Dantès tout à coup ; il le croyait peut-être mort, infidèle, qui sait ! Ces choses-là sont d'autant plus sensibles qu'elles nous arrivent tout à coup.

– Ah ! ma foi, dans tous les cas, dit Caderousse qui buvait tout en parlant et sur lequel le vin fumeux de La Malgue commençait à faire son effet, dans tous les cas, Fernand n'est pas le seul que l'heureuse arrivée de Dantès contrarie ; n'est-ce pas, Danglars ?

– Non, tu dis vrai, et j'oserais presque dire que cela lui portera malheur.

– Mais n'importe, reprit Caderousse en versant un verre de vin à Fernand et en remplissant pour la huitième ou dixième fois son propre verre, tandis que Danglars avait à peine effleuré le sien ; n'importe, en attendant il épouse Mercédès, la belle Mercédès ; il revient pour cela, du moins.

Pendant ce temps, Danglars enveloppait d'un regard perçant le jeune homme, sur le cœur duquel les paroles de Caderousse tombaient comme du plomb fondu.

– Et à quand la noce ? demanda-t-il.

– Oh ! elle n'est pas encore faite ! murmura Fernand.

– Non, mais elle se fera, dit Caderousse, aussi vrai que Dantès sera le capitaine du *Pharaon*, n'est-ce pas, Danglars ?

Danglars tressaillit à cette atteinte inattendue, et se retourna vers Caderousse, dont à son tour il étudia le visage pour voir si le coup était prémédité ; mais il ne lut rien que l'envie sur ce visage déjà presque hébété par l'ivresse.

– Eh bien ! dit-il en remplissant les verres, buvons donc au capitaine Edmond Dantès, mari de la belle Catalane !

Caderousse porta son verre à sa bouche d'une main alourdie et l'avala d'un trait. Fernand prit le sien et le brisa contre terre.

– Eh, eh, eh ! dit Caderousse, qu'aperçois-je donc là-bas, au haut de la butte, dans la direction des Catalans ? Regarde donc, Fernand, tu as meilleure vue que moi ; je crois que je commence à voir trouble, et, tu le sais, le vin est un traître ; on dirait deux amants qui marchent côte à côte et la main dans la main. Dieu me pardonne ! ils ne se doutent pas que nous les voyons, et les voilà qui s'embrassent !

Danglars ne perdait pas une des angoisses de Fernand, dont le visage se décomposait à vue d'œil.

– Les connaissez-vous, monsieur Fernand ? dit-il.

– Oui, répondit celui-ci d'une voix sourde, c'est M. Edmond et mademoiselle Mercédès.

– Ah ! voyez-vous ! dit Caderousse, et moi qui ne les reconnaissais pas ! Ohé, Dantès ! ohé, la belle fille ! venez par ici un peu, et dites-nous à quand la noce, car voici M. Fernand qui est si entêté qu'il ne veut pas nous le dire.

– Veux-tu te taire ! dit Danglars, affectant de retenir Caderousse, qui, avec la ténacité des ivrognes, se penchait hors du berceau. Tâche de te tenir debout et laisse les amoureux s'aimer tranquillement. Tiens, regarde M. Fernand, et prends exemple : il est raisonnable, lui.

Peut-être Fernand, poussé à bout, aiguillonné par Danglars comme le taureau par les bandilleros, allait-il enfin s'élancer, car il s'était déjà levé et semblait se ramasser sur lui-même pour bondir sur son rival ; mais Mercédès, riante et droite, leva sa belle tête et fit rayonner son clair regard ; alors Fernand se rappela la menace qu'elle avait faite, de mourir si Edmond mourait, et il retomba tout découragé sur son siège.

Danglars regarda successivement ces deux hommes, l'un abruti par l'ivresse, l'autre dominé par l'amour.

– Je ne tirerai rien de ces niais-là, murmura-t-il, et j'ai grand-peur d'être ici entre un ivrogne et un poltron. Voici un envieux qui se grise avec du vin, tandis qu'il devrait s'enivrer de fiel ; voici un grand imbécile à qui on vient de prendre sa maîtresse sous son nez, et qui se contente de pleurer et de se plaindre comme un enfant. Et cependant, cela vous a des yeux flamboyants comme ces Espagnols, ces Siciliens et ces Calabrais, qui se vengent si bien ; cela vous a des poings à écraser une tête de bœuf aussi sûrement que le ferait la masse d'un boucher. Décidément, le destin d'Edmond l'emporte ; il épousera la belle fille, il sera capitaine et se moquera de nous ; à moins que, un sourire livide se dessina sur les lèvres de Danglars, à moins que je ne m'en mêle, ajouta-t-il.

– Holà ! continuait de crier Caderousse à moitié levé et les poings sur la table. Holà ! Edmond ! tu ne vois donc pas les amis, ou est-ce que tu es déjà trop fier pour leur parler ?

– Non, mon cher Caderousse, répondit Dantès, je ne suis pas fier, mais je suis heureux, et le bonheur aveugle, je crois, encore plus que la fierté.

– À la bonne heure ! voilà une explication, dit Caderousse. Eh ! bonjour, madame Dantès.

Mercédès salua gravement.

– Ce n'est pas encore mon nom, dit-elle, et dans mon pays cela porte malheur, assure-t-on, d'appeler les filles du nom de leur fiancé avant que ce fiancé ne soit leur mari ; appelez-moi donc Mercédès, je vous prie.

– Il faut lui pardonner, à ce bon voisin Caderousse, dit Dantès, il se trompe de si peu de chose !

– Ainsi, la noce va avoir lieu incessamment, monsieur Dantès ? dit Danglars en saluant les deux jeunes gens.

– Le plus tôt possible, monsieur Danglars ; aujourd'hui tous les accords chez le papa Dantès, et demain ou après-demain, au plus tard, le dîner des fiançailles, ici, à la Réserve. Les amis y seront, je l'espère ; c'est vous dire que vous êtes invité, monsieur Danglars ; c'est te dire que tu en es, Caderousse.

– Et Fernand, dit Caderousse en riant d'un rire pâteux, Fernand en est-il aussi ?

– Le frère de ma femme est mon frère, dit Edmond, et nous le verrions avec un profond regret, Mercédès et moi, s'écarter de nous dans un pareil moment.

Fernand ouvrit la bouche pour répondre ; mais la voix expira dans sa gorge, et il ne put articuler un seul mot.

– Aujourd'hui les accords, demain ou après-demain les fiançailles… diable ! vous êtes bien pressé, capitaine.

– Danglars, reprit Edmond en souriant, je vous dirai comme Mercédès disait tout à l'heure à Caderousse : ne me donnez pas le titre qui ne me convient pas encore, cela me porterait malheur.

– Pardon, répondit Danglars. Je disais donc simplement que vous paraissiez bien pressé. Que diable ! nous avons le temps : le *Pharaon* ne se remettra guère en mer avant trois mois.

– On est toujours pressé d'être heureux, monsieur Danglars, car lorsqu'on a souffert longtemps on a grand-peine à croire au bonheur. Mais ce n'est pas l'égoïsme seul qui me fait agir : il faut que j'aille à Paris.

– Ah, vraiment ! à Paris ; et c'est la première fois que vous y allez, Dantès ?

– Oui.

– Vous y avez affaire ?

– Pas pour mon compte ; une dernière commission de notre pauvre capitaine Leclère à remplir ; vous comprenez, Danglars, c'est sacré. D'ailleurs, soyez tranquille, je ne prendrai le temps que d'aller et revenir.

– Oui, oui, je comprends, dit tout haut Danglars.

Puis tout bas :

– À Paris, pour remettre à son adresse sans doute la lettre que le grand maréchal lui a donnée. Pardieu ! cette lettre me fait pousser une idée, une excellente idée ! Ah ! Dantès, mon ami, tu n'es pas encore couché au registre du *Pharaon* sous le numéro 1.

Puis se retournant vers Edmond, qui s'éloignait déjà :

– Bon voyage ! lui cria-t-il.

– Merci, répondit Edmond en retournant la tête et en accompagnant ce mouvement d'un geste amical.

Puis les deux amants continuèrent leur route, calmes et joyeux comme deux élus qui montent au ciel.

IV. COMPLOT

Danglars suivit Edmond et Mercédès des yeux jusqu'à ce que les deux amants eussent disparu à l'un des angles du fort Saint-Nicolas ; puis, se retournant alors, il aperçut Fernand, qui était retombé pâle et frémissant sur sa chaise, tandis que Caderousse balbutiait les paroles d'une chanson à boire.

– Ah çà ! mon cher monsieur, dit Danglars à Fernand, voilà un mariage qui ne me paraît pas faire le bonheur de tout le monde ?

– Il me désespère, dit Fernand.

– Vous aimiez donc Mercédès ?

– Je l'adorais !

– Depuis longtemps ?

– Depuis que nous nous connaissons, je l'ai toujours aimée.

– Et vous êtes là à vous arracher les cheveux, au lieu de chercher remède à la chose ! Que diable, je ne croyais pas que ce fût ainsi qu'agissaient les gens de votre nation.

– Que voulez-vous que je fasse ? demanda Fernand.

– Et que sais-je, moi ? Est-ce que cela me regarde ? Ce n'est pas moi, ce me semble, qui suis amoureux de mademoiselle Mercédès, mais vous. Cherchez, dit l'Évangile, et vous trouverez.

– J'avais trouvé déjà.

– Quoi ?

– Je voulais poignarder l'*homme*, mais la femme m'a dit que s'il arrivait malheur à son fiancé elle se tuerait.

– Bah ! on dit ces choses-là, mais on ne les fait point.

– Vous ne connaissez point Mercédès, monsieur : du moment où elle a menacé, elle exécuterait.

– Imbécile ! murmura Danglars : qu'elle se tue ou non, que m'importe, pourvu que Dantès ne soit point capitaine.

– Et, avant que Mercédès ne meure, reprit Fernand avec l'accent d'une immuable résolution, je mourrais, moi-même.

– En voilà de l'amour ! dit Caderousse d'une voix de plus en plus avinée ; en voilà ou je ne m'y connais plus !

– Voyons, dit Danglars, vous me paraissez un gentil garçon, et je voudrais, le diable m'emporte ! vous tirer de peine ; mais…

– Oui, dit Caderousse, voyons.

– Mon cher, reprit Danglars, tu es aux trois quarts ivre : achève la bouteille, et tu le seras tout à fait. Bois, et ne te mêle pas de ce que nous faisons : pour ce que nous faisons il faut avoir toute sa tête.

– Moi ivre ? dit Caderousse, allons donc ! J'en boirais encore quatre, de tes bouteilles, qui ne sont pas plus grandes que des bouteilles d'eau de Cologne ! Père Pamphile, du vin !

Et, pour joindre la preuve à la proposition, Caderousse frappa avec son verre sur la table.

– Vous disiez donc, monsieur ? reprit Fernand, attendant avec avidité la suite de la phrase interrompue.

– Que disais-je ? Je ne me le rappelle plus. Cet ivrogne de Caderousse m'a fait perdre le fil de mes pensées.

– Ivrogne tant que tu le voudras ; tant pis pour ceux qui craignent le vin, c'est qu'ils ont quelque mauvaise pensée qu'ils craignent que le vin ne leur tire du cœur.

Et Caderousse se mit à chanter les deux derniers vers d'une chanson fort en vogue à cette époque :

Tous les méchants sont buveurs d'eau. C'est bien prouvé par le déluge.

– Vous disiez, monsieur, reprit Fernand, que vous voudriez me tirer de peine ; mais, ajoutiez-vous…

– Oui, mais, ajoutais-je… pour vous tirer de peine il suffit que Dantès n'épouse pas celle que vous aimez ; et le mariage peut très bien manquer, ce me semble, sans que Dantès meure.

– La mort seule les séparera, dit Fernand.

– Vous raisonnez comme un coquillage, mon ami, dit Caderousse, et voilà Danglars, qui est un finot, un malin, un grec, qui va vous prouver que vous avez tort. Prouve, Danglars. J'ai répondu de toi. Dis-lui qu'il n'est pas besoin que Dantès meure ; d'ailleurs ce serait fâcheux qu'il mourût, Dantès. C'est un bon garçon, je l'aime, moi, Dantès. À ta santé, Dantès.

Fernand se leva avec impatience.

– Laissez-le dire, reprit Danglars en retenant le jeune homme, et d'ailleurs, tout ivre qu'il est, il ne fait point si grande erreur. L'absence disjoint tout aussi bien que la mort ; et supposez qu'il y ait entre Edmond et Mercédès les murailles d'une prison, ils seront séparés ni plus ni moins que s'il y avait là la pierre d'une tombe.

– Oui, mais on sort de prison, dit Caderousse, qui avec les restes de son intelligence se cramponnait à la conversation, et quand on est sorti de prison et qu'on s'appelle Edmond Dantès, on se venge.

– Qu'importe ! murmura Fernand.

– D'ailleurs, reprit Caderousse, pourquoi mettrait-on Dantès en prison ? Il n'a ni volé, ni tué, ni assassiné.

– Tais-toi, dit Danglars.

– Je ne veux pas me taire, moi, dit Caderousse. Je veux qu'on me dise pourquoi on mettrait Dantès en prison. Moi, j'aime Dantès. À ta santé, Dantès !

Et il avala un nouveau verre de vin.

Danglars suivit dans les yeux atones du tailleur les progrès de l'ivresse, et, se tournant vers Fernand :

– Eh bien ! comprenez-vous, dit-il, qu'il n'y a pas besoin de le tuer ?

– Non, certes, si, comme vous le disiez tout à l'heure on avait le moyen de faire arrêter Dantès. Mais ce moyen, l'avez-vous ?

– En cherchant bien, dit Danglars, on pourrait le trouver. Mais, continua-t-il, de quoi diable vais-je me mêler là ; est-ce que cela me regarde ?

– Je ne sais pas si cela vous regarde, dit Fernand en lui saisissant le bras ; mais ce que je sais, c'est que vous avez quelque motif de haine particulière contre Dantès : celui qui hait lui-même ne se trompe pas aux sentiments des autres.

– Moi, des motifs de haine contre Dantès ? Aucun, sur ma parole. Je vous ai vu malheureux et votre malheur m'a intéressé, voilà tout ; mais du moment où vous croyez que j'agis pour mon propre compte, adieu, mon cher ami, tirez-vous d'affaire comme vous pourrez.

Et Danglars fit semblant de se lever à son tour.

– Non pas, dit Fernand en le retenant, restez ! Peu m'importe, au bout du compte, que vous en vouliez à

Dantès, ou que vous ne lui en vouliez pas : je lui en veux, moi ; je l'avoue hautement. Trouvez le moyen, et je l'exécute, pourvu qu'il n'y ait pas mort d'homme, car Mercédès a dit qu'elle se tuerait si l'on tuait Dantès.

Caderousse, qui avait laissé tomber sa tête sur la table, releva le front, et regardant Fernand et Danglars avec des yeux lourds et hébétés :

– Tuer Dantès ! dit-il, qui parle ici de tuer Dantès ? Je ne veux pas qu'on le tue, moi, c'est mon ami ; il a offert ce matin de partager son argent avec moi, comme j'ai partagé le mien avec lui : je ne veux pas qu'on tue Dantès.

– Et qui te parle de le tuer, imbécile ! reprit Danglars, il s'agit d'une simple plaisanterie ; bois à sa santé, ajouta-t-il en remplissant le verre de Caderousse, et laisse-nous tranquilles.

– Oui, oui, à la santé de Dantès ! dit Caderousse en vidant son verre, à sa santé !... à sa santé... là !

– Mais le moyen... le moyen ? dit Fernand.

– Vous ne l'avez donc pas trouvé encore, vous ?

– Non, vous vous en êtes chargé.

– C'est vrai, reprit Danglars, les Français ont cette supériorité sur les Espagnols que les Espagnols ruminent et que les Français inventent.

– Inventez donc alors, dit Fernand avec impatience.

– Garçon, dit Danglars, une plume, de l'encre et du papier !

– Une plume, de l'encre et du papier ! murmura Fernand.

– Oui, je suis agent comptable : la plume, l'encre et le papier sont mes instruments ; et sans mes instruments je ne sais rien faire.

– Une plume, de l'encre et du papier ! cria à son tour Fernand.

– Il y a ce que vous désirez là sur cette table, dit le garçon en montrant les objets demandés.

– Donnez-les-nous, alors.

Le garçon prit le papier, l'encre et la plume, et les déposa sur la table du berceau.

– Quand on pense, dit Caderousse en laissant tomber sa main sur le papier, qu'il y a là de quoi tuer un homme plus sûrement que si on l'attendait au coin d'un bois pour l'assassiner ! J'ai toujours eu plus peur d'une plume, d'une bouteille d'encre et d'une feuille de papier que d'une épée ou d'un pistolet.

– Le drôle n'est pas encore si ivre qu'il en a l'air, dit Danglars ; versez-lui donc à boire, Fernand.

Fernand remplit le verre de Caderousse, et celui-ci, en véritable buveur qu'il était, leva la main de dessus le papier et la porta à son verre.

Le Catalan suivit le mouvement jusqu'à ce que Caderousse, presque vaincu par cette nouvelle attaque, reposât ou plutôt laissât retomber son verre sur la table.

– Eh bien ? reprit le Catalan en voyant que le reste de la raison de Caderousse commençait à disparaître sous ce dernier verre de vin.

– Eh bien ! je disais donc, par exemple, reprit Danglars, que si, après un voyage comme celui que vient de faire Dantès, et dans lequel il a touché à Naples et à l'île d'Elbe, quelqu'un le dénonçait au procureur du roi comme agent bonapartiste…

– Je le dénoncerai, moi ! dit vivement le jeune homme.

– Oui ; mais alors on vous fait signer votre déclaration, on vous confronte avec celui que vous avez dénoncé : je vous fournis de quoi soutenir votre accusation, je le sais bien ; mais Dantès ne peut rester éternellement en prison, un jour ou l'autre il en sort, et, ce jour où il en sort, malheur à celui qui l'y a fait entrer !

– Oh ! je ne demande qu'une chose, dit Fernand, c'est qu'il vienne me chercher une querelle !

– Oui, et Mercédès ! Mercédès, qui vous prend en haine si vous avez seulement le malheur d'écorcher l'épiderme à son bien-aimé Edmond !

– C'est juste, dit Fernand.

– Non, non, reprit Danglars, si on se décidait à une pareille chose, voyez-vous, il vaudrait bien mieux prendre tout bonnement, comme je le fais, cette plume, la tremper dans l'encre, et écrire de la main gauche, pour que l'écriture ne fût pas reconnue, une petite dénonciation ainsi conçue.

Et Danglars, joignant l'exemple au précepte, écrivit de la main gauche et d'une écriture renversée, qui n'avait aucune analogie avec son écriture habituelle, les lignes suivantes, qu'il passa à Fernand, et que Fernand lut à demi-voix.

« Monsieur le procureur du roi est prévenu, par un ami du trône et de la religion, que le nommé Edmond Dantès, second du navire le *Pharaon* arrivé ce matin de Smyrne après avoir touché à Naples et à Porto-Ferrajo, a été chargé, par Murat, d'une lettre pour l'usurpateur, et, par l'usurpateur, d'une lettre pour le comité bonapartiste de Paris.

« On aura la preuve de son crime en l'arrêtant, car on trouvera cette lettre ou sur lui, ou chez son père, ou dans sa cabine à bord du *Pharaon*. »

– À la bonne heure, continua Danglars ; ainsi votre vengeance aurait le sens commun, car d'aucune façon alors elle ne pourrait retomber sur vous, et la chose irait toute seule ; il n'y aurait plus qu'à plier cette lettre, comme je le fais, et à écrire dessus : *À monsieur le procureur royal.* Tout serait dit.

Et Danglars écrivit l'adresse en se jouant.

– Oui, tout serait dit, s'écria Caderousse, qui par un dernier effort d'intelligence avait suivi la lecture, et qui comprenait d'instinct tout ce qu'une pareille dénonciation pourrait entraîner de malheur ; oui, tout serait dit ; seulement, ce serait une infamie.

Et il allongea le bras pour prendre la lettre.

– Aussi, dit Danglars en la poussant hors de la portée de sa main, aussi, ce que je dis et ce que je fais, c'est en plaisantant ; et, le premier, je serais bien fâché qu'il arrivât quelque chose à Dantès, ce bon Dantès ! Aussi, tiens…

Il prit la lettre, la froissa dans ses mains et la jeta dans un coin de la tonnelle.

– À la bonne heure, dit Caderousse, Dantès est mon ami, et je ne veux pas qu'on lui fasse du mal.

– Eh ! qui diable y songe, à lui faire du mal ! Ce n'est ni moi, ni Fernand ! dit Danglars en se levant et en regardant le jeune homme qui était demeuré assis, mais dont l'œil oblique couvait le papier dénonciateur jeté dans un coin.

– En ce cas, reprit Caderousse, qu'on nous donne du vin : je veux boire à la santé d'Edmond et de la belle Mercédès.

– Tu n'as déjà que trop bu, ivrogne, dit Danglars, et si tu continues tu seras obligé de coucher ici, attendu que tu ne pourras plus te tenir sur tes jambes.

– Moi, dit Caderousse en se levant avec la fatuité de l'homme ivre, moi, ne pas pouvoir me tenir sur mes jambes ! Je parie que je monte au clocher des Accoules, et sans balancer encore !

– Eh bien ! soit, dit Danglars, je parie, mais pour demain : aujourd'hui il est temps de rentrer ; donne-moi donc le bras et rentrons.

– Rentrons, dit Caderousse, mais je n'ai pas besoin de ton bras pour cela. Viens-tu, Fernand ? Rentres-tu avec nous à Marseille ?

– Non, dit Fernand, je retourne aux Catalans, moi.

– Tu as tort, viens avec nous à Marseille, viens.

– Je n'ai point besoin à Marseille, et je n'y veux point aller.

– Comment as-tu dit cela ? Tu ne veux pas, mon bonhomme ! eh bien, à ton aise ! liberté pour tout le monde ! Viens, Danglars, et laissons Monsieur rentrer aux Catalans, puisqu'il le veut.

Danglars profita de ce moment de bonne volonté de Caderousse pour l'entraîner du côté de Marseille ; seulement, pour ouvrir un chemin plus court et plus facile à Fernand, au lieu de revenir par le quai de la Rive-Neuve il revint par la porte Saint-Victor.

Caderousse le suivait, tout chancelant, accroché à son bras. Lorsqu'il eut fait une vingtaine de pas, Danglars se retourna et vit Fernand se précipiter sur le papier, qu'il mit dans sa poche ; puis, aussitôt, s'élançant hors de la tonnelle, le jeune homme tourna du côté du Pillon.

– Eh bien, que fait-il donc ? dit Caderousse. Il nous a menti : il a dit qu'il allait aux Catalans, et il va à la ville ! Holà, Fernand ! tu te trompes, mon garçon !

– C'est toi qui vois trouble, dit Danglars, il suit tout droit le chemin des Vieilles-Infirmeries.

– En vérité ! dit Caderousse, eh bien ! j'aurais juré qu'il tournait à droite ; décidément le vin est un traître.

– Allons, allons, murmura Danglars, je crois que maintenant la chose est bien lancée, et qu'il n'y a plus qu'à la laisser marcher toute seule.

V. LE REPAS DES FIANÇAILLES

Le lendemain fut un beau jour. Le soleil se leva pur et brillant, et les premiers rayons d'un rouge pourpre diaprèrent de leurs rubis les pointes écumeuses des vagues.

Le repas avait été préparé au premier étage de cette même Réserve, avec la tonnelle de laquelle nous avons déjà fait connaissance. C'était une grande salle éclairée par cinq ou six fenêtres, au-dessus de chacune desquelles (explique le phénomène qui pourra !) était écrit le nom d'une des grandes villes de France.

Une balustrade en bois, comme le reste du bâtiment, régnait tout le long de ces fenêtres.

Quoique le repas ne fût indiqué que pour midi, dès onze heures du matin cette balustrade était chargée de promeneurs impatients. C'étaient les marins privilégiés du *Pharaon* et quelques soldats, amis de Dantès. Tous avaient, pour faire honneur aux fiancés, fait voir le jour à leurs plus belles toilettes.

Le bruit circulait, parmi les futurs convives, que les armateurs du *Pharaon* devaient honorer de leur présence le repas de noces de leur second ; mais c'était de leur part un si grand honneur accordé à Dantès que personne n'osait encore y croire.

Cependant Danglars, en arrivant avec Caderousse, confirma à son tour cette nouvelle. Il avait vu le matin M. Morrel lui-même, et M. Morrel lui avait dit qu'il viendrait dîner à la Réserve.

En effet, un instant après eux, M. Morrel fit à son tour son entrée dans la chambre et fut salué par les matelots du *Pharaon* d'un hourra unanime d'applaudissements. La présence de l'armateur était pour eux la confirmation du bruit qui courait déjà que Dantès serait nommé capitaine ; et, comme Dantès était fort aimé à bord, ces braves gens remerciaient ainsi l'armateur de ce qu'une fois par hasard son choix était en harmonie avec leurs désirs. À peine M. Morrel fut-il entré qu'on dépêcha unanimement Danglars et Caderousse vers le fiancé : ils avaient mission de le prévenir de l'arrivée du personnage important dont la vue avait produit une si vive sensation, et de lui dire de se hâter.

Danglars et Caderousse partirent tout courant, mais ils n'eurent pas fait cent pas qu'à la hauteur du magasin à poudre ils aperçurent la petite troupe qui venait.

Cette petite troupe se composait de quatre jeunes filles, amies de Mercédès et Catalanes comme elle, et qui accompagnaient la fiancée à laquelle Edmond donnait le bras. Près de la future marchait le père Dantès, et derrière eux venait Fernand avec son mauvais sourire.

Ni Mercédès ni Edmond ne voyaient ce mauvais sourire de Fernand. Les pauvres enfants étaient si heureux qu'ils ne voyaient qu'eux seuls et ce beau ciel pur qui les bénissait.

Danglars et Caderousse s'acquittèrent de leur mission d'ambassadeurs ; puis, après avoir échangé une poignée de main bien vigoureuse et bien amicale avec Edmond, ils allèrent, Danglars prendre place près de Fernand, Caderousse se ranger au côté du père Dantès, centre de l'attention générale.

Ce vieillard était vêtu de son bel habit de taffetas épinglé, orné de larges boutons d'acier, taillés à facettes. Ses jambes grêles, mais nerveuses, s'épanouissaient dans de magnifiques bas de coton mouchetés, qui sentaient d'une lieue la contrebande anglaise. À son chapeau à trois cornes pendait un flot de rubans blancs et bleus.

Enfin, il s'appuyait sur un bâton de bois tordu et recourbé par le haut comme le pedum antique. On eût dit un de ces muscadins qui paradaient en 1796 dans les jardins nouvellement rouverts du Luxembourg et des Tuileries.

Près de lui, nous l'avons dit, s'était glissé Caderousse, Caderousse que l'espérance d'un bon repas avait achevé de réconcilier avec les Dantès, Caderousse à qui il restait dans la mémoire un vague souvenir de ce qui s'était passé la veille, comme en se réveillant le matin on trouve dans son esprit l'ombre du rêve qu'on a fait pendant le sommeil.

Danglars, en s'approchant de Fernand, avait jeté sur l'amant désappointé un regard profond. Fernand, marchant derrière les futurs époux, complètement oublié par Mercédès, qui dans cet égoïsme juvénile et charmant de l'amour n'avait d'yeux que pour son Edmond ; Fernand était pâle, puis rouge par bouffées subites qui disparaissaient pour faire place chaque fois à une pâleur croissante. De temps en temps il regardait du côté de Marseille, et alors un tremblement nerveux et involontaire faisait frissonner ses membres. Fernand semblait attendre ou tout au moins prévoir quelque grand événement.

Dantès était simplement vêtu. Appartenant à la marine marchande, il avait un habit qui tenait le milieu entre l'uniforme militaire et le costume civil ; et, sous cet habit, sa bonne mine, que rehaussaient encore la joie et la beauté de sa fiancée, était parfaite.

Mercédès était belle comme une de ces Grecques de Chypre ou de Céos, aux yeux d'ébène et aux lèvres de corail. Elle marchait de ce pas libre et franc dont marchent les Arlésiennes et les Andalouses. Une fille des villes eût peut-être essayé de cacher sa joie sous un voile ou tout au moins sous le velours de ses paupières, mais Mercédès souriait et regardait tous ceux qui l'entouraient, et son sourire et son regard disaient aussi franchement qu'auraient pu le dire ces paroles : « Si vous êtes mes amis, réjouissez-vous avec moi, car, en vérité, je suis bien heureuse ! »

Dès que les fiancés et ceux qui les accompagnaient furent en vue de la Réserve, M. Morrel descendit et s'avança à son tour au-devant d'eux, suivi des matelots et des soldats avec lesquels il était resté, et auxquels il avait renouvelé la promesse déjà faite à Dantès qu'il succéderait au capitaine Leclère. En le voyant venir, Edmond quitta le bras de sa fiancée et le passa sous celui de M. Morrel. L'armateur et la jeune fille donnèrent alors l'exemple en montant les premiers l'escalier de bois qui conduisait à la chambre où le dîner était servi, et qui cria pendant cinq minutes sous les pas pesants des convives.

– Mon père, dit Mercédès en s'arrêtant au milieu de la table, vous à ma droite, je vous prie ; quant à ma gauche, j'y mettrai celui qui m'a servi de frère, ajouta-t-elle avec une douceur qui pénétra au plus profond du cœur de Fernand comme un coup de poignard. Ses lèvres blêmirent, et sous la teinte bistrée de son mâle visage on put voir encore une fois le sang se retirer peu à peu pour affluer au cœur.

Pendant ce temps Dantès avait exécuté la même manœuvre ; à sa droite il avait mis M. Morrel, à sa gauche Danglars ; puis de la main il avait fait signe à chacun de se placer à sa fantaisie.

Déjà couraient autour de la table les saucissons d'Arles à la chair brune et au fumet accentué, les langoustes à la cuirasse éblouissante, les prayres à la coquille rosée, les oursins, qui semblent des châtaignes entourées de leur enveloppe piquante, les clovisses, qui ont la prétention de remplacer avec supériorité, pour les gourmets du Midi, les huîtres du Nord ; enfin tous ces hors-d'œuvre délicats que la vague roule sur sa rive sablonneuse, et que les pêcheurs reconnaissants désignent sous le nom générique de fruits de mer.

– Un beau silence ! dit le vieillard en savourant un verre de vin jaune comme la topaze, que le père Pamphile en personne venait d'apporter devant Mercédès. Dirait-on qu'il y a ici trente personnes qui ne demandent qu'à rire.

– Eh ! un mari n'est pas toujours gai, dit Caderousse.

– Le fait est, dit Dantès, que je suis trop heureux en ce moment pour être gai. Si c'est comme cela que vous l'entendez, voisin, vous avez raison ! La joie fait quelquefois un effet étrange, elle oppresse comme la douleur.

Danglars observa Fernand, dont la nature impressionnable absorbait et renvoyait chaque émotion.

– Allons donc, dit-il, est-ce que vous craindriez quelque chose ? Il me semble au contraire que tout va selon vos désirs !

– Et c'est justement cela qui m'épouvante, dit Dantès, il me semble que l'homme n'est pas fait pour être si facilement heureux ! Le bonheur est comme ces palais des îles enchantées dont les dragons gardent les portes. Il faut combattre pour le conquérir, et moi, en vérité, je ne sais en quoi j'ai mérité le bonheur d'être le mari de Mercédès.

– Le mari, le mari, dit Caderousse en riant, pas encore, mon capitaine ; essaye un peu de faire le mari, et tu verras comme tu seras reçu !

Mercédès rougit.

Fernand se tourmentait sur sa chaise, tressaillait au moindre bruit, et de temps en temps essuyait de larges plaques de sueur qui perlaient sur son front comme les premières gouttes d'une pluie d'orage.

– Ma foi, dit Dantès, voisin Caderousse, ce n'est point la peine de me démentir pour si peu. Mercédès n'est point encore ma femme, c'est vrai…

Il tira sa montre.

– Mais, dans une heure et demie elle le sera !

Chacun poussa un cri de surprise, à l'exception du père Dantès dont le large rire montra les dents encore belles. Mercédès sourit et ne rougit plus. Fernand saisit convulsivement le manche de son couteau.

– Dans une heure ! dit Danglars pâlissant lui-même ; et comment cela ?

– Oui, mes amis, répondit Dantès, grâce au crédit de M. Morrel, l'homme après mon père auquel je dois le plus au monde, toutes les difficultés sont aplanies. Nous avons acheté les bans, et à deux heures et demie le maire de Marseille nous attend à l'hôtel de ville. Or, comme une heure et un quart viennent de sonner, je ne crois pas me tromper de beaucoup en disant que dans une heure trente minutes Mercédès s'appellera madame Dantès.

Fernand ferma les yeux : un nuage de feu brûla ses paupières ; il s'appuya à la table pour ne pas défaillir, et, malgré tous ses efforts, ne put retenir un gémissement sourd qui se perdit dans le bruit des rires et des félicitations de l'assemblée.

– C'est bien agir, cela, hein, dit le père Dantès. Cela s'appelle-t-il perdre son temps, à votre avis ? Arrivé d'hier au matin, marié aujourd'hui à trois heures ! Parlez-moi des marins pour aller rondement en besogne.

– Mais les autres formalités, objecta timidement Danglars : le contrat, les écritures ?...

– Le contrat, dit Dantès en riant, le contrat est tout fait : Mercédès n'a rien, ni moi non plus ! Nous nous marions sous le régime de la communauté, et voilà ! Ça n'a pas été long à écrire et ce ne sera pas cher à payer.

Cette plaisanterie excita une nouvelle explosion de joie et de bravos.

– Ainsi, ce que nous prenions pour un repas de fiançailles, dit Danglars, est tout bonnement un repas de noces.

– Non pas, dit Dantès ; vous n'y perdrez rien, soyez tranquilles. Demain matin je pars pour Paris. Quatre jours pour aller, quatre jours pour revenir, un jour pour faire en conscience la commission dont je suis chargé, et le 1er mars je suis de retour ; au 2 mars donc le véritable repas de noces.

Cette perspective d'un nouveau festin redoubla l'hilarité au point que le père Dantès, qui au commencement du dîner se plaignait du silence, faisait maintenant, au milieu de la conversation générale, de vains efforts pour placer son vœu de prospérité en faveur des futurs époux.

Dantès devina la pensée de son père et y répondit par un sourire plein d'amour. Mercédès commença de regarder l'heure au coucou de la salle et fit un petit signe à Edmond.

Il y avait autour de la table cette hilarité bruyante et cette liberté individuelle qui accompagnent, chez les gens de condition inférieure, la fin des repas. Ceux qui étaient mécontents de leur place s'étaient levés de table et avaient été chercher d'autres voisins. Tout le monde commençait à parler à la fois, et personne ne s'occupait de répondre à ce que son interlocuteur lui disait, mais seulement à ses propres pensées.

La pâleur de Fernand était presque passée sur les joues de Danglars ; quant à Fernand lui-même, il ne vivait plus et semblait un damné dans le lac de feu. Un des premiers, il s'était levé et se promenait de long en large dans la salle, essayant d'isoler son oreille du bruit des chansons et du choc des verres.

Caderousse s'approcha de lui au moment où Danglars, qu'il semblait fuir, venait de le rejoindre dans un angle de la salle.

– En vérité, dit Caderousse, à qui les bonnes façons de Dantès et surtout le bon vin du père Pamphile avaient enlevé tous les restes de la haine dont le bonheur inattendu de Dantès avait jeté les germes dans son âme, en vérité, Dantès est un gentil garçon ; et quand je le vois assis près de sa fiancée, je me dis que c'eût été dommage de lui faire la mauvaise plaisanterie que vous complotiez hier.

– Aussi, dit Danglars, tu as vu que la chose n'a pas eu de suite ; ce pauvre M. Fernand était si bouleversé qu'il m'avait fait de la peine d'abord ; mais du moment qu'il en a pris son parti, au point de s'être fait le premier garçon de noces de son rival, il n'y a plus rien à dire.

Caderousse regarda Fernand, il était livide.

– Le sacrifice est d'autant plus grand, continua Danglars, qu'en vérité la fille est belle. Peste ! l'heureux coquin que mon futur capitaine ; je voudrais m'appeler Dantès douze heures seulement.

– Partons-nous ? demanda la douce voix de Mercédès ; voici deux heures qui sonnent, et l'on nous attend à deux heures un quart.

– Oui, oui, partons ! dit Dantès en se levant vivement.

– Partons ! répétèrent en chœur tous les convives.

Au même instant, Danglars, qui ne perdait pas de vue Fernand assis sur le rebord de la fenêtre, le vit ouvrir des yeux hagards, se lever comme par un mouvement convulsif, et retomber assis sur l'appui de cette croisée, presque au même instant un bruit sourd retentit dans l'escalier ; le retentissement d'un pas pesant, une rumeur confuse de voix mêlées à un cliquetis d'armes couvrirent les exclamations des convives, si bruyantes qu'elles fussent, et attirèrent l'attention générale, qui se manifesta à l'instant même par un silence inquiet.

Le bruit s'approcha ; trois coups retentirent dans le panneau de la porte ; chacun regarda son voisin d'un air étonné.

– Au nom de la loi ! cria une voix vibrante, à laquelle aucune voix ne répondit.

Aussitôt la porte s'ouvrit, et un commissaire, ceint de son écharpe, entra dans la salle, suivi de quatre soldats armés, conduits par un caporal.

L'inquiétude fit place à la terreur.

– Qu'y a-t-il ? demanda l'armateur en s'avançant au-devant du commissaire, qu'il connaissait. Bien certainement, monsieur, il y a méprise.

– S'il y a méprise, monsieur Morrel, répondit le commissaire, croyez que la méprise sera promptement réparée ; en attendant, je suis porteur d'un mandat d'arrêt ; et, quoique ce soit avec regret que je remplis ma mission, il ne faut pas moins que je la remplisse. Lequel de vous, messieurs, est Edmond Dantès ?

Tous les regards se tournèrent vers le jeune homme, qui, fort ému mais conservant sa dignité, fit un pas en avant et dit :

– C'est moi, monsieur, que me voulez-vous ?

– Edmond Dantès, reprit le commissaire, au nom de la loi, je vous arrête !

– Vous m'arrêtez ! dit Edmond avec une légère pâleur, mais pourquoi m'arrêtez-vous ?

– Je l'ignore, monsieur, mais votre premier interrogatoire vous l'apprendra.

M. Morrel comprit qu'il n'y avait rien à faire contre l'inflexibilité de la situation : un commissaire ceint de son écharpe n'est plus un homme, c'est la statue de la loi, froide, sourde, muette.

Le vieillard, au contraire, se précipita vers l'officier : il y a des choses que le cœur d'un père ou d'une mère ne comprendront jamais.

Il pria et supplia ; larmes et prières ne pouvaient rien ; cependant son désespoir était si grand que le commissaire en fut touché.

– Monsieur, dit-il, tranquillisez-vous ; peut-être votre fils a-t-il négligé quelque formalité de douane ou de santé, et, selon toute probabilité, lorsqu'on aura reçu de lui les renseignements qu'on désire en tirer, il sera remis en liberté.

– Ah çà ! qu'est-ce que cela signifie ? demanda en fronçant le sourcil Caderousse à Danglars, qui jouait la surprise.

– Le sais-je, moi ? dit Danglars. Je suis comme toi : je vois ce qui se passe, je n'y comprends rien, et je reste confondu.

Caderousse chercha des yeux Fernand : il avait disparu.

Toute la scène de la veille se représenta alors à son esprit avec une effrayante lucidité.

On eût dit que la catastrophe venait de tirer le voile que l'ivresse de la veille avait jeté entre lui et sa mémoire.

– Oh, oh ! dit-il d'une voix rauque, serait-ce la suite de la plaisanterie dont vous parliez hier, Danglars ? En ce cas, malheur à celui qui l'aurait faite, car elle est bien triste.

– Pas du tout ! s'écria Danglars, tu sais bien au contraire que j'ai déchiré le papier.

– Tu ne l'as pas déchiré, dit Caderousse ; tu l'as jeté dans un coin, voilà tout.

– Tais-toi, tu n'as rien vu, tu étais ivre.

– Où est Fernand ? demanda Caderousse.

– Le sais-je, moi ? répondit Danglars, à ses affaires probablement. Mais, au lieu de nous occuper de cela, allons donc porter du secours à ces pauvres affligés.

En effet, pendant cette conversation, Dantès avait, en souriant, serré la main à tous ses amis, et s'était constitué prisonnier en disant : « Soyez tranquilles, l'erreur va s'expliquer, et probablement que je n'irai même pas jusqu'à la prison. »

– Oh ! bien certainement, j'en répondrais, dit Danglars qui, en ce moment, s'approchait, comme nous l'avons dit, du groupe principal.

Dantès descendit l'escalier, précédé du commissaire de police et entouré par les soldats. Une voiture, dont la portière était tout ouverte, attendait à la porte, il y monta ; deux soldats et le commissaire montèrent après lui ; la portière se referma, et la voiture reprit le chemin de Marseille.

– Adieu, Dantès ! adieu, Edmond ! s'écria Mercédès en s'élançant sur la balustrade.

Le prisonnier entendit ce dernier cri, sorti comme un sanglot du cœur déchiré de sa fiancée. Il passa la tête par la portière, cria : « Au revoir, Mercédès ! et disparut à l'un des angles du fort Saint-Nicolas. »

– Attendez-moi ici, dit l'armateur, je prends la première voiture que je rencontre, je cours à Marseille, et je vous rapporte des nouvelles.

– Allez ! crièrent toutes les voix, allez ! Et revenez bien vite !

Il y eut après ce double départ un moment de stupeur terrible parmi tous ceux qui étaient restés.

Le vieillard et Mercédès restèrent quelque temps isolés, chacun dans sa propre douleur ; mais enfin leurs yeux se rencontrèrent ; ils se reconnurent comme deux victimes frappées du même coup, et se jetèrent dans les bras l'un de l'autre.

Pendant ce temps Fernand rentra, se versa un verre d'eau qu'il but, et alla s'asseoir sur une chaise.

Le hasard fit que ce fut sur une chaise voisine que vint tomber Mercédès en sortant des bras du vieillard.

Fernand, par un mouvement instinctif, recula sa chaise.

– C'est lui, dit à Danglars Caderousse, qui n'avait pas perdu de vue le Catalan.

– Je ne crois pas, répondit Danglars, il était trop bête ; en tout cas, que le coup retombe sur celui qui l'a fait.

– Tu ne me parles pas de celui qui l'a conseillé, dit Caderousse.

– Ah, ma foi ! dit Danglars, si l'on était responsable de tout ce que l'on dit en l'air !

– Oui, lorsque ce que l'on dit en l'air retombe par la pointe.

Pendant ce temps, les groupes commentaient l'arrestation de toutes les manières.

– Et vous, Danglars, dit une voix, que pensez-vous de cet événement ?

– Moi, dit Danglars, je crois qu'il aura rapporté quelques ballots de marchandises prohibées.

– Mais si c'était cela, vous devriez le savoir, Danglars, vous qui étiez agent comptable.

– Oui, c'est vrai, mais l'agent comptable ne connaît que les colis qu'on lui déclare. Je sais que nous sommes chargés de coton, voilà tout ; que nous avons pris le chargement à Alexandrie, chez M. Pastret, et à Smyrne, chez M. Pascal ; ne m'en demandez pas davantage.

– Oh ! je me rappelle, maintenant, murmura le pauvre père se rattachant à ce débris, qu'il m'a dit hier qu'il avait pour moi une caisse de café et une caisse de tabac.

– Voyez-vous, dit Danglars, c'est cela ; en notre absence, la douane aura fait une visite à bord du *Pharaon*, et elle aura découvert le pot aux roses.

Mercédès ne croyait point à tout cela ; car, comprimée jusqu'à ce moment, sa douleur éclata tout à coup en sanglots.

– Allons, allons, espoir ! dit sans trop savoir ce qu'il disait le père Dantès.

– Espoir ! répéta Danglars.

– Espoir, essaya de murmurer Fernand, mais ce mot l'étouffait ; ses lèvres s'agitèrent, aucun son ne sortit de sa bouche.

– Messieurs, cria un des convives resté en vedette sur la balustrade ; messieurs, une voiture ! Ah, c'est

M. Morrell ! courage, courage ! sans doute qu'il nous apporte de bonnes nouvelles.

Mercédès et le vieux père coururent au-devant de l'armateur, qu'ils rencontrèrent à la porte. M. Morrel était fort pâle.

– Eh bien ! s'écrièrent-ils d'une même voix.

– Eh bien, mes amis ! répondit l'armateur en secouant la tête, la chose est plus grave que nous le pensions.

– Oh ! Monsieur, s'écria Mercédès, il est innocent !

– Je le crois, répondit M. Morrel, mais on l'accuse.

– De quoi donc ? demanda le vieux Dantès.

– D'être un agent bonapartiste.

Ceux de mes lecteurs qui ont vécu dans l'époque où se passe cette histoire se rappelleront quelle terrible accusation c'était, à cette époque-là, que celle que venait de formuler M. Morrel.

Mercédès poussa un cri ; le vieillard se laissa tomber sur une chaise.

– Ah ! murmura Caderousse, vous m'avez trompé, Danglars, et la plaisanterie a été faite. Mais je ne veux pas laisser mourir de douleur ce vieillard et cette jeune fille, et je vais tout leur dire.

– Tais-toi, malheureux ! s'écria Danglars en saisissant la main de Caderousse, ou je ne réponds pas de toi-même ; qui te dit que Dantès n'est pas véritablement coupable ? Le bâtiment a touché à l'île d'Elbe, il y est descendu, il est resté tout un jour à Porto-Ferrajo ; si l'on trouvait sur lui quelque lettre qui le compromette, ceux qui l'auraient soutenu passeraient pour ses complices.

Caderousse, avec l'instinct rapide de l'égoïsme, comprit toute la solidité de ce raisonnement ; il regarda Danglars avec des yeux hébétés par la crainte et la douleur, et, pour un pas qu'il avait fait en avant, il en fit deux en arrière.

– Attendons, alors, murmura-t-il.

– Oui, attendons, dit Danglars ; s'il est innocent, on le mettra en liberté ; s'il est coupable, il est inutile de se compromettre pour un conspirateur.

– Alors, partons, je ne puis rester plus longtemps ici.

– Oui, viens, dit Danglars enchanté de trouver un compagnon de retraite, viens, et laissons-les se retirer de là comme ils pourront.

Ils partirent. Fernand, redevenu l'appui de la jeune fille, prit Mercédès par la main et la ramena aux Catalans. Les amis de Dantès ramenèrent, de leur côté, aux allées de Meilhan ce vieillard presque évanoui.

Bientôt cette rumeur, que Dantès venait d'être arrêté comme agent bonapartiste, se répandit par toute la ville.

– Eussiez-vous cru cela, mon cher Danglars ? dit M. Morrel en rejoignant son agent comptable et Caderousse, car il regagnait lui-même la ville en toute hâte pour avoir quelque nouvelle directe d'Edmond par le substitut du procureur du roi, M. de Villefort, qu'il connaissait un peu, auriez-vous cru cela ?

– Dame, monsieur ! répondit Danglars, je vous avais dit que Dantès, sans aucun motif, avait relâché à l'île d'Elbe, et cette relâche, vous le savez, m'avait paru suspecte.

– Mais aviez-vous fait part de vos soupçons à d'autres qu'à moi ?

– Je m'en serais bien gardé, monsieur, ajouta tout bas Danglars ; vous savez bien qu'à cause de votre oncle, M. Policar Morrel, qui a servi sous l'autre et qui ne cache pas sa pensée, on vous soupçonne de regretter Napoléon ; j'aurais eu peur de faire tort à Edmond et ensuite à vous ; il y a de ces choses qu'il est du devoir d'un subordonné de dire à son armateur et de cacher sévèrement aux autres.

– Bien, Danglars ! bien ! dit l'armateur, vous êtes un brave garçon ; aussi j'avais d'avance pensé à vous, dans le cas où ce pauvre Dantès fût devenu le capitaine du *Pharaon*.

– Comment cela, monsieur ?

– Oui, j'avais d'avance demandé à Dantès ce qu'il pensait de vous, et s'il aurait quelque répugnance à vous garder à votre poste ; car, je ne sais pourquoi, j'avais cru remarquer qu'il y avait du froid entre vous.

– Et que vous a-t-il répondu ?

– Qu'il croyait effectivement avoir eu, dans une circonstance qu'il ne m'a pas dite, quelques torts envers vous, mais que toute personne qui avait la confiance de l'armateur avait la sienne.

– L'hypocrite ! murmura Danglars.

– Pauvre Dantès ! dit Caderousse, c'est un fait qu'il était excellent garçon.

– Oui, mais en attendant, dit M. Morrel, voilà le *Pharaon* sans capitaine.

– Oh ! dit Danglars, il faut espérer, puisque nous ne pouvons repartir que dans trois mois, que d'ici à cette époque Dantès sera mis en liberté.

– Sans doute, mais jusque-là ?

– Eh bien ! jusque-là me voici, monsieur Morrel, dit Danglars ; vous savez que je connais le maniement d'un navire aussi bien que le premier capitaine au long cours venu ; cela vous offrira même un avantage, de vous servir de moi, car lorsque Edmond sortira de prison, vous n'aurez personne à remercier ; il reprendra sa place et moi la mienne, voilà tout.

– Merci, Danglars, dit l'armateur ; voilà en effet qui concilie tout. Prenez donc le commandement, je vous y autorise, et surveillez le débarquement : il ne faut jamais, quelque catastrophe qui arrive aux individus, que les affaires souffrent.

– Soyez tranquille, monsieur ; mais pourra-t-on le voir au moins, ce bon Edmond ?

– Je vous dirai cela tout à l'heure, Danglars ; je vais tâcher de parler à M. de Villefort et d'intercéder près de lui en faveur du prisonnier. Je sais bien que c'est un royaliste enragé, mais, que diable ! tout royaliste et procureur du roi qu'il est, il est un homme aussi, et je ne le crois pas méchant.

– Non, dit Danglars, mais j'ai entendu dire qu'il était ambitieux, et cela se ressemble beaucoup.

– Enfin, dit M. Morrel avec un soupir, nous verrons. Allez à bord, je vous y rejoins.

Et il quitta les deux amis pour prendre le chemin du palais de justice.

– Tu vois, dit Danglars à Caderousse, la tournure que prend l'affaire. As-tu encore envie d'aller soutenir Dantès maintenant ?

– Non, sans doute ; mais c'est cependant une terrible chose qu'une plaisanterie qui a de pareilles suites.

– Dame ! qui l'a faite ? Ce n'est ni toi ni moi, n'est-ce pas ? C'est Fernand. Tu sais bien que quant à moi j'ai jeté le papier dans un coin : je croyais même l'avoir déchiré.

– Non, non, dit Caderousse. Oh ! quant à cela, j'en suis sûr ; je le vois au coin de la tonnelle, tout froissé, tout roulé, et je voudrais même bien qu'il fût encore où je le vois !

– Que veux-tu ? Fernand l'aura ramassé, Fernand l'aura copié ou fait copier, Fernand n'aura peut-être même pas pris cette peine ; et, j'y pense… mon Dieu ! il aura peut-être envoyé ma propre lettre ! Heureusement que j'avais déguisé mon écriture.

– Mais tu savais donc que Dantès conspirait ?

– Moi, je ne savais rien au monde. Comme je l'ai dit j'ai cru faire une plaisanterie, pas autre chose. Il paraît que, comme Arlequin, j'ai dit la vérité en riant.

– C'est égal, reprit Caderousse, je donnerais bien des choses pour que toute cette affaire ne fût pas arrivée, ou du moins pour n'être mêlé en rien à toute cette affaire. Tu verras qu'elle nous portera malheur, Danglars !

– Si elle doit porter malheur à quelqu'un, c'est au vrai coupable, et le vrai coupable c'est Fernand et non pas nous. Quel malheur veux-tu qu'il nous arrive à nous ? Nous n'avons qu'à nous tenir tranquilles, sans souffler le mot de tout cela, et l'orage passera sans que le tonnerre tombe.

– Amen ! dit Caderousse en faisant un signe d'adieu à Danglars et en se dirigeant vers les allées de Meilhan, tout en secouant la tête et en se parlant à lui-même comme ont l'habitude de faire les gens fort préoccupés.

– Bon ! dit Danglars, les choses prennent la tournure que j'avais prévue : me voilà capitaine par intérim, et si cet imbécile de Caderousse peut se taire, capitaine tout de bon. Il n'y a donc que le cas où la justice relâcherait Dantès ? Oh ! mais, ajouta-t-il avec un sourire, la justice est la justice, et je m'en rapporte à elle.

Et, sur ce, il sauta dans une barque en donnant l'ordre au batelier de le conduire à bord du *Pharaon*, où l'armateur, on se le rappelle, lui avait donné rendez-vous.

•

VI. LE SUBSTITUT DU PROCUREUR DU ROI

Rue du Grand-Cours, en face de la fontaine des Méduses, dans une de ces vieilles maisons à l'architecture aristocratique bâties par Puget, on célébrait aussi le même jour, à la même heure, un repas de fiançailles.

Seulement, au lieu que les acteurs de cette autre scène fussent des gens du peuple, des matelots et des soldats, ils appartenaient à la tête de la société marseillaise. C'étaient d'anciens magistrats qui avaient donné la démission de leur charge sous l'usurpateur ; de vieux officiers qui avaient déserté nos rangs pour passer dans ceux de l'armée de Condé ; des jeunes gens élevés par leur famille encore mal rassurée sur leur existence malgré les quatre ou cinq remplaçants qu'elle avait payés, dans la haine de cet homme dont cinq ans d'exil devaient faire un martyr, et quinze ans de Restauration un dieu.

On était à table et la conversation roulait, brûlante de toutes les passions, les passions de l'époque, passions d'autant plus terribles, vivantes et acharnées dans le Midi que depuis cinq cents ans les haines religieuses venaient en aide aux haines politiques.

L'Empereur, roi de l'île d'Elbe après avoir été souverain d'une partie du monde, régnant sur une population de cinq à six mille âmes après avoir entendu crier : « Vive Napoléon ! » par cent vingt millions de sujets et en dix langues différentes, était traité là comme un homme perdu à tout jamais pour la France et pour le trône. Les magistrats relevaient les bévues politiques ; les militaires parlaient de Moscou et de Leipsick[4] ; les femmes, de son divorce avec Joséphine. Il semblait à ce monde royaliste, tout joyeux et tout triomphant non pas de la chute de l'homme, mais de l'anéantissement du principe, que la vie recommençait pour lui, et qu'il sortait d'un rêve pénible.

Un vieillard, décoré de la croix de Saint-Louis, se leva et proposa la santé du roi Louis XVIII à ses convives ; c'était le marquis de Saint-Méran.

À ce toast, qui rappelait à la fois l'exilé de Hartwel et le roi pacificateur de la France, la rumeur fut grande, les verres se levèrent à la manière anglaise, les femmes détachèrent leurs bouquets et en jonchèrent la nappe. Ce fut un enthousiasme presque poétique.

– Ils en conviendraient s'ils étaient là, dit la marquise de Saint-Méran, femme à l'œil sec, aux lèvres minces, à la tournure aristocratique et encore élégante malgré ses cinquante ans, tous ces révolutionnaires qui nous ont chassés et que nous laissons à notre tour bien tranquillement conspirer dans nos vieux châteaux qu'ils ont achetés pour un morceau de pain, sous la Terreur. Ils en conviendraient, que le véritable dévouement était de notre côté puisque nous nous attachions à la monarchie croulante, tandis qu'eux, au contraire, saluaient le soleil levant et faisaient leur fortune, pendant que nous, nous perdions la nôtre ; ils en conviendraient que notre roi, à

4. Leipzig.

nous, était bien véritablement Louis le Bien-Aimé, tandis que leur usurpateur, à eux, n'a jamais été que Napoléon le maudit ; n'est-ce pas, de Villefort ?

– Vous dites, madame la marquise ?... Pardonnez-moi, je n'étais pas à la conversation.

– Eh ! laissez ces enfants, marquise, reprit le vieillard qui avait porté le toast ; ces enfants vont s'épouser, et tout naturellement ils ont à parler d'autre chose que de politique.

– Je vous demande pardon, ma mère, dit une jeune et belle personne aux blonds cheveux, à l'œil de velours nageant dans un fluide nacré ; je vous rends M. de Villefort, que j'avais accaparé pour un instant. Monsieur de Villefort, ma mère vous parle.

– Je me tiens prêt à répondre à madame, si elle veut bien renouveler sa question que j'ai mal entendue, dit M. de Villefort.

– On vous pardonne, Renée, dit la marquise avec un sourire de tendresse qu'on était étonné de voir fleurir sur cette sèche figure. Mais le cœur de la femme est ainsi fait, que si aride qu'il devienne au souffle des préjugés et aux exigences de l'étiquette, il y a toujours un coin fertile et riant : c'est celui que Dieu a consacré à l'amour maternel. On vous pardonne... Maintenant je disais, Villefort, que les bonapartistes n'avaient ni notre conviction, ni notre enthousiasme, ni notre dévouement.

– Oh ! Madame, ils ont du moins quelque chose qui remplace tout cela : c'est le fanatisme. Napoléon est le Mahomet de l'Occident ; c'est pour tous ces hommes vulgaires, mais aux ambitions suprêmes, non seulement un législateur et un maître, mais encore c'est un type, le type de l'égalité.

– De l'égalité ! s'écria la marquise. Napoléon, le type de l'égalité ! Et que ferez-vous donc de M. de Robespierre ? Il me semble que vous lui volez sa place pour la donner au Corse ; c'est cependant bien assez d'une usurpation, ce me semble.

– Non, madame, dit Villefort, je laisse chacun sur son piédestal : Robespierre, place Louis XV, sur son échafaud ; Napoléon, place Vendôme, sur sa colonne ; seulement l'un a fait de l'égalité qui abaisse, et l'autre de l'égalité qui élève ; l'un a ramené les rois au niveau de la guillotine, l'autre a élevé le peuple au niveau du trône. Cela ne veut pas dire, ajouta Villefort en riant, que tous deux ne soient pas d'infâmes révolutionnaires, et que le 9 thermidor[5] et le 4 avril 1814[6] ne soient pas deux jours heureux pour la France, et dignes d'être également fêtés par les amis de l'ordre et de la monarchie ; mais cela explique aussi comment, tout tombé qu'il est pour ne se relever jamais, je l'espère, Napoléon a conservé ses séides[7]. Que voulez-vous, marquise ? Cromwell, qui n'était que la moitié de tout ce qu'a été Napoléon, avait bien les siens !

– Savez-vous que ce que vous dites là, Villefort, sent la révolution d'une lieue ? Mais je vous pardonne : on ne peut pas être fils de girondin[8] et ne pas conserver un goût de terroir.

Une vive rougeur passa sur le front de Villefort.

– Mon père était girondin, madame, dit-il, c'est vrai. Mais mon père n'a pas voté la mort du roi ; mon père a

5. Chute de Robespierre.

6. Première abdication de Napoléon Ier.

7. Fervents partisans.

8. Du parti révolutionnaire puis modéré constitué autour des députés de Gironde de 1791 à 1793.

été proscrit par cette même Terreur qui vous proscrivait, et peu s'en est fallu qu'il ne portât sa tête sur le même échafaud qui avait vu tomber la tête de votre père.

– Oui, dit la marquise, sans que ce souvenir sanglant amenât la moindre altération sur ses traits ; seulement c'était pour des principes diamétralement opposés qu'ils y fussent montés tous deux, et la preuve c'est que toute ma famille est restée attachée aux princes exilés, tandis que votre père a eu hâte de se rallier au nouveau gouvernement, et qu'après que le citoyen Noirtier a été girondin le comte Noirtier est devenu sénateur.

– Ma mère, ma mère, dit Renée, vous savez qu'il était convenu qu'on ne parlerait plus de ces mauvais souvenirs.

– Madame, répondit Villefort, je me joindrai à mademoiselle de Saint-Méran pour vous demander bien humblement l'oubli du passé. À quoi bon récriminer sur des choses dans lesquelles la volonté de Dieu même est impuissante ? Dieu peut changer l'avenir ; il ne peut pas même modifier le passé. Ce que nous pouvons, nous autres hommes, c'est, sinon le renier, du moins jeter un voile dessus. Eh bien ! moi, je me suis séparé non seulement de l'opinion, mais encore du nom de mon père. Mon père a été ou est même peut-être encore bonapartiste et s'appelle Noirtier ; moi je suis royaliste et m'appelle de Villefort. Laissez mourir dans le vieux tronc un reste de sève révolutionnaire, et ne voyez, madame, que le rejeton qui s'écarte de ce tronc, sans pouvoir, et je dirai presque sans vouloir s'en détacher tout à fait.

– Bravo, Villefort, dit le marquis, bravo, bien répondu ! Moi aussi j'ai toujours prêché à la marquise l'oubli du passé, sans jamais avoir pu l'obtenir d'elle ; vous serez plus heureux, je l'espère.

– Oui, c'est bien, dit la marquise, oublions le passé, je ne demande pas mieux, et c'est convenu ; mais qu'au moins Villefort soit inflexible pour l'avenir. N'oubliez pas, Villefort, que nous avons répondu de vous à Sa Majesté ; que Sa Majesté, elle aussi, a bien voulu oublier, à notre recommandation (elle lui tendit la main), comme j'oublie à votre prière. Seulement, s'il vous tombe quelque conspirateur entre les mains, songez qu'on a d'autant plus les yeux sur vous que l'on sait que vous êtes d'une famille qui peut-être est en rapport avec ces conspirateurs.

– Hélas ! Madame, dit Villefort, ma profession et surtout le temps dans lequel nous vivons m'ordonnent d'être sévère. Je le serai. J'ai déjà eu quelques accusations politiques à soutenir, et, sous ce rapport, j'ai fait mes preuves. Malheureusement nous ne sommes pas au bout.

– Vous croyez ? dit la marquise.

– J'en ai peur. Napoléon à l'île d'Elbe est bien près de la France ; sa présence, presque en vue de nos côtes, entretient l'espérance de ses partisans. Marseille est pleine d'officiers à demi-solde, qui, tous les jours, sous un prétexte frivole, cherchent querelle aux royalistes ; de là des duels parmi les gens de classes élevées, de là des assassinats dans le peuple.

– Oui, dit le comte de Salvieux, vieil ami de M. de Saint-Méran et chambellan de M. le comte d'Artois, oui, mais vous savez que la Sainte-Alliance le déloge.

– Oui, il était question de cela lors de notre départ de Paris, dit M. de Saint-Méran. Et où l'envoie-t-on ?

– À Sainte-Hélène.

– À Sainte-Hélène ! Qu'est-ce que cela ? demanda la marquise.

– Une île située à deux mille lieues d'ici, au-delà de l'équateur, répondit le comte.

– À la bonne heure ! Comme le dit Villefort, c'est une grande folie que d'avoir laissé un pareil homme entre la Corse, où il est né, entre Naples, où règne encore son beau-frère, et en face de cette Italie dont il voulait faire un royaume à son fils.

– Malheureusement, dit Villefort, nous avons les traités de 1814, et l'on ne peut toucher à Napoléon sans manquer à ces traités.

– Eh bien ! on y manquera, dit M. de Salvieux. Y a-t-il regardé de si près, lui, lorsqu'il s'est agi de faire fusiller le malheureux duc d'Enghien ?

– Oui, dit la marquise, c'est convenu, la Sainte-Alliance débarrasse l'Europe de Napoléon, et Villefort débarrasse Marseille de ses partisans. Le roi règne ou ne règne pas : s'il règne, son gouvernement doit être fort et ses agents inflexibles ; c'est le moyen de prévenir le mal.

– Malheureusement, madame, dit en souriant Villefort, un substitut du procureur du roi arrive toujours quand le mal est fait.

– Alors, c'est à lui de le réparer.

– Je pourrais vous dire encore, madame, que nous ne réparons pas le mal, mais que nous le vengeons ; voilà tout.

– Oh ! monsieur de Villefort, dit une jeune et jolie personne, fille du comte de Salvieux et amie de Mlle de Saint-Méran, tâchez donc d'avoir un beau procès tandis que nous serons à Marseille. Je n'ai jamais vu une cour d'assises, et l'on dit que c'est fort curieux.

– Fort curieux, en effet, mademoiselle, dit le substitut ; car au lieu d'une tragédie factice c'est un drame véritable ; au lieu de douleurs jouées, ce sont des douleurs réelles. Cet homme qu'on voit là, au lieu, la toile baissée, de rentrer chez lui, de souper en famille et de se coucher tranquillement pour recommencer le lendemain, rentre dans la prison où il trouve le bourreau. Vous voyez bien que, pour les personnes nerveuses qui cherchent les émotions, il n'y a pas de spectacle qui vaille celui-là. Soyez tranquille, mademoiselle, si la circonstance se présente, je vous le procurerai.

– Il nous fait frissonner… et il rit ! dit Renée toute pâlissante.

– Que voulez-vous… c'est un duel… J'ai déjà requis cinq ou six fois la peine de mort contre des accusés politiques ou autres… Eh bien ! qui sait combien de poignards à cette heure s'aiguisent dans l'ombre, ou sont déjà dirigés contre moi ?

– Oh ! mon Dieu ! dit Renée en s'assombrissant de plus en plus, parlez-vous donc sérieusement, monsieur de Villefort ?

– On ne peut plus sérieusement, mademoiselle, reprit le jeune magistrat le sourire sur les lèvres. Et avec ces beaux procès que désire mademoiselle pour satisfaire sa curiosité, et que je désire, moi, pour satisfaire mon ambition, la situation ne fera que s'aggraver. Tous ces soldats de Napoléon, habitués à aller en aveugles à l'ennemi, croyez-vous qu'ils réfléchissent en brûlant une cartouche ou en marchant à la baïonnette ? Eh bien ? réfléchiront-ils davantage pour tuer un homme qu'ils croient leur ennemi personnel que pour tuer un Russe, un Autrichien ou un Hongrois qu'ils n'ont jamais vu ? D'ailleurs il faut cela, voyez-vous ; sans cela notre métier n'aurait point d'excuse. Moi-même, quand je vois luire dans l'œil de l'accusé l'éclair lumineux de la rage je me sens tout encouragé, je m'exalte ; ce n'est plus un procès, c'est un combat ; je lutte contre lui, il riposte, je redouble et le combat finit, comme tous les combats, par une victoire ou une défaite. Voilà ce que c'est que de plaider ! C'est le danger qui fait l'éloquence. Un accusé qui me sourirait après ma réplique me ferait croire que j'ai parlé mal, que ce que j'ai dit est pâle, sans vigueur, insuffisant. Songez donc à la sensation d'orgueil qu'éprouve un procureur du roi convaincu de la culpabilité de l'accusé, lorsqu'il voit blêmir et s'incliner son coupable sous le poids des preuves et sous les foudres de son éloquence ! Cette tête se baisse, elle tombera…

Renée jeta un léger cri.

– Voilà qui est parler, dit un des convives.

– Voilà l'homme qu'il faut dans des temps comme les nôtres ! dit un second.

– Aussi, dit un troisième, dans votre dernière affaire vous avez été superbe, mon cher Villefort. Vous savez, cet homme qui avait assassiné son père ; eh bien, littéralement, vous l'aviez tué avant que le bourreau n'y touchât.

– Oh ! pour les parricides, dit Renée, oh ! peu m'importe, il n'y a pas de supplice assez grand pour de pareils hommes ; mais pour les malheureux accusés politiques !…

– Mais c'est pis encore, Renée, car le roi est le père de la nation, et vouloir renverser ou tuer le roi c'est vouloir tuer le père de trente-deux millions d'hommes.

– Oh ! c'est égal, monsieur de Villefort, dit Renée, vous me promettez d'avoir de l'indulgence pour ceux que je vous recommanderai ?

– Soyez tranquille, dit Villefort avec son plus charmant sourire, nous ferons ensemble mes réquisitoires.

– Ma chère, dit la marquise, mêlez-vous de vos colibris, de vos épagneuls et de vos chiffons, et laissez votre futur époux faire son état. Aujourd'hui les armes se reposent et la robe est en crédit ; il y a là-dessus un mot latin d'une grande profondeur.

– *Cedant arma togae*[9], dit en s'inclinant Villefort.

– Je n'osais point parler latin, répondit la marquise.

– Je crois que j'aimerais mieux que vous fussiez médecin, reprit Renée ; l'ange exterminateur, tout ange qu'il est, m'a toujours fort épouvantée.

– Bonne Renée ! murmura Villefort en couvant la jeune fille d'un regard d'amour.

– Ma fille, dit le marquis, M. de Villefort sera le médecin moral et politique de cette province ; croyez-moi, c'est un beau rôle à jouer.

– Et ce sera un moyen de faire oublier celui qu'a joué son père, reprit l'incorrigible marquise.

– Madame, reprit Villefort avec un triste sourire, j'ai déjà eu l'honneur de vous dire que mon père avait, je l'espère du moins, abjuré les erreurs de son passé ; qu'il était devenu un ami zélé de la religion et de l'ordre, meilleur royaliste que moi peut-être ; car lui, c'était avec repentir, et moi je ne le suis qu'avec passion.

Et, après cette phrase arrondie, Villefort, pour juger de l'effet de sa faconde, regarda les convives, comme, après une phrase équivalente, il aurait au parquet regardé l'auditoire.

– Eh bien ! mon cher Villefort, reprit le comte de Salvieux, c'est justement ce qu'aux Tuileries je répondais avant-hier au ministre de la maison du roi, qui me demandait un peu compte de cette singulière alliance entre le fils d'un girondin et la fille d'un officier de l'armée de Condé ; et le ministre a très bien compris. Ce système

9. « Que les armes cèdent à la toge » (Cicéron, *Des devoirs*).

de fusion est celui de Louis XVIII. Aussi le roi, qui, sans que nous nous en doutassions, écoutait notre conversation, nous a-t-il interrompus en disant : « Villefort, remarquez que le roi n'a pas prononcé le nom de Noirtier, et au contraire a appuyé sur celui de Villefort, Villefort, a donc dit le roi, fera un bon chemin ; c'est un jeune homme déjà mûr, et qui est de mon monde. J'ai vu avec plaisir que le marquis et la marquise de Saint-Méran le prissent pour gendre, et je leur eusse conseillé cette alliance s'ils n'étaient venus les premiers me demander permission de la contracter. »

– Le roi a dit cela, comte ? s'écria Villefort ravi.

– Je vous rapporte ses propres paroles, et si le marquis veut être franc, il avouera que ce que je vous rapporte à cette heure s'accorde parfaitement avec ce que le roi lui a dit à lui-même quand il lui a parlé, il y a six mois, d'un projet de mariage entre sa fille et vous.

– C'est vrai, dit le marquis.

– Oh ! mais je lui devrai donc tout, à ce digne prince. Aussi que ne ferais-je pas pour le servir !

– À la bonne heure, dit la marquise, voilà comme je vous aime : vienne un conspirateur dans ce moment, et il sera le bienvenu.

– Et moi, ma mère, dit Renée, je prie Dieu qu'il ne vous écoute point, et qu'il n'envoie à M. de Villefort que de petits voleurs, de faibles banqueroutiers et de timides escrocs ; moyennant cela, je dormirai tranquille.

– C'est comme si, dit en riant Villefort, vous souhaitiez au médecin des migraines, des rougeoles et des piqûres de guêpes, toutes choses qui ne compromettent que l'épiderme. Si vous voulez me voir procureur du roi, au contraire, souhaitez-moi de ces terribles maladies dont la cure fait honneur au médecin.

En ce moment, et comme si le hasard n'avait attendu que l'émission du souhait de Villefort pour que ce souhait fût exaucé, un valet de chambre entra et lui dit quelques mots à l'oreille. Villefort quitta alors la table en s'excusant, et revint quelques instants après, le visage ouvert et les lèvres souriantes.

Renée le regarda avec amour ; car, vu ainsi, avec ses yeux bleus, son teint mat et ses favoris noirs qui encadraient son visage, c'était véritablement un élégant et beau jeune homme ; aussi l'esprit tout entier de la jeune fille sembla-t-il suspendu à ses lèvres, en attendant qu'il expliquât la cause de sa disparition momentanée.

– Eh bien, dit Villefort, vous ambitionniez tout à l'heure, mademoiselle, d'avoir pour mari un médecin, j'ai au moins avec les disciples d'Esculape[10] (on parlait encore ainsi en 1815) cette ressemblance que jamais l'heure présente n'est à moi, et qu'on me vient déranger même à côté de vous, même au repas de mes fiançailles.

– Et pour quelle cause vous dérange-t-on, monsieur ? demanda la belle jeune fille avec une légère inquiétude.

– Hélas ! pour un malade qui serait, s'il faut en croire ce que l'on m'a dit, à toute extrémité : cette fois c'est un cas grave, et la maladie frise l'échafaud.

– Ô mon Dieu ! s'écria Renée en pâlissant.

– En vérité ! dit tout d'une voix l'assemblée.

– Il paraît qu'on vient tout simplement de découvrir un petit complot bonapartiste.

– Est-il possible ? dit la marquise.

– Voici la lettre de dénonciation.

Et Villefort lut :

10. Ou Asclépios, dieu gréco-romain de la médecine.

Monsieur le procureur du roi est prévenu, par un ami du trône et de la religion, que le nommé Edmond Dantès, second du navire le Pharaon, *arrivé ce matin de Smyrne, après avoir touché à Naples et à Porto-Ferrajo, a été chargé, par Murat, d'une lettre pour l'usurpateur, et par l'usurpateur d'une lettre pour le comité bonapartiste de Paris.*

On aura la preuve de son crime en l'arrêtant ; car on trouvera cette lettre ou sur lui, ou chez son père, ou dans sa cabine à bord du Pharaon.

– Mais, dit Renée, cette lettre, qui n'est qu'une lettre anonyme d'ailleurs, est adressée à M. le procureur du roi, et non à vous.

– Oui, mais le procureur du roi est absent ; en son absence l'épître est parvenue à son secrétaire, qui avait mission d'ouvrir les lettres ; il a donc ouvert celle-ci, m'a fait chercher, et, ne me trouvant pas, a donné des ordres pour l'arrestation.

– Ainsi, le coupable est arrêté, dit la marquise.

– C'est-à-dire l'accusé, reprit Renée.

– Oui, madame, dit Villefort, et, comme j'avais l'honneur de le dire tout à l'heure à Mlle Renée, si l'on trouve la lettre en question, le malade est bien malade.

– Et où est ce malheureux ? demanda Renée.

– Il est chez moi.

– Allez, mon ami, dit le marquis, ne manquez pas à vos devoirs pour demeurer avec nous, quand le service du roi vous attend ailleurs ; allez donc où le service du roi vous attend.

– Ô monsieur de Villefort, dit Renée en joignant les mains, soyez indulgent, c'est le jour de vos fiançailles !

Villefort fit le tour de la table, et, s'approchant de la chaise de la jeune fille, sur le dossier de laquelle il s'appuya :

– Pour vous épargner une inquiétude, dit-il, je ferai tout ce que je pourrai, chère Renée ; mais, si les indices sont sûrs, si l'accusation est vraie, il faudra bien couper cette mauvaise herbe bonapartiste.

Renée frissonna à ce mot « couper », car cette herbe qu'il s'agissait de couper avait une tête.

– Bah ! bah ! dit la marquise, n'écoutez pas cette petite fille, Villefort, elle s'y fera.

Et la marquise tendit à Villefort une main sèche qu'il baisa, tout en regardant Renée et en lui disant des yeux :

– C'est votre main que je baise ou du moins que je voudrais baiser en ce moment.

– Tristes auspices ! murmura Renée.

– En vérité, mademoiselle, dit la marquise, vous êtes d'un enfantillage désespérant : je vous demande un peu ce que le destin de l'État peut avoir à faire avec vos fantaisies de sentiment et vos sensibleries de cœur.

– Oh ! ma mère ! murmura Renée.

– Grâce pour la mauvaise royaliste, madame la marquise, dit de Villefort, je vous promets de faire mon métier de substitut de procureur du roi en conscience, c'est-à-dire d'être horriblement sévère.

Mais, en même temps que le magistrat adressait ces paroles à la marquise, le fiancé jetait à la dérobée un regard à sa fiancée, et ce regard disait : « Soyez tranquille, Renée : en faveur de votre amour je serai indulgent. »

Renée répondit à ce regard par son plus doux sourire, et Villefort sortit avec le paradis dans le cœur.

VII. L'INTERROGATOIRE

À peine de Villefort fut-il hors de la salle à manger qu'il quitta son masque joyeux pour prendre l'air grave d'un homme appelé à cette suprême fonction de prononcer sur la vie de son semblable. Or, malgré la mobilité de sa physionomie, mobilité que le substitut avait, comme doit faire un habile acteur, plus d'une fois étudiée devant sa glace, ce fut cette fois un travail pour lui que de froncer son sourcil et d'assombrir ses traits. En effet, à part le souvenir de cette ligne politique suivie par son père, et qui pouvait, s'il ne s'en éloignait complètement, faire dévier son avenir, Gérard de Villefort était en ce moment aussi heureux qu'il est donné à un homme de le devenir : déjà riche par lui-même, il occupait à vingt-sept ans une place élevée dans la magistrature, il épousait une jeune et belle personne qu'il aimait, non pas passionnément, mais avec raison, comme un substitut du procureur du roi peut aimer, et outre sa beauté, qui était remarquable, Mlle de Saint-Méran, sa fiancée, appartenait à une des familles les mieux en cour de l'époque ; et outre l'influence de son père et de sa mère, qui, n'ayant point d'autre enfant, pouvaient la conserver tout entière à leur gendre, elle apportait encore à son mari une dot de cinquante mille écus, qui, grâce aux espérances, ce mot atroce inventé par les entremetteurs de mariage, pouvait s'augmenter un jour d'un héritage d'un demi-million ; tous ces éléments réunis composaient donc pour Villefort un total de félicité éblouissant, à ce point qu'il lui semblait voir des taches au soleil quand il avait longtemps regardé sa vie intérieure avec la vue de l'âme.

À la porte il trouva le commissaire de police qui l'attendait. La vue de l'homme noir le fit aussitôt retomber des hauteurs du troisième ciel sur la terre matérielle où nous marchons, il composa son visage comme nous l'avons dit, et, s'approchant de l'officier de justice :

– Me voici, monsieur, lui dit-il, j'ai lu la lettre, et vous avez bien fait d'arrêter cet homme ; maintenant donnez-moi sur lui et sur la conspiration tous les détails que vous avez recueillis.

– De la conspiration, monsieur, nous ne savons rien encore ; tous les papiers saisis sur lui ont été enfermés en une seule liasse, et déposés cachetés sur votre bureau. Quant au prévenu, vous l'avez vu par la lettre même qui le dénonce, c'est un nommé Edmond Dantès, second à bord du trois-mâts le *Pharaon*, faisant le commerce de coton avec Alexandrie et Smyrne, et appartenant à la maison Morrel et fils, de Marseille.

– Avant de servir dans la marine marchande, avait-il servi dans la marine militaire ?

– Oh ! non, monsieur ; c'est un tout jeune homme.

– Quel âge ?

– Dix-neuf ou vingt ans au plus.

En ce moment, et comme Villefort, en suivant la Grande-Rue, était arrivé au coin de la rue des Conseils, un homme qui semblait l'attendre au passage l'aborda : c'était M. Morrel.

– Ah ! monsieur de Villefort ! s'écria le brave homme en apercevant le substitut, je suis bien heureux de vous rencontrer. Imaginez-vous qu'on vient de commettre la méprise la plus étrange, la plus inouïe : on vient d'arrêter le second de mon bâtiment, Edmond Dantès.

– Je le sais, monsieur, dit Villefort, et je viens pour l'interroger.

– Oh ! monsieur, continua M. Morrel, emporté par son amitié pour le jeune homme, vous ne connaissez pas celui qu'on accuse, et je le connais, moi : imaginez-vous l'homme le plus doux, l'homme le plus probe, et j'oserai presque dire l'homme qui sait le mieux son état de toute la marine marchande. Ô monsieur de Villefort ! je vous le recommande bien sincèrement et de tout mon cœur.

Villefort, comme on a pu le voir, appartenait au parti noble de la ville, et Morrel au parti plébéien ; le premier était royaliste ultra, le second était soupçonné de sourd bonapartisme. Villefort regarda dédaigneusement Morrel, et lui répondit avec froideur :

– Vous savez, monsieur, qu'on peut être doux dans la vie privée, probe dans ses relations commerciales, savant dans son état, et n'en être pas moins un grand coupable, politiquement parlant ; vous le savez, n'est-ce pas, monsieur ?

Et le magistrat appuya sur ces derniers mots, comme s'il en voulait faire l'application à l'armateur lui-même ; tandis que son regard scrutateur semblait vouloir pénétrer jusqu'au fond du cœur de cet homme assez hardi d'intercéder pour un autre quand il devait savoir que lui-même avait besoin d'indulgence.

Morrel rougit, car il ne se sentait pas la conscience bien nette à l'endroit des opinions politiques ; et d'ailleurs la confidence que lui avait faite Dantès à l'endroit de son entrevue avec le grand maréchal et des quelques mots que lui avait adressés l'Empereur lui troublait quelque peu l'esprit. Il ajouta, toutefois, avec l'accent du plus profond intérêt :

– Je vous en supplie, monsieur de Villefort, soyez juste comme vous devez l'être, bon comme vous l'êtes toujours, et *rendez-nous* bien vite ce pauvre Dantès !

Le *rendez-nous* sonna révolutionnairement à l'oreille du substitut du procureur du roi.

– Eh ! eh ! se dit-il tout bas, rendez-nous… ce Dantès serait-il affilié à quelque secte de carbonari pour que son protecteur emploie ainsi sans y songer la formule collective ? On l'a arrêté dans un cabaret, m'a dit, je crois, le commissaire ; en nombreuse compagnie, a-t-il ajouté ; ce sera quelque vente.

Puis tout haut :

– Monsieur, répondit-il, vous pouvez être parfaitement tranquille, et vous n'aurez pas fait un appel inutile à ma justice si le prévenu est innocent ; mais si, au contraire, il est coupable, nous vivons dans une époque difficile, monsieur, où l'impunité serait d'un fatal exemple : je serai donc forcé de faire mon devoir.

Et, sur ce, comme il était arrivé à la porte de sa maison adossée au palais de justice, il entra majestueusement, après avoir salué, avec une politesse de glace, le malheureux armateur qui resta comme pétrifié à la place où l'avait quitté Villefort.

L'antichambre était pleine de gendarmes et d'agents de police ; au milieu d'eux, gardé à vue, enveloppé de regards flamboyants de haine, se tenait debout, calme et immobile, le prisonnier.

Villefort traversa l'antichambre, jeta un regard oblique sur Dantès, et, après avoir pris une liasse que lui remit un agent, disparut en disant :

– Qu'on amène le prisonnier.

Si rapide qu'eût été ce regard, il avait suffi à Villefort pour se faire une idée de l'homme qu'il allait avoir à interroger : il avait reconnu l'intelligence dans ce front large et ouvert, le courage dans cet œil fixe et ce sourcil froncé, et la franchise dans ces lèvres épaisses et à demi ouvertes, qui laissaient voir une double rangée de dents blanches comme l'ivoire.

La première impression avait été favorable à Dantès ; mais Villefort avait entendu dire si souvent, comme un mot de profonde politique, qu'il fallait se défier de son premier mouvement, attendu que c'était le bon, qu'il appliqua la maxime à l'impression, sans tenir compte de la différence qu'il y a entre les deux mots.

Il étouffa donc les bons instincts qui voulaient envahir son cœur pour livrer de là assaut à son esprit, arrangea devant la glace sa figure des grands jours et s'assit, sombre et menaçant, devant son bureau.

Un instant après lui, Dantès entra.

Le jeune homme était toujours pâle mais calme et souriant ; il salua son juge avec une politesse aisée, puis chercha des yeux un siège, comme s'il eût été dans le salon de l'armateur Morrel.

Ce fut alors seulement qu'il rencontra ce regard terne de Villefort, ce regard particulier aux hommes de palais, qui ne veulent pas qu'on lise dans leur pensée, et qui font de leur œil un verre dépoli. Ce regard lui apprit qu'il était devant la justice, figure aux sombres façons.

– Qui êtes-vous et comment vous nommez-vous, demanda Villefort en feuilletant ces notes que l'agent lui avait remises en entrant, et qui depuis une heure étaient déjà devenues volumineuses, tant la corruption des espionnages s'attache vite à ce corps malheureux qu'on nomme les prévenus.

– Je m'appelle Edmond Dantès, monsieur, répondit le jeune homme d'une voix calme et sonore ; je suis second à bord du navire le *Pharaon*, qui appartient à MM. Morrel et fils.

– Votre âge ? continua Villefort.

– Dix-neuf ans, répondit Dantès.

– Que faisiez-vous au moment où vous avez été arrêté ?

– J'assistais au repas de mes propres fiançailles, monsieur, dit Dantès d'une voix légèrement émue, tant le contraste était douloureux de ces moments de joie avec la lugubre cérémonie qui s'accomplissait, tant le visage sombre de M. de Villefort faisait briller de toute sa lumière la rayonnante figure de Mercédès.

– Vous assistiez au repas de vos fiançailles ? dit le substitut en tressaillant malgré lui.

– Oui, monsieur, je suis sur le point d'épouser une femme que j'aime depuis trois ans.

Villefort, tout impassible qu'il était d'ordinaire, fut cependant frappé de cette coïncidence, et cette voix émue de Dantès surpris au milieu de son bonheur alla éveiller une fibre sympathique au fond de son âme : lui aussi se mariait, lui aussi était heureux, et on venait troubler son bonheur pour qu'il contribuât à détruire la joie d'un homme qui, comme lui, touchait déjà au bonheur.

Ce rapprochement philosophique, pensa-t-il, fera grand effet à mon retour dans le salon de M. de Saint-Méran ; et il arrangea d'avance dans son esprit, et pendant que Dantès attendait de nouvelles questions, les mots antithétiques à l'aide desquels les orateurs construisent ces phrases ambitieuses d'applaudissements, qui parfois font croire à une véritable éloquence.

Lorsque son petit *speech* intérieur fut arrangé, Villefort sourit à son effet, et revenant à Dantès :

– Continuez, monsieur, dit-il.

– Que voulez-vous que je continue ?

– D'éclairer la justice.

– Que la justice me dise sur quel point elle veut être éclairée, et je lui dirai tout ce que je sais ; seulement, ajouta-t-il à son tour avec un sourire, je la préviens que je ne sais pas grand-chose.

– Avez-vous servi sous l'usurpateur ?

– J'allais être incorporé dans la marine militaire lorsqu'il est tombé.

– On dit vos opinions politiques exagérées, dit Villefort, à qui l'on n'avait pas soufflé un mot de cela, mais qui n'était pas fâché de poser la demande comme on pose une accusation.

– Mes opinions politiques, à moi, monsieur ? Hélas ! c'est presque honteux à dire, mais je n'ai jamais eu ce qu'on appelle une opinion. J'ai dix-neuf ans à peine, comme j'ai eu l'honneur de vous le dire ; je ne sais rien, je ne suis destiné à jouer aucun rôle ; le peu que je suis et que je serai, si l'on m'accorde la place que j'ambitionne, c'est à M. Morrel que je le devrai. Aussi, toutes mes opinions, je ne dirai pas politiques, mais privées, se bornent-elles à ces trois sentiments : j'aime mon père, je respecte M. Morrel et j'adore Mercédès. Voilà, monsieur, tout ce que je puis dire à la justice ; vous voyez que c'est peu intéressant pour elle.

À mesure que Dantès parlait, Villefort regardait son visage à la fois si doux et si ouvert, et se sentait revenir à la mémoire les paroles de Renée, qui, sans le connaître, lui avait demandé son indulgence pour le prévenu. Avec l'habitude qu'avait déjà le substitut du crime et des criminels, il voyait, à chaque parole de Dantès, surgir la preuve de son innocence. En effet, ce jeune homme, on pourrait presque dire cet enfant, simple, naturel, éloquent de cette éloquence du cœur qu'on ne trouve jamais quand on la cherche, plein d'affection pour tous, parce qu'il était heureux, et que le bonheur rend bons les méchants eux-mêmes, versait jusque sur son juge la douce affabilité qui débordait de son cœur. Edmond n'avait dans le regard, dans la voix, dans le geste, tout rude et tout sévère qu'avait été Villefort envers lui, que caresses et bonté pour celui qui l'interrogeait.

– Pardieu, se dit Villefort, voici un charmant garçon, et je n'aurai pas grand-peine, je l'espère, à me faire bien voir de Renée en accomplissant la première recommandation qu'elle m'a faite, cela me vaudra un bon serrement de main devant tout le monde et un charmant baiser dans un coin.

Et à cette douce espérance la figure de Villefort s'épanouit ; de sorte que, lorsqu'il reporta ses regards de sa pensée à Dantès, Dantès, qui avait suivi tous les mouvements de physionomie de son juge, souriait comme sa pensée.

– Monsieur, dit Villefort, vous connaissez-vous quelques ennemis ?

– Des ennemis à moi, dit Dantès : j'ai le bonheur d'être trop peu de chose pour que ma position m'en ait fait. Quant à mon caractère, un peu vif peut-être, j'ai toujours essayé de l'adoucir envers mes subordonnés. J'ai dix ou douze matelots sous mes ordres : qu'on les interroge, monsieur, et ils vous diront qu'ils m'aiment et me respectent, non pas comme un père, je suis trop jeune pour cela, mais comme un frère aîné.

– Mais, à défaut d'ennemis, peut-être avez-vous des jaloux ; vous allez être nommé capitaine à dix-neuf ans, ce qui est un poste élevé dans votre état ; vous allez épouser une jolie femme qui vous aime, ce qui est un bonheur rare dans tous les états de la terre ; ces deux préférences du destin ont pu vous faire des envieux.

– Oui, vous avez raison. Vous devez mieux connaître les hommes que moi, et c'est possible ; mais si ces envieux devaient être parmi mes amis, je vous avoue que j'aime mieux ne pas les connaître pour ne point être forcé de les haïr.

– Vous avez tort, monsieur. Il faut toujours autant que possible voir clair autour de soi ; et, en vérité, vous me paraissez un si digne jeune homme que je vais m'écarter pour vous des règles ordinaires de la justice et vous aider à faire jaillir la lumière en vous communiquant la dénonciation qui vous amène devant moi. Voici le papier accusateur ; reconnaissez-vous l'écriture ?

Et Villefort tira la lettre de sa poche et la présenta à Dantès. Dantès regarda et lut. Un nuage passa sur son front, et il dit :

– Non, monsieur, je ne connais pas cette écriture ; elle est déguisée, et cependant elle est d'une forme assez franche. En tout cas, c'est une main habile qui l'a tracée. Je suis bien heureux, ajouta-t-il en regardant avec reconnaissance Villefort, d'avoir affaire à un homme tel que vous, car en effet mon envieux est un véritable ennemi.

Et à l'éclair qui passa dans les yeux du jeune homme en prononçant ces paroles, Villefort put distinguer tout ce qu'il y avait de violente énergie cachée sous cette première douceur.

– Et maintenant, voyons, dit le substitut, répondez-moi franchement, monsieur, non pas comme un prévenu à son juge, mais comme un homme dans une fausse position répond à un autre homme qui s'intéresse à lui : qu'y a-t-il de vrai dans cette accusation anonyme ?

Et Villefort jeta avec dégoût sur le bureau la lettre que Dantès venait de lui rendre.

– Tout et rien, monsieur, et voici la vérité pure, sur mon honneur de marin, sur mon amour pour Mercédès, sur la vie de mon père.

– Parlez, monsieur, dit tout haut Villefort.

Puis tout bas il ajouta :

– Si Renée pouvait me voir, j'espère qu'elle serait contente de moi, et qu'elle ne m'appellerait plus un coupeur de têtes !

– Eh bien ! en quittant Naples, le capitaine Leclère tomba malade d'une fièvre cérébrale ; comme nous n'avions pas de médecin à bord et qu'il ne voulut relâcher sur aucun point de la côte, pressé qu'il était de se rendre à l'île d'Elbe, sa maladie empira au point que, vers la fin du troisième jour, sentant qu'il allait mourir, il m'appela près de lui. « Mon cher Dantès, me dit-il, jurez-moi sur votre honneur de faire ce que je vais vous dire ; il y va des plus hauts intérêts. – Je vous le jure, capitaine, lui répondis-je. – Eh bien ! comme après ma mort le commandement du navire vous appartient en qualité de second, vous prendrez ce commandement, vous mettrez le cap sur l'île d'Elbe, vous débarquerez à Porto-Ferrajo, vous demanderez le grand maréchal, vous lui remettrez cette lettre ; peut-être alors vous remettra-t-on une autre lettre et vous chargera-t-on de quelque mission. Cette mission qui m'était réservée, Dantès, vous l'accomplirez à ma place et tout l'honneur en sera pour vous. – Je le ferai, capitaine, mais peut-être n'arrive-t-on pas si facilement que vous le pensez près du grand maréchal. – Voici une bague que vous lui ferez parvenir, dit le capitaine, et qui lèvera toutes les difficultés. » Et à ces mots il me remit une bague. Il était temps ; deux heures après le délire le prit ; le lendemain il était mort.

– Et que fîtes-vous alors ?

– Ce que je devais faire, monsieur, ce que tout autre eût fait à ma place : en tout cas, les prières d'un mourant sont sacrées, mais chez les marins les prières d'un supérieur sont des ordres que l'on doit accomplir. Je fis donc voile vers l'île d'Elbe, où j'arrivai le lendemain, je consignai tout le monde à bord et je descendis seul à terre. Comme je l'avais prévu, on fit quelques difficultés pour m'introduire près du grand maréchal ; mais je lui envoyai la bague qui devait me servir de signe de reconnaissance, et toutes les portes s'ouvrirent devant moi. Il me reçut, m'interrogea sur les dernières circonstances de la mort du malheureux Leclère, et, comme celui-ci l'avait prévu, il me remit une lettre qu'il me chargea de porter en personne à Paris. Je le lui promis, car c'était accomplir les dernières volontés de mon capitaine. Je descendis à terre, je réglai rapidement toutes les affaires de bord ; puis je courus voir ma fiancée, que je retrouvai plus belle et plus aimante que jamais. Grâce à M. Morrel, nous passâmes par-dessus toutes les difficultés ecclésiastiques ; enfin, monsieur, j'assistais, comme je vous l'ai dit, au repas de mes fiançailles, j'allais me marier dans une heure, et je comptais partir demain pour Paris, lorsque, sur cette dénonciation que vous paraissez maintenant mépriser autant que moi, je fus arrêté.

– Oui, oui, murmura Villefort, tout cela me paraît être la vérité, et, si vous êtes coupable, c'est imprudence ;

encore cette imprudence était-elle légitimée par les ordres de votre capitaine. Rendez-nous cette lettre qu'on vous a remise à l'île d'Elbe, donnez-moi votre parole de vous représenter à la première réquisition, et allez rejoindre vos amis.

– Ainsi je suis libre, monsieur ? s'écria Dantès au comble de la joie.

– Oui, seulement donnez-moi cette lettre.

– Elle doit être devant vous, monsieur ; car on me l'a prise avec mes autres papiers, et j'en reconnais quelques-uns dans cette liasse.

– Attendez, dit le substitut à Dantès, qui prenait ses gants et son chapeau, attendez ; à qui est-elle adressée ?

– À M. Noirtier, rue Coq-Héron, à Paris.

La foudre tombée sur Villefort ne l'eût point frappé d'un coup plus rapide et plus imprévu ; il retomba sur son fauteuil, d'où il s'était levé à demi pour atteindre la liasse de papiers saisis sur Dantès, et, la feuilletant précipitamment, il en tira la lettre fatale, sur laquelle il jeta un regard empreint d'une indicible terreur.

– M. Noirtier, rue Coq-Héron, numéro 13, murmura-t-il en pâlissant de plus en plus.

– Oui, monsieur, répondit Dantès étonné, le connaissez-vous ?

– Non, répondit vivement Villefort : un fidèle serviteur du roi ne connaît pas les conspirateurs.

– Il s'agit donc d'une conspiration ? demanda Dantès, qui commençait, après s'être cru libre, à reprendre une terreur plus grande que la première. En tous cas, monsieur, je vous l'ai dit, j'ignorais complètement le contenu de la dépêche dont j'étais porteur.

– Oui, reprit Villefort d'une voix sourde ; mais vous savez le nom de celui à qui elle était adressée ?

– Pour la lui remettre à lui-même, monsieur, il fallait bien que je le susse.

– Et vous n'avez montré cette lettre à personne ? dit Villefort tout en lisant et en pâlissant à mesure qu'il lisait.

– À personne, monsieur, sur l'honneur !

– Tout le monde ignore que vous étiez porteur d'une lettre venant de l'île d'Elbe et adressée à M. Noirtier ?

– Tout le monde, monsieur, excepté celui qui me l'a remise.

– C'est trop, c'est encore trop ! murmura Villefort.

Le front de Villefort s'obscurcissait de plus en plus à mesure qu'il avançait vers la fin ; ses lèvres blanches, ses mains tremblantes, ses yeux ardents faisaient passer dans l'esprit de Dantès les plus douloureuses appréhensions.

Après cette lecture, Villefort laissa tomber sa tête dans ses mains, et demeura un instant accablé.

– Ô mon Dieu ! qu'y a-t-il donc, monsieur ? demanda timidement Dantès.

Villefort ne répondit pas ; mais au bout de quelques instants il releva sa tête pâle et décomposée, et lut une seconde fois la lettre.

– Et vous dites que vous ne savez pas ce que contenait cette lettre ? reprit Villefort.

– Sur l'honneur, je le répète, monsieur, dit Dantès, je l'ignore. Mais qu'avez-vous vous-même, mon Dieu ! vous allez vous trouver mal ; voulez-vous que je sonne, voulez-vous que j'appelle ?

– Non, monsieur, dit Villefort en se levant vivement, ne bougez pas, ne dites pas un mot : c'est à moi à donner des ordres ici, et non pas à vous.

– Monsieur, dit Dantès blessé, c'était pour venir à votre aide, voilà tout.

– Je n'ai besoin de rien ; un éblouissement passager, voilà tout. Occupez-vous de vous et non de moi, répondez.

Dantès attendit l'interrogatoire qu'annonçait cette demande, mais inutilement : Villefort retomba sur son fauteuil, passa une main glacée sur son front ruisselant de sueur, et pour la troisième fois se mit à relire la lettre.

– Oh ! s'il sait ce que contient cette lettre, murmura-t-il, et qu'il apprenne jamais que Noirtier est le père de Villefort, je suis perdu, perdu à jamais !

Et de temps en temps il regardait Edmond, comme si son regard eût pu briser cette barrière invisible qui enferme dans le cœur les secrets que garde la bouche.

– Oh ! n'en doutons plus ! s'écria-t-il tout à coup.

– Mais, au nom du ciel, monsieur ! s'écria le malheureux jeune homme, si vous doutez de moi, si vous me soupçonnez, interrogez-moi, et je suis prêt à vous répondre.

Villefort fit sur lui-même un effort violent, et, d'un ton qu'il voulait rendre assuré :

– Monsieur, dit-il, les charges les plus graves résultent pour vous de votre interrogatoire, je ne suis donc pas le maître, comme je l'avais espéré d'abord, de vous rendre à l'instant même la liberté ; je dois, avant de prendre une pareille mesure, consulter le juge d'instruction. En attendant, vous avez vu de quelle façon j'en ai agi envers vous.

– Oh ! oui, monsieur, s'écria Dantès, et je vous remercie, car vous avez été pour moi bien plutôt un ami qu'un juge.

– Eh bien ! monsieur, je vais vous retenir quelque temps encore prisonnier, le moins longtemps que je pourrai ; la principale charge qui existe contre vous, c'est cette lettre, et vous voyez…

Villefort s'approcha de la cheminée, la jeta dans le feu, et demeura jusqu'à ce qu'elle fût réduite en cendres.

– Et vous voyez, continua-t-il, je l'anéantis.

– Oh ! s'écria Dantès, monsieur, vous êtes plus que la justice, vous êtes la bonté !

– Mais, écoutez-moi, poursuivit Villefort. Après un pareil acte, vous comprenez que vous pouvez avoir confiance en moi, n'est-ce pas ?

– Ô monsieur ! ordonnez et je suivrai vos ordres.

– Non, dit Villefort en s'approchant du jeune homme, non, ce ne sont pas des ordres que je veux vous donner ; vous le comprenez, ce sont des conseils.

– Dites, et je m'y conformerai comme à des ordres.

– Je vais vous garder jusqu'au soir ici, au palais de justice. Peut-être qu'un autre que moi viendra vous interroger : dites tout ce que vous m'avez dit, mais pas un mot de cette lettre.

– Je vous le promets, monsieur.

C'était Villefort qui semblait supplier, c'était le prévenu qui rassurait le juge.

– Vous comprenez, dit-il en jetant un regard sur les cendres, qui conservaient encore la forme du papier, et qui voltigeaient au-dessus des flammes. Maintenant, cette lettre est anéantie, vous et moi savons seuls qu'elle a existé ; on ne vous la représentera point ; niez-la donc si l'on vous en parle, niez-la hardiment et vous êtes sauvé.

– Je nierai, monsieur, soyez tranquille, dit Dantès.

– Bien, bien ! dit Villefort en portant la main au cordon d'une sonnette ; puis s'arrêtant au moment de sonner. C'était la seule lettre que vous eussiez ? dit-il.

– La seule.

– Faites-en serment.

Dantès étendit la main.

– Je le jure, dit-il.

Villefort sonna.

Le commissaire de police entra.

Villefort s'approcha de l'officier public et lui dit quelques mots à l'oreille ; le commissaire répondit par un simple signe de tête.

– Suivez monsieur, dit Villefort à Dantès.

Dantès s'inclina, jeta un dernier regard de reconnaissance à Villefort et sortit.

À peine la porte fut-elle refermée derrière lui que les forces manquèrent à Villefort, et qu'il tomba presque évanoui sur un fauteuil.

Puis, au bout d'un instant :

– Ô mon Dieu ! murmura-t-il, à quoi tiennent la vie et la fortune !… Si le procureur du roi eût été à Marseille, si le juge d'instruction eût été appelé au lieu de moi, j'étais perdu ; et ce papier, ce papier maudit me précipitait dans l'abîme. Ah ! mon père, mon père, serez-vous donc toujours un obstacle à mon bonheur en ce monde, et dois-je lutter éternellement avec votre passé ?

Puis tout à coup une lueur inattendue parut passer par son esprit et illumina son visage ; un sourire se dessina sur sa bouche encore crispée, ses yeux hagards devinrent fixes et parurent s'arrêter sur une pensée.

– C'est cela, dit-il. Oui, cette lettre qui devait me perdre fera ma fortune peut-être. Allons, Villefort, à l'œuvre !

Et, après s'être assuré que le prévenu n'était plus dans l'antichambre, le substitut du procureur du roi sortit à son tour, et s'achemina vivement vers la maison de sa fiancée.

VIII. LE CHÂTEAU D'IF

En traversant l'antichambre, le commissaire de police fit un signe à deux gendarmes, lesquels se placèrent, l'un à droite, l'autre à gauche de Dantès ; on ouvrit une porte qui communiquait de l'appartement du procureur du roi au palais de justice, on suivit quelque temps un de ces grands corridors sombres qui font frissonner ceux-là qui y passent, quand même ils n'ont aucun motif de frissonner.

De même que l'appartement de Villefort communiquait au palais de justice, le palais de justice communiquait à la prison, sombre monument accolé au palais, et que regarde curieusement, de toutes ses ouvertures béantes, le clocher des Accoules qui se dresse devant lui.

Après nombre de détours dans le corridor qu'il suivait, Dantès vit s'ouvrir une porte avec un guichet de fer ; le commissaire de police frappa, avec un marteau de fer, trois coups qui retentirent pour Dantès comme s'ils étaient frappés sur son cœur ; la porte s'ouvrit, les deux gendarmes poussèrent légèrement leur prisonnier, qui hésitait encore. Dantès franchit le seuil redoutable, et la porte se referma bruyamment derrière lui. Il respirait un autre air, un air méphitique et lourd : il était en prison.

On le conduisit dans une chambre assez propre, mais grillée et verrouillée ; il en résulta que l'aspect de sa demeure ne lui donna point trop de crainte ; d'ailleurs, les paroles du substitut du procureur du roi, prononcées avec une voix qui avait paru à Dantès si pleine d'intérêt, résonnaient à son oreille comme une douce promesse d'espérance.

Il était déjà quatre heures lorsque Dantès avait été conduit dans sa chambre. On était, comme nous l'avons dit, au 1er mars ; le prisonnier se trouva donc bientôt dans la nuit.

Alors, le sens de l'ouïe s'augmenta chez lui du sens de la vue qui venait de s'éteindre : au moindre bruit qui pénétrait jusqu'à lui, convaincu qu'on venait le mettre en liberté, il se levait vivement et faisait un pas vers la porte, mais bientôt le bruit s'en allait mourant dans une autre direction, et Dantès retombait sur son escabeau.

Enfin, vers les dix heures du soir, au moment où Dantès commençait à perdre l'espoir, un nouveau bruit se fit entendre, qui lui parut cette fois se diriger vers sa chambre : en effet, des pas retentirent dans le corridor et s'arrêtèrent devant sa porte ; une clef tourna dans la serrure, les verrous grincèrent, et la massive barrière de chêne s'ouvrit, laissant voir tout à coup dans la chambre sombre l'éblouissante lumière de deux torches.

À la lueur de ces deux torches, Dantès vit briller les sabres et les mousquetons de quatre gendarmes.

Il avait fait deux pas en avant, il demeura immobile à sa place en voyant ce surcroît de force.

– Venez-vous me chercher ? demanda Dantès.

– Oui, répondit un des gendarmes.

– De la part de M. le substitut du procureur du roi ?

– Mais je le pense.

– Bien, dit Dantès, je suis prêt à vous suivre.

La conviction qu'on venait le chercher de la part de M. de Villefort ôtait toute crainte au malheureux jeune homme : il s'avança donc, calme d'esprit, libre de démarche, et se plaça de lui-même au milieu de son escorte.

Une voiture attendait à la porte de la rue, le cocher était sur son siège, un exempt était assis près du cocher.

– Est-ce donc pour moi que cette voiture est là ? demanda Dantès.

– C'est pour vous, répondit un des gendarmes, montez.

Dantès voulut faire quelques observations, mais la portière s'ouvrit, il sentit qu'on le poussait ; il n'avait ni la possibilité ni même l'intention de faire résistance, il se trouva en un instant assis au fond de la voiture, entre deux gendarmes ; les deux autres s'assirent sur la banquette de devant, et la pesante machine se mit à rouler avec un bruit sinistre.

Le prisonnier jeta les yeux sur les ouvertures, elles étaient grillées : il n'avait fait que changer de prison, seulement celle-là roulait, et le transportait en roulant vers un but ignoré. À travers les barreaux serrés à pouvoir à peine y passer la main, Dantès reconnut cependant qu'on longeait la rue Caisserie, et que par la ruc Saint-Laurent et la rue Taramis on descendait vers le quai.

Bientôt il vit à travers ses barreaux, à lui, et les barreaux du monument près duquel il se trouvait, briller les lumières de la Consigne.

La voiture s'arrêta, l'exempt descendit, s'approcha du corps de garde ; une douzaine de soldats en sortirent et se mirent en haie ; Dantès voyait, à la lueur des réverbères du quai, reluire leurs fusils.

– Serait-ce pour moi, se demanda-t-il, que l'on déploie une pareille force militaire ?

L'exempt, en ouvrant la portière qui fermait à clef, quoique sans prononcer une seule parole, répondit à cette question, car Dantès vit entre les deux haies de soldats un chemin ménagé pour lui de la voiture au port.

Les deux gendarmes qui étaient assis sur la banquette de devant descendirent les premiers, puis on le fit descendre à son tour, puis ceux qui se tenaient à ses côtés le suivirent. On marcha vers un canot qu'un marinier de la douane maintenait près du quai par une chaîne. Les soldats regardèrent passer Dantès d'un air de curiosité hébétée. En un instant il fut installé à la poupe du bateau, toujours entre ces quatre gendarmes, tandis que l'exempt se tenait à la proue. Une violente secousse éloigna le bateau du bord, quatre rameurs nagèrent vigoureusement vers le Pilon. À un cri poussé de la barque, la chaîne qui ferme le port s'abaissa, et Dantès se trouva dans ce qu'on appelle le Frioul, c'est-à-dire hors du port.

Le premier mouvement du prisonnier, en se trouvant en plein air, avait été un mouvement de joie. L'air, c'est presque la liberté. Il respira donc à pleine poitrine cette brise vivace qui apporte sur ses ailes toutes ces senteurs inconnues de la nuit et de la mer. Bientôt cependant il poussa un soupir ; il passait devant cette Réserve où il avait été si heureux le matin même pendant l'heure qui avait précédé son arrestation, et, à travers l'ouverture ardente de deux fenêtres, le bruit joyeux d'un bal arrivait jusqu'à lui.

Dantès joignit ses mains, leva les yeux au ciel et pria.

La barque continuait son chemin ; elle avait dépassé la Tête de Mort, elle était en face de l'anse du Pharo, elle allait doubler la batterie, c'était une manœuvre incompréhensible pour Dantès.

– Mais où donc me menez-vous ? demanda-t-il à l'un des gendarmes.

– Vous le saurez tout à l'heure.

– Mais encore…

– Il nous est interdit de vous donner aucune explication.

Dantès était à moitié soldat ; questionner des subordonnés auxquels il était défendu de répondre lui parut une chose absurde, et il se tut.

Alors les pensées les plus étranges passèrent par son esprit : comme on ne pouvait faire une longue route dans une pareille barque, comme il n'y avait aucun bâtiment à l'ancre du côté où l'on se rendait, il pensa qu'on allait le déposer sur un point éloigné de la côte et lui dire qu'il était libre ; il n'était point attaché, on n'avait fait aucune tentative pour lui mettre les menottes, cela lui paraissait d'un bon augure ; d'ailleurs le substitut, si excellent pour lui, ne lui avait-il pas dit que, pourvu qu'il ne prononçât point ce nom fatal de Noirtier, il n'avait rien à craindre ? Villefort n'avait-il pas en sa présence anéanti cette dangereuse lettre, seule preuve qu'il y eût contre lui ?

Il attendit donc, muet et pensif, et essayant de percer avec cet œil du marin exercé aux ténèbres et accoutumé à l'espace dans l'obscurité de la nuit.

On avait laissé à droite l'île Ratonneau, où brûlait un phare, et, tout en longeant presque la côte, on était arrivé à la hauteur de l'anse des Catalans. Là les regards du prisonnier redoublèrent d'énergie : c'était là qu'était Mercédès, et il lui semblait à chaque instant voir se dessiner sur le rivage sombre la forme vague et indécise d'une femme.

Comment un pressentiment ne disait-il pas à Mercédès que son amant passait à trois cents pas d'elle ?

Une seule lumière brillait aux Catalans. En interrogeant la position de cette lumière, Dantès reconnut qu'elle éclairait la chambre de sa fiancée. Mercédès était la seule qui veillât dans toute la petite colonie. En poussant un grand cri, le jeune homme pouvait être entendu de sa fiancée.

Une fausse honte le retint. Que diraient ces hommes qui le regardaient, en l'entendant crier comme un insensé ?

Il resta donc muet et les yeux fixés sur cette lumière. Pendant ce temps la barque continuait son chemin ; mais le prisonnier ne pensait point à sa barque, il pensait à Mercédès.

Un accident de terrain fit disparaître la lumière. Dantès se retourna et s'aperçut que la barque gagnait le large.

Pendant qu'il regardait, absorbé dans sa propre pensée, on avait substitué les voiles aux rames, et la barque s'avançait maintenant poussée par le vent.

Malgré la répugnance qu'éprouvait Dantès à adresser au gendarme de nouvelles questions, il se rapprocha de lui, et, lui prenant la main :

– Camarade, lui dit-il, au nom de votre conscience et de par votre qualité de soldat, je vous adjure d'avoir pitié de moi et de me répondre. Je suis le capitaine Dantès, bon et loyal Français, quoique accusé de je ne sais quelle trahison : où me menez-vous ? Dites-le, et, foi de marin, je me rangerai à mon devoir et me résignerai à mon sort.

Le gendarme se gratta l'oreille, regarda son camarade. Celui-ci fit un mouvement qui voulait dire à peu près : « Il me semble qu'au point où nous en sommes il n'y a pas d'inconvénient », et le gendarme se retourna vers Dantès.

– Vous êtes Marseillais et marin, dit-il, et vous me demandez où nous allons ?

– Oui, car, sur mon honneur, je l'ignore.

– Ne vous en doutez-vous pas ?

– Aucunement.

– Ce n'est pas possible.

– Je vous le jure sur ce que j'ai de plus sacré au monde. Répondez-moi donc, de grâce !

– Mais la consigne ?

– La consigne ne vous défend pas de m'apprendre ce que je saurai dans dix minutes, dans une demi-heure, dans une heure peut-être. Seulement vous m'épargnez d'ici là des siècles d'incertitude. Je vous le demande comme si vous étiez mon ami, regardez : je ne veux ni me révolter ni fuir ; d'ailleurs je ne le puis ; où allons-nous ?

– À moins que vous n'ayez un bandeau sur les yeux ou que vous ne soyez jamais sorti du port de Marseille, vous devez cependant deviner où vous allez ?

– Non.

– Regardez autour de vous, alors.

Dantès se leva, jeta naturellement les yeux sur le point où paraissait se diriger le bateau, et à cent toises devant lui il vit s'élever la roche noire et ardue sur laquelle monte comme une superfétation du silex le sombre château d'If.

Cette forme étrange, cette prison autour de laquelle règne une si profonde terreur, cette forteresse qui fait vivre depuis trois cents ans Marseille de ses lugubres traditions, apparaissant ainsi tout à coup à Dantès qui ne songeait point à elle, lui fit l'effet que fait au condamné à mort l'aspect de l'échafaud.

– Ah ! mon Dieu ! s'écria-t-il, le château d'If ! Et qu'allons-nous faire là ?

Le gendarme sourit.

– Mais on ne me mène pas là pour être emprisonné ? continua Dantès. Le château d'If est une prison d'État, destinée seulement aux grands coupables politiques. Je n'ai commis aucun crime. Est-ce qu'il y a des juges d'instruction, des magistrats quelconques au château d'If ?

– Il n'y a, je suppose, dit le gendarme, qu'un gouverneur, des geôliers, une garnison et de bons murs. Allons, allons, l'ami, ne faites pas tant l'étonné ; car, en vérité, vous me feriez croire que vous reconnaissez ma complaisance en vous moquant de moi.

Dantès serra la main du gendarme à la lui briser.

– Vous prétendez donc, dit-il, que l'on me conduit au château d'If pour m'y emprisonner ?

– C'est probable, dit le gendarme ; mais en tout cas, camarade, il est inutile de me serrer si fort.

– Sans autre information, sans autre formalité ? demanda le jeune homme.

– Les formalités sont remplies, l'information est faite.

– Ainsi, malgré la promesse de M. de Villefort ?…

– Je ne sais si M. de Villefort vous a fait une promesse, dit le gendarme, mais ce que je sais, c'est que nous allons au château d'If. Eh bien ! que faites-vous donc ? Holà ! camarades, à moi !

Par un mouvement prompt comme l'éclair, qui cependant avait été prévu par l'œil exercé du gendarme, Dantès avait voulu s'élancer à la mer ; mais quatre poignets vigoureux le retinrent au moment où ses pieds quittaient le plancher du bateau.

Il retomba au fond de la barque en hurlant de rage.

– Bon ! s'écria le gendarme en lui mettant un genou sur la poitrine, bon ! voilà comme vous tenez votre parole de marin. Fiez-vous donc aux gens doucereux ! Eh bien maintenant, mon cher ami, faites un mouvement, un seul, et je vous loge une balle dans la tête. J'ai manqué à ma première consigne, mais, je vous en réponds, je ne manquerai pas à la seconde.

Et il abaissa effectivement sa carabine vers Dantès, qui sentit s'appuyer le bout du canon contre sa tempe.

Un instant il eut l'idée de faire ce mouvement défendu et d'en finir ainsi violemment avec le malheur inattendu qui s'était abattu sur lui et l'avait pris tout à coup dans ses serres de vautour. Mais, justement parce que ce malheur était inattendu, Dantès songea qu'il ne pouvait être durable ; puis les promesses de M. de Villefort lui revinrent à l'esprit ; puis, s'il faut le dire enfin, cette mort au fond d'un bateau, venant de la main d'un gendarme, lui apparut laide et nue.

Il retomba donc sur le plancher de la barque en poussant un hurlement de rage et en se rongeant les mains avec fureur.

Presque au même instant un choc violent ébranla le canot. Un des bateliers sauta sur le roc que la proue de la petite barque venait de toucher, une corde grinça en se déroulant autour d'une poulie, et Dantès comprit qu'on était arrivé et qu'on amarrait l'esquif.

En effet, ses gardiens, qui le tenaient à la fois par les bras et par le collet de son habit, le forcèrent de se relever, le contraignirent à descendre à terre, et le traînèrent vers les degrés qui montent à la porte de la citadelle, tandis que l'exempt, armé d'un mousqueton à baïonnette, le suivait par derrière.

Dantès, au reste, ne fit point une résistance inutile ; sa lenteur venait plutôt d'inertie que d'opposition ; il était étourdi et chancelant comme un homme ivre. Il vit de nouveau des soldats qui s'échelonnaient sur le talus rapide, il sentit des escaliers qui le forçaient de lever les pieds, il s'aperçut qu'il passait sous une porte et que cette porte se refermait derrière lui, mais tout cela machinalement, comme à travers un brouillard, sans rien distinguer de positif. Il ne voyait même plus la mer, cette immense douleur des prisonniers, qui regardent l'espace avec le sentiment terrible qu'ils sont impuissants à le franchir.

Il y eut une halte d'un moment pendant laquelle il essaya de recueillir ses esprits. Il regarda autour de lui : il était dans une cour carrée, formée par quatre hautes murailles ; on entendait le pas lent et régulier des sentinelles ; et chaque fois qu'elles passaient devant deux ou trois reflets que projetait sur les murailles la lueur de deux ou trois lumières qui brillaient dans l'intérieur du château, on voyait scintiller le canon de leurs fusils.

On attendit là dix minutes à peu près ; certains que Dantès ne pouvait plus fuir, les gendarmes l'avaient lâché. On semblait attendre des ordres ; ces ordres arrivèrent.

– Où est le prisonnier ? demanda une voix.

– Le voici, répondirent les gendarmes.

– Qu'il me suive, je vais le conduire à son logement.

– Allez, dirent les gendarmes en poussant Dantès.

Le prisonnier suivit son conducteur, qui le conduisit effectivement dans une salle presque souterraine, dont les murailles nues et suantes semblaient imprégnées d'une vapeur de larmes. Une espèce de lampion posé sur un escabeau, et dont la mèche nageait dans une graisse fétide, illuminait les parois lustrées de cet affreux séjour, et montrait à Dantès son conducteur, espèce de geôlier subalterne, mal vêtu et de basse mine.

– Voici votre chambre pour cette nuit, dit-il ; il est tard, et M. le gouverneur est couché. Demain, quand il se réveillera et qu'il aura pris connaissance des ordres qui vous concernent, peut-être vous changera-t-il de domicile ; en attendant, voici du pain, il y a de l'eau dans cette cruche, de la paille là-bas dans un coin : c'est tout ce qu'un prisonnier peut désirer. Bonsoir.

Et avant que Dantès eût songé à ouvrir la bouche pour lui répondre, avant qu'il eût remarqué où le geôlier posait ce pain, avant qu'il se fût rendu compte de l'endroit où gisait cette cruche, avant qu'il eût tourné les yeux vers le coin où l'attendait cette paille destinée à lui servir de lit, le geôlier avait pris le lampion, et, refermant la porte, enlevé au prisonnier ce reflet blafard qui lui avait montré comme à la lueur d'un éclair les murs ruisselants de sa prison.

Alors il se trouva seul dans les ténèbres et dans le silence, aussi muet et aussi sombre que ces voûtes dont il sentait le froid glacial s'abaisser sur son front brûlant.

Quand les premiers rayons du jour eurent ramené un peu de clarté dans cet antre, le geôlier revint avec ordre de laisser le prisonnier où il était. Dantès n'avait point changé de place. Une main de fer semblait l'avoir cloué à l'endroit même où la veille il s'était arrêté : seulement son œil profond sc cachait sous une enflure causée par la vapeur humide de ses larmes. Il était immobile et regardait la terre.

Il avait ainsi passé toute la nuit debout et sans dormir un seul instant.

Le geôlier s'approcha de lui, tourna autour de lui, mais Dantès ne parut pas le voir.

Il lui frappa sur l'épaule, Dantès tressaillit et secoua la tête.

– N'avez-vous donc pas dormi ? demanda le geôlier.

– Je ne sais pas, répondit Dantès.

Le geôlier le regarda avec étonnement.

– N'avez-vous pas faim ? continua-t-il.

– Je ne sais pas, répondit encore Dantès.

– Voulez-vous quelque chose ?

– Je voudrais voir le gouverneur.

Le geôlier haussa les épaules et sortit.

Dantès le suivit des yeux, tendit les mains vers la porte entr'ouverte, mais la porte se referma.

Alors sa poitrine sembla se déchirer dans un long sanglot. Les larmes qui gonflaient sa poitrine jaillirent comme deux ruisseaux ; il se précipita le front contre terre, et pria longtemps, repassant dans son esprit toute sa vie passée, et se demandant à lui-même quel crime il avait commis dans cette vie, si jeune encore, qui méritât une si cruelle punition.

La journée se passa ainsi. À peine s'il mangea quelques bouchées de pain et but quelques gouttes d'eau. Tantôt il restait assis et absorbé dans ses pensées, tantôt il tournait tout autour de sa prison comme fait un animal sauvage enfermé dans une cage de fer.

Une pensée surtout le faisait bondir : c'est que, pendant cette traversée, où, dans son ignorance du lieu où on le conduisait, il était resté si calme et si tranquille, il aurait pu dix fois se jeter à la mer, et, une fois dans l'eau, grâce à son habileté à nager, grâce à cette habitude qui faisait de lui un des plus habiles plongeurs de Marseille, disparaître sous l'eau, échapper à ses gardiens, gagner la côte, fuir, se cacher dans quelque crique déserte, attendre un bâtiment génois ou catalan, gagner l'Italie ou l'Espagne, et de là écrire à Mercédès de venir le rejoindre. Quant à sa vie, dans aucune contrée il n'en était inquiet : partout les bons marins sont rares ; il parlait l'italien comme un Toscan, l'espagnol comme un enfant de la Vieille-Castille ; il eût vécu libre, heureux avec Mercédès, son père, car son père fût venu le rejoindre ; tandis qu'il était prisonnier, enfermé au château d'If, dans cette infranchissable prison, ne sachant pas ce que devenait son père, ce que devenait Mercédès, et tout cela parce qu'il avait cru à la parole de Villefort : c'était à en devenir fou ; aussi Dantès se roulait-il furieux sur la paille fraîche que lui avait apportée son geôlier.

Le lendemain, à la même heure, le geôlier rentra.

– Eh bien ! lui demanda le geôlier, êtes-vous plus raisonnable aujourd'hui qu'hier ?

Dantès ne répondit point.

– Voyons donc, dit celui-ci, un peu de courage ! désirez-vous quelque chose qui soit à ma disposition ? voyons, dites.

– Je désire parler au gouverneur.

– Eh ? dit le geôlier avec impatience, je vous ai déjà dit que c'est impossible.

– Pourquoi cela, impossible ?

– Parce que, par les règlements de la prison, il n'est point permis à un prisonnier de le demander.

– Qu'y a-t-il donc de permis ici ? demanda Dantès.

– Une meilleure nourriture en payant, la promenade, et quelquefois des livres.

– Je n'ai pas besoin de livres, je n'ai aucune envie de me promener et je trouve ma nourriture bonne ; ainsi je ne veux qu'une chose, voir le gouverneur.

– Si vous m'ennuyez à me répéter toujours la même chose, dit le geôlier, je ne vous apporterai plus à manger.

– Eh bien ! dit Dantès, si tu ne m'apportes plus à manger, je mourrai de faim, voilà tout.

L'accent avec lequel Dantès prononça ces mots prouva au geôlier que son prisonnier serait heureux de mourir ; aussi, comme tout prisonnier, de compte fait, rapporte dix sous à peu près par jour à son geôlier, celui de Dantès envisagea le déficit qui résulterait pour lui de sa mort, et reprit d'un ton plus adouci :

– Écoutez, ce que vous désirez là est impossible ; ne le demandez donc pas davantage, car il est sans exemple que, sur sa demande, le gouverneur soit venu dans la chambre d'un prisonnier ; seulement, soyez bien sage, on vous permettra la promenade, et il est possible qu'un jour, pendant que vous vous promènerez, le gouverneur passe ; alors vous l'interrogerez, et, s'il veut vous répondre, cela le regarde.

– Mais, dit Dantès, combien de temps puis-je attendre ainsi sans que ce hasard se présente ?

– Ah ! dame ! dit le geôlier, un mois, trois mois, six mois, un an peut-être.

– C'est trop long, dit Dantès, je veux le voir tout de suite.

– Ah ! dit le geôlier, ne vous absorbez pas ainsi dans un seul désir impossible, ou avant quinze jours vous serez fou.

– Ah ! tu crois ? dit Dantès.

– Oui, fou ; c'est toujours ainsi que commence la folie, nous en avons un exemple ici : c'est en offrant sans cesse un million au gouverneur, si on voulait le mettre en liberté, que le cerveau de l'abbé qui habitait cette chambre avant vous s'est détraqué.

– Et combien y a-t-il qu'il a quitté cette chambre ?

– Deux ans.

– On l'a mis en liberté ?

– Non, on l'a mis au cachot.

– Écoute, dit Dantès, je ne suis pas un abbé, je ne suis pas fou ; peut-être le deviendrai-je, mais malheureusement à cette heure j'ai encore tout mon bon sens ; je vais te faire une autre proposition.

– Laquelle ?

– Je ne t'offrirai pas un million, moi, car je ne pourrais pas te le donner ; mais je t'offrirai cent écus si tu veux, la première fois que tu iras à Marseille, descendre jusqu'aux Catalans, et remettre une lettre à une jeune fille qu'on appelle Mercédès ; pas même une lettre, deux lignes seulement.

– Si je portais ces deux lignes et que je fusse découvert, je perdrais ma place, qui est de mille livres par an, sans compter les bénéfices et la nourriture ; vous voyez donc bien que je serais un grand imbécile de risquer de perdre mille livres pour en gagner trois cents.

– Eh bien, dit Dantès, écoute et retiens bien ceci : si tu refuses de porter deux lignes à Mercédès ou tout au moins de la prévenir que je suis ici, un jour je t'attendrai caché derrière ma porte, et au moment où tu rentreras je te briserai la tête avec cet escabeau.

– Des menaces ! s'écria le geôlier en faisant un pas en arrière et en se mettant sur la défensive. Décidément la tête vous tourne ; l'abbé a commencé comme vous, et dans trois jours vous serez fou à lier, comme lui ; heureusement que l'on a des cachots au château d'If.

Dantès prit l'escabeau et le fit tournoyer autour de sa tête.

– C'est bien, c'est bien ! dit le geôlier, eh bien, puisque vous le voulez absolument, on va prévenir le gouverneur.

– À la bonne heure ! dit Dantès en reposant son escabeau sur le sol et en s'asseyant dessus, la tête basse et les yeux hagards, comme s'il devenait réellement insensé.

Le geôlier sortit, et un instant après rentra avec quatre soldats et un caporal.

– Par ordre du gouverneur, dit-il, descendez le prisonnier un étage au-dessous de celui-ci.

– Au cachot alors, dit le caporal.

– Au cachot : il faut mettre les fous avec les fous.

Les quatre soldats s'emparèrent de Dantès qui tomba dans une espèce d'atonie et les suivit sans résistance.

On lui fit descendre quinze marches, et on ouvrit la porte d'un cachot dans lequel il entra en murmurant :

– Il a raison, il faut mettre les fous avec les fous.

La porte se referma, et Dantès alla devant lui, les mains étendues jusqu'à ce qu'il sentît le mur ; alors il s'assit dans un angle et resta immobile, tandis que ses yeux, s'habituant peu à peu à l'obscurité, commençaient à distinguer les objets.

Le geôlier avait raison, il s'en fallait bien peu que Dantès ne fût fou.

IX. LE SOIR DES FIANÇAILLES

Villefort, comme nous l'avons dit, avait repris le chemin de la place du Grand-Cours, et en rentrant dans la maison de Mme de Saint-Méran il trouva les convives qu'il avait laissés à table passés au salon et prenant le café.

Renée l'attendait avec une impatience qui était partagée par tout le reste de la société. Aussi fut-il accueilli par une exclamation générale.

– Eh bien ! trancheur de têtes, soutien de l'État, Brutus royaliste ! s'écria l'un, qu'y a-t-il ? voyons !

– Eh bien ! sommes-nous menacés d'un nouveau régime de la Terreur ? demanda l'autre.

– L'ogre de Corse serait-il sorti de sa caverne ? demanda un troisième.

– Madame la marquise, dit Villefort s'approchant de sa future belle-mère, je viens vous prier de m'excuser si je suis forcé de vous quitter ainsi… Monsieur le marquis, pourrais-je avoir l'honneur de vous dire deux mots en particulier ?

– Ah ! mais c'est donc réellement grave ? demanda la marquise en remarquant le nuage qui obscurcissait le front de Villefort.

– Si grave que je suis forcé de prendre congé de vous pour quelques jours ; ainsi, continua-t-il en se tournant vers Renée, voyez s'il faut que la chose soit grave.

– Vous partez, monsieur ? s'écria Renée, incapable de cacher l'émotion que lui causait cette nouvelle inattendue.

– Hélas ! oui, mademoiselle, répondit Villefort : il le faut.

– Et où allez-vous donc ? demanda la marquise.

– C'est le secret de la justice, madame ; cependant si quelqu'un d'ici a des commissions pour Paris, j'ai un de mes amis qui partira ce soir et qui s'en chargera avec plaisir.

Tout le monde se regarda.

– Vous m'avez demandé un moment d'entretien ? dit le marquis.

– Oui, passons dans votre cabinet, s'il vous plaît.

Le marquis prit le bras de Villefort et sortit avec lui.

– Eh bien ! demanda celui-ci en arrivant dans son cabinet, que se passe-t-il donc ? Parlez.

– Des choses que je crois de la plus haute gravité, et qui nécessitent mon départ à l'instant même pour Paris. Maintenant, marquis, excusez l'indiscrète brutalité de la question, avez-vous des rentes sur l'État ?

– Toute ma fortune est en inscriptions ; six à sept cent mille francs à peu près.

– Eh bien ! vendez, marquis, vendez, ou vous êtes ruiné.

– Mais, comment voulez-vous que je vende d'ici ?

– Vous avez un agent de change, n'est-ce pas ?

– Oui.

– Donnez-moi une lettre pour lui, et qu'il vende sans perdre une minute, sans perdre une seconde ; peut-être même arriverai-je trop tard.

– Diable ! dit le marquis, ne perdons pas de temps.

Et il se mit à table et écrivit une lettre à son agent de change, dans laquelle il lui ordonnait de vendre à tout prix.

– Maintenant que j'ai cette lettre, dit Villefort en la serrant soigneusement dans son portefeuille, il m'en faut une autre.

– Pour qui ?

– Pour le roi.

– Pour le roi ?

– Oui.

– Mais je n'ose prendre sur moi d'écrire ainsi à Sa Majesté.

– Aussi, n'est-ce point à vous que je la demande, mais je vous charge de la demander à M. de Salvieux. Il faut qu'il me donne une lettre à l'aide de laquelle je puisse pénétrer près de Sa Majesté sans être soumis à toutes les formalités de demande d'audience, qui peuvent me faire perdre un temps précieux.

– Mais n'avez-vous pas le garde des sceaux, qui a ses grandes entrées aux Tuileries, et par l'intermédiaire duquel vous pouvez jour et nuit parvenir jusqu'au roi ?

– Oui sans doute, mais il est inutile que je partage avec un autre le mérite de la nouvelle que je porte. Comprenez-vous ? le garde des sceaux me reléguerait tout naturellement au second rang et m'enlèverait tout le bénéfice de la chose. Je ne vous dis qu'une chose, marquis : ma carrière est assurée si j'arrive le premier aux Tuileries, car j'aurai rendu au roi un service qu'il ne lui sera pas permis d'oublier.

– En ce cas, mon cher, allez faire vos paquets ; moi j'appelle de Salvieux, et je lui fais écrire la lettre qui doit vous servir de laissez-passer.

– Bien, ne perdez pas de temps, car dans un quart d'heure il faut que je sois en chaise de poste.

– Faites arrêter votre voiture devant la porte.

– Sans aucun doute, vous m'excuserez auprès de la marquise, n'est-ce pas ? auprès de mademoiselle de Saint-Méran, que je quitte dans un pareil jour avec un bien profond regret.

– Vous les trouverez toutes deux dans mon cabinet, et vous pourrez leur faire vos adieux.

– Merci cent fois ; occupez-vous de ma lettre.

Le marquis sonna ; un laquais parut.

– Dites au comte de Salvieux que je l'attends.

– Allez, maintenant, continua le marquis s'adressant à Villefort.

– Bon, je ne fais qu'aller et venir.

Et Villefort sortit tout courant ; mais à la porte il songea qu'un substitut du procureur du roi qui serait vu marchant à pas précipités risquerait de troubler le repos de toute une ville ; il reprit donc son allure ordinaire, qui était toute magistrale.

À sa porte il aperçut dans l'ombre comme un blanc fantôme qui l'attendait debout et immobile.

C'était la belle fille catalane, qui, n'ayant pas de nouvelles d'Edmond, s'était échappée à la nuit tombante du Pharo pour venir savoir elle-même la cause de l'arrestation de son amant.

À l'approche de Villefort elle se détacha de la muraille contre laquelle elle était appuyée et vint lui barrer le chemin. Dantès avait parlé au substitut de sa fiancée, et Mercédès n'eut point besoin de se nommer pour que Villefort la reconnût. Il fut surpris de la beauté et de la dignité de cette femme, et lorsqu'elle lui demanda ce qu'était devenu son amant, il lui sembla que c'était lui l'accusé, et que c'était elle le juge.

– L'homme dont vous parlez, dit brusquement Villefort, est un grand coupable, et je ne puis rien faire pour lui, mademoiselle.

Mercédès laissa échapper un sanglot, et, comme Villefort essayait de passer outre, elle l'arrêta une seconde fois.

– Mais où est-il du moins, demanda-t-elle, que je puisse m'informer s'il est mort ou vivant ?

– Je ne sais, il ne m'appartient plus, répondit Villefort.

Et gêné par ce regard fin et cette suppliante attitude, il repoussa Mercédès et rentra, refermant vivement la porte comme pour laisser dehors cette douleur qu'on lui apportait.

Mais la douleur ne se laisse pas repousser ainsi. Comme le trait mortel dont parle Virgile, l'homme blessé l'emporte avec lui. Villefort rentra, referma la porte, mais arrivé dans son salon les jambes lui manquèrent à son tour ; il poussa un soupir qui ressemblait à un sanglot, et se laissa tomber dans un fauteuil.

Alors, au fond de ce cœur malade naquit le premier germe d'un ulcère mortel. Cet homme qu'il sacrifiait à son ambition cet innocent qui payait pour son père coupable, lui apparut pâle et menaçant, donnant la main à sa fiancée, pâle comme lui, et traînant après lui le remords, non pas celui qui fait bondir le malade comme les furieux de la fatalité antique, mais ce tintement sourd et douloureux qui, à de certains moments, frappe sur le cœur et le meurtrit au souvenir d'une action passée, meurtrissure dont les lancinantes douleurs creusent un mal qui va s'approfondissant jusqu'à la mort.

Alors il y eut dans l'âme de cet homme encore un instant d'hésitation. Déjà plusieurs fois il avait requis, et cela sans autre émotion que celle de la lutte du juge avec l'accusé, la peine de mort contre les prévenus ; et ces prévenus, exécutés grâce à son éloquence foudroyante qui avait entraîné ou les juges ou le jury, n'avaient pas même laissé un nuage sur son front, car ces prévenus étaient coupables, ou du moins Villefort les croyait tels.

Mais cette fois c'était bien autre chose : cette peine de la prison perpétuelle, il venait de l'appliquer à un innocent, un innocent qui allait être heureux, et dont il détruisait non seulement la liberté, mais le bonheur, cette fois il n'était plus juge, il était bourreau.

En songeant à cela il sentait ce battement sourd que nous avons décrit, et qui lui était inconnu jusqu'alors, retentissant au fond de son cœur et emplissant sa poitrine de vagues appréhensions. C'est ainsi que, par une violente souffrance instinctive, est averti le blessé, qui jamais n'approchera sans trembler le doigt de sa blessure ouverte et saignante avant que sa blessure ne soit fermée.

Mais la blessure qu'avait reçue Villcfort était de celles qui ne se ferment pas, ou qui ne se ferment que pour se rouvrir plus sanglantes et plus douloureuses qu'auparavant.

Si, dans ce moment, la douce voix de Renée eût retenti à son oreille pour lui demander grâce ; si la belle Mercédès fût entrée et lui eût dit : « Au nom du Dieu qui nous regarde et qui nous juge, rendez-moi mon fiancé », oui, ce front à moitié plié sous la nécessité s'y fût courbé tout à fait, et de ses mains glacées eût sans doute, au risque de tout ce qui pouvait en résulter pour lui, signé l'ordre de mettre en liberté Dantès ; mais aucune voix ne murmura dans le silence, et la porte ne s'ouvrit que pour donner entrée au valet de chambre de Villefort, qui vint lui dire que les chevaux de poste étaient à la calèche de voyage.

Villefort se leva ou plutôt bondit comme un homme qui triomphe d'une lutte intérieure, courut à son secrétaire, versa dans ses poches tout l'or qui se trouvait dans un des tiroirs, tourna un instant effaré dans la chambre, la main sur son front, et articulant des paroles sans suite ; puis enfin, sentant que son valet de chambre venait de lui poser son manteau sur les épaules, il sortit, s'élança en voiture, et ordonna d'une voix brève de toucher rue du Grand-Cours, chez M. de Saint-Méran.

Le malheureux Dantès était condamné.

Comme l'avait promis M. de Saint-Méran, Villefort trouva la marquise et Renée dans le cabinet. En apercevant Renée, le jeune homme tressaillit ; car il crut qu'elle allait lui demander de nouveau la liberté de Dantès. Mais, hélas ! il faut le dire à la honte de notre égoïsme, la belle jeune fille n'était préoccupée que d'une chose : du départ de Villefort.

Elle aimait Villefort, Villefort allait partir au moment de devenir son mari. Villefort ne pouvait dire quand il reviendrait, et Renée, au lieu de plaindre Dantès, maudit l'homme qui par son crime la séparait de son amant.

Que devait donc dire Mercédès ?

La pauvre Mercédès avait retrouvé au coin de la rue de la Loge Fernand, qui l'avait suivie ; elle était rentrée aux Catalans, et mourante, désespérée, elle s'était jetée sur son lit. Devant ce lit Fernand s'était mis à genoux et, pressant sa main glacée, que Mercédès ne songeait pas à retirer, il la couvrait de baisers brûlants que Mercédès ne sentait même pas.

Elle passa la nuit ainsi. La lampe s'éteignit quand il n'y eut plus d'huile : elle ne vit pas plus l'obscurité qu'elle n'avait vu la lumière, et le jour revint sans qu'elle vît le jour.

La douleur avait mis devant ses yeux un bandeau qui ne lui laissait voir qu'Edmond.

– Ah ! vous êtes là ! dit-elle enfin en se retournant du côté de Fernand.

– Depuis hier je ne vous ai pas quittée, répondit Fernand avec un soupir douloureux.

M. Morrel ne s'était pas tenu pour battu : il avait appris qu'à la suite de son interrogatoire Dantès avait été conduit à la prison ; il avait alors couru chez tous ses amis, il s'était présenté chez les personnes de Marseille qui pouvaient avoir de l'influence, mais déjà le bruit s'était répandu que le jeune homme avait été arrêté comme agent bonapartiste, et comme à cette époque les plus hasardeux regardaient comme un rêve insensé toute tentative de Napoléon pour remonter sur le trône, il n'avait trouvé partout que froideur, crainte ou refus, et il était rentré chez lui désespéré, mais avouant cependant que la position était grave et que personne n'y pouvait rien.

De son côté, Caderousse était fort inquiet et fort tourmenté : au lieu de sortir comme l'avait fait M. Morrel, au lieu d'essayer quelque chose en faveur de Dantès, pour lequel d'ailleurs il ne pouvait rien, il s'était enfermé avec deux bouteilles de vin de cassis, et avait essayé de noyer son inquiétude dans l'ivresse, mais, dans l'état d'esprit où il se trouvait, c'était trop peu de deux bouteilles pour éteindre son jugement ; il était donc demeuré, trop ivre pour aller chercher d'autre vin, pas assez ivre pour que l'ivresse eût éteint ses souvenirs, accoudé en face de ses deux bouteilles vides sur une table boiteuse, et voyant danser, au reflet de sa chandelle à la longue mèche, tous ces spectres qu'Hoffmann a semés sur ses manuscrits humides de punch comme une poussière noire et fantastique.

Danglars seul n'était ni tourmenté ni inquiet ; Danglars même était joyeux, car il s'était vengé d'un ennemi et avait assuré à bord du *Pharaon* sa place qu'il craignait de perdre ; Danglars était un de ces hommes de calcul qui naissent avec une plume derrière l'oreille et un encrier à la place du cœur ; tout était pour lui dans ce monde soustraction ou multiplication, et un chiffre lui paraissait bien plus précieux qu'un homme, quand ce chiffre pouvait augmenter le total que cet homme pouvait diminuer.

Danglars s'était donc couché à son heure ordinaire et dormait tranquillement.

Villefort, après avoir reçu la lettre de M. de Salvieux, embrassé Renée sur les deux joues, baisé la main de Mme Saint-Méran et serré celle du marquis, courait la poste sur la route d'Aix.

Le père Dantès se mourait de douleur et d'inquiétude.

Quant à Edmond, nous savons ce qu'il était devenu.

X. LE PETIT CABINET DES TUILERIES

Abandonnons Villefort sur la route de Paris, où, grâce aux triples guides qu'il paye, il brûle le chemin, et pénétrons à travers les deux ou trois salons qui le précèdent dans ce petit cabinet des Tuileries, à la fenêtre cintrée, si bien connu pour avoir été le cabinet favori de Napoléon et de Louis XVIII, et pour être aujourd'hui celui de Louis-Philippe.

Là, dans ce cabinet, assis devant une table de noyer qu'il avait rapportée d'Hartwell, et que, par une de ces manies familières aux grands personnages, il affectionnait tout particulièrement, le roi Louis XVIII écoutait assez légèrement un homme de cinquante à cinquante-deux ans, à cheveux gris, à la figure aristocratique et à la mise scrupuleuse, tout en notant à la marge un volume d'Horace, édition de Gryphius, assez incorrecte quoique estimée, et qui prêtait beaucoup aux sagaces observations philologiques de Sa Majesté.

– Vous dites donc, Monsieur ? dit le roi.

– Que je suis on ne peut plus inquiet, sire.

– Vraiment ? auriez-vous vu en songe sept vaches grasses et sept vaches maigres ?

– Non, sire, car cela ne nous annoncerait que sept années de fertilité et sept années de disette, et, avec un roi aussi prévoyant que l'est Votre Majesté, la disette n'est pas à craindre.

– De quel autre fléau est-il donc question, mon cher Blacas ?

– Sire, je crois, j'ai tout lieu de croire qu'un orage se forme du côté du Midi.

– Eh bien, mon cher duc, répondit Louis XVIII, je vous crois mal renseigné, et je sais positivement au contraire qu'il fait très beau temps de ce côté-là.

Tout homme d'esprit qu'il était, Louis XVIII aimait la plaisanterie facile.

– Sire, dit M. de Blacas, ne fût-ce que pour rassurer un fidèle serviteur, Votre Majesté ne pourrait-elle pas envoyer dans le Languedoc, dans la Provence et dans le Dauphiné des hommes sûrs qui lui feraient un rapport sur l'esprit de ces trois provinces ?

– *Canimus surdis*[11], répondit le roi tout en continuant d'annoter son Horace.

– Sire, répondit le courtisan en riant, pour avoir l'air de comprendre l'hémistiche du poète de Vénuse, Votre Majesté peut avoir parfaitement raison en comptant sur le bon esprit de la France ; mais je crains de ne pas avoir tout à fait tort en craignant quelque tentative désespérée.

– De la part de qui ?

– De la part de Bonaparte, ou du moins de son parti.

– Mon cher Blacas, dit le roi, vous m'empêchez de travailler avec vos terreurs.

– Et moi, sire, vous m'empêchez de dormir avec votre sécurité.

11. « Nous chantons pour des sourds » (Virgile, *Épilogue*).

– Attendez, mon cher, attendez, je tiens une note très heureuse sur le *Pastor quum traheret*[12] ; attendez, et vous continuerez après.

Il se fit un instant de silence, pendant lequel Louis XVIII inscrivit, d'une écriture qu'il faisait aussi menue que possible, une nouvelle note en marge de son Horace ; puis, cette note inscrite :

– Continuez, mon cher duc, dit-il en se relevant de l'air satisfait d'un homme qui croit avoir eu une idée lorsqu'il a commenté l'idée d'un autre. Continuez, je vous écoute.

– Sire, dit Blacas, qui avait eu un instant l'espoir de confisquer Villefort à son profit, je suis forcé de vous dire que ce ne sont point de simples bruits dénués de fondement, de simples nouvelles en l'air, qui m'inquiètent. C'est un homme bien pensant, méritant toute ma confiance, et chargé par moi de surveiller le Midi (le duc hésita en prononçant ces mots), qui arrive en poste pour me dire : « Un grand péril menace le roi. Alors je suis accouru, sire. »

– *Mala ducis avi domum*[13], continua Louis XVIII en annotant.

– Votre Majesté m'ordonne-t-elle de ne plus insister sur ce sujet ?

– Non, mon cher duc, mais allongez la main.

– Laquelle ?

– Celle que vous voudrez, là-bas, à gauche.

– Ici, sire ?

– Je vous dis à gauche et vous cherchez à droite ; c'est à ma gauche que je veux dire ; là, vous y êtes ; vous devez

12. « Le pasteur qui transportait » (Horace, *Odes*).

13. « Tu conduis chez toi sous de sinistres présages » (Horace, *Odes*).

trouver le rapport du ministre de la police en date d'hier… Mais, tenez, voici M. Dandré lui-même… n'est-ce pas, vous dites M. Dandré ? interrompit Louis XVIII s'adressant à l'huissier qui venait en effet d'annoncer le ministre de la police.

– Oui, sire. M. le baron Dandré, reprit l'huissier.

– C'est juste, baron, reprit Louis XVIII avec un imperceptible sourire ; entrez, baron, et racontez au duc ce que vous savez de plus récent sur M. de Bonaparte. Ne nous dissimulez rien de la situation, quelque grave qu'elle soit. Voyons, l'île d'Elbe est-elle un volcan, et allons-nous en voir sortir la guerre flamboyante et toute hérissée ; *bella, horrida bella*[14] ?

M. Dandré se balança fort gracieusement sur le dos d'un fauteuil auquel il appuyait ses deux mains et dit :

– Votre Majesté a-t-elle bien voulu consulter le rapport d'hier ?

– Oui, oui ; mais dites au duc lui-même, qui ne peut le trouver, ce que contenait le rapport ; détaillez-lui ce que fait l'usurpateur dans son île.

– Monsieur, dit le baron au duc, tous les serviteurs de Sa Majesté doivent s'applaudir des nouvelles récentes qui nous parviennent de l'île d'Elbe. Bonaparte…

M. Dandré regarda Louis XVIII, qui, occupé d'écrire une note, ne leva pas même la tête.

– Bonaparte, continua le baron, s'ennuie mortellement ; il passe des journées entières à regarder travailler ses mineurs de Porto-Longone.

– Et il se gratte pour se distraire, dit le roi.

– Il se gratte ? demanda le duc. Que veut dire Votre Majesté ?

14. « Guerres, affreuses guerres » (Virgile, *Énéide*).

– Eh oui, mon cher duc ; oubliez-vous donc que ce grand homme, ce héros, ce demi-dieu est atteint d'une maladie de peau qui le dévore, *prurigo*.

– Il y a plus, monsieur le duc, continua le ministre de la police, nous sommes à peu près sûrs que dans peu de temps l'usurpateur sera fou.

– Fou ?

– Fou à lier ; sa tête s'affaiblit, tantôt il pleure à chaudes larmes, tantôt il rit à gorge déployée ; d'autres fois, il passe des heures sur le rivage à jeter des cailloux dans l'eau, et lorsque le caillou a fait cinq ou six ricochets, il paraît aussi satisfait que s'il avait gagné un autre Marengo ou un nouvel Austerlitz. Voilà, vous en conviendrez, des signes de folie.

– Ou de sagesse, monsieur le baron, ou de sagesse, dit Louis XVIII en riant : c'était en jetant des cailloux à la mer que se récréaient les grands capitaines de l'Antiquité ; voyez Plutarque, à la vie de Scipion l'Africain.

M. de Blacas demeura rêveur entre ces deux insouciances. Villefort, qui n'avait pas voulu tout lui dire pour qu'un autre ne lui enlevât point le bénéfice tout entier de son secret, lui en avait dit assez cependant pour lui donner de graves inquiétudes.''

– Allons, allons, Dandré, dit Louis XVIII, Blacas n'est point encore convaincu ; passez à la conversion de l'usurpateur.

Le ministre de la police s'inclina.

– Conversion de l'usurpateur ! murmura le duc, regardant le roi et Dandré, qui alternaient comme deux bergers de Virgile. L'usurpateur est-il converti ?

– Absolument, mon cher duc.

– Aux bons principes ; expliquez cela, baron.

– Voici ce que c'est, monsieur le duc, dit le ministre avec le plus grand sérieux du monde : dernièrement Napoléon a passé une revue, et comme deux ou trois de ses vieux grognards, comme il les appelle, manifestaient le désir de revenir en France, il leur a donné leur congé en les exhortant à servir leur bon roi ; ce furent ses propres paroles, monsieur le duc, j'en ai la certitude.

– Eh bien ! Blacas, qu'en pensez-vous ? dit le roi triomphant, en cessant un instant de compulser le scoliaste volumineux ouvert devant lui.

– Je dis, sire, que M. le ministre de la police ou moi nous nous trompons ; mais comme il est impossible que ce soit le ministre de la police, puisqu'il a en garde le salut et l'honneur de Votre Majesté, il est probable que c'est moi qui fais erreur. Cependant, sire, à la place de Votre Majesté, je voudrais interroger la personne dont je lui ai parlé ; j'insisterai même pour que Votre Majesté lui fasse cet honneur.

– Volontiers, duc, sous vos auspices je recevrai qui vous voudrez ; mais je veux le recevoir les armes en main. Monsieur le ministre, avez-vous un rapport plus récent que celui-ci ? Car celui-ci a déjà la date du 20 février, et nous sommes au 3 mars !

– Non, sire, mais j'en attendais un d'heure en heure. Je suis sorti depuis le matin, et peut-être depuis mon absence est-il arrivé.

– Allez à la préfecture, et s'il n'y en a pas, eh bien, eh bien, continua en riant Louis XVIII, faites-en un ; n'est-ce pas ainsi que cela se pratique ?

– Oh ! sire ! dit le ministre, Dieu merci, sous ce rapport, il n'est besoin de rien inventer ; chaque jour encombre nos bureaux des dénonciations les plus circonstanciées, lesquelles proviennent d'une foule de pauvres hères qui espèrent un peu de reconnaissance pour des services qu'ils ne rendent pas, mais qu'ils voudraient rendre. Ils placent sur le hasard, et ils espèrent qu'un jour quelque événement inattendu donnera une espèce de réalité à leurs prédictions.

– C'est bien ; allez, monsieur, dit Louis XVIII, et songez que je vous attends.

– Je ne fais qu'aller et venir, sire ; dans dix minutes je suis de retour.

– Et moi, sire, dit M. de Blacas, je vais chercher mon messager.

– Attendez donc, attendez donc, dit Louis XVIII. En vérité, Blacas, il faut que je vous change vos armes. Je vous donnerai un aigle aux ailes déployées, tenant entre ses serres une proie qui essaie vainement de lui échapper, avec cette devise : *Tenax*[15].

– Sire, j'écoute, dit M. de Blacas, se rongeant les poings d'impatience.

– Je voudrais vous consulter sur ce passage : *Molli fugiens anhelitu*[16] ; vous savez, il s'agit du cerf qui fuit devant le loup. N'êtes-vous pas chasseur et grand louvetier ? Comment trouvez-vous, à ce double titre, le *molli anhelitu* ?

– Admirable, sire ; mais mon messager est comme le cerf dont vous parlez, car il vient de faire 220 lieues en poste, et cela en trois jours à peine.

– C'est prendre bien de la fatigue et bien du souci, mon cher duc, quand nous avons le télégraphe qui ne met que trois ou quatre heures, et cela sans que son haleine en souffre le moins du monde.

---

15. « Avare. »
16. « Tu fuiras hors d'haleine » (Horace, *Odes*).

– Ah ! sire, vous récompensez bien mal ce pauvre jeune homme qui arrive de si loin et avec tant d'ardeur pour donner à Votre Majesté un avis utile ; ne fût-ce que pour M. de Salvieux, qui me le recommande, recevez-le bien, je vous en supplie.

– M. de Salvieux, le chambellan de mon frère ?

– Lui-même.

– En effet, il est à Marseille.

– C'est de là qu'il m'écrit.

– Vous parle-t-il donc aussi de cette conspiration ?

– Non, mais il me recommande M. de Villefort, et me charge de l'introduire près de Votre Majesté.

– M. de Villefort ? s'écria le roi. Ce messager s'appelle-t-il donc M. de Villefort ?

– Oui, sire.

– Et c'est lui qui vient de Marseille ?

– En personne.

– Que ne me disiez-vous son nom tout de suite ! reprit le roi en laissant percer sur son visage un commencement d'inquiétude.

– Sire, je croyais ce nom inconnu de Votre Majesté.

– Non pas, non pas, Blacas ; c'est un esprit sérieux, élevé, ambitieux surtout ; et, pardieu, vous connaissez de nom son père.

– Son père ?

– Oui, Noirtier.

– Noirtier le girondin ? Noirtier le sénateur ?

– Oui, justement.

– Et Votre Majesté a employé le fils d'un pareil homme ?

– Blacas, mon ami, vous n'y entendez rien ; je vous ai dit que Villefort était ambitieux. Pour arriver, Villefort sacrifiera tout, même son père.

– Alors, sire, je dois donc le faire entrer ?

– À l'instant même, duc. Où est-il ?

– Il doit m'attendre en bas dans ma voiture.

– Allez me le chercher.

– J'y cours.

Le duc sortit avec la vivacité d'un jeune homme ; l'ardeur de son royalisme sincère lui donnait vingt ans.

Louis XVIII resta seul, reportant les yeux sur son Horace entr'ouvert et murmurant :

– *Justum et tenacem propositi virum*[17].

M. de Blacas remonta avec la même rapidité qu'il était descendu ; mais dans l'antichambre il fut forcé d'invoquer l'autorité du roi. L'habit poudreux de Villefort, son costume, où rien n'était conforme à la tenue de cour, avait excité la susceptibilité de M. de Brézé, qui fut tout étonné de trouver dans ce jeune homme la prétention de paraître ainsi vêtu devant le roi. Mais le duc leva toutes les difficultés avec un seul mot : ordre de Sa Majesté, et, malgré les observations que continua de faire le maître des cérémonies, pour l'honneur du principe, Villefort fut introduit.

Le roi était assis à la même place où l'avait laissé le duc. En ouvrant la porte, Villefort se trouva juste en face de lui : le premier mouvement du jeune magistrat fut de s'arrêter.

– Entrez, monsieur de Villefort, dit le roi, entrez.

Villefort salua et fit quelques pas en avant, attendant que le roi l'interrogeât.

– Monsieur de Villefort, continua Louis XVIII, voici le duc de Blacas qui prétend que vous avez quelque chose d'important à nous dire.

---

17. « L'homme juste et ferme dans ses desseins » (Horace, *Odes*).

– Sire, M. le duc a raison, et j'espère que Votre Majesté va le reconnaître elle-même.

– D'abord et avant toute chose, monsieur, le mal est-il aussi grand, à votre avis, que l'on veut me le faire croire ?

– Sire, je le crois pressant ; mais, grâce à la diligence que j'ai faite, il n'est pas irréparable, je l'espère.

– Parlez longuement si vous le voulez. Monsieur, dit le roi, qui commençait à se laisser aller lui-même à l'émotion qui avait bouleversé le visage de M. de Blacas et qui altérait la voix de Villefort. Parlez, et surtout commencez par le commencement : j'aime l'ordre en toute chose.

– Sire, dit Villefort, je ferai à Votre Majesté un rapport fidèle, mais je la prierai cependant de m'excuser si le trouble où je suis jette quelque obscurité dans mes paroles.

Un coup d'œil jeté sur le roi après cet exorde insinuant assura Villefort de la bienveillance de son auguste auditeur, et il continua :

– Sire, je suis arrivé le plus rapidement possible à Paris pour apprendre à Votre Majesté que j'ai découvert dans le ressort de mes fonctions, non pas un de ces complots vulgaires et sans conséquence, comme il s'en trame tous les jours dans les derniers rangs du peuple et de l'armée, mais une conspiration véritable, une tempête qui ne menace rien moins que le trône de Votre Majesté. Sire, l'usurpateur arme trois vaisseaux ; il médite quelque projet, insensé peut-être, mais peut-être aussi terrible, tout insensé qu'il est. À cette heure, il doit avoir quitté l'île d'Elbe, pour aller où ? Je l'ignore, mais à coup sûr pour tenter une descente soit à Naples, soit sur les côtes de Toscane, soit même en France. Votre Majesté n'ignore pas que le souverain de l'île d'Elbe a conservé des relations avec l'Italie et avec la France.

– Oui, monsieur, je le sais, dit le roi fort ému, et, dernièrement encore, on a eu avis que des réunions bonapartistes avaient lieu rue Saint-Jacques ; mais continuez, je vous prie ; comment avez-vous eu ces détails ?

– Sire, ils résultent d'un interrogatoire que j'ai fait subir à un homme de Marseille que depuis longtemps je surveillais et que j'ai fait arrêter le jour même de mon départ ; cet homme, marin turbulent et d'un bonapartisme qui m'était suspect, a été secrètement à l'île d'Elbe ; il y a vu le grand maréchal qui l'a chargé d'une mission verbale pour un bonapartiste de Paris, dont je n'ai jamais pu lui faire dire le nom ; mais cette mission était de charger ce bonapartiste de préparer les esprits à un retour (remarquez que c'est l'interrogatoire qui parle, sire), à un retour qui ne peut manquer d'être prochain.

– Et où est cet homme ? demanda Louis XVIII.

– En prison, sire.

– Et la chose vous a paru grave ?

– Si grave, sire, que cet événement m'ayant surpris au milieu d'une fête de famille, le jour même de mes fiançailles, j'ai tout quitté, fiancée et amis, tout remis à un autre temps pour venir déposer aux pieds de Votre Majesté et les craintes dont j'étais atteint et l'assurance de mon dévouement.

– C'est vrai, dit Louis XVIII ; n'y avait-il pas un projet d'union entre vous et Mlle de Saint-Méran ?

– La fille d'un des plus fidèles serviteurs de Votre Majesté.

– Oui, oui ; mais revenons à ce complot, monsieur de Villefort.

– Sire, j'ai peur que ce soit plus qu'un complot, j'ai peur que ce soit une conspiration.

– Une conspiration dans ces temps-ci, dit Louis XVIII en souriant, est chose facile à méditer, mais plus difficile à conduire à son but, par cela même que, rétabli d'hier sur le trône de nos ancêtres, nous avons les yeux ouverts à la fois sur le passé, sur le présent et sur l'avenir ; depuis dix mois mes ministres redoublent de surveillance pour que le littoral de la Méditerranée soit bien gardé. Si Bonaparte descendait à Naples, la coalition tout entière serait sur pied avant seulement qu'il fût à Piombino ; s'il descendait en Toscane, il mettrait le pied en pays ennemi ; s'il descend en France, ce sera avec une poignée d'hommes, et nous en viendrons facilement à bout, exécré comme il l'est par la population. Rassurez-vous donc, monsieur ; mais ne comptez pas moins sur notre reconnaissance royale.

– Ah ! voici M. Dandré ! s'écria le duc de Blacas.

En ce moment parut en effet sur le seuil de la porte M. le ministre de la police, pâle, tremblant, et dont le regard vacillait comme s'il eût été frappé d'un éblouissement.

Villefort fit un pas pour se retirer ; mais un serrement de main de M. de Blacas le retint.

XI. L'OGRE DE CORSE

Louis XVIII, à l'aspect de ce visage bouleversé, repoussa violemment la table devant laquelle il se trouvait.

– Qu'avez-vous donc, monsieur le baron ? s'écria-t-il, vous paraissez tout bouleversé. Ce trouble, cette hésitation, ont-ils rapport à ce que disait M. de Blacas, et à ce que vient de me confirmer M. de Villefort ?

De son côté M. de Blacas s'approchait vivement du baron, mais la terreur du courtisan empêchait de triompher l'orgueil de l'homme d'État ; en effet, en pareille circonstance, il était bien autrement avantageux pour lui d'être humilié par le préfet de police que de l'humilier sur un pareil sujet.

– Sire… balbutia le baron.

– Eh bien ! voyons, dit Louis XVIII.

Le ministre de la police, cédant alors à un mouvement de désespoir, alla se précipiter aux pieds de Louis XVIII, qui recula d'un pas en fronçant le sourcil.

– Parlerez-vous ? dit-il.

– Oh ! sire, quel affreux malheur ! Suis-je assez à plaindre ? Je ne m'en consolerai jamais !

– Monsieur, dit Louis XVIII, je vous ordonne de parler.

– Eh bien ! sire, l'usurpateur a quitté l'île d'Elbe le 28 février et a débarqué le 1er mars.

– Où cela ? demanda vivement le roi.

– En France, sire, dans un petit port, près d'Antibes, au golfe Juan.

– L'usurpateur a débarqué en France, près d'Antibes, au golfe Juan, à deux cent cinquante lieues de Paris, le 1er mars, et vous apprenez cette nouvelle aujourd'hui seulement 3 mars !... Eh ! monsieur, ce que vous me dites là est impossible : on vous aura fait un faux rapport, ou vous êtes fou.

– Hélas ! sire, ce n'est que trop vrai !

Louis XVIII fit un geste indicible de colère et d'effroi, et se dressa tout debout, comme si un coup imprévu l'avait frappé en même temps au cœur et au visage.

– En France ! s'écria-t-il, l'usurpateur en France ! Mais on ne veillait donc pas sur cet homme ? Mais, qui sait ? On était donc d'accord avec lui !

– Oh ! sire, s'écria le duc de Blacas, ce n'est pas un homme comme M. Dandré que l'on peut accuser de trahison. Sire, nous étions tous aveugles, et le ministre de la police a partagé l'aveuglement général, voilà tout.

– Mais... dit Villefort.

Puis s'arrêtant tout à coup :

– Ah ! pardon, pardon, sire, fit-il en s'inclinant, mon zèle m'emporte, que Votre Majesté daigne m'excuser.

– Parlez, monsieur, parlez hardiment, dit Louis XVIII ; vous seul nous avez prévenu du mal, aidez-nous à y chercher le remède.

– Sire, dit Villefort, l'usurpateur est détesté dans le Midi ; il me semble que s'il se hasarde dans le midi on peut facilement soulever contre lui la Provence et le Languedoc.

– Oui, sans doute, dit le ministre, mais il s'avance par Gap et Sisteron.

– Il s'avance, il s'avance, dit Louis XVIII ; il marche donc sur Paris ?

Le ministre de la police garda un silence qui équivalait au plus complet aveu.

– Et le Dauphiné, monsieur, demanda le roi à Villefort, croyez-vous qu'on puisse le soulever comme la Provence ?

– Sire, je suis fâché de dire à Votre Majesté une vérité cruelle ; mais l'esprit du Dauphiné est loin de valoir celui de la Provence et du Languedoc. Les montagnards sont bonapartistes, sire.

– Allons, murmura Louis XVIII, il était bien renseigné. Et combien d'hommes a-t-il avec lui ?

– Sire, je ne sais, dit le ministre de la police.

– Comment, vous ne savez ! Vous avez oublié de vous informer de cette circonstance ? Il est vrai qu'elle est de peu d'importance, ajouta-t-il avec un sourire écrasant.

– Sire, je ne pouvais m'en informer ; la dépêche portait simplement l'annonce du débarquement et de la route prise par l'usurpateur.

– Et comment donc vous est parvenue cette dépêche ? demanda le roi.

Le ministre baissa la tête, et une vive rougeur envahit son front.

– Par le télégraphe, sire, balbutia-t-il.

Louis XVIII fit un pas en avant et croisa les bras comme eût fait Napoléon.

– Ainsi, dit-il, pâlissant de colère, sept armées coalisées auront renversé cet homme ; un miracle du ciel m'aura replacé sur le trône de mes pères après vingt-cinq ans d'exil ; j'aurai, pendant ces vingt-cinq ans, étudié, sondé, analysé les hommes et les choses de cette France qui m'était promise, pour qu'arrivé au but de tous mes vœux, une force que je tenais entre mes mains éclate et me brise !

– Sire, c'est de la fatalité, murmura le ministre, sentant qu'un pareil poids, léger pour le destin, suffisait à écraser un homme.

– Mais ce que disaient de nous nos ennemis est donc vrai : rien appris, rien oublié ? Si j'étais trahi comme lui, encore, je me consolerais ; mais être au milieu de gens élevés par moi aux dignités, qui devaient veiller sur moi plus précieusement que sur eux-mêmes, car ma fortune c'est la leur, avant moi ils n'étaient rien, après moi ils ne seront rien, et périr misérablement par incapacité, par ineptie ! Ah ! oui, monsieur, vous avez bien raison, c'est de la fatalité.

Le ministre se tenait courbé sous cet effrayant anathème.

M. de Blacas essuyait son front couvert de sueur ; Villefort souriait intérieurement, car il sentait grandir son importance.

– Tomber, continuait Louis XVIII, qui du premier coup d'œil avait sondé le précipice où penchait la monarchie, tomber et apprendre sa chute par le télégraphe ! Oh ! j'aimerais mieux monter sur l'échafaud de mon frère Louis XVI que de descendre ainsi l'escalier des Tuileries, chassé par le ridicule… Le ridicule, monsieur, vous ne savez pas ce que c'est en France, et cependant vous devriez le savoir.

– Sire, sire, murmura le ministre, par pitié !…

– Approchez, monsieur de Villefort, continua le roi, s'adressant au jeune homme, qui, debout, immobile et en arrière, considérait la marche de cette conversation où flottait éperdu le destin d'un royaume, approchez et dites à monsieur qu'on pouvait savoir d'avance tout ce qu'il n'a pas su.

– Sire, il était matériellement impossible de deviner des projets que cet homme cachait à tout le monde.

– Matériellement impossible ! oui, voilà un grand mot, monsieur ; malheureusement il en est des grands mots comme des grands hommes, je les ai mesurés. Matériellement impossible à un ministre, qui a une administration, des bureaux, des agents, des mouchards, des espions et quinze cent mille francs de fonds secrets, de savoir ce qui se passe à soixante lieues des côtes de France ! Eh bien ! tenez, voici monsieur, qui n'avait aucune de ces ressources à sa disposition, voici monsieur, simple magistrat, qui en savait plus que vous avec toute votre police, et qui eût sauvé ma couronne s'il eût eu comme vous le droit de diriger un télégraphe.

Le regard du ministre de la police se tourna avec une expression de profond dépit sur Villefort, qui inclina la tête avec la modestie du triomphe.

– Je ne dis pas cela pour vous, Blacas, continua Louis XVIII, car si vous n'avez rien découvert, vous, au moins avez-vous eu le bon esprit de persévérer dans votre soupçon : un autre que vous eût peut-être considéré la révélation de M. de Villefort comme insignifiante, ou bien encore suggérée par une ambition vénale.

Ces mots faisaient allusion à ceux que le ministre de la police avait prononcés avec tant de confiance une heure auparavant.

Villefort comprit le jeu du roi. Un autre peut-être se serait laissé emporter par l'ivresse de la louange ; mais il craignit de se faire un ennemi mortel du ministre de la police, bien qu'il sentît que celui-ci était irrévocablement perdu. En effet, le ministre qui n'avait pas, dans la plénitude de sa puissance, su deviner le secret de Napoléon, pouvait, dans les convulsions de son agonie, pénétrer celui de Villefort : il ne lui fallait pour cela qu'interroger Dantès. Il vint donc en aide au ministre au lieu de l'accabler.

– Sire, dit Villefort, la rapidité de l'événement doit prouver à Votre Majesté que Dieu seul pouvait l'empêcher en soulevant une tempête ; ce que Votre Majesté croit de ma part l'effet d'une profonde perspicacité est dû purement et simplement au hasard ; j'ai profité de ce hasard en serviteur dévoué, voilà tout. Ne m'accordez pas plus que je ne mérite, sire, pour ne revenir jamais sur la première idée que vous aurez conçue de moi.

Le ministre de la police remercia le jeune homme par un regard éloquent, et Villefort comprit qu'il avait réussi dans son projet, c'est-à-dire que, sans rien perdre de la reconnaissance du roi, il venait de se faire un ami sur lequel, le cas échéant, il pouvait compter.

– C'est bien, dit le roi. Et maintenant, messieurs, continua-t-il en se retournant vers M. de Blacas et vers le ministre de la police, je n'ai plus besoin de vous, et vous pouvez vous retirer : ce qui reste à faire est du ressort du ministre de la guerre.

– Heureusement, sire, dit M. de Blacas, que nous pouvons compter sur l'armée. Votre Majesté sait combien tous les rapports nous la peignent dévouée à votre gouvernement.

– Ne me parlez pas de rapports : maintenant, duc, je sais la confiance que l'on peut avoir en eux. Eh ! mais, à propos de rapports, monsieur le baron, qu'avez-vous appris de nouveau sur l'affaire de la rue Saint-Jacques ?

– Sur l'affaire de la rue Saint-Jacques ! s'écria Villefort ne pouvant retenir une exclamation.

Mais, s'arrêtant tout à coup :

– Pardon, sire, dit-il, mon dévouement à Votre Majesté me fait sans cesse oublier, non le respect que j'ai pour elle, ce respect est trop profondément gravé dans mon cœur, mais les règles de l'étiquette.

– Dites et faites, monsieur, reprit Louis XVIII ; vous avez acquis aujourd'hui le droit d'interroger.

– Sire, répondit le ministre de la police, je venais justement aujourd'hui donner à Votre Majesté les nouveaux renseignements que j'avais recueillis sur cet événement, lorsque l'attention de Votre Majesté a été détournée par la terrible catastrophe du golfe ; maintenant ces renseignements n'auraient plus aucun intérêt pour le roi.

– Au contraire, monsieur, au contraire, dit Louis XVIII, cette affaire me semble avoir un rapport direct avec celle qui nous occupe, et la mort du général Quesnel va peut-être nous mettre sur la voie d'un grand complot intérieur.

À ce nom du général Quesnel, Villefort frissonna.

– En effet, sire, reprit le ministre de la police, tout porterait à croire que cette mort est le résultat, non pas d'un suicide, comme on l'avait cru d'abord, mais d'un assassinat : le général Quesnel sortait, à ce qu'il paraît, d'un club bonapartiste lorsqu'il a disparu. Un homme inconnu était venu le chercher le matin même et lui avait donné rendez-vous rue Saint-Jacques ; malheureusement le valet de chambre du général, qui le coiffait au moment où cet inconnu a été introduit dans le cabinet, a bien entendu qu'il désignait la rue Saint-Jacques, mais n'a pas retenu le numéro.

À mesure que le ministre de la police donnait au roi Louis XVIII ces renseignements, Villefort, qui semblait suspendu à ses lèvres, rougissait et pâlissait.

Le roi se retourna de son côté.

– N'est-ce pas votre avis comme c'est le mien, monsieur de Villefort, que le général Quesnel, que l'on pouvait croire attaché à l'usurpateur, mais qui, réellement, était tout entier à moi, a péri victime d'un guet-apens bonapartiste ?

– C'est probable, sire, répondit Villefort ; mais ne sait-on rien de plus ?

– On est sur les traces de l'homme qui avait donné le rendez-vous.

– On est sur ses traces ? répéta Villefort.

– Oui, le domestique a donné son signalement : c'est un homme de cinquante à cinquante-deux ans, brun, avec des yeux noirs couverts d'épais sourcils, et portant moustaches ; il était vêtu d'une redingote bleue, et portait à sa boutonnière une rosette d'officier de la Légion d'honneur. Hier on a suivi un individu dont le signalement répond exactement à celui que je viens de dire, et on l'a perdu au coin de la rue de la Jussienne et de la rue Coq-Héron.

Villefort s'était appuyé au dossier d'un fauteuil ; car à mesure que le ministre de la police parlait, il sentait ses jambes se dérober sous lui ; mais, lorsqu'il vit que l'inconnu avait échappé aux recherches de l'agent qui le suivait, il respira.

– Vous chercherez cet homme, monsieur, dit le roi au ministre de la police. Car si, comme tout me porte à le croire, le général Quesnel, qui nous eût été si utile en ce moment, a été victime d'un meurtre, bonapartistes ou non, je veux que ses assassins soient cruellement punis.

Villefort eut besoin de tout son sang-froid pour ne point trahir la terreur que lui inspirait cette recommandation du roi.

– Chose étrange ! continua le roi avec un mouvement d'humeur, la police croit avoir tout dit lorsqu'elle a dit : « Un meurtre a été commis », et tout fait lorsqu'elle a ajouté : « On est sur la trace des coupables ».

– Sire, Votre Majesté, sur ce point du moins, sera satisfaite, je l'espère.

– C'est bien, nous verrons ; je ne vous retiens pas plus longtemps, baron ; monsieur de Villefort, vous devez être fatigué de ce long voyage, allez vous reposer. Vous êtes sans doute descendu chez votre père ?

Un éblouissement passa sur les yeux de Villefort.

– Non, sire, dit-il, je suis descendu hôtel de Madrid, rue de Tournon.

– Mais vous l'avez vu ?

– Sire, je me suis fait tout d'abord conduire chez M. le duc de Blacas.

– Mais vous le verrez, du moins ?

– Je ne le pense pas, sire.

– Ah ! c'est juste, dit Louis XVIII en souriant de manière à prouver que toutes ces questions réitérées n'avaient pas été faites sans intention, j'oubliais que vous êtes en froid avec M. Noirtier, et que c'est un nouveau sacrifice fait à la cause royale et dont il faut que je vous dédommage.

– Sire, la bonté que me témoigne Votre Majesté est une récompense qui dépasse de si loin toutes mes ambitions que je n'ai rien à demander de plus au roi.

– N'importe, monsieur, et nous ne vous oublierons pas, soyez tranquille ; en attendant (le roi détacha la croix de la Légion d'honneur qu'il portait d'ordinaire sur son habit bleu, près de la croix de Saint-Louis, au-dessus de la plaque de l'ordre de Notre-Dame du mont-Carmel et de Saint-Lazare, et la donnant à Villefort), en attendant, dit-il, prenez toujours cette croix.

– Sire, dit Villefort, Votre Majesté se trompe, cette croix est celle d'officier.

– Ma foi, monsieur, dit Louis XVIII, prenez-la telle qu'elle est. Je n'ai pas le temps d'en faire demander une autre. Blacas, vous veillerez à ce que le brevet soit délivré à M. de Villefort.

Les yeux de Villefort se mouillèrent d'une larme d'orgueilleuse joie ; il prit la croix et la baisa.

– Et maintenant, demanda-t-il, quels sont les ordres que me fait l'honneur de me donner Votre Majesté ?

– Prenez le repos qui vous est nécessaire et songez que, sans force à Paris pour me servir, vous pouvez m'être à Marseille de la plus grande utilité.

– Sire, répondit Villefort en s'inclinant, dans une heure j'aurai quitté Paris.

– Allez, monsieur, dit le roi, et si je vous oubliais (la mémoire des rois est courte), ne craignez pas de vous rappeler à mon souvenir... Monsieur le baron, donnez l'ordre qu'on aille chercher le ministre de la guerre. Blacas, restez.

– Ah ! monsieur, dit le ministre de la police à Villefort en sortant des Tuileries, vous entrez par la bonne porte et votre fortune est faite.

– Sera-t-elle longue ? murmura Villefort en saluant le ministre dont la carrière était finie, et en cherchant des yeux une voiture pour rentrer chez lui.

Un fiacre passait sur le quai, Villefort lui fit un signe, le fiacre s'approcha ; Villefort donna son adresse et se jeta dans le fond de la voiture, se laissant aller à ses rêves d'ambition. Dix minutes après, Villefort était rentré chez lui ; il commanda ses chevaux pour dans deux heures, et ordonna qu'on lui servît à déjeuner.

Il allait se mettre à table lorsque le timbre de la sonnette retentit sous une main franche et ferme : le valet de chambre alla ouvrir, et Villefort entendit une voix qui prononçait son nom.

– Qui peut déjà savoir que je suis ici ? se demanda le jeune homme.

En ce moment le valet de chambre rentra.

– Eh bien ! dit Villefort, qu'y a-t-il donc ? Qui a sonné ? Qui me demande ?

– Un étranger qui ne veut pas dire son nom.

– Comment ! un étranger qui ne veut pas dire son nom ? Et que me veut cet étranger ?

– Il veut parler à Monsieur.

– À moi ?

– Oui.

– Il m'a nommé ?

– Parfaitement.

– Et quelle apparence a cet étranger ?

– Mais, monsieur, c'est un homme d'une cinquantaine d'années.

– Petit ? Grand ?

– De la taille de monsieur à peu près.

– Brun ou blond ?

– Brun, très brun : des cheveux noirs, des yeux noirs, des sourcils noirs.

– Et vêtu, demanda vivement Villefort, vêtu de quelle façon ?

– D'une grande lévite bleue boutonnée du haut en bas ; décoré de la Légion d'honneur.

– C'est lui, murmura Villefort en pâlissant.

– Eh pardieu ! dit en paraissant sur la porte l'individu dont nous avons déjà donné deux fois le signalement, voilà bien des façons ; est-ce l'habitude à Marseille que les fils fassent faire antichambre à leurs pères ?

– Mon père ! s'écria Villefort. Je ne m'étais donc pas trompé… et je me doutais que c'était vous.

– Alors, si tu te doutais que c'était moi, reprit le nouveau venu, en posant sa canne dans un coin et son chapeau sur une chaise, permets-moi de te dire, mon cher Gérard, que ce n'est guère aimable à toi de me faire attendre ainsi.

– Laissez-nous, Germain, dit Villefort.

Le domestique sortit en donnant des marques visibles d'étonnement.

XII. LE PÈRE ET LE FILS

M. Noirtier, car c'était en effet lui-même qui venait d'entrer, suivit des yeux le domestique jusqu'à ce qu'il eût refermé la porte ; puis, craignant sans doute qu'il n'écoutât dans l'antichambre, il alla rouvrir derrière lui ; la précaution n'était pas inutile, et la rapidité avec laquelle maître Germain se retira prouva qu'il n'était point exempt du péché qui perdit nos premiers pères. M. Noirtier prit alors la peine d'aller fermer lui-même la porte de l'antichambre, revint fermer celle de la chambre à coucher, poussa les verrous, et revint tendre la main à Villefort, qui avait suivi tous ces mouvements avec une surprise dont il n'était pas encore revenu.

– Ah çà ! sais-tu bien, mon cher Gérard, dit-il au jeune homme en le regardant avec un sourire dont il était assez difficile de définir l'expression, que tu n'as pas l'air ravi de me voir ?

– Si fait, mon père, dit Villefort, je suis enchanté ; mais j'étais si loin de m'attendre à votre visite, qu'elle m'a quelque peu étourdi.

– Mais, mon cher ami, reprit M. Noirtier en s'asseyant, il me semble que je pourrais vous en dire autant.

Comment ! vous m'annoncez vos fiançailles à Marseille pour le 28 février, et le 3 mars vous êtes à Paris ?

– Si j'y suis, mon père, dit Gérard en se rapprochant de M. Noirtier, ne vous en plaignez pas, car c'est pour vous que j'étais venu, et ce voyage vous sauvera peut-être.

– Ah ! vraiment, dit M. Noirtier en s'allongeant nonchalamment dans le fauteuil où il était assis ; vraiment ! contez-moi donc cela, monsieur le magistrat, ce doit être curieux.

– Mon père, vous avez entendu parler de certain club bonapartiste qui se tient rue Saint-Jacques ?

– Numéro 53 ? Oui, j'en suis vice-président.

– Mon père, votre sang-froid me fait frémir.

– Que veux-tu, mon cher ? Quand on a été proscrit par les montagnards, qu'on est sorti de Paris dans une charrette de foin, qu'on a été traqué dans les landes de Bordeaux par les limiers de Robespierre, cela vous a aguerri à bien des choses. Continue donc. Eh bien ! que s'est-il passé à ce club de la rue Saint-Jacques ?

– Il s'y est passé qu'on y a fait venir le général Quesnel, et que le général Quesnel, sorti à neuf heures du soir de chez lui, a été retrouvé le surlendemain dans la Seine.

– Et qui vous a conté cette belle histoire ?

– Le roi lui-même, monsieur.

– Eh bien, moi, en échange de votre histoire, continua Noirtier, je vais vous apprendre une nouvelle.

– Mon père, je crois savoir déjà ce que vous allez me dire.

– Ah ! vous savez le débarquement de Sa Majesté l'Empereur ?

– Silence, mon père, je vous prie, pour vous d'abord, et puis ensuite pour moi. Oui, je savais cette nouvelle, et même je la savais avant vous, car depuis trois jours je brûle le pavé de Marseille à Paris avec la rage de ne pouvoir lancer à deux cents lieues en avant de moi la pensée qui me brûle le cerveau.

– Il y a trois jours ! Êtes-vous fou ? Il y a trois jours, l'Empereur n'était pas encore embarqué.

– N'importe, je savais le projet.

– Et comment cela ?

– Par une lettre qui vous était adressée de l'île d'Elbe.

– À moi ?

– À vous, et que j'ai surprise dans le portefeuille du messager. Si cette lettre était tombée entre les mains d'un autre, à cette heure, mon père, vous seriez fusillé peut-être.

Le père de Villefort se mit à rire.

– Allons, allons, dit-il, il paraît que la Restauration a appris de l'Empire la façon d'expédier promptement les affaires… Fusillé ! mon cher, comme vous y allez ! Et cette lettre, où est-elle ? Je vous connais trop pour craindre que vous l'ayez laissée traîner.

– Je l'ai brûlée, de peur qu'il n'en restât un seul fragment : car cette lettre c'était votre condamnation.

– Et la perte de votre avenir, répondit froidement Noirtier. Oui, je comprends cela ; mais je n'ai rien à craindre puisque vous me protégez.

– Je fais mieux que cela, monsieur, je vous sauve.

– Ah ! diable ! ceci devient plus dramatique ; expliquez-vous.

– Monsieur, j'en reviens à ce club de la rue Saint-Jacques.

– Il paraît que ce club tient au cœur de messieurs de la police, pourquoi n'ont-ils pas mieux cherché ? Ils l'auraient trouvé.

– Ils ne l'ont pas trouvé, mais ils sont sur la trace.

– C'est le mot consacré, je le sais bien : quand la police est en défaut, elle dit qu'elle est sur la trace, et le gouvernement attend tranquillement le jour où elle vient dire, l'oreille basse, que cette trace est perdue.

– Oui, mais on a trouvé un cadavre ; le général Quesnel a été tué, et dans tous les pays du monde cela s'appelle un meurtre.

– Un meurtre, dites-vous ? Mais rien ne prouve que le général ait été victime d'un meurtre : on trouve tous les jours des gens dans la Seine, qui s'y sont jetés de désespoir, qui s'y sont noyés ne sachant pas nager.

– Mon père, vous savez très bien que le général ne s'est pas noyé par désespoir, et qu'on ne se baigne pas dans la Seine au mois de janvier. Non, non, ne vous abusez pas, cette mort est bien qualifiée de meurtre.

– Et qui l'a qualifiée ainsi ?

– Le roi lui-même.

– Le roi ! Je le croyais assez philosophe pour comprendre qu'il n'y a pas de meurtre en politique. En politique, mon cher, vous le savez comme moi, il n'y a pas d'hommes, mais des idées ; pas de sentiments, mais des intérêts ; en politique, on ne tue pas un homme, on supprime un obstacle, voilà tout. Voulez-vous savoir comment les choses se sont passées ? Eh bien, moi je vais vous le dire. On croyait pouvoir compter sur le général Quesnel ; on nous l'avait recommandé de l'île d'Elbe ; l'un de nous va chez lui, l'invite à se rendre rue Saint-Jacques à une assemblée où il trouvera des amis ; il y vient, et là on lui déroule tout le plan, le départ de l'île d'Elbe, le débarquement projeté ; puis, quand il a tout écouté, tout entendu, qu'il ne reste plus rien à lui apprendre, il répond qu'il est royaliste ; alors chacun se regarde ; on lui fait faire serment, il le fait, mais de si mauvaise grâce vraiment, que c'était tenter Dieu que de jurer ainsi ; eh bien, malgré tout cela, on a laissé le général sortir libre, parfaitement libre. Il n'est pas rentré chez lui, que voulez-vous, mon cher ? Il est sorti de chez nous ; il se sera trompé de chemin, voilà tout. Un meurtre ! En vérité vous me surprenez, Villefort, vous, substitut du procureur du roi, de bâtir une accusation sur de si mauvaises preuves. Est-ce que jamais je me suis avisé de vous dire à vous, quand vous exercez votre métier de royaliste et que vous faites couper la tête à l'un des miens : « Mon fils, vous avez commis un meurtre ! » Non, j'ai dit : « Très bien, monsieur, vous avez combattu victorieusement ; à demain la revanche. »

– Mais, mon père, prenez garde, cette revanche sera terrible quand nous la prendrons.

– Je ne vous comprends pas.

– Vous comptez sur le retour de l'usurpateur ?

– Je l'avoue.

– Vous vous trompez, mon père, il ne fera pas dix lieues dans l'intérieur de la France sans être poursuivi, traqué, pris comme une bête fauve.

– Mon cher ami, l'Empereur est en ce moment sur la route de Grenoble, le 10 ou le 12 il sera à Lyon, et le 20 ou le 25 à Paris.

– Les populations vont se soulever…

– Pour aller au-devant de lui.

– Il n'a avec lui que quelques hommes, et l'on enverra contre lui des armées.

– Qui lui feront escorte pour rentrer dans la capitale. En vérité, mon cher Gérard, vous n'êtes encore qu'un enfant. Vous vous croyez bien informé parce qu'un télégraphe vous dit, trois jours après le débarquement :

« L'usurpateur est débarqué à Cannes avec quelques hommes ; on est à sa poursuite. » Mais où est-il ? Que fait-il ? Vous n'en savez rien ; on le poursuit, voilà tout ce que vous savez. Eh bien ! on le poursuivra ainsi jusqu'à Paris sans brûler une amorce.

– Grenoble et Lyon sont des villes fidèles, et qui lui opposeront une barrière infranchissable.

– Grenoble lui ouvrira ses portes avec enthousiasme, Lyon tout entier ira au-devant de lui. Croyez-moi, nous sommes aussi bien informés que vous, et notre police vaut bien la vôtre : en voulez-vous une preuve ? C'est que vous vouliez me cacher votre voyage, et que cependant j'ai su votre arrivée une demi-heure après que vous avez eu passé la barrière ; vous n'avez donné votre adresse à personne qu'à votre postillon, eh bien, je connais votre adresse, et la preuve en est que j'arrive chez vous juste au moment où vous allez vous mettre à table. Sonnez donc, et demandez un second couvert ; nous dînerons ensemble.

– En effet, répondit Villefort, regardant son père avec étonnement, en effet, vous me paraissez bien instruit.

– Eh ! mon Dieu, la chose est toute simple ; vous autres, qui tenez le pouvoir, vous n'avez que les moyens que donne l'argent ; nous autres, qui l'attendons, nous avons ceux que donne le dévouement.

– Le dévouement ? dit Villefort en riant.

– Oui, le dévouement ; c'est ainsi qu'on appelle en termes honnêtes l'ambition qui espère.

Et le père de Villefort étendit lui-même la main vers le cordon de la sonnette pour appeler le domestique que n'appelait pas son fils.

Villefort lui arrêta le bras.

– Attendez, mon père, dit le jeune homme, encore un mot.

– Dites.

– Si mal faite que soit la police royaliste, elle sait cependant une chose terrible.

– Laquelle ?

– C'est le signalement de l'homme qui, le matin du jour où a disparu le général Quesnel, s'est présenté chez lui.

– Ah ! elle sait cela, cette bonne police ? Et ce signalement, quel est-il ?

– Teint brun, cheveux, favoris et yeux noirs, redingote bleue boutonnée jusqu'au menton, rosette d'officier de la Légion d'honneur à la boutonnière, chapeau à large bord et canne de jonc.

– Ah ! ah ! elle sait cela ? dit Noirtier, et pourquoi donc en ce cas n'a-t-elle pas mis la main sur cet homme ?

– Parce qu'elle l'a perdu hier ou avant-hier au coin de la rue Coq-Héron.

– Quand je vous disais que votre police était une sotte ?

– Oui, mais d'un moment à l'autre elle peut le trouver.

– Oui, dit Noirtier en regardant insoucieusement autour de lui, oui, si cet homme n'est pas averti, mais il l'est ; et, ajouta-t-il en souriant, il va changer de visage et de costume.

À ces mots il se leva, mit bas sa redingote et sa cravate, alla vers une table sur laquelle étaient préparées toutes les pièces du nécessaire de toilette de son fils, prit un rasoir, se savonna le visage, et d'une main parfaitement ferme abattit ces favoris compromettants qui donnaient à la police un document si précieux.

Villefort le regardait faire avec une terreur qui n'était pas exempte d'admiration.

Ses favoris coupés, Noirtier donna un autre tour à ses cheveux ; prit, au lieu de sa cravate noire, une cravate de couleur qui se présentait à la surface d'une malle ouverte ; endossa, au lieu de sa redingote bleue et boutonnante, une redingote de Villefort, de couleur marron et de forme évasée ; essaya devant la glace le chapeau à bords retroussés du jeune homme, parut satisfait de la manière dont il lui allait, et, laissant la canne de jonc dans le coin de la cheminée où il l'avait posée, il fit siffler dans sa main nerveuse une petite badine de bambou avec laquelle l'élégant substitut donnait à sa démarche la désinvolture qui en était une des principales qualités.

– Eh bien ! dit-il, se retournant vers son fils stupéfait, lorsque cette espèce de changement à vue fut opéré. Eh bien ! crois-tu que la police me reconnaisse maintenant ?

– Non, mon père, balbutia Villefort ; je l'espère du moins.

– Maintenant, mon cher Gérard, continua Noirtier, je m'en rapporte à ta prudence pour faire disparaître tous les objets que je laisse à ta garde.

– Oh ! soyez tranquille, mon père, dit Villefort.

– Oui, oui ! et maintenant je crois que tu as raison, et que tu pourrais bien, en effet, m'avoir sauvé la vie ; mais, sois tranquille, je te rendrai cela prochainement.

Villefort hocha la tête.

– Tu n'es pas convaincu ?

– J'espère du moins que vous vous trompez.

– Reverras-tu le roi ?

– Peut-être.

– Veux-tu passer à ses yeux pour un prophète ?

– Les prophètes de malheur sont mal venus à la cour, mon père.

– Oui ; mais un jour ou l'autre on leur rend justice ; et suppose une seconde Restauration, alors tu passeras pour un grand homme.

– Enfin, que dois-je dire au roi ?

– Dis-lui ceci : « Sire, on vous trompe sur les dispositions de la France, sur l'opinion des villes, sur l'esprit de l'armée ; celui que vous appelez à Paris l'ogre de Corse, qui s'appelle encore l'usurpateur à Nevers, s'appelle déjà Bonaparte à Lyon, et l'Empereur à Grenoble. Vous le croyez traqué, poursuivi, en fuite ; il marche, rapide comme l'aigle qu'il rapporte. Les soldats, que vous croyez mourants de faim, écrasés de fatigue, prêts à déserter, s'augmentent comme les atomes de neige autour de la boule qui se précipite. Sire, partez ; abandonnez la France à son véritable maître, à celui qui ne l'a pas achetée, mais conquise ; partez, sire, non pas que vous couriez quelque danger, votre adversaire est assez fort pour faire grâce, mais parce qu'il serait humiliant pour un petit-fils de saint Louis de devoir la vie à l'homme d'Arcole, de Marengo et d'Austerlitz. » Dis-lui cela, Gérard ; ou plutôt, va, ne lui dis rien ; dissimule ton voyage ; ne te vante pas de ce que tu es venu faire et de ce que tu as fait à Paris ; reprends la poste ; si tu as brûlé le chemin pour venir, dévore l'espace pour retourner ; rentre à Marseille de nuit ; pénètre chez toi par une porte de derrière, et là, reste bien doux, bien humble, bien secret, bien inoffensif surtout, car cette fois, je te le jure, nous agirons en gens vigoureux et qui connaissent leurs ennemis. Allez, mon fils, allez, mon cher Gérard, et moyennant cette obéissance aux ordres paternels, ou, si vous l'aimez mieux, cette déférence pour les conseils d'un ami, nous vous maintiendrons dans votre place. Cc sera, ajouta Noirtier en souriant, un moyen pour vous de me sauver une seconde fois si la bascule politique vous remet un jour en haut et moi en bas. Adieu, mon cher Gérard ; à votre prochain voyage descendez chez moi.

Et Noirtier sortit à ces mots, avec la tranquillité qui ne l'avait pas quitté un instant pendant la durée de cet entretien si difficile.

Villefort, pâle et agité, courut à la fenêtre, entr'ouvrit le rideau, et le vit passer calme et impassible au milieu de deux ou trois hommes de mauvaise mine, embusqués au coin des bornes et à l'angle des rues, qui étaient peut-être là pour arrêter l'homme aux favoris noirs, à la redingote bleue et au chapeau à larges bords.

Villefort demeura ainsi debout et haletant jusqu'à ce que son père eût disparu au carrefour Bussy. Alors il s'élança vers les objets abandonnés par lui, mit au plus profond de sa malle la cravate noire et la redingote bleue, tordit le chapeau qu'il fourra dans le bas d'une armoire, brisa la canne de jonc en trois morceaux qu'il jeta au feu, mit une casquette de voyage, appela son valet de chambre, lui interdit d'un regard les mille questions qu'il avait envie de faire, régla son compte avec l'hôtel, sauta dans sa voiture qui l'attendait tout attelée, apprit à Lyon que Bonaparte venait d'entrer à Grenoble, et, au milieu de l'agitation qui régnait tout le long de la route, arriva à Marseille, en proie à toutes les transes qui entrent dans le cœur de l'homme avec l'ambition et les premiers honneurs.

XIII. LES CENT-JOURS

M. Noirtier était un bon prophète, et les choses marchèrent vite comme il l'avait dit. Chacun connaît ce retour de l'île d'Elbe, retour étrange, miraculeux, qui, sans exemple dans le passé, restera probablement sans imitation dans l'avenir.

Louis XVIII n'essaya que faiblement de parer ce coup si rude : son peu de confiance dans les hommes lui ôtait sa confiance dans les événements. La royauté, ou plutôt la monarchie à peine reconstituée par lui, trembla sur sa base encore incertaine, et un seul geste de l'Empereur fit crouler tout cet édifice, mélange informe de vieux préjugés et d'idées nouvelles. Villefort n'eut donc de son roi qu'une reconnaissance non seulement inutile pour le moment, mais même dangereuse, et cette croix d'officier de la Légion d'honneur, qu'il eut la prudence de ne pas montrer, quoique M. de Blacas, comme le lui avait recommandé le roi, lui en eût fait soigneusement expédier le brevet.

Napoléon eût certes destitué Villefort sans la protection de Noirtier, devenu tout puissant à la cour des Cent-Jours, et par les périls qu'il avait affrontés, et par les services qu'il avait rendus. Ainsi, comme il le lui avait promis, le girondin de 93 et le sénateur de 1806 protégea celui qui l'avait protégé la veille.

Toute la puissance de Villefort se borna donc, pendant cette évocation de l'Empire, dont, au reste, il fut bien facile de prévoir la seconde chute, à étouffer le secret que Dantès avait été sur le point de divulguer.

Le procureur du roi seul fut destitué, soupçonné qu'il était de tiédeur en bonapartisme.

Cependant, à peine le pouvoir impérial fut-il rétabli, c'est-à-dire à peine l'Empereur habita-t-il ces Tuileries que Louis XVIII venait de quitter, et eut-il lancé ses ordres nombreux et divergents de ce petit cabinet où nous avons, à la suite de Villefort, introduit nos lecteurs, et sur la table de noyer duquel il retrouva, encore tout ouverte et à moitié pleine, la tabatière de Louis XVIII, que Marseille, malgré l'attitude de ses magistrats, commença à sentir fermenter en elle ces brandons de guerre civile toujours mal éteints dans le Midi ; peu s'en fallut alors que les représailles n'allassent au-delà de quelques charivaris dont on assiégea les royalistes enfermés chez eux, et des affronts publics dont on poursuivit ceux qui se hasardaient à sortir.

Par un revirement tout naturel, le digne armateur, que nous avons désigné comme appartenant au parti populaire, se trouva à son tour en ce moment, nous ne dirons pas tout-puissant, car M. Morrel était un homme prudent et légèrement timide, comme tous ceux qui ont fait une lente et laborieuse fortune commerciale, mais en mesure, tout dépassé qu'il était par les zélés bonapartistes qui le traitaient de modéré, en mesure, dis-je, d'élever la voix pour faire entendre une réclamation : cette réclamation, comme on le devine facilement, avait trait à Dantès.

Villefort était demeuré debout malgré la chute de son supérieur, et son mariage, en restant décidé, était cependant remis à des temps plus heureux. Si l'Empereur gardait le trône, c'était une autre alliance qu'il fallait à Gérard, et son père se chargerait de la lui trouver ; si une seconde Restauration ramenait Louis XVIII en France, l'influence de M. de Saint-Méran doublait, ainsi que la sienne, et l'union redevenait plus sortable que jamais.

Le substitut du procureur du roi était donc momentanément le premier magistrat de Marseille, lorsqu'un matin sa porte s'ouvrit, et on lui annonça M. Morrel.

Un autre se fût empressé d'aller au-devant de l'armateur, et, par cet empressement, eût indiqué sa faiblesse, mais Villefort était un homme supérieur qui avait, sinon la pratique, du moins l'instinct de toutes choses. Il fit faire antichambre à Morrel, comme il eût fait sous la Restauration, quoiqu'il n'eût personne près de lui, mais par la simple raison qu'il est d'habitude qu'un substitut du procureur du roi fasse faire antichambre ; puis, après un quart d'heure qu'il employa à lire deux ou trois journaux de nuances différentes, il ordonna que l'armateur fût introduit.

M. Morrel s'attendait à trouver Villefort abattu : il le trouva comme il l'avait vu six semaines auparavant, c'est-à-dire calme, ferme, et plein de cette froide politesse, la plus infranchissable de toutes les barrières, qui sépare l'homme élevé de l'homme vulgaire.

Il avait pénétré dans le cabinet de Villefort, convaincu que le magistrat allait trembler à sa vue, et c'était lui, tout au contraire, qui se trouvait tout frissonnant et tout ému devant ce personnage interrogateur, qui l'attendait le coude appuyé sur son bureau et le menton appuyé sur sa main.

Il s'arrêta à la porte. Villefort le regarda comme s'il avait quelque peine à le reconnaître. Enfin, après quelques secondes d'examen et de silence, pendant lesquelles le digne armateur tournait et retournait son chapeau entre ses mains :

– Monsieur Morrel, je crois ? dit Villefort.

– Oui, monsieur, moi-même, répondit l'armateur.

– Approchez-vous donc, continua le magistrat, en faisant de la main un signe protecteur, et dites-moi à quelle circonstance je dois l'honneur de votre visite.

– Ne vous en doutez-vous point, monsieur ? demanda Morrel.

– Non, pas le moins du monde ; ce qui n'empêche pas que je ne sois tout disposé à vous être agréable, si la chose était en mon pouvoir.

– La chose dépend entièrement de vous, monsieur, dit Morrel.

– Expliquez-vous donc, alors.

– Monsieur, continua l'armateur reprenant son assurance à mesure qu'il parlait, et affermi d'ailleurs par la justice de sa cause et la netteté de sa position, vous vous rappelez que, quelques jours avant qu'on n'apprît le débarquement de Sa Majesté l'Empereur, j'étais venu réclamer votre indulgence pour un malheureux jeune homme, un marin, second à bord de mon brick ; il était accusé, si vous vous le rappelez, de relations avec l'île d'Elbe ; ces relations, qui étaient un crime à cette époque, sont aujourd'hui des titres de faveur. Vous serviez Louis XVIII alors, et ne l'avez pas ménagé, monsieur : c'était votre devoir. Aujourd'hui, vous servez Napoléon, et vous devez le protéger ; c'est votre devoir encore. Je viens donc vous demander ce qu'il est devenu.

Villefort fit un violent effort sur lui-même.

– Le nom de cet homme ? demanda-t-il. Ayez la bonté de me dire son nom.

– Edmond Dantès.

Évidemment Villefort eût autant aimé, dans un duel, essuyer le feu de son adversaire à vingt-cinq pas, que d'entendre prononcer ainsi ce nom à bout portant ; cependant il ne sourcilla point.

« De cette façon, se dit en lui-même Villefort, on ne pourra point m'accuser d'avoir fait de l'arrestation de ce jeune homme une question purement personnelle. »

– Dantès ? répéta-t-il, Edmond Dantès, dites-vous ?

– Oui, monsieur.

Villefort ouvrit alors un gros registre placé dans un casier voisin, recourut à une table, de la table passa à des dossiers, et, se retournant vers l'armateur :

– Êtes-vous bien sûr de ne pas vous tromper, monsieur ? lui dit-il de l'air le plus naturel.

Si Morrel eût été un homme plus fin ou mieux éclairé sur cette affaire, il eût trouvé bizarre qu'un substitut du procureur du roi daignât lui répondre sur ces matières complètement étrangères à son ressort ; et il se fût demandé pourquoi Villefort ne le renvoyait point aux registres d'écrou, aux gouverneurs de prison, au préfet du département. Mais Morrel, cherchant en vain la crainte dans Villefort, n'y vit plus, du moment où toute crainte paraissait absente, que la condescendance : Villefort avait rencontré juste.

– Non, monsieur, dit Morrel, je ne me trompe pas ; d'ailleurs je connais le pauvre garçon depuis dix ans, et il est à mon service depuis quatre. Je vins, vous en souvenez-vous ? il y a six semaines, vous prier d'être clément, comme je viens aujourd'hui vous prier d'être juste pour le pauvre garçon ; vous me reçûtes même assez mal et me répondîtes en homme mécontent. Ah ! c'est que les royalistes étaient durs aux bonapartistes en ce temps-là !

– Monsieur, répondit Villefort arrivant à la parade avec sa prestesse et son sang-froid ordinaires, j'étais royaliste alors que je croyais les Bourbons non seulement les héritiers légitimes du trône, mais encore les élus de la nation ; mais le retour miraculeux dont nous venons d'être témoins m'a prouvé que je me trompais. Le génie de Napoléon a vaincu : le monarque légitime est le monarque aimé.

– À la bonne heure ! s'écria Morrel avec sa bonne grosse franchise, vous me faites plaisir de me parler ainsi, et j'en augure bien pour le sort d'Edmond.

– Attendez donc, reprit Villefort en feuilletant un nouveau registre, j'y suis : c'est un marin, n'est-ce pas, qui épousait une Catalane ? Oui, oui ; oh ! je me rappelle maintenant ; la chose était très grave.

– Comment cela ?

– Vous savez qu'en sortant de chez moi il avait été conduit aux prisons du palais de justice.

– Oui, eh bien ?

– Eh bien ! j'ai fait mon rapport à Paris ; j'ai envoyé les papiers trouvés sur lui. C'était mon devoir, que voulez-vous… et huit jours après son arrestation le prisonnier fut enlevé.

– Enlevé ! s'écria Morrel, mais qu'a-t-on pu faire du pauvre garçon ?

– Oh ! rassurez-vous. Il aura été transporté à Fenestrelles, à Pignerol, aux îles Sainte-Marguerite, ce que l'on appelle dépaysé, en termes d'administration ; et un beau matin vous allez le voir revenir prendre le commandement de son navire.

– Qu'il vienne quand il voudra, sa place lui sera gardée. Mais comment n'est-il pas déjà revenu ? Il me semble que le premier soin de la justice bonapartiste eût dû être de mettre dehors ceux qu'avait incarcérés la justice royaliste.

– N'accusez pas témérairement, mon cher monsieur Morrel, répondit Villefort. Il faut, en toutes choses, procéder légalement. L'ordre d'incarcération était venu d'en haut, il faut que d'en haut aussi vienne l'ordre de liberté. Or, Napoléon est rentré depuis quinze jours à peine ; à peine aussi les lettres d'abolition doivent-elles être expédiées.

– Mais, demanda Morrel, n'y a-t-il pas moyen de presser les formalités, maintenant que nous triomphons ? J'ai quelques amis, quelque influence ; je puis obtenir main levée de l'arrêt.

– Il n'y a pas eu d'arrêt.

– De l'écrou, alors.

– En matière politique, il n'y a pas de registre d'écrou ; parfois les gouvernements ont intérêt à faire disparaître un homme sans qu'il laisse trace de son passage ; des notes d'écrou guideraient les recherches.

– C'était comme cela sous les Bourbons peut-être mais maintenant…

– C'est comme cela dans tous les temps, mon cher monsieur Morrel ; les gouvernements se suivent et se ressemblent ; la machine pénitentiaire montée sous Louis XIV va encore aujourd'hui, à la Bastille près. L'Empereur a toujours été plus strict pour le règlement de ses prisons que ne l'a été le grand roi lui-même ; et le nombre des incarcérés dont les registres ne gardent aucune trace est incalculable.

Tant de bienveillance eût détourné des certitudes, et Morrel n'avait pas même de soupçons.

– Mais enfin, monsieur de Villefort, dit-il, quel conseil me donneriez-vous qui hâtât le retour du pauvre Dantès ?

– Un seul, monsieur ; faites une pétition au ministre de la justice.

– Oh ! monsieur, nous savons ce que c'est que les pétitions : le ministre en reçoit deux cents par jour et n'en lit point quatre.

– Oui, reprit Villefort, mais il lira une pétition envoyée par moi, apostillée par moi, adressée directement par moi.

– Et vous vous chargeriez de faire parvenir cette pétition, monsieur ?

– Avec le plus grand plaisir. Dantès pouvait être coupable alors ; mais il est innocent aujourd'hui, et il est de mon devoir de faire rendre la liberté à celui qu'il a été de mon devoir de faire mettre en prison.

Villefort prévenait ainsi le danger d'une enquête peu probable, mais possible, enquête qui le perdait sans ressource.

– Mais comment écrit-on au ministre ?

– Mettez-vous là, monsieur Morrel, dit Villefort en cédant sa place à l'armateur. Je vais vous dicter.

– Vous auriez cette bonté ?

– Sans doute. Ne perdons pas de temps ; nous n'en avons déjà que trop perdu.

– Oui, monsieur, songeons que le pauvre garçon attend, souffre et se désespère peut-être.

Villefort frissonna à l'idée de ce prisonnier le maudissant dans le silence et l'obscurité ; mais il était engagé trop avant pour reculer ; Dantès devait être brisé entre les rouages de son ambition.

– J'attends, monsieur, dit l'armateur assis dans le fauteuil de Villefort et une plume à la main.

Villefort alors dicta une demande dans laquelle, dans un but excellent, il n'y avait point à en douter, il exagérait le patriotisme de Dantès et les services rendus par lui à la cause bonapartiste ; dans cette demande, Dantès était devenu un des agents les plus actifs du retour de Napoléon ; il était évident qu'en voyant une pareille pièce le ministre devait faire justice à l'instant même, si justice n'était point faite déjà.

La pétition terminée, Villefort la relut à haute voix.

– C'est cela, dit-il, et maintenant reposez-vous sur moi.

– Et la pétition partira bientôt, monsieur ?

– Aujourd'hui même.

– Apostillée par vous ?

– La meilleure apostille que je puisse mettre, Monsieur, est de certifier véritable tout ce que vous dites dans cette demande.

Et Villefort s'assit à son tour, et sur un coin de la pétition appliqua son certificat.

– Maintenant, monsieur, que faut-il faire ? demanda Morrel.

– Attendre, reprit Villefort ; je réponds de tout.

Cette assurance rendit l'espoir à Morrel : il quitta le substitut du procureur du roi enchanté de lui, et alla annoncer au vieux père de Dantès qu'il ne tarderait pas à revoir son fils.

Quant à Villefort, au lieu de l'envoyer à Paris, il conserva précieusement entre ses mains cette demande qui, pour sauver Dantès dans le présent, le compromettait si effroyablement dans l'avenir, en supposant une chose que l'aspect de l'Europe et la tournure des événements permettaient déjà de supposer, c'est-à-dire une seconde Restauration.

Dantès demeura donc prisonnier : perdu dans les profondeurs de son cachot, il n'entendit point le bruit formidable de la chute du trône de Louis XVIII et celui plus épouvantable encore de l'écroulement de l'Empire.

Mais Villefort, lui, avait tout suivi d'un œil vigilant, tout écouté d'une oreille attentive. Deux fois, pendant cette courte apparition impériale que l'on appela les Cent-Jours, Morrel était revenu à la charge, insistant toujours pour la liberté de Dantès, et chaque fois Villefort l'avait calmé par des promesses et des espérances ; enfin Waterloo arriva. Morrel ne reparut pas chez Villefort ; l'armateur avait fait pour son jeune ami tout ce qu'il était humainement possible de faire ; essayer de nouvelles tentatives sous cette seconde Restauration était se compromettre inutilement.

Louis XVIII remonta sur le trône. Villefort, pour qui Marseille était plein de souvenirs devenus pour lui des remords, demanda et obtint la place de procureur du roi vacante à Toulouse ; quinze jours après son installation dans sa nouvelle résidence, il épousa Mlle Renée de Saint-Méran, dont le père était mieux en cour que jamais.

Voilà comment Dantès, pendant les Cent-Jours et après Waterloo, demeura sous les verrous, oublié, sinon des hommes, au moins de Dieu.

Danglars comprit toute la portée du coup dont il avait frappé Dantès, en voyant revenir Napoléon en France : sa dénonciation avait touché juste, et, comme tous les hommes d'une certaine portée pour le crime et d'une moyenne intelligence pour la vie ordinaire, il appela cette coïncidence bizarre un *décret de la Providence*.

Mais quand Napoléon fut de retour à Paris et que sa voix retentit de nouveau, impérieuse et puissante, Danglars eut peur ; à chaque instant il s'attendit à voir reparaître Dantès, Dantès sachant tout. Dantès menaçant et fort pour toutes les vengeances ; alors il manifesta à M. Morrel le désir de quitter le service de mer, et se fit recommander par lui à un négociant espagnol, chez lequel il entra comme commis d'ordre vers la fin de mars, c'est-à-dire dix ou douze jours après la rentrée de Napoléon aux Tuileries ; il partit donc pour Madrid, et l'on n'entendit plus parler de lui.

Fernand, lui, ne comprit rien. Dantès était absent, c'était tout ce qu'il lui fallait. Qu'était-il devenu ? Il ne chercha point à le savoir. Seulement, pendant tout le répit que lui donnait son absence, il s'ingénia, partie à abuser Mercédès sur les motifs de cette absence, partie à méditer des plans d'émigration et d'enlèvement ; de temps en temps aussi, et c'étaient les heures sombres de sa vie, il s'asseyait sur la pointe du cap Pharo, de cet endroit où l'on distingue à la fois Marseille et le village des Catalans, regardant, triste et immobile comme un oiseau de proie, s'il ne verrait point, par l'une de ces deux routes, revenir le beau jeune homme à la démarche libre, à la tête haute, qui, pour lui aussi, était devenu le messager d'une rude vengeance. Alors le dessein de Fernand était arrêté ; il cassait la tête de Dantès d'un coup de fusil et se tuait après, se disait-il à lui-même, pour colorer son assassinat. Mais Fernand s'abusait : cet homme-là ne se fût jamais tué, car il espérait toujours.

Sur ces entrefaites, et parmi tant de fluctuations douloureuses, l'Empire appela un dernier ban de soldats, et tout ce qu'il y avait d'hommes en état de porter les armes s'élança hors de France à la voix retentissante de l'Empereur. Fernand partit comme les autres, quittant sa cabane et Mercédès, et rongé de cette sombre et terrible pensée que derrière lui peut-être son rival allait revenir et épouser celle qu'il aimait.

Si Fernand avait jamais dû se tuer, c'était en quittant Mercédès qu'il l'eût fait.

Ses attentions pour Mercédès, la pitié qu'il paraissait donner à son malheur, le soin qu'il prenait d'aller au-devant de ses moindres désirs, avaient produit l'effet que produisent toujours sur les cœurs généreux les apparences du dévouement : Mercédès avait toujours aimé Fernand d'amitié ; son amitié s'augmenta pour lui d'un nouveau sentiment, la reconnaissance.

– Mon frère, dit-elle en attachant le sac de conscrit sur les épaules du Catalan, mon frère, mon seul ami, ne vous faites pas tuer, ne me laissez pas seule dans ce monde, où je pleure et où je serai seule dès que vous n'y serez plus.

Ces paroles, dites au moment du départ, rendirent quelque espoir à Fernand. Si Dantès ne revenait pas, Mercédès pourrait donc un jour être à lui.

Mercédès resta seule sur cette terre nue qui ne lui avait jamais paru si aride, et avec la mer immense pour horizon. Toute baignée de pleurs, comme cette folle dont on nous raconte la douloureuse histoire, on la voyait errer sans cesse autour du petit village des Catalans : tantôt s'arrêtant sous le soleil ardent du Midi, debout, immobile, muette comme une statue, et regardant Marseille ; tantôt assise au bord du rivage, écoutant ce gémissement de la mer, éternel comme sa douleur, et se demandant sans cesse s'il ne valait pas mieux se pencher en avant, se laisser aller à son propre poids, ouvrir l'abîme et s'y engloutir, que de souffrir ainsi toutes ces cruelles alternatives d'une attente sans espérance.

Ce ne fut pas le courage qui manqua à Mercédès pour accomplir ce projet, ce fut la religion qui lui vint en aide et qui la sauva du suicide.

Caderousse fut appelé comme Fernand ; seulement, comme il avait huit ans de plus que le Catalan et qu'il était marié, il ne fit partie que du troisième ban, et fut envoyé sur les côtes.

Le vieux Dantès, qui n'était plus soutenu que par l'espoir, perdit l'espoir à la chute de l'Empereur.

Cinq mois, jour pour jour, après avoir été séparé de son fils, et presque à la même heure où il avait été arrêté, il rendit le dernier soupir entre les bras de Mercédès.

M. Morrel pourvut à tous les frais de son enterrement, et paya les pauvres petites dettes que le vieillard avait faites pendant sa maladie.

Il y avait plus que de la bienfaisance à agir ainsi, il y avait du courage. Le Midi était en feu, et secourir, même à son lit de mort, le père d'un bonapartiste aussi dangereux que Dantès, était un crime.

XIV. LE PRISONNIER FURIEUX ET LE PRISONNIER FOU

Un an environ après le retour de Louis XVIII, il y eut visite de M. l'inspecteur général des prisons.

Dantès entendit rouler et grincer du fond de son cachot tous ces préparatifs, qui faisaient en haut beaucoup de fracas, mais qui, en bas, eussent été des bruits inappréciables pour toute autre oreille que pour celle d'un prisonnier accoutumé à écouter, dans le silence de la nuit, l'araignée qui tisse sa toile, et la chute périodique de la goutte d'eau qui met une heure à se former au plafond de son cachot.

Il devina qu'il se passait chez les vivants quelque chose d'inaccoutumé : il habitait depuis si longtemps une tombe qu'il pouvait bien se regarder comme mort.

En effet, l'inspecteur visitait l'un après l'autre chambres, cellules et cachots. Plusieurs prisonniers furent interrogés ; c'étaient ceux que leur douceur ou leur stupidité recommandait à la bienveillance de l'administration ; l'inspecteur leur demanda comment ils étaient nourris, et quelles étaient les réclamations qu'ils avaient à faire.

Ils répondirent unanimement que la nourriture était détestable et qu'ils réclamaient leur liberté.

L'inspecteur leur demanda alors s'ils n'avaient pas autre chose à lui dire.

Ils secouèrent la tête. Quel autre bien que la liberté peuvent réclamer des prisonniers ?

L'inspecteur se tourna en souriant, et dit au gouverneur :

– Je ne sais pas pourquoi on nous fait faire ces tournées inutiles. Qui voit un prisonnier en voit cent ; qui entend un prisonnier en entend mille ; c'est toujours la même chose ; mal nourris et innocents. En avez-vous d'autres ?

– Oui, nous avons les prisonniers dangereux ou fous, que nous gardons au cachot.

– Voyons, dit l'inspecteur avec un air de profonde lassitude, faisons notre métier jusqu'au bout ; descendons dans les cachots.

– Attendez, dit le gouverneur, que l'on aille au moins chercher deux hommes ; les prisonniers commettent parfois, ne fût-ce que par dégoût de la vie et pour se faire condamner à mort, des actes de désespoir inutiles ; vous pourriez être victime de l'un de ces actes.

– Prenez donc vos précautions, dit l'inspecteur.

En effet, on envoya chercher deux soldats et l'on commença de descendre par un escalier si puant, si infect, si moisi, que rien que le passage dans un pareil endroit affectait désagréablement à la fois la vue, l'odorat et la respiration.

– Oh ! fit l'inspecteur en s'arrêtant à moitié de la descente, qui diable peut loger là ?

– Un conspirateur des plus dangereux, et qui nous est particulièrement recommandé comme un homme capable de tout.

– Il est seul ?

– Certainement.

– Depuis combien de temps est-il là ?

– Depuis un an à peu près.

– Et il a été mis dans ce cachot dès son entrée.

– Non, monsieur, mais après avoir voulu tuer le porte-clefs chargé de lui porter sa nourriture.

– Il a voulu tuer le porte-clefs ?

– Oui, monsieur, celui-là même qui nous éclaire, n'est-il pas vrai, Antoine ? demanda le gouverneur.

– Il a voulu me tuer tout de même, répondit le porte-clefs.

– Ah çà ! mais, c'est donc un fou que cet homme ?

– C'est pis que cela, dit le porte-clefs, c'est un démon.

– Voulez-vous qu'on s'en plaigne ? demanda l'inspecteur au gouverneur.

– Inutile, monsieur, il est assez puni comme cela ; d'ailleurs, à présent, il touche presque à la folie, et, selon l'expérience que nous donnent nos observations, avant une autre année d'ici il sera complètement aliéné.

– Ma foi, tant mieux pour lui, dit l'inspecteur ; une fois fou tout à fait, il souffrira moins.

C'était, comme on le voit, un homme plein d'humanité que cet inspecteur, et bien digne des fonctions philanthropiques qu'il remplissait.

– Vous avez raison, monsieur, dit le gouverneur, et votre réflexion prouve que vous avez profondément étudié la matière. Ainsi, nous avons dans un cachot, qui n'est séparé de celui-ci que par une vingtaine de pieds, et dans lequel on descend par un autre escalier, un vieil abbé, ancien chef de parti en Italie, qui est ici depuis 1811, auquel la tête a tourné vers la fin de 1813, et qui, depuis ce moment, n'est pas physiquement reconnaissable ; il pleurait, il rit ; il maigrissait, il engraisse. Voulez-vous le voir plutôt que celui-ci ; sa folie est divertissante et ne vous attristera point.

– Je les verrai l'un et l'autre, répondit l'inspecteur ; il faut faire son état en conscience.

L'inspecteur en était à sa première tournée et voulait donner bonne idée de lui à l'autorité.

– Entrons donc chez celui-ci d'abord, ajouta-t-il.

– Volontiers, répondit le gouverneur, et il fit signe au porte-clefs, qui ouvrit la porte.

Au grincement des massives serrures, au cri des gonds rouillés tournant sur leurs pivots, Dantès, accroupi dans un angle de son cachot, où il recevait avec un bonheur indicible le mince rayon du jour qui filtrait à travers un étroit soupirail grillé, releva la tête. À la vue d'un homme inconnu, éclairé par deux porte-clefs tenant des torches, et auquel le gouverneur parlait le chapeau à la main, accompagné par deux soldats, Dantès devina ce dont il s'agissait, et, voyant enfin se présenter une occasion d'implorer une autorité supérieure, bondit en avant les mains jointes.

Les soldats croisèrent aussitôt la baïonnette, car ils crurent que le prisonnier s'élançait vers l'inspecteur avec de mauvaises intentions.

L'inspecteur lui-même fit un pas en arrière.

Dantès vit qu'on l'avait présenté comme un homme à craindre.

Alors il réunit dans son regard tout ce que le cœur de l'homme peut contenir de mansuétude et d'humilité, et, s'exprimant avec une sorte d'éloquence pieuse qui étonna les assistants, il essaya de toucher l'âme de son visiteur.

L'inspecteur écouta le discours de Dantès jusqu'au bout ; puis, se tournant vers le gouverneur :

– Il tournera à la dévotion, dit-il à demi voix ; il est déjà disposé à des sentiments plus doux. Voyez, la peur fait son effet sur lui ; il a reculé devant les baïonnettes ; or, un fou ne recule devant rien ; j'ai fait sur ce sujet des observations bien curieuses à Charenton.

Puis, se retournant vers le prisonnier :

– En résumé, dit-il, que demandez-vous ?

– Je demande quel crime j'ai commis ; je demande que l'on me donne des juges ; je demande que mon procès soit instruit ; je demande enfin que l'on me fusille si je suis coupable, mais aussi qu'on me mette en liberté si je suis innocent.

– Êtes-vous bien nourri ? demanda l'inspecteur.

– Oui, je le crois, je n'en sais rien. Mais cela importe peu ; ce qui doit importer, non seulement à moi, malheureux prisonnier, mais encore à tous les fonctionnaires rendant la justice, mais encore au roi qui nous gouverne, c'est qu'un innocent ne soit pas victime d'une dénonciation infâme et ne meure pas sous les verrous en maudissant ses bourreaux.

– Vous êtes bien humble aujourd'hui dit le gouverneur ; vous n'avez pas toujours été comme cela. Vous parliez tout autrement, mon cher ami, le jour où vous vouliez assommer votre gardien.

– C'est vrai, monsieur, dit Dantès, et j'en demande bien humblement pardon à cet homme, qui a toujours été bon pour moi… Mais, que voulez-vous ? j'étais fou, j'étais furieux.

– Et vous ne l'êtes plus ?

– Non, monsieur, car la captivité m'a plié, brisé, anéanti… Il y a si longtemps que je suis ici !

– Si longtemps ?… Et à quelle époque avez-vous été arrêté ? demanda l'inspecteur.

– Le 28 février 1815, à deux heures de l'après-midi.

L'inspecteur calcula.

– Nous sommes au 30 juillet 1816 ; que dites-vous donc ? Il n'y a que dix-sept mois que vous êtes prisonnier.

– Que dix-sept mois ! reprit Dantès. Ah ! monsieur, vous ne savez pas ce que c'est que dix-sept mois de prison ; dix-sept années, dix-sept siècles ; surtout pour un homme qui, comme moi, touchait au bonheur, pour un homme qui, comme moi, allait épouser une femme aimée, pour un homme qui voyait s'ouvrir devant lui une carrière honorable, et à qui tout manque à l'instant ; qui du milieu du jour le plus beau tombe dans la nuit la plus profonde, qui voit sa carrière détruite, qui ne sait pas si celle qui l'aimait l'aime toujours, qui ignore si son vieux père est mort ou vivant. Dix-sept mois de prison, pour un homme habitué à l'air de la mer, à l'indépendance du marin, à l'espace, à l'immensité, à l'infini ! Monsieur, dix-sept mois de prison, c'est plus que ne le méritent tous les crimes que désigne par les noms les plus odieux la langue humaine. Ayez donc pitié de moi, monsieur, et demandez pour moi, non pas l'indulgence, mais la rigueur ; non pas une grâce, mais un jugement ; des juges, monsieur, je ne demande que des juges ; on ne peut pas refuser des juges à un accusé.

– C'est bien, dit l'inspecteur, on verra.

Puis, se retournant vers le gouverneur :

– En vérité, dit-il, le pauvre diable me fait de la peine. En remontant, vous me montrerez son livre d'écrou.

– Certainement, dit le gouverneur ; mais je crois que vous trouverez contre lui des notes terribles.

– Monsieur, continua Dantès, je sais que vous ne pouvez pas me faire sortir d'ici de votre propre décision ; mais vous pouvez transmettre ma demande à l'autorité, vous pouvez provoquer une enquête, vous pouvez, enfin, me faire mettre en jugement : un jugement, c'est tout ce que je demande ; que je sache quel crime j'ai commis et à quelle peine je suis condamné ; car, voyez-vous, l'incertitude, c'est le pire de tous les supplices.

– Éclairez-moi, dit l'inspecteur.

– Monsieur, s'écria Dantès, je comprends au son de votre voix que vous êtes ému. Monsieur, dites-moi d'espérer.

– Je ne puis vous dire cela, répondit l'inspecteur, je puis seulement vous promettre d'examiner votre dossier.

– Oh ! alors, monsieur, je suis libre, je suis sauvé.

– Qui vous a fait arrêter ? demanda l'inspecteur.

– M. de Villefort, répondit Dantès. Voyez-le et entendez-vous avec lui.

– M. de Villefort n'est plus à Marseille depuis un an, mais à Toulouse.

– Ah ! cela ne m'étonne plus, murmura Dantès ; mon seul protecteur est éloigné.

– M. de Villefort avait-il quelque motif de haine contre vous ? demanda l'inspecteur.

– Aucun, monsieur ; et même il a été bienveillant pour moi.

– Je pourrai donc me fier aux notes qu'il a laissées sur vous ou qu'il me donnera ?

– Entièrement, monsieur.

– C'est bien, attendez.

Dantès tomba à genoux, levant les mains vers le ciel, et murmurant une prière dans laquelle il recommandait à Dieu cet homme qui était descendu dans sa prison, pareil au Sauveur allant délivrer les âmes de l'enfer.

La porte se referma ; mais l'espoir descendu avec l'inspecteur était resté enfermé dans le cachot de Dantès.

– Voulez-vous voir le registre d'écrou tout de suite, demanda le gouverneur, ou passer au cachot de l'abbé ?

– Finissons-en avec les cachots tout d'un coup, répondit l'inspecteur. Si je remontais au jour, je n'aurais peut-être plus le courage de continuer ma triste mission.

– Ah ! celui-là n'est point un prisonnier comme l'autre, et sa folie, à lui, est moins attristante que la raison de son voisin.

– Et quelle est sa folie ?

– Oh ! une folie étrange : il se croit possesseur d'un trésor immense. La première année de sa captivité, il a fait offrir au gouvernement un million si le gouvernement le voulait mettre en liberté ; la seconde année, deux millions, la troisième, trois millions, et ainsi progressivement. Il en est à sa cinquième année de captivité : il va vous demander de vous parler en secret, et vous offrira cinq millions.

– Ah ! ah ! c'est curieux en effet, dit l'inspecteur ; et comment appelez-vous ce millionnaire ?

– L'abbé Faria.

– Numéro 27 ! dit l'inspecteur.

– C'est ici. Ouvrez, Antoine.

Le porte-clefs obéit, et le regard curieux de l'inspecteur plongea dans le cachot de l'*abbé fou.*

C'est ainsi que l'on nommait généralement le prisonnier.

Au milieu de la chambre, dans un cercle tracé sur la terre avec un morceau de plâtre détaché du mur, était couché un homme presque nu, tant ses vêtements étaient tombés en lambeaux. Il dessinait dans ce cercle des lignes géométriques fort nettes, et paraissait aussi occupé de résoudre son problème qu'Archimède l'était lorsqu'il fut tué par un soldat de Marcellus. Aussi ne bougea-t-il pas même au bruit que fit la porte du cachot en s'ouvrant, et ne sembla-t-il se réveiller que lorsque la lumière des torches éclaira d'un éclat inaccoutumé le sol humide sur lequel il travaillait. Alors il se retourna, et vit avec étonnement la nombreuse compagnie qui venait de descendre dans son cachot.

Aussitôt il se leva vivement, prit une couverture jetée sur le pied de son lit misérable, et se drapa précipitamment pour paraître dans un état plus décent aux yeux des étrangers.

– Que demandez-vous ? dit l'inspecteur sans varier sa formule.

– Moi, monsieur ? dit l'abbé d'un air étonné ; je ne demande rien.

– Vous ne comprenez pas, reprit l'inspecteur : je suis agent du gouvernement, j'ai mission de descendre dans les prisons et d'écouter les réclamations des prisonniers.

– Oh ! alors, monsieur, c'est autre chose, s'écria vivement l'abbé, et j'espère que nous allons nous entendre.

– Voyez, dit tout bas le gouverneur, cela ne commence-t-il pas comme je vous l'avais annoncé ?

– Monsieur, continua le prisonnier, je suis l'abbé Faria, né à Rome ; j'ai été vingt ans secrétaire du cardinal Rospigliosi ; j'ai été arrêté je ne sais trop pourquoi, vers le commencement de l'année 1811 ; depuis ce temps je réclame ma liberté des autorités italiennes et françaises.

– Pourquoi près des autorités françaises ? demanda le gouverneur.

– Parce que j'ai été arrêté à Piombino et que je présume que, comme Milan et Florence, Piombino est devenu le chef-lieu de quelque département français.

L'inspecteur et le gouverneur se regardèrent en riant.

– Diable, mon cher, dit l'inspecteur, vos nouvelles de l'Italie ne sont pas fraîches.

– Elles datent du jour où j'ai été arrêté, monsieur, dit l'abbé Faria ; et comme Sa Majesté l'Empereur avait créé la royauté de Rome pour le fils que le ciel venait de lui envoyer, je présume que, poursuivant le cours de ses conquêtes, il a accompli le rêve de Machiavel et de César Borgia, qui était de faire de toute l'Italie un seul et unique royaume.

– Monsieur, dit l'inspecteur, la Providence a heureusement apporté quelque changement à ce plan gigantesque dont vous me paraissez assez chaud partisan.

– C'est le seul moyen de faire de l'Italie un État fort, indépendant et heureux, répondit l'abbé.

– Cela est possible, répondit l'inspecteur, mais je ne suis pas venu ici pour faire avec vous un cours de politique ultramontaine, mais pour vous demander, ce que j'ai déjà fait, si vous avez quelques réclamations à faire sur la manière dont vous êtes nourri et logé.

– La nourriture est ce qu'elle est dans toutes les prisons, répondit l'abbé, c'est-à-dire fort mauvaise ; quant au logement, vous le voyez, il est humide et malsain, mais néanmoins assez convenable pour un cachot. Maintenant ce n'est pas de cela qu'il s'agit, mais bien de révélations de la plus haute importance et du plus haut intérêt que j'ai à faire au gouvernement.

– Nous y voici, dit tout bas le gouverneur à l'inspecteur.

– Voilà pourquoi je suis si heureux de vous voir, continua l'abbé, quoique vous m'ayez dérangé dans un calcul fort important, et qui, s'il réussit, changera peut-être le système de Newton. Pouvez-vous m'accorder la faveur d'un entretien particulier ?

– Hein ! que disais-je ? fit le gouverneur à l'inspecteur.

– Vous connaissez votre personnel, répondit ce dernier souriant. Puis, se retournant vers Faria :

– Monsieur, dit-il, ce que vous me demandez est impossible.

– Cependant, monsieur, reprit l'abbé, s'il s'agissait de faire gagner au gouvernement une somme énorme, une somme de cinq millions, par exemple ?

– Ma foi, dit l'inspecteur en se retournant à son tour vers le gouverneur, vous aviez prédit jusqu'au chiffre.

– Voyons, reprit l'abbé s'apercevant que l'inspecteur faisait un mouvement pour se retirer, il n'est pas nécessaire que nous soyons absolument seuls ; monsieur le gouverneur pourra assister à notre entretien.

– Mon cher monsieur, dit le gouverneur, malheureusement nous savons d'avance et par cœur ce que vous direz. Il s'agit de vos trésors, n'est-ce pas ?

Faria regarda cet homme railleur avec des yeux où un observateur désintéressé eût vu certes luire l'éclair de la raison et de la vérité.

– Sans doute, dit-il ; de quoi voulez-vous que je parle, sinon de cela ?

– Monsieur l'inspecteur, continua le gouverneur, je puis vous raconter cette histoire aussi bien que l'abbé, car il y a quatre ou cinq ans que j'en ai les oreilles rebattues.

– Cela prouve, monsieur le gouverneur, dit l'abbé, que vous êtes comme ces gens dont parle l'Écriture, qui ont des yeux et qui ne voient pas, qui ont des oreilles et qui n'entendent pas.

– Mon cher monsieur, dit l'inspecteur, le gouvernement est riche et n'a, Dieu merci, pas besoin de votre argent ; gardez-le donc pour le jour où vous sortirez de prison.

L'œil de l'abbé se dilata ; il saisit la main de l'inspecteur.

– Mais si je n'en sors pas de prison, dit-il, si, contre toute justice, on me retient dans ce cachot, si j'y meurs sans avoir légué mon secret à personne, ce trésor sera donc perdu ? Ne vaut-il pas mieux que le gouvernement en profite et moi aussi ? J'irai jusqu'à six millions, monsieur ; oui, j'abandonnerai six millions, et je me contenterai du reste, si l'on veut me rendre la liberté.

– Sur ma parole, dit l'inspecteur à demi voix, si l'on ne savait que cet homme est fou, il parle avec un accent si convaincu qu'on croirait qu'il dit la vérité.

– Je ne suis pas fou, monsieur, et je dis bien la vérité, reprit Faria qui, avec cette finesse d'ouïe particulière aux prisonniers, n'avait pas perdu une seule des paroles de l'inspecteur. Ce trésor dont je vous parle existe bien réellement, et j'offre de signer un traité avec vous, en vertu duquel vous me conduirez à l'endroit désigné par moi ; on fouillera la terre sous nos yeux, et si je mens, si l'on ne trouve rien, si je suis un fou, comme vous le dites, eh bien ! vous me ramènerez dans ce même cachot, où je resterai éternellement, et où je mourrai sans plus rien demander ni à vous ni à personne.

Le gouverneur se mit à rire.

– Est-ce bien loin votre trésor ? demanda-t-il.

– À cent lieues d'ici à peu près, dit Faria.

– La chose n'est pas mal imaginée, dit le gouverneur ; si tous les prisonniers voulaient s'amuser à promener leurs gardiens pendant cent lieues, et si les gardiens consentaient à faire une pareille promenade, ce serait une excellente chance que les prisonniers se ménageraient de prendre la clef des champs dès qu'ils en trouveraient l'occasion, et pendant un pareil voyage l'occasion se présenterait certainement.

– C'est un moyen connu, dit l'inspecteur, et monsieur n'a pas même le mérite de l'invention.

Puis, se retournant vers l'abbé :

– Je vous ai demandé si vous étiez bien nourri, dit-il.

– Monsieur, répondit Faria, jurez-moi sur le Christ de me délivrer si je vous ai dit vrai, et je vous indiquerai l'endroit où le trésor est enfoui.

– Êtes-vous bien nourri ? répéta l'inspecteur.

– Monsieur, vous ne risquez rien ainsi, et vous voyez bien que ce n'est pas pour me ménager une chance pour me sauver, puisque je resterai en prison tandis qu'on fera le voyage.

– Vous ne répondez pas à ma question, reprit avec impatience l'inspecteur.

– Ni vous à ma demande ! s'écria l'abbé. Soyez donc maudit comme les autres insensés qui n'ont pas voulu me croire ! Vous ne voulez pas de mon or, je le garderai ; vous me refusez la liberté, Dieu me l'enverra. Allez, je n'ai plus rien à dire.

Et l'abbé, rejetant sa couverture, ramassa son morceau de plâtre, et alla s'asseoir de nouveau au milieu de son cercle, où il continua ses lignes et ses calculs.

– Que fait-il là ? dit l'inspecteur en se retirant.

– Il compte ses trésors, reprit le gouverneur.

Faria répondit à ce sarcasme par un coup d'œil empreint du plus suprême mépris.

Ils sortirent. Le geôlier referma la porte derrière eux.

– Il aura en effet possédé quelques trésors, dit l'inspecteur en remontant l'escalier.

– Ou il aura rêvé qu'il les possédait, répondit le gouverneur, et le lendemain il se sera réveillé fou.

– En effet, dit l'inspecteur avec la naïveté de la corruption ; s'il eût été réellement riche, il ne serait pas en prison.

Ainsi finit l'aventure pour l'abbé Faria. Il demeura prisonnier, et, à la suite de cette visite, sa réputation de fou réjouissant s'augmenta encore.

Caligula ou Néron, ces grands chercheurs de trésors, ces désireurs de l'impossible, eussent prêté l'oreille aux paroles de ce pauvre homme et lui eussent accordé l'air qu'il désirait, l'espace qu'il estimait à un si haut prix, et la liberté qu'il offrait de payer si cher. Mais les rois de nos jours, maintenus dans la limite du probable, n'ont plus l'audace de la volonté ; ils craignent l'oreille qui écoute les ordres qu'ils donnent, l'œil qui scrute leurs actions ; ils ne sentent plus la supériorité de leur essence divine ; ils sont des hommes couronnés, voilà tout. Jadis ils se croyaient ou du moins se disaient fils de Jupiter, et retenaient quelque chose des façons du dieu leur père ; on ne contrôle pas facilement ce qui se passe au delà des nuages ; aujourd'hui les rois se laissent aisément rejoindre. Or, comme il a toujours répugné au gouvernement despotique de montrer au grand jour les effets de la prison et de la torture ; comme il y a peu d'exemples qu'une victime des inquisitions ait pu reparaître avec ses os broyés et ses plaies saignantes, de même la folie, cet ulcère né dans la fange des cachots à la suite des tortures morales, se cache presque toujours avec soin dans le lieu où elle est née, ou, si elle en sort, elle va s'ensevelir dans quelque hôpital sombre, où les médecins ne reconnaissent ni l'homme ni la pensée dans le débris informe que leur transmet le geôlier fatigué.

L'abbé Faria, devenu fou en prison, était condamné, par sa folie même, à une prison perpétuelle.

Quant à Dantès, l'inspecteur lui tint parole. En remontant chez le gouverneur, il se fit représenter le registre d'écrou. La note concernant le prisonnier était ainsi conçue :

Edmond Dantès.

Bonapartiste enragé ; a pris une part active au retour de l'île d'Elbe.

À tenir au plus grand secret et sous la plus stricte surveillance. Cette note était d'une autre écriture et d'une encre différente que le reste du registre, ce qui prouvait qu'elle avait été ajoutée depuis l'incarcération de Dantès.

L'accusation était trop positive pour essayer de la combattre. L'inspecteur écrivit donc au-dessous de l'accolade :

Rien à faire.

Cette visite avait, pour ainsi dire, ravivé Dantès, depuis qu'il était entré en prison, il avait oublié de compter les jours ; mais l'inspecteur lui avait donné une nouvelle date et Dantès ne l'avait pas oubliée. Derrière lui, il écrivit sur le mur, avec un morceau de plâtre détaché de son plafond, 30 juillet 1816, et, à partir de ce moment, il fit un cran chaque jour pour que la mesure du temps ne lui échappât plus.

Les jours s'écoulèrent, puis les semaines, puis les mois : Dantès attendait toujours, il avait commencé par fixer à sa liberté un terme de quinze jours. En mettant à suivre son affaire la moitié de l'intérêt qu'il avait paru éprouver, l'inspecteur devait avoir assez de quinze jours. Ces quinze jours écoulés, il se dit qu'il était absurde à lui de croire que l'inspecteur se serait occupé de lui avant son retour à Paris ; or, son retour à Paris ne pouvait avoir lieu que lorsque sa tournée serait finie, et sa tournée pouvait durer un mois ou deux ; il se donna donc trois mois au lieu de quinze jours. Les trois mois écoulés, un autre raisonnement vint à son aide, qui fit qu'il s'accorda six mois, mais ces six mois écoulés, en mettant les jours au bout les uns des autres, il se trouvait qu'il avait attendu dix mois et demi. Pendant ces dix mois, rien n'avait été changé au régime de sa prison ; aucune nouvelle consolante ne lui était parvenue ; le geôlier interrogé était muet comme d'habitude. Dantès commença à douter de ses sens, à croire que ce qu'il prenait pour un souvenir de sa mémoire n'était rien autre chose qu'une hallucination de son cerveau, et que cet ange consolateur qui était apparu dans sa prison y était descendu sur l'aile d'un rêve.

Au bout d'un an, le gouverneur fut changé, il avait obtenu la direction du fort de Ham ; il emmena avec lui plusieurs de ses subordonnés et entre autres le geôlier de Dantès. Un nouveau gouverneur arriva ; il eût été trop long pour lui d'apprendre les noms de ses prisonniers, il se fit représenter seulement leurs numéros. Cet horrible hôtel garni se composait de cinquante chambres ; leurs habitants furent appelés du numéro de la chambre qu'ils occupaient, et le malheureux jeune homme cessa de s'appeler de son prénom d'Edmond ou de son nom de Dantès, il s'appela le numéro 34.

XV. LE NUMÉRO 34 ET LE NUMÉRO 27

Dantès passa tous les degrés du malheur que subissent les prisonniers oubliés dans une prison.

Il commença par l'orgueil, qui est une suite de l'espoir et une conscience de l'innocence ; puis il en vint à douter de son innocence, ce qui ne justifiait pas mal les idées du gouverneur sur l'aliénation mentale ; enfin il tomba du haut de son orgueil, il pria, non pas encore Dieu, mais les hommes ; Dieu est le dernier recours. Le malheureux, qui devrait commencer par le Seigneur, n'en arrive à espérer en lui qu'après avoir épuisé toutes les autres espérances.

Dantès pria donc qu'on voulût bien le tirer de son cachot pour le mettre dans un autre, fût-il plus noir et plus profond. Un changement, même désavantageux, était toujours un changement, et procurerait à Dantès une distraction de quelques jours. Il pria qu'on lui accordât la promenade, l'air, des livres, des instruments. Rien de tout cela ne lui fut accordé ; mais n'importe, il demandait toujours. Il s'était habitué à parler à son nouveau geôlier, quoiqu'il fût encore, s'il était possible, plus muet que l'ancien ; mais parler à un homme, même à un muet, était encore un plaisir, Dantès parlait pour entendre le son de sa propre voix ; il avait essayé de parler lorsqu'il était seul, mais alors il se faisait peur.

Souvent, du temps qu'il était en liberté, Dantès s'était fait un épouvantail de ces chambrées de prisonniers, composées de vagabonds, de bandits et d'assassins, dont la joie ignoble met en commun des orgies inintelligibles et des amitiés effrayantes. Il en vint à souhaiter d'être jeté dans quelqu'un de ces bouges, afin de voir d'autres visages que celui de ce geôlier impassible qui ne voulait point parler ; il regrettait le bagne avec son costume infamant, sa chaîne au pied, sa flétrissure sur l'épaule. Au moins les galériens étaient dans la société de leurs semblables, ils respiraient l'air, ils voyaient le ciel ; les galériens étaient bien heureux.

Il supplia un jour le geôlier de demander pour lui un compagnon, quel qu'il fût, ce compagnon dût-il être cet abbé fou dont il avait entendu parler. Sous l'écorce du geôlier, si rude qu'elle soit, il reste toujours un peu de l'homme. Celui-ci avait souvent, du fond du cœur, et quoique son visage n'en eût rien dit, plaint ce malheureux jeune homme, à qui la captivité était si dure ; il transmit la demande du numéro 34 au gouverneur ; mais celui-ci, prudent comme s'il eût été un homme politique, se figura que Dantès voulait ameuter les prisonniers, tramer quelque complot, s'aider d'un ami dans quelque tentative d'évasion, et il refusa.

Dantès avait épuisé le cercle des ressources humaines. Comme nous avons dit que cela devait arriver, il se tourna alors vers Dieu.

Toutes les idées pieuses éparses dans le monde, et que glanent les malheureux courbés par la destinée, vinrent alors rafraîchir son esprit ; il se rappela les prières que lui avait apprises sa mère, et leur trouva un sens jadis ignoré de lui ; car, pour l'homme heureux, la prière demeure un assemblage monotone et vide de sens, jusqu'au jour où la douleur vient expliquer à l'infortuné ce langage sublime à l'aide duquel il parle à Dieu.

Il pria donc, non pas avec ferveur, mais avec rage. En priant tout haut, il ne s'effrayait plus de ses paroles ; alors il tombait dans des espèces d'extases ; il voyait Dieu éclatant à chaque mot qu'il prononçait ; toutes les actions de sa vie humble et perdue, il les rapportait à la volonté de ce Dieu puissant, s'en faisait des leçons, se proposait des tâches à accomplir, et, à la fin de chaque prière, glissait le vœu intéressé que les hommes trouvent bien plus souvent moyen d'adresser aux hommes qu'à Dieu : « Et pardonnez-nous nos offenses, comme nous les pardonnons à ceux qui nous ont offensés. »

Malgré ses prières ferventes, Dantès demeura prisonnier.

Alors son esprit devint sombre, un nuage s'épaissit devant ses yeux. Dantès était un homme simple et sans éducation ; le passé était resté pour lui couvert de ce voile sombre que soulève la science. Il ne pouvait, dans la solitude de son cachot et dans le désert de sa pensée, reconstruire les âges révolus, ranimer les peuples éteints, rebâtir les villes antiques, que l'imagination grandit et poétise, et qui passent devant les yeux, gigantesques et éclairées par le feu du ciel, comme les tableaux babyloniens de Martinn ; lui n'avait que son passé si court, son présent si sombre, son avenir si douteux ; dix-neuf ans de lumière à méditer peut-être dans une éternelle nuit ! Aucune distraction ne pouvait donc lui venir en aide ; son esprit énergique, et qui n'eût pas mieux aimé que de prendre son vol à travers les âges, était forcé de rester prisonnier comme un aigle dans une cage. Il se cramponnait alors à une idée, à celle de son bonheur détruit sans cause apparente et par une fatalité inouïe ; il s'acharnait sur cette idée, la tournant, la retournant sur toutes les faces, et la dévorant pour ainsi dire à belles dents, comme dans l'enfer de Dante l'impitoyable Ugolin dévore le crâne de l'archevêque Roger. Dantès n'avait eu qu'une foi passagère basée sur la puissance ; il la perdit comme d'autres la perdent après le succès. Seulement il n'avait pas profité.

La rage succéda à l'ascétisme. Edmond lançait des blasphèmes qui faisaient reculer d'horreur le geôlier ; il brisait son corps contre les murs de sa prison, il s'en prenait avec fureur à tout ce qui l'entourait, et surtout à lui-même, de la moindre contrariété que lui faisait éprouver un grain de sable, un fétu de paille, un souffle d'air. Alors cette lettre dénonciatrice qu'il avait vue que lui avait montrée Villefort, qu'il avait touchée, lui revenait à l'esprit ; chaque ligne flamboyait sur la muraille comme le *Mane, Thécel, Pharès* de Balthazar. Il se disait que c'était la haine des hommes, et non la vengeance de Dieu qui l'avait plongé dans l'abîme où il était ; il vouait ces hommes inconnus à tous les supplices dont son ardente imagination lui fournissait l'idée, et il trouvait encore que les plus terribles étaient trop doux et surtout trop courts pour eux ; car après le supplice venait la mort ; et dans la mort était, sinon le repos, du moins l'insensibilité qui lui ressemble.

À force de se dire à lui-même, à propos de ses ennemis, que le calme était la mort, et qu'à celui qui veut punir cruellement il faut d'autres moyens que la mort, il tomba dans l'immobilité morne des idées de suicide ; malheur à celui qui, sur la pente du malheur, s'arrête à ces sombres idées ! C'est une de ces mers mortes qui s'étendent comme l'azur des flots purs, mais dans lesquelles le nageur sent de plus en plus s'engluer ses pieds dans une vase bitumineuse qui l'attire à elle, l'aspire, l'engloutit. Une fois pris ainsi, si le secours divin ne vient point à son aide, tout est fini, et chaque effort qu'il tente l'enfonce plus avant dans la mort.

Cependant cet état d'agonie morale est moins terrible que la souffrance qui l'a précédé et que le châtiment qui le suivra peut-être ; c'est une espèce de consolation vertigineuse qui vous montre le gouffre béant, mais au fond du gouffre le néant. Arrivé là, Edmond trouva quelque consolation dans cette idée ; toutes ses douleurs, toutes ses souffrances, ce cortège de spectres qu'elles traînaient à leur suite, parurent s'envoler de ce coin de sa prison où l'ange de la mort pouvait poser son pied silencieux, Dantès regarda avec calme sa vie passée, avec terreur sa vie future, et choisit ce point milieu qui lui paraissait être un lieu d'asile.

– Quelquefois, se disait-il alors, dans mes courses lointaines, quand j'étais encore un homme, et quand cet homme, libre et puissant, jetait à d'autres hommes des commandements qui étaient exécutés, j'ai vu le ciel se couvrir, la mer frémir et gronder, l'orage naître dans un coin du ciel, et comme un aigle gigantesque battre les deux horizons de ses deux ailes ; alors je sentais que mon vaisseau n'était plus qu'un refuge impuissant, car mon vaisseau, léger comme une plume à la main d'un géant, tremblait et frissonnait lui-même. Bientôt, au bruit effroyable des lames, l'aspect des rochers tranchants m'annonçait la mort, et la mort m'épouvantait ; je faisais tous mes efforts pour y échapper, et je réunissais toutes les forces de l'homme et toute l'intelligence du marin pour lutter avec Dieu !... C'est que j'étais heureux alors, c'est que revenir à la vie, c'était revenir au bonheur ;

c'est que cette mort, je ne l'avais pas appelée, je ne l'avais pas choisie ; c'est que le sommeil enfin me paraissait dur sur ce lit d'algues et de cailloux ; c'est que je m'indignais, moi qui me croyais une créature faite à l'image de Dieu, de servir, après ma mort, de pâture aux goélands et aux vautours. Mais aujourd'hui c'est autre chose : j'ai perdu tout ce qui pouvait me faire aimer la vie, aujourd'hui la mort me sourit comme une nourrice à l'enfant qu'elle va bercer ; mais aujourd'hui je meurs à ma guise, et je m'endors las et brisé, comme je m'endormais après un de ces soirs de désespoir et de rage pendant lesquels j'avais compté trois mille tours dans ma chambre, c'est-à-dire trente mille pas, c'est-à-dire à peu près dix lieues.

Dès que cette pensée eut germé dans l'esprit du jeune homme, il devint plus doux, plus souriant ; il s'arrangea mieux de son lit dur et de son pain noir, mangea moins, ne dormit plus, et trouva à peu près supportable ce reste d'existence qu'il était sûr de laisser là quand il voudrait, comme on laisse un vêtement usé.

Il y avait deux moyens de mourir : l'un était simple, il s'agissait d'attacher son mouchoir à un barreau de la fenêtre et de se pendre ; l'autre consistait à faire semblant de manger et à se laisser mourir de faim. Le premier répugna fort à Dantès. Il avait été élevé dans l'horreur des pirates, gens que l'on pend aux vergues des bâtiments ; la pendaison était donc pour lui une espèce de supplice infamant qu'il ne voulait pas s'appliquer à lui-même ; il adopta donc le deuxième, et en commença l'exécution le jour même.

Près de quatre années s'étaient écoulées dans les alternatives que nous avons racontées. À la fin de la deuxième, Dantès avait cessé de compter les jours et était retombé dans cette ignorance du temps dont autrefois l'avait tiré l'inspecteur.

Dantès avait dit : « Je veux mourir » et s'était choisi son genre de mort ; alors il l'avait bien envisagé, et, de peur de revenir sur sa décision, il s'était fait serment à lui-même de mourir ainsi. « Quand on me servira mon repas du matin et mon repas du soir, avait-il pensé, je jetterai les aliments par la fenêtre et j'aurai l'air de les avoir mangés. »

Il le fit comme il s'était promis de le faire. Deux fois le jour, par la petite ouverture grillée qui ne lui laissait apercevoir que le ciel, il jetait ses vivres, d'abord gaiement, puis avec réflexion, puis avec regret ; il lui fallut le souvenir du serment qu'il s'était fait pour avoir la force de poursuivre ce terrible dessein. Ces aliments, qui lui répugnaient autrefois, la faim, aux dents aiguës, les lui faisait paraître appétissants à l'œil et exquis à l'odorat ; quelquefois il tenait pendant une heure à sa main le plat qui les contenait, l'œil fixé sur ce morceau de viande pourrie ou sur ce poisson infect, et sur ce pain noir et moisi. C'étaient les derniers instincts de la vie qui luttaient encore en lui et qui de temps en temps terrassaient sa résolution. Alors son cachot ne lui paraissait plus aussi sombre, son état lui semblait moins désespéré ; il était jeune encore ; il devait avoir vingt-cinq ou vingt-six ans, il lui restait cinquante ans à vivre à peu près, c'est-à-dire deux fois ce qu'il avait vécu. Pendant ce laps de temps immense, que d'événements pouvaient forcer les portes, renverser les murailles du château d'If et le rendre à la liberté ! Alors il approchait ses dents du repas que, Tantale volontaire, il éloignait lui-même de sa bouche ; mais alors le souvenir de son serment lui revenait à l'esprit, et cette généreuse nature avait trop peur de se mépriser soi-même pour manquer à son serment. Il usa donc, rigoureux et impitoyable, le peu d'existence qui lui restait, et un jour vint où il n'eut plus la force de se lever pour jeter par la lucarne le souper qu'on lui apportait.

Le lendemain il ne voyait plus, il entendait à peine.

Le geôlier croyait à une maladie grave ; Edmond espérait dans une mort prochaine.

La journée s'écoula ainsi : Edmond sentait un vague engourdissement, qui ne manquait pas d'un certain bien-être, le gagner. Les tiraillements nerveux de son estomac s'étaient assoupis ; les ardeurs de sa soif s'étaient calmées ; lorsqu'il fermait les yeux, il voyait une foule de lueurs brillantes pareilles à ces feux follets qui courent la nuit sur les terrains fangeux ; c'était le crépuscule de ce pays inconnu qu'on appelle la mort. Tout à coup le soir, vers neuf heures, il entendit un bruit sourd à la paroi du mur contre lequel il était couché.

Tant d'animaux immondes étaient venus faire leur bruit dans cette prison que peu à peu Edmond avait habitué son sommeil à ne pas se troubler de si peu de chose ; mais cette fois, soit que ses sens fussent exaltés par l'abstinence, soit que réellement le bruit fût plus fort que de coutume, soit que dans ce moment suprême tout acquît de l'importance, Edmond souleva sa tête pour mieux entendre.

C'était un grattement égal qui semblait accuser soit une griffe énorme, soit une dent puissante, soit enfin la pression d'un instrument quelconque sur des pierres. Bien qu'affaibli, le cerveau du jeune homme fut frappé par cette idée banale constamment présente à l'esprit des prisonniers : la liberté. Ce bruit arrivait si juste au moment où tout bruit allait cesser pour lui qu'il lui semblait que

Dieu se montrait enfin pitoyable à ses souffrances et lui envoyait ce bruit pour l'avertir de s'arrêter au bord de la tombe où chancelait déjà son pied. Qui pouvait savoir si un de ses amis, un de ces êtres bien-aimés auxquels il avait songé si souvent qu'il y avait usé sa pensée, ne s'occupait pas de lui en ce moment et ne cherchait pas à rapprocher la distance qui les séparait ?

Mais non, sans doute Edmond se trompait, et c'était un de ces rêves qui flottent à la porte de la mort.

Cependant Edmond écoutait toujours ce bruit. Ce bruit dura trois heures à peu près, puis Edmond entendit une sorte de croulement, après quoi le bruit cessa.

Quelques heures après, il reprit plus fort et plus rapproché. Déjà Edmond s'intéressait à ce travail qui lui faisait société ; tout à coup le geôlier entra.

Depuis huit jours à peu près qu'il avait résolu de mourir, depuis quatre jours qu'il avait commencé de mettre ce projet à exécution, Edmond n'avait point adressé la parole à cet homme, ne lui répondant pas quand il lui avait parlé pour lui demander de quelle maladie il croyait être atteint, et se retournant du côté du mur quand il en était regardé trop attentivement. Mais aujourd'hui le geôlier pouvait entendre ce bruissement sourd, s'en alarmer, y mettre fin, et déranger ainsi peut-être ce je ne sais quoi d'espérance, dont l'idée seule charmait les derniers moments de Dantès.

Le geôlier apportait à déjeuner.

Dantès se souleva sur son lit, et, enflant sa voix, se mit à parler sur tous les sujets possibles, sur la mauvaise qualité des vivres qu'il apportait, sur le froid dont on souffrait dans ce cachot, murmurant et grondant pour avoir le droit de crier plus fort, et lassant la patience du geôlier, qui justement ce jour-là avait sollicité pour le prisonnier malade un bouillon et du pain frais, et qui lui apportait ce bouillon et ce pain.

Heureusement il crut que Dantès avait le délire ; il posa les vivres sur la mauvaise table boiteuse sur laquelle il avait l'habitude de les poser, et se retira.

Libre alors, Edmond se remit à écouter avec joie.

Le bruit devenait si distinct que maintenant le jeune homme l'entendait sans efforts.

Plus de doute, se dit-il à lui-même, puisque ce bruit continue, malgré le jour, c'est quelque malheureux prisonnier comme moi qui travaille à sa délivrance. Oh ! si j'étais près de lui, comme je l'aiderais !

Puis tout à coup un nuage sombre passa sur cette aurore d'espérance dans ce cerveau habitué au malheur et qui ne pouvait se reprendre que difficilement aux joies humaines ; cette idée surgit aussitôt, que ce bruit avait pour cause le travail de quelques ouvriers que le gouverneur employait aux réparations d'une chambre voisine.

Il était facile de s'en assurer ; mais comment risquer une question ? Certes il était tout simple d'attendre l'arrivée du geôlier, de lui faire écouter ce bruit, et de voir la mine qu'il ferait en l'écoutant ; mais se donner une pareille satisfaction, n'était-ce pas trahir des intérêts bien précieux pour une satisfaction bien courte ? Malheureusement la tête d'Edmond, cloche vide, était assourdie par le bourdonnement d'une idée ; il était si faible que son esprit flottait comme une vapeur, et ne pouvait se condenser autour d'une pensée. Edmond ne vit qu'un moyen de rendre la netteté à sa réflexion et la lucidité à son jugement ; il tourna les yeux vers le bouillon fumant encore que le geôlier venait de déposer sur la table, se leva, alla en chancelant jusqu'à lui, prit la tasse, la porta à ses lèvres, et avala le breuvage qu'elle contenait avec une indicible sensation de bien-être.

Alors il eut le courage d'en rester là : il avait entendu dire que de malheureux naufragés recueillis, exténués par la faim, étaient morts pour avoir gloutonnement dévoré une nourriture trop substantielle. Edmond posa sur la table le pain qu'il tenait déjà presque à portée de sa bouche, et alla se recoucher. Edmond ne voulait plus mourir.

Bientôt il sentit que le jour rentrait dans son cerveau ; toutes ses idées, vagues et presque insaisissables, reprenaient leur place dans cet échiquier merveilleux, où une case de plus peut-être suffit pour établir la supériorité de l'homme sur les animaux. Il put penser et fortifier sa pensée avec le raisonnement.

Alors il se dit :

– Il faut tenter l'épreuve, mais sans compromettre personne. Si le travailleur est un ouvrier ordinaire, je n'ai qu'à frapper contre mon mur, aussitôt il cessera sa besogne pour tâcher de deviner quel est celui qui frappe et dans quel but il frappe. Mais comme son travail sera non seulement licite, mais encore commandé, il reprendra bientôt son travail. Si au contraire c'est un prisonnier, le bruit que je ferai l'effraiera ; il craindra d'être découvert ; il cessera son travail et ne le reprendra que ce soir, quand il croira tout le monde couché et endormi.

Aussitôt Edmond se leva de nouveau. Cette fois, ses jambes ne vacillaient plus et ses yeux étaient sans éblouissements. Il alla vers un angle de sa prison, détacha une pierre minée par l'humidité, et revint frapper le mur à l'endroit même où le retentissement était le plus sensible.

Il frappa trois coups.

Dès le premier, le bruit avait cessé comme par enchantement.

Edmond écouta de toute son âme. Une heure s'écoula, deux heures s'écoulèrent, aucun bruit nouveau ne se fit entendre ; Edmond avait fait naître de l'autre côté de la muraille un silence absolu.

Plein d'espoir, Edmond mangea quelques bouchées de son pain, avala quelques gorgées d'eau, et, grâce à la constitution puissante dont la nature l'avait doué, se retrouva à peu près comme auparavant.

La journée s'écoula, le silence durait toujours.

La nuit vint sans que le bruit eût recommencé.

– C'est un prisonnier, se dit Edmond avec une indicible joie.

Dès lors sa tête s'embrasa, la vie lui revint violente à force d'être active.

La nuit se passa sans que le moindre bruit se fît entendre.

Edmond ne ferma pas les yeux de cette nuit.

Le jour revint ; le geôlier rentra apportant les provisions. Edmond avait déjà dévoré les anciennes ; il dévora les nouvelles, écoutant sans cesse ce bruit qui ne revenait pas, tremblant qu'il eût cessé pour toujours, faisant dix ou douze lieues dans son cachot, ébranlant pendant des heures entières les barreaux de fer de son soupirail, rendant l'élasticité et la vigueur à ses membres par un exercice désappris depuis longtemps, se disposant enfin à reprendre corps à corps sa destinée à venir, comme fait, en étendant ses bras et en frottant son corps d'huile, le lutteur qui va entrer dans l'arène. Puis, dans les intervalles de cette activité fiévreuse, il écoutait si le bruit ne revenait pas, s'impatientant de la prudence de ce prisonnier qui ne devinait point qu'il avait été distrait dans son œuvre de liberté par un autre prisonnier, qui avait au moins aussi grande hâte d'être libre que lui.

Trois jours s'écoulèrent, soixante-douze mortelles heures comptées minute par minute !

Enfin, un soir, comme le geôlier venait de faire sa dernière visite, comme pour la centième fois Dantès collait son oreille à la muraille, il lui sembla qu'un ébranlement imperceptible répondait sourdement dans sa tête, mise en rapport avec les pierres silencieuses.

Dantès se recula pour bien rasseoir son cerveau ébranlé, fit quelques tours dans la chambre, et replaça son oreille au même endroit.

Il n'y avait plus de doute, il se faisait quelque chose de l'autre côté ; le prisonnier avait reconnu le danger de sa manœuvre et en avait adopté quelque autre, et, sans doute pour continuer son œuvre avec plus de sécurité, il avait substitué le levier au ciseau.

Enhardi par cette découverte, Edmond résolut de venir en aide à l'infatigable travailleur. Il commença par déplacer son lit derrière lequel il lui semblait que l'œuvre de délivrance s'accomplissait, et chercha des yeux un objet avec lequel il pût entamer la muraille, faire tomber le ciment humide, desceller une pierre enfin.

Rien ne se présenta à sa vue. Il n'avait ni couteau ni instrument tranchant ; du fer à ses barreaux seulement, et il s'était assuré si souvent que ses barreaux étaient bien scellés que ce n'était plus même la peine d'essayer à les ébranler.

Pour tout ameublement, un lit, une chaise, une table, un seau, une cruche.

À ce lit il y avait bien des tenons de fer, mais ces tenons étaient scellés au bois par des vis. Il eût fallu un tourne-vis pour tirer ces vis et arracher ces tenons.

À la table et à la chaise, rien ; au seau il y avait eu autrefois une anse, mais cette anse avait été enlevée.

Il n'y avait plus pour Dantès qu'une ressource, c'était de briser sa cruche et, avec un des morceaux de grès taillés en angle, de se mettre à la besogne.

Il laissa tomber la cruche sur un pavé, et la cruche vola en éclats.

Dantès choisit deux ou trois éclats aigus, les cacha dans sa paillasse, et laissa les autres épars sur la terre. La rupture de sa cruche était un accident trop naturel pour que l'on s'en inquiétât.

Edmond avait toute la nuit pour travailler ; mais dans l'obscurité, la besogne allait mal, car il lui fallait travailler à tâtons, et il sentit bientôt qu'il émoussait l'instrument informe contre un grès plus dur. Il repoussa donc son lit et attendit le jour. Avec l'espoir, la patience lui était revenue.

Toute la nuit il écouta et entendit le mineur inconnu qui continuait son œuvre souterraine.

Le jour vint, le geôlier entra. Dantès lui dit qu'en buvant la veille à même la cruche elle avait échappé à sa main et s'était brisée en tombant. Le geôlier alla en grommelant chercher une cruche neuve, sans même prendre la peine d'emporter les morceaux de la vieille.

Il revint un instant après, recommanda plus d'adresse au prisonnier et sortit.

Dantès écouta avec une joie indicible le grincement de la serrure qui, chaque fois qu'elle se refermait jadis, lui serrait le cœur. Il écouta s'éloigner le bruit des pas ; puis, quand ce bruit se fut éteint, il bondit vers sa couchette qu'il déplaça, et, à la lueur du faible rayon de jour qui pénétrait dans son cachot, put voir la besogne inutile qu'il avait faite la nuit précédente en s'adressant au corps de la pierre au lieu de s'adresser au plâtre qui entourait ses extrémités.

L'humidité avait rendu ce plâtre friable.

Dantès vit avec un battement de cœur joyeux que ce plâtre se détachait par fragments ; ces fragments étaient presque des atomes, c'est vrai ; mais au bout d'une demi-heure, cependant, Dantès en avait détaché une poignée à peu près. Un mathématicien eût pu calculer qu'avec deux années à peu près de ce travail, en supposant qu'on ne rencontrât point le roc, on pouvait se creuser un passage de deux pieds carrés et de vingt pieds de profondeur.

Le prisonnier se reprocha alors de ne pas avoir employé à ce travail ces longues heures successivement écoulées, toujours plus lentes, et qu'il avait perdues dans l'espérance, dans la prière et dans le désespoir.

Depuis six ans à peu près qu'il était enfermé dans ce cachot, quel travail, si lent qu'il fût, n'eût-il pas achevé !

Et cette idée lui donna une nouvelle ardeur.

En trois jours il parvint, avec des précautions inouïes, à enlever tout le ciment et à mettre à nu la pierre : la muraille était faite de moellons au milieu desquels, pour ajouter à la solidité, avait pris place de temps en temps une pierre de taille. C'était une de ces pierres de taille qu'il avait presque déchaussée, et qu'il s'agissait maintenant d'ébranler dans son alvéole.

Dantès essaya avec ses ongles, mais ses ongles étaient insuffisants pour cela.

Les morceaux de la cruche introduits dans les intervalles se brisaient lorsque Dantès voulait s'en servir en manière de levier.

Après une heure de tentatives inutiles, Dantès se releva la sueur et l'angoisse sur le front. Allait-il donc être arrêté ainsi dès le début, et lui faudrait-il attendre, inerte et inutile, que son voisin, qui de son côté se lasserait peut-être, eût tout fait !

Alors une idée lui passa par l'esprit ; il demeura debout et souriant ; son front humide de sueur se sécha tout seul.

Le geôlier apportait tous les jours la soupe de Dantès dans une casserole de fer-blanc. Cette casserole contenait sa soupe et celle d'un second prisonnier, car Dantès avait remarqué que cette casserole était, ou entièrement pleine, ou à moitié vide, selon que le porte-clefs commençait la distribution des vivres par lui ou par son compagnon.

Cette casserole avait un manche de fer ; c'était ce manche de fer qu'ambitionnait Dantès et qu'il eût payé, si on les lui avait demandées en échange, de dix années de sa vie.

Le geôlier versait le contenu de cette casserole dans l'assiette de Dantès. Après avoir mangé sa soupe avec une cuiller de bois, Dantès lavait cette assiette qui servait ainsi chaque jour.

Le soir, Dantès posa son assiette à terre, à mi-chemin de la porte à la table ; le geôlier en entrant mit le pied sur l'assiette et la brisa en mille morceaux.

Cette fois il n'y avait rien à dire contre Dantès : il avait eu le tort de laisser son assiette à terre, c'est vrai, mais le geôlier avait eu celui de ne pas regarder à ses pieds.

Le geôlier se contenta donc de grommeler.

Puis il regarda autour de lui dans quoi il pouvait verser la soupe ; le mobilier de Dantès se bornait à cette seule assiette, il n'y avait pas de choix.

– Laissez la casserole, dit Dantès, vous la reprendrez en m'apportant demain mon déjeuner.

Ce conseil flattait la paresse du geôlier, qui n'avait pas besoin ainsi de remonter, de redescendre et de remonter encore.

Il laissa la casserole.

Dantès frémit de joie.

Cette fois il mangea vivement la soupe et la viande que, selon l'habitude des prisons, on mettait avec la soupe. Puis, après avoir attendu une heure, pour être certain que le geôlier ne se raviserait point, il dérangea son lit, prit sa casserole, introduisit le bout du manche entre la pierre de taille dénuée de son ciment et les moellons voisins, et commença de faire le levier.

Une légère oscillation prouva à Dantès que la besogne venait à bien.

En effet, au bout d'une heure la pierre était tirée du mur, où elle laissait une excavation de plus d'un pied et demi de diamètre.

Dantès ramassa avec soin tout le plâtre, le porta dans des angles de sa prison, gratta la terre grisâtre avec un des fragments de sa cruche et recouvrit le plâtre de terre.

Puis, voulant mettre à profit cette nuit où le hasard, ou plutôt la savante combinaison qu'il avait imaginée, avait remis entre ses mains un instrument si précieux, il continua de creuser avec acharnement.

À l'aube du jour il replaça la pierre dans son trou, repoussa son lit contre la muraille et se coucha.

Le déjeuner consistait en un morceau de pain : le geôlier entra et posa ce morceau de pain sur la table.

– Eh bien ! vous ne m'apportez pas une autre assiette ? demanda Dantès.

– Non, dit le porte-clefs. Vous êtes un brise-tout, vous avez détruit votre cruche, et vous êtes cause que j'ai cassé votre assiette ; si tous les prisonniers faisaient autant de dégât, le gouvernement n'y pourrait pas tenir. On vous laisse la casserole, on vous versera votre soupe dedans ;

de cette façon vous ne casserez pas votre ménage, peut-être.

Dantès leva les yeux au ciel et joignit ses mains sous sa couverture.

Ce morceau de fer qui lui restait faisait naître dans son cœur un élan de reconnaissance plus vif vers le ciel que ne lui avaient jamais causé dans sa vie passée les plus grands biens qui lui étaient survenus.

Seulement il avait remarqué que, depuis qu'il avait commencé à travailler, lui, le prisonnier ne travaillait plus.

N'importe, ce n'était pas une raison pour cesser sa tâche ; si son voisin ne venait pas à lui, c'était lui qui irait à son voisin.

Toute la journée il travailla sans relâche ; le soir il avait, grâce à son nouvel instrument, tiré de la muraille plus de dix poignées de débris de moellons, de plâtre et de ciment.

Lorsque l'heure de la visite arriva, il redressa de son mieux le manche tordu de sa casserole et remit le récipient à sa place accoutumée. Le porte-clefs y versa la ration ordinaire de soupe et de viande, ou plutôt de soupe et de poisson, car ce jour-là était un jour maigre, et trois fois par semaine on faisait faire maigre aux prisonniers. C'eût été encore un moyen de calculer le temps si depuis longtemps Dantès n'avait pas abandonné ce calcul.

Puis, la soupe versée, le porte-clefs se retira.

Cette fois Dantès voulut s'assurer si son voisin avait bien réellement cessé de travailler.

Il écouta.

Tout était silencieux comme pendant ces trois jours où les travaux avaient été interrompus.

Dantès soupira ; il était évident que son voisin se défiait de lui.

Cependant il ne se découragea point et continua de travailler toute la nuit ; mais, après deux ou trois heures de labeur, il rencontra un obstacle.

Le fer ne mordait plus et glissait sur une surface plane.

Dantès toucha l'obstacle avec ses mains et reconnut qu'il avait atteint une poutre.

Cette poutre traversait ou plutôt barrait entièrement le trou qu'avait commencé Dantès.

Maintenant il fallait creuser dessus ou dessous.

Le malheureux jeune homme n'avait point songé à cet obstacle.

– Oh ! mon Dieu, mon Dieu ! s'écria-t-il, je vous avais cependant tant prié que j'espérais que vous m'aviez entendu. Mon Dieu ! après m'avoir ôté la liberté de la vie, mon Dieu ! après m'avoir ôté le calme de la mort, mon Dieu ! qui m'avez rappelé à l'existence, mon Dieu ! ayez pitié de moi, ne me laissez pas mourir dans le désespoir !

– Qui parle de Dieu et de désespoir en même temps, articula une voix qui semblait venir de dessous terre et qui, assourdie par l'opacité, parvenait au jeune homme avec un accent sépulcral.

Edmond sentit se dresser ses cheveux sur sa tête, et il recula sur ses genoux.

– Ah ! murmura-t-il, j'entends parler un homme.

Il y avait quatre ou cinq ans qu'Edmond n'avait entendu parler que son geôlier, et pour le prisonnier le geôlier n'est pas un homme ; c'est une porte vivante ajoutée à sa porte de chêne ; c'est un barreau de chair ajouté à ses barreaux de fer.

– Au nom du ciel ! s'écria Dantès, vous qui avez parlé, parlez encore, quoique votre voix m'ait épouvanté ; qui êtes-vous ?

– Qui êtes-vous vous-même ? demanda la voix.

– Un malheureux prisonnier, reprit Dantès qui ne faisait, lui, aucune difficulté de répondre.

– De quel pays ?

– Français.

– Votre nom ?

– Edmond Dantès.

– Votre profession ?

– Marin.

– Depuis combien de temps êtes-vous ici ?

– Depuis le 28 février 1815.

– Votre crime ?

– Je suis innocent.

– Mais de quoi vous accuse-t-on ?

– D'avoir conspiré pour le retour de l'Empereur.

– Comment ! pour le retour de l'Empereur ! l'Empereur n'est donc plus sur le trône ?

– Il a abdiqué à Fontainebleau en 1814 et a été relégué à l'île d'Elbe. Mais vous-même depuis quel temps êtes-vous donc ici, que vous ignoriez tout cela ?

– Depuis 1811.

Dantès frissonna ; cet homme avait quatre ans de prison de plus que lui.

– C'est bien, ne creusez plus, dit la voix en parlant fort vite ; seulement dites-moi à quelle hauteur se trouve l'excavation que vous avez faite ?

– Au ras de la terre.

– Comment est-elle cachée ?

– Derrière mon lit.

– A-t-on dérangé votre lit depuis que vous êtes en prison ?

– Jamais.

– Sur quoi donne votre chambre ?

– Sur un corridor.

– Et le corridor ?

– Aboutit à la cour.

– Hélas ! murmura la voix.

– Oh ! mon Dieu ! qu'y a-t-il donc ? s'écria Dantès.

– Il y a que je me suis trompé, que l'imperfection de mes dessins m'a abusé, que le défaut d'un compas m'a perdu, qu'une ligne d'erreur sur mon plan a équivalu à quinze pieds en réalité, et que j'ai pris le mur que vous creusez pour celui de la citadelle !

– Mais alors vous aboutissiez à la mer ?

– C'était ce que je voulais.

– Et si vous aviez réussi !

– Je me jetais à la nage, je gagnais une des îles qui environnent le château d'If, soit l'île de Daume, soit l'île de Tiboulen, soit même la côte, et alors j'étais sauvé.

– Auriez-vous donc pu nager jusque-là ?

– Dieu m'eût donné la force ; et maintenant tout est perdu.

– Tout ?

– Oui. Rebouchez votre trou avec précaution, ne travaillez plus, ne vous occupez de rien, et attendez de mes nouvelles.

– Qui êtes-vous au moins… dites-moi qui vous êtes ?

– Je suis… je suis… le numéro 27.

– Vous défiez-vous donc de moi ? demanda Dantès.

Edmond crut entendre comme un rire amer percer la voûte et monter jusqu'à lui.

– Oh ! je suis bon chrétien, s'écria-t-il, devinant instinctivement que cet homme songeait à l'abandonner ; je vous jure sur le Christ que je me ferai tuer plutôt que de laisser entrevoir à vos bourreaux et aux miens l'ombre de la vérité ; mais, au nom du ciel, ne me privez pas de votre présence, ne me privez pas de votre voix, ou, je vous le jure, car je suis au bout de ma force, je me brise la tête contre la muraille, et vous aurez ma mort à vous reprocher.

– Quel âge avez-vous ? votre voix semble être celle d'un jeune homme.

– Je ne sais pas mon âge, car je n'ai pas mesuré le temps depuis que je suis ici. Ce que je sais, c'est que j'allais avoir dix-neuf ans lorsque j'ai été arrêté le 18 février 1815.

– Pas tout à fait vingt-six ans, murmura la voix. Allons, à cet âge on n'est pas encore un traître.

– Oh ! non ! non ! je vous le jure, répéta Dantès. Je vous l'ai déjà dit et je vous le redis, je me ferai couper en morceaux plutôt que de vous trahir.

– Vous avez bien fait de me parler, vous avez bien fait de me prier ; car j'allais former un autre plan et m'éloigner de vous. Mais votre âge me rassure, je vous rejoindrai, attendez-moi.

– Quand cela ?

– Il faut que je calcule nos chances ; laissez-moi vous donner le signal.

– Mais vous ne m'abandonnerez pas, vous ne me laisserez pas seul, vous viendrez à moi, ou vous me permettrez d'aller à vous ? Nous fuirons ensemble, et, si nous ne pouvons fuir, nous parlerons, vous des gens que vous aimez, moi des gens que j'aime. Vous devez aimer quelqu'un ?

– Je suis seul au monde.

– Alors vous m'aimerez, moi : si vous êtes jeune, je serai votre camarade ; si vous êtes vieux, je serai votre fils. J'ai un père qui doit avoir soixante-dix ans, s'il vit encore ; je n'aimais que lui et une jeune fille qu'on appelait Mercédès. Mon père ne m'a pas oublié, j'en suis sûr ; mais elle. Dieu sait si elle pense encore à moi. Je vous aimerai comme j'aimais mon père.

– C'est bien, dit le prisonnier, à demain.

Ce peu de paroles furent dites avec un accent qui convainquit Dantès ; il n'en demanda pas davantage, se releva, prit les mêmes précautions pour les débris tirés du mur qu'il avait déjà prises, et repoussa son lit contre la muraille.

Dès lors Dantès se laissa aller tout entier à son bonheur ; il n'allait plus être seul certainement, peut-être même allait-il être libre ; le pis-aller, s'il restait prisonnier, était d'avoir un compagnon ; or la captivité partagée n'est plus qu'une demi-captivité. Les plaintes qu'on met en commun sont presque des prières ; des prières qu'on fait à deux sont presque des actions de grâces.

Toute la journée, Dantès alla et vint dans son cachot, le cœur bondissant de joie. De temps en temps cette joie l'étouffait : il s'asseyait sur son lit, pressant sa poitrine avec sa main. Au moindre bruit qu'il entendait dans le corridor, il bondissait vers la porte. Une fois ou deux, cette crainte qu'on le séparât de cet homme qu'il ne connaissait point, et que cependant il aimait déjà comme un ami, lui passa par le cerveau. Alors il était décidé : au moment où le geôlier écarterait son lit, baisserait la tête pour examiner l'ouverture, il lui briserait la tête avec le pavé sur lequel était posée sa cruche.

On le condamnerait à mort, il le savait bien ; mais n'allait-il pas mourir d'ennui et de désespoir au moment où ce bruit miraculeux l'avait rendu à la vie ?

Le soir le geôlier vint ; Dantès était sur son lit, de là il lui semblait qu'il gardait mieux l'ouverture inachevée. Sans doute il regarda le visiteur importun d'un œil étrange, car celui-ci lui dit :

– Voyons, allez-vous redevenir encore fou ?

Dantès ne répondit rien, il craignait que l'émotion de sa voix ne le trahît.

Le geôlier se retira en secouant la tête.

La nuit arrivée, Dantès crut que son voisin profiterait du silence et de l'obscurité pour renouer la conversation avec lui, mais il se trompait ; la nuit s'écoula sans qu'aucun bruit répondît à sa fiévreuse attente. Mais le lendemain, après la visite du matin et comme il venait d'écarter son lit de la muraille, il entendit frapper trois coups à intervalles égaux ; il se précipita à genoux.

– Est-ce vous ? dit-il ; me voilà !

– Votre geôlier est-il parti ? demanda la voix.

– Oui, répondit Dantès, il ne reviendra que ce soir ; nous avons douze heures de liberté.

– Je puis donc agir ? dit la voix.

– Oh ! oui, oui, sans retard, à l'instant même, je vous en supplie !

Aussitôt la portion de terre sur laquelle Dantès, à moitié perdu dans l'ouverture, appuyait ses deux mains, sembla céder sous lui ; il se rejeta en arrière, tandis qu'une masse de terre et de pierres détachées se précipitait dans un trou qui venait de s'ouvrir au-dessous de l'ouverture que lui-même avait faite ; alors, au fond de ce trou sombre et dont il ne pouvait mesurer la profondeur, il vit paraître une tête, des épaules et enfin un homme tout entier qui sortit avec assez d'agilité de l'excavation pratiquée.

XVI. UN SAVANT ITALIEN

Dantès prit dans ses bras ce nouvel ami, si longtemps et si impatiemment attendu, et l'attira vers sa fenêtre, afin que le peu de jour qui pénétrait dans le cachot l'éclairât tout entier.

C'était un personnage de petite taille, aux cheveux blanchis par la peine plutôt que par l'âge, à l'œil pénétrant caché sous d'épais sourcils qui grisonnaient, à la barbe encore noire et descendant jusque sur sa poitrine : la maigreur de son visage creusé par des rides profondes, la ligne hardie de ses traits caractéristiques, révélaient un homme plus habitué à exercer ses facultés morales que ses forces physiques. Le front du nouveau venu était couvert de sueur.

Quant à son vêtement, il était impossible d'en distinguer la forme primitive, car il tombait en lambeaux.

Il paraissait avoir soixante-cinq ans au moins, quoiqu'une certaine vigueur dans les mouvements annonçât qu'il avait moins d'années peut-être que n'en accusait une longue captivité.

Il accueillit avec une sorte de plaisir les protestations enthousiastes du jeune homme ; son âme glacée sembla pour un instant se réchauffer et se fondre au contact de cette âme ardente. Il le remercia de sa cordialité avec une certaine chaleur, quoique sa déception eût été grande de trouver un second cachot où il croyait rencontrer la liberté.

– Voyons d'abord, dit-il, s'il y a moyen de faire disparaître aux yeux de vos geôliers les traces de mon passage. Toute notre tranquillité à venir est dans leur ignorance de ce qui s'est passé.

Alors il se pencha vers l'ouverture, prit la pierre, qu'il souleva facilement malgré son poids, et la fit entrer dans le trou.

– Cette pierre a été descellée bien négligemment, dit-il, en hochant la tête. Vous n'avez donc pas d'outils ?

– Et vous, demanda Dantès avec étonnement, en avez-vous donc ?

– Je m'en suis fait quelques-uns. Excepté une lime, j'ai tout ce qu'il me faut, ciseau, pince, levier.

– Oh ! je serais curieux de voir ces produits de votre patience et de votre industrie, dit Dantès.

– Tenez, voici d'abord un ciseau.

Et il lui montra une lame forte et aiguë, emmanchée dans un morceau de bois de hêtre.

– Avec quoi avez-vous fait cela ? dit Dantès.

– Avec une des fiches de mon lit. C'est avec cet instrument que je me suis creusé tout le chemin qui m'a conduit jusqu'ici ; cinquante pieds à peu près.

– Cinquante pieds ! s'écria Dantès avec une espèce de terreur.

– Parlez plus bas, jeune homme, parlez plus bas ; souvent il arrive qu'on écoute aux portes des prisonniers.

– On me sait seul.

– N'importe.

– Et vous dites que vous avez percé cinquante pieds pour arriver jusqu'ici ?

– Oui, telle est à peu près la distance qui sépare ma chambre de la vôtre ; seulement j'ai mal calculé ma courbe, faute d'instruments de géométrie pour dresser mon échelle de proportion ; au lieu de quarante pieds d'ellipse il s'en est rencontré cinquante ; je croyais, ainsi que je vous l'ai dit, arriver jusqu'au mur extérieur, percer ce mur et me jeter à la mer. J'ai longé le corridor, contre lequel donne votre chambre, au lieu de passer dessous, tout mon travail est perdu, car ce corridor donne sur une cour pleine de gardes.

– C'est vrai, dit Dantès ; mais ce corridor ne longe qu'une face de ma chambre, et ma chambre en a quatre.

– Oui, sans doute, mais en voici d'abord une dont le rocher fait la muraille ; il faudrait dix années de travail à dix mineurs munis de tous leurs outils pour percer le rocher ; cette autre doit être adossée aux fondations de l'appartement du gouverneur ; nous tomberions dans les caves qui ferment évidemment à la clef et nous serions pris ; l'autre face donne, attendez donc, où donne l'autre face ?

Cette face était celle où était percée la meurtrière à travers laquelle venait le jour : cette meurtrière, qui allait toujours en se rétrécissant jusqu'au moment où elle donnait entrée au jour, et par laquelle un enfant n'aurait certes pas pu passer, était en outre garnie par trois rangs de barreaux de fer qui pouvaient rassurer sur la crainte d'une évasion par ce moyen le geôlier le plus soupçonneux.

Et le nouveau venu, en faisant cette question, traîna la table au-dessous de la fenêtre.

– Montez sur cette table, dit-il à Dantès.

Dantès obéit, monta sur la table, et, devinant les intentions de son compagnon, appuya le dos au mur et lui présenta les deux mains.

Celui qui s'était donné le nom du numéro de sa chambre, et dont Dantès ignorait encore le véritable nom, monta alors plus lestement que n'eût pu le faire présager son âge, avec une habileté de chat ou de lézard, sur la table d'abord, puis de la table sur les mains de Dantès, puis de ses mains sur ses épaules ; ainsi courbé en deux, car la voûte du cachot l'empêchait de se redresser, il glissa sa tête entre le premier rang de barreaux, et put plonger alors de haut en bas.

Un instant après il retira vivement la tête.

– Oh ! oh ! dit-il, je m'en étais douté.

Et il se laissa glisser le long du corps de Dantès sur la table, et de la table sauta à terre.

– De quoi vous étiez-vous douté ? demanda le jeune homme anxieux, en sautant à son tour auprès de lui.

Le vieux prisonnier méditait.

– Oui, dit-il, c'est cela ; la quatrième face de votre cachot donne sur une galerie extérieure, espèce de chemin de ronde où passent les patrouilles et où veillent des sentinelles.

– Vous en êtes sûr ?

– J'ai vu le schako du soldat et le bout de son fusil et je ne me suis retiré si vivement que de peur qu'il m'aperçût moi-même.

– Eh bien ? dit Dantès.

– Vous voyez bien qu'il est impossible de fuir par votre cachot.

– Alors ? continua le jeune homme avec son accent interrogateur.

– Alors, dit le vieux prisonnier, que la volonté de Dieu soit faite !

Et une teinte de profonde résignation s'étendit sur les traits du vieillard.

Dantès regarda cet homme qui renonçait ainsi et avec tant de philosophie à une espérance nourrie depuis si longtemps, avec un étonnement mêlé d'admiration.

– Maintenant, voulez-vous me dire qui vous êtes ? demanda Dantès.

– Oh ! mon Dieu, oui, si cela peut encore vous intéresser, maintenant que je ne puis plus vous être bon à rien.

– Vous pouvez être bon à me consoler et à me soutenir, car vous me semblez fort parmi les forts.

L'abbé sourit tristement.

– Je suis l'abbé Faria, dit-il, prisonnier depuis 1811, comme vous le savez, au château d'If ; mais j'étais depuis trois ans renfermé dans la forteresse de Fenestrelle. En 1811, on m'a transféré du Piémont en France. C'est alors que j'ai appris que la destinée qui, à cette époque, lui semblait soumise, avait donné un fils à Napoléon et que ce fils au berceau avait été nommé roi de Rome. J'étais loin de me douter alors de ce que vous m'avez dit tout à l'heure : c'est que, quatre ans plus tard, le colosse serait renversé ; qui règne donc en France ? Est-ce Napoléon II ?

– Non, c'est Louis XVIII.

– Louis XVIII, le frère de Louis XVI ! Les décrets du ciel sont étranges et mystérieux. Quelle a donc été l'intention de la Providence en abaissant l'homme qu'elle avait élevé et en élevant celui qu'elle avait abaissé ?

Dantès suivait des yeux cet homme qui oubliait un instant sa propre destinée pour se préoccuper ainsi des destinées du monde.

– Oui, oui, continua-t-il, c'est comme en Angleterre : après Charles Ier, Cromwell, après Cromwell, Charles II, et peut-être après Jacques II, quelque gendre, quelque parent, quelque prince d'Orange ; un stathouder[18] qui se fera roi ; et alors de nouvelles concessions au peuple, alors une constitution, alors la liberté ! Vous verrez cela, jeune homme, dit-il en se retournant vers Dantès et en le regardant avec des yeux brillants et profonds comme en devaient avoir les prophètes. Vous êtes encore d'âge à le voir, vous verrez cela.

– Oui, si je sors d'ici.

– Ah ! c'est juste, dit l'abbé Faria. Nous sommes prisonniers ; il y a des moments où je l'oublie, et où, parce que mes yeux percent les murailles qui m'enferment, je me crois en liberté.

– Mais pourquoi êtes-vous enfermé, vous ?

– Moi ? Parce que j'ai rêvé en 1807 le projet que Napoléon a voulu réaliser en 1811 ; parce que, comme Machiavel, au milieu de tous ces principicules qui faisaient de l'Italie un nid de petits royaumes tyranniques et faibles, j'ai voulu un grand et seul empire, compact et fort : parce que j'ai cru trouver mon César Borgia dans un niais couronné qui a fait semblant de me comprendre pour me mieux trahir. C'était le projet d'Alexandre VI et de Clément VII ; il échouera toujours, puisqu'ils l'ont entrepris inutilement et que Napoléon n'a pu l'achever ; décidément l'Italie est maudite !

Et le vieillard baissa la tête.

Dantès ne comprenait pas comment un homme pouvait risquer sa vie pour de pareils intérêts ; il est vrai que s'il connaissait Napoléon pour l'avoir vu et lui avoir

18. Gouverneur de province.

parlé, il ignorait complètement en revanche ce que c'étaient que Clément VII et Alexandre VI.

– N'êtes-vous pas, dit Dantès, commençant à partager l'opinion de son geôlier, qui était l'opinion générale au château d'If, le prêtre que l'on croit… malade ?

– Que l'on croit fou, vous voulez dire, n'est-ce pas ?

– Je n'osais, dit Dantès en souriant.

– Oui, oui, continua Faria avec un rire amer. Oui, c'est moi qui passe pour fou ; c'est moi qui divertis depuis si longtemps les hôtes de cette prison, et qui réjouirais les petits enfants, s'il y avait des enfants dans le séjour de la douleur sans espoir.

Dantès demeura un instant immobile et muet.

– Ainsi, vous renoncez à fuir ? lui dit-il.

– Je vois la fuite impossible ; c'est se révolter contre Dieu que de tenter ce que Dieu ne veut pas qui s'accomplisse.

– Pourquoi vous décourager ? Ce serait trop demander aussi à la Providence que de vouloir réussir du premier coup. Ne pouvez-vous pas recommencer dans un autre sens ce que vous avez fait dans celui-ci ?

– Mais savez-vous ce que j'ai fait pour parler ainsi de recommencer ? Savez-vous qu'il m'a fallu quatre ans pour faire les outils que je possède ? Savez-vous que depuis deux ans je gratte et creuse une terre dure comme le granit ? Savez-vous qu'il m'a fallu déchausser des pierres qu'autrefois je n'aurais pas cru pouvoir remuer, que des journées tout entières se sont passées dans ce labeur titanique et que parfois, le soir, j'étais heureux quand j'avais enlevé un pouce carré de ce vieux ciment, devenu aussi dur que la pierre elle-même ? Savez-vous, savez-vous que pour loger toute cette terre et toutes ces pierres que j'enterrais, il m'a fallu percer la voûte d'un escalier, dans le tambour duquel tous ces décombres ont été tour à tour ensevelis ; si bien qu'aujourd'hui le tambour est plein, et que je ne saurais plus où mettre une poignée de poussière ? Savez-vous, enfin, que je croyais toucher au but de tous mes travaux, que je me sentais juste la force d'accomplir cette tâche, et que voilà que Dieu non seulement recule ce but, mais le transporte je ne sais où ? Ah ! je vous le dis, je vous le répète, je ne ferai plus rien désormais pour essayer de reconquérir ma liberté, puisque la volonté de Dieu est qu'elle soit perdue, à tout jamais.

Edmond baissa la tête pour ne pas avouer à cet homme que la joie d'avoir un compagnon l'empêchait de compatir comme il eût dû à la douleur qu'éprouvait le prisonnier de n'avoir pu se sauver.

L'abbé Faria se laissa aller sur le lit d'Edmond, et Edmond resta debout.

Le jeune homme n'avait jamais songé à la fuite. Il y a de ces choses qui semblent tellement impossibles qu'on n'a pas même l'idée de les tenter et qu'on les évite d'instinct. Creuser cinquante pieds sous la terre, consacrer à cette opération un travail de trois ans pour arriver, si on réussit, à un précipice donnant à pic sur la mer ; se précipiter de cinquante, de soixante, de cent pieds peut-être, pour s'écraser, en tombant, la tête sur quelque rocher, si la balle des sentinelles ne vous a point déjà tué auparavant ; être obligé, si l'on échappe à tous ces dangers, de faire en nageant une lieue, c'en était trop pour qu'on ne se résignât point, et nous avons vu que Dantès avait failli pousser cette résignation jusqu'à la mort.

Mais maintenant que le jeune homme avait vu un vieillard se cramponner à la vie avec tant d'énergie et lui donner l'exemple des résolutions désespérées, il se mit à réfléchir et à mesurer son courage. Un autre avait tenté ce qu'il n'avait pas même eu l'idée de faire ; un autre moins jeune, moins fort, moins adroit que lui, s'était procuré, à force d'adresse et de patience, tous les instruments dont il avait eu besoin pour cette incroyable opération, qu'une mesure mal prise avait pu seule faire échouer ; un autre avait fait tout cela, rien n'était donc impossible à Dantès ; Faria avait percé cinquante pieds, il en percerait cent ; Faria, à cinquante ans, avait mis trois ans à son œuvre ; il n'avait que la moitié de l'âge de Faria, lui, il en mettrait six ; Faria, abbé, savant, homme d'église, n'avait pas craint de risquer la traversée du château d'If à l'île de Daume, de Ratonneau ou de Lemaire ; lui, Edmond le marin, lui, Dantès le hardi plongeur, qui avait été si souvent chercher une branche de corail au fond de la mer, hésiterait-il donc à faire une lieue en nageant ? Que fallait-il pour faire une lieue en nageant ? Une heure ? Eh bien ! n'était-il donc pas resté des heures entières à la mer sans reprendre pied sur le rivage ! Non, non, Dantès n'avait besoin que d'être encouragé par un exemple. Tout ce qu'un autre a fait ou aurait pu faire, Dantès le fera.

Le jeune homme réfléchit un instant.

– J'ai trouvé ce que vous cherchiez, dit-il au vieillard.

Faria tressaillit.

– Vous ? dit-il, et en relevant la tête d'un air qui indiquait que, si Dantès disait la vérité, le découragement de son compagnon ne serait pas de longue durée. Vous, voyons, qu'avez-vous trouvé ?

– Le corridor que vous avez percé pour venir de chez vous ici s'étend dans le même sens que la galerie extérieure, n'est-ce pas ?

– Oui.

– Il doit n'en être éloigné que d'une quinzaine de pas ?

– Tout au plus.

– Eh bien ! vers le milieu du corridor nous perçons un chemin formant comme la branche d'une croix. Cette fois vous prenez mieux vos mesures. Nous débouchons sur la galerie extérieure. Nous tuons la sentinelle et nous nous évadons. Il ne faut, pour que ce plan réussisse, que du courage, vous en avez ; que de la vigueur, je n'en manque pas. Je ne parle pas de la patience, vous avez fait vos preuves et je ferai les miennes.

– Un instant, répondit l'abbé. Vous n'avez pas su, mon cher compagnon, de quelle espèce est mon courage, et quel emploi je compte faire de ma force. Quant à la patience, je crois avoir été assez patient en recommençant chaque matin la tâche de la nuit et chaque nuit la tâche du jour. Mais alors, écoutez-moi bien, jeune homme, c'est qu'il me semblait que je servais Dieu en délivrant une de ses créatures qui, étant innocente, n'avait pu être condamnée.

– Eh bien ! demanda Dantès, la chose n'en est-elle pas au même point, et vous êtes-vous reconnu coupable depuis que vous m'avez rencontré, dites ?

– Non, mais je ne veux pas le devenir. Jusqu'ici je croyais n'avoir affaire qu'aux choses, voilà que vous me proposez d'avoir affaire aux hommes. J'ai pu percer un mur et détruire un escalier, mais je ne percerai pas une poitrine et ne détruirai pas une existence.

Dantès fit un léger mouvement de surprise.

– Comment, dit-il, pouvant être libre, vous seriez retenu par un semblable scrupule ?

– Mais, vous-même, dit Faria, pourquoi n'avez-vous pas un soir assommé votre geôlier avec le pied de votre table, revêtu ses habits et essayé de fuir ?

– C'est que l'idée ne m'en est pas venue, dit Dantès.

– C'est que vous avez une telle horreur instinctive pour un pareil crime, une telle horreur que vous n'y avez pas même songé, reprit le vieillard. Car dans les choses simples et permises nos appétits naturels nous avertissent que nous ne dévions pas de la ligne de notre droit. Le tigre, qui verse le sang par nature, dont c'est l'état, la destination, n'a besoin que d'une chose, c'est que son odorat l'avertisse qu'il a une proie à sa portée. Aussitôt il bondit vers cette proie, tombe dessus et la déchire. C'est son instinct, et il y obéit. Mais l'homme, au contraire, répugne au sang ; ce ne sont point les lois sociales qui répugnent au meurtre, ce sont les lois naturelles.

Dantès resta confondu : c'était en effet l'explication de ce qui s'était passé à son insu dans son esprit ou plutôt dans son âme, car il y a des pensées qui viennent de la tête, et d'autres qui viennent du cœur.

– Et puis ! continua Faria, depuis tantôt douze ans que je suis en prison, j'ai repassé dans mon esprit toutes les évasions célèbres. Je n'ai vu réussir que rarement les évasions. Les évasions heureuses, les évasions couronnées d'un plein succès, sont les évasions méditées avec soin et lentement préparées ; c'est ainsi que le duc de Beaufort s'est échappé du château de Vincennes ; l'abbé Dubuquoi du Fort-l'Évêque, et Latude de la Bastille. Il y a encore celles que le hasard peut offrir : celles-là sont les meilleures ; attendons une occasion, croyez-moi, et si cette occasion se présente, profitons-en.

– Vous avez pu attendre, vous, dit Dantès en soupirant. Ce long travail vous faisait une occupation de tous les instants, et quand vous n'aviez pas votre travail pour vous distraire vous aviez vos espérances pour vous consoler.

– Puis, dit l'abbé, je ne m'occupais point qu'à cela.

– Que faisiez-vous donc ?

– J'écrivais ou j'étudiais.

– On vous donne donc du papier, des plumes, de l'encre ?

– Non, dit l'abbé, mais je m'en fais.

– Vous vous faites du papier, des plumes et de l'encre ? s'écria Dantès.

– Oui.

Dantès regarda cet homme avec admiration ; seulement il avait encore peine à croire ce qu'il disait. Faria s'aperçut de ce léger doute.

– Quand vous viendrez chez moi, lui dit-il, je vous montrerai un ouvrage entier, résultat des pensées, des recherches et des réflexions de toute ma vie, que j'avais médité à l'ombre du Colysée à Rome, au pied de la colonne Saint-Marc à Venise, sur les bords de l'Arno à Florence, et que je ne me doutais guère qu'un jour mes geôliers me laisseraient le loisir d'exécuter entre les quatre murs du château d'If. C'est un *Traité sur la possibilité d'une monarchie générale en Italie*. Ce fera un grand volume in-quarto.

– Et vous l'avez écrit ?

– Sur deux chemises. J'ai inventé une préparation qui rend le linge lisse et uni comme le parchemin.

– Vous êtes donc chimiste ?

– Un peu. J'ai connu Lavoisier et je suis lié avec Cabanis.

– Mais, pour un pareil ouvrage, il vous a fallu faire des recherches historiques. Vous aviez donc des livres ?

– À Rome, j'avais à peu près cinq mille volumes dans ma bibliothèque. À force de les lire et de les relire, j'ai découvert qu'avec cent cinquante ouvrages bien choisis on a, sinon le résumé complet des connaissances humaines, du moins tout ce qu'il est utile à un homme de savoir.

J'ai consacré trois années de ma vie à lire et à relire ces cent cinquante volumes, de sorte que je les savais à peu près par cœur lorsque j'ai été arrêté. Dans ma prison, avec un léger effort de mémoire, je me les suis rappelés tout à fait. Ainsi pourrais-je vous réciter Thucydide, Xénophon, Plutarque, Tite-Live, Tacite, Strada, Jornandès, Dante, Montaigne, Shakespeare, Spinosa, Machiavel et Bossuet. Je ne vous cite que les plus importants.

– Mais vous savez donc plusieurs langues ?

– Je parle cinq langues vivantes, l'allemand, le français, l'italien, l'anglais et l'espagnol ; à l'aide du grec ancien, je comprends le grec moderne ; seulement je le parle mal, mais je l'étudie en ce moment.

– Vous l'étudiez ? dit Dantès.

– Oui, je me suis fait un vocabulaire des mots que je sais, je les ai arrangés, combinés, tournés et retournés, de façon à ce qu'ils puissent me suffire pour exprimer ma pensée. Je sais à peu près mille mots, c'est tout ce qu'il me faut à la rigueur, quoiqu'il y en ait cent mille, je crois, dans les dictionnaires. Seulement je ne serai pas éloquent, mais je me ferai comprendre à merveille et cela me suffit.

De plus en plus émerveillé, Edmond commençait à trouver presque surnaturelles les facultés de cet homme étrange. Il voulut le trouver en défaut sur un point quelconque, il continua :

– Mais si l'on ne vous a pas donné de plumes, dit-il, avec quoi avez-vous pu écrire ce traité si volumineux ?

– Je m'en suis fait d'excellentes, et que l'on préférerait aux plumes ordinaires si la matière était connue, avec les cartilages des têtes de ces énormes merlans que l'on nous sert quelquefois pendant les jours maigres. Aussi vois-je toujours arriver les mercredis, les vendredis et les samedis avec grand plaisir, car ils me donnent l'espérance d'augmenter ma provision de plumes, et mes travaux historiques sont, je l'avoue, ma plus douce occupation. En descendant dans le passé, j'oublie le présent ; en marchant libre et indépendant dans l'histoire, je ne me souviens plus que je suis prisonnier.

– Mais de l'encre ? dit Dantès ; avec quoi vous êtes-vous fait de l'encre ?

– Il y avait autrefois une cheminée dans mon cachot, dit Faria ; cette cheminée a été bouchée quelque temps avant mon arrivée, sans doute, mais pendant de longues années on y avait fait du feu : tout l'intérieur en est donc tapissé de suie. Je fais dissoudre cette suie dans une portion du vin qu'on me donne tous les dimanches, cela me fournit de l'encre excellente. Pour les notes particulières et qui ont besoin d'attirer les yeux, je me pique les doigts et j'écris avec mon sang.

– Et quand pourrai-je voir tout cela ? demanda Dantès.

– Quand vous voudrez, répondit Faria.

– Oh ! tout de suite ! s'écria le jeune homme.

– Suivez-moi donc, dit l'abbé.

Et il rentra dans le corridor souterrain, où il disparut ; Dantès le suivit.

XVII. LA CHAMBRE DE L'ABBÉ

Après avoir passé en se courbant, mais cependant avec assez de facilité, par le passage souterrain, Dantès arriva à l'extrémité opposée du corridor qui donnait dans la chambre de l'abbé. Là, le passage se rétrécissait et offrait à peine l'espace suffisant pour qu'un homme pût se glisser en rampant. La chambre de l'abbé était dallée ; c'était en soulevant une de ces dalles placée dans le coin le plus obscur qu'il avait commencé la laborieuse opération dont Dantès avait vu la fin.

À peine entré et debout, le jeune homme examina cette chambre avec grande attention. Au premier aspect elle ne présentait rien de particulier.

– Bon, dit l'abbé, il n'est que midi un quart, et nous avons encore quelques heures devant nous.

Dantès regarda autour de lui, cherchant à quelle horloge l'abbé avait pu lire l'heure d'une façon si précise.

– Regardez ce rayon du jour qui vient par ma fenêtre, dit l'abbé, et regardez sur le mur les lignes que j'ai tracées. Grâce à ces lignes, qui sont combinées avec le double mouvement de la terre et l'ellipse qu'elle décrit autour du soleil, je sais plus exactement l'heure que si j'avais une montre, car une montre se dérange, tandis que le soleil et la terre ne se dérangent jamais.

Dantès n'avait rien compris à cette explication ; il avait toujours cru, en voyant le soleil se lever derrière les montagnes et se coucher dans la Méditerranée, que c'était lui qui marchait et non la terre. Ce double mouvement du globe qu'il habitait, et dont cependant il ne s'apercevait pas, lui semblait presque impossible ; dans chacune des paroles de son interlocuteur il voyait des mystères de science aussi admirables à creuser que ces mines d'or et de diamants qu'il avait visitées dans un voyage qu'il avait fait presque enfant encore à Guzarate et à Golconde.

– Voyons, dit-il à l'abbé, j'ai hâte d'examiner vos trésors.

L'abbé alla vers la cheminée, déplaça avec le ciseau qu'il tenait toujours à la main la pierre qui formait autrefois l'âtre et qui cachait une cavité assez profonde ; c'était dans cette cavité qu'étaient renfermés tous les objets dont il avait parlé à Dantès.

– Que voulez-vous voir d'abord ? lui demanda-t-il.

– Montrez-moi votre grand ouvrage sur la royauté en Italie.

Faria tira de l'armoire précieuse trois ou quatre rouleaux de linge tournés sur eux-mêmes, comme des feuilles de papyrus : c'étaient des bandes de toile larges de quatre pouces à peu près et longues de dix-huit. Ces bandes, numérotées, étaient couvertes d'une écriture que Dantès put lire, car elle était écrite dans la langue maternelle de l'abbé, c'est-à-dire en italien, idiome qu'en sa qualité de Provençal Dantès comprenait parfaitement.

– Voyez, lui dit-il, tout est là ; il y a huit jours à peu près que j'ai écrit le mot *fin* au bas de la soixante-huitième bande. Deux de mes chemises et tout ce que j'avais de mouchoirs y a passé ; si jamais je redeviens libre et qu'il se trouve dans toute l'Italie un imprimeur qui ose m'imprimer, ma réputation est faite.

– Oui, répondit Dantès, je vois bien. Et maintenant montrez-moi donc, je vous prie, les plumes avec lesquelles a été écrit cet ouvrage.

– Voyez, dit Faria.

Et il montra au jeune homme un petit bâton long de six pouces, gros comme le manche d'un pinceau, au bout et autour duquel était lié par un fil un de ces cartilages, encore taché par l'encre, dont l'abbé avait parlé à Dantès ; il était allongé en bec et fendu comme une plume ordinaire.

Dantès l'examina, cherchant des yeux l'instrument avec lequel il avait pu être taillé d'une façon si correcte.

– Ah ! oui, dit Faria, le canif, n'est-ce pas ? C'est mon chef-d'œuvre ; je l'ai fait, ainsi que le couteau que voici, avec un vieux chandelier de fer.

Le canif coupait comme un rasoir. Quant au couteau, il avait cet avantage qu'il pouvait servir tout à la fois de couteau et de poignard.

Dantès examina ces différents objets avec la même attention que, dans les boutiques de curiosités de Marseille, il avait examiné parfois ces instruments exécutés par des sauvages et rapportés des mers du Sud par les capitaines au long cours.

– Quant à l'encre, dit Faria, vous savez comment je procède : je la fais à mesure que j'en ai besoin.

– Maintenant je m'étonne d'une chose, dit Dantès, c'est que les jours vous aient suffi pour toute cette besogne.

– J'avais les nuits, répondit Faria.

– Les nuits ! êtes-vous donc de la nature des chats et voyez-vous clair pendant la nuit ?

– Non ; mais Dieu a donné à l'homme l'intelligence pour venir en aide à la pauvreté de ses sens ; je me suis procuré de la lumière.

– Comment cela ?

– De la viande qu'on m'apporte je sépare la graisse, je la fais fondre et j'en tire une espèce d'huile compacte. Tenez, voilà ma bougie.

Et l'abbé montra à Dantès une espèce de lampion pareil à ceux qui servent dans les illuminations publiques.

– Mais du feu ?

– Voici deux cailloux et du linge brûlé.

– Mais des allumettes ?

– J'ai feint une maladie de peau, et j'ai demandé du soufre, que l'on m'a accordé.

Dantès posa les objets qu'il tenait sur la table et baissa la tête, écrasé sous la persévérance et la force de cet esprit.

– Ce n'est pas tout, continua Faria. Car il ne faut pas mettre tous ses trésors dans une seule cachette ; refermons celle-ci.

Ils posèrent la dalle à sa place ; l'abbé sema un peu de poussière dessus, y passa son pied pour faire disparaître toute trace de solution de continuité, s'avança vers son lit et le déplaça.

Derrière le chevet, caché par une pierre qui le refermait avec une herméticité presque parfaite, était un trou, et dans ce trou une échelle de corde longue de vingt-cinq à trente pieds.

Dantès l'examina : elle était d'une solidité à toute épreuve.

– Qui vous a fourni la corde nécessaire à ce merveilleux ouvrage ? demanda Dantès.

– D'abord quelques chemises que j'avais, puis les draps de mon lit que, pendant trois ans de captivité à Fenestrelle, j'ai effilés. Quand on m'a transporté au château d'If, j'ai trouvé moyen d'emporter avec moi cet effilé ; ici j'ai continué la besogne.

– Mais ne s'apercevait-on pas que les draps de votre lit n'avaient plus d'ourlet ?

– Je les recousais.

– Avec quoi ?

– Avec cette aiguille.

Et l'abbé, ouvrant un lambeau de ses vêtements, montra à Dantès une arête longue, aiguë et encore enfilée, qu'il portait sur lui.

– Oui, continua Faria, j'avais d'abord songé à desceller ces barreaux et à fuir par cette fenêtre, qui est un peu plus large que la vôtre, comme vous voyez, et que j'eusse élargie encore au moment de mon évasion ; mais je me suis aperçu que cette fenêtre donnait sur une cour intérieure, et j'ai renoncé à mon projet comme trop chanceux. Cependant j'ai conservé l'échelle pour une circonstance imprévue, pour une de ces évasions dont je vous parlais, et que le hasard procure.

Dantès, tout en ayant l'air d'examiner l'échelle, pensait cette fois à autre chose ; une idée avait traversé son esprit. C'est que cet homme, si intelligent, si ingénieux, si profond, verrait peut-être clair dans l'obscurité de son propre malheur, où jamais lui-même n'avait rien pu distinguer.

– À quoi songez-vous ? demanda l'abbé en souriant et prenant l'absorption de Dantès pour une admiration portée au plus haut degré.

– Je pense à une chose d'abord, c'est à la somme énorme d'intelligence qu'il vous a fallu dépenser pour arriver au but où vous êtes parvenu ; qu'eussiez-vous donc fait libre ?

– Rien, peut-être : ce trop-plein de mon cerveau se fût évaporé en futilités. Il faut le malheur pour creuser certaines mines mystérieuses cachées dans l'intelligence humaine ; il faut la pression pour faire éclater la poudre. La captivité a réuni sur un seul point toutes mes facultés flottantes çà et là ; elles se sont heurtées dans un espace étroit ; et, vous le savez, du choc des nuages résulte l'électricité, de l'électricité l'éclair, de l'éclair la lumière.

– Non, je ne sais rien, dit Dantès, abattu par son ignorance ; une partie des mots que vous prononcez sont pour moi des mots vides de sens ; vous êtes bien heureux d'être si savant, vous !

L'abbé sourit.

– Vous pensiez à deux choses, disiez-vous tout à l'heure ?

– Oui.

– Et vous ne m'avez fait connaître que la première ; quelle est la seconde ?

– La seconde est que vous m'avez raconté votre vie, et que vous ne connaissez pas la mienne.

– Votre vie, jeune homme, est bien courte pour renfermer des événements de quelque importance.

– Elle renferme un immense malheur, dit Dantès, un malheur que je n'ai pas mérité ; et je voudrais, pour ne plus blasphémer Dieu comme je l'ai fait quelquefois, pouvoir m'en prendre aux hommes de mon malheur.

– Alors, vous vous prétendez innocent du fait qu'on vous impute ?

– Complétement innocent, sur la tête des deux seules personnes qui me sont chères, sur la tête de mon père et de Mercédès.

– Voyons, dit l'abbé en refermant sa cachette et en repoussant son lit à sa place, racontez-moi donc votre histoire.

Dantès alors raconta ce qu'il appelait son histoire, et qui se bornait à un voyage dans l'Inde et à deux ou trois voyages dans le Levant ; enfin il en arriva à sa dernière traversée, à la mort du capitaine Leclère, au paquet remis par lui pour le grand maréchal, à l'entrevue du grand maréchal, à la lettre remise par lui et adressée à un M. Noirtier ; enfin à son arrivée à Marseille, à son entrevue avec son père, à ses amours avec Mercédès, au repas de ses fiançailles, à son arrestation, à son interrogatoire, à sa prison provisoire au palais de justice, enfin à sa prison définitive au château d'If. Arrivé là, Dantès ne savait plus rien, pas même le temps qu'il y était resté prisonnier.

Le récit achevé, l'abbé réfléchit profondément.

– Il y a, dit-il au bout d'un instant, un axiome de droit d'une grande profondeur, et qui en revient à ce que je vous disais tout à l'heure, c'est qu'à moins que la pensée mauvaise ne naisse avec une organisation faussée, la nature humaine répugne au crime. Cependant la civilisation nous a donné des besoins, des vices, des appétits factices qui ont parfois l'influence de nous faire étouffer nos bons instincts et qui nous conduisent au mal. De là cette maxime : Si vous voulez découvrir le coupable, cherchez d'abord celui à qui le crime commis peut être utile !

– À qui votre disparition pouvait-elle être utile ?

– À personne, mon Dieu ! j'étais si peu de chose.

– Ne répondez pas ainsi, car la réponse manque à la fois de logique et de philosophie ; tout est relatif, mon cher ami, depuis le roi qui gêne son futur successeur, jusqu'à l'employé qui gêne le surnuméraire ; si le roi meurt, le successeur hérite d'une couronne ; si l'employé meurt, le surnuméraire hérite de douze cents livres d'appointements. Ces douze cents livres d'appointements, c'est sa liste civile à lui ; ils lui sont aussi nécessaires pour vivre que les douze millions d'un roi. Chaque individu, depuis le plus bas jusqu'au plus haut degré de l'échelle sociale, groupe autour de lui tout un petit monde d'intérêts, ayant ses tourbillons et ses atomes crochus, comme les mondes de Descartes. Seulement, ces mondes vont toujours s'élargissant à mesure qu'ils montent. C'est une spirale renversée et qui se tient sur la pointe par un jeu d'équilibre. Revenons-en donc à votre monde à vous. Vous alliez être nommé capitaine du *Pharaon* ?

– Oui.

– Vous alliez épouser une belle jeune fille ?

– Oui.

– Quelqu'un avait-il intérêt à ce que vous ne devinssiez pas capitaine du *Pharaon* ? Quelqu'un avait-il intérêt à ce que vous n'épousassiez pas Mercédès ? Répondez d'abord à la première question, l'ordre est la clef de tous les problèmes. Quelqu'un avait-il intérêt à ce que vous ne devinssiez pas capitaine du *Pharaon* ?

– Non ; j'étais fort aimé à bord. Si les matelots avaient pu élire un chef, je suis sûr qu'ils m'eussent élu. Un seul homme avait quelque motif de m'en vouloir ; j'avais eu quelque temps auparavant une querelle avec lui, et je lui avais proposé un duel qu'il avait refusé.

– Allons donc ! Cet homme, comment se nommait-il ?

– Danglars.

– Qu'était-il à bord ?

– Agent comptable.

– Si vous fussiez devenu capitaine, l'eussiez-vous conservé dans son poste ?

– Non, si la chose eût dépendu de moi, car j'avais cru remarquer quelques infidélités dans ses comptes.

– Bien. Maintenant quelqu'un a-t-il assisté à votre dernier entretien avec le capitaine Leclère ?

– Non, nous étions seuls.

– Quelqu'un a-t-il pu entendre votre conversation ?

– Oui, car la porte était ouverte ; et même... attendez... oui, oui, Danglars est passé juste au moment où le capitaine Leclère me remettait le paquet destiné au grand maréchal.

– Bon, fit l'abbé, nous sommes sur la voie. Avez-vous amené quelqu'un avec vous à terre quand vous avez relâché à l'île d'Elbe ?

– Personne.

– On vous a remis une lettre ?

– Oui, le grand maréchal.

– Cette lettre, qu'en avez-vous fait ?

– Je l'ai mise dans mon portefeuille.

– Vous aviez donc votre portefeuille sur vous ? Comment un portefeuille devant contenir une lettre officielle pouvait-il tenir dans la poche d'un marin ?

– Vous avez raison, mon portefeuille était à bord.

– Ce n'est donc qu'à bord que vous avez enfermé la lettre dans le portefeuille ?

– Oui.

– De Porto-Ferrajo à bord qu'avez-vous fait de cette lettre ?

– Je l'ai tenue à la main.

– Quand vous êtes remonté sur le *Pharaon*, chacun a donc pu voir que vous teniez une lettre ?

– Oui.

– Danglars comme les autres ?

– Danglars comme les autres.

– Maintenant, écoutez bien. Réunissez tous vos souvenirs : vous rappelez-vous dans quels termes était rédigée la dénonciation ?

– Oh ! oui ; je l'ai relue trois fois, et chaque parole en est restée dans ma mémoire.

– Répétez-la-moi.

Dantès se recueillit un instant.

– La voici, dit-il, textuellement :

M. le procureur du roi est prévenu par un ami du trône et de la religion que le nommé Edmond Dantès, second du navire le Pharaon, arrivé ce matin de Smyrne, après avoir touché à Naples et à Porto-Ferrajo, a été chargé par Murat d'un paquet pour l'usurpateur, et par l'usurpateur d'une lettre pour le comité bonapartiste de Paris.

On aura la preuve de son crime en l'arrêtant, car on trouvera cette lettre sur lui, ou chez son père, ou dans sa cabine à bord du Pharaon.

L'abbé haussa les épaules.

– C'est clair comme le jour, dit-il, il faut que vous ayez eu le cœur bien naïf et bien bon pour n'avoir pas deviné la chose tout d'abord.

– Vous croyez ? s'écria Dantès. Ah ! ce serait bien infâme !

– Quelle était l'écriture ordinaire de Danglars ?

– Une belle cursive.

– Quelle était l'écriture de la lettre anonyme ?

– Une écriture renversée.

L'abbé sourit.

– Contrefaite, n'est-ce pas ?

– Bien hardie pour être contrefaite.

– Attendez, dit-il.

Il prit sa plume, ou plutôt ce qu'il appelait ainsi, la trempa dans l'encre et écrivit de la main gauche, sur un linge préparé à cet effet, les deux ou trois premières lignes de la dénonciation.

Dantès recula et regarda presque avec terreur l'abbé.

– Oh ! c'est étonnant, s'écria-t-il, comme cette écriture ressemblait à celle-ci.

– C'est que la dénonciation avait été écrite de la main gauche. J'ai observé une chose, continua l'abbé.

– Laquelle ?

– C'est que toutes les écritures tracées de la main droite sont variées, c'est que toutes les écritures tracées de la main gauche se ressemblent.

– Vous avez donc tout vu, tout observé ?

– Continuons.

– Oh ! oui, oui.

– Passons à la seconde question.

– J'écoute.

– Quelqu'un avait-il intérêt à ce que vous n'épousassiez pas Mercédès ?

– Oui ! un jeune homme qui l'aimait.

– Son nom ?

– Fernand.

– C'est un nom espagnol ?

– Il était catalan.

– Croyez-vous que celui-ci était capable d'écrire la lettre ?

– Non ! celui-ci m'eût donné un coup de couteau, voilà tout.

– Oui, c'est dans la nature espagnole : un assassinat, oui, une lâcheté, non.

– D'ailleurs, continua Dantès, il ignorait tous les détails consignés dans la dénonciation.

– Vous ne les aviez donnés à personne ?

– À personne.

– Pas même à votre maîtresse ?

– Pas même à ma fiancée.

– C'est Danglars.

– Oh ! maintenant j'en suis sûr.

– Attendez… Danglars connaissait-il Fernand ?

– Non… si… Je me rappelle…

– Quoi ?

– La surveille de mon mariage je les ai vus attablés ensemble sous la tonnelle du père Pamphile. Danglars était amical et railleur, Fernand était pâle et troublé.

– Ils étaient seuls ?

– Non, ils avaient avec eux un troisième compagnon, bien connu de moi, qui sans doute leur avait fait faire connaissance, un tailleur nommé Caderousse ; mais celui-ci était déjà ivre ; attendez… attendez… Comment ne me suis-je pas rappelé cela ? Près de la table où ils buvaient étaient un encrier, du papier, des plumes.

Dantès porta la main à son front.

– Oh ! les infâmes ! les infâmes !

– Voulez-vous encore savoir autre chose ? dit l'abbé en riant.

– Oui, oui, puisque vous approfondissez tout, puisque vous voyez clair en toutes choses. Je veux savoir pourquoi je n'ai été interrogé qu'une fois, pourquoi on ne m'a pas donné des juges, et comment je suis condamné sans arrêt.

– Oh ! ceci, dit l'abbé, c'est un peu plus grave ; la justice a des allures sombres et mystérieuses qu'il est difficile de pénétrer. Ce que nous avons fait jusqu'ici pour vos deux amis était un jeu d'enfant : il va falloir, sur ce sujet, me donner les indications les plus précises.

– Voyons, interrogez-moi, car en vérité vous voyez plus clair dans ma vie que moi-même.

– Qui vous a interrogé ? Est-ce le procureur du roi, le substitut, le juge d'instruction ?

– C'était le substitut.

– Jeune, ou vieux ?

– Jeune : vingt-sept ou vingt-huit ans.

– Bien ! pas corrompu encore, mais ambitieux déjà, dit l'abbé. Quelles furent ses manières avec vous ?

– Douces plutôt que sévères.

– Lui avez-vous tout raconté ?

– Tout.

– Et ses manières ont-elles changé dans le courant de l'interrogatoire ?

– Un instant elles ont été altérées, lorsqu'il eut lu la lettre qui me compromettait ; il parut comme accablé de mon malheur.

– De votre malheur ?

– Oui.

– Et vous êtes bien sûr que c'était votre malheur qu'il plaignait ?

– Il m'a donné une grande preuve de sa sympathie du moins.

– Laquelle ?

– Il a brûlé la seule pièce qui pouvait me compromettre.

– Laquelle ? la dénonciation ?

– Non, la lettre.

– Vous en êtes sûr ?

– Cela s'est passé devant moi.

– C'est autre chose ; cet homme pourrait être un plus profond scélérat que vous ne croyez.

– Vous me faites frissonner, sur mon honneur ! dit Dantès. Le monde est-il donc peuplé de tigres et de crocodiles ?

– Oui ; seulement, les tigres et les crocodiles à deux pieds sont plus dangereux que les autres.

– Continuons, continuons.

– Volontiers ; il a brûlé la lettre, dites-vous ?

– Oui, en me disant : « Vous voyez, il n'existe que cette preuve-là contre vous, et je l'anéantis. »

– Cette conduite est trop sublime pour être naturelle.

– Vous croyez ?

– J'en suis sûr. À qui cette lettre était-elle adressée ?

– À M. Noirtier, rue Coq-Héron, numéro 13, à Paris.

– Pouvez-vous présumer que votre substitut ait quelque intérêt à ce que cette lettre disparût ?

– Peut-être ; car il m'a fait promettre deux ou trois fois, dans mon intérêt, disait-il, de ne parler à personne de cette lettre, et il m'a fait jurer de ne pas prononcer le nom qui était inscrit sur l'adresse.

– Noirtier ? répéta l'abbé… Noirtier ? j'ai connu un Noirtier à la cour de l'ancienne reine d'Étrurie, un Noirtier qui avait été girondin dans la révolution. Comment s'appelait votre substitut, à vous ?

– De Villefort.

L'abbé éclata de rire.

Dantès le regarda avec stupéfaction.

– Qu'avez-vous ? dit-il.

– Voyez-vous ce rayon du jour ? demanda l'abbé.

– Oui.

– Eh bien ! tout est plus clair pour moi maintenant que ce rayon transparent et lumineux. Pauvre enfant, pauvre jeune homme ! Et ce magistrat a été bon pour vous ?

– Oui.

– Ce digne substitut a brûlé, anéanti la lettre ?

– Oui.

– Cet honnête pourvoyeur du bourreau vous a fait jurer de ne jamais prononcer le nom de Noirtier ?

– Oui.

– Ce Noirtier, pauvre aveugle que vous êtes, savez-vous ce que c'était que ce Noirtier ? Ce Noirtier, c'était son père !

La foudre, tombée aux pieds de Dantès et lui creusant un abîme au fond duquel s'ouvrait l'enfer, lui eût produit un effet moins prompt, moins électrique, moins écrasant que ces paroles inattendues ; il se leva, saisissant sa tête à deux mains comme pour l'empêcher d'éclater.

– Son père ! Son père ! s'écria-t-il.

– Oui, son père, qui s'appelle Noirtier de Villefort, reprit l'abbé.

Alors une lumière fulgurante traversa le cerveau du prisonnier, tout ce qui lui était demeuré obscur fut à l'instant même éclairé d'un jour éclatant. Ces tergiversations de Villefort pendant l'interrogatoire, cette lettre détruite, ce serment exigé, cette voix presque suppliante du magistrat qui, au lieu de menacer, semblait implorer, tout lui revint à la mémoire ; il jeta un cri, chancela un instant comme un homme ivre ; puis, s'élançant par l'ouverture qui conduisait de la cellule de l'abbé à la sienne :

– Oh ! dit-il, il faut que je sois seul pour penser à tout cela.

Et, en arrivant dans son cachot, il tomba sur son lit, où le porte-clefs le retrouva le soir, assis, les yeux fixes, les traits contractés, mais immobile et muet comme une statue.

Pendant ces heures de méditation qui s'étaient écoulées comme des secondes, il avait pris une terrible résolution et fait un formidable serment !

Une voix tira Dantès de cette rêverie, c'était celle de l'abbé Faria, qui, ayant reçu à son tour la visite de son geôlier, venait inviter Dantès à souper avec lui. Sa qualité de fou reconnu, et surtout de fou divertissant, donnait au vieux prisonnier quelques privilèges, comme celui d'avoir du pain un peu plus blanc et un petit flacon de vin le dimanche. Or, on était justement arrivé au dimanche, et l'abbé venait inviter son jeune compagnon à partager son pain et son vin.

Dantès le suivit ; toutes les lignes de son visage s'étaient remises et avaient repris leur place accoutumée ; mais avec une raideur et une fermeté, si l'on peut le dire, qui accusaient une résolution prise. L'abbé le regarda fixement.

– Je suis fâché de vous avoir aidé dans vos recherches et de vous avoir dit ce que je vous ai dit, fit-il.

– Pourquoi cela ? demanda Dantès.

– Parce que je vous ai infiltré dans le cœur un sentiment qui n'y était point : la vengeance.

Dantès sourit.

– Parlons d'autre chose, dit-il.

L'abbé le regarda encore un instant et hocha tristement la tête ; puis, comme l'en avait prié Dantès, il parla d'autre chose.

Le vieux prisonnier était un de ces hommes dont la conversation, comme celle des gens qui ont beaucoup souffert, contient des enseignements nombreux et renferme un intérêt soutenu ; mais elle n'était pas égoïste, et ce malheureux ne parlait jamais de ses malheurs.

Dantès écoutait chacune de ses paroles avec admiration : les unes correspondaient à des idées qu'il avait déjà et à des connaissances qui étaient du ressort de son état de marin, les autres touchaient à des choses inconnues, et, comme ces aurores boréales qui éclairent les navigateurs dans les latitudes australes, montraient au jeune homme des paysages et des horizons nouveaux illuminés de lueurs fantastiques. Dantès comprit le bonheur qu'il y aurait pour une organisation intelligente à suivre cet esprit élevé sur les hauteurs morales, philosophiques ou sociales sur lesquelles il avait l'habitude de se jouer.

– Vous devriez m'apprendre un peu de ce que vous savez, dit Dantès, ne fût-ce que pour ne pas vous ennuyer avec moi. Il me semble maintenant que vous devez préférer la solitude à un compagnon sans éducation et sans portée comme moi. Si vous consentez à ce que je vous demande, je m'engage à ne plus vous parler de fuir.

L'abbé sourit.

– Hélas ! mon enfant, dit-il, la science humaine est bien bornée, et quand je vous aurai appris les mathématiques, la physique, l'histoire et les trois ou quatre langues vivantes que je parle, vous saurez ce que je sais : or, toute cette science, je serai deux ans à peine à la verser de mon esprit dans le vôtre.

– Deux ans ! dit Dantès, vous croyez que je pourrais apprendre toutes ces choses en deux ans ?

– Dans leur application, non ; dans leurs principes, oui. Apprendre n'est pas savoir ; il y a les sachants et les savants ; c'est la mémoire qui fait les uns, c'est la philosophie qui fait les autres.

– Mais ne peut-on apprendre la philosophie ?

– La philosophie ne s'apprend pas ; la philosophie est la réunion des sciences acquises au génie qui les applique ; la philosophie, c'est le nuage éclatant sur lequel le Christ a posé le pied pour remonter au ciel.

– Voyons, dit Dantès, que m'apprendrez-vous d'abord ? J'ai hâte de commencer, j'ai soif de science.

– Tout ! dit l'abbé.

En effet, dès le soir les deux prisonniers arrêtèrent un plan d'éducation qui commença de s'exécuter le lendemain. Dantès avait une mémoire prodigieuse, une facilité de conception extrême : la disposition mathématique de son esprit le rendait apte à tout comprendre par le calcul, tandis que la poésie du marin corrigeait tout ce que pouvait avoir de trop matériel la démonstration réduite à la sécheresse des chiffres ou à la rectitude des lignes ; il savait déjà d'ailleurs l'italien et un peu de romaïque qu'il avait appris dans ses voyages d'Orient. Avec ces deux langues il comprit bientôt le mécanisme de toutes les autres, et, au bout de six mois, il commençait à parler l'espagnol, l'anglais et l'allemand.

Comme il l'avait dit à l'abbé Faria, soit que la distraction que lui donnait l'étude lui tint lieu de liberté, soit qu'il fût, comme nous l'avons vu déjà, rigide observateur de sa parole, il ne parlait plus de fuir, et les journées s'écoulaient pour lui rapides et instructives. Au bout d'un an c'était un autre homme.

Quant à l'abbé Faria, Dantès remarquait que, malgré la distraction que sa présence avait apportée à sa captivité, il s'assombrissait tous les jours. Une pensée incessante et éternelle paraissait assiéger son esprit ; il tombait dans de profondes rêveries, soupirait involontairement, se levait tout à coup, croisait les bras, et se promenait sombre autour de sa prison.

Un jour il s'arrêta tout à coup au milieu d'un de ces cercles cent fois répétés qu'il décrivait autour de sa chambre, et s'écria :

– Ah ! s'il n'y avait pas de sentinelle !

– Il n'y aura de sentinelle qu'autant que vous le voudrez bien, dit Dantès qui avait suivi sa pensée à travers la boîte de son cerveau comme à travers un cristal.

– Ah ! je vous l'ai dit, reprit l'abbé, je répugne à un meurtre.

– Et cependant ce meurtre, s'il est commis, le sera par l'instinct de notre conservation, par un sentiment de défense personnelle.

– N'importe, je ne saurais.

– Vous y pensez, cependant ?

– Sans cesse, sans cesse, murmura l'abbé.

– Et vous avez trouvé un moyen, n'est-ce pas ? dit vivement Dantès.

– Oui, s'il arrivait qu'on pût mettre sur la galerie une sentinelle aveugle et sourde.

– Elle sera aveugle, elle sera sourde, répondit le jeune homme avec un accent de résolution qui épouvanta l'abbé.

– Non, non ! s'écria-t-il. Impossible.

Dantès voulut le retenir sur ce sujet, mais l'abbé secoua la tête et refusa de répondre davantage.

Trois mois s'écoulèrent.

– Êtes-vous fort ? demanda un jour l'abbé à Dantès.

Dantès, sans répondre, prit le ciseau, le tordit comme un fer à cheval et le redressa.

– Vous engageriez-vous à ne tuer la sentinelle qu'à la dernière extrémité ?

– Oui, sur l'honneur.

– Alors, dit l'abbé, nous pourrons exécuter notre dessein.

– Et combien nous faudra-t-il de temps pour l'exécuter ?

– Un an, au moins.

– Mais nous pourrions nous mettre au travail ?

– Tout de suite.

– Oh ! voyez donc, nous avons perdu un an, s'écria Dantès.

– Trouvez-vous que nous l'ayons perdu ? dit l'abbé.

– Oh ! pardon, pardon, s'écria Edmond rougissant.

– Chut ! dit l'abbé, l'homme n'est jamais qu'un homme ; et vous êtes encore un des meilleurs que j'aie connus. Tenez, voici mon plan.

L'abbé montra alors à Dantès un dessin qu'il avait tracé : c'était le plan de sa chambre, de celle de Dantès et du corridor qui joignait l'une à l'autre. Au milieu de cette galerie, il établissait un boyau pareil à celui qu'on pratique dans les mines. Ce boyau menait les deux prisonniers sous la galerie où se promenait la sentinelle ; une fois arrivés là, ils pratiquaient une large excavation, descellaient une des dalles qui formaient le plancher de la galerie, la dalle, à un moment donné, s'enfonçait sous le poids du soldat, qui disparaissait englouti dans l'excavation. Dantès se précipitait sur lui au moment où, tout étourdi de sa chute, il ne pouvait se défendre, le liait, le bâillonnait, et tous deux alors, passant par une des fenêtres de cette galerie, descendaient le long de la muraille extérieure à l'aide de l'échelle de corde et se sauvaient.

Dantès battit des mains et ses yeux étincelèrent de joie ; ce plan était si simple qu'il devait réussir.

Le même jour les mineurs se mirent à l'ouvrage avec d'autant plus d'ardeur que ce travail succédait à un long repos, et ne faisait, selon toute probabilité, que continuer la pensée intime et secrète de chacun d'eux.

Rien ne les interrompait que l'heure à laquelle chacun d'eux était forcé de rentrer chez soi pour recevoir la visite du geôlier. Ils avaient, au reste, pris l'habitude de distinguer, au bruit imperceptible des pas, le moment où cet homme descendait, et jamais ni l'un ni l'autre ne fut pris à l'improviste. La terre qu'ils extrayaient de la nouvelle galerie, et qui eût fini par combler l'ancien corridor, était jetée petit à petit, et avec des précautions inouïes, par l'une ou l'autre des deux fenêtres du cachot de Dantès ou du cachot de Faria ; on la pulvérisait avec soin, et le vent de la nuit l'emportait au loin sans qu'elle laissât de traces.

Plus d'un an se passa à ce travail exécuté avec un ciseau, un couteau et un levier de bois pour tous instruments ; pendant cette année, et tout en travaillant, Faria continuait d'instruire Dantès, lui parlant tantôt une langue, tantôt une autre, lui apprenant l'histoire des nations et des grands hommes qui laissent de temps en temps derrière eux une de ces traces lumineuses qu'on appelle la gloire. L'abbé, homme du monde et du grand monde, avait en outre dans ses manières une sorte de majesté mélancolique dont Dantès, grâce à l'esprit d'assimilation dont la nature l'avait doué, sut extraire cette politesse élégante qui lui manquait et ces façons aristocratiques que l'on n'acquiert d'habitude que par le frottement des classes élevées ou la société des hommes supérieurs.

Au bout de quinze mois, le trou était achevé, l'excavation était faite sous la galerie ; on entendait passer et repasser la sentinelle, et les deux ouvriers, qui étaient forcés d'attendre une nuit obscure et sans lune pour rendre leur évasion plus certaine encore, n'avaient plus qu'une crainte : c'était de voir le sol trop hâtif s'effondrer de lui-même sous les pieds du soldat. On obvia à cet inconvénient en plaçant une espèce de petite poutre, qu'on avait trouvée dans les fondations, comme un support. Dantès était occupé à la placer lorsqu'il entendit tout à coup l'abbé Faria, resté dans la chambre du jeune homme, où il s'occupait de son côté à aiguiser une cheville destinée à maintenir l'échelle de cordes, qui l'appelait avec un accent de détresse.

Dantès rentra vivement, et aperçut l'abbé, debout au milieu de la chambre, pâle, la sueur au front et les mains crispées.

– Oh ! mon Dieu ! s'écria Dantès, qu'y a-t-il, et qu'avez-vous donc ?

– Vite, vite ! dit l'abbé, écoutez-moi.

Dantès regarda le visage livide de Faria, ses yeux cernés d'un cercle bleuâtre, ses lèvres blanches, ses cheveux hérissés ; et, d'épouvante, il laissa tomber à terre le ciseau qu'il tenait à la main.

– Mais qu'y a-t-il donc ? s'écria Edmond.

– Je suis perdu ! dit l'abbé. Écoutez-moi. Un mal terrible, mortel peut-être, va me saisir ; l'accès arrive, je le sens ; déjà j'en fus atteint l'année qui précéda mon incarcération. À ce mal il n'est qu'un remède, je vais vous le dire ; courez vite chez moi, levez le pied du lit ; ce pied est creux, vous y trouverez un petit flacon de cristal à moitié plein d'une liqueur rouge, apportez-le ; ou plutôt, non, non, je pourrais être surpris ici ; aidez-moi à rentrer chez moi pendant que j'ai encore quelques forces. Qui sait ce qui va arriver le temps que durera l'accès ?

Dantès, sans perdre la tête, bien que le malheur qui le frappait fût immense, descendit dans le corridor, traînant son malheureux compagnon après lui, et le conduisant, avec une peine infinie, jusqu'à l'extrémité opposée, se retrouva dans la chambre de l'abbé qu'il déposa sur son lit.

– Merci, dit l'abbé, frissonnant de tous ses membres comme s'il sortait d'une eau glacée. Voici le mal qui vient, je vais tomber en catalepsie ; peut-être ne ferai-je pas un mouvement, peut-être ne jetterai-je pas une plainte ; mais peut-être aussi j'écumerai, je me raidirai, je crierai ; tâchez que l'on n'entende pas mes cris, c'est l'important, car alors peut-être me changerait-on de chambre, et nous serions séparés à tout jamais. Quand vous me verrez immobile, froid et mort, pour ainsi dire, seulement à cet instant, entendez-vous bien, desserrez-moi les dents avec le couteau, faites couler dans ma bouche huit à dix gouttes de cette liqueur, et peut-être reviendrai-je.

– Peut-être ? s'écria douloureusement Dantès.

– À moi ! à moi ! s'écria l'abbé, je me... je me m...

L'accès fut si subit et si violent que le malheureux prisonnier ne put même achever le mot commencé ; un nuage passa sur son front, rapide et sombre comme les tempêtes de la mer ; la crise dilata ses yeux, tordit sa bouche, empourpra ses joues ; il s'agita, écuma, rugit ; mais, ainsi qu'il l'avait recommandé lui-même, Dantès étouffa ses cris sous sa couverture. Cela dura deux heures. Alors, plus inerte qu'une masse, plus pâle et plus froid que le marbre, plus brisé qu'un roseau foulé aux pieds, il tomba, se raidit encore dans une dernière convulsion et devint livide.

Edmond attendit que cette mort apparente eût envahi le corps et glacé jusqu'au cœur ; alors il prit le couteau, introduisit la lame entre les dents, desserra avec une peine infinie les mâchoires crispées, compta l'une après l'autre dix gouttes de la liqueur rouge, et attendit.

Une heure s'écoula sans que le vieillard fît le moindre mouvement. Dantès craignait d'avoir attendu trop tard, et le regardait les deux mains enfoncées dans ses cheveux. Enfin une légère coloration parut sur ses joues, ses yeux, constamment restés ouverts et atones, reprirent leur regard, un faible soupir s'échappa de sa bouche, il fit un mouvement.

– Sauvé ! sauvé ! s'écria Dantès.

Le malade ne pouvait point parler encore, mais il étendit avec une anxiété visible la main vers la porte. Dantès écouta, et entendit les pas du geôlier : il allait être sept heures et Dantès n'avait pas eu le loisir de mesurer le temps.

Le jeune homme bondit vers l'ouverture, s'y enfonça, replaça la dalle au-dessus de sa tête, et rentra chez lui.

Un instant après sa porte s'ouvrit à son tour, et le geôlier, comme d'habitude, trouva le prisonnier assis sur son lit.

À peine eut-il le dos tourné, à peine le bruit des pas se fut-il perdu dans le corridor, que Dantès, dévoré d'inquiétude, reprit, sans songer à manger, le chemin qu'il venait de faire, et, soulevant la dalle avec sa tête, rentra dans la chambre de l'abbé.

Celui-ci avait repris connaissance, mais il était toujours étendu, inerte et sans force, sur son lit.

– Je ne comptais plus vous revoir, dit-il à Dantès.

– Pourquoi cela ? demanda le jeune homme ; comptiez-vous donc mourir ?

– Non ; mais tout est prêt pour votre fuite, et je comptais que vous fuiriez.

La rougeur de l'indignation colora les joues de Dantès.

– Sans vous ! s'écria-t-il. M'avez-vous véritablement cru capable de cela ?

– À présent, je vois que je m'étais trompé, dit le malade. Ah ! je suis bien faible, bien brisé, bien anéanti.

– Courage, vos forces reviendront, dit Dantès, s'asseyant près du lit de Faria et lui prenant les mains.

L'abbé secoua la tête.

– La dernière fois, dit-il, l'accès dura une demi-heure, après quoi j'eus faim et me relevai seul ; aujourd'hui, je ne puis remuer ni ma jambe ni mon bras droit ; ma tête est embarrassée, ce qui prouve un épanchement au cerveau. La troisième fois, j'en resterai paralysé entièrement ou je mourrai sur le coup.

– Non, non, rassurez-vous, vous ne mourrez pas ; ce troisième accès, s'il vous prend, vous trouvera libre. Nous vous sauverons comme cette fois, et mieux que cette fois, car nous aurons tous les secours nécessaires.

– Mon ami, dit le vieillard, ne vous abusez pas, la crise qui vient de se passer m'a condamné à une prison perpétuelle : pour fuir, il faut pouvoir marcher.

– Eh bien ! nous attendrons huit jours, un mois, deux mois, s'il le faut ; dans cet intervalle, vos forces reviendront ; tout est préparé pour notre fuite, et nous avons la liberté d'en choisir l'heure et le moment. Le jour où vous vous sentirez assez de forces pour nager, eh bien ! ce jour-là, nous mettrons notre projet à exécution.

– Je ne nagerai plus, dit Faria, ce bras est paralysé, non pas pour un jour, mais à jamais. Soulevez-le vous-même, et voyez ce qu'il pèse.

Le jeune homme souleva le bras, qui retomba insensible. Il poussa un soupir.

– Vous êtes convaincu, maintenant, n'est-ce pas, Edmond ? dit Faria. Croyez-moi, je sais ce que je dis : depuis la première attaque que j'ai eue de ce mal, je n'ai pas cessé d'y réfléchir. Je l'attendais, car c'est un héritage de famille ; mon père est mort à la troisième crise, mon aïeul aussi. Le médecin qui m'a composé cette liqueur, et qui n'est autre que le fameux Cabanis, m'a prédit le même sort.

– Le médecin se trompe, s'écria Dantès ; quant à votre paralysie, elle ne me gêne pas, je vous prendrai sur mes épaules et je nagerai en vous soutenant.

– Enfant, dit l'abbé, vous êtes marin, vous êtes nageur, vous devez par conséquent savoir qu'un homme chargé d'un fardeau pareil ne ferait pas cinquante brasses dans la mer. Cessez de vous laisser abuser par des chimères dont votre excellent cœur n'est pas même la dupe ; je resterai donc ici jusqu'à ce que sonne l'heure de ma délivrance, qui ne peut plus être maintenant que celle de la mort. Quant à vous, fuyez, partez ! Vous êtes jeune, adroit et fort, ne vous inquiétez pas de moi, je vous rends votre parole.

– C'est bien, dit Dantès. Eh bien ! alors, moi aussi, je resterai.

Puis, se levant et étendant une main solennelle sur le vieillard :

– Par le sang du Christ, je jure de ne vous quitter qu'à votre mort !

Faria considéra ce jeune homme si noble, si simple, si élevé, et lut sur ses traits animés par l'expression du dévouement le plus pur la sincérité de son affection et la loyauté de son serment.

– Allons, dit le malade, j'accepte, merci.

Puis, lui tendant la main :

– Vous serez peut-être récompensé de ce dévouement si désintéressé, lui dit-il. Mais comme je ne puis et que vous ne voulez pas partir, il importe que nous bouchions le souterrain fait sous la galerie : le soldat peut découvrir en marchant la sonorité de l'endroit miné, appeler l'attention d'un inspecteur, et alors nous serions découverts et séparés. Allez faire cette besogne, dans laquelle je ne puis plus malheureusement vous aider ; employez-y toute la nuit, s'il le faut, et ne revenez que demain matin après la visite du geôlier, j'aurai quelque chose d'important à vous dire.

Dantès prit la main de l'abbé, qui le rassura par un sourire, et sortit avec cette obéissance et ce respect qu'il avait voués à son vieil ami.

XVIII. LE TRÉSOR

Lorsque Dantès rentra le lendemain matin dans la chambre de son compagnon de captivité, il trouva Faria assis, le visage calme.

Sous le rayon qui glissait à travers l'étroite fenêtre de sa cellule, il tenait ouvert dans sa main gauche, la seule, on se le rappelle, dont l'usage lui fût resté, un morceau de papier, auquel l'habitude d'être roulé en un mince volume avait imprimé la forme d'un cylindre rebelle à s'étendre.

Il montra sans rien dire le papier à Dantès.

– Qu'est-ce cela ? demanda celui-ci.

– Regardez bien, dit l'abbé en souriant.

– Je regarde de tous mes yeux, dit Dantès, et je ne vois rien qu'un papier à demi brûlé, et sur lequel sont tracés des caractères gothiques avec une encre singulière.

– Ce papier, mon ami, dit Faria, est, je puis vous tout avouer maintenant puisque je vous ai éprouvé, ce papier c'est mon trésor, dont à compter d'aujourd'hui la moitié vous appartient.

Une sueur froide passa sur le front de Dantès. Jusqu'à ce jour, et pendant quel espace de temps ! il avait évité de parler avec Faria de ce trésor, source de l'accusation de folie qui pesait sur le pauvre abbé ; avec sa délicatesse instinctive, Edmond avait préféré ne pas toucher cette corde douloureusement vibrante ; et, de son côté, Faria s'était tu. Il avait pris le silence du vieillard pour un retour à la raison ; aujourd'hui, ces quelques mots, échappés à Faria après une crise si pénible, semblaient annoncer une grave rechute d'aliénation mentale.

– Votre trésor ? balbutia Dantès.

Faria sourit.

– Oui, dit-il ; en tout point vous êtes un noble cœur, Edmond, et je comprends, à votre pâleur et à votre frisson, ce qui se passe en vous en ce moment. Non, soyez tranquille, je ne suis pas fou. Ce trésor existe, Dantès, et s'il ne m'a pas été donné de le posséder, vous le posséderez, vous : personne n'a voulu m'écouter ni me croire parce qu'on me jugeait fou ; mais vous, qui devez savoir que je ne le suis pas, écoutez-moi, et vous me croirez après si vous voulez.

– Hélas ! murmura Edmond en lui-même, le voilà retombé ! ce malheur me manquait.

Puis, tout haut :

– Mon ami, dit-il à Faria, votre accès vous a peut-être fatigué, ne voulez-vous pas prendre un peu de repos ? Demain, si vous le désirez, j'entendrai votre histoire, mais aujourd'hui je veux vous soigner, voilà tout. D'ailleurs, continua-t-il en souriant, un trésor, est-ce bien pressé pour nous ?

– Fort pressé, Edmond ! répondit le vieillard. Qui sait si demain, après-demain peut-être, n'arrivera pas le troisième accès ? Songez que tout serait fini alors ! Oui, c'est vrai ; souvent j'ai pensé avec un amer plaisir à ces richesses, qui feraient la fortune de dix familles, perdues pour ces hommes qui me persécutaient ; cette idée me servait de vengeance, et je la savourais lentement dans la nuit de mon cachot et dans le désespoir de ma captivité. Mais à présent que j'ai pardonné au monde pour l'amour de vous, maintenant que je vous vois jeune et plein d'avenir, maintenant que je songe à tout ce qui peut résulter pour vous de bonheur à la suite d'une pareille révélation, je frémis du retard, et je tremble de ne pas assurer à un propriétaire si digne que vous l'êtes la possession de tant de richesses enfouies.

Edmond détourna la tête en soupirant.

– Vous persistez dans votre incrédulité, Edmond, poursuivit Faria, ma voix ne vous a point convaincu ? Je vois qu'il vous faut des preuves. Eh bien ! lisez ce papier que je n'ai montré à personne.

– Demain, mon ami, dit Edmond répugnant à se prêter à la folie du vieillard. Je croyais qu'il était convenu que nous ne parlerions de cela que demain.

– Nous n'en parlerons que demain, mais lisez ce papier aujourd'hui.

« Ne l'irritons point », pensa Edmond.

Et, prenant ce papier dont la moitié manquait, consumée qu'elle avait été sans doute par quelque accident il lut :

Ce trésor qui peu monter à deux
d'écus romains dans l'angle le plus él
de la seconde ouverture, lequel
déclare lui appartenir en toute pro
tier.
25 avril 149

– Eh bien ? dit Faria quand le jeune homme eut fini sa lecture.

– Mais, répondit Dantès, je ne vois là que des lignes tronquées, des mots sans suite ; les caractères sont interrompus par l'action du feu et restent inintelligibles.

– Pour vous, mon ami, qui les lisez pour la première fois, mais pas pour moi qui ai pâli dessus pendant bien des nuits, qui ai reconstruit chaque phrase, complété chaque pensée.

– Et vous croyez avoir trouvé ce sens suspendu ?

– J'en suis sûr, vous en jugerez vous-même ; mais d'abord écoutez l'histoire de ce papier.

– Silence ! s'écria Dantès… Des pas !… On approche… je pars… Adieu.

Et Dantès, heureux d'échapper à l'histoire et à l'explication qui n'eussent pas manqué de lui confirmer le malheur de son ami, se glissa comme une couleuvre par l'étroit couloir, tandis que Faria, rendu à une sorte d'activité par la terreur, repoussait du pied la dalle qu'il recouvrait d'une natte afin de cacher aux yeux la solution de continuité qu'il n'avait pas eu le temps de faire disparaître.

C'était le gouverneur qui, ayant appris par le geôlier l'accident de Faria, venait s'assurer par lui-même de sa gravité.

Faria le reçut assis, évita tout geste compromettant, et parvint à cacher au gouverneur la paralysie qui avait déjà frappé de mort la moitié de sa personne. Sa crainte était que le gouverneur, touché de pitié pour lui, ne le voulût mettre dans une prison plus saine et ne le séparât ainsi de son jeune compagnon ; mais il n'en fut heureusement pas ainsi, et le gouverneur se retira convaincu que son pauvre fou, pour lequel il ressentait au fond du cœur une certaine affection, n'était atteint que d'une indisposition légère.

Pendant ce temps, Edmond, assis sur son lit et la tête dans ses mains, essayait de rassembler ses pensées ; tout était si raisonné, si grand et si logique dans Faria depuis qu'il le connaissait qu'il ne pouvait comprendre cette suprême sagesse sur tous les points, alliée à la déraison sur un seul ; était-ce Faria qui se trompait sur son trésor, était-ce tout le monde qui se trompait sur Faria ?

Dantès resta chez lui toute la journée, n'osant retourner chez son ami. Il essayait de reculer ainsi le moment où il acquerrait la certitude que l'abbé était fou. Cette conviction devait être effroyable pour lui.

Mais vers le soir, après l'heure de la visite ordinaire, Faria, ne voyant pas revenir le jeune homme, essaya de franchir l'espace qui le séparait de lui. Edmond frissonna en entendant les efforts douloureux que faisait le vieillard pour se traîner : sa jambe était inerte, et il ne pouvait plus s'aider de son bras. Edmond fut obligé de l'attirer à lui, car il n'eût jamais pu en sortir seul par l'étroite ouverture qui donnait dans la chambre de Dantès.

– Me voici impitoyablement acharné à votre poursuite, dit-il avec un sourire rayonnant de bienveillance. Vous aviez cru pouvoir échapper à ma magnificence, mais il n'en sera rien. Écoutez donc.

Edmond vit qu'il ne pouvait reculer ; il fit asseoir le vieillard sur son lit, et se plaça près de lui sur son escabeau.

– Vous savez, dit l'abbé, que j'étais le secrétaire, le familier, l'ami du cardinal Spada, le dernier des princes de ce nom. Je dois à ce digne seigneur tout ce que j'ai goûté de bonheur en cette vie. Il n'était pas riche, bien que les richesses de sa famille fussent proverbiales et que j'aie entendu dire souvent : « Riche comme un Spada. » Mais lui, comme le bruit public, vivait sur cette réputation d'opulence. Son palais fut mon paradis. J'instruisis ses neveux, qui sont morts, et lorsqu'il fut seul au monde je lui rendis, par un dévouement absolu à ses volontés, tout ce qu'il avait fait pour moi depuis dix ans.

» La maison du cardinal n'eut bientôt plus de secrets pour moi ; j'avais vu souvent Monseigneur travailler à compulser des livres antiques et fouiller avidement dans la poussière des manuscrits de famille. Un jour que je lui reprochais ses inutiles veilles et l'espèce d'abattement qui les suivait, il me regarda en souriant amèrement et m'ouvrit un livre qui est l'histoire de la ville de Rome. Là, au vingtième chapitre de la *Vie du pape Alexandre VI*, il y avait les lignes suivantes, que je n'ai pu jamais oublier :

» "Les grandes guerres de la Romagne étaient terminées. César Borgia, qui avait achevé sa conquête, avait besoin d'argent pour acheter l'Italie tout entière. Le pape avait également besoin d'argent pour en finir avec Louis XII, roi de France, encore terrible malgré ses derniers revers. Il s'agissait donc de faire une bonne spéculation, ce qui devenait difficile dans cette pauvre Italie épuisée.

« "Sa Sainteté eut une idée. Elle résolut de faire deux cardinaux."

» En choisissant deux des grands personnages de Rome, deux riches surtout, voici ce qui revenait au Saint-Père de la spéculation : d'abord il avait à vendre les grandes charges et les emplois magnifiques dont ces deux cardinaux étaient en possession ; en outre il pouvait compter sur un prix très brillant de la vente de ces deux chapeaux.

» Il restait une troisième part de spéculation, qui va apparaître bientôt.

» Le pape et César Borgia trouvèrent d'abord les deux cardinaux futurs : c'était Jean Rospigliosi, qui tenait à lui seul quatre des plus hautes dignités du Saint-Siège, puis César Spada, l'un des plus nobles et des plus riches Romains. L'un et l'autre sentaient le prix, d'une pareille faveur du pape. Ils étaient ambitieux. Ceux-là trouvés, César trouva bientôt des acquéreurs pour leurs charges.

» Il résulta que Rospigliosi et Spada payèrent pour être cardinaux, et que huit autres payèrent pour être ce qu'étaient auparavant les deux cardinaux de création nouvelle. Il entra huit cent mille écus dans les coffres des spéculateurs.

» Passons à la dernière partie de la spéculation, il est temps. Le pape ayant comblé de caresses Rospigliosi et Spada, leur ayant conféré les insignes du cardinalat, sûr qu'ils avaient dû, pour acquitter la dette non fictive de leur reconnaissance, rapprocher et réaliser leur fortune pour se fixer à Rome, le pape et César Borgia invitèrent à dîner ces deux cardinaux.

» Ce fut le sujet d'une contestation entre le saint-père et son fils : César pensait qu'on pouvait user de l'un de ces moyens qu'il tenait toujours à la disposition de ses amis intimes, savoir : d'abord, de la fameuse clef avec laquelle on priait certaines gens d'aller ouvrir certaine armoire. Cette clef était garnie d'une petite pointe de fer, négligence de l'ouvrier. Lorsqu'on forçait pour ouvrir l'armoire, dont la serrure était difficile, on se piquait avec cette petite pointe, et l'on en mourait le lendemain. Il y avait aussi la bague à tête de lion, que César passait à son doigt lorsqu'il donnait de certaines poignées de main. Le lion mordait l'épiderme de ces mains favorisées, et la morsure était mortelle au bout de vingt-quatre heures.

» César proposa donc à son père, soit d'envoyer les cardinaux ouvrir l'armoire, soit de leur donner à chacun une cordiale poignée de main, mais Alexandre VI lui répondit :

» "Ne regardons pas à un dîner quand il s'agit de ces excellents cardinaux Spada et Rospigliosi. Quelque chose me dit que nous regagnerons cet argent-là. D'ailleurs vous oubliez, César, qu'une indigestion se déclare tout de suite, tandis qu'une piqûre ou une morsure n'aboutissent qu'après un jour ou deux."

» César se rendit à ce raisonnement. Voilà pourquoi les cardinaux furent invités à ce dîner.

» On dressa le couvert dans la vigne que possédait le pape près de Saint-Pierre-ès-Liens, charmante habitation que les cardinaux connaissaient bien de réputation.

» Rospigliosi, tout étourdi de sa dignité nouvelle, apprêta son estomac et sa meilleure mine. Spada, homme prudent et qui aimait uniquement son neveu, jeune capitaine de la plus belle espérance, prit du papier, une plume, et fit son testament.

» Il fit dire ensuite à ce neveu de l'attendre aux environs de la vigne, mais il paraît que le serviteur ne le trouva pas.

» Spada connaissait la coutume des invitations. Depuis que le christianisme, éminemment civilisateur, avait apporté ses progrès dans Rome, ce n'était plus un centurion qui arrivait de la part du tyran vous dire : « César veut que tu meures » ; mais c'était un légat *a latere*, qui venait, la bouche souriante, vous dire de la part du pape : "Sa Sainteté veut que vous dîniez avec elle."

» Spada partit vers les deux heures pour la vigne de Saint-Pierre-ès-Liens ; le pape l'y attendait. La première figure qui frappa les yeux de Spada fut celle de son neveu tout paré, tout gracieux, auquel César Borgia prodiguait les caresses. Spada pâlit ; et César, qui lui décocha un regard plein d'ironie, laissa voir qu'il avait tout prévu, que le piège était bien dressé.

» On dîna, Spada n'avait pu que demander à son neveu : “Avez-vous reçu mon message ?” Le neveu répondit que non et comprit parfaitement la valeur de cette question, il était trop tard, car il venait de boire un verre d'excellent vin mis à part pour lui par le sommelier du pape. Spada vit au même moment approcher une autre bouteille dont on lui offrit libéralement. Une heure après un médecin les déclarait tous deux empoisonnés par des morilles vénéneuses. Spada mourait sur le seuil de la vigne, le neveu expirait à sa porte en faisant un signe que sa femme ne comprit pas.

» Aussitôt César et le pape s'empressèrent d'envahir l'héritage, sous prétexte de rechercher les papiers des défunts. Mais l'héritage consistait en ceci : un morceau de papier sur lequel Spada avait écrit :

» “Je lègue à mon neveu bien-aimé mes coffres, mes livres, parmi lesquels mon beau bréviaire à coins d'or, désirant qu'il garde ce souvenir de son oncle affectionné.”

» Les héritiers cherchèrent partout, admirèrent le bréviaire, firent main basse sur les meubles, et s'étonnèrent que Spada, l'homme riche, fût effectivement le plus misérable des oncles ; de trésors, aucun ; si ce n'est des trésors de science renfermés dans la bibliothèque et les laboratoires.

» Ce fut tout. César et son père cherchèrent, fouillèrent et espionnèrent, on ne trouva rien, ou du moins très peu de choses : pour un millier d'écus, peut-être, d'orfèvrerie, et pour autant à peu près d'argent monnayé, mais le neveu avait eu le temps de dire en rentrant à sa femme :

» “Cherchez parmi les papiers de mon oncle, et il y a un testament réel.”

» On chercha plus activement encore peut-être que n’avaient fait les augustes héritiers. Ce fut en vain : il resta deux palais et une vigne derrière le Palatin. Mais à cette époque les biens immobiliers avaient une valeur médiocre ; les deux palais et la vigne restèrent à la famille, comme indignes de la rapacité du pape et de son fils.

» Les mois et les années s’écoulèrent. Alexandre VI mourut empoisonné, vous savez par quelle méprise ; César, empoisonné en même temps que lui, en fut quitte pour changer de peau comme un serpent, et revêtir une nouvelle enveloppe où le poison avait laissé des taches pareilles à celles que l’on voit sur la fourrure du tigre ; enfin, forcé de quitter Rome, il alla se faire tuer obscurément dans une escarmouche nocturne et presque oubliée par l’histoire.

» Après la mort du pape, après l’exil de son fils, on s’attendait généralement à voir reprendre à la famille le train premier qu’elle menait du temps du cardinal Spada ; mais il n’en fut pas ainsi. Les Spada restèrent dans une aisance douteuse, un mystère éternel pesa sur cette sombre affaire, et le bruit public fut que César, meilleur politique que son père, avait enlevé au pape la fortune des deux cardinaux ; je dis des deux, parce que le cardinal Rospigliosi, qui n’avait pris aucune précaution, fut dépouillé complètement.

» Jusqu’à présent, interrompit Faria en souriant, cela ne vous semble pas trop insensé, n’est-ce pas ?

– Ô mon ami, dit Dantès, il me semble que je lis au contraire une chronique pleine d’intérêt. Continuez, je vous prie.

– Je continue :

» La famille s'accoutuma à cette obscurité. Les années s'écoulèrent ; parmi les descendants les uns furent soldats, les autres diplomates ; ceux-ci gens d'église, ceux-là banquiers ; les uns s'enrichirent, les autres achevèrent de se ruiner. J'arrive au dernier de la famille, à celui-là dont je fus le secrétaire, au comte de Spada.

» Je l'avais bien souvent entendu se plaindre de la disproportion de sa fortune avec son rang, aussi lui avais-je donné le conseil de placer le peu de biens qui lui restait en rentes viagères ; il suivit ce conseil, et doubla ainsi son revenu.

» Le fameux bréviaire était resté dans la famille et c'était le comte de Spada qui le possédait : on l'avait conservé de père en fils, car la clause bizarre du seul testament qu'on eût retrouvé en avait fait une véritable relique gardée avec une superstitieuse vénération dans la famille ; c'était un livre enluminé des plus belles figures gothiques, et si pesant d'or qu'un domestique le portait toujours devant le cardinal dans les jours de grande solennité.

» À la vue des papiers de toutes sortes, titres, contrats, parchemins, qu'on gardait dans les archives de la famille et qui tous venaient du cardinal empoisonné, je me mis à mon tour, comme vingt serviteurs, vingt intendants, vingt secrétaires qui m'avaient précédé, à compulser les liasses formidables : malgré l'activité et la religion de mes recherches, je ne retrouvai absolument rien. Cependant j'avais lu, j'avais même écrit une histoire exacte et presque éphéméridique de la famille des Borgia, dans le seul but de m'assurer si un supplément de fortune était survenu à ces princes à la mort de mon cardinal César Spada, et je n'y avais remarqué que l'addition des biens du cardinal Rospigliosi, son compagnon d'infortune.

» J'étais donc à peu près sûr que l'héritage n'avait profité ni aux Borgia ni à la famille, mais était resté sans maître comme ces trésors des contes arabes qui dorment au sein de la terre sous les regards d'un génie. Je fouillai, je comptai, je supputai mille et mille fois les revenus et les dépenses de la famille depuis trois cents ans ; tout fut inutile, je restai dans mon ignorance, et le comte de Spada dans sa misère.

» Mon patron mourut. De sa rente en viager il avait excepté ses papiers de famille, sa bibliothèque, composée de cinq mille volumes, et son fameux bréviaire. Il me légua tout cela, avec un millier d'écus romains qu'il possédait en argent comptant, à la condition que je ferais dire des messes anniversaires et que je dresserais un arbre généalogique et une histoire de sa maison, ce que je fis fort exactement…

» Tranquillisez-vous, mon cher Edmond, nous approchons de la fin.

» En 1807, un mois avant mon arrestation et quinze jours après la mort du comte de Spada, le 25 du mois de décembre, vous allez comprendre tout à l'heure comment la date de ce jour mémorable est restée dans mon souvenir, je relisais pour la millième fois ces papiers, que je coordonnais ; car, le palais appartenant désormais à un étranger, j'allais quitter Rome pour aller m'établir à Florence, en emportant une douzaine de mille livres que je possédais, ma bibliothèque et mon fameux bréviaire, lorsque, fatigué de cette étude assidue, mal disposé par un dîner assez lourd que j'avais fait, je laissai tomber ma tête sur mes deux mains et m'endormis : il était trois heures de l'après-midi.

» Je me réveillai comme la pendule sonnait six heures.

» Je levai la tête, j'étais dans l'obscurité la plus profonde. Je sonnai pour qu'on m'apportât de la lumière, personne ne vint ; je résolus alors de me servir moi-même. C'était d'ailleurs une habitude de philosophe qu'il allait me falloir prendre. Je pris d'une main une bougie toute préparée, et de l'autre je cherchai, à défaut des allumettes absentes de leur boîte, un papier que je comptais allumer à un dernier reste de flamme dansant au-dessus du foyer ; mais, craignant dans l'obscurité de prendre un papier précieux à la place d'un papier inutile, j'hésitais, lorsque je me rappelai avoir vu, dans le fameux bréviaire qui était posé sur la table à côté de moi, un vieux papier tout jaune par le haut qui avait l'air de servir de signet et qui avait traversé les siècles, maintenu à sa place par la vénération des héritiers. Je cherchai, en tâtonnant, cette feuille inutile, je la trouvai, je la tordis, et, la présentant à la flamme mourante, je l'allumai.

» Mais, sous mes doigts, comme par magie, à mesure que le feu montait, je vis des caractères jaunâtres sortir du papier blanc et apparaître sur la feuille ; alors la terreur me prit : je serrai dans mes mains le papier, j'étouffai le feu, j'allumai directement la bougie au foyer, je rouvris avec une indicible émotion la lettre froissée, et je reconnus qu'une encre mystérieuse et sympathique avait tracé ces lettres apparentes seulement au contact de la vive chaleur. Un peu plus du tiers du papier avait été consumé par la flamme ; c'est ce papier que vous avez lu ce matin ; relisez-le, Dantès ; puis, quand vous l'aurez relu, je vous compléterai, moi, les phrases interrompues et le sens incomplet.

» Et Faria, interrompant, offrit le papier à Dantès, qui, cette fois, relut avidement les mots suivants tracés avec une encre rousse, pareille à la rouille :

Cejourd'hui 25 avril 1498, ay
Alexandre VI, et craignant que, non
il ne veuille hériter de moi et ne me ré
et Bentivoglio, morts empoisonnés,
mon légataire universel, que j'ai enf
pour l'avoir visité avec moi, c'est-à-dire dans
île de Monte-Cristo, tout ce que je pos
reries, diamants, bijoux ; que seul
peut monter à peu près à deux mil
trouvera ayant levé la vingtième roch
crique de l'Est en droite ligne. Deux ouvertu
dans ces grottes : le trésor est dans l'angle le plus é
lequel trésor je lui lègue et cède en tou
seul héritier.
25 avril 1498.

CÉS

– Maintenant, reprit l'abbé, lisez cet autre papier.

Et il présenta à Dantès une seconde feuille avec d'autres fragments de lignes.

Dantès prit et lut :

ant été invité à dîner par Sa Sainteté
content de m'avoir fait payer le chapeau,
serve le sort des cardinaux Crapara
je déclare à mon neveu Guido Spada,
oui dans un endroit qu'il connaît
les grottes de la petite
sédais de lingots,

d'or monnayé, de pier-
je connais l'existence de ce trésor, qui
lions d'écus romains, et qu'il
e, à partir de la petite
res ont été pratiquées
loigné de la deuxième,
te propriété, comme à mon
AR † SPADA.

Faria le suivait d'un œil ardent.

– Et maintenant, dit-il, lorsqu'il eut vu que Dantès en était arrivé à la dernière ligne, rapprochez les deux fragments, et jugez vous-même.

Dantès obéit ; les deux fragments rapprochés donnaient l'ensemble suivant :

Cejourd'hui 25 avril 1498, ay... ant été invité à dîner par Sa Sainteté Alexandre VI, et craignant que, non... content de m'avoir fait payer le chapeau, il ne veuille hériter de moi et ne me ré... serve le sort des cardinaux Caprara et Bentivoglio, morts empoisonnés,... je déclare à mon neveu Guido Spada, mon légataire universel, que j'ai en... foui dans un endroit qu'il connaît pour l'avoir visité avec moi, c'est-à-dire dans... les grottes de la petite île de Monte-Cristo, tout ce que je pos... sédais de lingots, d'or, monnayé, pierreries, diamants, bijoux ; que seul... je connais l'existence de ce trésor, qui peut monter à peu près à deux mil... lions d'écus romains, et qu'il trouvera ayant levé la vingtième roch... e à partir de la petite crique de l'Est en droite ligne. Deux ouvertu... res ont été pratiquées dans ces grottes ; le trésor est dans l'angle le plus é... loigné de la deuxième, lequel trésor je lui lègue et cède en tou... te propriété, comme à mon seul héritier.

25 avril 1498.

CÉS... AR † SPADA.

– Eh bien ! comprenez-vous enfin ? dit Faria.

– C'était la déclaration du cardinal Spada et le testament que l'on cherchait depuis si longtemps ? dit Edmond encore incrédule.

– Oui, mille fois oui.

– Qui l'a reconstruite ainsi ?

– Moi, qui, à l'aide du fragment restant, ai deviné le reste en mesurant la longueur des lignes par celle du papier et en pénétrant dans le sens caché au moyen du sens visible, comme on se guide dans un souterrain par un reste de lumière qui vient d'en haut.

– Et qu'avez-vous fait quand vous avez cru avoir acquis cette conviction ?

– J'ai voulu partir et je suis parti à l'instant même, emportant avec moi le commencement de mon grand travail sur l'unité d'un royaume d'Italie ; mais depuis longtemps la police impériale, qui, dans ce temps, au contraire de ce que Napoléon a voulu depuis, quand un fils lui fut né, voulait la division des provinces, avait les yeux sur moi ; mon départ précipité, dont elle était loin de deviner la cause, éveilla ses soupçons, et au moment où je m'embarquais à Piombino je fus arrêté.

» Maintenant, continua Faria en regardant Dantès avec une expression presque paternelle, maintenant, mon ami, vous en savez autant que moi ; si nous nous sauvons jamais ensemble, la moitié de mon trésor est à vous ; si je meurs ici et que vous vous sauviez seul, il vous appartient en totalité.

– Mais, demanda Dantès hésitant, ce trésor n'a-t-il pas dans ce monde quelque plus légitime possesseur que nous ?

– Non, non, rassurez-vous, la famille est éteinte complètement, le dernier comte Spada, d'ailleurs, m'a fait son héritier ; en me léguant ce bréviaire symbolique il m'a légué ce qu'il contenait ; non, non, tranquillisez-vous ; si nous mettons la main sur cette fortune, nous pourrons en jouir sans remords.

– Et vous dites que ce trésor renferme…

– Deux millions d'écus romains, treize millions à peu près de notre monnaie.

– Impossible ! dit Dantès effrayé par l'énormité de la somme.

– Impossible ! Et pourquoi ? reprit le vieillard. La famille Spada était une des plus vieilles et des plus puissantes familles du XVe siècle. D'ailleurs, dans ces temps où toute spéculation et toute industrie étaient absentes, ces agglomérations d'or et de bijoux ne sont pas rares, il y a encore aujourd'hui des familles romaines qui meurent de faim près d'un million en diamants et en pierreries transmis par majorat, et auquel ils ne peuvent toucher.

Edmond croyait rêver : il flottait entre l'incrédulité et la joie.

– Je n'ai gardé si longtemps le secret avec vous, continua Faria, d'abord que pour vous éprouver, et ensuite pour vous surprendre ; si nous nous fussions évadés avant mon accès de catalepsie, je vous conduisais à Monte-Cristo ; maintenant, ajouta-t-il avec un soupir, c'est vous qui m'y conduirez. Eh bien ! Dantès, vous ne me remerciez pas ?

– Ce trésor vous appartient, mon ami, dit Dantès, il appartient à vous seul, et je n'y ai aucun droit : je ne suis point votre parent.

– Vous êtes mon fils, Dantès ! s'écria le vieillard, vous êtes l'enfant de ma captivité ; mon état me condamnait au célibat ; Dieu vous a envoyé à moi pour consoler à la fois l'homme qui ne pouvait être père et le prisonnier qui ne pouvait être libre.

Et Faria tendit le bras qui lui restait au jeune homme qui se jeta à son cou en pleurant.

XIX. LE TROISIÈME ACCÈS

Maintenant que ce trésor qui avait été si longtemps l'objet des méditations de l'abbé pouvait assurer le bonheur à venir de celui que Faria aimait véritablement comme son fils, il avait encore doublé de valeur à ses yeux ; tous les jours il s'appesantissait sur la quotité de ce trésor, expliquant à Dantès tout ce qu'avec treize ou quatorze millions de fortune un homme dans nos temps modernes pouvait faire de bien à ses amis ; et alors le visage de Dantès se rembrunissait, car le serment de vengeance qu'il avait fait se représentait à sa pensée, et il songeait, lui, combien dans nos temps modernes aussi un homme avec treize ou quatorze millions de fortune pouvait faire de mal à ses ennemis.

L'abbé ne connaissait pas l'île de Monte-Cristo, mais Dantès la connaissait : il avait souvent passé devant cette île, située à vingt-cinq milles de la Pianosa, entre la Corse et l'île d'Elbe, et une fois même il y avait relâché. Cette île était, avait toujours été et est encore complètement déserte ; c'est un rocher de forme presque conique, qui semble, avoir été poussé par quelque cataclysme volcanique du fond de l'abîme à la surface de la mer.

Dantès faisait le plan de l'île à Faria, et Faria donnait des conseils à Dantès sur les moyens à employer pour retrouver le trésor.

Mais Dantès était loin d'être aussi enthousiaste et surtout aussi confiant que le vieillard. Certes, il était bien certain maintenant que Faria n'était pas fou, et la façon dont il était arrivé à la découverte qui avait fait croire à sa folie redoublait encore son admiration pour lui ; mais aussi il ne pouvait croire que ce dépôt, en supposant qu'il eût existé, existât encore, et, quand il ne regardait pas le trésor comme chimérique, il le regardait du moins comme absent.

Cependant, comme si le destin eût voulu ôter aux prisonniers leur dernière espérance et leur faire comprendre qu'ils étaient condamnés à une prison perpétuelle, un nouveau malheur les atteignit : la galerie du bord de la mer, qui depuis longtemps menaçait ruine, avait été reconstruite ; on avait réparé les assises et bouché avec d'énormes quartiers de roc le trou déjà à demi comblé par Dantès. Sans cette précaution, qui avait été suggérée, on se le rappelle, au jeune homme par l'abbé, leur malheur était bien plus grand encore, car on découvrait leur tentative d'évasion, et on les séparait indubitablement : une nouvelle porte, plus forte, plus inexorable que les autres, s'était donc encore refermée sur eux.

– Vous voyez bien, disait le jeune homme avec une douce tristesse à Faria, que Dieu veut m'ôter jusqu'au mérite de ce que vous appelez mon dévouement pour vous. Je vous ai promis de rester éternellement avec vous, et je ne suis plus libre maintenant de ne pas tenir ma promesse ; je n'aurai pas plus le trésor que vous, et nous ne sortirons d'ici ni l'un ni l'autre. Au reste, mon véritable trésor, voyez-vous, mon ami, n'est pas celui qui m'attendait sous les sombres murailles de Monte-Cristo, c'est votre présence, c'est notre cohabitation de cinq ou six heures par jour, malgré nos geôliers, ce sont ces rayons d'intelligence que vous avez versés dans mon cerveau, ces langues que vous avez implantées dans ma mémoire et qui y poussent avec toutes leurs ramifications philologiques. Ces sciences diverses que vous m'avez rendues si faciles par la profondeur de la connaissance que vous en avez et la netteté des principes où vous les avez réduites, voilà mon trésor, ami, voilà en quoi vous m'avez fait riche et heureux. Croyez-moi et consolez-vous, cela vaut mieux pour moi que des tonnes d'or et des caisses de diamants, ne fussent-elles pas problématiques, comme ces nuages que l'on voit le matin flotter sur la mer, que l'on prend pour des terres fermes, et qui s'évaporent, se volatilisent et s'évanouissent à mesure qu'on s'en approche. Vous avoir près de moi le plus longtemps possible, écouter votre voix éloquente orner mon esprit, retremper mon âme, faire toute mon organisation capable de grandes et terribles choses si jamais je suis libre, les emplir si bien que le désespoir auquel j'étais prêt à me laisser aller quand je vous ai connu n'y trouve plus de place, voilà ma fortune, à moi ; celle-là n'est point chimérique ; je vous la dois bien véritable, et tous les souverains de la terre, fussent-ils des César Borgia, ne viendraient pas à bout de me l'enlever.

Ainsi ce furent pour les deux infortunés, sinon d'heureux jours, du moins des jours assez promptement écoulés que les jours qui suivirent : Faria, qui pendant de si longues années avait gardé le silence sur le trésor, en reparlait maintenant à toute occasion. Comme il l'avait prévu, il était resté paralysé du bras droit et de la jambe gauche, et avait à peu près perdu tout espoir d'en jouir lui-même ; mais il rêvait toujours pour son jeune compagnon une délivrance ou une évasion, et il en jouissait pour lui. De peur que la lettre ne fût un jour égarée ou perdue, il avait forcé Dantès de l'apprendre par cœur, et Dantès la savait depuis le premier jusqu'au dernier mot. Alors il avait détruit la seconde partie, certain qu'on pouvait retrouver et saisir la première sans en deviner le véritable sens. Quelquefois des heures entières se passèrent pour Faria à donner des instructions à Dantès, instructions qui devaient lui servir au jour de sa liberté. Alors, une fois libre, du jour, de l'heure, du moment où il serait libre, il ne devait plus avoir qu'une seule et unique pensée, gagner Monte-Cristo par un moyen quelconque, y rester seul sous un prétexte qui ne donnât point de soupçons, et une fois là, une fois seul, tâcher de retrouver les grottes merveilleuses et fouiller l'endroit indiqué. L'endroit indiqué, on se le rappelle, c'est l'angle le plus éloigné de la seconde ouverture.

En attendant, les heures passaient, sinon rapides, du moins supportables. Faria, comme nous l'avons dit sans avoir retrouvé l'usage de sa main et de son pied, avait reconquis toute la netteté de son intelligence, et avait peu à peu, outre les connaissances morales que nous avons détaillées, appris à son jeune compagnon ce métier patient et sublime du prisonnier, qui de rien sait faire quelque chose. Ils s'occupaient donc éternellement, Faria de peur de se voir vieillir, Dantès de peur de se rappeler son passé presque éteint, et qui ne flottait plus au plus profond de sa mémoire que comme une lumière lointaine égarée dans la nuit ; tout allait ainsi, comme dans ces existences où le malheur n'a rien dérangé et qui s'écoulent machinales et calmes sous l'œil de la Providence.

Mais, sous ce calme superficiel, il y avait dans le cœur du jeune homme et dans celui du vieillard peut-être bien des élans retenus, bien des soupirs étouffés, qui se faisaient jour lorsque Faria était resté seul et qu'Edmond était rentré chez lui.

Une nuit Edmond se réveilla en sursaut, croyant s'être entendu appeler.

Il ouvrit les yeux et essaya de percer les épaisseurs de l'obscurité.

Son nom, ou plutôt une voix plaintive qui essayait d'articuler son nom, arriva jusqu'à lui.

Il se leva sur son lit, la sueur de l'angoisse au front, et écouta. Plus de doute, la plainte venait du cachot de son compagnon.

– Grand Dieu ! murmura Dantès, serait-ce ?

Et il déplaça son lit, tira la pierre, s'élança dans le corridor et parvint à l'extrémité opposée ; la dalle était levée.

À la lueur de cette lampe informe et vacillante dont nous avons parlé, Edmond vit le vieillard pâle, debout encore et se cramponnant au bois de son lit. Ses traits étaient bouleversés par ces horribles symptômes qu'il connaissait déjà et qui l'avaient tant épouvanté lorsqu'ils étaient apparus pour la première fois.

– Eh bien ! mon ami, dit Faria résigné, vous comprenez, n'est-ce pas ? Et je n'ai besoin de vous rien apprendre !

Edmond poussa un cri douloureux, et, perdant complètement la tête, il s'élança vers la porte en criant :

– Au secours ! au secours !

Faria eut encore la force de l'arrêter par le bras.

– Silence ! dit-il, ou vous êtes perdu. Ne songeons plus qu'à vous, mon ami, à vous rendre votre captivité supportable ou votre fuite possible. Il vous faudrait des années pour refaire seul tout ce que j'ai fait ici, et qui serait détruit à l'instant même par la connaissance que nos surveillants auraient de notre intelligence. D'ailleurs, soyez tranquille, mon ami, le cachot que je vais quitter ne restera pas longtemps vide : un autre malheureux viendra prendre ma place. À cet autre vous apparaîtrez comme un ange sauveur. Celui-là sera peut-être jeune, fort et patient comme vous, celui-là pourra vous aider dans votre fuite, tandis que je l'empêchais. Vous n'aurez plus une moitié de cadavre liée à vous pour vous paralyser tous vos mouvements. Décidément Dieu fait enfin quelque chose pour vous : il vous rend plus qu'il ne vous ôte, et il est bien temps que je meure.

Edmond ne put que joindre les mains et s'écrier :

– Oh ! mon ami, mon ami, taisez-vous.

Puis reprenant sa force un instant ébranlée par ce coup imprévu et son courage plié par les paroles du vieillard :

– Oh ! dit-il, je vous ai déjà sauvé une fois, je vous sauverai bien une seconde !

Et il souleva le pied du lit et en tira le flacon encore au tiers plein de la liqueur rouge.

– Tenez, dit-il, il en reste encore, de ce breuvage sauveur. Vite, vite, dites-moi ce qu'il faut que je fasse cette fois ; y a-t-il des instructions nouvelles ? Parlez, mon ami, j'écoute.

– Il n'y a pas d'espoir, répondit Faria en secouant la tête. Mais, n'importe ; Dieu veut que l'homme qu'il a créé, et dans le cœur duquel il a si profondément enraciné l'amour de la vie, fasse tout ce qu'il pourra pour conserver cette existence si pénible parfois, si chère toujours.

– Oh ! oui, oui, s'écria Dantès, et je vous sauverai, vous dis-je !

– Eh bien, essayez donc ! Le froid me gagne ; je sens le sang qui afflue à mon cerveau ; cet horrible tremblement qui fait claquer mes dents et semble disjoindre mes os commence à secouer tout mon corps ; dans cinq minutes le mal éclatera, dans un quart d'heure il ne restera plus de moi qu'un cadavre.

– Oh ! s'écria Dantès le cœur navré de douleur.

– Vous ferez comme la première fois, seulement vous n'attendrez pas si longtemps. Tous les ressorts de la vie sont bien usés à cette heure, et la mort, continua-t-il en montrant son bras et sa jambe paralysés, n'aura plus que la moitié de la besogne à faire. Si, après m'avoir versé douze gouttes dans la bouche, au lieu de dix, vous voyez que je ne reviens pas, alors vous verserez le reste. Maintenant portez-moi sur mon lit, car je ne puis plus me tenir debout.

Edmond prit le vieillard dans ses bras et le déposa sur le lit.

– Maintenant, ami, dit Faria, seule consolation de ma vie misérable, vous que le ciel m'a donné un peu tard, mais enfin qu'il m'a donné, présent inappréciable et dont je le remercie ; au moment de me séparer de vous pour jamais, je vous souhaite tout le bonheur, toute la prospérité que vous méritez ; mon fils, je vous bénis !

Le jeune homme se jeta à genoux, appuyant sa tête contre le lit du vieillard.

– Mais, surtout, écoutez bien ce que je vous dis à ce moment suprême : le trésor des Spada existe. Dieu permet qu'il n'y ait plus pour moi ni distance, ni obstacle. Je le vois au fond de la seconde grotte ; mes yeux percent les profondeurs de la terre et sont éblouis de tant de richesses. Si vous parvenez à fuir, rappelez-vous que le pauvre abbé que tout le monde croyait fou ne l'était pas. Courez à Monte-Cristo, profitez de notre fortune, profitez-en, vous avez assez souffert.

Une secousse violente interrompit le vieillard ; Dantès releva la tête, il vit les yeux qui s'injectaient de rouge ; on eût dit qu'une vague de sang venait de monter de sa poitrine à son front.

– Adieu ! adieu ! murmura le vieillard en pressant convulsivement la main du jeune homme, adieu !…

– Oh ! pas encore, pas encore ! s'écria celui-ci. Ne nous abandonnez pas ; ô mon Dieu ! secourez-le… à l'aide… à moi…

– Silence ! silence ! murmura le moribond, qu'on ne nous sépare pas si vous me sauvez !

– Vous avez raison. Oh ! oui, oui, soyez tranquille, je vous sauverai ! D'ailleurs, quoique vous souffriez beaucoup, vous paraissez souffrir moins que la première fois.

– Oh ! détrompez-vous ! Je souffre moins, parce qu'il y a en moi moins de forces pour souffrir. À votre âge on a foi dans la vie, c'est le privilège de la jeunesse de croire et d'espérer ; mais les vieillards voient plus clairement la mort. Oh ! la voilà… elle vient… c'est fini… ma vue se perd… ma raison s'enfuit… Votre main, Dantès !… adieu !… adieu !

Et se relevant par un dernier effort dans lequel il rassembla toutes ses facultés :

– Monte-Cristo ! dit-il, n'oubliez pas Monte-Cristo !

Et il retomba sur son lit.

La crise fut terrible : des membres tordus, des paupières gonflées, une écume sanglante, un corps sans mouvement, voilà ce qui resta sur ce lit de douleur à la place de l'être intelligent qui s'y était couché un instant auparavant.

Dantès prit la lampe, la posa au chevet du lit sur une pierre qui faisait saillie et d'où sa lueur tremblante éclairait d'un reflet étrange et fantastique ce visage décomposé et ce corps inerte et roidi.

Les yeux fixés, il attendit intrépidement le moment d'administrer le remède sauveur.

Lorsqu'il crut le moment arrivé, il prit le couteau, desserra les dents, qui offrirent moins de résistance que la première fois, compta l'une après l'autre dix gouttes et attendit ; la fiole contenait le double encore à peu près de ce qu'il avait versé.

Il attendit dix minutes, un quart d'heure, une demi-heure, rien ne bougea. Tremblant, les cheveux roidis, le front glacé de sueur, il comptait les secondes par les battements de son cœur.

Alors il pensa qu'il était temps d'essayer la dernière épreuve : il approcha la fiole des lèvres violettes de Faria, et, sans avoir besoin de desserrer les mâchoires restées ouvertes, il versa toute la liqueur qu'elle contenait.

Le remède produisit un effet galvanique, un violent tremblement secoua les membres du vieillard, ses yeux se rouvrirent effrayants à voir, il poussa un soupir qui ressemblait à un cri, puis tout ce corps frissonnant rentra peu à peu dans son immobilité.

Les yeux seuls restèrent ouverts.

Une demi-heure, une heure, une heure et demie s'écoulèrent. Pendant cette heure et demie d'angoisse, Edmond, penché sur son ami, la main appliquée à son cœur, sentit successivement ce corps se refroidir et ce cœur éteindre son battement de plus en plus sourd et profond.

Enfin rien ne survécut ; le dernier frémissement du cœur cessa, la face devint livide, les yeux restèrent ouverts, mais le regard se ternit.

Il était six heures du matin, le jour commençait à paraître, et son rayon blafard, envahissant le cachot, faisait pâlir la lumière mourante de la lampe. Des reflets étranges passaient sur le visage du cadavre, lui donnant de temps en temps des apparences de vie. Tant que dura cette lutte du jour et de la nuit, Dantès put douter encore ; mais dès que le jour eut vaincu il comprit qu'il était seul avec un cadavre.

Alors une terreur profonde et invincible s'empara de lui ; il n'osa plus presser cette main qui pendait hors du lit, il n'osa plus arrêter ses yeux sur ces yeux fixes et blancs qu'il essaya plusieurs fois mais inutilement de fermer, et qui se rouvraient toujours, il éteignit la lampe, la cacha soigneusement et s'enfuit, replaçant de son mieux la dalle au-dessus de sa tête.

D'ailleurs il était temps, le geôlier allait venir.

Cette fois il commença sa visite par Dantès ; en sortant de son cachot il allait passer dans celui de Faria, auquel il portait à déjeuner et du linge.

Rien d'ailleurs n'indiquait chez cet homme qu'il eût connaissance de l'accident arrivé. Il sortit.

Dantès fut alors pris d'une indicible impatience de savoir ce qui allait se passer dans le cachot de son malheureux ami ; il rentra donc dans la galerie souterraine et arriva à temps pour entendre les exclamations du porte-clefs, qui appelait à l'aide.

Bientôt les autres porte-clefs entrèrent ; puis on entendit ce pas lourd et régulier habituel aux soldats, même hors de leur service. Derrière les soldats arriva le gouverneur.

Edmond entendit le bruit du lit sur lequel on agitait le cadavre ; il entendit la voix du gouverneur, qui ordonnait de lui jeter de l'eau au visage, et qui, voyant que, malgré cette immersion, le prisonnier ne revenait pas, envoya chercher le médecin.

Le gouverneur sortit ; et quelques paroles de compassion parvinrent aux oreilles de Dantès, mêlées à des rires de moquerie.

– Allons, allons, disait l'un, le fou a été rejoindre ses trésors, bon voyage !

– Il n'aura pas, avec tous ses millions, de quoi payer son linceul, disait l'autre.

– Oh ! reprit une troisième voix, les linceuls du château d'If ne coûtent pas cher.

– Peut-être, dit un des premiers interlocuteurs, comme c'est un homme d'Église, on fera quelques frais en sa faveur.

– Alors il aura les honneurs du sac.

Edmond écoutait, ne perdait pas une parole, mais ne comprenait pas grand-chose à tout cela. Bientôt les voix s'éteignirent, et il lui sembla que les assistants quittaient la chambre.

Cependant il n'osa y rentrer : on pouvait avoir laissé quelque porte-clefs pour garder le mort.

Il resta donc muet, immobile et retenant sa respiration.

Au bout d'une heure, à peu près, le silence s'anima d'un faible bruit, qui alla croissant.

C'était le gouverneur qui revenait, suivi du médecin et de plusieurs officiers.

Il se fit un moment de silence : il était évident que le médecin s'approchait du lit et examinait le cadavre.

Bientôt les questions commencèrent.

Le médecin analysa le mal auquel le prisonnier avait succombé et déclara qu'il était mort.

Questions et réponses se faisaient avec une nonchalance qui indignait Dantès ; il lui semblait que tout le monde devait ressentir pour le pauvre abbé une partie de l'affection qu'il lui portait.

– Je suis fâché de ce que vous m'annoncez là, dit le gouverneur, répondant à cette certitude manifestée par le médecin que le vieillard était bien réellement mort, c'était un prisonnier doux, inoffensif, réjouissant avec sa folie et surtout facile à surveiller.

– Oh ! reprit le porte-clefs, on aurait pu ne pas le surveiller du tout, il serait bien resté cinquante ans ici, j'en réponds, celui-là, sans essayer de faire une seule tentative d'évasion.

– Cependant, reprit le gouverneur, je crois qu'il serait urgent, malgré votre conviction, non pas que je doute de votre science, mais pour ma propre responsabilité, de nous assurer si le prisonnier est bien réellement mort.

Il se fit un moment de silence absolu pendant lequel Dantès, toujours aux écoutes, estima que le médecin examinait et palpait une seconde fois le cadavre.

– Vous pouvez être tranquille, dit alors le médecin, il est mort, c'est moi qui vous en réponds.

– Vous savez, monsieur, reprit le gouverneur en insistant, que nous ne nous contentons pas, dans les cas pareils à celui-ci, d'un simple examen ; malgré toutes les apparences, veuillez donc achever la besogne en remplissant les formalités prescrites par la loi.

– Que l'on fasse chauffer les fers, dit le médecin ; mais en vérité, c'est une précaution bien inutile.

Cet ordre de chauffer les fers fit frissonner Dantès.

On entendit des pas empressés, le grincement de la porte, quelques allées et venues intérieures, et, quelques instants après, un guichetier rentra en disant :

– Voici le brasier avec un fer.

Il se fit alors un silence d'un instant, puis on entendit le frémissement des chairs qui brûlaient, et dont l'odeur épaisse et nauséabonde perça le mur même derrière lequel Dantès écoutait avec horreur.

À cette odeur de chair humaine carbonisée, la sueur jaillit du front du jeune homme et il crut qu'il allait s'évanouir.

– Vous voyez, monsieur, qu'il est bien mort, dit le médecin ; cette brûlure au talon est décisive ; le pauvre fou est guéri de sa folie et délivré de sa captivité.

– Ne s'appelait-il pas Faria ? demanda un des officiers qui accompagnaient le gouverneur.

– Oui, monsieur, et, à ce qu'il prétendait, c'était un vieux nom ; d'ailleurs il était fort savant et assez raisonnable même sur tous les points qui ne touchaient pas à son trésor ; mais sur celui-là, il faut l'avouer, il était intraitable.

– C'est l'affection que nous appelons la monomanie, dit le médecin.

– Vous n'aviez jamais eu à vous plaindre de lui ? demanda le gouverneur au geôlier chargé d'apporter les vivres de l'abbé.

– Jamais, monsieur le gouverneur, répondit le geôlier, jamais, au grand jamais ! Au contraire : autrefois même il m'amusait fort en me racontant des histoires ; un jour que ma femme était malade, il m'a même donné une recette qui l'a guérie.

– Ah ! ah ! fit le médecin, j'ignorais que j'eusse affaire à un collègue ; j'espère, monsieur le gouverneur, ajouta-t-il en riant, que vous le traiterez en conséquence.

– Oui, oui, soyez tranquille, il sera décemment enseveli dans le sac le plus neuf qu'on pourra trouver ; êtes-vous content ?

– Devons-nous accomplir cette dernière formalité devant vous, monsieur ? demanda un guichetier.

– Sans doute, mais qu'on se hâte ; je ne puis rester dans cette chambre toute la journée.

De nouvelles allées et venues se firent entendre ; un instant après, un bruit de toile froissée parvint aux oreilles de Dantès, le lit cria sur ses ressorts, un pas alourdi comme celui d'un homme qui soulève un fardeau s'appesantit sur la dalle, puis le lit cria de nouveau sous le poids qu'on lui rendait.

– À ce soir, dit le gouverneur.

– Y aura-t-il une messe ? demanda un des officiers.

– Impossible, répondit le gouverneur ; le chapelain du château est venu me demander hier un congé pour faire un petit voyage de huit jours à Hyères, je lui ai répondu de tous mes prisonniers pendant tout ce temps-là ; le pauvre abbé n'avait qu'à ne pas tant se presser, et il aurait eu son *requiem*.

– Bah, bah ! dit le médecin avec l'impiété familière aux gens de sa profession, il est homme d'Église : Dieu aura égard à l'État, et ne donnera pas à l'enfer le méchant plaisir de lui envoyer un prêtre.

Un éclat de rire suivit cette mauvaise plaisanterie.

Pendant ce temps l'opération de l'ensevelissement se poursuivait.

– À ce soir ! dit le gouverneur lorsqu'elle fut finie.

– À quelle heure ? demanda le guichetier.

– Mais vers dix ou onze heures.

– Veillera-t-on le mort ?

– Pour quoi faire ? On fermera le cachot comme s'il était vivant, voilà tout.

Alors les pas s'éloignèrent, les voix allèrent s'affaiblissant, le bruit de la porte avec sa serrure criarde et ses verrous grinçants se fit entendre, un silence plus morne que celui de la solitude, le silence de la mort, envahit tout, jusqu'à l'âme glacée du jeune homme.

Alors il souleva lentement la dalle avec sa tête, et jeta un regard investigateur dans la chambre.

La chambre était vide ; Dantès sortit de la galerie.

XX. LE CIMETIÈRE DU CHÂTEAU D'IF

Sur le lit, couché dans le sens de la longueur, et faiblement éclairé par un jour brumeux qui pénétrait à travers la fenêtre, on voyait un sac de toile grossière, sous les larges plis duquel se dessinait confusément une forme longue et raide : c'était le dernier linceul de Faria, ce linceul qui, au dire des guichetiers, coûtait si peu cher. Ainsi, tout était fini. Une séparation matérielle existait déjà entre Dantès et son vieil ami ; il ne pouvait plus voir ces yeux qui étaient restés ouverts comme pour regarder au-delà de la mort, il ne pouvait plus serrer cette main industrieuse qui avait soulevé pour lui le voile qui couvrait les choses cachées. Faria, l'utile, le bon compagnon auquel il s'était habitué avec tant de force, n'existait plus que dans son souvenir. Alors il s'assit au chevet de ce lit terrible, et se plongea dans une sombre et amère mélancolie.

Seul ! Il était redevenu seul ! Il était retombé dans le silence, il se retrouvait en face du néant !

Seul ! Plus même la vue, plus même la voix du seul être humain qui l'attachait encore à la terre ! Ne valait-il pas mieux, comme Faria, s'en aller demander à Dieu l'énigme de la vie, au risque de passer par la porte lugubre des souffrances !

L'idée du suicide, chassée par son ami, écartée par sa présence, revint alors se dresser comme un fantôme près du cadavre de Faria.

– Si je pouvais mourir, dit-il, j'irais où il va, et je le retrouverais certainement. Mais comment mourir ? C'est bien facile, ajouta-t-il en riant, je vais rester ici, je me jetterai sur le premier qui va entrer, je l'étranglerai et l'on me guillotinera.

Mais, comme il arrive que, dans les grandes douleurs comme dans les grandes tempêtes, l'abîme se trouve entre deux cimes de flots, Dantès recula à l'idée de cette mort infamante, et passa précipitamment de ce désespoir à une soif ardente de vie et de liberté.

– Mourir ! Oh non ! s'écria-t-il, ce n'est pas la peine d'avoir tant vécu, d'avoir tant souffert, pour mourir maintenant ! Mourir, c'était bon quand j'en avais pris la résolution, autrefois, il y a des années ; mais maintenant ce serait véritablement trop aider à ma misérable destinée. Non, je veux vivre, je veux lutter jusqu'au bout ; non, je veux reconquérir ce bonheur qu'on m'a enlevé. Avant que je meure, j'oubliais que j'ai mes bourreaux à punir, et peut-être bien aussi, qui sait ? quelques amis à récompenser. Mais à présent on va m'oublier ici, et je ne sortirai de mon cachot que comme Faria.

Mais à cette parole Edmond resta immobile, les yeux fixes, comme un homme frappé d'une idée subite, mais que cette idée épouvante ; tout à coup il se leva, porta la main à son front comme s'il avait le vertige, fit deux ou trois tours dans la chambre et revint s'arrêter devant le lit…

– Oh, oh ! murmura-t-il, qui m'envoie cette pensée ? Est-ce vous, mon Dieu ? Puisqu'il n'y a que les morts qui sortent librement d'ici, prenons la place des morts.

Et, sans perdre le temps de revenir sur cette décision, comme pour ne pas donner à la pensée le temps de détruire cette résolution désespérée, il se pencha vers le sac hideux, l'ouvrit avec le couteau que Faria avait fait, retira le cadavre du sac, l'emporta chez lui, le coucha dans son lit, le coiffa du lambeau de linge dont il avait l'habitude de se coiffer lui-même, le couvrit de sa couverture, baisa une dernière fois ce front glacé, essaya de refermer ces yeux rebelles, qui continuaient de rester ouverts, effrayants par l'absence de la pensée, tourna la tête le long du mur afin que le geôlier, en apportant son repas du soir, crût qu'il était couché comme c'était souvent son habitude, rentra dans la galerie, tira le lit contre la muraille, rentra dans l'autre chambre, prit dans l'armoire l'aiguille, le fil, jeta ses haillons pour qu'on sentît bien sous la toile les chairs nues, se glissa dans le sac éventré, se plaça dans la situation où était le cadavre, et referma la couture en dedans.

On aurait pu entendre battre son cœur si par malheur on fût entré en ce moment.

Dantès aurait bien pu attendre après la visite du soir, mais il avait peur que d'ici là le gouverneur ne changeât de résolution et qu'on n'enlevât le cadavre.

Alors sa dernière espérance était perdue.

En tout cas, maintenant son plan était arrêté.

Voici ce qu'il comptait faire.

Si pendant le trajet les fossoyeurs reconnaissaient qu'ils portaient un vivant au lieu de porter un mort, Dantès ne leur donnait pas le temps de se reconnaître ; d'un vigoureux coup de couteau il ouvrait le sac depuis le haut jusqu'en bas, profitait de leur terreur et s'échappait ; s'ils voulaient l'arrêter, il jouait du couteau.

S'ils le conduisaient jusqu'au cimetière et le déposaient dans une fosse, il se laissait couvrir de terre ; puis, comme c'était la nuit, à peine les fossoyeurs avaient-ils le dos tourné qu'il s'ouvrait un passage à travers la terre molle et s'enfuyait : il espérait que le poids ne serait pas trop grand pour qu'il pût le soulever.

S'il se trompait, si au contraire la terre était trop pesante, il mourait étouffé, et, tant mieux ! tout était fini.

Dantès n'avait pas mangé depuis la veille, mais il n'avait pas songé à la faim le matin, et il n'y songeait pas encore. Sa position était trop précaire pour lui laisser le temps d'arrêter sa pensée sur aucune autre idée.

Le premier danger que courait Dantès, c'était que le geôlier, en lui apportant son souper de sept heures, s'aperçût de la substitution opérée : heureusement, vingt fois, soit par misanthropie, soit par fatigue, Dantès avait reçu le geôlier couché et, dans ce cas, d'ordinaire, cet homme déposait son pain et sa soupe sur la table et se retirait sans lui parler.

Mais, cette fois, le geôlier pouvait déroger à ses habitudes de mutisme, parler à Dantès, et, voyant que Dantès ne lui répondait point, s'approcher du lit et tout découvrir.

Lorsque sept heures du soir s'approchèrent, les angoisses de Dantès commencèrent véritablement. Sa main, appuyée sur son cœur, essayait d'en comprimer les battements, tandis que de l'autre il essuyait la sueur de son front qui ruisselait le long de ses tempes. De temps en temps des frissons lui couraient par tout le corps et lui serraient le cœur comme dans un étau glacé. Alors il croyait qu'il allait mourir. Les heures s'écoulèrent sans amener aucun mouvement dans le château, et Dantès comprit qu'il avait échappé à ce premier danger ; c'était d'un bon augure. Enfin, vers l'heure fixée par le gouverneur, des pas se firent entendre dans l'escalier. Edmond comprit que le moment était venu ; il rappela tout son courage, retenant son haleine ; heureux s'il eût pu retenir en même temps et comme elle les pulsations précipitées de ses artères.

On s'arrêta à la porte, le pas était double. Dantès devina que c'étaient les deux fossoyeurs qui le venaient chercher. Ce soupçon se changea en certitude quand il entendit le bruit qu'ils faisaient en déposant la civière.

La porte s'ouvrit, une lumière voilée parvint aux yeux de Dantès. Au travers de la toile qui le couvrait, il vit deux ombres s'approcher de son lit. Une troisième restait à la porte, tenant un falot à la main. Chacun des deux hommes, qui s'étaient approchés du lit, saisit le sac par une de ses extrémités.

– C'est qu'il est encore lourd, pour un vieillard si maigre ! dit l'un d'eux en le soulevant par la tête.

– On dit que chaque année ajoute une demi-livre au poids des os, dit l'autre en le prenant par les pieds.

– As-tu fait ton nœud ? demanda le premier.

– Je serais bien bête de nous charger d'un poids inutile, dit le second, je le ferai là-bas.

– Tu as raison ; partons alors.

« Pourquoi ce nœud ? » se demanda Dantès.

On transporta le prétendu mort du lit sur la civière. Edmond se raidissait pour mieux jouer son rôle de trépassé. On le posa sur la civière ; et le cortège, éclairé par l'homme au falot, qui marchait devant, monta l'escalier.

Tout à coup, l'air frais et âpre de la nuit l'inonda. Dantès reconnut le mistral. Ce fut une sensation subite, pleine à la fois de délices et d'angoisses.

Les porteurs firent une vingtaine de pas, puis ils s'arrêtèrent et déposèrent la civière sur le sol.

Un des porteurs s'éloigna, et Dantès entendit ses souliers retentir sur les dalles.

« Où suis-je donc ? » se demanda-t-il.

– Sais-tu qu'il n'est pas léger du tout ! dit celui qui était resté près de Dantès en s'asseyant sur le bord de la civière.

Le premier sentiment de Dantès avait été de s'échapper, heureusement il se retint.

– Éclaire-moi donc, animal, dit celui des deux porteurs qui s'était éloigné, ou je ne trouverai jamais ce que je cherche.

L'homme au falot obéit à l'injonction, quoique, comme on l'a vu, elle fût faite en termes peu convenables.

– Que cherche-t-il donc ? se demanda Dantès. Une bêche sans doute.

Une exclamation de satisfaction indiqua que le fossoyeur avait trouvé ce qu'il cherchait.

– Enfin, dit l'autre, ce n'est pas sans peine.

– Oui, répondit-il, mais il n'aura rien perdu pour attendre.

À ces mots il se rapprocha d'Edmond, qui entendit déposer près de lui un corps lourd et retentissant : au même moment, une corde entoura ses pieds d'une vive et douloureuse pression.

– Eh bien ! le nœud est-il fait ? demanda celui des fossoyeurs qui était resté inactif.

– Et bien fait, dit l'autre ; je t'en réponds.

– En ce cas, en route.

Et la civière soulevée reprit son chemin.

On fit cinquante pas à peu près, puis on s'arrêta pour ouvrir une porte, puis on se remit en route. Le bruit des flots se brisant contre les rochers sur lesquels est bâti le château arrivait plus distinctement à l'oreille de Dantès à mesure que l'on avança.

– Mauvais temps ! dit un des porteurs, il ne fera pas bon d'être en mer cette nuit.

– Oui, l'abbé court grand risque d'être mouillé, dit l'autre, et ils éclatèrent de rire.

Dantès ne comprit pas très bien la plaisanterie, mais ses cheveux ne s'en dressèrent pas moins sur sa tête.

– Bon, nous voilà arrivés ! reprit le premier.

– Plus loin, plus loin, dit l'autre, tu sais bien que le dernier est resté en route, brisé sur les rochers, et que le gouverneur nous a dit le lendemain que nous étions des fainéants.

On fit encore quatre ou cinq pas en montant toujours, puis Dantès sentit qu'on le prenait par la tête et par les pieds et qu'on le balançait.

– Une, dirent les fossoyeurs.

– Deux.

– Trois !

En même temps Dantès se sentit lancé en effet dans un vide énorme, traversant les airs comme un oiseau blessé, tombant, tombant toujours avec une épouvante qui lui glaçait le cœur. Quoique tiré en bas par quelque chose de pesant qui précipitait son vol rapide, il lui sembla que cette chute durait un siècle. Enfin, avec un bruit épouvantable, il entra comme une flèche dans une eau glacée qui lui fit pousser un cri, étouffé à l'instant même par l'immersion.

Dantès avait été lancé dans la mer, au fond de laquelle l'entraînait un boulet de trente-six attaché à ses pieds.

La mer est le cimetière du château d'If.

XXI. L'ÎLE DE TIBOULEN

Dantès étourdi, presque suffoqué, eut cependant la présence d'esprit de retenir son haleine, et, comme sa main droite, ainsi que nous l'avons dit, préparé qu'il était à toutes les chances, tenait son couteau tout ouvert, il éventra rapidement le sac, sortit le bras, puis la tête ; mais alors, malgré ses mouvements pour soulever le boulet, il continua de se sentir entraîné ; alors il se cambra, cherchant la corde qui liait ses jambes, et, par un effort suprême, il la trancha précisément au moment où il suffoquait ; alors, donnant un vigoureux coup de pied, il remonta libre à la surface de la mer, tandis que le boulet entraînait dans ses profondeurs inconnues le tissu grossier qui avait failli devenir son linceul.

Dantès ne prit que le temps de respirer, et replongea une seconde fois ; car la première précaution qu'il devait prendre était d'éviter les regards.

Lorsqu'il reparut pour la seconde fois, il était déjà à cinquante pas au moins du lieu de sa chute ; il vit au-dessus de sa tête un ciel noir et tempétueux, à la surface duquel le vent balayait quelques nuages rapides, découvrant parfois un petit coin d'azur rehaussé d'une étoile ; devant lui s'étendait la plaine sombre et mugissante, dont les vagues commençaient à bouillonner comme à l'approche d'une tempête, tandis que derrière lui, plus noir que la mer, plus noir que le ciel, montait, comme un fantôme menaçant, le géant de granit, dont la pointe sombre semblait un bras étendu pour ressaisir sa proie ; sur la roche la plus haute était un falot éclairant deux ombres.

Il lui sembla que ces deux ombres se penchaient sur la mer avec inquiétude ; en effet, ces étranges fossoyeurs devaient avoir entendu le cri qu'il avait jeté en traversant l'espace. Dantès plongea donc de nouveau, et fit un trajet assez long entre deux eaux ; cette manœuvre lui était jadis familière, et attirait d'ordinaire autour de lui, dans l'anse du Pharo, de nombreux admirateurs, lesquels l'avaient proclamé bien souvent le plus habile nageur de Marseille.

Lorsqu'il revint à la surface de la mer le falot avait disparu.

Il fallait s'orienter : de toutes les îles qui entourent le château d'If, Ratonneau et Pomègue sont les plus proches ; mais Ratonneau et Pomègue sont habitées, il en est ainsi de la petite île de Daume ; l'île la plus sûre était donc celle de Tiboulen ou de Lemaire ; les îles de Tiboulen et de Lemaire sont à une lieue du château d'If.

Dantès ne résolut pas moins de gagner une de ces deux îles ; mais comment trouver ces îles au milieu de la nuit qui s'épaississait à chaque instant autour de lui !

En ce moment, il vit briller comme une étoile le phare de Planier.

En se dirigeant droit sur ce phare, il laissait l'île de Tiboulen un peu à gauche ; en appuyant un peu à gauche, il devait donc rencontrer cette île sur son chemin.

Mais, nous l'avons dit, il y avait une lieue au moins du château d'If à cette île.

Souvent, dans la prison, Faria répétait au jeune homme, en le voyant abattu et paresseux :

– Dantès, ne vous laissez pas aller à cet amollissement ; vous vous noierez, si vous essayez de vous enfuir, et que vos forces n'aient pas été entretenues.

Sous l'onde lourde et amère, cette parole était venue tinter aux oreilles de Dantès ; il avait eu hâte de remonter alors et de fendre les lames pour voir si effectivement il n'avait pas perdu de ses forces ; il vit avec joie que son inaction forcée ne lui avait rien ôté de sa puissance et de son agilité, et sentit qu'il était toujours maître de l'élément, où, tout enfant, il s'était joué.

D'ailleurs la peur, cette rapide persécutrice, doublait la vigueur de Dantès : il écoutait, penché sur la cime des flots, si aucune rumeur n'arrivait jusqu'à lui. Chaque fois qu'il s'élevait à l'extrémité d'une vague, son rapide regard embrassait l'horizon visible et essayait de plonger dans l'épaisse obscurité ; chaque flot un peu plus élevé que les autres flots lui semblait une barque à sa poursuite, et alors il redoublait d'efforts, qui l'éloignaient sans doute, mais dont la répétition devait promptement user ses forces.

Il nageait cependant, et déjà le château terrible s'était un peu fondu dans la vapeur nocturne : il ne le distinguait pas, mais il le sentait toujours.

Une heure s'écoula, pendant laquelle Dantès, exalté par le sentiment de la liberté qui avait envahi toute sa personne, continua de fendre les flots dans la direction qu'il s'était faite.

« Voyons, se disait-il, voilà bientôt une heure que je nage, mais comme le vent m'est contraire j'ai dû perdre un quart de ma rapidité ; cependant, à moins que je ne me sois trompé de ligne, je ne dois pas être loin de Tiboulen maintenant. »

« Mais, si je m'étais trompé ! »

Un frisson passa par tout le corps du nageur ; il essaya de faire un instant la planche pour se reposer ; mais la mer devenait de plus en plus forte, et il comprit bientôt que ce moyen de soulagement, sur lequel il avait compté, était impossible.

– Eh bien ! dit-il, soit, j'irai jusqu'au bout, jusqu'à ce que mes bras se lassent, jusqu'à ce que les crampes envahissent mon corps, et alors je coulerai à fond !

Et il se mit à nager avec la force et l'impulsion du désespoir.

Tout à coup il lui sembla que le ciel, déjà si obscur, s'assombrissait encore, qu'un nuage épais, lourd, compact, s'abaissait vers lui ; en même temps, il sentit une violente douleur au genou ; l'imagination, avec son incalculable vitesse, lui dit alors que c'était le choc d'une balle, et qu'il allait immédiatement entendre l'explosion du coup de fusil ; mais l'explosion ne retentit pas. Dantès allongea la main et sentit une résistance, il retira son autre jambe à lui et toucha la terre ; il vit alors quel était l'objet qu'il avait pris pour un nuage.

À vingt pas de lui s'élevait une masse de rochers bizarres, qu'on prendrait pour un foyer immense pétrifié au moment de sa plus ardente combustion : c'était l'île de Tiboulen.

Dantès se releva, fit quelques pas en avant, et s'étendit en remerciant Dieu sur ces pointes de granit, qui lui semblèrent à cette heure plus douces que ne lui avait jamais paru le lit le plus doux.

Puis, malgré le vent, malgré la tempête, malgré la pluie, qui commençait à tomber, brisé de fatigue qu'il était, il s'endormit de ce délicieux sommeil de l'homme chez lequel le corps s'engourdit, mais dont l'âme veille avec la conscience d'un bonheur inespéré.

Au bout d'une heure, Edmond se réveilla sous le grondement d'un immense coup de tonnerre : la tempête était déchaînée dans l'espace et battait l'air de son vol éclatant ; de temps en temps un éclair descendait du ciel comme un serpent de feu, éclairant les flots et les nuages qui roulaient au-devant les uns des autres comme les vagues d'un immense chaos.

Dantès, avec son coup d'œil de marin, ne s'était pas trompé : il avait abordé à la première des deux îles, qui est effectivement celle de Tiboulen. Il la savait nue, découverte et n'offrant pas le moindre asile ; mais quand la tempête serait calmée il se remettrait à la mer et gagnerait à la nage l'île Lemaire, aussi aride, mais plus large et par conséquent plus hospitalière.

Une roche qui surplombait offrit un abri momentané à Dantès, il s'y réfugia, et presque au même instant la tempête éclata dans toute sa fureur.

Edmond sentait trembler la roche sous laquelle il s'abritait ; les vagues, se brisant contre la base de la gigantesque pyramide, rejaillissaient jusqu'à lui ; tout en sûreté qu'il était, il était au milieu de ce bruit profond, au milieu de ces éblouissements fulgurants, pris d'une espèce de vertige ; il lui semblait que l'île tremblait sous lui, et d'un moment à l'autre allait, comme un vaisseau à l'ancre, briser son câble, et l'entraîner au milieu de l'immense tourbillon.

Il se rappela alors que depuis vingt-quatre heures il n'avait pas mangé : il avait faim, il avait soif.

Dantès étendit les mains et la tête, et but l'eau de la tempête dans le creux d'un rocher.

Comme il se relevait, un éclair qui semblait ouvrir le ciel jusqu'au pied du trône éblouissant de Dieu illumina l'espace ; à la lueur de cet éclair, entre l'île de Lemaire et le cap Croisille, à un quart de lieue de lui, Dantès vit apparaître, comme un spectre glissant du haut d'une vague dans un abîme, un petit bâtiment pêcheur emporté à la fois par l'orage et par le flot ; une seconde après, à la cime d'une autre vague, le fantôme reparut, s'approchant avec une effroyable rapidité. Dantès voulut crier, chercha quelque lambeau de linge à agiter en l'air pour leur faire voir qu'ils se perdaient, mais ils le voyaient bien eux-mêmes. À la lueur d'un autre éclair, le jeune homme vit quatre hommes cramponnés aux mâts et aux étais ; un cinquième se tenait à la barre du gouvernail brisé. Ces hommes qu'il voyait le virent aussi sans doute, car des cris désespérés, emportés par la rafale sifflante, arrivèrent à son oreille. Au-dessus du mât, tordu comme un roseau, claquait en l'air, à coups précipités, une voile en lambeaux, tout à coup les liens qui la retenaient encore se rompirent, et elle disparut, emportée dans les sombres profondeurs du ciel, pareille à ces grands oiseaux blancs qui se dessinent sur les nuages noirs.

En même temps un craquement effrayant se fit entendre, des cris d'agonie arrivèrent jusqu'à Dantès. Cramponné comme un sphinx à son rocher, d'où il plongeait sur l'abîme, un nouvel éclair lui montra le petit bâtiment brisé, et parmi les débris des têtes aux visages désespérés, des bras étendus vers le ciel.

Puis tout rentra dans la nuit, le terrible spectacle avait eu la durée de l'éclair.

Dantès se précipita sur la pente glissante des rochers, au risque de rouler lui-même dans la mer ; il regarda, il écouta, mais il n'entendit et ne vit plus rien ; plus de cris, plus d'efforts humains ; la tempête seule, cette grande chose de Dieu, continuait de rugir avec les vents et d'écumer avec les flots.

Peu à peu le vent s'abattit ; le ciel roula vers l'occident de gros nuages gris et pour ainsi dire déteints par l'orage ; l'azur reparut avec les étoiles plus scintillantes que jamais ; bientôt, vers l'est, une longue bande rougeâtre dessina à l'horizon des ondulations d'un bleu noir ; les flots bondirent, une subite lueur courut sur leurs cimes et changea leurs cimes écumeuses en crinières d'or.

C'était le jour.

Dantès resta immobile et muet devant ce grand spectacle, comme s'il le voyait pour la première fois ; en effet, depuis le temps qu'il était au château d'If, il l'avait oublié. Il se retourna vers la forteresse, interrogeant à la fois d'un long regard circulaire la terre et la mer.

Le sombre bâtiment sortait du sein des vagues avec cette imposante majesté des choses immobiles, qui semblent à la fois surveiller et commander.

Il pouvait être cinq heures du matin ; la mer continuait de se calmer.

« Dans deux ou trois heures, se dit Edmond, le porte-clefs va rentrer dans ma chambre, trouvera le cadavre de mon pauvre ami, le reconnaîtra, me cherchera vainement et donnera l'alarme. Alors on trouvera le trou, la galerie ; on interrogera ces hommes qui m'ont lancé à la mer et qui ont dû entendre le cri que j'ai poussé. Aussitôt des barques remplies de soldats armés courront après le malheureux fugitif, qu'on sait bien ne pas être loin. Le canon avertira toute la côte qu'il ne faut point donner asile à un homme qu'on rencontrera errant, nu et affamé.

Les espions et les alguazils[19] de Marseille seront avertis et battront la côte tandis que le gouverneur du château d'If fera battre la mer. Alors, traqué sur l'eau, cerné sur la terre, que deviendrai-je ? J'ai faim, j'ai froid, j'ai lâché jusqu'au couteau sauveur qui me gênait pour nager ; je suis à la merci du premier paysan qui voudra gagner vingt francs en me livrant ; je n'ai plus ni force, ni idée, ni résolution. Ô mon Dieu ! mon Dieu ! voyez si j'ai assez souffert, et si vous pouvez faire pour moi plus que je ne puis faire moi-même. »

Au moment où Edmond, dans une espèce de délire occasionné par l'épuisement de sa force et le vide de son cerveau prononçait, anxieusement tourné vers le château d'If, cette prière ardente, il vit apparaître à la pointe de l'île de Pomègue, dessinant sa voile latine à l'horizon, et pareil à une mouette qui vole en rasant le flot, un petit bâtiment que l'œil d'un marin pouvait seul reconnaître pour une tartane[20] génoise sur la ligne encore à demi obscure de la mer. Elle venait du port de Marseille et gagnait le large en poussant l'écume étincelante devant la proue aiguë qui ouvrait une route plus facile à ses flancs rebondis.

– Oh ! s'écria Edmond, dire que dans une demi-heure j'aurais rejoint ce navire si je ne craignais pas d'être questionné, reconnu pour un fugitif et reconduit à Marseille ! Que faire ? Que dire ? Quelle fable inventer dont ils puissent être la dupe ? Ces gens sont tous des contrebandiers, des demi-pirates. Sous prétexte de faire le cabotage, ils écument les côtes ; ils aimeront mieux me vendre que de faire une bonne action stérile.

---

19. Subalternes de la police ou de la justice.

20. Petit navire de pêche des côtes méditerranéennes.

» Attendons.

» Mais attendre est chose impossible ; je meurs de faim ; dans quelques heures le peu de forces qui me reste sera évanoui ; d'ailleurs l'heure de la visite approche ; l'éveil n'est pas encore donné, peut-être ne se doutera-t-on de rien ; je puis me faire passer pour un des matelots de ce petit bâtiment qui s'est brisé cette nuit. Cette fable ne manquera point de vraisemblance ; nul ne viendra pour me contredire ils sont bien engloutis tous. Allons.

Et, tout en disant ces mots, Dantès tourna les yeux vers l'endroit où le petit navire s'était brisé, et tressaillit. À l'arête d'un rocher était resté accroché le bonnet phrygien d'un des matelots naufragés, et tout près de là flottaient quelques débris de la carène, solives inertes que la mer poussait et repoussait contre la base de l'île, qu'elles battaient comme d'impuissants béliers.

En un instant la résolution de Dantès fut prise ; il se remit à la mer, nagea vers le bonnet, s'en couvrit la tête, saisit une des solives et se dirigea pour couper la ligne que devait suivre le bâtiment.

– Maintenant, je suis sauvé, murmura-t-il.

Et cette conviction lui rendit ses forces.

Bientôt il aperçut la tartane, qui, ayant le vent presque debout, courait des bordées entre le château d'If et la tour de Planier. Un instant Dantès craignit qu'au lieu de serrer la côte le petit bâtiment ne gagnât le large, comme il eût fait par exemple si sa destination eût été pour la Corse ou la Sardaigne ; mais, à la façon dont il manœuvrait, le nageur reconnut bientôt qu'il désirait passer, comme c'est l'habitude des bâtiments qui vont en Italie, entre l'île de Jaros et l'île de Calaseraigne.

Cependant le navire et le nageur approchaient insensiblement l'un de l'autre ; dans une de ses bordées, le petit bâtiment vint même à un quart de lieue à peu près de Dantès. Il se souleva alors sur les flots, agitant son bonnet en signe de détresse, mais personne ne le vit sur le bâtiment, qui vira de bord et recommença une nouvelle bordée. Dantès songea à appeler ; mais il mesura de l'œil la distance et comprit que sa voix n'arriverait point jusqu'au navire, emportée et couverte qu'elle serait auparavant par la brise de la mer et le bruit des flots.

C'est alors qu'il se félicita de cette précaution qu'il avait prise de s'étendre sur une solive. Affaibli comme il était, peut-être n'eût-il pas pu se soutenir sur la mer jusqu'à ce qu'il eût rejoint la tartane ; et, à coup sûr, si la tartane, ce qui était possible, passait sans le voir, il n'eût pas pu regagner la côte.

Dantès, quoiqu'il fût à peu près certain de la route que suivait le bâtiment, l'accompagna des yeux avec une certaine anxiété, jusqu'au moment où il lui vit faire son abattée[21] et revenir à lui.

Alors il s'avança à sa rencontre ; mais, avant qu'ils se fussent joints, le bâtiment commença à virer de bord.

Aussitôt Dantès, par un effort suprême, se leva presque debout sur l'eau, agitant son bonnet, et jetant un de ces cris lamentables comme en poussent les marins en détresse, et qui semblent la plainte de quelque génie de la mer.

Cette fois on le vit et on l'entendit. La tartane interrompit sa manœuvre et tourna le cap de son côté. En même temps il vit qu'on se préparait à mettre une chaloupe à la mer.

Un instant après, la chaloupe, montée par deux hommes, se dirigea de son côté, battant la mer de son

21. Se détourner du sens du vent.

double aviron. Dantès alors laissa glisser la solive dont il pensait n'avoir plus besoin, et nagea vigoureusement pour épargner la moitié du chemin à ceux qui venaient à lui.

Cependant le nageur avait compté sur des forces presque absentes ; ce fut alors qu'il sentit de quelle utilité lui avait été ce morceau de bois qui flottait déjà, inerte, à cent pas de lui. Ses bras commençaient à se roidir, ses jambes avaient perdu leur flexibilité, ses mouvements devenaient durs et saccadés, sa poitrine était haletante.

Il poussa un grand cri, les deux rameurs redoublèrent d'énergie, et l'un d'eux lui cria en italien : « Courage ! »

Le mot lui arriva au moment où une vague, qu'il n'avait plus la force de surmonter, passait au-dessus de sa tête et le couvrait d'écume.

Il reparut battant la mer de ces mouvements inégaux et désespérés d'un homme qui se noie, poussa un troisième cri, et se sentit enfoncer dans la mer, comme s'il eût eu encore au pied le boulet mortel.

L'eau passa par-dessus sa tête, et à travers l'eau il vit le ciel livide avec des taches noires.

Un violent effort le ramena à la surface de la mer. Il lui sembla alors qu'on le saisissait par les cheveux ; puis il ne vit plus rien, il n'entendit plus rien ; il était évanoui.

Lorsqu'il rouvrit les yeux, Dantès se retrouva sur le pont de la tartane, qui continuait son chemin ; son premier regard fut pour voir quelle direction elle suivait ; on continuait de s'éloigner du château d'If.

Dantès était tellement épuisé que l'exclamation de joie qu'il fit fut prise pour un soupir de douleur.

Comme nous l'avons dit, il était couché sur le pont ; un matelot lui frottait les membres avec une couverture de laine ; un autre, qu'il reconnut pour celui qui lui avait crié « Courage ! », lui introduisit l'orifice d'une gourde dans la bouche ; un troisième, vieux marin, qui était à la fois le pilote et le patron, le regardait avec le sentiment de pitié égoïste qu'éprouvent en général les hommes pour un malheur auquel ils ont échappé la veille et qui peut les atteindre le lendemain.

Quelques gouttes de rhum, que contenait la gourde, ranimèrent le cœur défaillant du jeune homme, tandis que les frictions que le matelot, à genoux devant lui, continuait d'opérer avec de la laine, rendaient l'élasticité à ses membres.

– Qui êtes-vous ? demanda en mauvais français le patron.

– Je suis, répondit Dantès en mauvais italien, un matelot maltais ; nous venions de Syracuse, nous étions chargés de vin et de panoline. Le grain de cette nuit nous a surpris au cap Morgiou, et nous avons été brisés contre ces rochers que vous voyez là-bas.

– D'où venez-vous ?

– De ces rochers où j'avais eu le bonheur de me cramponner, tandis que notre pauvre capitaine s'y brisait la tête. Nos trois autres compagnons se sont noyés. Je crois que je suis le seul qui reste vivant ; j'ai aperçu votre navire, et, craignant d'avoir longtemps à attendre sur cette île isolée et déserte, je me suis hasardé sur un débris de notre bâtiment pour essayer de venir jusqu'à vous. Merci, continua Dantès, vous m'avez sauvé la vie ; j'étais perdu quand l'un de vos matelots m'a saisi par les cheveux.

– C'est moi, dit un matelot à la figure franche et ouverte, encadrée de longs favoris noirs ; et il était temps, vous couliez.

– Oui, dit Dantès en lui tendant la main, oui, mon ami, et je vous remercie une seconde fois.

– Ma foi ! dit le marin, j'hésitais presque ; avec votre barbe de six pouces de long et vos cheveux d'un pied, vous aviez plus l'air d'un brigand que d'un honnête homme.

Dantès se rappela effectivement que depuis qu'il était au château d'If il ne s'était pas coupé les cheveux, et ne s'était point fait la barbe.

– Oui, dit-il, c'est un vœu que j'avais fait à Notre-Dame del Pie de la Grotta, dans un moment de danger d'être dix ans sans couper mes cheveux ni ma barbe. C'est aujourd'hui l'expiration de mon vœu, et j'ai failli me noyer pour mon anniversaire.

– Maintenant, qu'allons-nous faire de vous ? demanda le patron.

– Hélas ! répondit Dantès, ce que vous voudrez. La felouque que je montais est perdue, le capitaine est mort ; comme vous le voyez, j'ai échappé au même sort, mais absolument nu ; heureusement, je suis assez bon matelot ; jetez-moi dans le premier port où vous relâcherez, et je trouverai toujours de l'emploi sur un bâtiment marchand.

– Vous connaissez la Méditerranée ?

– J'y navigue depuis mon enfance.

– Vous savez les bons mouillages ?

– Il y a peu de ports, même des plus difficiles, dans lesquels je ne puisse entrer ou dont je ne puisse sortir les yeux fermés.

– Eh bien ! dites donc, patron, demanda le matelot qui avait crié « Courage ! » à Dantès, si le camarade dit vrai, qui empêche qu'il ne reste avec nous ?

– Oui, s'il dit vrai, dit le patron d'un air de doute, mais dans l'état où est le pauvre diable, on promet beaucoup, quitte à tenir ce que l'on peut.

– Je tiendrai plus que je n'ai promis, dit Dantès.

– Oh ! oh ! fit le patron en riant, nous verrons cela.

– Quand vous voudrez, reprit Dantès en se relevant. Où allez-vous ?

– À Livourne.

– Eh bien ! alors, au lieu de courir des bordées qui vous font perdre un temps précieux, pourquoi ne serrez-vous pas tout simplement le vent au plus près ?

– Parce que nous irions donner droit sur l'île de Rion.

– Vous en passerez à plus de vingt brasses.

– Prenez donc le gouvernail, dit le patron, et que nous jugions de votre science.

Le jeune homme alla s'asseoir au gouvernail, s'assura par une légère pression que le bâtiment était obéissant ; et, voyant que sans être de première finesse, il ne se refusait pas :

– Aux bras et aux boulines ! dit-il.

Les quatre matelots qui formaient l'équipage coururent à leur poste, tandis que le patron les regardait faire.

– Halez ! continua Dantès.

Les matelots obéirent avec assez de précision.

– Et maintenant, amarrez bien !

Cet ordre fut exécuté comme les deux premiers, et le petit bâtiment, au lieu de continuer de courir des bordées, commença de s'avancer vers l'île de Rion, près de laquelle il passa, comme l'avait prédit Dantès, en la laissant, par tribord, à une vingtaine de brasses.

– Bravo ! dit le patron.

– Bravo ! répétèrent les matelots.

Et tous regardaient, émerveillés, cet homme dont le regard avait retrouvé une intelligence et le corps une vigueur qu'on était loin de soupçonner en lui.

– Vous voyez, dit Dantès en quittant la barre, que je pourrai vous être de quelque utilité, pendant la traversée du moins. Si vous ne voulez pas de moi à Livourne, eh bien ! vous me laisserez là ; et, sur mes premiers mois de solde, je vous rembourserai ma nourriture jusque-là et les habits que vous allez me prêter.

– C'est bien, c'est bien, dit le patron ; nous pourrons nous arranger si vous êtes raisonnable.

– Un homme vaut un homme, dit Dantès ; ce que vous donnez aux camarades vous me le donnerez, et tout sera dit.

– Ce n'est pas juste, dit le matelot qui avait tiré Dantès de la mer, car vous en savez plus que nous.

– De quoi diable te mêles-tu ? Cela te regarde-t-il Jacopo ? dit le patron. Chacun est libre de s'engager pour la somme qui lui convient.

– C'est juste, dit Jacopo ; c'était une simple observation que je faisais.

– Eh bien ! tu ferais bien mieux encore de prêter à ce brave garçon, qui est tout nu, un pantalon et une vareuse, si toutefois tu en as de rechange.

– Non, dit Jacopo, mais j'ai une chemise et un pantalon.

– C'est tout ce qu'il me faut, dit Dantès ; merci, mon ami.

Jacopo se laissa glisser par l'écoutille, et remonta un instant après avec les deux vêtements, que Dantès revêtit avec un indicible bonheur.

– Maintenant, vous faut-il encore autre chose ? demanda le patron.

– Un morceau de pain et une seconde gorgée de cet excellent rhum dont j'ai déjà goûté ; car il y a bien longtemps que je n'ai rien pris.

En effet, il y avait quarante heures à peu près.

On apporta à Dantès un morceau de pain, et Jacopo lui présenta la gourde.

– La barre à bâbord ! cria le capitaine en se retournant vers le timonier.

Dantès jeta un coup d'œil du même côté en portant la gourde à sa bouche, mais la gourde resta à moitié chemin.

– Tiens ! demanda le patron, que se passe-t-il donc au château d'If.

En effet, un petit nuage blanc, nuage qui avait attiré l'attention de Dantès, venait d'apparaître, couronnant les créneaux du bastion sud du château d'If.

Une seconde après, le bruit d'une explosion lointaine vint mourir à bord de la tartane.

Les matelots levèrent la tête en se regardant les uns les autres.

– Que veut dire cela ? demanda le patron.

– Il se sera sauvé quelque prisonnier cette nuit, dit Dantès, et l'on tire le canon d'alarme.

Le patron jeta un regard sur le jeune homme, qui, en disant ces paroles, avait porté la gourde à sa bouche ; mais il le vit savourer la liqueur qu'elle contenait avec tant de calme et de satisfaction, que, s'il eut un soupçon quelconque, ce soupçon ne fit que traverser son esprit et mourut aussitôt.

– Voilà du rhum qui est diablement fort, fit Dantès, essuyant avec la manche de sa chemise son front ruisselant de sueur.

– En tout cas, murmura le patron en le regardant, si c'est lui, tant mieux ; car j'ai fait là l'acquisition d'un fier homme.

Sous le prétexte qu'il était fatigué, Dantès demanda alors à s'asseoir au gouvernail. Le timonier, enchanté d'être relayé dans ses fonctions, consulta de l'œil le patron, qui lui fit de la tête signe qu'il pouvait remettre la barre à son nouveau compagnon.

Dantès ainsi placé put rester les yeux fixés du côté de Marseille.

– Quel quantième du mois tenons-nous ? demanda Dantès à Jacopo, qui était venu s'asseoir auprès de lui en perdant de vue le château d'If.

– Le 28 février, répondit celui-ci.

– De quelle année ? demanda encore Dantès.

– Comment, de quelle année ! Vous demandez de quelle année ?

– Oui, reprit le jeune homme, je vous demande de quelle année ?

– Vous avez oublié l'année où nous sommes ?

– Que voulez-vous ! J'ai eu si grand-peur cette nuit, dit en riant Dantès, que j'ai failli en perdre l'esprit ; si bien que ma mémoire en est demeurée toute troublée ; je vous demande donc, le 28 de février, de quelle année nous sommes ?

– De l'année 1829, dit Jacopo.

Il y avait quatorze ans, jour pour jour, que Dantès avait été arrêté.

Il était entré à dix-neuf ans au château d'If, il en sortait à trente-trois ans.

Un douloureux sourire passa sur ses lèvres ; il se demanda ce qu'était devenue Mercédès pendant ce temps où elle avait dû le croire mort.

Puis un éclair de haine s'alluma dans ses yeux en songeant à ces trois hommes auxquels il devait une si longue et si cruelle captivité.

Et il renouvela contre Danglars, Fernand et Villefort ce serment d'implacable vengeance qu'il avait déjà prononcé dans sa prison.

Et ce serment n'était plus une vaine menace, car, à cette heure, le plus fin voilier de la Méditerranée n'eût certes pu rattraper la petite tartane qui cinglait à pleines voiles vers Livourne.

XXII. LES CONTREBANDIERS

Dantès n'avait point encore passé un jour à bord, qu'il avait déjà reconnu à qui il avait affaire. Sans avoir été à l'école de l'abbé Faria, le digne patron de la *Jeune-Amélie*, c'était le nom de la tartane génoise, savait à peu près toutes les langues qui se parlent autour de ce grand lac qu'on appelle la Méditerranée, depuis l'arabe jusqu'au provençal ; cela lui donnait, en lui épargnant les interprètes, gens toujours ennuyeux et parfois indiscrets, de grandes facilités de communication, soit avec les navires qu'il rencontrait en mer, soit avec les petites barques qu'il relevait le long des côtes, soit enfin avec les gens sans nom, sans patrie, sans état apparent, comme il y en a toujours sur les dalles des quais qui avoisinent les ports de mer, et qui vivent de ces ressources mystérieuses et cachées qu'il faut bien croire leur venir en ligne directe de la Providence, puisqu'ils n'ont aucun moyen d'existence visible à l'œil nu ; on devine que Dantès était à bord d'un bâtiment contrebandier.

Aussi le patron avait-il d'abord reçu Dantès à bord avec une certaine défiance : il était fort connu de tous les douaniers de la côte, et, comme c'était entre ces messieurs et lui un échange de ruses plus adroites les unes que les autres, il avait pensé d'abord que Dantès était un émissaire de dame gabelle, qui employait cet ingénieux moyen de pénétrer quelques-uns des secrets du métier. Mais la manière brillante dont Dantès s'était tiré de l'épreuve quand il avait orienté au plus près, l'avait entièrement convaincu ; puis ensuite, quand il avait vu cette légère fumée flotter comme un panache au-dessus du bastion du château d'If, et qu'il avait entendu ce bruit lointain de l'explosion, il avait eu un instant l'idée qu'il venait de recevoir à bord celui à qui, comme pour les entrées et les sorties des rois, on accordait les honneurs du canon ; cela l'inquiétait moins déjà, il faut le dire, que si le nouveau venu était un douanier ; mais cette seconde supposition avait bientôt disparu comme la première à la vue de la parfaite tranquillité de sa recrue.

Edmond eut donc l'avantage de savoir ce qu'était son patron sans que son patron pût savoir ce qu'il était ; de quelque côté que l'attaquassent le vieux marin ou ses camarades, il tint bon et ne fit aucun aveu ; donnant force détails sur Naples et sur Malte, qu'il connaissait comme Marseille, et maintenant, avec une fermeté qui faisait honneur à sa mémoire, sa première narration. Ce fut donc le Génois, tout subtil qu'il était, qui se laissa duper par Edmond, en faveur duquel parlaient sa douceur, son expérience nautique et surtout la plus savante dissimulation.

Et puis, peut-être le Génois était-il comme ces gens d'esprit qui ne savent jamais que ce qu'ils doivent savoir, et qui ne croient que ce qu'ils ont intérêt à croire.

Ce fut donc dans cette situation réciproque que l'on arriva à Livourne.

Edmond devait tenter là une nouvelle épreuve : c'était de savoir s'il se reconnaîtrait lui-même, depuis quatorze ans qu'il ne s'était vu ; il avait conservé une idée assez précise de ce qu'était le jeune homme, il allait voir ce qu'il était devenu homme. Aux yeux de ses camarades, son vœu était accompli : vingt fois déjà il avait relâché à Livourne, il connaissait un barbier rue Saint-Ferdinand, il entra chez lui pour se faire couper la barbe et les cheveux.

Le barbier regarda avec étonnement cet homme à la longue chevelure et à la barbe épaisse et noire, qui ressemblait à une de ces belles têtes du Titien. Ce n'était point encore la mode à cette époque-là que l'on portât la barbe et les cheveux si développés : aujourd'hui un barbier s'étonnerait seulement qu'un homme doué de si grands avantages physiques consentît volontairement à s'en priver.

Le barbier livournais se mit à la besogne sans observation.

Lorsque l'opération fut terminée, lorsque Edmond sentit son menton entièrement rasé, lorsque ses cheveux furent réduits à la longueur ordinaire, il demanda un miroir et se regarda.

Il avait alors trente-trois ans, comme nous l'avons dit, et ces quatorze ans de prison avaient pour ainsi dire apporté un grand changement moral dans sa figure.

Dantès était entré au château d'If avec ce visage rond, riant et épanoui du jeune homme heureux, à qui les premiers pas dans la vie ont été faciles, et qui compte sur l'avenir comme sur la déduction naturelle du passé : tout cela était bien changé.

Sa figure ovale s'était allongée, sa bouche rieuse avait pris ces lignes fermes et arrêtées qui indiquent la résolution ; ses sourcils s'étaient arqués sous une ride unique, pensive ; ses yeux s'étaient empreints d'une profonde tristesse, du fond de laquelle jaillissaient de temps en temps les sombres éclairs de la misanthropie et de la haine ; son teint, éloigné si longtemps de la lumière du jour et des rayons du soleil, avait pris cette couleur mate qui fait, quand leur visage est encadré dans des cheveux noirs, la beauté aristocratique des hommes du Nord ; cette science profonde qu'il avait acquise avait en outre reflété sur tout son visage une auréole d'intelligente sécurité ; en outre, il avait, quoique naturellement d'une taille assez haute, acquis cette vigueur trapue d'un corps toujours concentrant ses forces en lui.

À l'élégance des formes nerveuses et grêles avait succédé la solidité des formes arrondies et musculeuses. Quant à sa voix, les prières, les sanglots et les imprécations l'avaient changée, tantôt en un timbre d'une douceur étrange, tantôt en une accentuation rude et presque rauque.

En outre, sans cesse dans un demi-jour et dans l'obscurité, ses yeux avaient acquis cette singulière faculté de distinguer les objets pendant la nuit, comme font ceux de l'hyène et du loup.

Edmond sourit en se voyant ; il était impossible que son meilleur ami, si toutefois il lui restait un ami, le reconnût ; il ne se reconnaissait même pas lui-même.

Le patron de la *Jeune-Amélie*, qui tenait beaucoup à garder parmi ses gens un homme de la valeur d'Edmond, lui avait proposé quelques avances sur sa part de bénéfices futurs, et Edmond avait accepté ; son premier soin, en sortant de chez le barbier qui venait d'opérer chez lui cette première métamorphose, fut donc d'entrer dans un magasin et d'acheter un vêtement complet de matelot ; ce vêtement, comme on le sait, est fort simple ; il se compose d'un pantalon blanc, d'une chemise rayée et d'un bonnet phrygien.

C'est sous ce costume, en rapportant à Jacopo la chemise et le pantalon qu'il lui avait prêtés, qu'Edmond reparut devant le patron de la *Jeune-Amélie*, auquel il fut obligé de répéter son histoire. Le patron ne voulait pas reconnaître dans ce matelot coquet et élégant l'homme à la barbe épaisse, aux cheveux mêlés d'algues et au corps trempé d'eau de mer, qu'il avait accueilli nu et mourant sur le pont de son navire.

Entraîné par sa bonne mine, il renouvela donc à Dantès ses propositions d'engagement ; mais Dantès, qui avait ses projets, ne les voulut accepter que pour trois mois.

Au reste, c'était un équipage fort actif que celui de la *Jeune-Amélie*, et soumis aux ordres d'un patron qui avait pris l'habitude de ne pas perdre son temps. À peine était-il depuis huit jours à Livourne que les flancs rebondis du navire étaient remplis de mousselines peintes, de cotons prohibés, de poudre anglaise et de tabac sur lequel la régie avait oublié de mettre son cachet. Il s'agissait de faire sortir tout cela de Livourne, port franc, et de débarquer sur le rivage de la Corse, d'où certains spéculateurs se chargeaient de faire passer la cargaison en France.

On partit ; Edmond fendit de nouveau cette mer azurée, premier horizon de sa jeunesse, qu'il avait revu si souvent dans les rêves de sa prison. Il laissa à sa droite la Gorgone, à sa gauche la Pianosa, et s'avança vers la patrie de Paoli et de Napoléon.

Le lendemain, en montant sur le pont, ce qu'il faisait toujours d'assez bonne heure, le patron trouva Dantès appuyé à la muraille du bâtiment et regardant avec une expression étrange un entassement de rochers granitiques que le soleil levant inondait d'une lumière rosée : c'était l'île de Monte-Cristo.

La *Jeune-Amélie* la laissa à trois quarts de lieue à peu près à tribord et continua son chemin vers la Corse.

Dantès songeait, tout en longeant cette île au nom si retentissant pour lui, qu'il n'aurait qu'à sauter à la mer et que dans une demi-heure il serait sur cette terre promise. Mais là que ferait-il, sans instruments pour découvrir son trésor, sans armes pour le défendre ? D'ailleurs, que diraient les matelots ? Que penserait le patron ? Il fallait attendre.

Heureusement Dantès savait attendre ; il avait attendu quatorze ans sa liberté ; il pouvait bien, maintenant qu'il était libre, attendre six mois ou un an la richesse.

N'eût-il pas accepté la liberté sans la richesse si on la lui eût proposée ?

D'ailleurs cette richesse n'était-elle pas toute chimérique ? Née dans le cerveau malade du pauvre abbé Faria, n'était-elle pas morte avec lui ?

Il est vrai que cette lettre du cardinal Spada était étrangement précise.

Et Dantès répétait d'un bout à l'autre dans sa mémoire cette lettre, dont il n'avait pas oublié un mot.

Le soir vint ; Edmond vit l'île passer par toutes les teintes que le crépuscule amène avec lui, et se perdre pour tout le monde dans l'obscurité ; mais lui, avec son regard habitué à l'obscurité de la prison, il continua sans doute de la voir, car il demeura le dernier sur le pont.

Le lendemain on se réveilla à la hauteur d'Aleria. Tout le jour on courut des bordées, le soir des feux s'allumèrent sur la côte. À la disposition de ces feux on reconnut sans doute qu'on pouvait débarquer, car un fanal monta au lieu de pavillon à la corne du petit bâtiment, et l'on s'approcha à portée de fusil du rivage.

Dantès avait remarqué, pour ces circonstances solennelles sans doute, que le patron de la *Jeune-Amélie* avait monté sur pivot, en approchant de la terre, deux petites couleuvrines, pareilles à des fusils de rempart, qui, sans faire grand bruit, pouvaient envoyer une jolie balle de quatre à la livre à mille pas.

Mais pour ce soir-là la précaution fut superflue ; tout se passa le plus doucement et le plus poliment du monde. Quatre chaloupes s'approchèrent à petit bruit du bâtiment, qui, sans doute pour leur faire honneur, mit sa propre chaloupe à la mer ; tant il y a que les cinq chaloupes s'escrimèrent si bien, qu'à deux heures du matin tout le chargement était passé du bord de la *Jeune-Amélie* sur la terre ferme.

La nuit même, tant le patron de la *Jeune-Amélie* était un homme d'ordre, la répartition de la prime fut faite : chaque homme eut cent livres toscanes de part, c'est-à-dire à peu près quatre-vingts francs de notre monnaie.

Mais l'expédition n'était pas finie ; on mit le cap sur la Sardaigne. Il s'agissait d'aller recharger le bâtiment qu'on venait de décharger.

La seconde opération se fit aussi heureusement que la première ; la *Jeune-Amélie* était en veine de bonheur.

La nouvelle cargaison était pour le duché de Lucques. Elle se composait presque entièrement de cigares de la Havane et de vin de Xérès et de Malaga.

Là on eut maille à partir avec la gabelle[22], cette éternelle ennemie du patron de la *Jeune-Amélie.* Un douanier resta sur le carreau, et deux matelots furent blessés. Dantès était un de ces deux matelots ; une balle lui avait traversé les chairs de l'épaule gauche.

Dantès était presque heureux de cette escarmouche et presque content de cette blessure ; elles lui avaient, ces rudes institutrices, appris à lui-même de quel œil

22. Impôt, taxe.

il regardait le danger et de quel cœur il supportait la souffrance. Il avait regardé le danger en riant, et en recevant le coup il avait dit comme le philosophe grec : « Douleur, tu n'es pas un mal. »

En outre il avait examiné le douanier blessé à mort, et, soit chaleur du sang dans l'action, soit refroidissement des sentiments humains, cette vue ne lui avait produit qu'une légère impression. Dantès était sur la voie qu'il voulait parcourir, et marchait au but qu'il voulait atteindre : son cœur était en train de se pétrifier dans sa poitrine.

Au reste, Jacopo, qui, en le voyant tomber, l'avait cru mort, s'était précipité sur lui, l'avait relevé et, enfin, une fois relevé, l'avait soigné en excellent camarade.

Ce monde n'était donc pas si bon que le voyait le Dr Pangloss ; mais il n'était donc pas non plus si méchant que le voyait Dantès, puisque cet homme, qui n'avait rien à attendre de son compagnon que d'hériter de sa part de primes, éprouvait une si vive affliction de le voir tué ?

Heureusement, nous l'avons dit, Edmond n'était que blessé. Grâce à certaines herbes cueillies à certaines époques et vendues aux contrebandiers par de vieilles femmes sardes, la blessure se referma bien vite. Edmond voulut tenter alors Jacopo ; il lui offrit, en échange des soins qu'il en avait reçus, sa part des primes ; mais Jacopo refusa avec indignation.

Il était résulté de cette espèce de dévouement sympathique que Jacopo avait voué à Edmond du premier moment où il l'avait vu, qu'Edmond accordait à Jacopo une certaine somme d'affection. Mais Jacopo n'en demandait pas davantage : il avait deviné instinctivement chez Edmond cette suprême supériorité à sa position, supériorité qu'Edmond était parvenu à cacher aux autres.

Et de ce peu que lui accordait Edmond le brave marin était content.

Aussi, pendant les longues journées de bord, quand le navire courant avec sécurité sur cette mer d'azur n'avait besoin, grâce au vent favorable qui gonflait ses voiles, que du secours du timonier, Edmond, une carte marine à la main, se faisait instituteur avec Jacopo comme le pauvre abbé Faria s'était fait instituteur avec lui. Il lui montrait le gisement des côtes, lui expliquait les variations de la boussole, lui apprenait à lire dans ce grand livre ouvert au-dessus de nos têtes, qu'on appelle le ciel, et où Dieu a écrit sur l'azur avec des lettres de diamant.

Et quand Jacopo lui demandait :

– À quoi bon apprendre toutes ces choses à un pauvre matelot comme moi ?

Edmond répondait :

– Qui sait ? tu seras peut-être un jour capitaine de bâtiment : ton compatriote Bonaparte est bien devenu empereur !

Nous avons oublié de dire que Jacopo était corse.

Deux mois et demi s'étaient déjà écoulés dans ces courses successives. Edmond était devenu aussi habile caboteur qu'il était autrefois hardi marin ; il avait lié connaissance avec tous les contrebandiers de la côte : il avait appris tous les signes maçonniques à l'aide desquels ces demi-pirates se reconnaissent entre eux.

Il avait passé et repassé vingt fois devant son île de Monte-Cristo, mais dans tout cela il n'avait pas une seule fois trouvé l'occasion d'y débarquer.

Il avait donc pris une résolution :

C'était, aussitôt que son engagement avec le patron de la *Jeune-Amélie* aurait pris fin, de louer une petite barque pour son propre compte (Dantès le pouvait, car dans ses différentes courses il avait amassé une centaine de piastres), et, sous un prétexte quelconque, de se rendre à l'île de Monte-Cristo.

Là il ferait en toute liberté ses recherches.

Non pas en toute liberté, car il serait, sans aucun doute, espionné par ceux qui l'auraient conduit.

Mais dans ce monde il faut bien risquer quelque chose.

La prison avait rendu Edmond prudent, et il aurait bien voulu ne rien risquer.

Mais il avait beau chercher dans son imagination, si féconde qu'elle fût, il ne trouvait pas d'autres moyens d'arriver à l'île tant souhaitée que de s'y faire conduire.

Dantès flottait dans cette hésitation, lorsque le patron, qui avait mis une grande confiance en lui, et qui avait grande envie de le garder à son service, le prit un soir par le bras et l'emmena dans une taverne de la via del Oglio, dans laquelle avait l'habitude de se réunir ce qu'il y a de mieux en contrebandiers à Livourne.

C'était là que se traitaient d'habitude les affaires de la côte. Déjà deux ou trois fois Dantès était entré dans cette Bourse maritime ; et en voyant ces hardis écumeurs que fournit tout un littoral de deux mille lieues de tour à peu près, il s'était demandé de quelle puissance ne disposerait pas un homme qui arriverait à donner l'impulsion de sa volonté à tous ces fils réunis ou divergents.

Cette fois il était question d'une grande affaire ; il s'agissait d'un bâtiment chargé de tapis turcs, d'étoffes du Levant et de cachemires ; il fallait trouver un terrain neutre où l'échange pût se faire ; puis tenter de jeter ces objets sur les côtes de France.

La prime était énorme si l'on réussissait : il s'agissait de cinquante à soixante piastres par homme.

Le patron de la *Jeune-Amélie* proposa comme lieu de débarquement l'île de Monte-Cristo, laquelle, étant complètement déserte et n'ayant ni soldats ni douaniers, semble avoir été placée au milieu de la mer du temps de l'Olympe païen par Mercure, ce dieu des commerçants et des voleurs, classes que nous avons faites séparées, sinon distinctes, et que l'antiquité, à ce qu'il paraît, rangeait dans la même catégorie.

À ce nom de Monte-Cristo, Dantès tressaillit de joie : il se leva pour cacher son émotion et fit un tour dans la taverne enfumée où tous les idiomes du monde connu venaient se fondre dans la langue franque.

Lorsqu'il se rapprocha des deux interlocuteurs, il était décidé que l'on relâcherait à Monte-Cristo et que l'on partirait pour cette expédition dès la nuit suivante.

Edmond, consulté, fut d'avis que l'île offrait toutes les sécurités possibles, et que les grandes entreprises pour réussir avaient besoin d'être menées vite.

Rien ne fut donc changé au programme arrêté. Il fut convenu que l'on appareillerait le lendemain soir, et que l'on tâcherait, la mer étant belle et le vent favorable, de se trouver le surlendemain soir dans les eaux de l'île neutre.

XXIII. L'ÎLE DE MONTE-CRISTO

Enfin Dantès, par un de ces bonheurs inespérés qui arrivent parfois à ceux sur lesquels la rigueur du sort s'est longtemps lassée, Dantès allait arriver à son but par un moyen simple et naturel, et mettre le pied dans l'île sans inspirer à personne aucun soupçon.

Une nuit le séparait seulement de ce départ tant attendu.

Cette nuit fut une des plus fiévreuses que passa Dantès. Pendant cette nuit, toutes les chances bonnes et mauvaises se présentèrent tour à tour à son esprit : s'il fermait les yeux, il voyait la lettre du cardinal Spada écrite en caractères flamboyants sur la muraille ; s'il s'endormait un instant, les rêves les plus insensés venaient tourbillonner dans son cerveau. Il descendait dans des grottes aux pavés d'émeraudes, aux parois de rubis, aux stalactites de diamants. Les perles tombaient goutte à goutte, comme filtre d'ordinaire l'eau souterraine.

Edmond, ravi, émerveillé, remplissait ses poches de pierreries ; puis il revenait au jour, et ces pierreries s'étaient changées en simples cailloux. Alors il essayait de rentrer dans ces grottes merveilleuses, entrevues seulement ; mais le chemin se tordait en spirales infinies ; l'entrée était redevenue invisible. Il cherchait inutilement dans sa mémoire fatiguée ce mot magique et mystérieux qui ouvrait pour le pêcheur arabe les cavernes splendides d'Ali-Baba. Tout était inutile ; le trésor disparu était redevenu la propriété des génies de la terre, auxquels il avait eu un instant l'espoir de l'enlever.

Le jour vint presque aussi fébrile que l'avait été la nuit ; mais il amena la logique à l'aide de l'imagination, et Dantès put arrêter un plan jusqu'alors vague et flottant dans son cerveau.

Le soir vint, et avec le soir les préparatifs du départ. Ces préparatifs étaient un moyen pour Dantès de cacher son agitation. Peu à peu il avait pris cette autorité sur ses compagnons de commander comme s'il était le maître du bâtiment ; et comme ses ordres étaient toujours précis et faciles à exécuter, ses compagnons lui obéissaient non seulement avec promptitude, mais encore avec plaisir.

Le vieux marin le laissait faire : lui aussi avait reconnu la supériorité de Dantès sur ses autres matelots et sur lui-même. Il voyait dans le jeune homme son successeur naturel, et il regrettait de n'avoir pas une fille pour enchaîner Edmond par cette haute alliance.

À sept heures du soir tout fut prêt ; à sept heures dix minutes on doublait le phare juste au moment où le phare s'allumait.

La mer était calme, avec un vent frais venant du sud-est ; on naviguait sous un ciel d'azur où Dieu allumait aussi tour à tour ses phares, dont chacun est un monde. Dantès déclara que tout le monde pouvait se coucher et qu'il se chargeait du gouvernail.

Quand le Maltais (c'est ainsi que l'on appelait Dantès) avait fait une pareille déclaration, cela suffisait, et chacun s'en allait coucher tranquille.

Cela arrivait quelquefois : Dantès, rejeté de la solitude dans le monde, éprouvait de temps en temps d'impérieux besoins de solitude. Or, quelle solitude à la fois plus immense et plus poétique que celle d'un bâtiment qui flotte isolé sur la mer, pendant l'obscurité de la nuit, dans le silence de l'immensité et sous le regard du Seigneur ?

Cette fois, la solitude fut peuplée de ses pensées, la nuit éclairée par ses illusions, le silence animé par ses promesses.

Quand le patron se réveilla, le navire marchait sous toutes voiles ; il n'y avait pas un lambeau de toile qui ne fût gonflé par le vent ; on faisait plus de deux lieues et demie à l'heure.

L'île de Monte-Cristo grandissait à l'horizon.

Edmond rendit le bâtiment à son maître, et alla s'étendre à son tour dans son hamac ; mais, malgré sa nuit d'insomnie, il ne put fermer l'œil un seul instant.

Deux heures après il remonta sur le pont ; le bâtiment était en train de doubler l'île d'Elbe. On était à la hauteur de Mareciana et au-dessus de l'île plate et verte de la Pianosa. On voyait s'élancer dans l'azur du ciel le sommet flamboyant de Monte-Cristo.

Dantès ordonna au timonier de mettre la barre à bâbord, afin de laisser la Pianosa à droite ; il avait calculé que cette manœuvre devrait raccourcir la route de deux ou trois nœuds.

Vers cinq heures du soir, on eut la vue complète de l'île. On en apercevait les moindres détails, grâce à cette limpidité atmosphérique qui est particulière à la lumière que versent les rayons du soleil à son déclin.

Edmond dévorait des yeux cette masse de rochers qui passait par toutes les couleurs crépusculaires depuis le rose vif jusqu'au bleu foncé ; de temps en temps des bouffées ardentes lui montaient au visage ; son front s'empourprait, un nuage pourpre passait devant ses yeux.

Jamais joueur dont toute la fortune est en jeu n'eut, sur un coup de dés, les angoisses que ressentait Edmond dans ses paroxysmes d'espérance.

La nuit vint : à dix heures du soir on aborda ; la *Jeune-Amélie* était la première au rendez-vous.

Dantès, malgré son empire ordinaire sur lui-même, ne put se contenir ; il sauta le premier sur le rivage ; s'il l'eût osé, comme Brutus, il eût baisé la terre.

Il faisait nuit close ; mais à onze heures la lune se leva du milieu de la mer dont elle argenta chaque frémissement ; puis ses rayons, à mesure qu'elle se leva, commencèrent à se jouer, en blanches cascades de lumière, sur les roches entassées de cet autre Pélion.

L'île était familière à l'équipage de la *Jeune-Amélie* : c'était une de ses stations ordinaires. Quant à Dantès, il l'avait reconnue à chacun de ses voyages dans le Levant, mais jamais il n'y était descendu.

Il interrogea Jacopo.

– Où allons-nous passer la nuit ? demanda-t-il.

– Mais à bord de la tartane, répondit le marin.

– Ne serions-nous pas mieux dans les grottes ?

– Dans quelles grottes ?

– Mais dans les grottes de l'île.

– Je ne connais pas de grottes, dit Jacopo.

Une sueur froide passa sur le front de Dantès.

– Il n'y a pas de grottes à Monte-Cristo ? demanda-t-il.

– Non.

Dantès demeura un instant étourdi ; puis il songea que ces grottes pouvaient avoir été comblées depuis par un accident quelconque, ou même bouchées, pour plus grandes précautions, par le cardinal Spada.

Le tout, dans ce cas, était donc de retrouver cette ouverture perdue, il était inutile de la chercher pendant la nuit. Dantès remit donc l'investigation au lendemain. D'ailleurs, un signal arboré à une demi-lieue en mer, et auquel la *Jeune-Amélie* répondit aussitôt par un signal pareil, indiqua que le moment était venu de se mettre à la besogne.

Le bâtiment retardataire, rassuré par le signal qui devait faire connaître au dernier arrivé qu'il y avait toute sécurité à s'aboucher, apparut bientôt blanc et silencieux comme un fantôme, et vint jeter l'ancre à une encablure du rivage.

Aussitôt le transport commença.

Dantès songeait, tout en travaillant, au hourra de joie que d'un seul mot il pourrait provoquer parmi tous ces hommes s'il disait tout haut l'incessante pensée qui bourdonnait tout bas à son oreille et à son cœur. Mais, tout au contraire de révéler le magnifique secret, il craignait d'en avoir déjà trop dit et d'avoir, par ses allées et ses venues, ses demandes répétées, ses observations minutieuses et sa préoccupation continuelle, éveillé les soupçons. Heureusement, pour cette circonstance du moins, que chez lui un passé bien douloureux reflétait sur son visage une tristesse indélébile, et que les lueurs de gaieté entrevues sous ce nuage n'étaient réellement que des éclairs.

Personne ne se doutait donc de rien, et lorsque le lendemain, en prenant un fusil, du plomb et de la poudre, Dantès manifesta le désir d'aller tuer quelqu'une de ces nombreuses chèvres sauvages que l'on voyait sauter de rocher en rocher, on n'attribua cette excursion de Dantès qu'à l'amour de la chasse ou au désir de la solitude. Il n'y eut que Jacopo qui insista pour le suivre. Dantès ne voulut pas s'y opposer, craignant par cette répugnance à être accompagné d'inspirer quelques soupçons. Mais, à peine eut-il fait un quart de lieue, qu'ayant trouvé l'occasion de tirer et de tuer un chevreau, il envoya Jacopo le porter à ses compagnons, les invitant à le faire cuire et à lui donner, lorsqu'il serait cuit, le signal d'en manger sa part en tirant un coup de fusil ; quelques fruits secs et un fiasco de vin de Monte-Pulciano devaient compléter l'ordonnance du repas.

Dantès continua son chemin en se retournant de temps en temps. Arrivé au sommet d'une roche, il vit à mille pieds au-dessous de lui ses compagnons que venait de rejoindre Jacopo, et qui s'occupaient déjà activement des apprêts du déjeuner, augmenté, grâce à l'adresse d'Edmond, d'une pièce capitale.

Edmond les regarda un instant avec ce sourire doux et triste de l'homme supérieur.

– Dans deux heures, dit-il, ces gens-là repartiront, riches de cinquante piastres, pour aller, en risquant leur vie, essayer d'en gagner cinquante autres ; puis reviendront, riches de six cents livres, dilapider ce trésor dans une ville quelconque, avec la fierté des sultans et la confiance des nababs. Aujourd'hui l'espérance fait que je méprise leur richesse, qui me paraît la plus profonde misère ; demain la déception fera peut-être que je serai forcé de regarder cette profonde misère comme le suprême bonheur… Oh ! non, s'écria Edmond, cela ne sera pas ; le savant, l'infaillible Faria, ne se serait point trompé sur cette seule chose. D'ailleurs autant vaudrait mourir que de continuer de mener cette vie misérable et inférieure.

Ainsi Dantès qui, il y a trois mois, n'aspirait qu'à la liberté, n'avait déjà plus assez de la liberté et aspirait à la richesse ; la faute n'en était pas à Dantès, mais à Dieu, qui, en bornant la puissance de l'homme, lui a fait des désirs infinis ! Cependant, par une route perdue entre deux murailles de roches, suivant un sentier creusé par le torrent et que, selon toute probabilité, jamais pied humain n'avait foulé, Dantès s'était approché de l'endroit où il supposait que les grottes avaient dû exister. Tout en suivant le rivage de la mer et en examinant les moindres objets avec une attention sérieuse, il crut remarquer sur certains rochers des entailles creusées par la main de l'homme.

Le temps, qui jette sur toute chose physique son manteau de mousse, comme sur les choses morales son manteau d'oubli, semblait avoir respecté ces signes tracés avec une certaine régularité, et dans le but probablement d'indiquer une trace. De temps en temps cependant ces signes disparaissaient sous des touffes de myrtes, qui s'épanouissaient en gros bouquets chargés de fleurs, ou sous des lichens parasites. Il fallait alors qu'Edmond écartât les branches ou soulevât les mousses pour retrouver les signes indicateurs qui le conduisaient dans cet autre labyrinthe. Ces signes avaient au reste donné bon espoir à Edmond. Pourquoi ne serait-ce pas le cardinal qui les aurait tracés pour qu'ils pussent, au cas d'une catastrophe qu'il n'avait pas pu prévoir si complète, servir de guide à son neveu ? Ce lieu solitaire était bien celui qui convenait à un homme qui voulait enfouir un trésor. Seulement ces signes infidèles n'avaient-ils pas attiré d'autres yeux que ceux pour lesquels ils étaient tracés, et l'île aux sombres merveilles avait-elle fidèlement gardé son magnifique secret ?

Cependant, à soixante pas du port à peu près, il sembla à Edmond, toujours caché à ses compagnons par les accidents du terrain, que les entailles s'arrêtaient ; seulement elles n'aboutissaient à aucune grotte. Un gros rocher rond, posé sur une base solide, était le seul but auquel elles semblassent conduire. Edmond pensa qu'au lieu d'être arrivé à la fin il n'était peut-être, tout au contraire, qu'au commencement ; il prit en conséquence le contre-pied et retourna sur ses pas.

Pendant ce temps ses compagnons préparaient le déjeuner, allaient puiser de l'eau à la source, transportaient le pain et les fruits à terre et faisaient cuire le chevreau. Juste au moment où ils le tiraient de sa broche improvisée, ils aperçurent Edmond qui, léger et hardi comme un chamois, sautait de rocher en rocher : ils tirèrent un coup de fusil pour lui donner le signal. Le chasseur changea aussitôt de direction, et revint tout courant à eux. Mais au moment où tous le suivaient des yeux dans l'espèce de vol qu'il exécutait, taxant son adresse de témérité, comme pour donner raison à leurs craintes le pied manqua à Edmond ; on le vit chanceler à la cime d'un rocher, pousser un cri et disparaître.

Tous bondirent d'un seul élan, car tous aimaient Edmond, malgré sa supériorité ; cependant ce fut Jacopo qui arriva le premier.

Il trouva Edmond étendu sanglant et presque sans connaissance ; il avait dû rouler d'une hauteur de douze ou quinze pieds. On lui introduisit dans la bouche quelques gouttes de rhum, et ce remède, qui avait déjà eu tant d'efficacité sur lui, produisit le même effet que la première fois.

Edmond rouvrit les yeux, se plaignit de souffrir une vive douleur au genou, une grande pesanteur à la tête et des élancements insupportables dans les reins. On voulut le transporter jusqu'au rivage ; mais, lorsqu'on le toucha, quoique ce fût Jacopo qui dirigeât l'opération, il déclara en gémissant qu'il ne se sentait point la force de supporter le transport.

On comprend qu'il ne fut point question de déjeuner pour Dantès ; mais il exigea que ses camarades, qui n'avaient pas les mêmes raisons que lui pour faire diète, retournassent à leur poste. Quant à lui, il prétendit qu'il n'avait besoin que d'un peu de repos, et qu'à leur retour ils le trouveraient soulagé.

Les marins ne se firent pas trop prier : les marins avaient faim, l'odeur du chevreau arrivait jusqu'à eux et l'on n'est point cérémonieux entre loups de mer.

Une heure après ils revinrent. Tout ce qu'Edmond avait pu faire, c'était de se traîner pendant un espace d'une dizaine de pas pour s'appuyer à une roche moussue.

Mais, loin de se calmer, les douleurs de Dantès avaient semblé croître en violence. Le vieux patron, qui était forcé de partir dans la matinée pour aller déposer son chargement sur les frontières du Piémont et de la France, entre Nice et Fréjus, insista pour que Dantès essayât de se lever. Dantès fit des efforts surhumains pour se rendre à cette invitation ; mais à chaque effort il retombait plaintif et pâlissant.

– Il a les reins cassés, dit tout bas le patron. N'importe ! c'est un bon compagnon, et il ne faut pas l'abandonner ; tâchons de le transporter jusqu'à la tartane.

Mais Dantès déclara qu'il aimait mieux mourir où il était que de supporter les douleurs atroces que lui occasionnerait le mouvement, si faible qu'il fût.

– Eh bien, dit le patron, advienne que pourra, mais il ne sera pas dit que nous avons laissé sans secours un brave compagnon comme vous. Nous ne partirons que ce soir.

Cette proposition étonna fort les matelots, quoique aucun d'eux ne la combattît, au contraire. Le patron était un homme si rigide, que c'était la première fois qu'on le voyait renoncer à une entreprise ou même retarder son exécution.

Aussi Dantès ne voulut-il pas souffrir qu'on fît en sa faveur une si grave infraction aux règles de la discipline établie à bord.

– Non, dit-il au patron, j'ai été un maladroit, et il est juste que je porte la peine de ma maladresse. Laissez-moi une petite provision de biscuit, un fusil, de la poudre et des balles pour tuer des chevreaux, ou même pour me défendre, et une pioche pour me construire, si vous tardiez trop à me venir prendre, une espèce de maison.

– Mais tu mourras de faim, dit le patron.

– J'aime mieux cela, répondit Edmond, que de souffrir les douleurs inouïes qu'un seul mouvement me fait endurer.

Le patron se retournait du côté du bâtiment, qui se balançait avec un commencement d'appareillage dans le petit port, prêt à reprendre la mer dès que sa toilette serait achevée.

– Que veux-tu donc que nous fassions, Maltais ? dit-il, nous ne pouvons t'abandonner ainsi, et nous ne pouvons rester, cependant ?

– Partez, partez ! s'écria Dantès.

– Nous serons au moins huit jours absents, dit le patron, et encore faudra-t-il que nous nous détournions de notre route pour te venir prendre.

– Écoutez, dit Dantès : si d'ici à deux ou trois jours vous rencontrez quelque bâtiment pêcheur ou autre qui vienne dans ces parages, recommandez-moi à lui, je donnerai vingt-cinq piastres pour mon retour à Livourne. Si vous n'en trouvez pas, revenez.

Le patron secoua la tête.

– Écoutez, patron Baldi, il y a un moyen de tout concilier, dit Jacopo ; partez, moi je resterai avec le blessé pour le soigner.

– Et tu renonceras à ta part de partage, dit Edmond, pour rester avec moi ?

– Oui, dit Jacopo, et sans regret.

– Allons, tu es un brave garçon, Jacopo, dit Edmond, Dieu te récompensera de ta bonne volonté ; mais je n'ai besoin de personne, merci ; un jour ou deux de repos me remettront, et j'espère trouver dans ces rochers certaines herbes excellentes contre les contusions.

Et un sourire étrange passa sur les lèvres de Dantès, il serra la main de Jacopo avec effusion ; mais il demeura inébranlable dans sa résolution de rester, et de rester seul.

Les contrebandiers laissèrent à Edmond ce qu'il demandait et s'éloignèrent non sans se retourner plusieurs fois, lui faisant à chaque fois qu'ils se retournaient tous les signes d'un cordial adieu, auquel Edmond répondait de la main seulement comme s'il ne pouvait remuer le reste du corps.

Puis, lorsqu'ils eurent disparu :

– C'est étrange, murmura Dantès en riant, que ce soit parmi de pareils hommes que l'on trouve des preuves d'amitié et des actes de dévouement.

Alors il se traîna avec précaution jusqu'au sommet d'un rocher qui lui dérobait l'aspect de la mer, et de là il vit la tartane achever son appareillage, lever l'ancre, se balancer gracieusement comme une mouette qui va prendre son vol, et partir.

Au bout d'une heure elle avait complètement disparu : du moins de l'endroit où était demeuré le blessé il était impossible de la voir.

Alors Dantès se releva plus souple et plus léger qu'un des chevreaux qui bondissaient parmi les myrtes et les lentisques sur ces rochers sauvages, prit son fusil d'une main, sa pioche de l'autre, et courut à cette roche à laquelle aboutissaient les entailles qu'il avait remarquées sur les rochers.

– Et maintenant, s'écria-t-il en se rappelant cette histoire du pêcheur arabe que lui avait raconté Faria, maintenant, Sésame, ouvre-toi !

XXIV. ÉBLOUISSEMENT

Le soleil était arrivé au tiers de sa course à peu près, et ses rayons de mai donnaient, chauds et vivifiants, sur ces rochers, qui eux-mêmes semblaient sensibles à sa chaleur ; des milliers de cigales, invisibles dans les bruyères, faisaient entendre leur murmure monotone et continu ; les feuilles des myrtes et des oliviers s'agitaient frissonnantes, et rendaient un bruit presque métallique ; à chaque pas que faisait Edmond sur le granit échauffé, il faisait fuir des lézards qui semblaient des émeraudes ; on voyait bondir au loin, sur les talus inclinés, les chèvres sauvages qui parfois y attirent les chasseurs ; en un mot l'île était habitée, vivante, animée, et cependant Edmond s'y sentait seul sous la main de Dieu.

Il éprouvait je ne sais quelle émotion assez semblable à de la crainte : c'était cette défiance du grand jour, qui fait supposer, même dans le désert, que des yeux inquisiteurs sont ouverts sur nous.

Ce sentiment fut si fort, qu'au moment de se mettre à la besogne Edmond s'arrêta, déposa sa pioche, reprit son fusil, gravit une dernière fois le roc le plus élevé de l'île, et de là jeta un vaste regard sur tout ce qui l'entourait.

Mais, nous devons le dire, ce qui attira son attention ce ne fut ni cette Corse poétique dont il pouvait distinguer jusqu'aux maisons, ni cette Sardaigne presque inconnue qui lui fait suite, ni l'île d'Elbe aux souvenirs gigantesques, ni enfin cette ligne imperceptible qui s'étendait à l'horizon et qui à l'œil exercé du marin révélait Gênes la superbe et Livourne la commerçante ; non, ce fut le brigantin[23] qui était parti au point du jour, et la tartane qui venait de partir.

Le premier était sur le point de disparaître au détroit de Bonifacio ; l'autre, suivant la route opposée, côtoyait la Corse, qu'elle s'apprêtait à doubler.

Cette vue rassura Edmond.

Il ramena alors les yeux sur les objets qui l'entouraient plus immédiatement ; il se vit sur le point le plus élevé de l'île, conique, grêle statue de cet immense piédestal ; au-dessous de lui, pas un homme ; autour de lui, pas une barque : rien que la mer azurée qui venait battre la base de l'île, et que ce choc éternel brodait d'une frange d'argent.

Alors il descendit d'une marche rapide mais cependant pleine de prudence : il craignait fort, en un pareil moment, un accident semblable à celui qu'il avait si habilement et si heureusement simulé.

Dantès, comme nous l'avons dit, avait repris le contre-pied des entailles laissées sur les rochers, et il avait vu que cette ligne conduisait à une espèce de petite crique cachée comme un bain de nymphe antique ; cette crique était assez large à son ouverture et assez profonde à son centre pour qu'un petit bâtiment du genre des spéronares[24]

23. Navire à deux mâts.

24. Voiliers marchands.

pût y entrer et y demeurer caché. Alors, en suivant le fil des inductions, ce fil qu'aux mains de l'abbé Faria il avait vu guider l'esprit d'une façon si ingénieuse dans le dédale des probabilités, il songea que le cardinal Spada, dans son intérêt à ne pas être vu, avait abordé à cette crique, y avait caché son petit bâtiment, avait suivi la ligne indiquée par des entailles, et avait, à l'extrémité de cette ligne, enfoui son trésor.

C'était cette supposition qui avait ramené Dantès près du rocher circulaire.

Seulement cette chose inquiétait Edmond et bouleversait toutes les idées qu'il avait en dynamique : comment avait-on pu sans employer des forces considérables hisser ce rocher, qui pesait peut-être cinq ou six milliers, sur l'espèce de base où il reposait ?

Tout à coup une idée vint à Dantès. Au lieu de le faire monter, se dit-il, on l'aura fait descendre.

Et lui-même s'élança au-dessus du rocher, afin de chercher la place de sa base première.

En effet, bientôt il vit qu'une pente légère avait été pratiquée ; le rocher avait glissé sur sa base et était venu s'arrêter à l'endroit ; un autre rocher, gros comme une pierre de taille ordinaire, lui avait servi de cale ; des pierres et des cailloux avaient été soigneusement rajustés pour faire disparaître toute solution de continuité ; cette espèce de petit ouvrage en maçonnerie avait été recouvert de terre végétale, l'herbe y avait poussé, la mousse s'y était étendue, quelques semences de myrtes et de lentisques s'y étaient arrêtées, et le vieux rocher semblait soudé au sol.

Dantès enleva avec précaution la terre, et reconnut ou crut reconnaître tout cet ingénieux artifice.

Alors il se mit à attaquer avec sa pioche cette muraille intermédiaire cimentée par le temps.

Après un travail de dix minutes la muraille céda, et un trou à y fourrer le bras fut ouvert.

Dantès alla couper l'olivier le plus fort qu'il put trouver, le dégarnit de ses branches, l'introduisit dans le trou et en fit un levier.

Mais le roc était à la fois trop lourd et calé trop solidement par le rocher inférieur, pour qu'une force humaine, fût-ce celle d'Hercule lui-même, pût l'ébranler.

Dantès réfléchit alors que c'était cette cale elle-même qu'il fallait attaquer.

Mais par quel moyen ?

Dantès jeta les yeux autour de lui, comme font les hommes embarrassés ; et son regard tomba sur une corne de mouflon pleine de poudre que lui avait laissée son ami Jacopo.

Il sourit : l'invention infernale allait faire son œuvre.

À l'aide de sa pioche Dantès creusa, entre le rocher supérieur et celui sur lequel il était posé, un conduit de mine comme ont l'habitude de faire les pionniers, lorsqu'ils veulent épargner au bras de l'homme une trop grande fatigue, puis il le bourra de poudre ; puis, effilant son mouchoir et le roulant dans le salpêtre, il en fit une mèche.

Le feu mis à cette mèche, Dantès s'éloigna.

L'explosion ne se fit pas attendre : le rocher supérieur fut en un instant soulevé par l'incalculable force, le rocher inférieur vola en éclats ; par la petite ouverture qu'avait d'abord pratiquée Dantès s'échappa tout un monde d'insectes frémissants, et une couleuvre énorme, gardien de ce chemin mystérieux, roula sur ses volutes bleuâtres et disparut.

Dantès s'approcha. Le rocher supérieur, désormais sans appui, inclinait vers l'abîme ; l'intrépide chercheur en fit le tour, choisit l'endroit le plus vacillant, appuya son levier dans une de ses arêtes et, pareil à Sisyphe, se roidit de toute sa puissance contre le rocher.

Le rocher, déjà ébranlé par la commotion, chancela ; Dantès redoubla d'efforts ; on eût dit un de ces Titans qui déracinaient des montagnes pour faire la guerre au maître des dieux. Enfin le rocher céda, roula, bondit, se précipita et disparut, s'engloutissant dans la mer.

Il laissait découverte une place circulaire, et mettait au jour un anneau de fer scellé au milieu d'une dalle de forme carrée.

Dantès poussa un cri de joie et d'étonnement : jamais plus magnifique résultat n'avait couronné une première tentative.

Il voulut continuer ; mais ses jambes tremblaient si fort, mais son cœur battait si violemment, mais un nuage si brûlant passait devant ses yeux qu'il fut forcé de s'arrêter.

Ce moment d'hésitation eut la durée de l'éclair. Edmond passa son levier dans l'anneau, leva vigoureusement, et la dalle descellée s'ouvrit, découvrant la pente rapide d'une sorte d'escalier qui allait s'enfonçant dans l'ombre d'une grotte de plus en plus obscure.

Un autre se fût précipité, eût poussé des exclamations de joie ; Dantès s'arrêta, pâlit, douta.

– Voyons, se dit-il, soyons homme ! Accoutumé à l'adversité, ne nous laissons pas abattre par une déception ; ou sans cela ce serait donc pour rien que j'aurais souffert ! Le cœur se brise, lorsque après avoir été dilaté outre mesure par l'espérance à la tiède haleine, il rentre et se renferme dans la froide réalité ! Faria a fait un rêve : le cardinal Spada n'a rien enfoui dans cette grotte, peut-être même il n'y est jamais venu, ou, s'il y est venu, César Borgia, l'intrépide aventurier, l'infatigable et sombre larron, y est venu après lui, a découvert sa trace, a suivi les mêmes brisées que moi, comme moi a soulevé cette pierre, et, descendu avant moi, ne m'a rien laissé à prendre après lui.

Il resta un moment immobile, pensif, les yeux fixés sur cette ouverture sombre et continue.

« Or, maintenant que je ne compte plus sur rien, maintenant que je me suis dit qu'il serait insensé de conserver quelque espoir, la suite de cette aventure est pour moi une chose de curiosité, voilà tout. »

Et il demeura encore immobile et méditant.

« Oui, oui, ceci est une aventure à trouver sa place dans la vie mêlée d'ombre et de lumière de ce royal bandit, dans ce tissu d'événements étranges qui composent la trame diaprée de son existence ; ce fabuleux événement a dû s'enchaîner invinciblement aux autres choses ; oui, Borgia est venu quelque nuit ici, un flambeau d'une main, une épée de l'autre, tandis qu'à vingt pas de lui, au pied de cette roche peut-être, se tenaient, sombres et menaçants, deux sbires interrogeant la terre, l'air et la mer, pendant que leur maître entrait comme je vais le faire, secouant les ténèbres de son bras redoutable et flamboyant.

« Oui ; mais des sbires auxquels il aura livré ainsi son secret, qu'en aura fait César ? se demanda Dantès.

« Ce qu'on fit, se répondit-il en souriant, des ensevelisseurs d'Alaric, que l'on enterra avec l'enseveli. »

Cependant, s'il y était venu, reprit Dantès, il eût retrouvé et pris le trésor ; Borgia, l'homme qui comparait l'Italie à un artichaut, et qui la mangeait feuille à feuille,

Borgia savait trop bien l'emploi du temps pour avoir perdu le sien à replacer ce rocher sur sa base.

« Descendons. »

Alors il descendit, le sourire du doute sur les lèvres, en murmurant ce dernier mot de la sagesse humaine : « Peut-être !… »

Mais, au lieu des ténèbres qu'il s'était attendu à trouver, au lieu d'une atmosphère opaque et viciée, Dantès ne vit qu'une douce lueur décomposée en jour bleuâtre ; l'air et la lumière filtraient non seulement par l'ouverture qui venait d'être pratiquée, mais encore par des gerçures de rochers invisibles du sol extérieur, et à travers lesquels on voyait l'azur du ciel où se jouaient les branches tremblotantes des chênes-verts et des ligaments épineux et rampants des ronces.

Après quelques secondes de séjour dans cette grotte, dont l'atmosphère plutôt tiède qu'humide, plutôt odorante que fade, était à la température de l'île ce que la lueur bleue était au soleil, le regard de Dantès, habitué, comme nous l'avons dit, aux ténèbres, put sonder les angles les plus reculés de la caverne : elle était de granit dont les facettes pailletées étincelaient comme des diamants.

– Hélas ! se dit Edmond en souriant, voilà sans doute tous les trésors qu'aura laissés le cardinal ; et ce bon abbé, en voyant en rêve ces murs tout resplendissants, se sera entretenu dans ses riches espérances.

Mais Dantès se rappela les termes du testament, qu'il savait par cœur : « Dans l'angle le plus éloigné de la seconde ouverture », disait ce testament.

Dantès avait pénétré seulement dans la première grotte, il fallait chercher maintenant l'entrée de la seconde.

Dantès s'orienta : cette seconde grotte devait naturellement s'enfoncer dans l'intérieur de l'île ; il examina les souches des pierres, et il alla frapper à une des parois qui lui parut celle où devait être cette ouverture, masquée sans doute pour plus grande précaution.

La pioche résonna pendant un instant, tirant du rocher un son mat dont la compacité faisait germer la sueur au front de Dantès ; enfin il sembla au mineur persévérant qu'une portion de la muraille granitique répondait par un écho plus sourd et plus profond à l'appel qui lui était fait ; il rapprocha son regard ardent de la muraille et reconnut, avec le tact du prisonnier, ce que nul autre n'eût reconnu peut-être : c'est qu'il devait y avoir là une ouverture.

Cependant, pour ne pas faire une besogne inutile, Dantès qui, comme César Borgia, avait étudié le prix du temps, sonda les autres parois avec sa pioche, interrogea le sol avec la crosse de son fusil, ouvrit le sable aux endroits suspects, et, n'ayant rien trouvé, rien reconnu, revint à la portion de la muraille qui rendait ce son consolateur.

Il frappa de nouveau et avec plus de force.

Alors il vit une chose singulière, c'est que, sous les coups de l'instrument, une espèce d'enduit, pareil à celui qu'on applique sur les murailles pour peindre à fresque, se soulevait et tombait en écailles, découvrant une pierre blanchâtre et molle, pareille à nos pierres de taille ordinaires. On avait fermé l'ouverture du rocher avec des pierres d'une autre nature, puis on avait étendu sur ces pierres cet enduit, puis sur cet enduit on avait imité la teinte et le cristallin du granit.

Dantès frappa alors par le bout aigu de la pioche, qui entra d'un pouce dans la porte-muraille.

C'était là qu'il fallait fouiller.

Par un mystère étrange de l'organisation humaine, plus les preuves que Faria ne s'était pas trompé devaient en s'accumulant rassurer Dantès, plus son cœur défaillant se laissait aller au doute et presque au découragement ; cette nouvelle expérience, qui aurait dû lui donner une force nouvelle, lui ôta la force qui lui restait ; la pioche descendit, s'échappant presque de ses mains ; il la posa sur le sol, s'essuya le front et remonta vers le jour, se donnant à lui-même le prétexte de voir si personne ne l'épiait, mais, en réalité, parce qu'il avait besoin d'air, parce qu'il sentait qu'il allait s'évanouir.

L'île était déserte, et le soleil à son zénith semblait la couvrir de son œil de feu ; au loin, de petites barques de pêcheurs ouvraient leurs ailes sur la mer d'un bleu de saphir.

Dantès n'avait encore rien pris ; mais c'était bien long de manger dans un pareil moment ; il avala une gorgée de rhum et rentra dans la grotte le cœur raffermi.

La pioche qui lui avait semblé si lourde était redevenue légère ; il la souleva comme il eût fait d'une plume, et se remit vigoureusement à la besogne.

Après quelques coups il s'aperçut que les pierres n'étaient point scellées, mais seulement posées les unes sur les autres et recouvertes de l'enduit dont nous avons parlé ; il introduisit dans une des fissures la pointe de la pioche, pesa sur le manche et vit avec joie la pierre rouler sur des gonds et tomber à ses pieds.

Dès lors Dantès n'eut plus qu'à tirer chaque pierre à lui avec la dent de fer de la pioche, et chaque pierre à son tour roula près de la première.

Dès la première ouverture, Dantès eut pu entrer ; mais en tardant de quelques instants c'était retarder la certitude en se cramponnant à l'espérance.

Enfin, après une nouvelle hésitation d'un instant, Dantès passa de cette première grotte dans la seconde.

Cette seconde grotte était plus basse, plus sombre et d'un aspect plus effrayant que la première ; l'air, qui n'y pénétrait que par l'ouverture pratiquée à l'instant même, avait cette odeur méphitique que Dantès s'était étonné de ne pas trouver dans la première. Dantès donna le temps à l'air extérieur d'aller raviver cette atmosphère morte, et entra.

À gauche de l'ouverture était un angle profond et sombre.

Mais, nous l'avons dit, pour l'œil de Dantès il n'y avait pas de ténèbres.

Il sonda du regard la seconde grotte : elle était vide comme la première.

Le trésor, s'il existait, était enterré dans cet angle sombre.

L'heure de l'angoisse était arrivée ; deux pieds de terre à fouiller, c'était tout ce qui restait à Dantès entre la suprême joie et le suprême désespoir.

Il s'avança vers l'angle, et, comme pris d'une résolution subite, il attaqua le sol hardiment.

Au cinquième ou sixième coup de pioche le fer résonna sur du fer.

Jamais tocsin funèbre, jamais glas frémissant ne produisit pareil effet sur celui qui l'entendit. Dantès n'aurait rien rencontré qu'il ne fût certes pas devenu plus pâle.

Il sonda à côté de l'endroit où il avait sondé déjà, et rencontra la même résistance mais non pas le même son.

– C'est un coffre de bois, cerclé de fer, dit-il.

En ce moment une ombre rapide passa, interceptant le jour.

Dantès laissa tomber sa pioche, saisit son fusil, repassa par l'ouverture, et s'élança vers le jour.

Une chèvre sauvage avait bondi par-dessus la première entrée de la grotte et broutait à quelques pas de là.

C'était une belle occasion de s'assurer son dîner, mais Dantès eut peur que la détonation du fusil n'attirât quelqu'un.

Il réfléchit un instant, coupa un arbre résineux, alla l'allumer au feu encore fumant où les contrebandiers avaient fait cuire leur déjeuner, et revint avec cette torche.

Il ne voulait perdre aucun détail de ce qu'il allait voir.

Il approcha la torche du trou informe et inachevé, et reconnut qu'il ne s'était pas trompé : ses coups avaient alternativement frappé sur le fer et sur le bois.

Il planta sa torche dans la terre et se remit à l'œuvre.

En un instant un emplacement de trois pieds de long sur deux pieds de large à peu près fut déblayé, et Dantès put reconnaître un coffre de bois de chêne cerclé de fer ciselé. Au milieu du couvercle resplendissaient, sur une plaque d'argent que la terre n'avait pu ternir, les armes de la famille Spada, c'est-à-dire une épée posée en pal sur un écusson ovale, comme sont les écussons italiens, et surmonté d'un chapeau de cardinal.

Dantès les reconnut facilement : l'abbé Faria les lui avait tant de fois dessinées !

Dès lors il n'y avait plus de doute, le trésor était bien là ; on n'eût pas pris tant de précautions pour remettre à cette place un coffre vide.

En un instant tous les alentours du coffre furent déblayés, et Dantès vit tour à tour apparaître la serrure du milieu, placée entre deux cadenas, et les anses des faces latérales ; tout cela était ciselé comme on ciselait à cette époque, où l'art rendait précieux les plus vils métaux.

Dantès prit le coffre par les anses et essaya de le soulever : c'était chose impossible.

Dantès essaya de l'ouvrir : serrure et cadenas étaient fermés, les fidèles gardiens semblaient ne pas vouloir rendre leur trésor.

Dantès introduisit le côté tranchant de sa pioche entre le coffre et le couvercle, pesa sur le manche de la pioche, et le couvercle, après avoir crié, éclata. Une large ouverture des ais rendit les ferrures inutiles, elles tombèrent à leur tour, serrant encore de leurs ongles tenaces les planches entamées par leur chute, et le coffre fut découvert.

Une fièvre vertigineuse s'empara de Dantès ; il saisit son fusil, l'arma et le plaça près de lui. D'abord il ferma les yeux, comme font les enfants, pour apercevoir, dans la nuit étincelante de leur imagination, plus d'étoiles qu'ils n'en peuvent compter dans un ciel encore éclairé, puis il les rouvrit et demeura ébloui.

Trois compartiments scindaient le coffre.

Dans le premier brillaient de rutilants écus d'or aux fauves reflets.

Dans le second, des lingots mal polis et rangés en bon ordre, mais qui n'avaient de l'or que le poids et la valeur.

Dans le troisième enfin, à demi plein, Edmond remua à poignée les diamants, les perles, les rubis, qui, cascade étincelante, faisaient, en retombant les uns sur les autres, le bruit de la grêle sur les vitres.

Après avoir touché, palpé, enfoncé ses mains frémissantes dans l'or et les pierreries, Edmond se releva et prit sa course à travers les cavernes avec la tremblante exaltation d'un homme qui touche à la folie. Il sauta sur un rocher d'où il pouvait découvrir la mer, et n'aperçut rien ; il était seul, bien seul, avec ses richesses incalculables, inouïes, fabuleuses, qui lui appartenaient ; seulement rêvait-il ou était-il éveillé ? faisait-il un songe fugitif ou étreignait-il corps à corps une réalité ?

Il avait besoin de revoir son or, et cependant il sentait qu'il n'aurait pas la force en ce moment d'en soutenir la vue. Un instant il appuya ses deux mains sur le haut de sa tête, comme pour empêcher sa raison de s'enfuir ; puis il s'élança tout au travers de l'île, sans suivre, non pas de chemin, il n'y en a pas dans l'île de Monte-Cristo, mais de ligne arrêtée, faisant fuir les chèvres sauvages et effrayant les oiseaux de mer par ses cris et ses gesticulations. Puis, par un détour, il revint, doutant encore, se précipitant de la première grotte dans la seconde, et se retrouvant en face de cette mine d'or et de diamants.

Cette fois il tomba à genoux, comprimant de ses deux mains convulsives son cœur bondissant, et murmurant une prière intelligible pour Dieu seul.

Bientôt il se sentit plus calme et partant plus heureux, car de cette heure seulement il commençait à croire à sa félicité.

Il se mit alors à compter sa fortune ; il y avait mille lingots d'or de deux à trois livres chacun ; ensuite il empila vingt-cinq mille écus d'or, pouvant valoir chacun quatre-vingts francs de notre monnaie actuelle, tous à l'effigie du pape Alexandre VI et de ses prédécesseurs, et il s'aperçut que le compartiment n'était qu'à moitié vide ; enfin il mesura dix fois la capacité de ses deux mains en perles, en pierreries, en diamants, dont beaucoup, montés par les meilleurs orfèvres de l'époque, offraient une valeur d'exécution remarquable même à côté de leur valeur intrinsèque.

Dantès vit le jour baisser et s'éteindre peu à peu. Il craignit d'être surpris s'il restait dans la caverne, et sortit son fusil à la main. Un morceau de biscuit et quelques gorgées de vin furent son souper. Puis il replaça la pierre, se coucha dessus, et dormit à peine quelques heures, couvrant de son corps l'entrée de la grotte.

Cette nuit fut à la fois une de ces nuits délicieuses et terribles comme cet homme aux foudroyantes émotions en avait déjà passé deux ou trois dans sa vie.

XXV. L'INCONNU

Le jour vint. Dantès l'attendait depuis longtemps les yeux ouverts. À ses premiers rayons il se leva, monta, comme la veille, sur le rocher le plus élevé de l'île, afin d'explorer les alentours ; comme la veille, tout était désert.

Edmond descendit, leva la pierre, emplit ses poches de pierreries, replaça du mieux qu'il put les planches et les ferrures du coffre, le recouvrit de terre, piétina cette terre, jeta du sable dessus, afin de rendre l'endroit fraîchement retourné pareil au reste du sol ; sortit de la grotte, replaça la dalle, amassa sur la dalle des pierres de différentes grosseurs ; introduisit de la terre dans les intervalles, planta dans ces intervalles des myrtes et des bruyères, arrosa les plantations nouvelles afin qu'elles semblassent anciennes, effaça les traces de ses pas amassés autour de cet endroit, et attendit avec impatience le retour de ses compagnons. En effet, il ne s'agissait plus maintenant de passer son temps à regarder cet or et ces diamants et à rester à Monte-Cristo comme un dragon surveillant d'inutiles trésors. Maintenant il fallait retourner dans la vie, parmi les hommes, et prendre dans la société le rang, l'influence et le pouvoir que donne en ce monde la richesse, la première et la plus grande des forces dont peut disposer la créature humaine.

Les contrebandiers revinrent le sixième jour. Dantès reconnut de loin le port et la marche de la *Jeune-Amélie* ; il se traîna jusqu'au port comme Philoctète blessé, et lorsque ses compagnons abordèrent il leur annonça, tout en se plaignant encore, un mieux sensible ; puis à son tour il écouta le récit des aventuriers. Ils avaient réussi, il est vrai ; mais à peine le chargement avait-il été déposé qu'ils avaient eu avis qu'un brick[25] en surveillance à Toulon venait de sortir du port et se dirigeait de leur côté. Ils s'étaient alors enfuis à tire-d'aile, regrettant que Dantès, qui savait donner une vitesse si supérieure au bâtiment, ne fût point là pour le diriger. En effet, bientôt ils avaient aperçu le bâtiment chasseur ; mais à l'aide de la nuit et en doublant le cap Corse ils lui avaient échappé.

En somme, ce voyage n'avait pas été mauvais ; et tous, et surtout Jacopo, regrettaient que Dantès n'en eût pas été, afin d'avoir sa part des bénéfices qu'il avait rapportés, part qui montait à cinquante piastres.

Edmond demeura impénétrable ; il ne sourit même pas à l'énumération des avantages qu'il eût partagés s'il eût pu quitter l'île ; et, comme la *Jeune-Amélie* n'était venue à Monte-Cristo que pour le chercher, il se rembarqua le soir même et suivit le patron à Livourne.

À Livourne il alla chez un juif, et vendit cinq mille francs chacun quatre de ses plus petits diamants. Le juif aurait pu s'informer comment un matelot se trouvait possesseur de pareils objets ; mais il s'en garda bien, il gagnait mille francs sur chacun.

---

25. Voilier à voiles carrées.

Le lendemain il acheta une barque toute neuve qu'il donna à Jacopo en ajoutant à ce don cent piastres afin qu'il pût engager un équipage ; et cela à la condition que Jacopo irait à Marseille demander des nouvelles d'un vieillard nommé Louis Dantès et qui demeurait aux Allées de Meilhan, et d'une jeune fille qui demeurait au village des Catalans et que l'on nommait Mercédès.

Ce fut à Jacopo à croire qu'il faisait un rêve : Edmond lui raconta alors qu'il s'était fait marin par un coup de tête, et parce que sa famille lui refusait l'argent nécessaire à son entretien, mais qu'en arrivant à Livourne il avait touché la succession d'un oncle qui l'avait fait son seul héritier. L'éducation élevée de Dantès donnait à ce récit une telle vraisemblance que Jacopo ne douta point un instant que son ancien compagnon ne lui eût dit la vérité.

D'un autre côté, comme l'engagement d'Edmond à bord de la *Jeune-Amélie* était expiré, il prit congé du marin, qui essaya d'abord de le retenir, mais qui, ayant appris comme Jacopo l'histoire de l'héritage, renonça dès lors à l'espoir de vaincre la résolution de son ancien matelot.

Le lendemain Jacopo mit à la voile pour Marseille : il devait retrouver Edmond à Monte-Cristo.

Le même jour, Dantès partit sans dire où il allait, prenant congé de l'équipage de la *Jeune-Amélie* par une gratification splendide, et du patron avec la promesse de lui donner un jour ou l'autre de ses nouvelles.

Dantès alla à Gênes.

Au moment où il arrivait, on essayait un petit yacht commandé par un Anglais qui, ayant entendu dire que les Génois étaient les meilleurs constructeurs de la Méditerranée, avait voulu avoir un yacht construit à Gênes ; l'Anglais avait fait prix à quarante mille francs ; Dantès en offrit soixante mille, à la condition que le bâtiment lui serait livré le jour même. L'Anglais était allé faire un tour en Suisse en attendant que son bâtiment fût achevé. Il ne devait revenir que dans trois semaines ou un mois : le constructeur pensa qu'il aurait le temps d'en remettre un autre sur le chantier. Dantès emmena le constructeur chez un juif, passa avec lui dans l'arrière-boutique, et le juif compta soixante mille francs au constructeur.

Le constructeur offrit à Dantès ses services pour lui composer un équipage ; mais Dantès le remercia en disant qu'il avait l'habitude de naviguer seul, et que la seule chose qu'il désirait était qu'on exécutât dans la cabine, à la tête du lit, une armoire à secret dans laquelle se trouveraient trois compartiments à secret aussi. Il donna la mesure de ces compartiments, qui furent exécutés le lendemain.

Deux heures après Dantès sortait du port de Gênes, escorté par les regards d'une foule de curieux qui voulaient voir le seigneur espagnol qui avait l'habitude de naviguer seul.

Dantès s'en tira à merveille ; avec l'aide du gouvernail et sans avoir besoin de le quitter, il fit faire à son bâtiment toutes les évolutions voulues ; on eût dit un être intelligent prêt à obéir à la moindre impulsion donnée, et Dantès convint en lui-même que les Génois méritaient leur réputation de premiers constructeurs du monde.

Les curieux suivirent le petit bâtiment des yeux jusqu'à ce qu'ils l'eussent perdu de vue, et alors les discussions s'établirent pour savoir où il allait ; les uns penchèrent pour la Corse, les autres pour l'île d'Elbe ; ceux-ci offrirent de parier qu'il allait en Espagne, ceux-là soutinrent qu'il allait en Afrique ; nul ne pensa à nommer l'île de Monte-Cristo.

C'était cependant à Monte-Cristo qu'allait Dantès.

Il y arriva vers la fin du second jour ; le navire était excellent voilier et avait parcouru la distance en trente-cinq heures. Dantès avait parfaitement reconnu le gisement de la côte ; et, au lieu d'aborder au port habituel, il jeta l'ancre dans la petite crique.

L'île était déserte ; personne ne paraissait y avoir abordé depuis que Dantès en était parti ; il alla à son trésor, tout était dans le même état qu'il l'avait laissé.

Le lendemain son immense fortune était transportée à bord du yacht et enfermée dans les trois compartiments de l'armoire à secret.

Dantès attendit huit jours encore. Pendant huit jours il fit manœuvrer son yacht autour de l'île, l'étudiant comme un écuyer étudie un cheval ; au bout de ce temps, il en connaissait toutes les qualités et tous les défauts ; Dantès se promit d'augmenter les unes et de remédier aux autres.

Le huitième jour Dantès vit un petit bâtiment qui venait sur l'île toutes voiles dehors, et reconnut la barque de Jacopo ; il fit un signal auquel Jacopo répondit, et deux heures après la barque était près du yacht.

Il y avait une triste réponse à chacune des deux demandes faites par Edmond.

Le vieux Dantès était mort.

Mercédès avait disparu.

Edmond écouta ces deux nouvelles d'un visage calme ; mais aussitôt il descendit à terre, en défendant que personne l'y suivît.

Deux heures après il revint : deux hommes de la barque de Jacopo passèrent sur son yacht pour l'aider à la manœuvre, et il donna l'ordre de mettre le cap sur Marseille. Il prévoyait la mort de son père ; mais Mercédès, qu'était-elle devenue ?

Sans divulguer son secret, Edmond ne pouvait donner d'instructions suffisantes à un agent ; d'ailleurs il y avait d'autres renseignements encore qu'il voulait prendre, et pour lesquels il ne s'en rapportait qu'à lui-même. Son miroir lui avait appris à Livourne qu'il ne courait pas le danger d'être reconnu ; d'ailleurs il avait maintenant à sa disposition tous les moyens de se déguiser. Un matin donc, le yacht, suivi de la petite barque, entra bravement dans le port de Marseille et s'arrêta juste en face de l'endroit où, ce soir de fatale mémoire, on l'avait embarqué pour le château d'If.

Ce ne fut pas sans un certain frémissement que, dans le canot de santé, Dantès vit venir à lui un gendarme. Mais Dantès, avec cette assurance parfaite qu'il avait acquise, lui présenta un passeport anglais qu'il avait acheté à Livourne ; et moyennant ce laisser-passer étranger, beaucoup plus respecté en France que le nôtre, il descendit sans difficulté à terre.

La première chose qu'aperçut Dantès, en mettant le pied sur la Cannebière, fut un des matelots du *Pharaon*. Cet homme avait servi sous ses ordres, et se trouvait là comme un moyen de rassurer Dantès sur les changements qui s'étaient faits en lui. Il alla droit à cet homme et lui fit plusieurs questions auxquelles celui-ci répondit, sans même laisser soupçonner, ni par ses paroles, ni par sa physionomie, qu'il se rappelât avoir jamais vu celui qui lui adressait la parole.

Dantès donna au matelot une pièce de monnaie pour le remercier de ses renseignements ; un instant après, il entendit le brave homme qui courait après lui.

Dantès se retourna.

– Pardon, monsieur, dit le matelot, mais vous vous êtes trompé sans doute ; vous aurez cru me donner une pièce de quarante sous, et vous m'avez donné un double napoléon.

– En effet, mon ami, dit Dantès, je m'étais trompé ; mais, comme votre honnêteté mérite une récompense, en voici un second, que je vous prie d'accepter pour boire à ma santé avec vos camarades.

Le matelot regarda Edmond avec tant d'étonnement qu'il ne songea pas même à le remercier ; et il le regarda s'éloigner en disant :

– C'est quelque nabab qui arrive de l'Inde.

Dantès continua son chemin ; chaque pas qu'il faisait oppressait son cœur d'une émotion nouvelle ; tous ces souvenirs d'enfance, souvenirs indélébiles, éternellement présents à la pensée, étaient là se dressant à chaque coin de place, à chaque angle de rue, à chaque borne de carrefour. En arrivant au bout de la rue de Noailles, et en apercevant les Allées de Meilhan, il sentit ses genoux qui fléchissaient, et il faillit tomber sous les roues d'une voiture. Enfin il arriva jusqu'à la maison qu'avait habitée son père. Les aristoloches et les capucines avaient disparu de la mansarde, où autrefois la main du bonhomme les treillageait avec tant de soin.

Il s'appuya contre un arbre, et resta quelque temps pensif, regardant les derniers étages de cette pauvre petite maison ; enfin il s'avança vers la porte, en franchit le seuil, demanda s'il n'y avait pas un logement vacant, et, quoiqu'il fût occupé, insista si longtemps pour visiter celui du cinquième que le concierge monta et demanda, de la part d'un étranger, aux personnes qui l'habitaient, la permission de voir les deux pièces dont il était composé. Les personnes qui habitaient ce petit logement étaient un jeune homme et une jeune femme qui venaient de se marier depuis huit jours seulement.

En voyant ces deux jeunes gens, Dantès poussa un profond soupir.

Au reste, rien ne rappelait plus à Dantès l'appartement de son père : ce n'était plus le même papier, tous les vieux meubles, ces amis d'enfance d'Edmond, présents à son souvenir dans tous leurs détails, avaient disparu. Les murailles seules étaient les mêmes.

Dantès se tourna du côté du lit, il était à la même place que celui de l'ancien locataire ; malgré lui, les yeux d'Edmond se mouillèrent de larmes ; c'était à cette place que le vieillard avait dû expirer en nommant son fils.

Les deux jeunes gens regardaient avec étonnement cet homme au front sévère, sur les joues duquel coulaient deux grosses larmes sans que son visage sourcillât. Mais, comme toute douleur porte avec elle sa religion, les jeunes gens ne firent aucune question à l'inconnu ; seulement ils se retirèrent en arrière pour le laisser pleurer tout à son aise, et quand il se retira ils l'accompagnèrent, en lui disant qu'il pouvait revenir quand il voudrait et que leur pauvre maison lui serait toujours hospitalière.

En passant à l'étage au-dessous, Edmond s'arrêta devant une autre porte et demanda si c'était toujours le tailleur Caderousse qui demeurait là. Mais le concierge lui répondit que l'homme dont il parlait avait fait de mauvaises affaires et tenait maintenant une petite auberge sur la route de Bellegarde à Beaucaire.

Dantès descendit, demanda l'adresse du propriétaire de la maison des Allées de Meilhan, se rendit chez lui, se fit annoncer sous le nom de lord Wilmore (c'était le nom et le titre qui étaient portés sur son passeport) et lui acheta cette petite maison pour la somme de vingt-cinq mille francs. C'était dix mille francs au moins de plus qu'elle ne valait. Mais Dantès, s'il la lui eût faite un demi-million, l'eût payée le prix qu'il la lui eût faite.

Le jour même, les jeunes gens du cinquième étage furent prévenus par le notaire qui avait fait le contrat que le nouveau propriétaire leur donnait le choix d'un appartement dans toute la maison, sans augmenter en aucune façon leur loyer, à la condition qu'ils lui céderaient les deux chambres qu'ils occupaient.

Cet événement étrange occupa pendant plus de huit jours tous les habitués des Allées de Meilhan, et fit faire mille conjectures dont pas une ne se trouva être exacte.

Mais, ce qui surtout brouilla toutes les cervelles et troubla tous les esprits, c'est qu'on vit le soir le même homme qu'on avait vu entrer dans la maison des Allées de Meilhan se promener dans le petit village des Catalans, et entrer dans une pauvre maison de pêcheurs où il resta plus d'une heure à demander des nouvelles de plusieurs personnes qui étaient mortes ou qui avaient disparu depuis plus de quinze ou seize ans.

Le lendemain les gens chez lesquels il était entré pour faire toutes ces questions reçurent en cadeau une barque catalane toute neuve, garnie de deux seines[26] et d'un chalut.

Ces braves gens eussent bien voulu remercier le généreux questionneur ; mais en les quittant on l'avait vu, après avoir donné quelques ordres à un marin, monter à cheval et sortir de Marseille par la porte d'Aix.

---

26. Filets.

XXVI. L'AUBERGE DU PONT-DU-GARD

Ceux qui comme moi ont parcouru à pied le midi de la France ont pu remarquer entre Bellegarde et Beaucaire, à moitié chemin à peu près du village à la ville mais plus rapprochée cependant de Beaucaire que de Bellegarde, une petite auberge où pend, sur une plaque de tôle qui grince au moindre vent, une grotesque représentation du Pont-du-Gard. Cette petite auberge, en prenant pour règle le cours du Rhône, est située au côté gauche de la route, tournant le dos au fleuve ; elle est accompagnée de ce que dans le Languedoc on appelle un jardin ; c'est-à-dire que la face opposée à celle qui ouvre sa porte aux voyageurs donne sur un enclos où rampent quelques oliviers rabougris et quelques figuiers sauvages au feuillage argenté par la poussière ; dans leurs intervalles poussent, pour tout légume, des aulx, des piments et des échalottes ; enfin, à l'un de ses angles, comme une sentinelle oubliée, un grand pin parasol élance mélancoliquement sa tige flexible, tandis que sa cime, épanouie en éventail, craque sous un soleil de trente degrés.

Tous ces arbres, grands ou petits, se courbent inclinés naturellement dans la direction où passe le mistral, l'un des trois fléaux de la Provence ; les deux autres, comme on sait ou comme on ne sait pas, étaient la Durance et le Parlement.

Çà et là dans la plaine environnante, qui ressemble à un grand lac de poussière, végètent quelques tiges de froment que les horticulteurs du pays élèvent sans doute par curiosité et dont chacune sert de perchoir à une cigale qui poursuit de son chant aigre et monotone les voyageurs égarés dans cette thébaïde.

Depuis sept ou huit ans à peu près, cette petite auberge était tenue par un homme et une femme ayant pour tout domestique une fille de chambre appelée Trinette et un garçon d'écurie répondant au nom de Pacaud ; double coopération qui au reste suffisait largement aux besoins du service, depuis qu'un canal creusé de Beaucaire à Aiguemortes avait fait succéder victorieusement les bateaux au roulage accéléré, et le coche à la diligence.

Ce canal, comme pour rendre plus vifs encore les regrets du malheureux aubergiste qu'il ruinait, passait, entre le Rhône qui l'alimente et la route qu'il épuise, à cent pas à peu près de l'auberge dont nous venons de donner une courte mais fidèle description.

L'hôtelier qui tenait cette petite auberge pouvait être un homme de quarante à quarante-cinq ans, grand, sec et nerveux, véritable type méridional avec ses yeux enfoncés et brillants, son nez en bec d'aigle et ses dents blanches comme celles d'un animal carnassier. Ses cheveux, qui semblaient, malgré les premiers souffles de l'âge, ne pouvoir se décider à blanchir, étaient, ainsi que sa barbe, qu'il portait en collier, épais, crépus et à peine parsemés de quelques poils blancs. Son teint, hâlé naturellement, s'était encore couvert d'une nouvelle couche de bistre par l'habitude que le pauvre diable avait prise de se tenir depuis le matin jusqu'au soir sur le seuil de sa porte, pour voir si, soit à pied, soit en voiture, il ne lui arrivait pas quelque pratique : attente presque toujours déçue, et pendant laquelle il n'opposait à l'ardeur dévorante du soleil d'autre préservatif pour son visage qu'un mouchoir rouge noué sur sa tête à la manière des muletiers espagnols. Cet homme, c'était notre ancienne connaissance Gaspard Caderousse.

Sa femme au contraire qui, de son nom de fille, s'appelait Madeleine Radelle, était une femme pâle, maigre et maladive ; née aux environs d'Arles, elle avait, tout en conservant les traces primitives de la beauté traditionnelle de ses compatriotes, vu son visage se délabrer lentement dans l'accès presque continuel d'une de ces fièvres sourdes si communes parmi les populations voisines des étangs d'Aigues-Mortes et des marais de la Camargue. Elle se tenait donc presque toujours assise et grelottante au fond de sa chambre située au premier, soit étendue dans un fauteuil, soit appuyée contre son lit, tandis que son mari montait à la porte sa faction habituelle : faction qu'il prolongeait d'autant plus volontiers que, chaque fois qu'il se retrouvait avec son aigre moitié, celle-ci le poursuivait de ses plaintes éternelles contre le sort, plaintes auxquelles son mari ne répondait d'habitude que par ces paroles philosophiques :

« Tais-toi, la Carconte ! c'est Dieu qui le veut comme cela. »

Ce sobriquet venait de ce que Madeleine Radelle était née dans le village de la Carconte, situé entre Salon et Lambesc. Or, suivant une habitude du pays, qui veut que l'on désigne presque toujours les gens par un surnom au lieu de les désigner par un nom, son mari avait substitué cette appellation à celle de Madeleine, trop douce et trop euphonique peut-être pour son rude langage.

Cependant, malgré cette prétendue résignation aux décrets de la Providence, que l'on n'aille pas croire que notre aubergiste ne sentît pas profondément l'état de misère où l'avait réduit ce misérable canal de Beaucaire, et qu'il fût invulnérable aux plaintes incessantes dont sa femme le poursuivait. C'était, comme tous les Méridionaux, un homme sobre et sans de grands besoins, mais vaniteux pour les choses extérieures ; aussi, au temps de sa prospérité, il ne laissait passer ni une ferrade, ni une procession de la tarasque sans s'y montrer avec la Carconte, l'un dans ce costume pittoresque des hommes du Midi et qui tient à la fois du catalan et de l'andalou ; l'autre avec ce charmant habit des femmes d'Arles qui semble emprunté à la Grèce et à l'Arabie ; mais, peu à peu, chaînes de montres, colliers, ceintures aux mille couleurs, corsages brodés, vestes de velours, bas à coins élégants, guêtres bariolées, souliers à boucles d'argent avaient disparu, et Gaspard Caderousse, ne pouvant plus se montrer à la hauteur de sa splendeur passée, avait renoncé pour lui et pour sa femme à toutes ces pompes mondaines, dont il entendait en se rongeant sourdement le cœur les bruits joyeux retentir jusqu'à cette pauvre auberge, qu'il continuait de garder bien plus comme un abri que comme une spéculation.

Caderousse s'était donc tenu, comme c'était son habitude, une partie de la matinée devant la porte, promenant son regard mélancolique d'un petit gazon pelé, où picoraient quelques poules, aux deux extrémités du chemin désert qui s'enfonçait d'un côté au midi et de l'autre au nord, quand tout à coup la voix aigre de sa femme le força de quitter son poste ; il rentra en grommelant et monta au premier, laissant néanmoins la porte toute grande ouverte, comme pour inviter les voyageurs à ne pas l'oublier en passant.

Au moment où Caderousse rentrait, la grande route dont nous avons parlé, et que parcouraient ses regards, était aussi nue et aussi solitaire que le désert à midi ; elle s'étendait, blanche et infinie, entre deux rangées d'arbres maigres, et l'on comprenait parfaitement qu'aucun voyageur, libre de choisir une autre heure du jour, ne se hasardât dans cet effroyable Sahara.

Cependant, malgré toutes les probabilités, s'il fût resté à son poste, Caderousse aurait pu voir poindre, du côté de Bellegarde, un cavalier et un cheval venant de cette allure honnête et amicale qui indique les meilleures relations entre le cheval et le cavalier ; le cheval était un cheval hongre, marchant agréablement l'amble ; le cavalier était un prêtre vêtu de noir et coiffé d'un chapeau à trois cornes, malgré la chaleur dévorante du soleil alors à son midi ; ils n'allaient tous deux qu'un trot fort raisonnable.

Arrivé devant la porte, le groupe s'arrêta : il eût été difficile de décider si ce fut le cheval qui arrêta l'homme ou l'homme qui arrêta le cheval ; mais en tout cas le cavalier mit pied à terre, et, tirant l'animal par la bride, il alla l'attacher au tourniquet d'un contrevent délabré qui ne tenait plus qu'à un gond ; puis, s'avançant vers la porte en essuyant d'un mouchoir de coton rouge son front ruisselant de sueur, le prêtre frappa trois coups sur le seuil du bout ferré de la canne, qu'il tenait à la main.

Aussitôt un grand chien noir se leva et fit quelques pas en aboyant et en montrant ses dents blanches et aiguës ; double démonstration hostile qui prouvait le peu d'habitude qu'il avait de la société.

Aussitôt un pas lourd ébranla l'escalier de bois rampant le long de la muraille, et que descendait, en se courbant et à reculons, l'hôte du pauvre logis à la porte duquel se tenait le prêtre.

– Me voilà ! disait Caderousse tout étonné, me voilà ! Veux-tu te taire, Margotin ! N'ayez pas peur, monsieur, il aboie, mais il ne mord pas. Vous désirez du vin, n'est-ce pas ? car il fait une polissonne de chaleur… Ah ! pardon, interrompit Caderousse en voyant à quelle sorte de voyageur il avait affaire, pardon, je ne savais pas qui j'avais l'honneur de recevoir ; que désirez-vous, que demandez-vous, monsieur l'abbé ? Je suis à vos ordres.

Le prêtre regarda cet homme pendant deux ou trois secondes avec une attention étrange, il parut même chercher à attirer de son côté sur lui l'attention de l'aubergiste ; puis, voyant que les traits de celui-ci n'exprimaient d'autre sentiment que la surprise de ne pas recevoir une réponse, il jugea qu'il était temps de faire cesser cette surprise, et dit avec un accent italien très prononcé :

– N'êtes-vous pas monsou Caderousse ?

– Oui, monsieur, dit l'hôte, peut-être encore plus étonné de la demande qu'il ne l'avait été du silence, je le suis en effet ; Gaspard Caderousse, pour vous servir.

– Gaspard Caderousse… oui, je crois que c'est là le prénom et le nom ; vous demeuriez autrefois Allées de Meilhan, n'est-ce pas ? Au quatrième ?

– C'est cela.

– Et vous y exerciez la profession de tailleur ?

– Oui, mais l'état a mal tourné : il fait si chaud à ce coquin de Marseille que l'on finira, je crois, par ne plus s'y habiller du tout. Mais, à propos de chaleur, ne voulez-vous pas vous rafraîchir, monsieur l'abbé ?

– Si fait, donnez-moi une bouteille de votre meilleur vin, et nous reprendrons la conversation, s'il vous plaît, où nous la laissons.

– Comme il vous fera plaisir, monsieur l'abbé, dit Caderousse.

Et pour ne pas perdre cette occasion de placer une des dernières bouteilles de vin de Cahors qui lui restaient, Caderousse se hâta de lever une trappe pratiquée dans le plancher même de cette espèce de chambre du rez-de-chaussée, qui servait à la fois de salle et de cuisine.

Lorsque au bout de cinq minutes il reparut, il trouva l'abbé assis sur un escabeau, le coude appuyé à une table longue, tandis que Margotin, qui paraissait avoir fait sa paix avec lui en entendant que, contre l'habitude, ce voyageur singulier allait prendre quelque chose, allongeait sur sa cuisse son cou décharné et son œil langoureux.

– Vous êtes seul ? demanda l'abbé à son hôte, tandis que celui-ci posait devant lui la bouteille et un verre.

– Oh ! mon Dieu ! oui ! Seul ou à peu près, monsieur l'abbé ; car j'ai ma femme qui ne me peut aider en rien, attendu qu'elle est toujours malade, la pauvre Carconte.

– Ah ! vous êtes marié ! dit le prêtre avec une sorte d'intérêt et en jetant autour de lui un regard qui paraissait estimer à sa mince valeur le maigre mobilier du pauvre ménage.

– Vous trouvez que je ne suis pas riche, n'est-ce pas, monsieur l'abbé ? dit en soupirant Caderousse. Mais que voulez-vous ! il ne suffit pas d'être honnête homme pour prospérer dans ce monde.

L'abbé fixa sur lui un regard perçant.

– Oui, honnête homme ; de cela je puis m'en vanter, monsieur, dit l'hôte en soutenant le regard de l'abbé, une main sur sa poitrine et en hochant la tête du haut en bas ; et dans notre époque tout le monde n'en peut pas dire autant.

– Tant mieux si ce dont vous vous vantez est vrai, dit l'abbé. Car tôt ou tard, j'en ai la ferme conviction, l'honnête homme est récompensé et le méchant puni.

– C'est votre état de dire cela, monsieur l'abbé ; c'est votre état de dire cela, reprit Caderousse avec une expression amère ; après cela on est libre de ne pas croire ce que vous dites.

– Vous avez tort de parler ainsi, monsieur, dit l'abbé, car peut-être vais-je être moi-même pour vous, tout à l'heure, une preuve de ce que j'avance.

– Que voulez-vous dire ? demanda Caderousse d'un air étonné.

– Je veux dire qu'il faut que je m'assure avant tout si vous êtes celui à qui j'ai affaire.

– Quelles preuves voulez-vous que je vous donne ?

– Avez-vous connu en 1814 ou 1815 un marin qui s'appelait Dantès ?

– Dantès !… si je l'ai connu, ce pauvre Edmond ! Je le crois bien ! C'était même un de mes meilleurs amis ! s'écria Caderousse, dont un rouge de pourpre envahit le visage, tandis que l'œil clair et assuré de l'abbé semblait se dilater pour couvrir tout entier celui qu'il interrogeait.

– Oui, je crois en effet qu'il s'appelait Edmond.

– S'il s'appelait Edmond, le petit ! je le crois bien ! aussi vrai que je m'appelle, moi, Gaspard Caderousse. Et qu'est-il devenu, monsieur, ce pauvre Edmond ? continua l'aubergiste. L'auriez-vous connu ? Vit-il encore ? Est-il libre ? Est-il heureux ?

– Il est mort prisonnier, plus désespéré et plus misérable que les forçats qui traînent leur boulet au bagne de Toulon.

Une pâleur mortelle succéda sur le visage de Caderousse à la rougeur qui s'en était d'abord emparée. Il se retourna et l'abbé lui vit essuyer une larme avec un coin du mouchoir rouge qui lui servait de coiffure.

– Pauvre petit ! murmura Caderousse. Eh bien ! voilà encore une preuve de ce que je vous disais, monsieur l'abbé, que le bon Dieu n'était bon que pour les mauvais. Ah ! continua Caderousse avec ce langage coloré des gens du Midi, le monde va de mal en pis. Qu'il tombe donc du ciel deux jours de poudre et une heure de feu, et que tout soit dit !

– Vous paraissez aimer ce garçon de tout votre cœur, monsieur ? demanda l'abbé.

– Oui, je l'aimais bien, dit Caderousse, quoique j'aie à me reprocher d'avoir un instant envié son bonheur. Mais depuis, je vous le jure, foi de Caderousse, j'ai bien plaint son malheureux sort.

Il se fit un instant de silence pendant lequel le regard fixe de l'abbé ne cessa point un instant d'interroger la physionomie mobile de l'aubergiste.

– Et vous l'avez connu, le pauvre petit ? continua Caderousse.

– J'ai été appelé à son lit de mort pour lui offrir les derniers secours de la religion, répondit l'abbé.

– Et de quoi est-il mort ? demanda Caderousse d'une voix étranglée.

– Et de quoi meurt-on en prison quand on y meurt à trente ans, si ce n'est de la prison elle-même ?

Caderousse essuya la sueur qui coulait de son front.

– Ce qu'il y a d'étrange dans tout cela, reprit l'abbé, c'est que Dantès, à son lit de mort, sur le Christ dont il baisait les pieds, m'a toujours juré qu'il ignorait la véritable cause de sa captivité.

– C'est vrai, c'est vrai, murmura Caderousse, il ne pouvait pas le savoir ; non, monsieur l'abbé, il ne mentait pas, le pauvre petit.

– C'est ce qui fait qu'il m'a chargé d'éclaircir son malheur qu'il n'avait jamais pu éclaircir lui-même, et de réhabiliter sa mémoire, si cette mémoire avait reçu quelque souillure.

Et le regard de l'abbé, devenant de plus en plus fixe, dévora l'expression presque sombre qui apparut sur le visage de Caderousse.

– Un riche Anglais, continua l'abbé, son compagnon d'infortune, et qui sortit de prison à la seconde Restauration, était possesseur d'un diamant d'une grande valeur. En sortant de prison, il voulut laisser à Dantès, qui, dans une maladie qu'il avait faite, l'avait soigné comme un frère, un témoignage de sa reconnaissance en lui laissant ce diamant. Dantès, au lieu de s'en servir pour séduire ses geôliers, qui d'ailleurs pouvaient le prendre et le trahir après, le conserva toujours précieusement pour le cas où il sortirait de prison ; car, s'il sortait de prison, sa fortune était assurée par la vente seule de ce diamant.

– C'était donc comme vous le dites, demanda Caderousse avec des yeux ardents, un diamant d'une grande valeur ?

– Tout est relatif, reprit l'abbé. D'une grande valeur pour Edmond ; ce diamant était estimé cinquante mille francs.

– Cinquante mille francs ! dit Caderousse. Mais il était donc gros comme une noix ?

– Non, pas tout à fait, dit l'abbé, mais vous allez en juger vous-même, car je l'ai sur moi.

Caderousse sembla chercher sous les vêtements de l'abbé le dépôt dont il parlait.

L'abbé tira de sa poche une petite boîte de chagrin noir, l'ouvrit et fit briller aux yeux éblouis de Caderousse l'étincelante merveille montée sur une bague d'un admirable travail.

– Et cela vaut cinquante mille francs ?

– Sans la monture, qui est elle-même d'un certain prix, dit l'abbé.

Et il referma l'écrin, et remit dans sa poche le diamant qui continuait d'étinceler au fond de la pensée de Caderousse.

– Mais comment vous trouvez-vous avoir ce diamant en votre possession, monsieur l'abbé ? demanda Caderousse. Edmond vous a donc fait son héritier ?

– Non, mais son exécuteur testamentaire. « J'avais trois bons amis et une fiancée, m'a-t-il dit. Tous quatre, j'en suis sûr, me regrettent amèrement : l'un de ces bons amis s'appelait Caderousse.

Caderousse frémit.

– « L'autre, continua l'abbé sans paraître s'apercevoir de l'émotion de Caderousse, l'autre s'appelait Danglars ; le troisième, a-t-il ajouté, bien que mon rival, m'aimait aussi. »

Un sourire diabolique éclaira les traits de Caderousse, qui fit un mouvement pour interrompre l'abbé.

– Attendez, dit l'abbé, laissez-moi finir, et si vous avez quelque observation à me faire, vous me la ferez tout à l'heure. « L'autre, bien que mon rival, m'aimait aussi et s'appelait Fernand ; quant à ma fiancée, son nom était… » Je ne me rappelle plus le nom de la fiancée, dit l'abbé.

– Mercédès, dit Caderousse.

– Ah ! oui, c'est cela, reprit l'abbé avec un soupir étouffé, Mercédès.

– Eh bien ? demanda Caderousse.

– Donnez-moi une carafe d'eau, dit l'abbé.

Caderousse s'empressa d'obéir.

L'abbé remplit le verre et but quelques gorgées.

– Où en étions-nous ? demanda-t-il en posant son verre sur la table.

– La fiancée s'appelait Mercédès.

– Oui, c'est cela. « Vous irez à Marseille… » C'est toujours Dantès qui parle, comprenez-vous ?

– Parfaitement.

– « Vous vendrez ce diamant, vous ferez cinq parts, et vous les partagerez entre ces bons amis, les seuls êtres qui m'aient aimé sur la terre ! »

– Comment cinq parts ? dit Caderousse, vous ne m'avez nommé que quatre personnes.

– Parce que la cinquième est morte, à ce qu'on m'a dit… La cinquième était le père de Dantès.

– Hélas ! oui, dit Caderousse, ému par les passions qui s'entre-choquaient en lui ; hélas ! oui, le pauvre homme il est mort.

– J'ai appris cet événement à Marseille, répondit l'abbé en faisant un effort pour paraître indifférent, mais il y a si longtemps que cette mort est arrivée que je n'ai pu recueillir aucun détail… Sauriez-vous quelque chose de la fin de ce vieillard, vous ?

– Eh ! dit Caderousse, qui peut savoir cela mieux que moi ?… Je demeurais porte à porte avec le bonhomme… Eh ! mon Dieu ! oui : un an à peine après la disparition de son fils, il mourut, le pauvre vieillard !

– Mais, de quoi mourut-il ?

– Les médecins ont nommé sa maladie… une gastro-entérite, je crois ; ceux qui le connaissaient ont dit qu'il était mort de douleur… et moi, qui l'ai presque vu mourir, je dis qu'il est mort…

Caderousse s'arrêta.

– Mort de quoi ? reprit avec anxiété le prêtre.

– Eh bien ! mort de faim !

– De faim ? s'écria l'abbé bondissant sur son escabeau, de faim ! Les plus vils animaux ne meurent pas de faim ! Les chiens qui errent dans les rues trouvent une main compatissante qui leur jette un morceau de pain ; et un homme, un chrétien, est mort de faim au milieu d'autres hommes qui se disent chrétiens comme lui ! Impossible ! oh ! c'est impossible !

– J'ai dit ce que j'ai dit, reprit Caderousse.

– Et tu as tort, dit une voix dans l'escalier, de quoi te mêles-tu ?

Les deux hommes se retournèrent, et virent à travers les barres de la rampe la tête maladive de la Carconte ; elle s'était traînée jusque-là et écoutait la conversation, assise sur la dernière marche, la tête appuyée sur ses genoux.

– De quoi te mêles-tu toi-même, femme ? dit Caderousse. Monsieur demande des renseignements, la politesse veut que je les lui donne.

– Oui, mais la prudence veut que tu les lui refuses. Qui te dit dans quelle intention on veut te faire parler, imbécile ?

– Dans une excellente, madame, je vous en réponds, dit l'abbé. Votre mari n'a donc rien à craindre, pourvu qu'il réponde franchement.

– Rien à craindre, oui ! on commence par de belles promesses, puis on se contente, après, de dire qu'on n'a rien à craindre ; puis on s'en va sans rien tenir de ce qu'on a dit, et un beau matin le malheur tombe sur le pauvre monde sans que l'on sache d'où il vient.

– Soyez tranquille, bonne femme, le malheur ne vous viendra pas de mon côté, je vous en réponds.

La Carconte grommela quelques paroles qu'on ne put entendre, laissa retomber sur ses genoux sa tête un instant soulevée et continua de trembler la fièvre, laissant son mari libre de continuer la conversation, mais placée de manière à n'en pas perdre un mot.

Pendant ce temps, l'abbé avait bu quelques gorgées d'eau et s'était remis.

– Mais, reprit-il, ce malheureux vieillard était-il donc si abandonné de tout le monde, qu'il soit mort d'une pareille mort ?

– Oh ! monsieur, reprit Caderousse, ce n'est pas que Mercédès la Catalane, ni M. Morrel l'aient abandonné ; mais le pauvre vieillard s'était pris d'une antipathie profonde pour Fernand, celui-là même, continua Caderousse avec un sourire ironique, que Dantès vous a dit être de ses amis.

– Ne l'était-il donc pas ? dit l'abbé.

– Gaspard ! Gaspard ! murmura la femme du haut de son escalier, fais attention à ce que tu vas dire.

Caderousse fit un mouvement d'impatience, et, sans accorder d'autre réponse à celle qui l'interrompait :

– Peut-on être l'ami de celui dont on convoite la femme ? répondit-il à l'abbé. Dantès, qui était un cœur d'or, appelait tous ces gens-là ses amis… Pauvre Edmond !… Au fait, il vaut mieux qu'il n'ait rien su ; il aurait eu trop de peine à leur pardonner au moment de la mort… Et, quoi qu'on dise, continua Caderousse dans son langage qui ne manquait pas d'une sorte de rude poésie, j'ai encore plus peur de la malédiction des morts que de la haine des vivants.

– Imbécile ! dit la Carconte.

– Savez-vous donc, continua l'abbé, ce que Fernand a fait contre Dantès ?

– Si je sais, je le crois bien.

– Parlez alors.

– Gaspard, fais ce que tu veux, tu es le maître, dit la femme ; mais si tu m'en croyais, tu ne dirais rien.

– Cette fois, je crois que tu as raison, femme, dit Caderousse.

– Ainsi, vous ne voulez rien dire ? reprit l'abbé.

– À quoi bon ! dit Caderousse. Si le petit était vivant et qu'il vînt à moi pour connaître une bonne fois pour toutes ses amis et ses ennemis, je ne dis pas ; mais il est sous terre, à ce que vous m'avez dit, il ne peut plus avoir de haine, il ne peut plus se venger. Éteignons tout cela.

– Vous voulez alors, dit l'abbé, que je donne à ces gens, que vous donnez pour d'indignes et faux amis, une récompense destinée à la fidélité ?

– C'est vrai, vous avez raison, dit Caderousse. D'ailleurs, que serait pour eux maintenant le legs du pauvre Edmond ? Une goutte d'eau tombant à la mer !

– Sans compter que ces gens-là peuvent t'écraser d'un geste, dit la femme.

– Comment cela ? Ces gens-là sont donc devenus riches et puissants ?

– Alors, vous ne savez pas leur histoire ?

– Non, racontez-la-moi.

Caderousse parut réfléchir un instant.

– Non, en vérité, dit-il, ce serait trop long.

– Libre à vous de vous taire, mon ami, dit l'abbé avec l'accent de la plus profonde indifférence, et je respecte vos scrupules ; d'ailleurs ce que vous faites là est d'un homme vraiment bon ; n'en parlons donc plus. De quoi étais-je chargé ? D'une simple formalité. Je vendrai donc ce diamant.

Et il tira le diamant de sa poche, ouvrit l'écrin, et le fit briller aux yeux éblouis de Caderousse.

– Viens donc voir, femme ! dit celui-ci d'une voix rauque.

– Un diamant ! dit la Carconte se levant et descendant d'un pas assez ferme l'escalier. Qu'est-ce que c'est donc que ce diamant ?

– N'as-tu donc pas entendu, femme ? dit Caderousse, c'est un diamant que le petit nous a légué : à son père d'abord, à ses trois amis Fernand, Danglars et moi, et à Mercédès sa fiancée. Le diamant vaut cinquante mille francs.

– Oh ! le beau joyau ! dit-elle.

– Le cinquième de cette somme nous appartient, alors ? dit Caderousse.

– Oui, monsieur, répondit l'abbé, plus la part du père de Dantès, que je me crois autorisé à répartir sur vous quatre.

– Et pourquoi sur nous quatre ? demanda la Carconte.

– Parce que vous étiez les quatre amis d'Edmond.

– Les amis ne sont pas ceux qui trahissent ! murmura sourdement à son tour la femme.

– Oui, oui, dit Caderousse, et c'est ce que je disais : c'est presque une profanation, presque un sacrilège que de récompenser la trahison, le crime peut-être.

– C'est vous qui l'aurez voulu, reprit tranquillement l'abbé en remettant le diamant dans la poche de sa soutane. Maintenant donnez-moi l'adresse des amis d'Edmond, afin que je puisse exécuter ses dernières volontés.

La sueur coulait à lourdes gouttes du front de Caderousse ; il vit l'abbé se lever, se diriger vers la porte comme pour jeter un coup d'œil d'avis à son cheval, et revenir.

Caderousse et sa femme se regardaient avec une indicible expression.

– Le diamant serait pour nous tout entier, dit Caderousse.

– Le crois-tu ? répondit la femme.

– Un homme d'église ne voudrait pas nous tromper.

– Fais comme tu voudras, dit la femme ; quant à moi, je ne m'en mêle pas.

Et elle reprit le chemin de l'escalier toute grelottante ; ses dents claquaient malgré la chaleur ardente qu'il faisait.

Sur la dernière marche, elle s'arrêta un instant.

– Réfléchis bien, Gaspard ! dit-elle.

– Je suis décidé, dit Caderousse.

La Carconte rentra dans sa chambre en poussant un soupir ; on entendit le plafond crier sous ses pas jusqu'à ce qu'elle eût rejoint son fauteuil, où elle tomba assise lourdement.

– À quoi êtes-vous décidé ? demanda l'abbé.

– À tout vous dire, répondit celui-ci.

– Je crois, en vérité, que c'est ce qu'il y a de mieux à faire, dit le prêtre. Non pas que je tienne à savoir les choses que vous voudriez me cacher ; mais, enfin, si vous pouvez m'amener à distribuer les legs selon les vœux du testateur, ce sera mieux.

– Je l'espère, répondit Caderousse les joues enflammées par la rougeur de l'espérance et de la cupidité.

– Je vous écoute, dit l'abbé.

– Attendez, reprit Caderousse, on pourrait nous interrompre à l'endroit le plus intéressant, et ce serait désagréable ; d'ailleurs il est inutile que personne sache que vous êtes venu ici.

Et il alla à la porte de son auberge et ferma la porte, à laquelle, pour surcroît de précaution, il mit la barre de nuit.

Pendant ce temps, l'abbé avait choisi sa place pour écouter tout à son aise ; il s'était assis dans un angle, de manière à demeurer dans l'ombre tandis que la lumière tomberait en plein sur le visage de son interlocuteur. Quant à lui, la tête inclinée, les mains jointes ou plutôt crispées, il s'apprêtait à écouter de toutes ses oreilles.

Caderousse approcha un escabeau et s'assit en face de lui.

– Souviens-toi que je ne te pousse à rien ! dit la voix tremblotante de la Carconte, comme si, à travers le plancher, elle eût pu voir la scène qui se préparait.

– C'est bien, c'est bien, dit Caderousse, n'en parlons plus ; je prends tout sur moi.

Et il commença.

XXVII. LE RÉCIT

– Avant tout, dit Caderousse, je dois, monsieur, vous prier de me promettre une chose.

– Laquelle ? demanda l'abbé.

– C'est que jamais, si vous faites un usage quelconque des détails que je vais vous donner, on ne saura que ces détails viennent de moi, car ceux dont je vais vous parler sont riches et puissants, et, s'ils me touchaient seulement du bout du doigt, ils me briseraient comme verre.

– Soyez tranquille, mon ami, dit l'abbé, je suis prêtre, et les confessions meurent dans mon sein ; rappelez-vous que nous n'avons d'autre but que d'accomplir dignement les dernières volontés de notre ami ; parlez donc sans ménagement comme sans haine ; dites la vérité, toute la vérité ; je ne connais pas et ne connaîtrai probablement jamais les personnes dont vous allez me parler ; d'ailleurs je suis italien et non pas français ; j'appartiens à Dieu et non pas aux hommes, et je vais rentrer dans mon couvent, dont je ne suis sorti que pour remplir les dernières volontés d'un mourant.

Cette promesse positive parut donner à Caderousse un peu d'assurance.

– Eh bien ! en ce cas, dit Caderousse, je veux, je dirai même plus, je dois vous détromper sur ces amitiés que le pauvre Edmond croyait sincères et dévouées.

– Commençons par son père, s'il vous plaît, dit l'abbé. Edmond m'a beaucoup parlé de ce vieillard, pour lequel il avait un profond amour.

– L'histoire est triste, monsieur, dit Caderousse en hochant la tête. Vous en connaissez probablement les commencements.

– Oui, répondit l'abbé, Edmond m'a raconté les choses jusqu'au moment où il a été arrêté dans un petit cabaret près de Marseille.

– À la Réserve ! ô mon Dieu, oui ! je vois encore la chose comme si j'y étais.

– N'était-ce pas au repas même de ses fiançailles ?

– Oui, et le repas qui avait eu un gai commencement eut une triste fin : un commissaire de police suivi de quatre fusiliers entra, et Dantès fut arrêté.

– Voilà où s'arrête ce que je sais, monsieur, dit le prêtre. Dantès lui-même ne savait rien autre que ce qui lui était absolument personnel, car il n'a jamais revu aucune des cinq personnes que je vous ai nommées, ni entendu parler d'elles.

– Eh bien ! Dantès une fois arrêté, M. Morrel courut prendre des informations : elles furent bien tristes. Le vieillard retourna seul dans sa maison, ploya son habit de noces en pleurant, passa toute la journée à aller et venir dans sa chambre, et le soir ne se coucha point, car je demeurais au-dessous de lui, et je l'entendis marcher toute la nuit ; moi-même, je dois le dire, je ne dormis pas non plus, car la douleur de ce pauvre père me faisait grand mal, et chacun de ses pas me broyait le cœur, comme s'il eût réellement posé son pied sur ma poitrine.

» Le lendemain, Mercédès vint à Marseille pour implorer la protection de M. de Villefort ; elle n'obtint rien ; mais, du même coup, elle alla rendre visite au vieillard. Quand elle le vit si morne et si abattu, qu'il avait passé la nuit sans se mettre au lit et qu'il n'avait pas mangé depuis la veille, elle voulut l'emmener pour en prendre soin, mais le vieillard ne voulut jamais y consentir.

» "Non, disait-il, je ne quitterai pas la maison, car c'est moi que mon pauvre enfant aime avant toutes choses, et, s'il sort de prison, c'est moi qu'il accourra voir d'abord. Que dirait-il si je n'étais point là à l'attendre ?"

» J'écoutais tout cela du carré, car j'aurais voulu que Mercédès déterminât le vieillard à la suivre ; ce pas retentissant tous les jours sur ma tête ne me laissait pas un instant de repos.

– Mais ne montiez-vous pas vous-même près du vieillard pour le consoler ? demanda le prêtre.

– Ah ! monsieur ! répondit Caderousse, on ne console que ceux qui veulent être consolés, et lui ne voulait pas l'être : d'ailleurs, je ne sais pourquoi, mais il me semblait qu'il avait de la répugnance à me voir. Une nuit cependant que j'entendais ses sanglots, je n'y pus résister et je montai ; mais, quand j'arrivai à la porte, il ne sanglotait plus, il priait. Ce qu'il trouvait d'éloquentes paroles et de pitoyables supplications, je ne saurais vous le redire, monsieur ; c'était plus que de la piété, c'était plus que de la douleur ; aussi, moi qui ne suis pas cagot et qui n'aime pas les jésuites, je me dis ce jour-là : « C'est bien heureux, en vérité, que je sois seul, et que le bon Dieu ne m'ait pas envoyé d'enfants, car si j'étais père et que je ressentisse une douleur semblable à celle du pauvre vieillard, ne pouvant trouver dans ma mémoire ni dans mon cœur tout ce qu'il dit au bon Dieu, j'irais tout droit me précipiter dans la mer pour ne pas souffrir plus longtemps. »

– Pauvre père ! murmura le prêtre.

– De jour en jour il vivait plus seul et plus isolé ; souvent M. Morrel et Mercédès venaient pour le voir, mais sa porte était fermée ; et, quoique je fusse bien sûr qu'il était chez lui, il ne répondait pas. Un jour que, contre son habitude, il avait reçu Mercédès, et que la pauvre enfant, au désespoir elle-même, tentait de le réconforter :

» "Crois-moi, ma fille, lui dit-il, il est mort ; et, au lieu que nous l'attendions, c'est lui qui nous attend ; je suis bien heureux, c'est moi qui suis le plus vieux et qui, par conséquent, le reverrai le premier."

» Si bon que l'on soit, voyez-vous, on cesse bientôt de voir les gens qui vous attristent ; le vieux Dantès finit par demeurer tout à fait seul ; je ne voyais plus monter de temps en temps chez lui que des gens inconnus, qui descendaient avec quelque paquet mal dissimulé ; j'ai compris depuis ce que c'était que ces paquets ; il vendait peu à peu ce qu'il avait pour vivre. Enfin, le bonhomme arriva auprès de ses pauvres hardes ; il devait trois termes ; on menaça de le renvoyer ; il demanda huit jours encore, on les lui accorda. Je sus ce détail parce que le propriétaire entra chez moi en sortant de chez lui.

» Pendant les trois premiers jours, je l'entendis marcher comme d'habitude ; mais le quatrième, je n'entendis plus rien. Je me hasardai à monter : la porte était fermée, mais à travers la serrure je l'aperçus si pâle et si défait que, le jugeant bien malade, je fis prévenir M. Morrel et courus chez Mercédès. Tous deux s'empressèrent de venir. M. Morrel amenait un médecin ; le médecin reconnut une gastro-entérite et ordonna la diète. J'étais là, monsieur, et je n'oublierai jamais le sourire du vieillard à cette ordonnance.

» Dès lors il ouvrit sa porte ; il avait une excuse pour ne plus manger ; le médecin avait ordonné la diète.

L'abbé poussa une espèce de gémissement.

– Cette histoire vous intéresse, n'est-ce pas, monsieur ? dit Caderousse.

– Oui, répondit l'abbé ; elle est attendrissante.

– Mercédès revint ; elle le trouva si changé que, comme la première fois, elle voulut le faire transporter chez elle. C'était aussi l'avis de M. Morrel, qui voulait opérer le transport de force ; mais le vieillard cria tant qu'ils eurent peur. Mercédès resta au chevet de son lit. M. Morrel s'éloigna en faisant signe à la Catalane qu'il laissait une bourse sur la cheminée. Mais, armé de l'ordonnance du médecin, le vieillard ne voulut rien prendre. Enfin, après neuf jours de désespoir et d'abstinence, le vieillard expira en maudissant ceux qui avaient causé son malheur et en disant à Mercédès :

» "Si vous revoyez mon Edmond, dites-lui que je meurs en le bénissant."

L'abbé se leva, fit deux tours dans la chambre en portant une main frémissante à sa gorge aride.

– Et vous croyez qu'il est mort…

– De faim… monsieur, de faim, dit Caderousse. J'en réponds aussi vrai que nous sommes ici deux chrétiens.

L'abbé, d'une main convulsive, saisit le verre d'eau encore à moitié plein, le vida d'un trait et se rassit les yeux rougis et les joues pâles.

– Avouez que voilà un grand malheur ! dit-il d'une voix rauque.

– D'autant plus grand, monsieur, que Dieu n'y est pour rien, et que les hommes seuls en sont cause.

– Passons donc à ces hommes, dit l'abbé. Mais songez-y, continua-t-il d'un air presque menaçant, vous vous êtes engagé à me tout dire : voyons, quels sont ces hommes qui ont fait mourir le fils de désespoir, et le père de faim ?

– Deux hommes jaloux de lui, monsieur, l'un par amour, l'autre par ambition ; Fernand et Danglars.

– Et de quelle façon se manifesta cette jalousie, dites ?

– Ils dénoncèrent Edmond comme agent bonapartiste.

– Mais lequel des deux le dénonça, lequel des deux fut le vrai coupable ?

– Tous deux, monsieur, l'un écrivit la lettre, l'autre la mit à la poste.

– Et où cette lettre fut-elle écrite ?

– À la Réserve même, la veille du mariage.

– C'est bien cela, c'est bien cela, murmura l'abbé ; ô Faria ! Faria ! comme tu connaissais les hommes et les choses !

– Vous dites, monsieur ? demanda Caderousse.

– Rien, reprit le prêtre. Continuez.

– Ce fut Danglars qui écrivit la dénonciation de la main gauche pour que son écriture ne fût pas reconnue, et Fernand qui l'envoya.

– Mais, s'écria tout à coup l'abbé, vous étiez là, vous !

– Moi ! dit Caderousse étonné. Qui vous a dit que j'y étais ?

L'abbé vit qu'il s'était lancé trop avant.

– Personne, dit-il, mais pour être si bien au fait de tous ces détails il faut que vous en ayez été le témoin.

– C'est vrai, dit Caderousse d'une voix étouffée, j'y étais.

– Et vous ne vous êtes pas opposé à cette infamie ? dit l'abbé. Alors vous êtes leur complice.

– Monsieur, dit Caderousse, ils m'avaient fait boire tous deux au point que j'en avais à peu près perdu la raison. Je ne voyais plus qu'à travers un nuage. Je dis tout ce que peut dire un homme dans cet état ; mais ils me répondirent tous deux que c'était une plaisanterie qu'ils avaient voulu faire, et que cette plaisanterie n'aurait pas de suites.

– Le lendemain, monsieur, le lendemain, vous vîtes bien qu'elle en avait ; cependant vous ne dites rien ; vous étiez là cependant lorsqu'il fut arrêté.

– Oui, monsieur, j'étais là et je voulus parler, je voulus tout dire, mais Danglars me retint. « Et s'il est coupable, par hasard, me dit-il, s'il a véritablement relâché à l'île d'Elbe, s'il est véritablement chargé d'une lettre pour le comité bonapartiste de Paris, si on trouve cette lettre sur lui, ceux qui l'auront soutenu passeront pour ses complices. »

» J'eus peur de la politique telle qu'elle se faisait alors, je l'avoue ; je me tus, ce fut une lâcheté, j'en conviens mais ce ne fut pas un crime.

– Je comprends ; vous laissâtes faire, voilà tout.

– Oui, monsieur, répondit Caderousse, et c'est mon remords de la nuit et du jour. J'en demande bien souvent pardon à Dieu, je vous le jure, d'autant plus que cette action, la seule que j'aie sérieusement à me reprocher dans tout le cours de ma vie, est sans doute la cause de mes adversités. J'expie un instant d'égoïsme, aussi, c'est ce que je dis toujours à la Carconte lorsqu'elle se plaint : « Tais-toi, femme, c'est Dieu qui le veut ainsi. »

Et Caderousse baissa la tête avec tous les signes d'un vrai repentir.

– Bien, monsieur, dit l'abbé, vous avez parlé avec franchise ; s'accuser ainsi, c'est mériter son pardon.

– Malheureusement, dit Caderousse, Edmond est mort et ne m'a pas pardonné, lui !

– Il ignorait, dit l'abbé…

– Mais il sait maintenant, peut-être, reprit Caderousse. On dit que les morts savent tout.

Il se fit un instant de silence ; l'abbé s'était levé et se promenait, pensif ; il revint à sa place et se rassit.

– Vous m'avez nommé déjà deux ou trois fois un certain M. Morrel, dit-il. Qu'était-ce que cet homme ?

– C'était l'armateur du *Pharaon*, le patron de Dantès.

– Et quel rôle a joué cet homme dans toute cette triste affaire ? demanda l'abbé.

– Le rôle d'un homme honnête, courageux et affectionné, monsieur. Vingt fois il intercéda pour Edmond ; quand l'Empereur rentra, il écrivit, pria, menaça, si bien qu'à la seconde Restauration il fut fort persécuté comme bonapartiste. Dix fois, comme je vous l'ai dit, il était venu chez le père Dantès pour le retirer chez lui, et la veille ou la surveille de sa mort, je vous l'ai dit encore, il avait laissé sur la cheminée une bourse avec laquelle on paya les dettes du bonhomme et l'on subvint à son enterrement ; de sorte que le pauvre vieillard put du moins mourir comme il avait vécu, sans faire de tort à personne. C'est encore moi qui ai la bourse, une grande bourse en filet rouge.

– Et, demanda l'abbé, ce M. Morrel vit-il encore ?

– Oui, dit Caderousse.

– En ce cas, reprit l'abbé, ce doit être un homme béni de Dieu, il doit être riche… heureux ?…

Caderousse sourit amèrement.

– Oui, heureux comme moi, dit-il.

– M. Morrel serait malheureux ! s'écria l'abbé.

– Il touche à la misère, monsieur, et, bien plus, il touche au déshonneur.

– Comment cela ?

– Oui, reprit Caderousse, c'est comme cela ; après vingt-cinq ans de travail, après avoir acquis la plus honorable place dans le commerce de Marseille, M. Morrel est ruiné de fond en comble. Il a perdu cinq vaisseaux en deux ans, a essuyé trois banqueroutes effroyables, et n'a plus d'espérance que dans ce même *Pharaon* que commandait le pauvre Dantès, et qui doit revenir des Indes avec un chargement de cochenille et d'indigo. Si ce navire-là manque comme les autres, il est perdu.

– Et, dit l'abbé, a-t-il une femme, des enfants ? le malheureux ?

– Oui ; il a une femme qui, dans tout cela, se conduit comme une sainte ; il a une fille qui allait épouser un homme qu'elle aimait, et à qui sa famille ne veut plus laisser épouser une fille ruinée ; il a un fils enfin, lieutenant dans l'armée ; mais, vous le comprenez bien, tout cela double sa douleur au lieu de l'adoucir, à ce pauvre cher homme. S'il était seul, il se brûlerait la cervelle et tout serait dit.

– C'est affreux ! murmura le prêtre.

– Voilà comme Dieu récompense la vertu, monsieur, dit Caderousse. Tenez, moi qui n'ai jamais fait une mauvaise action à part ce que je vous ai raconté, moi, je suis dans la misère ; moi, après avoir vu mourir ma pauvre femme de la fièvre, sans pouvoir rien faire pour elle, je mourrai de faim comme est mort le père Dantès, tandis que Fernand et Danglars roulent sur l'or.

– Et comment cela ?

– Parce que tout leur a tourné à bien, tandis qu'aux honnêtes gens tout tourne à mal.

– Qu'est devenu Danglars ? le plus coupable, n'est-ce pas, l'instigateur ?

– Ce qu'il est devenu ? Il a quitté Marseille ; il est entré, sur la recommandation de M. Morrel, qui ignorait son crime, comme commis d'ordre chez un banquier espagnol ; à l'époque de la guerre d'Espagne il s'est chargé d'une part dans les fournitures de l'armée française et a fait fortune ; alors, avec ce premier argent il a joué sur les fonds, et a triplé, quadruplé ses capitaux, et veuf lui-même de la fille de son banquier, il a épousé une veuve, Mme de Nargonne, fille de M. Servieux, chambellan du roi actuel, et qui jouit de la plus grande faveur. Il s'était fait millionnaire, on l'a fait baron ; de sorte qu'il est baron Danglars maintenant, qu'il a un hôtel rue du Mont-Blanc, dix chevaux dans ses écuries, six laquais dans son antichambre, et je ne sais combien de millions dans ses caisses.

– Ah ! fit l'abbé avec un singulier accent ; et il est heureux ?

– Ah ! heureux, qui peut dire cela ? Le malheur ou le bonheur, c'est le secret des murailles ; les murailles ont des oreilles mais elles n'ont pas de langue ; si l'on est heureux avec une grande fortune, Danglars est heureux.

– Et Fernand ?

– Fernand, c'est bien autre chose encore !

– Mais comment a pu faire fortune un pauvre pêcheur catalan, sans ressources, sans éducation ? Cela me passe, je vous l'avoue.

– Et cela passe tout le monde aussi ; il faut qu'il y ait dans sa vie quelque étrange secret que personne ne sait.

– Mais enfin par quels échelons visibles a-t-il monté à cette haute fortune ou à cette haute position ?

– À toutes deux, monsieur, à toutes deux ! Lui a fortune et position tout ensemble.

– C'est un conte que vous me faites là.

– Le fait est que la chose en a bien l'air ; mais écoutez, et vous allez comprendre.

» Fernand, quelques jours avant le retour, était tombé à la conscription. Les Bourbons le laissèrent bien tranquille aux Catalans, mais Napoléon revint, une levée extraordinaire fut décrétée, et Fernand fut forcé de partir. Moi aussi, je partis ; mais comme j'étais plus vieux que Fernand, et que je venais d'épouser ma pauvre femme, je fus envoyé sur les côtes seulement.

» Fernand, lui, fut enrégimenté dans les troupes actives, gagna la frontière avec son régiment, et assista à la bataille de Ligny.

» La nuit qui suivit la bataille, il était de planton à la porte du général qui avait des relations secrètes avec l'ennemi. Cette nuit même le général devait rejoindre les Anglais. Il proposa à Fernand de l'accompagner ; Fernand accepta, quitta son poste et suivit le général.

» Ce qui eût fait passer Fernand à un conseil de guerre si Napoléon fût resté sur le trône, lui servit de recommandation près des Bourbons. Il rentra en France avec l'épaulette de sous-lieutenant ; et, comme la protection du général, qui est en haute faveur, ne l'abandonna point, il était capitaine en 1823, lors de la guerre d'Espagne, c'est-à-dire au moment même où Danglars risquait ses premières spéculations. Fernand était espagnol, il fut envoyé à Madrid pour y étudier l'esprit de ses compatriotes ; il y retrouva Danglars, s'aboucha avec lui, promit à son général un appui parmi les royalistes de la capitale et des provinces, reçut des promesses, prit de son côté des engagements, guida son régiment par les chemins connus de lui seul dans des gorges gardées par des royalistes, et enfin rendit dans cette courte campagne de tels services qu'après la prise du Trocadéro il fut nommé colonel et reçut la croix d'officier de la Légion d'honneur avec le titre de comte.

– Destinée ! destinée ! murmura l'abbé.

– Oui, mais écoutez, ce n'est pas le tout. La guerre d'Espagne finie, la carrière de Fernand se trouvait compromise par la longue paix qui promettait de régner en Europe. La Grèce seule était soulevée contre la Turquie, et venait de commencer la guerre de son indépendance ; tous les deux étaient tournés vers Athènes ; c'était la mode de plaindre et de soutenir les Grecs. Le gouvernement français, sans les protéger ouvertement, comme vous savez, tolérait les migrations partielles. Fernand sollicita et obtint la permission d'aller servir en Grèce, en demeurant toujours porté néanmoins sur les contrôles de l'armée.

» Quelque temps après on apprit que le comte de Morcerf, c'était le nom qu'il portait, était entré au service d'Ali-Pacha avec le grade de général instructeur.

» Ali-Pacha fut tué, comme vous savez ; mais avant de mourir il récompensa les services de Fernand en lui laissant une somme considérable avec laquelle Fernand revint en France, où son grade de lieutenant général lui fut confirmé.

– De sorte qu'aujourd'hui ?… demanda l'abbé.

– De sorte qu'aujourd'hui, poursuivit Caderousse, il possède un hôtel magnifique à Paris, rue du Helder, numéro 27.

L'abbé ouvrit la bouche, demeura un instant comme un homme qui hésite, mais, faisant un effort sur lui même :

– Et Mercédès, dit-il, on m'a assuré qu'elle avait disparu ?

– Disparu, dit Caderousse, oui, comme disparaît le soleil pour se lever le lendemain plus éclatant.

– A-t-elle donc fait fortune aussi ? demanda l'abbé avec un sourire ironique.

– Mercédès est à cette heure une des plus grandes dames de Paris, dit Caderousse.

– Continuez, dit l'abbé, il me semble que j'écoute le récit d'un rêve. Mais j'ai vu moi-même des choses si extraordinaires que celles que vous me dites m'étonnent moins.

– Mercédès fut d'abord désespérée du coup qui lui enlevait Edmond. Je vous ai dit ses instances près de M. de Villefort et son dévouement pour le père de Dantès. Au milieu de son désespoir une nouvelle douleur vint l'atteindre, ce fut le départ de Fernand, de Fernand dont elle ignorait le crime, et qu'elle regardait comme son frère.

» Fernand partit, Mercédès demeura seule.

» Trois mois s'écoulèrent pour elle dans les larmes : pas de nouvelles d'Edmond, pas de nouvelles de Fernand, rien devant les yeux qu'un vieillard qui s'en allait mourant de désespoir.

» Un soir, après être restée toute la journée assise, comme c'était son habitude, à l'angle des deux chemins qui se rendent de Marseille aux Catalans, elle rentra chez elle plus abattue qu'elle ne l'avait encore été ; ni son amant ni son ami ne revenaient par l'un ou l'autre de ces deux chemins, et elle n'avait de nouvelles ni de l'un ni de l'autre.

» Tout à coup il lui sembla entendre un pas connu ; elle se retourna avec anxiété, la porte s'ouvrit, elle vit apparaître Fernand avec son uniforme de sous-lieutenant.

» Ce n'était pas la moitié de ce qu'elle pleurait, mais c'était une portion de sa vie passée qui revenait à elle.

» Mercédès saisit les mains de Fernand avec un transport que celui-ci prit pour de l'amour, et qui n'était que la joie de n'être plus seule au monde et de revoir enfin un ami après les longues heures de la tristesse solitaire. Et puis, il faut le dire, Fernand n'avait jamais été haï, il n'était pas aimé, voilà tout ; un autre tenait tout le cœur de Mercédès, cet autre était absent… était disparu… était mort peut-être. À cette dernière idée, Mercédès éclatait en sanglots et se tordait les bras de douleur ; mais cette idée, qu'elle repoussait autrefois quand elle lui était suggérée par un autre, lui revenait maintenant toute seule à l'esprit ; d'ailleurs, de son côté, le vieux Dantès ne cessait de lui dire : "Notre Edmond est mort, car s'il n'était pas mort il nous reviendrait."

» Le vieillard mourut, comme je vous l'ai dit ; s'il eût vécu, peut-être Mercédès ne fût-elle jamais devenue la femme d'un autre ; car il eût été là pour lui reprocher son infidélité. Fernand comprit cela. Quand il connut la mort du vieillard, il revint. Cette fois il était lieutenant. Au premier voyage, il n'avait pas dit à Mercédès un mot d'amour ; au second, il lui rappela qu'il l'aimait.

» Mercédès lui demanda six mois encore pour attendre et pleurer Edmond.

– Au fait, dit l'abbé avec un sourire amer, cela faisait dix-huit mois en tout. Que peut demander davantage l'amant le plus adoré ?

Puis il murmura les paroles du poète anglais :

– *Frailty, thy name is woman*[27] !

– Six mois après, reprit Caderousse, le mariage eut lieu à l'église des Accoules.

– C'était la même église où elle devait épouser Edmond, murmura le prêtre. Il n'y avait que le fiancé de changé, voilà tout.

– Mercédès se maria donc, continua Caderousse. Mais, quoique aux yeux de tous elle parût calme, elle ne manqua pas moins de s'évanouir en passant devant la Réserve, où dix-huit mois auparavant avaient été célébrées ses fiançailles avec celui qu'elle eût vu qu'elle aimait encore si elle eût osé regarder au fond de son cœur.

» Fernand, plus heureux, mais non pas plus tranquille, car je le vis à cette époque et il craignait sans cesse le retour d'Edmond, Fernand s'occupa aussitôt de dépayser sa femme et de s'exiler lui-même : il y avait à la fois trop de dangers et de souvenirs à rester aux Catalans.

» Huit jours après la noce, ils partirent.

– Et revîtes-vous Mercédès ? demanda le prêtre.

– Oui, au moment de la guerre d'Espagne, à Perpignan, où Fernand l'avait laissée ; elle faisait alors l'éducation de son fils.

L'abbé tressaillit.

– De son fils ? dit-il.

– Oui, répondit Caderousse, du petit Albert.

– Mais, pour instruire ce fils, continua l'abbé, elle avait donc reçu de l'éducation elle-même ? Il me semblait avoir entendu dire à Edmond que c'était la fille d'un simple pêcheur, belle mais inculte.

---

27. « Fragilité, ton nom est femme ! » (William Shakespeare, *Hamlet*).

– Oh ! dit Caderousse, connaissait-il donc si mal sa propre fiancée ! Mercédès eût pu devenir reine, monsieur, si la couronne se devait poser seulement sur les têtes les plus belles et les plus intelligentes. Sa fortune grandissait déjà, et elle grandissait avec sa fortune. Elle apprenait le dessin, elle apprenait la musique, elle apprenait tout. D'ailleurs, je crois, entre nous, qu'elle ne faisait tout cela que pour se distraire, pour oublier, et qu'elle ne mettait tant de choses dans sa tête que pour combattre ce qu'elle avait dans le cœur. Mais maintenant tout doit être dit, continua Caderousse : la fortune et les honneurs l'ont consolée sans doute. Elle est riche, elle est comtesse, et cependant…

Caderousse s'arrêta.

– Cependant, quoi ? demanda l'abbé.

– Cependant je suis sûr qu'elle n'est pas heureuse, dit Caderousse.

– Et qui vous le fait croire ?

– Eh bien ! quand je me suis trouvé trop malheureux moi-même, j'ai pensé que mes anciens amis m'aideraient en quelque chose. Je me suis présenté chez Danglars, qui ne m'a pas même reçu. J'ai été chez Fernand, qui m'a fait remettre cent francs par son valet de chambre.

– Alors vous ne les vîtes ni l'un ni l'autre ?

– Non ; mais madame de Morcerf m'a vu, elle.

– Comment cela ?

– Lorsque je suis sorti, une bourse est tombée à mes pieds ; elle contenait vingt-cinq louis ; j'ai levé vivement la tête et j'ai vu Mercédès qui refermait la persienne.

– Et M. de Villefort ? demanda l'abbé.

– Oh ! lui n'avait pas été mon ami ; lui, je ne le connaissais pas ; lui, je n'avais rien à lui demander.

– Mais ne savez-vous point ce qu'il est devenu, et la part qu'il a prise au malheur d'Edmond ?

– Non ; je sais seulement que quelque temps après l'avoir fait arrêter il a épousé Mlle de Saint-Méran, et bientôt a quitté Marseille. Sans doute que le bonheur lui aura souri comme aux autres, sans doute qu'il est riche comme Danglars, considéré comme Fernand ; moi seul, vous le voyez, suis resté pauvre, misérable et oublié de Dieu.

– Vous vous trompez, mon ami, dit l'abbé. Dieu peut paraître oublier parfois quand sa justice se repose ; mais il vient toujours un moment où il se souvient, et en voici la preuve.

À ces mots, l'abbé tira le diamant de sa poche, et, le présentant à Caderousse :

– Tenez, mon ami, lui dit-il, prenez ce diamant, car il est à vous.

– Comment, à moi seul ! s'écria Caderousse. Ah ! monsieur, ne raillez-vous pas ?

– Ce diamant devait être partagé entre ses amis : Edmond n'avait qu'un seul ami, le partage devient donc inutile. Prenez ce diamant et vendez-le ; il vaut cinquante mille francs, je vous le répète, et cette somme, je l'espère, suffira pour vous tirer de la misère.

– Oh ! monsieur, dit Caderousse en avançant timidement une main et en essuyant de l'autre la sueur qui perlait sur son front. Oh ! monsieur, ne faites pas une plaisanterie du bonheur ou du désespoir d'un homme !

– Je sais ce que c'est que le bonheur et ce que c'est que le désespoir, et je ne jouerai jamais à plaisir avec les sentiments. Prenez donc, mais en échange…

Caderousse, qui touchait déjà le diamant, retira sa main.

L'abbé sourit.

– En échange, continua-t-il, donnez-moi cette bourse de soie rouge que M. Morrel avait laissée sur la cheminée du vieux Dantès, et qui, me l'avez-vous dit, est encore entre vos mains.

Caderousse, de plus en plus étonné, alla vers une grande armoire de chêne, l'ouvrit et donna à l'abbé une bourse longue, de soie rouge flétrie, et autour de laquelle glissaient deux anneaux de cuivre dorés autrefois.

L'abbé la prit, et en sa place donna le diamant à Caderousse.

– Oh ! vous êtes un homme de Dieu, monsieur ! s'écria Caderousse, car en vérité personne ne savait qu'Edmond vous avait donné ce diamant et vous auriez pu le garder.

« Bien, se dit tout bas l'abbé, tu l'eusses fait, à ce qu'il paraît, toi. »

L'abbé se leva, prit son chapeau et ses gants.

– Ah çà, dit-il, tout ce que vous m'avez dit est bien vrai, n'est-ce pas, et je puis y croire en tout point ?

– Tenez, monsieur l'abbé, dit Caderousse, voici dans le coin de ce mur un christ de bois bénit ; ouvrez sur ce bahut le livre d'évangiles de ma femme ; ouvrez ce livre, et je vais vous jurer dessus, la main étendue vers le christ, je vais vous jurer sur le salut de mon âme, sur ma foi de chrétien, que je vous ai dit toutes choses comme elles s'étaient passées, et comme l'ange des hommes le dira à l'oreille de Dieu le jour du jugement dernier !

– C'est bien, dit l'abbé convaincu par cet accent que Caderousse disait la vérité, c'est bien ; que cet argent vous profite ! Adieu, je retourne loin des hommes qui se font tant de mal les uns aux autres.

Et l'abbé, se délivrant à grand-peine des enthousiastes élans de Caderousse, leva lui-même la barre de la porte, sortit, remonta à cheval, salua une dernière fois l'aubergiste qui se confondait en adieux bruyants, et partit, suivant la même direction qu'il avait déjà suivie pour venir.

Quand Caderousse se retourna, il vit derrière lui la Carconte, plus pâle et plus tremblante que jamais.

– Est-ce bien vrai, ce que j'ai entendu ? dit-elle.

– Quoi ? qu'il nous donnait le diamant pour nous tout seuls ? dit Caderousse, presque fou de joie.

– Oui.

– Rien de plus vrai, car le voilà.

La femme le regarda un instant puis, d'une voix sourde :

– Et s'il était faux ? dit-elle.

Caderousse pâlit et chancela.

– Faux, murmura-t-il, faux… et pourquoi cet homme m'aurait-il donné un diamant faux ?

– Pour avoir ton secret sans le payer, imbécile !

Caderousse resta un instant étourdi sous le poids de cette supposition.

– Oh ! dit-il au bout d'un instant et en prenant son chapeau, qu'il posa sur le mouchoir rouge noué autour de sa tête, nous allons bien le savoir.

– Et comment cela ?

– C'est la foire à Beaucaire, il y a des bijoutiers de Paris : je vais aller le leur montrer. Toi, garde la maison, femme ; dans deux heures je serai de retour.

Et Caderousse s'élança hors de la maison, et prit tout courant la route opposée à celle que venait de prendre l'inconnu.

– Cinquante mille francs ! murmura la Carconte, restée seule, c'est de l'argent… mais ce n'est pas une fortune.

XXVIII. LES REGISTRES DES PRISONS

Le lendemain du jour où s'était passée, sur la route de Bellegarde à Beaucaire, la scène que nous venons de raconter, un homme de trente à trente-deux ans, vêtu d'un frac bleu-barbeau, d'un pantalon de nankin et d'un gilet blanc, ayant à la fois la tournure et l'accent britanniques, se présenta chez le maire de Marseille.

– Monsieur, lui dit-il, je suis le premier commis de la maison Thomson et French de Rome. Nous sommes depuis dix ans en relations avec la maison Morrel et fils de Marseille. Nous avons une centaine de mille francs à peu près engagés dans ces relations, et nous ne sommes pas sans inquiétudes, attendu que l'on dit que la maison menace ruine : j'arrive donc tout exprès de Rome pour vous demander des renseignements sur cette maison.

– Monsieur, répondit le maire, je sais effectivement que depuis quatre ou cinq ans le malheur semble poursuivre M. Morrel : il a successivement perdu quatre ou cinq bâtiments et essuyé trois ou quatre banqueroutes, mais il ne m'appartient pas, quoique son créancier moi-même pour une dizaine de mille francs, de donner aucun renseignement sur l'état de sa fortune. Demandez-moi comme maire ce que je pense de M. Morrel, et je vous répondrai que c'est un homme probe jusqu'à la rigidité, et qui jusqu'à présent a rempli tous ses engagements avec une parfaite exactitude. Voilà tout ce que je puis vous dire, monsieur ; si vous voulez en savoir davantage, adressez-vous à M. de Boville, inspecteur des prisons, rue de Noailles, numéro 15 ; il a, je crois, deux cent mille francs placés dans la maison Morrel, et s'il y a réellement quelque chose à craindre, comme cette somme est plus considérable que la mienne, vous le trouverez probablement sur ce point mieux renseigné que moi.

L'Anglais parut apprécier cette suprême délicatesse, salua, sortit et s'achemina de ce pas particulier aux fils de la Grande-Bretagne vers la rue indiquée.

M. de Boville était dans son cabinet. En l'apercevant, l'Anglais fit un mouvement de surprise qui semblait indiquer que ce n'était point la première fois qu'il se trouvait devant celui auquel il venait faire une visite. Quant à M. de Boville, il était si désespéré qu'il était évident que toutes les facultés de son esprit, absorbées dans la pensée qui l'occupait en ce moment, ne laissaient ni à sa mémoire ni à son imagination le loisir de s'égarer dans le passé.

L'Anglais, avec le flegme de sa nation, lui posa à peu près dans les mêmes termes la même question qu'il venait de poser au maire de Marseille.

– Oh ! monsieur, s'écria M. de Boville, vos craintes sont malheureusement on ne peut plus fondées, et vous voyez un homme désespéré. J'avais deux cent mille francs placés dans la maison Morrel ; ces deux cent mille francs étaient la dot de ma fille, que je comptais marier dans quinze jours ; ces deux cent mille francs étaient remboursables, cent mille, le 15 de ce mois-ci, cent mille le 15 du mois prochain. J'avais donné avis à

M. Morrel du désir que j'avais que ce remboursement fût fait exactement, et voilà qu'il est venu ici, monsieur, il y a à peine une demi-heure, pour me dire que, si son bâtiment le *Pharaon* n'était pas rentré d'ici au 15, il se trouverait dans l'impossibilité de me faire ce paiement.

– Mais, dit l'Anglais, cela ressemble fort à un atermoiement.

– Dites, monsieur, que cela ressemble à une banqueroute ! s'écria M. de Boville désespéré.

L'Anglais parut réfléchir un instant, puis il dit :

– Ainsi, monsieur, cette créance vous inspire des craintes ?

– C'est-à-dire que je la regarde comme perdue.

– Eh bien ! moi, je vous l'achète.

– Vous ?

– Oui, moi.

– Mais à un rabais énorme, sans doute ?

– Non, moyennant deux cent mille francs : notre maison, ajouta l'Anglais en riant, ne fait pas de ces sortes d'affaires.

– Et vous payez ?

– Comptant.

Et l'Anglais tira de sa poche une liasse de billets de banque qui pouvait faire le double de la somme que M. de Boville craignait de perdre.

Un éclair de joie passa sur le visage de M. de Boville ; mais cependant il fit un effort sur lui-même et dit :

– Monsieur, je dois vous prévenir que, selon toute probabilité, vous n'aurez pas six du cent de cette somme.

– Cela ne me regarde pas, répondit l'Anglais ; cela regarde la maison Thomson et French, au nom de laquelle j'agis. Peut-être a-t-elle intérêt à hâter la ruine d'une maison rivale. Mais ce que je sais, monsieur, c'est que je suis prêt à vous compter cette somme contre le transport que vous m'en ferez ; seulement je demanderai un droit de courtage.

– Comment, monsieur, c'est trop juste ! s'écria M. de Boville. La commission est ordinairement de un et demi : voulez-vous deux ? voulez-vous trois ? voulez-vous cinq ? voulez-vous plus, enfin ? Parlez !

– Monsieur, reprit l'Anglais en riant, je suis comme ma maison, je ne fais pas de ces sortes d'affaires ; non, mon droit de courtage est de tout autre nature.

– Parlez donc, monsieur, je vous écoute.

– Vous êtes inspecteur des prisons ?

– Depuis plus de quatorze ans.

– Vous tenez des registres d'entrée et de sortie ?

– Sans doute.

– À ces registres doivent être jointes des notes relatives aux prisonniers ?

– Chaque prisonnier a son dossier.

– Eh bien, monsieur, j'ai été élevé à Rome par un pauvre diable d'abbé qui a disparu tout à coup. J'ai appris, depuis, qu'il avait été détenu au château d'If, et je voudrais avoir quelques détails sur sa mort.

– Comment le nommiez-vous ?

– L'abbé Faria.

– Oh ! je me le rappelle parfaitement ! s'écria M. de Boville, il était fou.

– On le disait.

– Oh ! il l'était bien certainement.

– C'est possible ; et quel était son genre de folie ?

– Il prétendait avoir la connaissance d'un trésor immense, et offrait des sommes folles au gouvernement si on voulait le mettre en liberté.

– Pauvre diable ! Et il est mort ?

– Oui, monsieur, il y a cinq ou six mois à peu près, en février dernier.

– Vous avez une heureuse mémoire, monsieur, pour vous rappeler ainsi les dates.

– Je me rappelle celle-ci, parce que la mort du pauvre diable fut accompagnée d'une circonstance singulière.

– Peut-on connaître cette circonstance ? demanda l'Anglais avec une expression de curiosité qu'un profond observateur eût été étonné de trouver sur son flegmatique visage.

– Oh ! mon Dieu ! oui, monsieur : le cachot de l'abbé était éloigné de quarante-cinq à cinquante pieds à peu près de celui d'un ancien agent bonapartiste, un de ceux qui avaient le plus contribué au retour de l'usurpateur en 1815, homme très résolu et très dangereux.

– Vraiment ? dit l'Anglais.

– Oui, répondit M. de Boville. J'ai eu l'occasion moi-même de voir cet homme en 1816 ou 1817, et l'on ne descendait dans son cachot qu'avec un piquet de soldats : cet homme m'a fait une profonde impression, et je n'oublierai jamais son visage.

L'Anglais sourit imperceptiblement.

– Et vous dites donc, monsieur, reprit-il, que les deux cachots…

– Étaient séparés par une distance de cinquante pieds ; mais il paraît que cet Edmond Dantès…

– Cet homme dangereux s'appelait…

– Edmond Dantès. Oui, monsieur ; il paraît que cet Edmond Dantès s'était procuré des outils ou en avait fabriqué, car on trouva un couloir à l'aide duquel les prisonniers communiquaient.

– Ce couloir avait sans doute été pratiqué dans un but d'évasion ?

– Justement ; mais malheureusement pour les prisonniers, l'abbé Faria fut atteint d'une attaque de catalepsie et mourut.

– Je comprends ; cela dut arrêter court les projets d'évasion.

– Pour le mort, oui, répondit M. de Boville, mais pas pour le vivant ; au contraire, ce Dantès y vit un moyen de hâter sa fuite ; il pensait sans doute que les prisonniers morts au château d'If étaient enterrés dans un cimetière ordinaire ; il transporta le défunt dans sa chambre, prit sa place dans le sac où on l'avait cousu et attendit le moment de l'enterrement.

– C'était un moyen hasardeux et qui indiquait quelque courage, reprit l'Anglais.

– Oh ! je vous ai dit, monsieur, que c'était un homme fort dangereux ; par bonheur qu'il a débarrassé lui-même le gouvernement des craintes qu'il avait à son sujet.

– Comment cela ?

– Comment ? vous ne comprenez pas ?

– Non.

– Le château d'If n'a pas de cimetière ; on jette tout simplement les morts à la mer après leur avoir attaché aux pieds un boulet de trente-six.

– Eh bien ? fit l'Anglais, comme s'il avait la conception difficile.

– Eh bien ! on lui attacha un boulet de trente-six aux pieds et on le jeta à la mer.

– En vérité ? s'écria l'Anglais.

– Oui, monsieur, continua l'inspecteur. Vous comprenez quel dut être l'étonnement du fugitif lorsqu'il se sentit précipité du haut en bas des rochers. J'aurais voulu voir sa figure en ce moment-là.

– C'eût été difficile.

– N'importe ! dit M. de Boville, que la certitude de rentrer dans ses deux cent mille francs mettait de belle humeur, n'importe ! je me la représente. Et il éclata de rire.

– Et moi aussi, dit l'Anglais.

Et il se mit à rire de son côté, mais comme rient les Anglais, c'est-à-dire du bout des dents.

– Ainsi, continua l'Anglais, qui reprit le premier son sang-froid, ainsi le fugitif fut noyé.

– Bel et bien.

– De sorte que le gouverneur du château fut débarrassé à la fois du furieux et du fou ?

– Justement.

– Mais une espèce d'acte a dû être dressé de cet événement ? demanda l'Anglais.

– Oui, oui, acte mortuaire. Vous comprenez, les parents de Dantès, s'il en a, pouvaient avoir intérêt à s'assurer s'il était mort ou vivant.

– De sorte que maintenant ils peuvent être tranquilles s'ils héritent de lui. Il est mort et bien mort ?

– Oh ! mon Dieu, oui. Et on leur délivrera attestation quand ils voudront.

– Ainsi soit-il, dit l'Anglais. Mais revenons aux registres.

– C'est vrai. Cette histoire nous en avait éloignés. Pardon.

– Pardon, de quoi ? De l'histoire ? Pas du tout, elle m'a paru curieuse.

– Elle l'est en effet. Ainsi, vous désirez voir, monsieur, tout ce qui est relatif à votre pauvre abbé, qui était bien la douceur même, lui ?

– Cela me fera plaisir.

– Passez dans mon cabinet et je vais vous montrer cela.

Et tous deux passèrent dans le cabinet de M. de Boville.

Tout y était effectivement dans un ordre parfait : chaque registre était à son numéro, chaque dossier à sa case. L'inspecteur fit asseoir l'Anglais dans son fauteuil, et posa devant lui le registre et le dossier relatif au château d'If, lui donnant tout le loisir de feuilleter, tandis que lui-même, assis dans un coin, lisait son journal.

L'Anglais trouva facilement le dossier relatif à l'abbé Faria ; mais il paraît que l'histoire que lui avait racontée M. de Boville l'avait vivement intéressé, car après avoir pris connaissance de ces premières pièces, il continua de feuilleter jusqu'à ce qu'il fût arrivé à la liasse d'Edmond Dantès. Là, il retrouva chaque chose à sa place, dénonciation, interrogatoire, pétition de Morrel, apostille de M. de Villefort. Il plia tout doucement la dénonciation, la mit dans sa poche, lut l'interrogatoire, et vit que le nom de Noirtier n'y était pas prononcé, parcourut la demande en date du 10 avril 1815 dans laquelle Morrel, d'après le conseil du substitut, exagérait dans une excellente intention, puisque Napoléon régnait alors, les services que Dantès avait rendus à la cause impériale, services que le certificat de Villefort rendait incontestables. Alors il comprit tout. Cette demande à Napoléon, gardée par Villefort, était devenue sous la seconde Restauration une arme terrible entre les mains du procureur du roi. Il ne s'étonna donc plus en feuilletant le registre de cette note mise en accolade en regard de son nom :

Edmond Dantès

Bonapartiste enragé, a pris une part active au retour de l'île d'Elbe.

À tenir au plus grand secret et sous la plus stricte surveillance.

Au-dessous de ces lignes était écrit d'une autre écriture :

Vu la note ci-dessus, rien à faire.

Seulement, en comparant l'écriture de l'accolade avec celle du certificat placé au bas de la demande de Morrel, il acquit la certitude que la note de l'accolade était de la même écriture que le certificat, c'est-à-dire tracée par la main de Villefort.

Quant à la note qui accompagnait la note, l'Anglais comprit qu'elle avait dû être consignée par quelque inspecteur qui avait pris un intérêt passager à la situation de Dantès, mais que le renseignement que nous venons de citer avait mis dans l'impossibilité de donner suite à cet intérêt.

Comme nous l'avons dit, l'inspecteur, par discrétion et pour ne pas gêner l'élève de l'abbé Faria dans ses recherches, s'était éloigné et lisait *Le Drapeau blanc*[28].

Il ne vit donc pas l'Anglais plier et mettre dans sa poche la dénonciation écrite par Danglars sous la tonnelle de la Réserve, et portant le timbre de la poste de Marseille, 27 février, levée de 6 heures du soir.

---

28. Quotidien parisien ultraroyaliste.

Mais, il faut le dire, il l'eût vu qu'il attachait trop peu d'importance à ce papier et trop d'importance à ses deux cent mille francs pour s'opposer à ce que faisait l'Anglais, si incorrect que cela fût.

– Merci, dit celui-ci en refermant bruyamment le registre. J'ai ce qu'il me faut ; maintenant, c'est à moi de tenir ma promesse ; faites-moi un simple transport de votre créance ; reconnaissez dans ce transport en avoir reçu le montant, et je vais vous compter la somme.

Et il céda sa place au bureau à M. de Boville, qui s'y assit sans façon et s'empressa de faire le transport demandé, tandis que l'Anglais comptait les billets de banque sur le rebord du casier.

XXIX. LA MAISON MORREL

Celui qui eût quitté Marseille quelques années auparavant, connaissant l'intérieur de la maison Morrel, et qui y fût rentré à l'époque où nous sommes parvenus, y eût trouvé un grand changement.

Au lieu de cet air de vie, d'aisance et de bonheur qui s'exhale, pour ainsi dire, d'une maison en voie de prospérité ; au lieu de ces figures joyeuses se montrant derrière les rideaux des fenêtres, de ces commis affairés traversant les corridors une plume fichée derrière l'oreille ; au lieu de cette cour encombrée de ballots, retentissant des cris et des rires des facteurs, il eût trouvé, dès la première vue, je ne sais quoi de triste et de mort. Dans ce corridor désert et dans cette cour vide, des nombreux employés qui autrefois peuplaient les bureaux, deux seuls étaient restés : l'un était un jeune homme de vingt-trois ou vingt-quatre ans, nommé Emmanuel Raymond, lequel était amoureux de la fille de M. Morrel et était resté dans la maison quoi qu'eussent pu dire ses parents pour l'en retirer ; l'autre était un vieux garçon de caisse, borgne, nommé Coclès, sobriquet que lui avaient donné les jeunes gens qui peuplaient autrefois cette grande ruche bourdonnante, aujourd'hui presque inhabitée, et qui avait si bien et si complètement remplacé son vrai nom que, selon toute probabilité, il ne se serait pas même retourné si on l'eût appelé aujourd'hui de ce nom.

Coclès était resté au service de M. Morrel, et il s'était fait dans la situation du brave homme un singulier changement. Il était à la fois monté au grade de caissier, et descendu au rang de domestique.

Ce n'en était pas moins le même Coclès, bon, patient, dévoué, mais inflexible à l'endroit de l'arithmétique, le seul point sur lequel il eût tenu tête au monde entier, même à M. Morrel, et ne connaissant que sa table de Pythagore, qu'il savait sur le bout du doigt, de quelque façon qu'on la retournât et dans quelque erreur qu'on tentât de le faire tomber.

Au milieu de la tristesse générale qui avait envahi la maison Morrel, Coclès était d'ailleurs le seul qui fût resté impassible. Mais, qu'on ne s'y trompe point ; cette impassibilité ne venait pas d'un défaut d'affection, mais au contraire d'une inébranlable conviction. Comme les rats qui, dit-on, quittent peu à peu un bâtiment condamné d'avance par le destin à périr en mer, de manière que ces hôtes égoïstes l'ont complètement abandonné au moment où il lève l'ancre, de même, nous l'avons dit, toute cette foule de commis et d'employés qui tirait son existence de la maison de l'armateur avait peu à peu déserté bureau et magasin ; or, Coclès les avait vus s'éloigner tous sans songer même à se rendre compte de la cause de leur départ ; tout, comme nous l'avons dit, se réduisait pour Coclès à une question de chiffres, et, depuis vingt ans qu'il était dans la maison Morrel, il avait toujours vu les paiements s'opérer à bureaux ouverts avec une telle régularité qu'il n'admettait pas plus que cette régularité pût s'arrêter et ces paiements se suspendre, qu'un meunier qui possède un moulin alimenté par les eaux d'une riche rivière n'admet que cette rivière puisse cesser de couler. En effet, jusque-là rien n'était encore venu porter atteinte à la conviction de Coclès. La dernière fin de mois s'était effectuée avec une ponctualité rigoureuse. Coclès avait relevé une erreur de soixante-dix centimes commise par M. Morrel à son préjudice, et le même jour il avait rapporté les quatorze sous d'excédant à M. Morrel, qui, avec un sourire mélancolique, les avait pris et laissés tomber dans un tiroir à peu près vide, en disant :

« Bien, Coclès, vous êtes la perle des caissiers. »

Et Coclès s'était retiré on ne peut plus satisfait ; car un éloge de M. Morrel, cette perle des honnêtes gens de Marseille, flattait plus Coclès qu'une gratification de cinquante écus.

Mais, depuis cette fin de mois si victorieusement accomplie, M. Morrel avait passé de cruelles heures ; pour faire face à cette fin de mois, il avait réuni toutes ses ressources, et, lui-même craignant que le bruit de sa détresse ne se répandît dans Marseille lorsqu'on le verrait recourir à de pareilles extrémités, avait fait un voyage à la foire de Beaucaire pour vendre quelques bijoux appartenant à sa femme et à sa fille, et une partie de son argenterie. Moyennant ce sacrifice, tout s'était encore cette fois passé au plus grand honneur de la maison Morrel ; mais la caisse était demeurée complètement vide. Le crédit, effrayé par le bruit qui courait, s'était retiré avec son égoïsme habituel ; et, pour faire face aux cent mille francs à rembourser le 15 du présent mois à M. de Boville, et aux autres cent mille francs qui allaient échoir le 15 du mois suivant, M. Morrel n'avait en réalité que l'espérance du retour du *Pharaon*, dont un bâtiment qui avait levé l'ancre en même temps que lui, et qui était arrivé à bon port, avait appris le départ.

Mais déjà ce bâtiment, venant, comme le *Pharaon*, de Calcutta, était arrivé depuis quinze jours, tandis que du *Pharaon* l'on n'avait aucune nouvelle.

C'est dans cet état de choses que, le lendemain du jour où il avait terminé avec M. de Boville l'importante affaire que nous avons dite, l'envoyé de la maison Thomson et French de Rome se présenta chez M. Morrel.

Emmanuel le reçut. Le jeune homme, que chaque nouveau visage effrayait, car chaque nouveau visage annonçait un nouveau créancier, qui, dans son inquiétude, venait questionner le chef de la maison, le jeune homme, disons-nous, voulut épargner à son patron l'ennui de cette visite. Il questionna le nouveau venu ; mais le nouveau venu déclara qu'il n'avait rien à dire à M. Emmanuel, et que c'était à M. Morrel en personne qu'il voulait parler. Emmanuel appela en soupirant Coclès. Coclès parut, et le jeune homme lui ordonna de conduire l'étranger à M. Morrel.

Coclès marcha devant, et l'étranger le suivit.

Sur l'escalier on rencontra une belle jeune fille des seize à dix-sept ans, qui regarda l'étranger avec inquiétude.

Coclès ne remarqua point cette expression de visage, qui cependant parut n'avoir point échappé à l'étranger.

– M. Morrel est à son cabinet, n'est-ce pas, mademoiselle Julie ? demanda le caissier.

– Oui, du moins je le crois, dit la jeune fille en hésitant. Voyez d'abord, Coclès, et si mon père y est, annoncez monsieur.

– M'annoncer serait inutile, mademoiselle, répondit l'Anglais, M. Morrel ne connaît pas mon nom. Ce brave homme n'a qu'à dire seulement que je suis le premier commis de MM. Thomson et French de Rome, avec lesquels la maison de monsieur votre père est en relations.

La jeune fille pâlit et continua de descendre, tandis que Coclès et l'étranger continuaient de monter.

Elle entra dans le bureau où se tenait Emmanuel, et Coclès, à l'aide d'une clef dont il était possesseur, et qui annonçait ses grandes entrées près du maître, ouvrit une porte placée dans l'angle du palier du deuxième étage, introduisit l'étranger dans une antichambre, ouvrit une seconde porte qu'il referma derrière lui, et, après avoir laissé seul un instant l'envoyé de la maison Thomson et French, reparut en lui faisant signe qu'il pouvait entrer.

L'Anglais entra ; il trouva M. Morrel assis devant une table, pâlissant devant les colonnes effrayantes du registre où était inscrit son passif.

En voyant l'étranger, M. Morrel ferma le registre, se leva et avança un siège ; puis, lorsqu'il eût vu l'étranger s'asseoir, il s'assit lui-même.

Quatorze années avaient bien changé le digne négociant, qui, âgé de trente-six ans au commencement de cette histoire, était sur le point d'atteindre la cinquantaine : ses cheveux avaient blanchi, son front s'était creusé sous des rides soucieuses, enfin son regard, autrefois si ferme et si arrêté, était devenu vague et irrésolu, et semblait toujours craindre d'être forcé de s'arrêter ou sur une idée ou sur un homme.

L'Anglais le regarda avec un sentiment de curiosité évidemment mêlé d'intérêt.

– Monsieur, dit Morrel, dont cet examen semblait redoubler le malaise, vous avez désiré me parler ?

– Oui, monsieur. Vous savez de quelle part je viens, n'est-ce pas ?

– De la part de la maison Thomson et French, à ce que m'a dit mon caissier du moins.

– Il vous a dit la vérité, monsieur. La maison Thomson et French avait dans le courant de ce mois et du mois prochain trois ou quatre cent mille francs à payer en France, et, connaissant votre rigoureuse exactitude, elle a réuni tout le papier qu'elle a pu trouver portant cette signature, et m'a chargé, au fur et à mesure que ces papiers écherraient, d'en toucher les fonds chez vous et de faire emploi de ces fonds.

Morrel poussa un profond soupir, et passa la main sur son front couvert de sueur.

– Ainsi, monsieur, demanda Morrel, vous avez des traites signées par moi ?

– Oui, monsieur, pour une somme assez considérable.

– Pour quelle somme ? demanda Morrel d'une voix qu'il tâchait de rendre assurée.

– Mais voici d'abord, dit l'Anglais en tirant une liasse de sa poche, un transport de deux cent mille francs fait à notre maison par M. de Boville, l'inspecteur des prisons. Reconnaissez-vous devoir cette somme à M. de Boville ?

– Oui, monsieur, c'est un placement qu'il a fait chez moi, à quatre et demi du cent, voici bientôt cinq ans.

– Et que vous devez rembourser…

– Moitié le 15 de ce mois-ci, moitié le 15 du mois prochain.

– C'est cela ; puis voici trente-deux mille cinq cents francs, fin courant ; ce sont des traites signées de vous et passées à notre ordre par des tiers porteurs.

– Je les reconnais, dit Morrel, à qui le rouge de la honte montait à la figure en songeant que pour la première fois de sa vie il ne pourrait peut-être pas faire honneur à sa signature ; est-ce tout ?

– Non, monsieur, j'ai encore pour la fin du mois prochain ces valeurs-ci, que nous ont passées la maison Pascal et la maison Wild et Turner de Marseille, cinquante-cinq mille francs à peu près : en tout deux cent quatre-vingt-sept mille cinq cents francs.

Ce que souffrait le malheureux Morrel pendant cette énumération est impossible à décrire.

– Deux cent quatre-vingt-sept mille cinq cents francs ! répéta-t-il machinalement.

– Oui, monsieur, répondit l'Anglais. Or, continua-t-il après un moment de silence, je ne vous cacherai pas, monsieur Morrel, que, tout en faisant la part de votre probité sans reproches jusqu'à présent, le bruit public de Marseille est que vous n'êtes pas en état de faire face à vos affaires.

À cette ouverture presque brutale, Morrel pâlit affreusement.

– Monsieur, dit-il, jusqu'à présent, et il y a plus de vingt-quatre ans que j'ai reçu la maison des mains de mon père, qui lui-même l'avait gérée trente-cinq ans, jusqu'à présent pas un billet signé Morrel et fils n'a été présenté à la caisse sans être payé.

– Oui, je sais cela, répondit l'Anglais. Mais d'homme d'honneur à homme d'honneur, parlez franchement, monsieur, payerez-vous ceux-ci avec la même exactitude ?

Morrel tressaillit et regarda celui qui lui parlait ainsi avec plus d'assurance qu'il ne l'avait encore fait.

– Aux questions posées avec cette franchise, dit-il, il faut faire une réponse franche. Oui, monsieur, je payerai si, comme je l'espère, mon bâtiment arrive à bon port, car son arrivée me rendra le crédit que les accidents successifs dont j'ai été la victime m'ont ôté ; mais si par malheur le *Pharaon*, cette dernière ressource sur laquelle je compte, me manquait…

Les larmes montèrent aux yeux du pauvre armateur.

– Eh bien, demanda son interlocuteur, si cette dernière ressource vous manquait ?…

– Eh bien, continua Morrel, monsieur, c'est cruel à dire… mais, déjà habitué au malheur, il faut que je m'habitue à la honte… Eh bien, je crois que je serais forcé de suspendre mes paiements.

– N'avez-vous donc point d'amis qui puissent vous aider dans cette circonstance ?

Morrel sourit tristement.

– Dans les affaires, monsieur, dit-il, on n'a point d'amis, vous le savez bien, on n'a que des correspondants.

– C'est vrai, murmura l'Anglais. Ainsi vous n'avez plus qu'une espérance ?

– Une seule.

– La dernière ?

– La dernière.

– De sorte que si cette espérance vous manque…

– Je suis perdu, monsieur, complètement perdu.

– Comme je venais chez vous, un navire entrait dans le port.

– Je le sais. monsieur. Un jeune homme qui est resté fidèle à ma mauvaise fortune passe une partie de son temps à un belvédère situé au haut de la maison, dans l'espérance de venir m'annoncer le premier une bonne nouvelle. J'ai su par lui l'entrée de ce navire.

– Et ce n'est pas le vôtre ?

– Non, c'est un navire bordelais, la *Gironde* ; il vient de l'Inde aussi, mais ce n'est pas le mien.

– Peut-être a-t-il eu connaissance du *Pharaon* et vous apporte-t-il quelque nouvelle.

– Faut-il que je vous le dise, monsieur ! je crains presque autant d'apprendre des nouvelles de mon trois-mâts que de rester dans l'incertitude. L'incertitude c'est encore l'espérance.

Puis M. Morrel ajouta d'une voix sourde :

– Ce retard n'est pas naturel : le *Pharaon* est parti de Calcutta le 5 février, depuis plus d'un mois il devrait être ici.

– Qu'est cela, dit l'Anglais en prêtant l'oreille, et que veut dire ce bruit ?

– Ô mon Dieu ! mon Dieu ! s'écria Morrel pâlissant, qu'y a-t-il encore ?

En effet, il se faisait un grand bruit dans l'escalier ; on allait et on venait, on entendit même un cri de douleur.

Morrel se leva pour aller ouvrir la porte, mais les forces lui manquèrent et il retomba sur son fauteuil.

Les deux hommes restèrent en face l'un de l'autre, Morrel tremblant de tous ses membres, l'étranger le regardant avec une expression de profonde pitié. Le bruit avait cessé, mais cependant on eût dit que Morrel attendait quelque chose ; ce bruit avait une cause et devait avoir une suite.

Il sembla à l'étranger qu'on montait doucement l'escalier et que les pas, qui étaient ceux de plusieurs personnes, s'arrêtaient sur le palier.

Une clef fut introduite dans la serrure de la première porte, et l'on entendit cette porte crier sur ses gonds.

– Il n'y a que deux personnes qui aient la clef de cette porte, murmura Morrel : Coclès et Julie.

En même temps la seconde porte s'ouvrit et l'on vit apparaître la jeune fille pâle et les joues baignées de larmes.

Morrel se leva tout tremblant, et s'appuya au bras de son fauteuil, car il n'aurait pu se tenir debout. Sa voix voulait interroger, mais il n'avait plus de voix.

– Ô mon père ! dit la jeune fille en joignant les mains, pardonnez à votre enfant d'être la messagère d'une mauvaise nouvelle !

Morrel pâlit affreusement ; Julie vint se jeter dans ses bras.

– Ô mon père ! mon père ! dit-elle, du courage !

– Ainsi le *Pharaon* a péri ? demanda Morrel d'une voix étranglée.

La jeune fille ne répondit pas, mais elle fit un signe affirmatif avec sa tête, appuyée à la poitrine de son père.

– Et l'équipage ? demanda Morrel.

– Sauvé, dit la jeune fille, sauvé par le navire bordelais qui vient d'entrer dans le port.

Morrel leva les deux mains au ciel avec une expression de résignation et de reconnaissance sublime.

– Merci, mon Dieu ! dit Morrel, au moins vous ne frappez que moi seul.

Si flegmatique que fût l'Anglais, une larme humecta sa paupière.

– Entrez, dit Morrel, entrez, car je présume que vous êtes tous à la porte.

En effet, à peine avait-il prononcé ces mots que Mme Morrel entra en sanglotant ; Emmanuel la suivait ; au fond, dans l'antichambre, on voyait les rudes figures de sept ou huit marins à moitié nus. À la vue de ces hommes, l'Anglais tressaillit ; il fit un pas comme pour aller à eux, mais il se contint et s'effaça au contraire dans l'angle le plus obscur et le plus éloigné du cabinet.

Mme Morrel alla s'asseoir dans le fauteuil, prit une des mains de son mari dans les siennes, tandis que Julie demeurait appuyée à la poitrine de son père. Emmanuel était resté à mi-chemin de la chambre et semblait servir de lien entre le groupe de la famille Morrel et les marins qui se tenaient à la porte.

– Comment cela est-il arrivé ? demanda Morrel.

– Approchez, Penelon, dit le jeune homme, et racontez l'événement.

Un vieux matelot, bronzé par le soleil de l'équateur, s'avança roulant entre ses mains les restes d'un chapeau.

– Bonjour, monsieur Morrel, dit-il comme s'il avait quitté Marseille la veille et qu'il arrivât d'Aix ou de Toulon.

– Bonjour, mon ami, dit l'armateur, ne pouvant s'empêcher de sourire dans ses larmes. Mais où est le capitaine ?

– Quant à ce qui est du capitaine, monsieur Morrel, il est resté malade à Palma ; mais, s'il plaît à Dieu, cela ne sera rien, et vous le verrez arriver dans quelques jours aussi bien portant que vous et moi.

– C'est bien… maintenant parlez, Penelon, dit M. Morrel.

Penelon fit passer sa chique de la joue droite à la joue gauche, mit la main devant la bouche, se détourna, lança dans l'antichambre un long jet de salive noirâtre, avança le pied, et, se balançant sur ses hanches :

– Pour lors, monsieur Morrel, dit-il, nous étions quelque chose comme cela entre le cap Blanc et le cap Boyador, marchant avec une jolie brise sud-sud-ouest, après avoir bourlingué pendant huit jours de calme, quand le capitaine Gaumard s'approche de moi, il faut vous dire que j'étais au gouvernail, et me dit : “Père Penelon, que pensez-vous de ces nuages qui s'élèvent là-bas à l'horizon ?”

Justement je les regardais à ce moment-là.

» “Ce que j’en pense, capitaine ! J’en pense qu’ils montent un peu plus vite qu’ils n’en ont le droit, et qu’ils sont plus noirs qu’il ne convient à des nuages qui n’auraient pas de mauvaises intentions.

» – C’est mon avis aussi, dit le capitaine, et je m’en vais toujours prendre mes précautions. Nous avons trop de voiles pour le vent qu’il va faire tout à l’heure… Holà, hé ! range à serrer les cacatois et à haler bas le clin-foc.”

» Il était temps ; l’ordre n’était pas exécuté que le vent était à nos trousses et que le bâtiment donnait de la bande.

» “Bon ! dit le capitaine, nous avons encore trop de toile ; range à carguer la grande voile !” Cinq minutes après, la grande voile était carguée, et nous marchions avec la misaine, les huniers et les perroquets.

» “Eh bien ! père Penelon, me dit le capitaine, qu’avez-vous donc à secouer la tête ?

» – J’ai, qu’à votre place, voyez-vous, je ne resterais pas en si beau chemin.

» – Je crois que tu as raison, vieux, dit-il, nous allons avoir un coup de vent.

» – Ah ! par exemple, capitaine, que je lui réponds, celui qui achèterait ce qui se passe là-bas pour un coup de vent gagnerait quelque chose dessus ; c’est une belle et bonne tempête, ou je ne m’y connais pas !”

» C’est-à-dire qu’on voyait venir le vent comme on voit venir la poussière à Montredon ; heureusement qu’il avait affaire à un homme qui le connaissait.

» “Range à prendre deux ris dans les huniers ! cria le capitaine ; largue les boulines, brasse au vent, amène les huniers, pèse les palanquins sur les vergues !

– Ce n'était pas assez dans ces parages-là, dit l'Anglais. J'aurais pris quatre ris et je me serais débarrassé de la misaine.

Cette voix ferme, sonore et inattendue fit tressaillir tout le monde. Penelon mit sa main sur ses yeux et regarda celui qui contrôlait avec tant d'aplomb la manœuvre de son capitaine.

– Nous fîmes mieux que cela encore, monsieur, dit le vieux marin avec un certain respect, car nous carguâmes la brigantine et nous mîmes la barre au vent pour courir devant la tempête. Dix minutes après, nous carguions les huniers et nous nous en allions à sec de voiles.

– Le bâtiment était bien vieux pour risquer cela, dit l'Anglais.

– Eh bien, justement ! C'est ce qui nous perdit. Au bout de douze heures que nous étions ballotés que le diable en aurait pris les armes, il se déclara une voie d'eau. "Penelon, me dit le capitaine, je crois que nous coulons, mon vieux ; donne-moi donc la barre et descends à la cale."

» Je lui donne la barre, je descends ; il y avait déjà trois pieds d'eau. Je remonte en criant : "Aux pompes ! aux pompes !" Ah ! bien oui, il était déjà trop tard ! On se mit à l'ouvrage ; mais je crois que plus nous en tirions, plus il y en avait.

» "Ah ! ma foi, que je dis au bout de quatre heures de travail, puisque nous coulons, laissons-nous couler, on ne meurt qu'une fois !

» – C'est comme cela que tu donnes l'exemple, maître Penelon ? dit le capitaine. Eh bien ! attends, attends !"

» Il alla prendre une paire de pistolets dans sa cabine.

» "Le premier qui quitte la pompe, dit-il, je lui brûle la cervelle !"

– Bien, dit l'Anglais.

– Il n'y a rien qui donne du courage comme les bonnes raisons, continua le marin, d'autant plus que pendant ce temps-là le temps s'était éclairci et que le vent était tombé ; mais il n'en est pas moins vrai que l'eau montait toujours, pas de beaucoup, de deux pouces peut-être par heure, mais enfin elle montait. Deux pouces par heure, voyez-vous, ça n'a l'air de rien ; mais en douze heures ça ne fait pas moins de vingt-quatre pouces, et vingt-quatre pouces font deux pieds. Deux pieds et trois que nous avions déjà, ça nous en fait cinq. Or, quand un bâtiment a cinq pieds d'eau dans le ventre, il peut passer pour hydropique[29].

» "Allons, dit le capitaine, c'est assez comme cela, et M. Morrel n'aura rien à nous reprocher ; nous avons fait ce que nous avons pu pour sauver le bâtiment ; maintenant il faut tâcher de sauver les hommes. À la chaloupe, enfants, et plus vite que cela !..."

» Écoutez, monsieur Morrel, continua Penelon, nous aimions bien le *Pharaon*, mais, si fort que le marin aime son navire, il aime encore mieux sa peau. Aussi nous ne nous le fîmes pas dire à deux fois ; avec cela, voyez-vous que le bâtiment se plaignait et semblait nous dire : "Allez-vous-en donc, mais allez-vous-en donc !" Et il ne mentait pas, le pauvre *Pharaon*, nous le sentions littéralement s'enfoncer sous nos pieds. Tant il y a qu'en un tour de main la chaloupe était à la mer, et que nous étions tous les huit dedans.

» Le capitaine descendit le dernier, ou plutôt, non, il ne descendit pas, car il ne voulait pas quitter le navire ; c'est moi qui le pris à bras-le-corps et le jetai aux camarades,

29. Atteint d'un épanchement de liquides organiques.

après quoi je sautai à mon tour. Il était temps. Comme je venais de sauter, le pont creva avec un bruit qu'on aurait dit la bordée d'un vaisseau de quarante-huit.

» Dix minutes après, il plongea de l'avant, puis de l'arrière, puis il se mit à tourner sur lui-même comme un chien qui court après sa queue ; et puis, bonsoir la compagnie, brrrou !… tout a été dit, plus de *Pharaon* !

» Quant à nous, nous sommes restés trois jours sans boire ni manger ; si bien que nous parlions déjà de tirer au sort pour savoir celui qui alimenterait les autres, quand nous aperçûmes la *Gironde* : nous lui fîmes des signaux, elle nous vit, mit le cap sur nous, nous envoya sa chaloupe et nous recueillit. Voilà comme ça s'est passé, M. Morrel, parole d'honneur ! foi de marin ! N'est-ce pas ? les autres ?

Un murmure général d'approbation indiqua que le narrateur avait réuni tous les suffrages par la vérité du fonds et le pittoresque des détails.

– Bien, mes amis, dit M. Morrel, vous êtes de braves gens, et je savais d'avance que dans le malheur qui m'arrivait il n'y avait pas d'autre coupable que ma destinée. C'est la volonté de Dieu et non la faute des hommes. Adorons la volonté de Dieu. Maintenant, combien vous est-il dû de solde ?

– Oh ! bah ! ne parlons pas de cela, monsieur Morrel.

– Au contraire, parlons-en, dit l'armateur avec un sourire triste.

– Eh bien ! on nous doit trois mois… dit Penelon.

– Coclès, payez deux cents francs à chacun de ces braves gens. Dans une autre époque, mes amis, continua Morrel, j'eusse ajouté : « Donnez-leur à chacun deux cents francs de gratification » ; mais les temps sont malheureux, mes amis, et le peu d'argent qui me reste ne m'appartient plus. Excusez-moi donc, et ne m'en aimez pas moins pour cela.

Penelon fit une grimace d'attendrissement, se retourna vers ses compagnons, échangea quelques mots avec eux et revint.

– Pour ce qui est de cela, monsieur Morrel, dit-il en passant sa chique de l'autre côté de sa bouche et en lançant dans l'antichambre un second jet de salive qui alla faire le pendant au premier, pour ce qui est de cela…

– De quoi ?

– De l'argent…

– Eh bien ?

– Eh bien ! monsieur Morrel, les camarades disent que pour le moment ils auront assez avec cinquante francs chacun et qu'ils attendront pour le reste.

– Merci, mes amis, merci ! s'écria M. Morrel, touché jusqu'au cœur. Vous êtes tous de braves cœurs ; mais prenez, prenez, et si vous trouvez un bon service entrez-y, vous êtes libres.

Cette dernière partie de la phrase produisit un effet prodigieux sur les dignes marins. Ils se regardèrent les uns les autres d'un air effaré. Penelon, à qui la respiration manqua, faillit en avaler sa chique ; heureusement il porta à temps la main à son gosier.

– Comment, monsieur Morrel, dit-il d'une voix étranglée, comment, vous nous renvoyez ? Vous êtes donc mécontent de nous ?

– Non, mes enfants, dit l'armateur ; non, je ne suis pas mécontent de vous, tout au contraire. Non, je ne vous renvoie pas. Mais, que voulez-vous, je n'ai plus de bâtiments, je n'ai plus besoin de marins.

– Comment, vous n'avez plus de bâtiments ! dit Penelon. Eh bien ! vous en ferez construire d'autres, nous attendrons. Dieu merci ! nous savons ce que c'est que de bourlinguer.

– Je n'ai plus d'argent pour faire construire des bâtiments, Penelon, dit l'armateur avec un triste sourire, je ne puis donc pas accepter votre offre, tout obligeante qu'elle est.

– Eh bien ! si vous n'avez pas d'argent il ne faut pas nous payer ; alors, nous ferons comme a fait ce pauvre *Pharaon*, nous courrons à sec, voilà tout !

– Assez, assez, mes amis, dit Morrel, étouffant d'émotion. Allez, je vous en prie. Nous nous retrouverons dans un temps meilleur. Emmanuel, ajouta l'armateur, accompagnez-les, et veillez à ce que mes désirs soient accomplis.

– Au moins c'est au revoir, n'est-ce pas, monsieur Morrel ? dit Penelon.

– Oui, mes amis, je l'espère, au moins ; allez.

Et il fit un signe à Coclès, qui marcha devant. Les marins suivirent le caissier, et Emmanuel suivit les marins.

– Maintenant, dit l'armateur à sa femme et à sa fille, laissez-moi seul un instant ; j'ai à causer avec monsieur.

Et il indiqua des yeux le mandataire de la maison Thomson et French, qui était resté debout et immobile dans son coin pendant toute cette scène à laquelle il n'avait pris part que par les quelques mots que nous avons rapportés. Les deux femmes levèrent les yeux sur l'étranger qu'elles avaient complètement oublié, et se retirèrent ; mais, en se retirant, la jeune fille lança à cet homme un coup d'œil sublime de supplication, auquel il répondit par un sourire qu'un froid observateur eût été étonné de voir éclore sur ce visage de glace. Les deux hommes restèrent seuls.

– Eh bien ! monsieur, dit Morrel en se laissant retomber sur son fauteuil, vous avez tout vu, tout entendu, et je n'ai plus rien à vous apprendre.

– J'ai vu, monsieur, dit l'Anglais, qu'il vous était arrivé un nouveau malheur immérité comme les autres, et cela m'a confirmé dans le désir que j'ai de vous être agréable.

– Monsieur ! dit Morrel.

– Voyons, continua l'étranger. Je suis un de vos principaux créanciers, n'est-ce pas ?

– Vous êtes du moins celui qui possédez les valeurs à plus courte échéance.

– Vous désirez un délai pour les payer ?

– Un délai pourrait me sauver l'honneur, et par conséquent la vie.

– Combien demandez-vous ?

Morrel hésita.

– Deux mois, dit-il.

– Bien, dit l'étranger, je vous en donne trois.

– Mais croyez-vous que la maison Thomson et French…

– Soyez tranquille, monsieur, je prends tout sur moi. Nous sommes aujourd'hui le 5 juin.

– Oui.

– Eh bien, renouvelez-moi tous ces billets au 5 septembre ; et le 5 septembre, à onze heures du matin (la pendule marquait onze heures juste en ce moment), je me présenterai chez vous.

– Je vous attendrai, monsieur, dit Morrel, et vous serez payé ou je serai mort.

Ces derniers mots furent prononcés si bas que l'étranger ne put les entendre.

Les billets furent renouvelés, on déchira les anciens et le pauvre armateur se trouva au moins avoir trois mois devant lui pour réunir ses dernières ressources.

L'Anglais reçut ses remerciements avec le flegme particulier à sa nation et prit congé de Morrel, qui le reconduisit en le bénissant jusqu'à la porte.

Sur l'escalier il rencontra Julie. La jeune fille faisait semblant de descendre, mais en réalité elle l'attendait.

– Ô monsieur ! dit-elle en joignant les mains.

– Mademoiselle, dit l'étranger, vous recevrez un jour une lettre signée… Simbad le marin… Faites de point en point ce que vous dira cette lettre, si étrange que vous paraisse la recommandation.

– Oui, monsieur, répondit Julie.

– Me promettez-vous de le faire ?

– Je vous le jure.

– Bien ! Adieu, mademoiselle. Demeurez toujours une bonne et sainte fille comme vous êtes, et j'ai bon espoir que Dieu vous récompensera en vous donnant Emmanuel comme mari.

Julie poussa un petit cri, devint rouge comme une cerise et se retint à la rampe pour ne pas tomber.

L'étranger continua son chemin en lui faisant un geste d'adieu.

Dans la cour il rencontra Penelon, qui tenait un rouleau de cent francs de chaque main, et semblait ne pouvoir se décider à les emporter.

– Venez, mon ami, lui dit-il, j'ai à vous parler.

XXX. LE CINQ SEPTEMBRE

Ce délai accordé par le mandataire de la maison Thomson et French, au moment où Morrel s'y attendait le moins, parut au pauvre armateur un de ces retours de bonheur qui annoncent à l'homme que le sort s'est enfin lassé de s'acharner sur lui. Le même jour il raconta ce qui lui était arrivé à sa fille, à sa femme et à Emmanuel, et un peu d'espérance, sinon de tranquillité, rentra dans la famille. Mais malheureusement Morrel n'avait pas seulement affaire à la maison Thomson et French, qui s'était montrée envers lui de si bonne composition. Comme il l'avait dit, dans le commerce on a des correspondants et pas d'amis. Lorsqu'il songeait profondément, il ne comprenait même pas cette conduite généreuse de MM. Thomson et French envers lui. Il ne se l'expliquait que par cette réflexion intelligemment égoïste que cette maison aurait faite : mieux vaut soutenir un homme qui nous doit près de trois cent mille francs, et avoir ces trois cent mille francs au bout de trois mois, que de hâter sa ruine et avoir six ou huit du cent du capital.

Malheureusement, soit haine, soit aveuglement, tous les correspondants de Morrel ne firent pas la même réflexion, et quelques-uns même firent la réflexion contraire. Les traites souscrites par Morrel furent donc présentées à la caisse avec une scrupuleuse rigueur, et, grâce au délai accordé par l'Anglais, furent payées par Coclès à bureau ouvert. Coclès continua donc de demeurer dans sa tranquillité fatidique. M. Morrel seul vit avec terreur que, s'il avait eu à rembourser, le 15, les cinquante mille francs de de Boville, et, le 30, les trente-deux mille cinq cents francs de traites pour lesquelles, ainsi que pour la créance de l'inspecteur des prisons, il avait un délai, il était dès ce mois-là un homme perdu.

L'opinion de tout le commerce de Marseille était que, sous les revers successifs qui l'accablaient, Morrel ne pouvait tenir. L'étonnement fut donc grand lorsqu'on vit sa fin de mois remplie avec son exactitude ordinaire. Cependant la confiance ne rentra point pour cela dans les esprits, et l'on remit d'une voix unanime à la fin de mois prochain la déposition du bilan du malheureux armateur.

Tout le mois se passa dans des efforts inouïs de la part de Morrel pour réunir toutes ses ressources. Autrefois son papier, à quelque date que ce fût, était pris avec confiance, et même demandé. Morrel essaya de négocier du papier à quatre-vingt-dix jours, et trouva toutes les banques fermées. Heureusement Morrel avait lui-même quelques rentrées sur lesquelles il pouvait compter ; ces rentrées s'opérèrent ; Morrel se trouva donc encore en mesure de faire face à ses engagements lorsque arriva la fin de juillet.

Au reste, on n'avait pas revu à Marseille le mandataire de la maison Thomson et French ; le lendemain ou le surlendemain de sa visite à M. Morrel il avait disparu. Or, comme il n'avait eu à Marseille de relations qu'avec le maire, l'inspecteur des prisons et M. Morrel, son passage n'avait laissé d'autre trace que le souvenir différent qu'avaient gardé de lui ces trois personnes. Quant aux matelots du *Pharaon*, il paraît qu'ils avaient trouvé quelque engagement, car ils avaient disparu aussi.

Le capitaine Gaumard, remis de l'indisposition qui l'avait retenu à Palma, revint à son tour. Il hésitait à se présenter chez M. Morrel, mais celui-ci apprit son arrivée, et l'alla trouver lui-même. Le digne armateur savait d'avance, par le récit de Penelon, la conduite courageuse qu'avait tenue le capitaine pendant tout ce sinistre, et ce fut lui qui essaya de le consoler. Il lui apportait le montant de sa solde, que le capitaine Gaumard n'eût point osé aller toucher.

Comme il descendait l'escalier, M. Morrel rencontra Penelon, qui le montait. Penelon avait, à ce qu'il paraissait, fait bon emploi de son argent, car il était tout vêtu de neuf. En apercevant son armateur, le digne timonier parut fort embarrassé ; il se rangea dans l'angle le plus éloigné du palier, passa alternativement sa chique de gauche à droite et de droite à gauche, en roulant de gros yeux effarés, et ne répondit que par une pression timide à la poignée de main que lui offrit avec sa cordialité ordinaire M. Morrel. M. Morrel attribua l'embarras de Penelon à l'élégance de sa toilette : il était évident que le brave homme n'avait pas donné à son compte dans un pareil luxe, il était donc déjà engagé sans doute à bord de quelque autre bâtiment, et sa honte lui venait de ce qu'il n'avait pas, si l'on peut s'exprimer ainsi, porté plus longtemps le deuil du *Pharaon*. Peut-être même venait-il pour faire part au capitaine Gaumard de sa bonne fortune et pour lui faire part des offres de son nouveau maître.

– Braves gens, dit Morrel en s'éloignant, puisse votre nouveau maître vous aimer comme je vous aimais, et être plus heureux que je ne le suis !

Août s'écoula dans des tentatives sans cesse renouvelées par Morrel de relever son ancien crédit ou de s'en ouvrir un nouveau. Le 20 août on sut à Marseille qu'il avait pris une place à la malle-poste, et l'on se dit alors que c'était pour la fin du mois courant que le bilan devait être déposé, et que Morrel était parti d'avance pour ne pas assister à cet acte cruel, délégué sans doute à son premier commis Emmanuel et à son caissier Coclès. Mais, contre toutes les prévisions, lorsque le 31 août arriva, la caisse s'ouvrit comme d'habitude. Coclès apparut derrière le grillage, calme comme le juste d'Horace, examina avec la même attention le papier qu'on lui présentait, et, depuis la première jusqu'à la dernière, paya les traites avec la même exactitude. Il vint même deux remboursements qu'avait prévus M. Morrel, et que Coclès paya avec la même ponctualité que les traites qui étaient personnelles à l'armateur. On n'y comprenait plus rien, et l'on remettait, avec la ténacité particulière aux prophètes de mauvaises nouvelles, la faillite à la fin de septembre.

Le 1er, Morrel arriva : il était attendu par toute sa famille avec une grande anxiété. De ce voyage à Paris devait surgir la dernière voie de salut. Morrel avait pensé à Danglars, aujourd'hui millionnaire et autrefois son obligé, puisque c'était à la recommandation de Morrel que Danglars était entré au service du banquier espagnol chez lequel avait commencé son immense fortune. Aujourd'hui, Danglars, disait-on, avait six ou huit millions, à lui, un crédit illimité. Danglars, sans tirer un écu de sa poche, pouvait sauver Morrel : il n'avait qu'à garantir un emprunt, et Morrel était sauvé. Morrel avait depuis longtemps pensé à Danglars ; mais il y a de ces répulsions instinctives dont on n'est pas maître, et Morrel avait tardé autant qu'il lui avait été possible de recourir à ce suprême moyen. Il avait eu raison, car il était revenu brisé sous l'humiliation d'un refus.

Aussi, à son retour, Morrel n'avait-il exhalé aucune plainte, proféré aucune récrimination ; il avait embrassé en pleurant sa femme et sa fille, avait tendu une main amicale à Emmanuel, s'était enfermé dans son cabinet du second, et avait demandé Coclès.

– Pour cette fois, avaient dit les deux femmes à Emmanuel, nous sommes perdus.

Puis, dans un court conciliabule tenu entre elles, il avait été convenu que Julie écrirait à son frère, en garnison à Nîmes, d'arriver à l'instant même.

Les pauvres femmes sentaient instinctivement qu'elles avaient besoin de toutes leurs forces pour soutenir le coup qui les menaçait.

D'ailleurs, Maximilien Morrel, quoique âgé de vingt-deux ans à peine, avait déjà une grande influence sur son père.

C'était un jeune homme ferme et droit. Au moment où il s'était agi d'embrasser une carrière, son père n'avait point voulu lui imposer d'avance un avenir et avait consulté les goûts du jeune Maximilien. Celui-ci avait alors déclaré qu'il voulait suivre la carrière militaire ; il avait fait, en conséquence, d'excellentes études, était entré par le concours à l'École polytechnique, et en était sorti sous-lieutenant au 53e de ligne. Depuis un an il occupait ce grade, et avait promesse d'être nommé lieutenant à la première occasion. Dans le régiment, Maximilien Morrel était cité comme le rigide observateur, non seulement de toutes les obligations imposées au soldat, mais encore de tous les devoirs proposés à l'homme, et on ne l'appelait que le *stoïcien*. Il va sans dire que beaucoup de ceux qui lui donnaient cette épithète la répétaient pour l'avoir entendue, et ne savaient pas même ce qu'elle voulait dire.

C'était ce jeune homme que sa mère et sa sœur appelaient à leur aide pour les soutenir dans la circonstance grave où elles sentaient qu'elles allaient se trouver.

Elles ne s'étaient pas trompées sur la gravité de cette circonstance, car, un instant après que M. Morrel fut entré dans son cabinet avec Coclès, Julie en vit sortir ce dernier, pâle, tremblant, et le visage tout bouleversé.

Elle voulut l'interroger comme il passait près d'elle, mais le brave homme, continuant de descendre l'escalier avec une précipitation qui ne lui était pas habituelle, se contenta de s'écrier en levant les bras au ciel :

– Ô mademoiselle ! mademoiselle ! quel affreux malheur ! et qui jamais aurait cru cela !

Un instant après, Julie le vit remonter portant deux ou trois gros registres, un portefeuille et un sac d'argent.

Morrel consulta les registres, ouvrit le portefeuille, compta l'argent.

Toutes ses ressources montaient à six ou huit mille francs, ses rentrées jusqu'au 5 à quatre ou cinq mille ; ce qui faisait, en cotant au plus haut, un actif de quatorze mille francs pour faire face à une traite de deux cent quatre-vingt-sept mille cinq cents francs. Il n'y avait pas même moyen d'offrir un pareil acompte.

Cependant, lorsque Morrel descendit pour dîner, il paraissait assez calme. Ce calme effraya plus les deux femmes que n'aurait pu le faire le plus profond abattement.

Après le dîner, Morrel avait l'habitude de sortir ; il allait prendre son café au cercle des Phocéens et lire le *Sémaphore* : ce jour-là il ne sortit point et remonta dans son bureau.

Quant à Coclès, il paraissait complètement hébété. Pendant une partie de la journée il s'était tenu dans la cour, assis sur une pierre, la tête nue, par un soleil de trente degrés.

Emmanuel essayait de rassurer les femmes, mais il était mal éloquent. Le jeune homme était trop au courant des affaires de la maison pour ne pas sentir qu'une grande catastrophe pesait sur la famille Morrel.

La nuit vint : les deux femmes avaient veillé, espérant qu'en descendant de son cabinet Morrel entrerait chez elles, mais elles l'entendirent passer devant leur porte, allégeant son pas dans la crainte sans doute d'être appelé.

Elles prêtèrent l'oreille, il rentra dans sa chambre et ferma sa porte en dedans.

Mme Morrel envoya coucher sa fille ; puis, une demi-heure après que Julie se fut retirée, elle se leva, ôta ses souliers et se glissa dans le corridor pour voir par la serrure ce que faisait son mari.

Dans le corridor elle aperçut une ombre qui se retirait : c'était Julie, qui, inquiète elle-même, avait précédé sa mère.

La jeune fille alla à Mme Morrel.

– Il écrit, dit-elle.

Les deux femmes s'étaient devinées sans se parler.

Mme Morrel s'inclina au niveau de la serrure. En effet, Morrel écrivait ; mais, ce que n'avait pas remarqué sa fille, Mme Morrel le remarqua, elle, c'est que son mari écrivait sur du papier marqué.

Cette idée terrible lui vint qu'il faisait son testament ; elle frissonna de tous ses membres, et cependant elle eut la force de ne rien dire.

Le lendemain, M. Morrel paraissait tout à fait calme : il se tint dans son bureau comme à l'ordinaire, descendît pour déjeuner comme d'habitude, seulement, après son dîner, il fit asseoir sa fille près de lui, prit la tête de l'enfant dans ses bras et la tint longtemps contre sa poitrine.

Le soir, Julie dit à sa mère que, quoique calme en apparence, elle avait remarqué que le cœur de son père battait violemment.

Les deux autres jours s'écoulèrent à peu près pareils. Le 4 septembre au soir, M. Morrel redemanda à sa fille la clef de son cabinet.

Julie tressaillit à cette demande, qui lui sembla sinistre. Pourquoi son père lui redemandait-il cette clef qu'elle avait toujours eue, et qu'on ne lui reprenait dans son enfance que pour la punir !

La jeune fille regarda M. Morrel.

– Qu'ai-je donc fait de mal, mon père, dit-elle, pour que vous me repreniez cette clef ?

– Rien, mon enfant, répondit le malheureux Morrel, à qui cette demande si simple fit jaillir les larmes des yeux ; rien, seulement j'en ai besoin.

Julie fit semblant de chercher la clef.

– Je l'aurai laissée chez moi, dit-elle.

Et elle sortit ; mais, au lieu d'aller chez elle, elle descendit et courut consulter Emmanuel.

– Ne rendez pas cette clef à votre père, dit celui-ci, et demain matin, s'il est possible, ne le quittez pas.

Elle essaya de questionner Emmanuel ; mais celui-ci ne savait rien autre chose, ou ne voulait pas dire autre chose.

Pendant toute la nuit du 4 au 5 septembre, Mme Morrel resta l'oreille collée contre la boiserie. Jusqu'à trois heures du matin, elle entendit son mari marcher avec agitation dans sa chambre.

À trois heures seulement il se jeta sur son lit.

Les deux femmes passèrent la nuit ensemble. Depuis la veille au soir elles attendaient Maximilien.

À huit heures, M. Morrel entra dans leur chambre. Il était calme, mais l'agitation de la nuit se lisait sur son visage pâle et défait.

Les femmes n'osèrent lui demander s'il avait bien dormi.

Morrel fut meilleur pour sa femme, et plus paternel pour sa fille qu'il n'avait jamais été ; il ne pouvait se rassasier de regarder et d'embrasser la pauvre enfant.

Julie se rappela la recommandation d'Emmanuel et voulut suivre son père lorsqu'il sortit ; mais celui-ci la repoussant avec douceur.

– Reste près de ta mère, lui dit-il.

Julie voulut insister.

– Je le veux ! dit Morrel.

C'était la première fois que Morrel disait à sa fille : « Je le veux ! » mais il le disait avec un accent empreint d'une si paternelle douceur que Julie n'osa faire un pas en avant.

Elle resta à la même place, debout, muette et immobile. Un instant après, la porte se rouvrit, elle sentit deux bras qui l'entouraient, et une bouche qui se collait à son front.

Elle leva les yeux et poussa une exclamation de joie.

– Maximilien, mon frère ! s'écria-t-elle.

À ce cri Mme Morrel accourut et se jeta dans les bras de son fils.

– Ma mère, dit le jeune homme en regardant alternativement Mme Morrel et sa fille, qu'y a-t-il donc et que se passe-t-il ? Votre lettre m'a épouvanté et j'accours.

– Julie, dit Mme Morrel en faisant signe au jeune homme, va dire à ton père que Maximilien vient d'arriver.

La jeune fille s'élança hors de l'appartement, mais, sur la première marche de l'escalier, elle trouva un homme tenant une lettre à la main.

– N'êtes-vous pas mademoiselle Julie Morrel ? dit cet homme avec un accent italien des plus prononcés.

– Oui, monsieur, répondit Julie toute balbutiante ; mais que me voulez-vous ? Je ne vous connais pas.

– Lisez cette lettre, dit l'homme en lui tendant un billet.

Julie hésitait.

– Il y va du salut de votre père, dit le messager.

La jeune fille lui arracha le billet des mains.

Puis elle l'ouvrit vivement et lut :

Rendez-vous à l'instant même aux Allées de Meilhan, entrez dans la maison n° 15, demandez à la concierge la clef de la chambre du cinquième, entrez dans cette chambre, prenez sur le coin de la cheminée une bourse en filet de soie rouge, et apportez cette bourse à votre père.

Il est important qu'il l'ait avant onze heures.

Vous avez promis de m'obéir aveuglément, je vous rappelle votre promesse.

SIMBAD LE MARIN.

La jeune fille poussa un cri de joie, leva les yeux, chercha, pour l'interroger, l'homme qui lui avait remis ce billet, mais il avait disparu.

Elle reporta alors les yeux sur le billet pour le lire une seconde fois et s'aperçut qu'il avait un *post-scriptum*.

Elle lut :

Il est important que vous remplissiez cette mission en personne et seule ; si vous veniez accompagnée ou qu'une autre que vous se présentât, le concierge répondrait qu'il ne sait ce que l'on veut dire.

Ce *post-scriptum* fut une puissante correction à la joie de la jeune fille. N'avait-elle rien à craindre, n'était-ce pas quelque piège qu'on lui tendait ? Son innocence lui laissait ignorer quels étaient les dangers que pouvait courir une jeune fille de son âge, mais on n'a pas besoin de connaître le danger pour craindre ; il y a même une chose à remarquer, n'est que ce sont justement les dangers inconnus qui inspirent les plus grandes terreurs.

Julie hésitait, elle résolut de demander conseil.

Mais, par un sentiment étrange, ce ne fut ni à sa mère ni à son frère qu'elle eut recours, ce fut à Emmanuel.

Elle descendit, lui raconta ce qui lui était arrivé le jour où le mandataire de la maison Thomson et French était venu chez son père ; elle lui dit la scène de l'escalier, lui répéta la promesse qu'elle avait faite et lui montra la lettre.

– Il faut y aller, mademoiselle, dit Emmanuel.

– Y aller ? murmura Julie.

– Oui, je vous y accompagnerai.

– Mais vous n'avez pas vu que je dois être seule ? dit Julie.

– Vous serez seule aussi, répondit le jeune homme, moi je vous attendrai au coin de la rue du Musée ; et, si vous tardez de façon à me donner quelque inquiétude, alors j'irai vous rejoindre, et, je vous en réponds, malheur à ceux dont vous me diriez que vous auriez eu à vous plaindre !

– Ainsi, Emmanuel, reprit en hésitant la jeune fille, votre avis est donc que je me rende à cette invitation ?

– Oui ; le messager ne vous a-t-il pas dit qu'il y allait du salut de votre père ?

– Mais enfin, Emmanuel, quel danger court-il donc ? demanda la jeune fille.

Emmanuel hésita un instant, mais le désir de décider la jeune fille d'un seul coup et sans retard l'emporta.

– Écoutez ; lui dit-il, c'est aujourd'hui le 5 septembre, n'est-ce pas ?

– Oui.

– Aujourd'hui, à onze heures, votre père a près de trois cents mille francs à payer.

– Oui, nous le savons.

– Eh bien, dit Emmanuel, il n'en a pas quinze mille en caisse.

– Alors que va-t-il donc arriver ?

– Il va arriver que si aujourd'hui, avant onze heures, votre père n'a pas trouvé quelqu'un qui lui vienne en aide, à midi votre père sera obligé de se déclarer en banqueroute.

– Oh ! venez ! venez ! s'écria la jeune fille en entraînant le jeune homme avec elle.

Pendant ce temps, Mme Morrel avait tout dit à son fils.

Le jeune homme savait bien qu'à la suite des malheurs successifs qui étaient arrivés à son père de grandes réformes avaient été faites dans les dépenses de la maison ; mais il ignorait que les choses en fussent arrivées à ce point.

Il demeura anéanti.

Puis tout à coup il s'élança hors de l'appartement, monta rapidement l'escalier, car il croyait son père à son cabinet, mais il frappa vainement.

Comme il était à la porte de ce cabinet, il entendit celle de l'appartement s'ouvrir, il se retourna et vit son père.

Au lieu de remonter droit à son cabinet, M. Morrel était rentré dans sa chambre et en sortait seulement maintenant.

M. Morrel poussa un cri de surprise en apercevant Maximilien ; il ignorait l'arrivée du jeune homme. Il demeura immobile à la même place, serrant avec son bras gauche un objet qu'il tenait caché sous sa redingote.

Maximilien descendit vivement l'escalier et se jeta au cou de son père : mais tout à coup il se recula, laissant sa main droite seulement appuyée sur la poitrine de son père.

– Mon père, dit-il en devenant pâle comme la mort, pourquoi avez-vous donc une paire de pistolets sous votre redingote ?

– Oh ! voilà ce que je craignais ! dit Morrel.

– Mon père ! mon père ! au nom du ciel ! s'écria le jeune homme, pourquoi ces armes ?

– Maximilien, répondit Morrel en regardant fixement son fils, tu es un homme, et un homme d'honneur ; viens, je vais te le dire.

Et Morrel monta d'un pas assuré à son cabinet, tandis que Maximilien le suivait en chancelant.

Morrel ouvrit la porte et la referma derrière son fils ; puis il traversa l'antichambre, s'approcha du bureau, déposa ses pistolets sur le coin de la table, et montra du bout du doigt à son fils un registre ouvert.

Sur ce registre était consigné l'état exact de la situation.

Morrel avait à payer dans une demi-heure deux cent quatre-vingt-sept mille cinq cents francs.

Il possédait en tout quinze mille deux cent cinquante-sept francs.

– Lis, dit Morrel.

Le jeune homme lut et resta un moment comme écrasé.

Morrel ne disait pas une parole : qu'aurait-il pu dire qui ajoutât à l'inexorable arrêt des chiffres !

– Et vous avez tout fait, mon père, dit au bout d'un instant le jeune homme, pour aller au-devant de ce malheur ?

– Oui, répondit Morrel.

– Vous ne comptez sur aucune rentrée ?

– Sur aucune.

– Vous avez épuisé toutes vos ressources ?

– Toutes.

– Et dans une demi-heure, dit Maximilien d'une voix sombre, notre nom est déshonoré !

– Le sang lave le déshonneur, dit Morrel.

– Vous avez raison, mon père, et je vous comprends.

Puis, étendant la main vers les pistolets :

– Il y en a un pour vous et un pour moi, dit-il : merci !

Morrel lui arrêta la main.

– Et ta mère… et ta sœur… qui les nourrira ?

Un frisson courut par tout le corps du jeune homme.

– Mon père, dit-il, songez-vous que vous me dites de vivre ?

– Oui, je te le dis, reprit Morrel, car c'est ton devoir ; tu as l'esprit calme, fort, Maximilien… Maximilien, tu n'es pas un homme ordinaire ; je ne te commande rien, je ne t'ordonne rien, seulement je te dis : examine ta situation comme si tu y étais étranger, et juge-la toi-même.

Le jeune homme réfléchit un instant, puis une expression de résignation sublime passa dans ses yeux ; seulement il ôta, d'un mouvement lent et triste, son épaulette et sa contre-épaulette, insignes de son grade.

– C'est bien, dit-il en tendant la main à Morrel, mourez en paix, mon père ! Je vivrai.

Morrel fit un mouvement pour se jeter aux genoux de son fils. Maximilien l'attira à lui, et ces deux nobles cœurs battirent un instant l'un contre l'autre.

– Tu sais qu'il n'y a pas de ma faute ? dit Morrel.

Maximilien sourit.

– Je sais, mon père, que vous êtes le plus honnête homme que j'aie jamais connu.

– C'est bien, tout est dit : maintenant retourne près de ta mère et de ta sœur.

– Mon père, dit le jeune homme en fléchissant le genou, bénissez-moi !

Morrel saisit la tête de son fils entre ses deux mains, l'approcha de lui, et, y imprimant plusieurs fois ses lèvres :

– Oh ! oui, oui, dit-il, je te bénis en mon nom et au nom de trois générations d'hommes irréprochables. Écoute donc ce qu'ils disent par ma voix : l'édifice que le malheur a détruit, la Providence peut le rebâtir. En me voyant mort d'une pareille mort, les plus inexorables auront pitié de toi ; à toi peut-être on donnera le temps qu'on m'aurait refusé ; alors tâche que le mot infâme ne soit pas prononcé ; mets-toi à l'œuvre, travaille, jeune homme, lutte ardemment et courageusement ; vis, toi, ta mère et ta sœur, du strict nécessaire, afin que, jour par jour, le bien de ceux à qui je dois s'augmente et fructifie entre tes mains. Songe que ce sera un beau jour, un grand jour, un jour solennel que celui de la réhabilitation, le jour où, dans ce même bureau, tu diras : « Mon père est mort parce qu'il ne pouvait pas faire ce que je fais aujourd'hui ; mais il est mort tranquille et calme, parce qu'il savait en mourant que je le ferais. »

– Oh ! mon père, mon père, s'écria le jeune homme. Si cependant vous pouviez vivre !

– Si je vis, tout change ; si je vis, l'intérêt se change en doute, la pitié en acharnement ; si je vis, je ne suis plus qu'un homme qui a manqué à sa parole, qui a failli à ses engagements, je ne suis plus qu'un banqueroutier enfin. Si je meurs, au contraire, songes-y, Maximilien, mon cadavre n'est plus que celui d'un honnête homme malheureux. Vivant, mes meilleurs amis évitent ma maison, mort, Marseille tout entier me suit en pleurant jusqu'à ma dernière demeure ; vivant, tu as honte de mon nom ; mort, tu lèves la tête et tu dis : « Je suis le fils de celui qui s'est tué, parce que, pour la première fois, il a été forcé de manquer à sa parole. »

Le jeune homme poussa un gémissement, mais il parut résigné. C'était la seconde fois que la conviction rentrait non pas dans son cœur, mais dans son esprit.

– Et maintenant, dit Morrel, laisse-moi seul et tâche d'éloigner les femmes.

– Ne voulez-vous pas revoir ma sœur ? demanda Maximilien.

Un dernier et sourd espoir était caché pour le jeune homme dans cette entrevue, voilà pourquoi il la proposait. M. Morrel secoua la tête.

– Je l'ai vue ce matin, dit-il, et je lui ai dit adieu.

– N'avez-vous pas quelque recommandation particulière à me faire, mon père ? demanda Maximilien d'une voix altérée.

– Si fait, mon fils, une recommandation sacrée.

– Dites, mon père.

– La maison Thomson et French est la seule qui, par humanité, par égoïsme peut-être, mais ce n'est pas à moi à lire dans le cœur des hommes, a eu pitié de moi. Son mandataire, celui qui, dans dix minutes, se présentera pour toucher le montant d'une traite de deux cent quatre-vingt-sept mille cinq cents francs, je ne dirai pas m'a accordé, mais m'a offert trois mois. Que cette maison soit remboursée la première, mon fils, que cet homme te soit sacré.

– Oui, mon père, dit Maximilien.

– Et maintenant encore une fois adieu, dit Morrel, va, va j'ai besoin d'être seul ; tu trouveras mon testament dans le secrétaire de ma chambre à coucher.

Le jeune homme resta debout, inerte, n'ayant qu'une force de volonté, mais pas d'exécution.

– Écoute, Maximilien, dit son père, suppose que je sois soldat comme toi, que j'aie reçu l'ordre d'emporter une redoute, et que tu saches que je doive être tué en l'emportant, ne me dirais-tu pas ce que tu me disais tout à l'heure : « Allez, mon père, car vous vous déshonorez en restant, et mieux vaut la mort que la honte ! »

– Oui, oui, dit le jeune homme, oui.

Et, serrant convulsivement Morrel dans ses bras :

– Allez, mon père, dit-il.

Et il s'élança hors du cabinet.

Quand son fils fut sorti, Morrel resta un instant debout et les yeux fixés sur la porte ; puis il allongea la main, trouva le cordon d'une sonnette et sonna.

Au bout d'un instant, Coclès parut.

Ce n'était plus le même homme ; ces trois jours de conviction l'avaient brisé. Cette pensée : « La maison Morrel va cesser ses paiements », le courbait vers la terre plus que ne l'eussent fait vingt autres années sur sa tête.

– Mon bon Coclès, dit Morrel avec un accent dont il serait impossible de rendre l'expression, tu vas rester dans l'antichambre. Quand ce monsieur, qui est déjà venu il y a trois mois, tu le sais, le mandataire de la maison Thomson et French, va venir, tu l'annonceras.

Coclès ne répondit point ; il fit un signe de tête, alla s'asseoir dans l'antichambre et attendit.

Morrel retomba sur sa chaise ; ses yeux se portèrent vers la pendule ; il lui restait sept minutes, voilà tout ; l'aiguille marchait avec une rapidité incroyable ; il lui semblait qu'il la voyait aller.

Ce qui se passa alors, et dans ce moment suprême, dans l'esprit de cet homme qui, jeune encore, à la suite d'un raisonnement faux peut-être, mais spécieux du moins, allait se séparer de tout ce qu'il aimait au monde et quitter la vie, qui avait pour lui toutes les douceurs de la famille, est impossible à exprimer : il eût fallu voir, pour en prendre une idée, son front couvert de sueur, et cependant résigné, ses yeux mouillés de larmes, et cependant levés au ciel.

L'aiguille marchait toujours, les pistolets étaient tout chargés ; il allongea la main, en prit un, et murmura le nom de sa fille.

Puis il posa l'arme mortelle, prit la plume et écrivit quelques mots.

Il lui semblait alors qu'il n'avait pas assez dit adieu à son enfant chérie.

Puis il se retourna vers la pendule ; il ne comptait plus par minute mais par seconde.

Il reprit l'arme, la bouche entr'ouverte et les yeux fixés sur l'aiguille ; puis il tressaillit au bruit qu'il faisait lui-même en armant le chien.

En ce moment une sueur plus froide lui passa sur le front, une angoisse plus mortelle lui serra le cœur.

Il entendit la porte de l'escalier crier sur ses gonds.

Puis s'ouvrit celle de son cabinet.

La pendule allait sonner onze heures.

Morrel ne se retourna point, il attendait ces mots de Coclès :

« Le mandataire de la maison Thomson et French. »

Et il approchait l'arme de sa bouche…

Tout à coup il entendit un cri : c'était la voix de sa fille.

Il se retourna et aperçut Julie, le pistolet lui échappa des mains.

– Mon père ! s'écria la jeune fille hors d'haleine et presque mourante de joie. Sauvé ! Vous êtes sauvé !

Et elle se jeta dans ses bras en élevant à la main une bourse rouge en filet de soie.

– Sauvé ! mon enfant ? dit Morrel, que veux-tu dire ?

– Oui, sauvé ! Voyez, voyez, dit la jeune fille.

Morrel prit la bourse et tressaillit, car un vague souvenir lui rappela cet objet pour lui avoir appartenu.

D'un côté était la traite de deux cent quatre-vingt-sept mille cinq cents francs.

La traite était acquittée.

De l'autre était un diamant de la grosseur d'une noisette, avec ces trois mots écrits sur un petit morceau de parchemin :

Dot de Julie.

Morrel passa sa main sur son front : il croyait rêver.

En ce moment la pendule sonna onze heures.

Le timbre vibra pour lui comme si chaque coup du marteau d'acier vibrait sur son propre cœur.

– Voyons, mon enfant, dit-il, explique-toi. Où as-tu trouvé cette bourse ?

– Dans une maison des Allées de Meilhan, au n° 15, sur le coin de la cheminée d'une pauvre petite chambre au cinquième étage.

– Mais, s'écria Morrel, cette bourse n'est pas à toi.

Julie tendit à son père la lettre qu'elle avait reçue le matin.

– Et tu as été seule dans cette maison ? dit Morrel après avoir lu.

– Emmanuel m'accompagnait, mon père. Il devait m'attendre au coin de la rue du Musée ; mais, chose étrange, à mon retour, il n'y était plus.

– Monsieur Morrel ! s'écria une voix dans l'escalier, monsieur Morrel !

– C'est sa voix, dit Julie.

En même temps Emmanuel entra, le visage bouleversé de joie et d'émotion.

– Le *Pharaon* ! s'écria-t-il ; le *Pharaon* !

– Eh bien, quoi ? le *Pharaon* ! êtes-vous fou, Emmanuel ? Vous savez bien qu'il est perdu.

– Le *Pharaon* ! monsieur, on signale le *Pharaon* ; le *Pharaon* entre dans le port.

Morrel retomba sur sa chaise, les forces lui manquaient ; son intelligence se refusait à classer cette suite d'événements incroyables, inouïs, fabuleux.

Mais son fils entra à son tour.

– Mon père, s'écria Maximilien, que disiez-vous donc que le *Pharaon* était perdu ? La vigie l'a signalé, et il entre dans le port.

– Mes amis, fit Morrel, si cela était, il faudrait croire à un miracle de Dieu ! Impossible ! impossible !

Mais, ce qui était réel et non moins incroyable, c'était cette bourse qu'il tenait dans ses mains c'était cette lettre de change acquittée, c'était ce magnifique diamant.

– Ah ! monsieur, dit Coclès à son tour, qu'est-ce que cela veut dire, le *Pharaon* ?

– Allons, mes enfants, dit Morrel en se soulevant, allons voir, et que Dieu ait pitié de nous si c'est une fausse nouvelle.

Ils descendirent ; au milieu de l'escalier attendait Mme Morrel, la pauvre femme n'avait pas osé monter.

En un instant ils furent à la Cannebière.

Il y avait foule sur le port.

Toute cette foule s'ouvrit devant Morrel.

– Le *Pharaon* ! le *Pharaon* ! disaient toutes ces voix.

En effet, chose merveilleuse, inouïe, en face de la tour Saint-Jean, un bâtiment, portant sur sa poupe ces mots écrits en lettres blanches : le *Pharaon* (Morrel et fils de Marseille), absolument de la contenance de l'autre *Pharaon*, et chargé comme l'autre de cochenille et d'indigo, jetait l'ancre et carguait ses voiles ; sur le pont, le capitaine Gaumard donnait ses ordres, et maître Penelon faisait des signes à M. Morrel.

Il n'y avait plus à en douter : le témoignage des sens était là, et dix mille personnes venaient en aide à ce témoignage.

Comme Morrel et son fils s'embrassaient sur la jetée aux applaudissements de toute la ville témoin de ce prodige, un homme, dont le visage était à moitié couvert par une barbe noire, et qui, caché derrière la guérite d'un factionnaire, contemplait cette scène avec attendrissement, murmura ces mots :

– Sois heureux, noble cœur ; sois béni pour tout le bien que tu as fait et que tu feras encore ; et que ma reconnaissance reste dans l'ombre comme ton bienfait.

Et, avec un sourire où la joie et le bonheur se révélaient, il quitta l'abri où il était caché, et sans que personne fît attention à lui, tant chacun était préoccupé de l'événement du jour, il descendit un de ces petits escaliers qui servent de débarcadère et héla trois fois :

– Jacopo ! Jacopo ! Jacopo !

Alors une chaloupe vint à lui, le reçut à bord, et le conduisit à un yacht richement gréé, sur le pont duquel il s'élança avec la légèreté d'un marin ; de là, il regarda encore une fois Morrel qui, pleurant de joie, distribuait de cordiales poignées de main à toute cette foule, et remerciait d'un vague regard ce bienfaiteur inconnu qu'il semblait chercher au ciel.

– Et maintenant, dit l'homme inconnu, adieu bonté, humanité, reconnaissance... Adieu à tous les sentiments qui épanouissent le cœur !... Je me suis substitué à la Providence pour récompenser les bons... que le Dieu vengeur me cède sa place pour punir les méchants !

À ces mots, il fit un signal, et, comme s'il n'eût attendu que ce signal pour partir, le yacht prit aussitôt la mer.

XXXI. ITALIE. – SIMBAD LE MARIN

Vers le commencement de l'année 1838 se trouvaient à Florence deux jeunes gens appartenant à la plus élégante société de Paris, l'un, le vicomte Albert de Morcerf, l'autre, le baron Franz d'Épinay. Il avait été convenu entre eux qu'ils iraient passer le carnaval de la même année à Rome, où Franz, qui depuis près de quatre ans habitait l'Italie, servirait de cicerone[30] à Albert.

Or, comme ce n'est pas une petite affaire que d'aller passer le carnaval à Rome, surtout quand on tient à ne pas coucher place du Peuple ou dans le Campo-Vaccino, ils écrivirent à maître Pastrini, propriétaire de l'hôtel de Londres, place d'Espagne, pour le prier de leur retenir un appartement confortable.

Maître Pastrini répondit qu'il n'avait plus à leur disposition que deux chambres et un cabinet situés *al seconda piano*[31], et qu'il offrait moyennant la modique rétribution d'un louis par jour. Les deux jeunes gens acceptèrent ; puis, voulant mettre à profit le temps qui lui restait, Albert partit pour Naples. Quant à Franz, il resta à Florence.

---

30. Guide touristique.

31. « Au deuxième étage » (italien).

Quand il eut joui quelque temps de la vie que donne la ville des Médicis, quand il se fut bien promené dans cet Éden qu'on nomme les Casines, quand il eut été reçu chez ces hôtes magnifiques qui font les honneurs de Florence, il lui prit fantaisie, ayant déjà vu la Corse, ce berceau de Bonaparte, d'aller voir l'île d'Elbe, ce grand relais de Napoléon.

Un soir donc il détacha une barchetta de l'anneau de fer qui la scellait au port de Livourne, se coucha au fond dans son manteau, en disant aux mariniers ces seules paroles : « À l'île d'Elbe ! »

La barque quitta le port comme l'oiseau de mer quitte son nid, et le lendemain elle débarquait Franz à Porto-Ferrajo.

Franz traversa l'île impériale après avoir suivi toutes les traces que les pas du géant y a laissées, et alla s'embarquer à Marciana.

Deux heures après avoir quitté la terre, il la reprit pour descendre à la Pianosa, où l'attendaient, assurait-on, des vols infinis de perdrix rouges.

La chasse fut mauvaise. Franz tua à grand-peine quelques perdrix maigres, et, comme tout chasseur qui s'est fatigué pour rien, il remonta dans sa barque d'assez mauvaise humeur.

– Ah ! si Votre Excellence voulait, lui dit le patron, elle ferait une belle chasse !

– Et où cela ?

– Voyez-vous cette île ? continua le patron en étendant le doigt vers le midi et en montrant une masse conique qui sortait du milieu de la mer teintée du plus bel indigo.

– Eh bien, qu'est-ce que cette île ? demanda Franz.

– L'île de Monte-Cristo, répondit le Livournais.

– Mais je n'ai pas de permission pour chasser dans cette île.

– Votre Excellence n'en a pas besoin, l'île est déserte.

– Ah ! pardieu, dit le jeune homme, une île déserte au milieu de la Méditerranée, c'est chose curieuse.

– Et chose naturelle, Excellence. Cette île est un banc de rochers, et, dans toute son étendue, il n'y a peut-être pas un arpent de terre labourable.

– Et à qui appartient cette île ?

– À la Toscane.

– Quel gibier y trouverai-je ?

– Des milliers de chèvres sauvages.

– Qui vivent en léchant les pierres, dit Franz avec un sourire d'incrédulité.

– Non, mais en broutant les bruyères, les myrtes, les lentisques qui poussent dans leurs intervalles.

– Mais où coucherai-je ?

– À terre dans les grottes, ou à bord dans votre manteau. D'ailleurs, si Son Excellence veut, nous pourrons partir aussitôt après la chasse ; elle sait que nous faisons aussi bien voile la nuit que le jour, et qu'à défaut de la voile nous avons les rames.

Comme il restait encore assez de temps à Franz pour rejoindre son compagnon, et qu'il n'avait plus à s'inquiéter de son logement à Rome, il accepta cette proposition de se dédommager de sa première chasse.

Sur sa réponse affirmative, les matelots échangèrent entre eux quelques paroles à voix basse.

– Eh bien ! demanda-t-il, qu'avons-nous de nouveau ? Serait-il survenu quelque impossibilité ?

– Non, reprit le patron ; mais nous devons prévenir Votre Excellence que l'île est en contumace.

– Qu'est-ce que cela veut dire ?

– Cela veut dire que, comme Monte-Cristo est inhabitée, elle sert parfois de relâche à des contrebandiers et à des pirates qui viennent de Corse, de Sardaigne ou d'Afrique ; si un signe quelconque dénonce notre séjour dans l'île, nous serons forcés, à notre retour à Livourne, de faire une quarantaine de six jours.

– Diable ! voilà qui change la thèse ! Six jours ! Juste autant qu'il en a fallu à Dieu pour créer le monde. C'est un peu long, mes enfants.

– Mais qui dira que Son Excellence a été à Monte-Cristo ?

– Oh ! ce n'est pas moi, s'écria Franz.

– Ni nous non plus, firent les matelots.

– En ce cas, va pour Monte-Cristo.

Le patron commanda la manœuvre ; on mit le cap sur l'île, et la barque commença de voguer dans sa direction.

Franz laissa l'opération s'achever, et, quand on eut pris la nouvelle route, quand la voile se fut gonflée par la brise, et que les quatre mariniers eurent repris leurs places, trois à l'avant, un au gouvernail, il renoua la conversation.

– Mon cher Gaetano, dit-il au patron, vous venez de me dire, je crois, que l'île de Monte-Cristo servait de refuge à des pirates, ce qui me paraît un bien autre gibier que des chèvres.

– Oui, Excellence, et c'est la vérité.

– Je savais bien l'existence des contrebandiers, mais je pensais que depuis la prise d'Alger et la destruction de la Régence, les pirates n'existaient plus que dans les romans de Cooper et du capitaine Marryat.

– Eh bien ! Votre Excellence se trompait : il en est des pirates comme des bandits, qui sont censés exterminés par le pape Léon XII, et qui cependant arrêtent tous les jours les voyageurs jusqu'aux portes de Rome. N'avez-vous pas entendu dire qu'il y a six mois à peine le chargé d'affaires de France près le saint-siège avait été dévalisé à cinq cents pas de Velletri ?

– Si fait.

– Eh bien ! si comme nous Votre Excellence habitait Livourne, elle entendrait dire de temps en temps qu'un petit bâtiment chargé de marchandises ou qu'un joli yacht anglais, qu'on attendait à Bastia, à Porto-Ferrajo ou à Civita-Vecchia, n'est point arrivé, qu'on ne sait ce qu'il est devenu, et que sans doute il sera brisé contre quelque rocher. Eh bien ! ce rocher qu'il a rencontré, c'est une barque basse et étroite, montée de six ou huit hommes qui l'ont surpris ou pillé par une nuit sombre et orageuse au détour de quelque îlot sauvage et inhabité, comme des bandits arrêtent et pillent une chaise de poste au coin d'un bois.

– Mais enfin, reprit Franz toujours étendu dans sa barque, comment ceux à qui pareil accident arrive ne se plaignent-ils pas, comment n'appellent-ils pas sur ces pirates la vengeance du gouvernement français, sarde ou toscan ?

– Pourquoi ? dit Gaetano avec un sourire.

– Oui, pourquoi ?

– Parce que d'abord on transporte du bâtiment ou du yacht sur la barque tout ce qui est bon à prendre ; puis on lie les pieds et les mains à l'équipage, on attache au cou de chaque homme un boulet de 24, on fait un trou de la grandeur d'une barrique dans la quille du bâtiment capturé, on remonte sur le pont, on ferme les écoutilles et l'on passe sur la barque. Au bout de dix minutes, le bâtiment commence à se plaindre et à gémir, peu à peu il s'enfonce. D'abord un des côtés plonge, puis l'autre ; puis il se relève, puis il plonge encore, s'enfonçant toujours davantage. Tout à coup un bruit pareil à un coup de canon retentit : c'est l'air qui brise le pont. Alors le bâtiment s'agite comme un noyé qui se débat, s'alourdissant à chaque mouvement. Bientôt l'eau, trop pressée dans les cavités, s'élance des ouvertures, pareille aux colonnes liquides que jetterait par ses évents quelque cachalot gigantesque. Enfin, il pousse un dernier râle, fait un dernier tour sur lui-même, et s'engouffre en creusant dans l'abîme un vaste entonnoir qui tournoie un instant, se comble peu à peu et finit par s'effacer tout à fait ; si bien qu'au bout de cinq minutes il faut l'œil de Dieu lui-même pour aller chercher au fond de cette mer calme le bâtiment disparu.

– Comprenez-vous maintenant, ajouta le patron en souriant, comment le bâtiment ne rentre pas dans le port, et pourquoi l'équipage ne porte pas plainte ?

Si Gaetano eût raconté la chose avant de proposer l'expédition, il est probable que Franz eût regardé à deux fois avant de l'entreprendre ; mais ils étaient partis, et il lui sembla qu'il y aurait lâcheté à reculer. C'était un de ces hommes qui ne courent pas à une occasion périlleuse, mais qui, si cette occasion vient au-devant d'eux, restent d'un sang-froid inaltérable pour la combattre : c'était un de ces hommes à la volonté calme, qui ne regardent un danger dans la vie que comme un adversaire dans un duel, qui calculent ses mouvements, qui étudient sa force, qui rompent assez pour reprendre haleine, pas assez pour paraître lâches, qui, comprenant d'un seul regard tous leurs avantages, tuent, d'un seul coup.

– Bah ! reprit-il, j'ai traversé la Sicile et la Calabre, j'ai navigué deux mois dans l'Archipel, et je n'ai jamais vu l'ombre d'un bandit ni d'un forban.

– Aussi n'ai-je pas dit cela à Son Excellence, fit Gaetano, pour la faire renoncer à son projet ; elle m'a interrogé et je lui ai répondu, voilà tout.

– Oui, mon cher Gaetano, et votre conversation est des plus intéressantes ; aussi comme je veux en jouir le plus longtemps possible, va pour Monte-Cristo.

Cependant on approchait rapidement du terme du voyage ; il ventait bon frais, et la barque faisait six à sept milles à l'heure. À mesure qu'on approchait, l'île semblait sortir grandissante du sein de la mer ; et, à travers l'atmosphère limpide des derniers rayons du jour, on distinguait, comme les boulets dans un arsenal, cet amoncellement de rochers empilés les uns sur les autres, et dans les interstices desquels on voyait rougir les bruyères et verdir les arbres. Quant aux matelots, quoiqu'ils parussent parfaitement tranquilles, il était évident que leur vigilance était éveillée, et que leur regard interrogeait le vaste miroir sur lequel ils glissaient, et dont quelques barques de pêcheurs, avec leurs voiles blanches, peuplaient seules l'horizon, se balançant comme des mouettes au bout des flots.

Ils n'étaient plus guère qu'à une quinzaine de milles de Monte-Cristo lorsque le soleil commença à se coucher derrière la Corse, dont les montagnes apparaissaient à droite, découpant sur le ciel leur sombre dentelure ; cette masse de pierres, pareille au géant Adamastor, se dressait menaçante devant la barque, à laquelle elle dérobait le soleil dont la partie supérieure se dorait ; peu à peu l'ombre monta de la mer et sembla chasser devant elle ce dernier reflet du jour qui allait s'éteindre, enfin le rayon lumineux fut repoussé jusqu'à la cime du cône, où il s'arrêta un instant comme le panache enflammé d'un volcan ; enfin l'ombre, toujours ascendante, envahit progressivement le sommet comme elle avait envahi la base, et l'île n'apparut plus que comme une montagne grise qui allait toujours se rembrunissant. Une demi-heure après, il faisait nuit noire.

Heureusement que les mariniers étaient dans leurs parages habituels, et qu'ils connaissaient jusqu'au moindre rocher de l'archipel toscan ; car, au milieu de l'obscurité profonde qui enveloppait la barque, Franz n'eût pas été tout à fait sans inquiétude. La Corse avait entièrement disparu, l'île de Monte-Cristo était elle-même devenue invisible ; mais les matelots semblaient avoir, comme le lynx, la faculté de voir dans les ténèbres, et le pilote, qui se tenait au gouvernail, ne marquait pas la moindre hésitation.

Une heure à peu près s'était écoulée depuis le coucher du soleil, lorsque Franz crut apercevoir à un quart de mille à la gauche une masse sombre ; mais il était si impossible de distinguer ce que c'était, que, craignant d'exciter l'hilarité de ses matelots, en prenant quelques nuages flottants pour la terre ferme, il garda le silence. Mais tout à coup une grande lueur apparut sur la rive ; la terre pouvait ressembler à un nuage, mais le feu n'était pas un météore.

– Qu'est-ce que cette lumière ? demanda-t-il.

– Chut ! dit le patron, c'est un feu.

– Mais vous disiez que l'île était inhabitée !

– Je disais qu'elle n'avait pas de population fixe, mais j'ai dit aussi qu'elle est un lieu de relâche pour les contrebandiers.

– Et pour les pirates !

– Et pour les pirates, dit Gaetano, répétant les paroles de Franz ; c'est pour cela que j'ai donné l'ordre de passer l'île, car, ainsi que vous le voyez, le feu est derrière nous.

– Mais ce feu, continua Franz, me semble plutôt un motif de sécurité que d'inquiétude ; des gens qui craindraient d'être vus n'auraient pas allumé ce feu.

– Oh ! cela ne veut rien dire, dit Gaelano. Si vous pouviez juger, au milieu de l'obscurité, de la position de l'île, vous verriez que, placé comme il l'est, ce feu ne peut être aperçu ni de la côte, ni de la Pianosa, mais seulement de la pleine mer.

– Ainsi vous craignez que ce feu ne nous annonce mauvaise compagnie ?

– C'est ce dont il faudra s'assurer, reprit Gaetano, les yeux toujours fixés sur cette étoile terrestre.

– Et comment s'en assurer ?

– Vous allez voir.

À ces mots, Gaetano tint conseil avec ses compagnons, et au bout de cinq minutes de discussion on exécuta en silence une manœuvre à l'aide de laquelle en un instant on eut viré de bord ; alors on reprit la route qu'on venait de faire, et quelques secondes après ce changement de direction, le feu disparut, caché par quelque mouvement de terrain.

Alors le pilote imprima par le gouvernail une nouvelle direction au petit bâtiment, qui se rapprocha visiblement de l'île et qui bientôt ne s'en trouva plus éloigné que d'une cinquantaine de pas.

Gaetano abattit la voile, et la barque resta stationnaire.

Tout cela avait été fait dans le plus grand silence, et d'ailleurs, depuis le changement de route, pas une parole n'avait été prononcée à bord.

Gaetano, qui avait proposé l'expédition, en avait pris toute la responsabilité sur lui. Les quatre matelots ne le quittaient pas des yeux tout en préparant les avirons et en se tenant évidemment prêts à faire force de rames ; ce qui, grâce à l'obscurité, n'était pas difficile.

Quant à Franz, il visitait ses armes avec ce sang-froid que nous lui connaissons ; il avait deux fusils à deux coups et une carabine, il les chargea, s'assura des batteries, et attendit.

Pendant ce temps le patron avait jeté bas son caban et sa chemise, assuré son pantalon autour de ses reins, et, comme il était pieds nus, il n'avait eu ni souliers ni bas à défaire. Une fois dans ce costume ou plutôt hors de son costume, il mit un doigt sur ses lèvres pour faire signe de garder le plus profond silence, et, se laissant couler dans la mer, il nagea vers le rivage avec tant de précaution qu'il était impossible d'entendre le moindre bruit. Seulement, au sillon phosphorescent que dégageaient ses mouvements on pouvait suivre sa trace.

Bientôt ce sillon même disparut : il était évident que Gaetano avait touché terre.

Tout le monde sur le petit bâtiment resta immobile pendant une demi-heure, au bout de laquelle on vit reparaître près du rivage et s'approcher de la barque le même sillon lumineux. Au bout d'un instant et en deux brassées Gaetano avait atteint la barque.

– Eh bien ? firent ensemble Franz et les quatre matelots.

– Eh bien ! dit-il, ce sont des contrebandiers espagnols ; ils ont seulement avec eux deux bandits corses.

– Et que font ces deux bandits corses avec des contrebandiers espagnols ?

– Eh ! mon Dieu ! Excellence, reprit Gaetano d'un ton de profonde charité chrétienne, il faut bien s'aider les uns les autres. Souvent les bandits se trouvent un peu pressés sur terre par les gendarmes ou les carabiniers, eh bien ! ils trouvent là une barque, et dans cette barque de bons garçons comme nous. Ils viennent nous demander l'hospitalité dans notre maison flottante. Le moyen de refuser secours à un pauvre diable qu'on poursuit ! Nous le recevons, et, pour plus grande sécurité, nous prenons le large. Cela ne nous coûte rien et sauve la vie ou, tout au moins, la liberté à un de nos semblables qui, dans l'occasion, reconnaît le service que nous lui avons rendu en nous indiquant un bon endroit où nous puissions débarquer nos marchandises sans être dérangés par les curieux.

– Ah çà ! dit Franz, vous êtes donc un peu contrebandier vous-même, mon cher Gaetano ?

– Eh ! que voulez-vous, Excellence ! dit-il avec un sourire impossible à décrire, on fait un peu de tout ; il faut bien vivre.

– Alors vous êtes en pays de connaissance avec les gens qui habitent Monte-Cristo à cette heure ?

– À peu près. Nous autres mariniers, nous sommes comme les francs-maçons, nous nous reconnaissons à certains signes.

– Et vous croyez que nous n'aurions rien à craindre en débarquant à notre tour ?

– Absolument rien ; les contrebandiers ne sont pas des voleurs.

– Mais ces deux bandits corses… reprit Franz, calculant d'avance toutes les chances de danger.

– Eh mon Dieu ! dit Gaetano, ce n'est pas leur faute s'ils sont bandits, c'est celle de l'autorité.

– Comment cela ?

– Sans doute, on les poursuit pour avoir fait une *peau*, pas autre chose ; comme s'il n'était pas dans la nature du Corse de se venger !

– Qu'entendez-vous par avoir fait une *peau* ? Avoir assassiné un homme ? dit Franz, continuant ses investigations.

– J'entends avoir tué un ennemi, reprit le patron, ce qui est bien différent.

– Eh bien ! fit le jeune homme, allons demander l'hospitalité aux contrebandiers et aux bandits. Croyez-vous qu'ils nous l'accordent ?

– Sans aucun doute.

– Combien sont-ils ?

– Quatre, Excellence, et les deux bandits ça fait six.

– Eh bien ! c'est juste notre chiffre ; nous sommes même, dans le cas où ces messieurs montreraient de mauvaises dispositions, en force égale, et par conséquent en mesure de les contenir. Ainsi, une dernière fois, va pour Monte-Cristo.

– Oui, Excellence ; mais vous nous permettrez bien encore de prendre quelques précautions ?

– Comment donc, mon cher ! Soyez sage comme Nestor, et prudent comme Ulysse. Je fais plus que de vous le permettre, je vous y exhorte.

– Eh bien ! alors, silence ! fit Gaetano.

Tout le monde se tut.

Pour un homme envisageant, comme Franz, toute chose sous son véritable point de vue, la situation, sans être dangereuse, ne manquait pas d'une certaine gravité. Il se trouvait dans l'obscurité la plus profonde, isolé, au milieu de la mer, avec des mariniers qui ne le connaissaient pas et qui n'avaient aucun motif de lui être dévoués ; qui savaient qu'il avait dans sa ceinture quelques milliers de francs, et qui avaient dix fois, sinon avec envie, du moins avec curiosité, examiné ses armes, qui étaient fort belles. D'un autre côté il allait aborder, sans autre escorte que ces hommes, dans une île qui portait un nom fort religieux, mais qui ne semblait pas promettre à Franz une autre hospitalité que celle du Calvaire au Christ, grâce à ses contrebandiers et à ses bandits. Puis cette histoire de bâtiments coulés à fond, qu'il avait crue exagérée le jour, lui semblait plus vraisemblable la nuit. Aussi, placé qu'il était entre ce double danger peut-être imaginaire, il ne quittait pas ces hommes des yeux et son fusil de la main.

Cependant les mariniers avaient de nouveau hissé leurs voiles et avaient repris leur sillon déjà creusé en allant et en revenant. À travers l'obscurité, Franz, déjà un peu habitué aux ténèbres, distinguait le géant de granit que la barque côtoyait ; puis enfin, en dépassant de nouveau l'angle d'un rocher, il aperçut le feu qui brillait plus éclatant que jamais, et, autour de ce feu, cinq ou six personnes assises.

La réverbération du foyer s'étendait d'une centaine de pas en mer. Gaetano côtoya la lumière, en faisant toutefois rester la barque dans la partie non éclairée, puis, lorsqu'elle fut tout à fait en face du foyer ; il mit le cap sur lui et entra bravement dans le cercle lumineux en entonnant une chanson de pêcheurs dont il soutenait le chant à lui seul, et dont ses compagnons reprenaient le refrain en chœur.

Au premier mot de la chanson, les hommes assis autour du foyer s'étaient levés et s'étaient approchés du débarcadère, les yeux fixés sur la barque, dont ils s'efforçaient visiblement de juger la force et de deviner les intentions. Bientôt ils parurent avoir fait un examen suffisant et allèrent, à l'exception d'un seul qui resta debout sur le rivage, se rasseoir autour du feu, devant lequel rôtissait un chevreau tout entier.

Lorsque le bateau fut arrivé à une vingtaine de pas de la terre, l'homme qui était sur le rivage fit machinalement, avec sa carabine, le geste d'une sentinelle qui attend une patrouille, et cria « Qui vive ! » en patois sarde.

Franz arma froidement ses deux coups.

Gaetano échangea alors avec cet homme quelques paroles auxquelles le voyageur ne comprit rien, mais qui le concernaient évidemment.

– Son Excellence, demanda le patron, veut-elle se nommer ou garder l'incognito ?

– Mon nom doit être parfaitement inconnu ; dites-leur donc simplement, reprit Franz, que je suis un Français voyageant pour ses plaisirs.

Lorsque Gaetano eut transmis cette réponse, la sentinelle donna un ordre à l'un des hommes assis devant le feu, lequel se leva aussitôt, et disparut dans les rochers.

Il se fit un silence. Chacun semblait préoccupé de ses affaires : Franz de son débarquement, les matelots de leurs voiles, les contrebandiers de leur chevreau ; mais, au milieu de cette insouciance apparente, on s'observait mutuellement.

L'homme qui s'était éloigné reparut tout à coup du côté opposé de celui par lequel il avait disparu. Il fit un signe de la tête à la sentinelle, qui se retourna du côté de la barque et se contenta de prononcer ces seules paroles : *S'accommodi.*

Le *s'accommodi* italien est intraduisible, il veut dire à la fois, venez, entrez, soyez le bienvenu, faites comme chez vous, vous êtes le maître. C'est comme cette phrase turque de Molière, qui étonnait si fort le bourgeois gentilhomme par la quantité de choses qu'elle contenait.

Les matelots ne se le firent pas dire deux fois : en quatre coups de rames, la barque toucha la terre. Gaetano sauta sur la grève, échangea encore quelques mots à voix basse avec la sentinelle ; ses compagnons descendirent l'un après l'autre ; puis vint enfin le tour de Franz.

Il avait un de ses fusils en bandoulière, Gaetano avait l'autre, un des matelots tenait sa carabine. Son costume tenait à la fois de l'artiste et du dandy ; ce qui n'inspira aux hôtes aucun soupçon, et par conséquent aucune inquiétude.

On amarra la barque au rivage, on fit quelques pas pour chercher un bivouac commode ; mais sans doute le point vers lequel on s'acheminait n'était pas dans la convenance du contrebandier qui remplissait le poste de surveillant, car il cria à Gaetano :

– Non, point par là, s'il vous plaît.

Gaetano balbutia une excuse, et, sans insister davantage, s'avança du côté opposé, tandis que deux matelots, pour éclairer la route, allaient allumer des torches au foyer.

On fit trente pas à peu près et l'on s'arrêta sur une petite esplanade tout entourée de rochers dans lesquels on avait creusé des espèces de sièges, à peu près pareils à de petites guérites où l'on monterait la garde assis. Alentour poussaient, dans des veines de terre végétale, quelques chênes nains et des touffes épaisses de myrtes. Franz abaissa une torche et reconnut, à un amas de cendres, qu'il n'était pas le premier à s'apercevoir du confortable de cette localité, et que ce devait être une des stations habituelles des visiteurs nomades de l'île de Monte-Cristo.

Quant à son attente d'événements, elle avait cessé ; une fois le pied sur la terre ferme, une fois qu'il eût vu les dispositions, sinon amicales, du moins indifférentes de ses hôtes, toute sa préoccupation avait disparu, et, à l'odeur du chevreau qui rôtissait au bivouac voisin, la préoccupation s'était changée en appétit.

Il toucha deux mots de ce nouvel incident à Gaetano, qui lui répondit qu'il n'y avait rien de plus simple qu'un souper quand on avait comme eux dans leur barque du pain, du vin, six perdrix et un bon feu pour les faire rôtir.

– D'ailleurs, ajouta-t-il, si Votre Excellence trouve si tentante l'odeur de ce chevreau, je puis aller offrir à nos voisins deux de nos oiseaux pour une tranche de leur quadrupède.

– Faites, Gaetano, faites, dit Franz ; vous êtes véritablement né avec le génie de la négociation.

Pendant ce temps, les matelots avaient arraché des brassées de bruyères, fait des fagots de myrtes et de chênes-verts, auxquels ils avaient mis le feu, ce qui présentait un foyer assez respectable.

Franz attendait donc avec impatience, humant toujours l'odeur du chevreau, le retour du patron, lorsque celui-ci reparut et vint à lui d'un air fort préoccupé.

– Eh bien ! demanda-t-il, quoi de nouveau ? on repousse notre offre ?

– Au contraire, fit Gaetano. Le chef, à qui l'on a dit que vous étiez un jeune homme français, vous invite à souper avec lui.

– Eh bien ! mais, dit Franz, c'est un homme fort civilisé que ce chef, et je ne vois pas pourquoi je refuserais ; d'autant plus que j'apporte ma part du souper.

– Oh ! ce n'est pas cela : il a de quoi souper, et au delà, mais c'est qu'il met à votre présentation chez lui une singulière condition.

– Chez lui ! reprit le jeune homme ; il a donc fait bâtir une maison ?

– Non ; mais il n'en a pas moins un chez-lui fort confortable, à ce qu'on assure du moins.

– Vous connaissez donc ce chef ?

– J'en ai entendu parler.

– En bien ou en mal ?

– Des deux façons.

– Diable ! Et quelle est cette condition ?

– C'est de vous laisser bander les yeux et de n'ôter votre bandeau que lorsqu'il vous y invitera lui-même.

Franz sonda autant que possible le regard de Gaetano pour savoir ce que cachait cette proposition.

– Ah ! dame ! reprit celui-ci, répondant à la pensée de Franz, je le sais bien, la chose mérite réflexion.

– Que feriez-vous à ma place ? fit le jeune homme.

– Moi, qui n'ai rien à perdre, j'irais.

– Vous accepteriez ?

– Oui, ne fût-ce que par curiosité.

– Il y a donc quelque chose de curieux à voir chez ce chef ?

– Écoutez, dit Gaetano en baissant la voix, je ne sais pas si ce qu'on dit est vrai…

Il s'arrêta en regardant si aucun étranger ne l'écoutait.

– Et que dit-on ?

– On dit que ce chef habite un souterrain auprès duquel le palais Pitti est bien peu de chose.

– Quel rêve ! dit Franz en se rasseyant.

– Oh ! ce n'est pas un rêve, continua le patron, c'est une réalité ! Cama, le pilote du *Saint-Ferdinand*, y est entré un jour, et il en est sorti tout émerveillé, en disant qu'il n'y a de pareils trésors que dans les contes de fées.

– Ah çà ! mais, savez-vous, dit Franz, qu'avec de pareilles paroles vous me feriez descendre dans la caverne d'Ali-Baba ?

– Je vous dis ce qu'on m'a dit, Excellence.

– Alors, vous me conseillez d'accepter ?

– Oh ! je ne dis pas cela ! Votre Excellence fera selon son bon plaisir. Je ne voudrais pas lui donner un conseil dans une semblable occasion.

Franz réfléchit quelques instants, comprit que cet homme si riche ne pouvait lui en vouloir, à lui qui portait seulement quelques mille francs ; et, comme il n'entrevoyait dans tout cela qu'un excellent souper, il accepta. Gaetano alla porter sa réponse.

Cependant, nous l'avons dit, Franz était prudent ; aussi voulut-il avoir le plus de détails possible sur son hôte étrange et mystérieux. Il se retourna donc du côté du matelot, qui, pendant ce dialogue, avait plumé les perdrix avec la gravité d'un homme fier de ses fonctions, et lui demanda dans quoi ces hommes avaient pu aborder, puisqu'on ne voyait ni barques, ni spéronares, ni tartanes.

– Je ne suis pas inquiet de cela, dit le matelot, et je connais le bâtiment qu'ils montent.

– Est-ce un joli bâtiment ?

– J'en souhaite un pareil à Votre Excellence pour faire le tour du monde.

– De quelle force est-il ?

– Mais de cent tonneaux à peu près. C'est, du reste, un bâtiment de fantaisie, un yacht, comme disent les Anglais, mais confectionné, voyez-vous, de façon à tenir la mer par tous les temps.

– Et où a-t-il été construit ?

– Je l'ignore. Cependant je le crois génois.

– Et comment un chef de contrebandiers, continua Franz, ose-t-il faire construire un yacht destiné à son commerce dans le port de Gênes ?

– Je n'ai pas dit, fit le matelot, que le propriétaire de ce yacht fût un contrebandier.

– Non ; mais Gaetano l'a dit, ce me semble.

– Gaetano avait vu l'équipage de loin, mais il n'avait encore parlé à personne.

– Mais si cet homme n'est pas un chef de contrebandiers, quel est-il donc ?

– Un riche seigneur qui voyage pour son plaisir.

Allons, pensa Franz, le personnage n'en est que plus mystérieux, puisque les versions sont différentes.

– Et comment s'appelle-t-il ?

– Lorsqu'on le lui demande, il répond qu'il se nomme Simbad le marin. Mais je doute que ce soit son véritable nom.

– Simbad le marin ?

– Oui.

– Et où habite ce seigneur ?

– Sur la mer.

– De quel pays est-il ?

– Je ne sais pas.

– L'avez-vous vu ?

– Quelquefois.

– Quel homme est-ce ?

– Votre Excellence en jugera elle-même.

– Et où va-t-il me recevoir ?

– Sans doute dans ce palais souterrain dont vous a parlé Gaetano.

– Et vous n'avez jamais eu la curiosité, quand vous avez relâché ici et que vous avez trouvé l'île déserte, de chercher à pénétrer dans ce palais enchanté ?

– Oh ! si fait, Excellence, reprit le matelot, et plus d'une fois même ; mais toujours nos recherches ont été inutiles. Nous avons fouillé la grotte de tous côtés et nous n'avons pas trouvé le plus petit passage. Au reste, on dit que la porte ne s'ouvre pas avec une clef, mais avec un mot magique.

– Allons, décidément, murmura Franz, me voilà embarqué dans un conte des *Mille et Une Nuits*.

– Son Excellence vous attend, dit derrière lui une voix qu'il reconnut pour celle de la sentinelle.

Le nouveau venu était accompagné de deux hommes de l'équipage du yacht.

Pour toute réponse, Franz tira son mouchoir et le présenta à celui qui lui avait adressé la parole.

Sans dire une seule parole, on lui banda les yeux avec un soin qui indiquait la crainte qu'il ne commît quelque indiscrétion ; après quoi on lui fit jurer qu'il n'essaierait en aucune façon d'ôter son bandeau.

Il jura.

Alors les deux hommes le prirent chacun par un bras, et il marcha guidé par eux et précédé de la sentinelle.

Après une trentaine de pas, il sentit, à l'odeur de plus en plus appétissante du chevreau, qu'il repassait devant le bivouac ; puis on lui fit continuer sa route pendant une cinquantaine de pas encore, en avançant évidemment du côté où l'on n'avait pas voulu laisser pénétrer Gaetano ; défense qui s'expliquait maintenant. Bientôt, au changement d'atmosphère, il comprit qu'il entrait dans un souterrain ; au bout de quelques secondes de marche, il entendit un craquement, et il lui sembla que l'atmosphère changeait encore de nature et devenait tiède et parfumée ; enfin il sentit que ses pieds posaient sur un tapis épais et moelleux ; ses guides l'abandonnèrent. Il se fit un instant de silence, et une voix dit en bon français, quoique avec un accent étranger :

– Vous êtes le bienvenu chez moi, monsieur, et vous pouvez ôter votre mouchoir.

Comme on le pense bien, Franz ne se fit pas répéter deux fois cette invitation ; il leva son mouchoir, et se trouva en face d'un homme de trente-huit à quarante ans, portant un costume tunisien, c'est-à-dire une calotte rouge avec un long gland de soie bleue, une veste de drap noir toute brodée d'or, des pantalons sang-de-bœuf larges et bouffants, des guêtres de même couleur brodées d'or comme la veste, et des babouches jaunes ; un magnifique cachemire lui serrait la taille, et un petit cangiar[32] aigu et recourbé était passé dans cette ceinture.

Quoique d'une pâleur presque livide, cet homme avait une figure remarquablement belle ; ses yeux étaient vifs et perçants ; son nez, droit et presque de niveau avec le front, indiquait le type grec dans toute sa pureté, et ses dents, blanches comme des perles, ressortaient admirablement sous la moustache noire qui les encadrait.

Seulement cette pâleur était étrange ; on eût dit un homme enfermé depuis longtemps dans un tombeau, et qui n'eût pas pu reprendre la carnation des vivants.

Sans être d'une grande taille, il était bien fait du reste, et, comme les hommes du Midi, avait les mains et les pieds petits.

Mais, ce qui étonna Franz, qui avait traité de rêve le récit de Gaetano, ce fut la somptuosité de l'ameublement.

Toute la chambre était tendue d'étoffes turques de couleur cramoisie et brochée de fleurs d'or. Dans un enfoncement était une espèce de divan surmonté d'un trophée d'armes arabes à fourreaux de vermeil et à poignées resplendissantes de pierreries ; au plafond

32. Ou kandjar : poignard oriental.

pendait une lampe en verre de Venise, d'une forme et d'une couleur charmantes, et les pieds reposaient sur un tapis de Turquie dans lequel ils enfonçaient jusqu'à la cheville ; des portières pendaient devant la porte par laquelle Franz était entré, et devant une autre porte donnant passage dans une seconde chambre qui paraissait splendidement éclairée.

L'hôte laissa un instant Franz tout à sa surprise, et d'ailleurs il lui rendait examen pour examen, et ne le quittait pas des yeux.

– Monsieur, lui dit-il enfin, mille fois pardon des précautions que l'on a exigées de vous pour vous introduire chez moi ; mais, comme la plupart du temps cette île est déserte, si le secret de cette demeure était connu, je trouverais sans doute, en revenant, mon pied-à-terre en assez mauvais état, ce qui me serait fort désagréable, non pas pour la perte que cela me causerait, mais parce que je n'aurais pas la certitude de pouvoir, quand je le veux, me séparer du reste de la terre. Maintenant je vais tâcher de vous faire oublier ce petit désagrément, en vous offrant ce que vous n'espériez certes pas trouver ici, c'est-à-dire un souper passable et d'assez bons lits.

– Ma foi, mon cher hôte, répondit Franz, il ne faut pas vous excuser pour cela. J'ai toujours vu que l'on bandait les yeux aux gens qui pénétraient dans les palais enchantés : voyez plutôt Raoul dans *Les Huguenots*[33], et véritablement je n'ai pas à me plaindre, car ce que vous me montrez fait suite aux merveilles des *Mille et Une Nuits*.

– Hélas ! je vous dirai comme Lucullus : « Si j'avais su avoir l'honneur de votre visite, je m'y serais préparé. »

---

33. Opéra du XIXe siècle.

Mais enfin, tel qu'est mon ermitage, je le mets à votre disposition ; tel qu'il est, mon souper vous est offert. Ali, sommes-nous servis ?

Presque au même instant la portière se souleva, et un nègre nubien, noir comme l'ébène et vêtu d'une simple tunique blanche, fit signe à son maître qu'il pouvait passer dans la salle à manger.

– Maintenant, dit l'inconnu à Franz, je ne sais si vous êtes de mon avis, mais je trouve que rien n'est gênant comme de rester deux ou trois heures en tête à tête sans savoir de quel nom ou de quel titre s'appeler. Remarquez que je respecte trop les lois de l'hospitalité pour vous demander ou votre nom ou votre titre ; je vous prie seulement de me désigner une appellation quelconque, à l'aide de laquelle je puisse vous adresser la parole. Quant à moi, pour vous mettre à votre aise, je vous dirai que l'on a l'habitude de m'appeler Simbad le marin.

– Et moi, reprit Franz, je vous dirai que, comme il ne me manque, pour être dans la situation d'Aladin, que la fameuse lampe merveilleuse, je ne vois aucune difficulté à ce que, pour le moment, vous m'appeliez Aladin. Cela ne nous sortira pas de l'Orient, où je suis tenté de croire que j'ai été transporté par la puissance de quelque bon génie.

– Eh bien ! seigneur Aladin, fit l'étrange amphitryon, vous avez entendu que nous étions servis, n'est-ce pas ? Veuillez donc prendre la peine d'entrer dans la salle à manger ; votre très humble serviteur passe devant vous pour vous montrer le chemin.

Et à ces mots, soulevant la portière, Simbad passa effectivement devant Franz.

Franz marchait d'enchantements en enchantements, la table était splendidement servie. Une fois convaincu de ce point important, il porta les yeux autour de lui.

La salle à manger était non moins splendide que le boudoir qu'il venait de quitter ; elle était tout en marbre avec des bas-reliefs antiques du plus grand prix, et aux deux extrémités de cette salle, qui était oblongue, deux magnifiques statues portaient des corbeilles sur leurs têtes. Ces corbeilles contenaient deux pyramides de fruits magnifiques ; c'étaient des ananas de Sicile, des grenades de Malaga, des oranges des îles Baléares, des pêches de France et des dattes de Tunis.

Quant au souper, il se composait d'un faisan rôti entouré de merles de Corse, d'un jambon de sanglier à la gelée, d'un quartier de chevreau à la tartare, d'un turbot magnifique et d'une gigantesque langouste.

Les intervalles des grands plats étaient remplis par de petits plats contenant les entremets.

Les plats étaient en argent, les assiettes en porcelaine du Japon.

Franz se frotta les yeux pour s'assurer qu'il ne rêvait pas.

Ali seul était admis à faire le service et s'en acquittait fort bien. Le convive en fit compliment à son hôte.

– Oui, reprit celui-ci tout en faisant les honneurs de son souper avec la plus grande aisance ; oui, c'est un pauvre diable qui m'est fort dévoué et qui fait de son mieux. Il se souvient que je lui ai sauvé la vie, et comme il tenait à sa tête, à ce qu'il paraît, il m'a gardé quelque reconnaissance de la lui avoir conservée.

Ali s'approcha de son maître, lui prit la main et la baisa.

– Et serait-ce trop indiscret, seigneur Simbad, dit Franz, de vous demander en quelle circonstance vous avez fait cette belle action ?

– Oh ! mon Dieu, c'est bien simple, répondit l'hôte. Il paraît que le drôle avait rôdé plus près du sérail du bey de Tunis qu'il n'était convenable de le faire à un gaillard de sa couleur ; de sorte qu'il avait été condamné par le bey à avoir la langue, la main et la tête tranchées. La langue le premier jour, la main le second, et la tête le troisième. J'avais toujours eu envie d'avoir un muet à mon service ; j'attendis qu'il eût la langue coupée, et j'allai proposer au bey de me le donner pour un magnifique fusil à deux coups qui, la veille, m'avait paru éveiller les désirs de Sa Hautesse. Il balança un instant, tant il tenait à en finir avec ce pauvre diable. Mais j'ajoutai à ce fusil un couteau de chasse anglais avec lequel j'avais haché le yatagan[34] de Sa Hautesse ; de sorte que le bey se décida à lui faire grâce de la main et de la tête, mais à condition qu'il ne remettrait jamais le pied à Tunis. La recommandation était inutile. Du plus loin que le mécréant aperçoit les côtes d'Afrique il se sauve à fond de cale, et l'on ne peut le faire sortir de là que lorsqu'on est hors de vue de la troisième partie du monde.

Franz resta un moment muet et pensif, cherchant ce qu'il devait penser de la bonhomie cruelle avec laquelle son hôte venait de lui faire ce récit.

– Et, comme l'honorable marin dont vous avez pris le nom, dit-il en changeant la conversation, vous passez votre vie à voyager ?

– Oui ; c'est un vœu que j'ai fait dans un temps où je ne pensais guère pouvoir l'accomplir, dit l'inconnu en souriant. J'en ai fait quelques-uns comme cela, et qui, je l'espère, s'accompliront tous à leur tour.

Quoique Simbad eût prononcé ces mots avec le plus grand sang-froid, ses yeux avaient lancé un regard de férocité étrange.

– Vous avez beaucoup souffert, monsieur ? lui dit Franz.

Simbad tressaillit et le regarda fixement.

---

34. Sabre oriental.

– À quoi voyez-vous cela ? demanda-t-il.

– À tout, reprit Franz : à votre voix, à votre regard, à votre pâleur, et à la vie même que vous menez.

– Moi ! je mène la vie la plus heureuse que je connaisse, une véritable vie de pacha ; je suis le roi de la création ; je me plais dans un endroit, j'y reste ; je m'ennuie, je pars ; je suis libre comme l'oiseau, j'ai des ailes comme lui ; les gens qui m'entourent m'obéissent sur un signe. De temps en temps je m'amuse à railler la justice humaine en lui enlevant un bandit qu'elle cherche, un criminel qu'elle poursuit. Puis j'ai ma justice à moi, basse et haute, sans sursis et sans appel, qui condamne ou qui absout, et à laquelle personne n'a rien à voir. Ah ! si vous aviez goûté de ma vie, vous n'en voudriez plus d'autre, et vous ne rentreriez jamais dans le monde, à moins que vous n'eussiez quelque grand projet à y accomplir.

– Une vengeance ! par exemple, dit Franz.

L'inconnu fixa sur le jeune homme un de ces regards qui plongent au plus profond du cœur et de la pensée.

– Et pourquoi une vengeance ? demanda-t-il.

– Parce que, reprit Franz, vous m'avez tout l'air d'un homme qui, persécuté par la société, a un compte terrible à régler avec elle.

– Eh bien ! fit Simbad en riant de son rire étrange, qui montrait ses dents blanches et aiguës, vous n'y êtes pas ; tel que vous me voyez, je suis une espèce de philanthrope et peut-être un jour irai-je à Paris pour faire concurrence à M. Appert et à l'homme au Petit Manteau Bleu[35].

35. Nicolas Appert (1750-1841), sacré bienfaiteur de l'humanité pour avoir créé un moyen de conservation des aliments ; et Edme Champion (1764-1852), bijoutier fortuné qui redistribua une partie des ses biens aux nécessiteux.

– Et ce sera la première fois que vous ferez ce voyage ?

– Oh ! mon Dieu, oui. J'ai l'air d'être bien peu curieux, n'est-ce pas ? Mais je vous assure qu'il n'y a pas de ma faute si j'ai tant tardé ; cela viendra un jour ou l'autre !

– Et comptez-vous faire bientôt ce voyage ?

– Je ne sais encore, il dépend de circonstances soumises à des combinaisons incertaines.

– Je voudrais y être à l'époque où vous y viendrez, je tâcherais de vous rendre, en tant qu'il serait en mon pouvoir, l'hospitalité que vous me donnez si largement à Monte-Cristo.

– J'accepterais votre offre avec un grand plaisir, reprit l'hôte ; mais malheureusement, si j'y vais, ce sera peut-être incognito.

Cependant le souper s'avançait et paraissait avoir été servi à la seule intention de Franz ; car à peine si l'inconnu avait touché du bout des dents à un ou deux plats du splendide festin qu'il lui avait offert, et auquel son convive inattendu avait fait si largement honneur.

Enfin, Ali apporta le dessert, ou plutôt prit les corbeilles des mains des statues et les posa sur la table.

Entre les deux corbeilles il plaça une petite coupe de vermeil fermée par un couvercle de même métal.

Le respect avec lequel Ali avait apporté cette coupe piqua la curiosité de Franz. Il leva le couvercle et vit une espèce de pâte verdâtre qui ressemblait à des confitures d'angélique, mais qui lui était parfaitement inconnue.

Il replaça le couvercle, aussi ignorant de ce que la coupe contenait après avoir remis le couvercle qu'avant de l'avoir levé, et, en reportant les yeux sur son hôte, il le vit sourire de son désappointement.

– Vous ne pouvez pas deviner, lui dit celui-ci, quelle espèce de comestible contient ce petit vase, et cela vous intrigue, n'est-ce pas ?

– Je l'avoue.

– Eh bien, cette sorte de confiture verte n'est ni plus ni moins que l'ambroisie qu'Hébé servait à la table de Jupiter.

– Mais cette ambroisie, dit Franz, a sans doute, en passant par la main des hommes, perdu son nom céleste pour prendre un nom humain ; en langue vulgaire, comment cet ingrédient, pour lequel, au reste, je ne me sens pas une grande sympathie, s'appelle-t-il ?

– Eh ! voilà justement ce qui révèle notre origine matérielle, s'écria Simbad, souvent nous passons ainsi auprès du bonheur sans le voir, sans le regarder, ou, si nous l'avons vu et regardé, sans le reconnaître. Êtes-vous un homme positif et l'or est-il votre dieu, goûtez à ceci, et les mines du Pérou, de Guzarate et de Golconde vous seront ouvertes. Êtes-vous un homme d'imagination, êtes-vous poète, goûtez encore à ceci, et les barrières du possible disparaîtront ; les champs de l'infini vont s'ouvrir, vous vous promènerez, libre de cœur, libre d'esprit, dans le domaine sans bornes de la rêverie. Êtes-vous ambitieux, courez-vous après les grandeurs de la terre, goûtez de ceci toujours, et dans une heure vous serez roi, non pas roi d'un petit royaume caché dans un coin de l'Europe, comme la France, l'Espagne ou l'Angleterre, mais roi du monde, roi de l'univers, roi de la création. Votre trône sera dressé sur la montagne où Satan emporta Jésus ; et, sans avoir besoin de lui faire hommage, sans être forcé de lui baiser la griffe, vous serez le souverain maître de tous les royaumes de la terre. N'est-ce pas tentant, ce que je vous offre là, dites, et n'est-ce pas une chose bien facile puisqu'il n'y a que cela à faire ? Regardez.

À ces mots, il découvrit à son tour la petite coupe de vermeil qui contenait la substance tant louée, prit une cuillerée à café des confitures magiques, la porta à sa bouche et la savoura lentement, les yeux à moitié fermés et la tête renversée en arrière.

Franz lui laissa tout le temps d'absorber son mets favori ; puis, lorsqu'il le vit un peu revenu à lui :

– Mais enfin, dit-il, qu'est-ce que ce mets si précieux ?

– Avez-vous entendu parler du Vieux de la Montagne, lui demanda son hôte, le même qui voulut faire assassiner Philippe-Auguste ?

– Sans doute.

– Eh bien ! vous savez qu'il régnait sur une riche vallée qui dominait la montagne d'où il avait pris son nom pittoresque. Dans cette vallée étaient de magnifiques jardins plantés par Hassen-ben-Sabah, et, dans ces jardins, des pavillons isolés. C'est dans ces pavillons qu'il faisait entrer ses élus, et là il leur faisait manger, dit Marco-Polo, une certaine herbe qui les transportait dans le paradis, au milieu de plantes toujours fleuries, de fruits toujours mûrs, de femmes toujours vierges. Or, ce que ces jeunes gens bienheureux prenaient pour la réalité, c'était un rêve ; mais un rêve si doux, si enivrant, si voluptueux qu'ils se vendaient corps et âme à celui qui le leur avait donné, et qu'obéissant à ses ordres comme à ceux de Dieu ils allaient frapper au bout du monde la victime indiquée, mourant dans les tortures sans se plaindre, à la seule idée que la mort qu'ils subissaient n'était qu'une transition à cette vie de délices dont cette herbe sainte, servie devant vous, leur avait donné un avant-goût.

– Alors, s'écria Franz, c'est du haschisch ! Oui, je connais cela, de nom du moins.

– Justement vous avez dit le mot, seigneur Aladin, c'est du haschisch, tout ce qui se fait de meilleur et de plus pur en haschisch à Alexandrie, du haschisch d'Abougor, le grand faiseur, l'homme unique, l'homme à qui l'on devrait bâtir un palais avec cette inscription : *Au marchand du bonheur, le monde reconnaissant.*

– Savez-vous, lui dit Franz, que j'ai bien envie de juger par moi-même de la vérité ou de l'exagération de vos éloges ?

– Jugez par vous-même, mon hôte, jugez, mais ne vous en tenez pas à une première expérience : comme en toute chose, il faut habituer les sens à une impression nouvelle, douce ou violente, triste ou joyeuse. Il y a une lutte de la nature contre cette divine substance, de la nature qui n'est pas faite pour la joie et qui se cramponne à la douleur. Il faut que la nature vaincue succombe dans le combat, il faut que la réalité succède au rêve ; et alors le rêve règne en maître, alors c'est le rêve qui devient la vie et la vie qui devient le rêve ; mais quelle différence dans cette transfiguration ! C'est-à-dire qu'en comparant les douleurs de l'existence réelle aux jouissances de l'existence factice, vous ne voudrez plus vivre jamais, et que vous voudrez rêver toujours. Quand vous quitterez votre monde à vous pour le monde des autres, il vous semblera passer d'un printemps napolitain à un hiver lapon, il vous semblera quitter le paradis pour la terre, le ciel pour l'enfer. Goûtez du haschisch, mon hôte ! goûtez-en !

Pour toute réponse, Franz prit une cuillerée de cette pâte merveilleuse, mesurée sur celle qu'avait prise son amphitryon, et la porta à sa bouche.

– Diable ! fit-il après avoir avalé ces confitures divines, je ne sais pas encore si le résultat sera aussi agréable que vous le dites, mais la chose ne me paraît pas aussi succulente que vous l'affirmez.

– Parce que les houppes de votre palais ne sont pas encore faites à la sublimité de la substance qu'elles dégustent. Dites-moi : est-ce que dès la première fois vous avez aimé les huîtres, le thé, le porter, les truffes, toutes choses que vous avez adorées par la suite ? Est-ce que vous comprenez les Romains, qui assaisonnaient les faisans avec de l'assa-fœtida, et les Chinois, qui mangent des nids d'hirondelles ? Eh ! mon Dieu, non. Eh bien ! il en est de même du haschisch : mangez-en huit jours de suite seulement, nulle nourriture au monde ne vous paraîtra atteindre à la finesse de ce goût qui vous paraît peut-être aujourd'hui fade et nauséabond. D'ailleurs passons dans la chambre à côté, c'est-à-dire dans votre chambre, et Ali va nous servir le café et nous donner des pipes.

Tous deux se levèrent, et, pendant que celui qui s'était donné le nom de Simbad, et que nous avons ainsi nommé de temps en temps, de façon à pouvoir, comme son convive, lui donner une dénomination quelconque, donnait quelques ordres à son domestique, Franz entra dans la chambre attenante.

Celle-ci était d'un ameublement plus simple quoique non moins riche. Elle était de forme ronde, et un grand divan régnait tout alentour. Mais divan, murailles, plafonds et parquets étaient tout tendus de peaux magnifiques, douces et moelleuses comme les plus moelleux tapis ; c'étaient des peaux de lions de l'Atlas aux puissantes crinières ; c'étaient des peaux de tigres du Bengale aux chaudes rayures, des peaux de panthères du Cap tachetées joyeusement comme celle qui apparaît au Dante, enfin des peaux d'ours de Sibérie, de renards de Norvège, et toutes ces peaux étaient jetées en profusion les unes sur les autres, de façon qu'on eût cru marcher sur le gazon le plus épais et reposer sur le lit le plus soyeux.

Tous deux se couchèrent sur le divan ; des chibouques[36] aux tuyaux de jasmin et aux bouquins[37] d'ambre étaient à la portée de la main, et toutes préparées pour qu'on n'eût pas besoin de fumer deux fois dans la même. Ils en prirent chacun une. Ali les alluma, et sortit pour aller chercher le café.

Il y eut un moment de silence, pendant lequel Simbad se laissa aller aux pensées qui semblaient l'occuper sans cesse, même au milieu de sa conversation, et Franz s'abandonna à cette rêverie muette dans laquelle on tombe presque toujours en fumant d'excellent tabac, qui semble emporter avec la fumée toutes les peines de l'esprit et rendre en échange au fumeur tous les rêves de l'âme.

Ali apporta le café.

– Comment le prendrez-vous ? dit l'inconnu. À la française ou à la turque, fort ou léger, sucré ou non sucré, passé ou bouilli ? À votre choix : il y en a de préparé de toutes les façons.

– Je le prendrai à la turque, répondit Franz.

– Et vous avez raison, s'écria son hôte ; cela prouve que vous avez des dispositions pour la vie orientale. Ah ! les Orientaux, voyez-vous, ce sont les seuls hommes qui sachent vivre ! Quant à moi, ajouta-t-il avec un de ces singuliers sourires qui n'échappaient pas au jeune homme,

36. Pipe orientale à long tuyau.

37. Démon à sabots de bouc.

quand j'aurai fini mes affaires à Paris, j'irai mourir en Orient ; et si vous voulez me retrouver alors, il faudra venir me chercher au Caire, à Bagdad, ou à Ispahan.

– Ma foi, dit Franz, ce sera la chose du monde la plus facile, car je crois qu'il me pousse des ailes d'aigle, et, avec ces ailes, je ferais le tour du monde en vingt-quatre heures.

– Ah ! ah ! c'est le haschisch qui opère ; eh bien ! ouvrez vos ailes et envolez-vous dans les régions surhumaines, ne craignez rien, on veille sur vous, et si, comme celles d'Icare, vos ailes fondent au soleil, nous sommes là pour vous recevoir.

Alors il dit quelques mots arabes à Ali, qui fit un geste d'obéissance et se retira, mais sans s'éloigner.

Quant à Franz, une étrange transformation s'opérait en lui. Toute la fatigue physique de la journée, toute la préoccupation d'esprit qu'avaient fait naître les événements du soir disparaissaient comme dans ce premier moment de repos où l'on vit encore assez pour sentir venir le sommeil. Son corps semblait acquérir une légèreté immatérielle, son esprit s'éclaircissait d'une façon inouïe, ses sens semblaient doubler leurs facultés ; l'horizon allait toujours s'élargissant, mais non plus cet horizon sombre sur lequel planait une vague terreur et qu'il avait vu avant son sommeil, mais un horizon bleu ; transparent, vaste, avec tout ce que la mer a d'azur, avec tout ce que le soleil a de paillettes, avec tout ce que la brise a de parfums ; puis, au milieu des chants de ses matelots, chants si limpides et si clairs qu'on en eût fait une harmonie divine si l'on eût pu les noter, il voyait apparaître l'île de Monte-Cristo, non plus comme un écueil menaçant sur les vagues, mais comme une oasis perdue dans le désert ; puis, à mesure que la barque approchait, les chants devenaient plus nombreux, car une harmonie enchanteresse et mystérieuse montait de cette île à Dieu, comme si quelque fée, comme Lorelay, ou quelque enchanteur, comme Amphion, eût voulu y attirer une âme ou y bâtir une ville.

Enfin la barque toucha la rive, mais sans effort, sans secousse, comme les lèvres touchent les lèvres, et il entra dans la grotte sans que cette musique charmante cessât. Il descendit ou plutôt il lui sembla descendre quelques marches, respirant cet air frais et embaumé comme celui qui devait régner autour de la grotte de Circé, fait de tels parfums qu'ils font rêver l'esprit, de telles ardeurs qu'elles font brûler les sens, et il revit tout ce qu'il avait vu avant son sommeil, depuis Simbad, l'hôte fantastique, jusqu'à Ali, le serviteur muet ; puis tout sembla s'effacer et se confondre sous ses yeux comme les dernières ombres d'une lanterne magique qu'on éteint, et il se retrouva dans la chambre aux statues, éclairée seulement d'une de ces lampes antiques et pâles qui veillent au milieu de la nuit sur le sommeil ou la volupté.

C'étaient bien les mêmes statues riches de forme, de luxure et de poésie, aux yeux magnétiques, aux sourires lascifs, aux chevelures opulentes. C'étaient Phryné, Cléopâtre, Messaline, ces trois grandes courtisanes ; puis au milieu de ces ombres impudiques se glissait, comme un rayon pur, comme un ange chrétien au milieu de l'Olympe, une de ces figures chastes, une de ces ombres calmes, une de ces visions douces qui semblait voiler son front virginal sous toutes ces impuretés de marbre.

Alors il lui parut que ces trois statues avaient réuni leurs trois amours pour un seul homme, et que cet homme c'était lui, qu'elles s'approchaient du lit où il rêvait un second sommeil, les pieds perdus dans leurs longues tuniques blanches, la gorge nue, les cheveux se déroulant comme une onde, avec une de ces poses auxquelles succombaient les dieux, mais auxquelles résistaient les saints, avec un de ces regards inflexibles et ardents comme celui du serpent sur l'oiseau, et qu'il s'abandonnait à ces regards douloureux comme une étreinte, voluptueux comme un baiser.

Il sembla à Franz qu'il fermait les yeux, et qu'à travers le dernier regard qu'il jetait autour de lui il entrevoyait la statue pudique qui se voilait entièrement ; puis, ses yeux fermés aux choses réelles, ses sens s'ouvrirent aux impressions impossibles.

Alors ce fut une volupté sans trêve, un amour sans repos, comme celui que promettait le Prophète à ses élus. Alors toutes ces bouches de pierre se firent vivantes, toutes ces poitrines se firent chaudes, au point que, pour Franz, subissant pour la première fois l'empire du haschisch, cet amour était presque une douleur, cette volupté presque une torture, lorsqu'il sentait passer sur sa bouche altérée les lèvres de ces statues, souples et froides comme les anneaux d'une couleuvre. Mais plus ses bras tentaient de repousser cet amour inconnu, plus ses sens subissaient le charme de ce songe mystérieux, si bien qu'après une lutte pour laquelle on eût donné son âme, il s'abandonna sans réserve et finit par retomber haletant, brûlé de fatigue, épuisé de volupté, sous les baisers de ces maîtresses de marbre et sous les enchantements de ce rêve inouï.

XXXII. RÉVEIL

Lorsque Franz revint à lui, les objets extérieurs semblaient une seconde partie de son rêve ; il se crut dans un sépulcre où pénétrait à peine, comme un regard de pitié, un rayon de soleil ; il étendit la main et sentit de la pierre ; il se mit sur son séant, il était couché dans son burnous sur un lit de bruyères sèches fort doux et fort odoriférant.

Toute vision avait disparu, et, comme si les statues n'eussent été que des ombres sorties de leurs tombeaux pendant son rêve, elles s'étaient enfuies à son réveil.

Il fit quelques pas vers le point d'où venait le jour ; à toute l'agitation du songe succédait le calme de la réalité. Il se vit dans une grotte, s'avança du côté de l'ouverture, et à travers la porte cintrée aperçut un ciel bleu et une mer d'azur. L'air et l'eau resplendissaient aux rayons du soleil du matin ; sur le rivage, les matelots étaient assis causant et riant ; à dix pas en mer la barque se balançait gracieusement sur son ancre.

Alors il savoura quelque temps cette brise fraîche qui lui passait sur le front ; il écouta le bruit affaibli de la vague qui se mouvait sur le bord et laissait sur les roches une dentelle d'écume blanche comme de l'argent ; il se laissa aller sans réfléchir, sans penser à ce charme divin qu'il y a dans les choses de la nature, surtout lorsqu'on sort d'un rêve fantastique ; puis peu à peu cette vie du dehors, si calme, si pure, si grande, lui rappela l'invraisemblance de son sommeil, et les souvenirs commencèrent à rentrer dans sa mémoire.

Il se souvint de son arrivée dans l'île, de sa présentation à un chef de contrebandiers, d'un palais souterrain plein de splendeurs, d'un souper excellent et d'une cuillerée de haschisch.

Seulement, en face de cette réalité de plein jour, il lui semblait qu'il y avait au moins un an que toutes ces choses s'étaient passées, tant le rêve qu'il avait fait était vivant dans sa pensée et prenait d'importance dans son esprit. Aussi de temps en temps son imagination faisait asseoir au milieu des matelots, ou traverser un rocher, ou se balancer sur la barque, une de ces ombres qui avaient étoilé sa nuit de leurs regards et de leurs baisers. Du reste, il avait la tête parfaitement libre et le corps parfaitement reposé, aucune lourdeur dans le cerveau ; mais, au contraire, un certain bien-être général, une faculté d'absorber l'air et le soleil plus grande que jamais.

Il s'approcha donc gaiement de ses matelots.

Dès qu'ils le revirent ils se levèrent, et le patron s'approcha de lui.

– Le seigneur Simbad, lui dit-il, nous a chargés de tous ses compliments pour Votre Excellence, et nous a dit de lui exprimer le regret qu'il a de ne pouvoir prendre congé d'elle ; mais il espère que vous l'excuserez quand vous saurez qu'une affaire très pressante l'appelle à Malaga.

– Ah çà, mon cher Gaetano, dit Franz, tout cela est donc véritablement une réalité : il existe un homme qui m'a reçu dans cette île, qui m'y a donné une hospitalité royale, et qui est parti pendant mon sommeil ?

– Il existe si bien que voilà son petit yacht qui s'éloigne, toutes voiles dehors, et que, si vous voulez prendre votre lunette d'approche, vous reconnaîtrez, selon toute probabilité, votre hôte au milieu de son équipage.

Et, en disant ces paroles, Gaetano étendait le bras dans la direction d'un petit bâtiment qui faisait voile vers la pointe méridionale de la Corse.

Franz tira sa lunette, la mit à son point de vue, et la dirigea vers l'endroit indiqué.

Gaetano ne se trompait pas. Sur l'arrière du bâtiment, le mystérieux étranger se tenait debout tourné de son côté, et tenant comme lui une lunette à la main ; il avait en tout point le costume sous lequel il était apparu la veille à son convive, et agitait son mouchoir en signe d'adieu.

Franz lui rendit son salut en tirant à son tour son mouchoir et en l'agitant comme il agitait le sien.

Au bout d'une seconde, un léger nuage de fumée se dessina à la poupe du bâtiment, se détacha gracieusement de l'arrière, et monta lentement vers le ciel ; puis une faible détonation arriva jusqu'à Franz.

– Tenez, entendez-vous, dit Gaetano, le voilà qui vous dit adieu !

Le jeune homme prit sa carabine et la déchargea en l'air, mais sans espérance que le bruit pût franchir la distance qui séparait le yacht de la côte.

– Qu'ordonne Votre Excellence ? dit Gaetano.

– D'abord que vous m'allumiez une torche.

– Ah ! oui, je comprends, reprit le patron, pour chercher l'entrée de l'appartement enchanté. Bien du plaisir, Excellence, si la chose vous amuse, et je vais vous donner la torche demandée. Mais moi aussi, j'ai été possédé de l'idée qui vous tient, et je m'en suis passé la fantaisie trois ou quatre fois ; mais j'ai fini par y renoncer. Giovanni, ajouta-t-il, allume une torche et apporte-la à Son Excellence.

Giovanni obéit. Franz prit la torche et entra dans le souterrain, suivi de Gaetano.

Il reconnut la place où il s'était réveillé à son lit de bruyères encore tout froissé ; mais il eut beau promener sa torche sur toute la surface extérieure de la grotte, il ne vit rien, si ce n'est, à des traces de fumée, que d'autres avant lui avaient déjà tenté inutilement la même investigation.

Cependant il ne laissa pas un pied de cette muraille granitique, impénétrable comme l'avenir, sans l'examiner ; il ne vit pas une gerçure qu'il n'y introduisît la lame de son couteau de chasse ; il ne remarqua pas un point saillant qu'il n'appuyât dessus, dans l'espoir qu'il céderait ; mais tout fut inutile, et il perdit, sans aucun résultat, deux heures à cette recherche.

Au bout de ce temps il y renonça ; Gaetano était triomphant.

Quand Franz revint sur la plage, le yacht n'apparaissait plus que comme un petit point blanc à l'horizon ; il eut recours à sa lunette, mais même avec l'instrument il était impossible de rien distinguer.

Gaetano lui rappela qu'il était venu pour chasser des chèvres, ce qu'il avait complètement oublié. Il prit son fusil et se mit à parcourir l'île de l'air d'un homme qui accomplit un devoir plutôt qu'il ne prend un plaisir, et au bout d'un quart d'heure il avait tué une chèvre et deux chevreaux. Mais ces chèvres, quoique sauvages et alertes comme des chamois, avaient une trop grande ressemblance avec nos chèvres domestiques, et Franz ne les regardait pas comme un gibier.

Puis des idées bien autrement puissantes préoccupaient son esprit. Depuis la veille il était véritablement le héros d'un conte des *Mille et Une Nuits*, et invinciblement il était ramené vers la grotte.

Alors, malgré l'inutilité de sa première perquisition, il en recommença une seconde, après avoir dit à Gaetano de faire rôtir un des deux chevreaux. Cette seconde visite dura assez longtemps, car lorsqu'il revint le chevreau était cuit et le déjeuner était prêt.

Franz s'assit à l'endroit où, la veille, on était venu l'inviter à souper de la part de cet hôte mystérieux, et il aperçut encore, comme une mouette bercée au sommet d'une vague, le petit yacht qui continuait de s'avancer vers la Corse.

– Mais, dit-il à Gaetano, vous m'avez annoncé que le seigneur Simbad faisait voile pour Malaga, tandis qu'il me semble à moi qu'il se dirige directement vers Porto-Vecchio.

– Ne vous rappelez-vous plus, reprit le patron, que parmi les gens de son équipage je vous ai dit qu'il y avait pour le moment deux bandits corses ?

– C'est vrai ! et il va les jeter sur la côte ? dit Franz.

– Justement. Ah ! c'est un individu, s'écria Gaetano, qui ne craint ni Dieu ni diable, à ce qu'on dit, et qui se dérangera de cinquante lieues de sa route pour rendre service à un pauvre homme.

– Mais ce genre de service pourrait bien le brouiller avec les autorités du pays où il exerce ce genre de philanthropie, dit Franz.

– Ah bien ! dit Gaetano en riant, qu'est-ce que ça lui fait à lui, les autorités ! Il s'en moque pas mal ! On n'a qu'à essayer de le poursuivre. D'abord son yacht n'est pas un navire, c'est un oiseau, et il rendrait trois nœuds sur douze à une frégate ; et puis il n'a qu'à se jeter lui-même à la côte, est-ce qu'il ne trouvera pas partout des amis ?

Ce qu'il y avait de plus clair dans tout cela, c'est que le seigneur Simbad, l'hôte de Franz, avait l'honneur d'être en relation avec les contrebandiers et les bandits de toutes les côtes de la Méditerranée ; ce qui ne laissait pas que d'établir pour lui une position assez étrange.

Quant à Franz, rien ne le retenait plus à Monte-Cristo, il avait perdu tout espoir de trouver le secret de la grotte ; il se hâta donc de déjeuner en ordonnant à ses hommes de tenir leur barque prête pour le moment où il aurait fini.

Une demi-heure après il était à bord.

Il jeta un dernier regard sur le yacht : il était prêt à disparaître dans le golfe de Porto-Vecchio.

Il donna le signal du départ.

Au moment où la barque se mettait en mouvement le yacht disparaissait.

Avec lui s'effaçait la dernière réalité de la nuit précédente : aussi souper, Simbad, haschisch et statues, tout commençait, pour Franz, à se fondre dans le même rêve.

La barque marcha toute la journée et toute la nuit ; et le lendemain, quand le soleil se leva, c'était l'île de Monte-Cristo qui avait disparu à son tour.

Une fois que Franz eut touché la terre, il oublia, momentanément du moins, les événements qui venaient de se passer pour terminer ses affaires de plaisir et de politesse à Florence, et ne s'occuper que de rejoindre son compagnon, qui l'attendait à Rome.

Il partit donc, et le samedi soir il arriva à la place de la Douane par la malle-poste.

L'appartement, comme nous l'avons dit, était retenu d'avance, il n'y avait donc plus qu'à rejoindre l'hôtel de maître Pastrini : ce qui n'était pas chose très facile, car la foule encombrait les rues, et Rome était déjà en proie à cette rumeur sourde et fébrile qui précède les grands événements. Or, à Rome, il y a quatre grands événements par an : le carnaval, la semaine sainte, la Fête-Dieu et la Saint-Pierre.

Tout le reste de l'année, la ville retombe dans sa morne apathie, état intermédiaire entre la vie et la mort, qui la rend semblable à une espèce de station entre ce monde et l'autre ; station sublime, halte pleine de poésie et de caractère que Franz avait déjà faite cinq ou six fois, et qu'à chaque fois il avait trouvée plus merveilleuse et plus fantastique encore.

Enfin, il traversa cette foule toujours plus grossissante et plus agitée et atteignit l'hôtel. Sur sa première demande il lui fut répondu, avec cette impertinence particulière aux cochers de fiacre retenus et aux aubergistes au complet, qu'il n'y avait plus de place pour lui à l'hôtel de Londres. Alors il envoya sa carte à maître Pastrini, et se fit réclamer d'Albert de Morcerf. Le moyen réussit et maître Pastrini accourut lui-même, s'excusant d'avoir fait attendre Son Excellence, grondant ses garçons, prenant le bougeoir de la main du cicerone qui s'était déjà emparé du voyageur, et se préparant à le mener près d'Albert, quand celui-ci vint à sa rencontre.

L'appartement retenu se composait de deux petites chambres et d'un cabinet. Les deux chambres donnaient sur la rue, circonstance que maître Pastrini fit valoir comme y ajoutant un mérite inappréciable. Le reste de l'étage était loué à un personnage fort riche, que l'on croyait sicilien ou maltais ; l'hôtelier ne put pas dire au juste à laquelle des deux nations appartenait ce voyageur.

– C'est fort bien, maître Pastrini, dit Franz, mais il nous faudrait tout de suite un souper quelconque pour ce soir, et une calèche pour demain et les jours suivants.

– Quant au souper, répondit l'aubergiste, vous allez être servis à l'instant même ; mais quant à la calèche...

– Comment ! quant à la calèche ! s'écria Albert. Un instant, un instant ! ne plaisantons pas, maître Pastrini ! il nous faut une calèche.

– Monsieur, dit l'aubergiste, on fera tout ce qu'on pourra pour en avoir une. Voilà tout ce que je puis vous dire.

– Et quand aurons-nous la réponse ? demanda Franz.

– Demain matin, répondit l'aubergiste.

– Que diable ! dit Albert, on la paiera plus cher, voilà tout ; on sait ce que c'est ; chez Drake ou Aaron vingt-cinq francs pour les jours ordinaires et trente ou trente-cinq francs pour les dimanches et fêtes ; mettez cinq francs par jour de courtage, cela fera quarante et n'en parlons plus.

– J'ai bien peur que ces messieurs, même en offrant le double, ne puissent pas s'en procurer.

– Alors, qu'on fasse mettre des chevaux à la mienne ; elle est un peu écornée par le voyage, mais n'importe.

– On ne trouvera pas de chevaux.

Albert regarda Franz en homme auquel on fait une réponse qui lui paraît incompréhensible.

– Comprenez-vous cela, Franz ! Pas de chevaux, dit-il ; mais des chevaux de poste, ne pourrait-on pas en avoir ?

– Ils sont tous loués depuis quinze jours, et il ne reste maintenant que ceux absolument nécessaires au service.

– Que dites-vous de cela ? demanda Franz.

– Je dis que, lorsqu'une chose passe mon intelligence, j'ai l'habitude de ne pas m'appesantir sur cette chose et de passer à une autre. Le souper est-il prêt, maître Pastrini ?

– Oui, Excellence.

– Eh bien, soupons d'abord.

– Mais la calèche et les chevaux ? dit Franz.

– Soyez tranquille, cher ami, ils viendront tout seuls ; il ne s'agira que d'y mettre le prix.

Et Morcef, avec cette admirable philosophie qui ne croit rien impossible tant qu'elle sent sa bourse ronde ou son portefeuille garni, soupa, se coucha, s'endormit sur les deux oreilles, et rêva qu'il courait le carnaval dans une calèche à six chevaux.

XXXIII. BANDITS ROMAINS

Le lendemain Franz se réveilla le premier, et, aussitôt réveillé, sonna.

Le tintement de la clochette vibrait encore, lorsque maître Pastrini entra en personne.

– Eh bien ! dit l'hôte triomphant, et sans même attendre que Franz l'interrogeât, je m'en doutais bien hier, Excellence, quand je ne voulais rien vous promettre ; vous vous y êtes pris trop tard, et il n'y a plus une seule calèche à Rome : pour les trois derniers jours, s'entend.

– Oui, reprit Franz, c'est-à-dire pour ceux où elle est absolument nécessaire.

– Qu'y a-t-il ? demanda Albert en entrant : pas de calèche ?

– Justement, mon cher ami, répondit Franz, et vous avez deviné du premier coup.

– Eh bien ! voilà une jolie ville que votre ville éternelle !

– C'est-à-dire, Excellence, reprit maître Pastrini, qui désirait maintenir la capitale du monde chrétien dans une certaine dignité à l'égard de ses voyageurs, c'est-à-dire qu'il n'y a plus de calèche à partir de dimanche matin jusqu'à mardi soir, mais d'ici là vous en trouverez cinquante si vous voulez.

– Ah ! c'est déjà quelque chose, dit Albert, nous sommes aujourd'hui jeudi ; qui sait, d'ici à dimanche, ce qui peut arriver ?

– Il arrivera dix à douze mille voyageurs, répondit Franz, lesquels rendront la difficulté plus grande encore.

– Mon ami, dit Morcerf, jouissons du présent et n'assombrissons pas l'avenir.

– Au moins, demanda Franz, nous pourrons avoir une fenêtre ?

– Sur quoi ?

– Sur la rue du Cours, parbleu !

– Ah bien oui ! une fenêtre ! s'exclama maître Pastrini ; impossible, de toute impossibilité ! Il en restait une au cinquième étage du palais Doria, et elle a été louée à un prince russe pour vingt sequins par jour.

Les deux jeunes gens se regardaient d'un air stupéfait.

– Eh bien, mon cher, dit Franz à Albert, savez-vous ce qu'il y a de mieux à faire ? C'est de nous en aller passer le carnaval à Venise ; au moins là, si nous ne trouvons pas de voiture, nous trouverons des gondoles.

– Ah ! ma foi non ! s'écria Albert, j'ai décidé que je verrais le carnaval à Rome, et je l'y verrai, fût-ce sur des échasses.

– Tiens ! s'écria Franz, c'est une idée triomphante, surtout pour éteindre les moccoletti ; nous nous déguiserons en polichinelles-vampires ou en habitants des Landes, et nous aurons un succès fou.

– Leurs Excellences désirent-elles toujours une voiture jusqu'à dimanche ?

– Parbleu ! dit Albert, est-ce que vous croyez que nous allons courir les rues de Rome à pied comme des clercs d'huissiers ?

– Je vais m'empresser d'exécuter les ordres de Leurs Excellences, dit maître Pastrini ; seulement je les préviens que la voiture leur coûtera six piastres par jour.

– Et moi, mon cher monsieur Pastrini, dit Franz, moi qui ne suis pas notre voisin le millionnaire, je vous préviens à mon tour qu'attendu que c'est la quatrième fois que je viens à Rome je sais le prix des calèches, jours ordinaires, dimanches et fêtes, nous vous donnerons douze piastres pour aujourd'hui, demain et après demain, et vous aurez encore un fort joli bénéfice.

– Cependant, Excellence… ! dit maître Pastrini essayant de se rebeller.

– Allez, mon cher hôte, allez, dit Franz, ou je vais moi-même faire mon prix avec votre *affettatore*, qui est le mien aussi ; c'est un vieil ami à moi, qui ne m'a déjà pas mal volé d'argent dans sa vie, et qui, dans l'espérance de m'en voler encore, en passera par un prix moindre que celui que je vous offre ; vous perdrez donc la différence et ce sera votre faute.

– Ne prenez pas cette peine, Excellence, dit maître Pastrini avec ce sourire du spéculateur italien qui s'avoue vaincu, je ferai de mon mieux et j'espère que vous serez content.

– À merveille ! voilà ce qui s'appelle parler.

– Quand voulez-vous la voiture ?

– Dans une heure.

– Dans une heure elle sera à la porte.

Une heure après, effectivement, la voiture attendait les deux jeunes gens : c'était un modeste fiacre, que, vu la solennité de la circonstance, on avait élevé au rang de calèche ; mais, quelque médiocre apparence qu'il eût, les deux jeunes gens se fussent trouvés bien heureux d'avoir un pareil véhicule pour les trois derniers jours.

– Excellence ! cria le cicerone en voyant Franz mettre le nez à la fenêtre, faut-il faire approcher le carrosse du palais ?

Si habitué que fût Franz à l'emphase italienne, son premier mouvement fut de regarder autour de lui ; mais c'était bien à lui-même que ces paroles s'adressaient.

Franz était l'Excellence, le carrosse, c'était le fiacre, le palais, c'était l'hôtel de Londres.

Tout le génie laudatif de la nation était dans cette seule phrase.

Franz et Albert descendirent. Le carrosse s'approcha du palais. Leurs Excellences allongèrent leurs jambes sur les banquettes, le cicerone sauta sur le siège de derrière.

– Où leurs Excellences veulent-elles qu'on les conduise ?

– Mais, à Saint-Pierre d'abord, et au Colisée ensuite, dit Albert en véritable Parisien.

Mais Albert ne savait pas une chose : c'est qu'il faut un jour pour voir Saint-Pierre, et un mois pour l'étudier. La journée se passa donc rien qu'à voir Saint-Pierre.

Tout à coup les deux amis s'aperçurent que le jour baissait.

Franz tira sa montre, il était quatre heures et demie.

On reprit aussitôt le chemin de l'hôtel. À la porte, Franz donna l'ordre au cocher de se tenir prêt à huit heures. Il voulait faire voir à Albert le Colisée au clair de la lune, comme il lui avait fait voir Saint-Pierre au grand jour. Lorsqu'on fait voir à un ami une ville qu'on a déjà vue, on y met la même coquetterie qu'à montrer une femme dont on a été l'amant.

En conséquence, Franz traça au cocher son itinéraire ; il devait sortir par la porte del Popolo, longer la muraille extérieure et rentrer par la porte San-Giovanni. Ainsi le Colisée leur apparaissait sans préparation aucune, et sans que le Capitole, le Forum, l'arc de Septime Sévère, le temple d'Antonin et Faustine et la Via Sacra eussent servi de degrés placés sur sa route pour le rapetisser.

On se mit à table ; maître Pastrini avait promis à ses hôtes un festin excellent ; il leur donna un dîner passable ; il n'y avait rien à dire.

À la fin du dîner, il entra lui-même : Franz crut d'abord que c'était pour recevoir ses compliments et s'apprêtait à les lui faire, lorsqu'aux premiers mots il l'interrompit :

– Excellence, dit-il, je suis flatté de votre approbation ; mais ce n'était pas pour cela que j'étais monté chez vous…

– Était-ce pour nous dire que vous aviez trouvé une voiture ? demanda Albert en allumant son cigare.

– Encore moins, et même, Excellence, vous ferez bien de n'y plus penser et d'en prendre votre parti. À Rome, les choses se peuvent ou ne se peuvent pas. Quand on vous a dit qu'elles ne se pouvaient pas, c'est fini.

– À Paris, c'est bien plus commode : quand cela ne se peut pas, on paie le double et l'on a à l'instant même ce que l'on demande.

– J'entends dire cela à tous les Français, dit maître Pastrini un peu piqué, ce qui fait que je ne comprends pas comment ils voyagent.

– Mais aussi, dit Albert en poussant flegmatiquement sa fumée au plafond et en se renversant balancé sur les deux pieds de derrière de son fauteuil, ce sont les fous et les niais comme nous qui voyagent ; les gens sensés ne quittent pas leur hôtel de la rue du Helder, le boulevard de Gand et le café de Paris.

Il va sans dire qu'Albert demeurait dans la rue susdite, faisait tous les jours sa promenade fashionable, et dînait quotidiennement dans le seul café où l'on dîne, quand toutefois on est en bons termes avec les garçons.

Maître Pastrini resta un instant silencieux ; il était évident qu'il méditait la réponse, qui sans doute ne lui paraissait pas parfaitement claire.

– Mais enfin, dit Franz à son tour, interrompant les réflexions géographiques de son hôte, vous étiez venu dans un but quelconque ; voulez-vous nous exposer l'objet de votre visite ?

– Ah ! c'est juste. Le voici : vous avez commandé la calèche pour huit heures ?

– Parfaitement.

– Vous avez l'intention de visiter il Colosseo ?

– C'est-à-dire le Colisée ?

– C'est exactement la même chose.

– Soit.

– Vous avez dit à votre cocher de sortir par la porte del Popolo, de faire le tour des murs et de rentrer par la porte San-Giovanni ?

– Ce sont mes propres paroles.

– Eh bien ! cet itinéraire est impossible.

– Impossible !

– Ou du moins fort dangereux.

– Dangereux ! Et pourquoi ?

– À cause du fameux Luigi Vampa.

– D'abord, mon cher hôte, qu'est-ce que le fameux Luigi Vampa ? demanda Albert. Il peut être très fameux à Rome, mais je vous préviens qu'il est ignoré à Paris.

– Comment ! vous ne le connaissez pas ?

– Je n'ai pas cet honneur.

– Vous n'avez jamais entendu prononcer son nom ?

– Jamais.

– Eh bien ! c'est un bandit près duquel les Deseraris et les Gasparone sont des espèces d'enfants de chœur.

– Attention, Albert ! s'écria Franz, voilà donc enfin un bandit !

– Je vous préviens, mon cher hôte, que je ne croirai pas un mot de ce que vous allez nous dire. Ce point arrêté entre nous, parlez tant que vous voudrez, je vous écoute. « Il y avait une fois… » Eh bien, allez donc !

Maître Pastrini se retourna du côté de Franz, qui lui paraissait le plus raisonnable des deux jeunes gens. Il faut rendre justice au brave homme : il avait logé bien des Français dans sa vie, mais jamais il n'avait compris certain côté de leur esprit.

– Excellence, dit-il fort gravement, s'adressant, comme nous l'avons dit, à Franz, si vous me regardez comme un menteur, il est inutile que je vous dise ce que je voulais vous dire ; je puis cependant vous affirmer que c'était dans l'intérêt de Vos Excellences.

– Albert ne vous dit pas que vous êtes un menteur, mon cher monsieur Pastrini, reprit Franz, il vous dit qu'il ne vous croira pas, voilà tout. Mais moi je vous croirai, soyez tranquille ; parlez donc.

– Cependant, Excellence, vous comprenez bien que si l'on met en doute ma véracité…

– Mon cher, reprit Franz, vous êtes plus susceptible que Cassandre, qui cependant était prophétesse, et que personne n'écoutait ; tandis que vous, au moins, vous êtes sûr de la moitié de votre auditoire. Voyons, asseyez-vous, et dites-nous ce que c'est que M. Vampa.

– Je vous l'ai dit, Excellence ; c'est un bandit, comme nous n'en avons pas encore vu depuis le fameux Mastrilla.

– Eh bien ! quel rapport a ce bandit avec l'ordre que j'ai donné à mon cocher de sortir par la porte del Popolo et de rentrer par la porte San-Giovanni ?

– Il y a, répondit maître Pastrini, que vous pourrez bien sortir par l'une, mais que je doute que vous rentriez par l'autre.

– Pourquoi cela ? demanda Franz.

– Parce que, la nuit venue, on n'est plus en sûreté à cinquante pas des portes.

– D'honneur ? s'écria Albert.

– Monsieur le vicomte, dit maître Pastrini, toujours blessé jusqu'au fond du cœur du doute émis par Albert sur sa véracité, ce que je dis n'est pas pour vous, c'est pour votre compagnon de voyage, qui connaît Rome, lui, et qui sait qu'on ne badine pas avec ces choses-là.

– Mon cher, dit Albert, s'adressant à Franz, voici une aventure admirable toute trouvée : nous bourrons notre calèche de pistolets, de tromblons et de fusils à deux coups. Luigi Vampa vient pour nous arrêter, nous l'arrêtons. Nous le ramenons à Rome ; nous en faisons hommage à Sa Sainteté, qui nous demande ce qu'elle peut faire pour reconnaître un si grand service. Alors nous réclamons purement et simplement un carrosse et deux chevaux de ses écuries, et nous voyons le carnaval en voiture ; sans compter que probablement le peuple romain, reconnaissant, nous couronne au Capitole et nous proclame, comme Curtius et Horatius Coclès, les sauveurs de la patrie.

Pendant qu'Albert déduisait cette proposition, maître Paitrini faisait une figure qu'on essayerait vainement de décrire.

– Et d'abord, demanda Franz à Albert, où prendrez-vous ces pistolets, ces tromblons, ces fusils à deux coups dont vous voulez farcir votre voiture ?

– Le fait est que ce ne sera pas dans mon arsenal, dit-il. Car à la Terracine on m'a pris jusqu'à mon couteau-poignard ; et à vous ?

– À moi, on m'en a fait autant à Aqua-Pendente.

– Ah çà ! mon cher hôte, dit Albert en allumant son second cigare au reste de son premier, savez-vous que c'est très commode pour les voleurs, cette mesure-là, et qu'elle m'a tout l'air d'avoir été prise de compte à demi avec eux ?

Sans doute maître Pastrini trouva la plaisanterie compromettante, car il n'y répondit qu'à moitié et encore en adressant la parole à Franz, comme au seul être raisonnable avec lequel il pût convenablement s'entendre.

– Son Excellence sait que ce n'est pas l'habitude de se défendre quand on est attaqué par des bandits.

– Comment ! s'écria Albert, dont le courage se révoltait à l'idée de se laisser dévaliser sans rien dire. Comment ! ce n'est pas l'habitude ?

– Non ! car toute défense serait inutile. Que voulez-vous faire contre une douzaine de bandits qui sortent d'un fossé, d'une masure ou d'un aqueduc, et qui vous couchent en joue tous à la fois ?

– Eh, sacrebleu ! je veux me faire tuer ! s'écria Albert.

L'aubergiste retourna vers Franz d'un air qui voulait dire : « Décidément, Excellence, votre camarade est fou. »

– Mon cher Albert, reprit Franz, votre réponse est sublime, et vaut le *Qu'il mourût* du vieux Corneille : seulement, quand Horace répondait cela, il s'agissait du salut de Rome, et la chose en valait la peine. Mais quant à nous, remarquez qu'il s'agit simplement d'un caprice à satisfaire, et qu'il serait ridicule, pour un caprice, de risquer notre vie.

– Ah ! *per Bacco*[38] ! s'écria maître Pastrini, à la bonne heure, voilà ce qui s'appelle parler.

38. Littéralement : « par Bacchus ! » ; « pardieu ! » (italien).

Albert se versa un verre de *lacryma Christi*[39], qu'il but à petits coups en grommelant des paroles inintelligibles.

– Eh bien ! maître Pastrini, reprit Franz, maintenant que voilà mon compagnon calmé et que vous avez pu apprécier mes dispositions pacifiques, maintenant, voyons, qu'est-ce que le seigneur Luigi Vampa ? Est-il berger ou patricien ? Est-il jeune ou vieux ? Est-il petit ou grand ? Dépeignez-nous-le, afin que, si nous le rencontrions par hasard dans le monde, comme Jean Sbogar ou Lara, nous puissions au moins le reconnaître.

– Vous ne pouvez pas mieux vous adresser qu'à moi, Excellence, pour avoir des détails exacts, car j'ai connu Luigi Vampa tout enfant ; et, un jour que j'étais tombé moi-même dans ses mains, en allant de Ferentino à Alatri, il se souvint, heureusement pour moi, de notre ancienne connaissance ; il me laissa aller, non seulement sans me faire payer de rançon, mais encore après m'avoir fait cadeau d'une fort belle montre et m'avoir raconté son histoire.

– Voyons la montre, dit Albert.

Maître Pastrini tira de son gousset une magnifique Breguet portant le nom de son auteur, le timbre de Paris et une couronne de comte.

– Voilà, dit-il.

– Peste ! fit Albert, je vous en fais mon compliment ; j'ai la pareille à peu près… il tira sa montre de la poche de son gilet… et elle m'a coûté trois mille francs.

– Voyons l'histoire, dit Franz à son tour en tirant un fauteuil et en faisant signe à maître Pastrini de s'asseoir.

– Leurs Excellences permettent ? dit l'hôte.

– Pardieu ! dit Albert, vous n'êtes pas un prédicateur, mon cher, pour parler debout.

---

39. Littéralement : « larme du Christ » ; vin napolitain (italien).

L'hôtelier s'assit après avoir fait à chacun de ses futurs auditeurs un salut respectueux, lequel avait pour but d'indiquer qu'il était prêt à leur donner sur Luigi Vampa les renseignements qu'ils demandaient.

– Ah çà ! fit Franz, arrêtant maître Pastrini au moment où il ouvrait la bouche, vous dites que vous avez connu Luigi Vampa tout enfant ; c'est donc encore un jeune homme ?

– Comment, un jeune homme ! Je crois bien ; il a vingt-deux ans à peine ! Oh ! c'est un gaillard qui ira loin, soyez tranquille !

– Que dites-vous de cela, Albert ? C'est beau, à vingt-deux ans, de s'être déjà fait une réputation, dit Franz.

– Oui, certes, et, à son âge, Alexandre, César et Napoléon, qui depuis ont fait un certain bruit dans le monde, n'étaient pas si avancés que lui.

– Ainsi, reprit Franz, s'adressant à son hôte, le héros dont nous allons entendre l'histoire n'a que vingt-deux ans ?

– À peine, comme j'ai eu l'honneur de vous le dire.

– Est-il grand ou petit ?

– De taille moyenne : à peu près comme Son Excellence, dit l'hôte en montrant Albert.

– Merci de la comparaison, dit celui-ci en s'inclinant.

– Allez toujours, maître Pastrini, reprit Franz, souriant de la susceptibilité de son ami. Et à quelle classe de la société appartenait-il ?

– C'était un simple petit pâtre attaché à la ferme du comte de San-Felice, située entre Palestrina et le lac de Gabri. Il était né à Pampinara, et était entré à l'âge de cinq ans au service du comte. Son père, berger lui-même à Anagni, avait un petit troupeau à lui, et vivait de la laine de ses moutons et de la récolte faite avec le lait de ses brebis, qu'il venait vendre à Rome.

» Tout enfant, le petit Vampa avait un caractère étrange. Un jour, à l'âge de sept ans, il était venu trouver le curé de Palestrina, et l'avait prié de lui apprendre à lire. C'était chose difficile ; car le jeune pâtre ne pouvait pas quitter son troupeau. Mais le bon curé allait tous les jours dire la messe à un pauvre petit bourg trop peu considérable pour payer un prêtre, et qui, n'ayant pas même de nom, était connu sous celui del Borgo. Il offrit à Luigi de se trouver sur son chemin à l'heure de son retour et de lui donner ainsi sa leçon, le prévenant que cette leçon serait courte et qu'il eût par conséquent à en profiter.

» L'enfant accepta avec joie.

» Tous les jours, Luigi menait paître son troupeau sur la route de Palestrina au Borgo ; tous les jours, à neuf heures du matin, le curé passait, le prêtre et l'enfant s'asseyaient sur le revers d'un fossé, et le petit pâtre prenait sa leçon dans le bréviaire du curé.

» Au bout de trois mois il savait lire.

» Ce n'était pas tout, il lui fallait maintenant apprendre à écrire.

» Le prêtre fit faire par un professeur d'écriture dc Rome trois alphabets : un en gros, un en moyen, et un en fin, et il lui montra qu'en suivant cet alphabet sur une ardoise il pouvait, à l'aide d'une pointe de fer, apprendre à écrire.

» Le même soir, lorsque le troupeau fut rentré à la ferme, le petit Vampa courut chez le serrurier de Palestrina, prit un gros clou, le forgea, le martela, l'arrondit, et en fit une espèce de stylet antique.

» Le lendemain il avait réuni une provision d'ardoises et se mettait à l'œuvre.

» Au bout de trois mois il savait écrire.

» Le curé, étonné de cette profonde intelligence et touché de cette aptitude, lui fit cadeau de plusieurs cahiers de papier, d'un paquet de plumes et d'un canif.

» Ce fut une nouvelle étude à faire, mais étude qui n'était rien auprès de la première. Huit jours après il maniait la plume comme il maniait le stylet.

» Le curé raconta cette anecdote au comte de San-Felice, qui voulut voir le petit pâtre, le fit lire et écrire devant lui, ordonna à son intendant de le faire manger avec les domestiques, et lui donna deux piastres par mois.

» Avec cet argent, Luigi acheta des livres et des crayons.

» En effet, il avait appliqué à tous les objets cette facilité d'imitation qu'il avait, et, comme Giotto enfant, il dessinait sur ses ardoises ses brebis, les arbres, les maisons.

» Puis, avec la pointe de son canif, il commença à tailler le bois et à lui donner toutes sortes de formes. C'est ainsi que Pinelli, le sculpteur populaire, avait commencé.

» Une jeune fille de six ou sept ans, c'est-à-dire un peu plus jeune que Vampa, gardait de son côté les brebis dans une ferme voisine de Palestrina ; elle était orpheline, née à Valmontone, et s'appelait Teresa.

» Les deux enfants se rencontraient, s'asseyaient l'un près de l'autre, laissaient leurs troupeaux se mêler et paître ensemble, causaient, riaient et jouaient ; puis, le soir, on démêlait les moutons du comte de San-Felice de ceux du baron de Cervetri, et les enfants se quittaient pour revenir à leur ferme respective, en se promettant de se retrouver le lendemain matin.

» Le lendemain ils tenaient parole, et grandissaient ainsi côte à côte.

» Vampa atteignit douze ans, et la petite Teresa onze.

» Cependant leurs instincts naturels se développaient.

» À côté du goût des arts que Luigi avait poussé aussi loin qu'il le pouvait faire dans l'isolement, il était triste par boutade, ardent par secousse, colère par caprice, railleur toujours. Aucun des jeunes garçons de Pampinara, de Palestrina ou de Valmontone n'avait pu non seulement prendre aucune influence sur lui, mais encore devenir son compagnon. Son tempérament volontaire, toujours disposé à exiger sans jamais vouloir se plier à aucune concession, écartait de lui tout mouvement amical, toute démonstration sympathique. Teresa seule commandait d'un mot, d'un regard, d'un geste à ce caractère entier qui pliait sous la main d'une femme, et qui, sous celle de quelque homme que ce fût, se serait raidi jusqu'à rompre.

» Teresa était, au contraire, vive, alerte et gaie, mais coquette à l'excès ; les deux piastres que donnait à Luigi, l'intendant du comte de San-Felice, le prix de tous les petits ouvrages sculptés qu'il vendait aux marchands de joujoux de Rome passaient en boucles d'oreilles de perles, en colliers de verre, en aiguilles d'or. Aussi, grâce à cette prodigalité de son jeune ami, Teresa était-elle la plus belle et la plus élégante paysanne des environs de Rome.

» Les deux enfants continuèrent à grandir, passant toutes leurs journées ensemble, et se livrant sans combat aux instincts de leur nature primitive. Aussi, dans leurs conversations, dans leurs souhaits, dans leurs rêves, Vampa se voyait toujours capitaine de vaisseau, général d'armée ou gouverneur d'une province ; Teresa se voyait riche, vêtue des plus belles robes et suivie de domestiques en livrée, puis, quand ils avaient passé toute la journée à broder leur avenir de ces folles et brillantes arabesques, ils se séparaient pour ramener chacun leurs moutons dans leur étable, et redescendre, de la hauteur de leurs songes, à l'humilité de leur position réelle.

» Un jour le jeune berger dit à l'intendant du comte qu'il avait vu un loup sortir des montagnes de la Sabine et rôder autour de son troupeau. L'intendant lui donna un fusil : c'est ce que voulait Vampa.

» Ce fusil se trouva par hasard être un excellent canon de Brescia, portant la balle comme une carabine anglaise ; seulement un jour le comte, en assommant un renard blessé, en avait cassé la crosse et l'on avait jeté le fusil au rebut.

» Cela n'était pas une difficulté pour un sculpteur comme Vampa. Il examina la couche primitive, calcula ce qu'il fallait y changer pour la mettre à son coup d'œil, et fit une autre crosse chargée d'ornements si merveilleux que, s'il eût voulu aller vendre à la ville le bois seul, il en eût certainement tiré quinze ou vingt piastres.

» Mais il n'avait garde d'agir ainsi : un fusil avait longtemps été le rêve du jeune homme. Dans tous les pays où l'indépendance est substituée à la liberté, le premier besoin qu'éprouve tout cœur fort, toute organisation puissante, est celui d'une arme qui assure en même temps l'attaque et la défense, et qui, faisant celui qui la porte terrible, le fait souvent redouté.

» À partir de ce moment, Vampa donna tous les instants qui lui restèrent à l'exercice du fusil. Il acheta de la poudre et des balles, et tout lui devint un but : le tronc de l'olivier, triste, chétif et gris, qui pousse au versant des montagnes de la Sabine ; le renard qui, le soir, sortait de son terrier pour commencer sa chasse nocturne, et l'aigle qui planait dans l'air. Bientôt il devint si adroit que Teresa surmonta la crainte qu'elle avait éprouvée d'abord en entendant la détonation, et s'amusa à voir son jeune compagnon placer la balle de son fusil où il voulait la mettre, avec autant de justesse que s'il l'eût poussée avec la main.

» Un soir, un loup sortit effectivement d'un bois de sapins près duquel les deux jeunes gens avaient l'habitude de demeurer : le loup n'avait pas fait dix pas en plaine qu'il était mort.

» Vampa, tout fier de ce beau coup, le chargea sur ses épaules et le rapporta à la ferme.

» Tous ces détails donnaient à Luigi une certaine réputation aux alentours de la ferme ; l'homme supérieur, partout où il se trouve, se crée une clientèle d'admirateurs. On parlait dans les environs de ce jeune pâtre comme du plus adroit, du plus fort et du plus brave contadino[40] qui fût à dix lieues à la ronde ; et, quoique de son côté Teresa, dans un cercle plus étendu encore, passât pour une des plus jolies filles de la Sabine, personne ne s'avisait de lui dire un mot d'amour, car on la savait aimée par Vampa.

» Et cependant les deux jeunes gens ne s'étaient jamais dit qu'ils s'aimaient. Ils avaient poussé l'un à côté de l'autre comme deux arbres qui mêlent leurs racines sous le sol, leurs branches dans l'air, leur parfum dans le ciel ; seulement leur désir de se voir était le même ; ce désir était devenu un besoin, et ils comprenaient plutôt la mort qu'une séparation d'un seul jour.

» Teresa avait seize ans et Vampa dix-sept.

» Vers ce temps on commença de parler beaucoup d'une bande de brigands qui s'organisait dans les monts Lepini. Le brigandage n'a jamais été sérieusement extirpé dans le voisinage de Rome. Il manque de chefs parfois,

40. Contadin, campagnard.

mais quand un chef se présente il est rare qu'il lui manque une bande.

» Le célèbre Cucumetto, traqué dans les Abruzzes, chassé du royaume de Naples, où il avait soutenu une véritable guerre, avait traversé le Garigliano comme Manfred, et était venu entre Sonnino et Juperno se réfugier sur les bords de l'Amasine.

» C'était lui qui s'occupait à réorganiser une troupe, et qui marchait sur les traces de Decesaris et de Gasparone, qu'il espérait bientôt surpasser. Plusieurs jeunes gens de Palestrina, de Frascati et de Pampinara disparurent. On s'inquiéta d'eux d'abord, puis bientôt on sut qu'ils étaient allés rejoindre la bande de Cucumetto.

» Au bout de quelque temps, Cucumetto devint l'objet de l'attention générale. On citait de ce chef de bandits des traits d'audace extraordinaire et de brutalité révoltante.

» Un jour, il enleva une jeune fille : c'était la fille de l'arpenteur de Frosinone. Les lois des bandits sont positives : une jeune fille est à celui qui l'enlève d'abord, puis les autres la tirent au sort, et la malheureuse sert aux plaisirs de toute la troupe jusqu'à ce que les bandits l'abandonnent ou qu'elle meure.

» Lorsque les parents sont assez riches pour la racheter, on envoie un messager qui traite de la rançon ; la tête de la prisonnière répond de la sécurité de l'émissaire. Si la rançon est refusée, la prisonnière est condamnée irrévocablement.

» La jeune fille avait son amant dans la troupe de Cucumetto, il s'appelait Carlini.

» En reconnaissant le jeune homme, elle tendit les bras vers lui et se crut sauvée. Mais le pauvre Carlini, en la reconnaissant, lui, sentit son cœur se briser ; car il se doutait bien du sort qui attendait sa maîtresse.

» Cependant, comme il était le favori de Cucumetto, comme il avait partagé ses dangers depuis trois ans, comme il lui avait sauvé la vie en abattant d'un coup de pistolet un carabinier qui avait déjà le sabre levé sur sa tête, il espéra que Cucumetto aurait quelque pitié de lui.

» Il prit donc le chef à part, tandis que la jeune fille, assise contre le tronc d'un grand pin qui s'élevait au milieu d'une clairière de la forêt, s'était fait un voile de la coiffure pittoresque des paysannes romaines et cachait son visage aux regards luxurieux des bandits.

» Là, il lui raconta tout, ses amours avec la prisonnière, leurs serments de fidélité, et comment chaque nuit, depuis qu'ils étaient dans les environs, ils se donnaient rendez-vous dans une ruine.

» Ce soir-là, justement, Cucumetto avait envoyé Carlini dans un village voisin, il n'avait pu se trouver au rendez-vous ; mais Cucumetto s'y était trouvé par hasard, disait-il, et c'est alors qu'il avait enlevé la jeune fille.

» Carlini supplia son chef de faire une exception en sa faveur et de respecter Rita, lui disant que le père était riche et qu'il payerait une bonne rançon.

» Cucumetto parut se rendre aux prières de son ami, et le chargea de trouver un berger qu'on pût envoyer chez le père de Rita à Frosinone.

» Alors Carlini s'approcha tout joyeux de la jeune fille, lui dit qu'elle était sauvée, et l'invita à écrire à son père une lettre dans laquelle elle raconterait ce qui lui était arrivé et lui annoncerait que sa rançon était fixée à trois cents piastres.

» On donnait pour tout délai au père douze heures, c'est-à-dire jusqu'au lendemain neuf heures du matin.

» La lettre écrite, Carlini s'en empara aussitôt et courut dans la plaine pour chercher un messager.

» Il trouva un jeune pâtre qui parquait son troupeau. Les messagers naturels des bandits sont les bergers, qui vivent entre la ville et la montagne, entre la vie sauvage et la vie civilisée.

» Le jeune berger partit aussitôt, promettant d'être avant une heure à Frosinone.

» Carlini revint tout joyeux pour rejoindre sa maîtresse et lui annoncer cette bonne nouvelle.

» Il trouva la troupe dans la clairière, où elle soupait joyeusement des provisions que les bandits levaient sur les paysans comme un tribut seulement ; au milieu de ces gais convives il chercha vainement Cucumetto et Rita.

» Il demanda où ils étaient ; les bandits répondirent par un grand éclat de rire. Une sueur froide coula sur le front de Carlini, et il sentit l'angoisse qui le prenait aux cheveux.

» Il renouvela sa question. Un des convives remplit un verre de vin d'Orvietto et le lui tendit en disant :

» "À la santé du brave Cucumetto et de la belle Rita !"

» En ce moment, Carlini crut entendre un cri de femme. Il devina tout. Il prit le verre, le brisa sur la face de celui qui le lui présentait, et s'élança dans la direction du cri.

» Au bout de cent pas, au détour d'un buisson, il trouva Rita évanouie entre les bras de Cucumetto.

» En apercevant Carlini, Cucumetto se releva tenant un pistolet de chaque main.

» Les deux bandits se regardèrent un instant : l'un le sourire de la luxure sur les lèvres, l'autre la pâleur de la mort sur le front.

» On eût cru qu'il allait se passer entre ces deux hommes quelque chose de terrible. Mais peu à peu les traits de Carlini se détendirent ; sa main, qu'il avait portée à un des pistolets de sa ceinture, retomba près de lui pendante à son côté.

» Rita était couchée entre eux deux.

» La lune éclairait cette scène.

» “Eh bien ! lui dit Cucumetto, as-tu fait la commission dont tu t'étais chargé ?

» – Oui, capitaine, répondit Carlini, et demain, avant neuf heures, le père de Rita sera ici avec l'argent.

» – À merveille. En attendant, nous allons passer une joyeuse nuit. Cette jeune fille est charmante, et tu as en vérité bon goût, maître Carlini. Aussi, comme je ne suis pas égoïste, nous allons retourner auprès des camarades et tirer au sort à qui elle appartiendra maintenant.

» – Ainsi, vous êtes décidé à l'abandonner à la loi commune ? demanda Carlini.

» – Et pourquoi ferait-on exception en sa faveur ?

» – J'avais cru qu'à ma prière…

» – Et qu'es-tu plus que les autres ?

» – C'est juste.

» – Mais, sois tranquille, reprit Cucumetto en riant, un peu plus tôt, un peu plus tard, ton tour viendra.”

» Les dents de Carlini se serraient à se briser.

» “Allons, dit Cucumetto en faisant un pas vers les convives, viens-tu ?

» – Je vous suis…”

» Cucumetto s'éloigna sans perdre de vue Carlini, car sans doute il craignait qu'il ne le frappât par-derrière. Mais rien dans le bandit ne dénonçait une intention hostile.

» Il était debout, les bras croisés, près de Rita toujours évanouie.

» Un instant, l'idée de Cucumetto fut que le jeune homme allait la prendre dans ses bras et fuir avec elle.

Mais peu lui importait maintenant, il avait eu de Rita ce qu'il voulait ; et quant à l'argent, trois cents piastres réparties à la troupe faisaient une si pauvre somme qu'il s'en souciait médiocrement.

» Il continua donc sa route vers la clairière ; mais, à son grand étonnement, Carlini y arriva presque aussitôt que lui.

» “Le tirage au sort ! le tirage au sort !” crièrent tous les bandits en apercevant le chef.

» Et les yeux de tous ces hommes brillèrent d'ivresse et de lascivité, tandis que la flamme du foyer jetait sur toute leur personne une lueur rougeâtre qui les faisait ressembler à des démons.

» Ce qu'ils demandaient était juste ; aussi le chef fit-il de la tête un signe annonçant qu'il acquiesçait à leur demande. On mit tous les noms dans un chapeau, celui de Carlini comme ceux des autres, et le plus jeune de la bande tira de l'urne improvisée un bulletin.

» Ce bulletin portait le nom de Diavolaccio.

» C'était celui-là même qui avait proposé à Carlini la santé du chef, et à qui Carlini avait répondu en lui brisant le verre sur la figure.

» Une large blessure, ouverte de la tempe à la bouche, laissait couler le sang à flots.

» Diavolaccio, se voyant ainsi favorisé de la fortune, poussa un éclat de rire.

» “Capitaine, dit-il, tout à l'heure, Carlini n'a pas voulu boire à votre santé, proposez-lui de boire à la mienne ; il aura peut-être plus de condescendance pour vous que pour moi.”

» Chacun s'attendait à une explosion de la part de Carlini ; mais, au grand étonnement de tous, il prit un verre d'une main, un fiasco de l'autre, puis, remplissant le verre :

» "À ta santé, Diavolaccio", dit-il d'une voix parfaitement calme ; et il avala le contenu du verre sans que sa main tremblât.

» Puis, s'asseyant près du feu :

» "Ma part de souper ! dit-il, la course que je viens de faire m'a donné de l'appétit.

» – Vive Carlini ! s'écrièrent les brigands.

» – À la bonne heure, voilà ce qui s'appelle prendre la chose en bon compagnon."

» Et tous reformèrent le cercle autour du foyer tandis que Diavolaccio s'éloignait.

» Carlini mangeait et buvait comme si rien ne s'était passé.

» Les bandits le regardaient avec étonnement, ne comprenant rien à cette impassibilité, lorsqu'ils entendirent derrière eux retentir sur le sol un pas alourdi.

» Ils se retournèrent et aperçurent Diavolaccio tenant la jeune fille entre ses bras.

» Elle avait la tête renversée, et ses longs cheveux pendaient jusqu'à terre.

» À mesure qu'ils entraient dans le cercle de la lumière projetée par le foyer, on s'apercevait de la pâleur de la jeune fille et de la pâleur du bandit.

» Cette apparition avait quelque chose de si étrange et de si solennel que chacun se leva, excepté Carlini, qui resta assis et continua de boire et de manger comme si rien ne se passait autour de lui.

» Diavolaccio continuait de s'avancer au milieu du plus profond silence, et déposa Rita aux pieds du capitaine.

» Alors tout le monde put reconnaître la cause de cette pâleur de la jeune fille et de cette pâleur du bandit.

» Rita avait un couteau enfoncé jusqu'au manche au-dessous de la mamelle gauche.

» Tous les yeux se portèrent sur Carlini : la gaine était vide à sa ceinture.

» "Ah ! ah ! dit le chef, je comprends maintenant pourquoi Carlini était resté en arrière."

» Toute nature sauvage est apte à apprécier une action forte ; quoique peut-être aucun des bandits n'eût fait ce que venait de faire Carlini, tous comprirent ce qu'il avait fait.

» "Eh bien ! dit Carlini en se levant à son tour et en s'approchant du cadavre la main sur la crosse d'un de ses pistolets, y a-t-il encore quelqu'un qui me dispute cette femme ?

» – Non, dit le chef, elle est à toi !"

» Alors Carlini la prit à son tour dans ses bras, et l'emporta hors du cercle de lumière que projetait la flamme du foyer.

» Cucumetto disposa les sentinelles comme d'habitude, et les bandits se couchèrent, enveloppés dans leurs manteaux, autour du foyer.

» À minuit la sentinelle donna l'éveil, et en un instant le chef et ses compagnons furent sur pied.

» C'était le père de Rita, qui arrivait lui-même portant la rançon de sa fille.

» "Tiens, dit-il à Cucumetto en lui tendant un sac d'argent, voici trois cents pistoles, rends-moi mon enfant."

» Mais le chef, sans prendre l'argent, lui fit signe de le suivre. Le vieillard obéit ; tous deux s'éloignèrent sous les arbres, à travers les branches desquels filtraient les rayons de la lune. Enfin Cucumetto s'arrêta étendant la main et montrant au vieillard deux personnes groupées au pied d'un arbre :

» “Tiens, lui dit-il, demande ta fille à Carlini, c’est lui qui t’en rendra compte.”

» Et il s’en retourna vers ses compagnons.

» Le vieillard resta immobile et les yeux fixes. Il sentait que quelque malheur inconnu, immense, inouï, planait sur sa tête.

» Enfin il fit quelques pas vers le groupe informe dont il ne pouvait se rendre compte.

» Au bruit qu’il faisait en s’avançant vers lui, Carlini releva la tête, et les formes des deux personnages commencèrent à apparaître plus distinctes aux yeux du vieillard.

» Une femme était couchée à terre, la tête posée sur les genoux d’un homme assis et qui se tenait penché vers elle ; c’était en se relevant que cet homme avait découvert le visage de la femme qu’il tenait serrée contre sa poitrine.

» Le vieillard reconnut sa fille, et Carlini reconnut le vieillard.

» “Je t’attendais, dit le bandit au père de Rita.

» – Misérable ! dit le vieillard, qu’as-tu fait ?”

» Et il regardait avec terreur Rita, pâle, immobile, ensanglantée, avec un couteau dans la poitrine.

» Un rayon de la lune frappait sur elle et l’éclairait de sa lueur blafarde.

» “Cucumetto avait violé ta fille, dit le bandit, et, comme je l’aimais, je l’ai tuée ; car, après lui, elle allait servir de jouet à toute la bande.”

» Le vieillard ne prononça point une parole, seulement il devint pâle comme un spectre.

» “Maintenant, dit Carlini, si j’ai eu tort, venge-la.”

» Et il arracha le couteau du sein de la jeune fille, et, se levant, il l’alla offrir d’une main au vieillard, tandis que de l'autre il écartait sa veste et lui présentait sa poitrine nue.

» “Tu as bien fait, lui dit le vieillard d'une voix sourde. Embrasse-moi, mon fils.”

» Carlini se jeta en sanglotant dans les bras du père de sa maîtresse. C'étaient les premières larmes que versait cet homme de sang.

» “Maintenant, dit le vieillard à Carlini, aide-moi à enterrer ma fille.

» Carlini alla chercher deux pioches, et le père et l'amant se mirent à creuser la terre au pied d'un chêne dont les branches touffues devaient recouvrir la tombe de la jeune fille.

» Quand la tombe fut creusée, le père l'embrassa le premier, l'amant ensuite ; puis, l'un la prenant par les pieds, l'autre par-dessous les épaules, ils la descendirent dans la fosse.

» Puis ils s'agenouillèrent des deux côtés et dirent les prières des morts.

» Puis, lorsqu'ils eurent fini, ils repoussèrent la terre sur le cadavre jusqu'à ce que la fosse fût comblée.

» Alors, lui tendant la main :

» “Je te remercie, mon fils ! dit le vieillard à Carlini. Maintenant, laisse-moi seul.

» – Mais cependant… dit celui-ci.

» – Laisse-moi, je te l'ordonne.”

» Carlini obéit, alla rejoindre ses camarades, s'enveloppa dans son manteau, et bientôt parut aussi profondément endormi que les autres.

» Il avait été décidé la veille que l'on changerait de campement.

» Une heure avant le jour, Cucumetto éveilla ses hommes et l'ordre fut donné de partir.

» Mais Carlini ne voulut pas quitter la forêt sans savoir ce qu'était devenu le père de Rita.

» Il se dirigea vers l'endroit où il l'avait laissé.

» Il trouva le vieillard pendu à une des branches du chêne qui ombrageait la tombe de sa fille.

» Il fit alors sur le cadavre de l'un et sur la fosse de l'autre le serment de les venger tous deux.

» Mais il ne put tenir ce serment ; car, deux jours après, dans une rencontre avec les carabiniers romains, Carlini fut tué.

» Seulement on s'étonna que, faisant face à l'ennemi, il eût reçu une balle entre les deux épaules.

» L'étonnement cessa quand un des bandits eut fait remarquer à ses camarades que Cucumetto était placé dix pas en arrière de Carlini lorsque Carlini était tombé.

» Le matin du départ de la forêt de Frosinone il avait suivi Carlini dans l'obscurité, avait entendu le serment qu'il avait fait, et, en homme de précaution, il avait pris l'avance.

» On racontait encore sur ce terrible chef de bande dix autres histoires non moins curieuses que celle-ci.

» Ainsi, de Fondi à Pérouse, tout le monde tremblait au seul nom de Cucumetto.

» Ces histoires avaient souvent été l'objet des conversations de Luigi et de Teresa.

» La jeune fille tremblait fort à tous ces récits ; mais Vampa la rassurait avec un sourire, frappant son bon fusil, qui portait si bien la balle ; puis, si elle n'était pas rassurée, il lui montrait à cent pas quelque corbeau perché sur une branche morte, le mettait en joue, lâchait la détente, et l'animal, frappé, tombait au pied de l'arbre.

» Néanmoins, le temps s'écoulait ; les deux jeunes gens avaient arrêté qu'ils se marieraient lorsqu'ils auraient, Vampa vingt ans, et Teresa dix-neuf.

» Ils étaient orphelins tous deux, ils n'avaient de permission à demander qu'à leur maître ; ils l'avaient demandée et obtenue.

» Un jour qu'ils causaient de leur projet d'avenir, ils entendirent deux ou trois coups de feu ; puis tout à coup un homme sortit du bois près duquel les deux jeunes gens avaient l'habitude de faire paître leurs troupeaux, et accourut vers eux.

» Arrivé à la portée de la voix :

» "Je suis poursuivi ! leur cria-t-il ; pouvez-vous me cacher ?"

» Les deux jeunes gens reconnurent bien que ce fugitif devait être quelque bandit ; mais il y a entre le paysan et le bandit romain une sympathie innée qui fait que le premier est toujours prêt à rendre service au second.

» Vampa, sans rien dire, courut donc à la pierre qui bouchait l'entrée de leur grotte, démasqua cette entrée en tirant la pierre à lui, fit signe au fugitif de se réfugier dans cet asile inconnu de tous, repoussa la pierre sur lui et revint s'asseoir près de Teresa.

» Presque aussitôt quatre carabiniers à cheval apparurent à la lisière du bois ; trois paraissaient être à la recherche du fugitif, le quatrième traînait par le cou un bandit prisonnier.

» Les trois carabiniers explorèrent le pays d'un coup d'œil, aperçurent les deux jeunes gens, accoururent à eux au galop, et les interrogèrent.

» Ils n'avaient rien vu.

» "C'est fâcheux, dit le brigadier, car celui que nous cherchons c'est le chef.

» – Cucumetto ? ne purent s'empêcher de s'écrier ensemble Luigi et Teresa.

» – Oui, répondit le brigadier ; et comme sa tête est mise à prix à mille écus romains, il y en aurait eu cinq cents pour vous si vous nous aviez aidés à le prendre."

» Les deux jeunes gens échangèrent un regard. Le brigadier eut un instant d'espérance. Cinq cents écus romains font trois mille francs, et trois mille francs sont une fortune pour deux pauvres orphelins qui vont se marier.

» "Oui, c'est fâcheux, dit Vampa, mais nous ne l'avons pas vu."

» Alors les carabiniers battirent le pays dans des directions différentes, mais inutilement.

» Puis, successivement, ils disparurent.

» Alors Vampa alla tirer la pierre, et Cucumetto sortit.

» Il avait vu, à travers les jours de la porte de granit, les deux jeunes gens causer avec les carabiniers ; il s'était douté du sujet de leur conversation, il avait lu sur le visage de Luigi et de Teresa l'inébranlable résolution de ne point le livrer et tira de sa poche une bourse pleine d'or et la leur offrit.

» Mais Vampa releva la tête avec fierté ; quant à Teresa, ses yeux brillèrent en pensant à tout ce qu'elle pourrait acheter de riches bijoux et de beaux habits avec cette bourse pleine d'or.

» Cucumetto était un satan fort habile : il avait pris la forme d'un bandit au lieu de celle d'un serpent ; il surprit ce regard, reconnut dans Teresa une digne fille d'Ève, et rentra dans la forêt en se retournant plusieurs fois sous prétexte de saluer ses libérateurs.

» Plusieurs jours s'écoulèrent sans que l'on revît Cucumetto, sans qu'on entendît reparler de lui.

» Le temps du carnaval approchait. Le comte de San-Felice annonça un grand bal masqué où tout ce que Rome avait de plus élégant fut invité.

» Teresa avait grande envie de voir ce bal. Luigi demanda à son protecteur l'intendant la permission pour elle et pour lui d'y assister cachés parmi les serviteurs de la maison. Cette permission lui fut accordée.

» Ce bal était surtout donné par le comte pour faire plaisir à sa fille Carmela, qu'il adorait.

» Carmela était juste de l'âge et de la taille de Teresa, et Teresa était au moins aussi belle que Carmela.

» Le soir du bal, Teresa mit sa plus belle toilette, ses plus riches aiguilles, ses plus brillantes verroteries. Elle avait le costume des femmes de Frascati.

» Luigi avait l'habit si pittoresque du paysan romain les jours de fête.

» Tous deux se mêlèrent, comme on l'avait permis, aux serviteurs et aux paysans.

» La fête était magnifique. Non seulement la villa était ardemment illuminée, mais des milliers de lanternes de couleur étaient suspendues aux arbres du jardin. Aussi bientôt le palais eut-il débordé sur les terrasses et les terrasses dans les allées.

» À chaque carrefour il y avait un orchestre, des buffets et des rafraîchissements ; les promeneurs s'arrêtaient, des quadrilles se formaient et l'on dansait là où il plaisait de danser.

» Carmela était vêtue en femme de Sonino. Elle avait son bonnet tout brodé de perles, les aiguilles de ses cheveux étaient d'or et de diamants, sa ceinture était de soie turque à grandes fleurs brochées, son surtout et son jupon étaient de cachemire, son tablier était de mousseline des Indes ; les boutons de son corset étaient autant de pierreries.

» Deux autres de ses compagnes étaient vêtues, l'une en femme de Nettuno, l'autre en femme de la Riccia.

» Quatre jeunes gens des plus riches et des plus nobles familles de Rome les accompagnaient avec cette liberté italienne qui n'a son égale dans aucun autre pays du monde : ils étaient vêtus de leur côté en paysans d'Albano, de Velletri, de Civita-Castellana et de Sora.

» Il va sans dire que ces costumes de paysans, comme ceux de paysannes, étaient resplendissants d'or et de pierreries.

» Il vint à Carmela l'idée de faire un quadrille uniforme, seulement il manquait une femme.

» Carmela regardait tout autour d'elle, pas une de ses invitées n'avait un costume analogue au sien et à ceux de ses compagnes.

» Le comte de San-Felice lui montra, au milieu des paysannes, Teresa appuyée au bras de Luigi.

» “Est-ce que vous permettez, mon père ? dit Carmela.

» – Sans doute, répondit le comte, ne sommes-nous pas en carnaval !”

» Carmela se pencha vers un jeune homme qui l'accompagnait en causant, et lui dit quelques mots tout en lui montrant du doigt la jeune fille.

» Le jeune homme suivit des yeux la jolie main qui lui servait de conductrice, fit un geste d'obéissance, et vint inviter Teresa à figurer au quadrille dirigé par la fille du comte.

» Teresa sentit comme une flamme qui lui passait sur le visage. Elle interrogea du regard Luigi : il n'y avait pas moyen de refuser. Luigi laissa lentement glisser le bras de Teresa, qu'il tenait sous le sien, et Teresa, s'éloignant, conduite par son élégant cavalier, vint prendre, toute tremblante, sa place au quadrille aristocratique.

» Certes, aux yeux d'un artiste, l'exact et sévère costume de Teresa eût eu un bien autre caractère que celui de Carmela et de ses compagnes ; mais Teresa était une jeune fille frivole et coquette ; les broderies de la mousseline, les palmes de la ceinture, l'éclat du cachemire l'éblouissaient, le reflet des saphirs et des diamants la rendait folle.

» De son côté Luigi sentait naître en lui un sentiment inconnu : c'était comme une douleur sourde qui le mordait au cœur d'abord, et de là, toute frémissante, courait par ses veines et s'emparait de tout son corps ; il suivit des yeux les moindres mouvements de Teresa et de son cavalier ; lorsque leurs mains se touchaient il ressentait comme des éblouissements, ses artères battaient avec violence, et l'on eût dit que le son d'une cloche vibrait à ses oreilles. Lorsqu'ils se parlaient, quoique Teresa écoutât, timide et les yeux baissés, les discours de son cavalier, comme Luigi lisait dans les yeux ardents du beau jeune homme que ces discours étaient des louanges, il lui semblait que la terre tournait sous lui et que toutes les voix de l'enfer lui soufflaient des idées de meurtre et d'assassinat. Alors, craignant de se laisser emporter à sa folie, il se cramponnait d'une main à la charmille contre laquelle il était debout, et de l'autre il serrait d'un mouvement convulsif le poignard au manche sculpté qui était passé dans sa ceinture et que, sans s'en apercevoir, il tirait quelquefois presque entier du fourreau.

» Luigi était jaloux ! il sentait qu'emportée par sa nature coquette et orgueilleuse Teresa pouvait lui échapper.

» Et cependant la jeune paysanne, timide et presque effrayée d'abord, s'était bientôt remise. Nous avons dit que Teresa était belle. Ce n'est pas tout, Teresa était gracieuse, de cette grâce sauvage, bien autrement puissante que notre grâce minaudière et affectée.

» Elle eut presque les honneurs du quadrille : et si elle fut envieuse de la fille du comte de San-Felice, nous n'oserions pas dire que Carmela ne fut pas jalouse d'elle.

» Aussi fut-ce avec force compliments que son beau cavalier la reconduisit à la place où il l'avait prise, et où l'attendait Luigi.

» Deux ou trois fois, pendant la contredanse, la jeune fille avait jeté un regard sur lui, et à chaque fois elle l'avait vu pâle et les traits crispés. Une fois même, la lame de son couteau, à moitié tirée de sa gaine, avait ébloui ses yeux comme un sinistre éclair.

» Ce fut donc presque en tremblant qu'elle reprit le bras de son amant.

» Le quadrille avait eu le plus grand succès, et il était évident qu'il était question d'en faire une seconde édition ; Carmela seule s'y opposait ; mais le comte de San-Felice pria sa fille si tendrement qu'elle finit par consentir.

» Aussitôt un des cavaliers s'avança pour inviter Teresa, sans laquelle il était impossible que la contredanse eût lieu ; mais la jeune fille avait déjà disparu.

» En effet, Luigi ne s'était pas senti la force de supporter une seconde épreuve ; et, moitié par persuasion, moitié par force, il avait entraîné Teresa vers un autre point du jardin. Teresa avait cédé bien malgré elle ; mais elle avait vu à la figure bouleversée du jeune homme, elle comprenait à son silence entrecoupé de tressaillements nerveux que quelque chose d'étrange se passait en lui. Elle-même n'était pas exempte d'une agitation intérieure, et sans avoir cependant rien fait de mal, elle comprenait que Luigi était en droit de lui faire des reproches : sur quoi ? elle l'ignorait, mais elle ne sentait pas moins que ces reproches seraient mérités.

» Cependant, au grand étonnement de Teresa, Luigi demeura muet, et pas une parole n'entr'ouvrit ses lèvres pendant tout le reste de la soirée. Seulement, lorsque le froid de la nuit eut chassé les invités des jardins et que les portes de la villa se furent refermées sur eux pour une fête intérieure, il reconduisit Teresa ; puis, comme elle allait rentrer chez elle :

» "Teresa, dit-il, à quoi pensais-tu lorsque tu dansais en face de la jeune comtesse de San-Felice ?

» – Je pensais, répondit la jeune fille dans toute la franchise de son âme, que je donnerais la moitié de ma vie pour avoir un costume comme celui qu'elle portait.

» – Et que te disait ton cavalier ?

» – Il me disait qu'il ne tiendrait qu'à moi de l'avoir, et que je n'avais qu'un mot à dire pour cela.

» – Il avait raison, répondit Luigi. Le désires-tu aussi ardemment que tu le dis ?

» – Oui.

» – Eh bien tu l'auras !"

» La jeune fille, étonnée, leva la tête pour le questionner ; mais son visage était si sombre et si terrible que la parole se glaça sur ses lèvres.

» D'ailleurs, en disant ces paroles, Luigi s'était éloigné.

» Teresa le suivit des yeux dans la nuit tant qu'elle put l'apercevoir. Puis, lorsqu'il eut disparu, elle rentra chez elle en soupirant.

» Cette même nuit il arriva un grand événement par l'imprudence sans doute de quelque domestique qui avait négligé d'éteindre les lumières ; le feu prit à la villa San-Felice, juste dans les dépendances de l'appartement de la belle Carmela. Réveillée au milieu de la nuit par la lueur des flammes, elle avait sauté au bas de son lit, s'était enveloppée de sa robe de chambre, et avait essayé de fuir par la porte ; mais le corridor par lequel il fallait passer était déjà en proie à l'incendie. Alors elle était rentrée dans sa chambre, appelant à grands cris au secours, quand tout à coup sa fenêtre, située à vingt pieds du sol, s'était ouverte ; un jeune paysan s'était élancé dans l'appartement, l'avait prise dans ses bras, et, avec une force et une adresse surhumaines, l'avait transportée sur le gazon de la pelouse, où elle s'était évanouie. Lorsqu'elle avait repris ses sens, son père était devant elle. Tous les serviteurs l'entouraient, lui portant des secours. Une aile tout entière de la villa était brûlée ; mais qu'importait, puisque Carmela était saine et sauve.

» On chercha partout son libérateur, mais son libérateur ne reparut point ; on le demanda à tout le monde, mais personne ne l'avait vu. Quant à Carmela, elle était si troublée qu'elle ne l'avait point reconnu.

» Au reste, comme le comte était immensément riche, à part le danger qu'avait couru Carmela et qui lui parut, par la manière miraculeuse dont elle y avait échappé, plutôt une nouvelle faveur de la Providence qu'un malheur réel, la perte occasionnée par les flammes fut peu de chose pour lui.

» Le lendemain, à l'heure habituelle, les deux jeunes gens se retrouvèrent à la lisière de la forêt. Luigi était arrivé le premier. Il vint au-devant de la jeune fille avec une grande gaieté ; il semblait avoir complètement oublié la scène de la veille. Teresa était visiblement pensive ; mais en voyant Luigi ainsi disposé elle affecta de son côté l'insouciance rieuse qui était le fond de son caractère quand quelque passion ne le venait pas troubler.

» Luigi prit le bras de Teresa sous le sien, et la conduisit jusqu'à la porte de la grotte. Là il s'arrêta. La jeune fille, comprenant qu'il y avait quelque chose d'extraordinaire, le regarda fixement.

» "Teresa, dit Luigi, hier soir tu m'as dit que tu donnerais tout au monde pour avoir un costume pareil à celui de la fille du comte ?

» – Oui, dit Teresa avec étonnement, mais j'étais folle de faire un pareil souhait.

» – Et moi je t'ai répondu : 'C'est bien, tu l'auras.'

» – Oui, reprit la Jeune fille, dont l'étonnement croissait à chaque parole de Luigi ; mais tu as répondu cela sans doute pour me faire plaisir.

» – Je ne t'ai jamais rien promis que je ne te l'aie bien donné, Teresa, dit orgueilleusement Luigi. Entre dans la grotte et habille-toi."

» À ces mots il tira la pierre, et montra à Teresa la grotte éclairée par deux bougies qui brûlaient de chaque côté d'un magnifique miroir ; sur la table rustique, faite par Luigi, étaient étalés le collier de perles et les épingles de diamants ; sur une chaise à côté était déposé le reste du costume.

» Teresa poussa un cri de joie, et, sans s'informer d'où venait ce costume, sans prendre le temps de remercier Luigi, elle s'élança dans la grotte transformée en cabinet de toilette.

» Derrière elle Luigi repoussa la pierre, car il venait d'apercevoir, sur la crête d'une petite colline qui empêchait que de la place où il était on ne vît Palestrina, un voyageur à cheval, qui s'arrêta un instant comme incertain de sa route, se dessinant sur l'azur du ciel avec cette netteté de contour particulière aux lointains des pays méridionaux.

» En apercevant Luigi, le voyageur mit son cheval au galop, et vint à lui.

» Luigi ne s'était pas trompé ; le voyageur, qui allait de Palestrina à Tivoli, était dans le doute de son chemin.

» Le jeune homme le lui indiqua ; mais, comme à un quart de mille de là la route se divisait en trois sentiers, et qu'arrivé à ces trois sentiers le voyageur pouvait de nouveau s'égarer, il pria Luigi de lui servir de guide.

» Luigi détacha son manteau et le déposa à terre, jeta sur son épaule sa carabine, et, dégagé ainsi du lourd vêtement, marcha devant le voyageur de ce pas rapide du montagnard que le pas d'un cheval a peine à suivre.

» En dix minutes, Luigi et le voyageur furent à l'espèce de carrefour indiqué par le jeune pâtre.

» Arrivés là, d'un geste majestueux comme celui d'un empereur, il étendit la main vers celle des trois routes que le voyageur devait suivre :

» "Voilà votre chemin, dit-il, Excellence, vous n'avez plus à vous tromper maintenant.

» – Et toi, voici ta récompense, dit le voyageur en offrant au jeune pâtre quelques pièces de menue monnaie.

» – Merci, dit Luigi en retirant sa main ; je rends un service, je ne le vends pas.

» – Mais, dit le voyageur, qui paraissait du reste habitué à cette différence entre la servilité de l'homme des villes et l'orgueil du campagnard, si tu refuses un salaire, tu acceptes au moins un cadeau.

» – Ah ! oui, c'est autre chose.

» – Eh bien, dit le voyageur, prends ces deux sequins de Venise, et donne-les à ta fiancée pour en faire une paire de boucles d'oreilles.

» – Et vous, alors, prenez ce poignard, dit le jeune pâtre, vous n'en trouveriez pas un dont la poignée fût mieux sculptée d'Albano à Civita-Castellana.

» – J'accepte, dit le voyageur ; mais alors c'est moi qui suis ton obligé, car ce poignard vaut plus de deux sequins.

» – Pour un marchand peut-être ; mais pour moi, qui l'ai sculpté moi-même, il vaut à peine une piastre.

» – Comment t'appelles-tu ? demanda le voyageur.

» – Luigi Vampa, répondit le pâtre du même air qu'il eût répondu : 'Alexandre, roi de Macédoine.'

» – Et vous ?

» – Moi, dit le voyageur, je m'appelle Simbad le marin."

Franz d'Épinay jeta un cri de surprise.

– Simbad le marin ! dit-il.

– Oui, reprit le narrateur, c'est le nom que le voyageur donna à Vampa comme étant le sien.

– Eh bien ! mais, qu'avez-vous à dire contre ce nom ? interrompit Albert. C'est un fort beau nom, et les aventures du patron de ce monsieur m'ont, je dois l'avouer, fort amusé dans ma jeunesse.

Franz n'insista pas davantage. Ce nom de Simbad le marin, comme on le comprend bien, avait réveillé en lui tout un monde de souvenirs, comme avait fait la veille celui du comte de Monte-Cristo.

– Continuez, dit-il à l'hôte.

– Vampa mit dédaigneusement les deux sequins dans sa poche, et reprit lentement le chemin par lequel il était venu. Arrivé à deux ou trois cents pas de la grotte il crut entendre un cri.

» Il s'arrêta, écoutant de quel côté venait ce cri.

» Au bout d'une seconde, il entendit son nom prononcé distinctement.

» L'appel venait du côté de la grotte.

» Il bondit comme un chamois, armant son fusil tout en courant, et parvint en moins d'une minute au sommet de la petite colline opposée à celle où il avait aperçu le voyageur.

» Là, les cris : "Au secours !" arrivèrent à lui plus distincts.

» Il jeta les yeux sur l'espace qu'il dominait : un homme enlevait Teresa, comme le centaure Nessus Déjanire.

» Cet homme, qui se dirigeait vers le bois, était déjà aux trois quarts du chemin de la grotte à la forêt.

» Vampa mesura l'intervalle ; cet homme avait deux cents pas d'avance au moins sur lui, il n'y avait pas de chance de le rejoindre avant qu'il eût gagné le bois.

» Le jeune pâtre s'arrêta comme si ses pieds eussent pris racine. Il appuya la crosse de son fusil à son épaule, leva lentement le canon dans la direction du ravisseur, le suivit une seconde dans sa course et fit feu.

» Le ravisseur s'arrêta court ; ses genoux plièrent, et il tomba, entraînant Teresa dans sa chute.

» Mais Teresa se releva aussitôt ; quant au fugitif, il resta couché, se débattant dans les convulsions de l'agonie.

» Vampa s'élança aussitôt vers Teresa, car à dix pas du moribond les jambes lui avaient manqué à son tour, et elle était retombée à genoux : le jeune homme avait cette crainte terrible que la balle qui venait d'abattre son ennemi n'eût en même temps blessé sa fiancée.

» Heureusement, il n'en était rien, c'était la terreur seule qui avait paralysé les forces de Teresa. Lorsque Luigi se fut bien assuré qu'elle était saine et sauve, il se retourna vers le blessé.

» Il venait d'expirer les poings fermés, la bouche contractée par la douleur, et les cheveux hérissés sous la sueur de l'agonie.

» Ses yeux étaient restés ouverts et menaçants.

» Vampa s'approcha du cadavre, et reconnut Cucumetto.

» Depuis le jour où le bandit avait été sauvé par les deux jeunes gens, il était devenu amoureux de Teresa et avait juré que la jeune fille serait à lui. Depuis ce jour il l'avait épiée ; et, profitant du moment où son amant l'avait laissée seule pour indiquer le chemin au voyageur, il l'avait enlevée et la croyait déjà à lui, lorsque la balle de Vampa, guidée par le coup d'œil infaillible du jeune pâtre, lui avait traversé le cœur.

» Vampa le regarda un instant sans que la moindre émotion se trahît sur son visage, tandis qu'au contraire Teresa, toute tremblante encore, n'osait se rapprocher du bandit mort qu'à petits pas, et jetait en hésitant un coup d'œil sur le cadavre par-dessus l'épaule de son amant.

» Au bout d'un instant Vampa se retourna vers sa maîtresse.

» "Ah ! ah ! dit-il, c'est bien ; tu es habillée ; à mon tour de faire ma toilette."

» En effet, Teresa était revêtue de la tête aux pieds du costume de la fille du comte de San-Felice.

» Vampa prit le corps de Cucumetto entre ses bras, l'emporta dans la grotte, tandis qu'à son tour Teresa restait dehors.

» Si un second voyageur fût alors passé, il eût vu une chose étrange : c'était une bergère gardant ses brebis avec une robe de cachemire, des boucles d'oreilles et un collier de perles, des épingles de diamants et des boutons de saphirs, d'émeraudes et de rubis.

» Sans doute il se fût cru revenu au temps de Florian, et eût affirmé, en revenant à Paris, qu'il avait rencontré la bergère des Alpes assise au pied des monts Sabins.

» Au bout d'un quart d'heure Vampa sortit à son tour de la grotte. Son costume n'était pas moins élégant dans son genre que celui de Teresa.

» Il avait une veste de velours grenat à boutons d'or ciselés, un gilet de soie tout couvert de broderies, une écharpe romaine nouée autour du cou, une cartouchière toute piquée d'or et de soie rouge et verte ; des culottes de velours bleu de ciel attachées au-dessous du genou par des boucles de diamants, des guêtres de peau de daim bariolées de mille arabesques, et un chapeau où flottaient des rubans de toutes couleurs ; deux montres pendaient à sa ceinture, et un magnifique poignard était passé à sa cartouchière.

» Teresa jeta un cri d'admiration. Vampa, sous cet habit, ressemblait à une peinture de Léopold Robert ou de Schnetz.

» Il avait revêtu le costume complet de Cucumetto.

» Le jeune homme s'aperçut de l'effet qu'il produisait sur sa fiancée, et un sourire d'orgueil passa sur sa bouche.

» “Maintenant, dit-il à Teresa, es-tu prête à partager ma fortune quelle qu'elle soit ?

» – Oh oui ! s'écria la jeune fille avec enthousiasme.

» – À me suivre partout où j'irai ?

» – Au bout du monde.

» – Alors prends mon bras et partons, car nous n'avons pas de temps à perdre.”

» La jeune fille passa son bras sous celui de son amant, sans même lui demander où il la conduisait ; car en ce moment il lui paraissait beau, fier et puissant comme un dieu.

» Et tous deux s'avancèrent dans la forêt, dont, au bout de quelques minutes, ils eurent franchi la lisière.

» Il va sans dire que tous les sentiers de la montagne étaient connus de Vampa ; il avança donc dans la forêt sans hésiter un seul instant, quoiqu'il n'y eût aucun chemin frayé, mais seulement reconnaissant la route qu'il devait suivre à la seule inspection des arbres et des buissons ; ils marchèrent ainsi une heure et demie à peu près.

» Au bout de ce temps, ils étaient arrivés à l'endroit le plus touffu du bois. Un torrent dont le lit était à sec conduisait dans une gorge profonde. Vampa prit cet étrange chemin, qui, encaissé entre deux rives et rembruni par l'ombre épaisse des pins, semblait, moins la descente facile, ce sentier de l'Averne dont parle Virgile.

» Teresa, redevenue craintive à l'aspect de ce lieu sauvage et désert, se serrait contre son guide, sans dire une parole ; mais comme elle le voyait marcher toujours d'un pas égal, comme un calme profond rayonnait sur son visage, elle avait elle-même la force de dissimuler son émotion.

» Tout à coup, à dix pas d'eux, un homme sembla se détacher d'un arbre derrière lequel il était caché, et, mettant Vampa en joue :

» "Pas un pas de plus ! cria-t-il, ou tu es mort.

» – Allons donc, dit Vampa en levant la main avec un geste de mépris, tandis que Teresa, ne dissimulant plus sa terreur, se pressait contre lui, est-ce que les loups se déchirent entre eux !

» – Qui es-tu ? demanda la sentinelle.

» – Je suis Luigi Vampa, le berger de la ferme de San-Felice.

» – Que veux-tu ?

» – Je veux parler à tes compagnons qui sont à la clairière de Rocca Bianca.

» – Alors, suis-moi, dit la sentinelle, ou plutôt, puisque tu sais où cela est, marche devant.”

» Vampa sourit d’un air de mépris à cette précaution du bandit, passa devant avec Teresa et continua son chemin du même pas ferme et tranquille qui l’avait conduit jusque-là.

» Au bout de cinq minutes, le bandit leur fit signe de s’arrêter.

» Les deux jeunes gens obéirent.

» Le bandit imita trois fois le cri du corbeau.

» Un croassement répondit à ce triple appel.

» – C’est bien, dit le bandit. Maintenant tu peux continuer ta route.”

» Luigi et Teresa se remirent en chemin.

» Mais à mesure qu’ils avançaient, Teresa, tremblante, se serrait contre son amant ; en effet, à travers les arbres, on voyait apparaître des armes et étinceler des canons de fusil.

» La clairière de Rocca Bianca était au sommet d’une petite montagne qui autrefois sans doute avait été un volcan, volcan éteint avant que Rémus et Romulus n’eussent déserté Albe pour venir bâtir Rome.

» Teresa et Luigi atteignirent le sommet et se trouvèrent au même instant en face d’une vingtaine de bandits.

» “Voici un jeune homme qui vous cherche et qui désire vous parler, dit la sentinelle.

» – Et que veut-il nous dire ? demanda celui qui, en l’absence du chef, remplissait l’intérim du capitaine.

» – Je veux dire que je m’ennuie de faire le métier de berger, dit Vampa.

» – Ah ! je comprends, dit le lieutenant, et tu viens nous demander à être admis dans nos rangs ?

» – Qu'il soit le bienvenu ! crièrent plusieurs bandits de Ferrusino, de Pampinara et d'Anagni, qui avaient reconnu Luigi Vampa.

» – Oui, seulement je viens vous demander une autre chose que d'être votre compagnon.

» – Et que viens-tu nous demander ? dirent les bandits avec étonnement.

» – Je viens vous demander à être votre capitaine, dit le jeune homme."

» Les bandits éclatèrent de rire.

» "Et qu'as-tu fait pour aspirer à cet honneur ? demanda le lieutenant.

» – J'ai tué votre chef Cucumetto, dont voici la dépouille, dit Luigi, et j'ai mis le feu à la villa de San-Felice pour donner une robe de noce à ma fiancée."

» Une heure après, Luigi Vampa était élu capitaine en remplacement de Cucumetto.

– Eh bien, mon cher Albert, dit Franz en se retournant vers son ami, que pensez-vous maintenant du citoyen Luigi Vampa ?

– Je dis que c'est un mythe, répondit Albert, et qu'il n'a jamais existé.

– Qu'est-ce que c'est qu'un mythe ? demanda Pastrini.

– Ce serait trop long à vous expliquer, mon cher hôte, répondit Franz. Et vous dites donc que maître Vampa exerce en ce moment sa profession aux environs de Rome ?

– Et avec une hardiesse dont jamais bandit avant lui n'avait donné l'exemple.

– La police a tenté vainement de s'en emparer, alors ?

– Que voulez-vous ! Il est d'accord à la fois avec les bergers de la plaine, les pêcheurs du Tibre et les contrebandiers de la côte. On le cherche dans la montagne, il est sur le fleuve ; on le poursuit sur le fleuve, il gagne la pleine mer, puis, tout à coup, quand on le croit réfugié dans l'île del Giglio, del Guanouti ou de Monte-Cristo, on le voit reparaître à Albano, à Tivoli ou à la Riccia.

– Et quelle est sa manière de procéder à l'égard des voyageurs ?

– Ah ! mon Dieu ! c'est bien simple. Selon la distance où l'on est de la ville, il leur donne huit heures, douze heures, un jour, pour payer leur rançon ; puis, ce temps écoulé, il accorde une heure de grâce. À la soixantième minute de cette heure, s'il n'a pas l'argent, il fait sauter la cervelle du prisonnier d'un coup de pistolet, ou lui plante son poignard dans le cœur, et tout est dit.

– Eh bien, Albert, demanda Franz à son compagnon, êtes-vous toujours disposé à aller au Colisée par les boulevards extérieurs ?

– Parfaitement, dit Albert, si la route est plus pittoresque.

En ce moment neuf heures sonnèrent, la porte s'ouvrit et notre cocher parut.

– Excellences, dit-il, la voiture vous attend.

– Eh bien, dit Franz, en ce cas, au Colisée !

– Par la porte del Popolo, Excellences, ou par les rues ?

– Par les rues, morbleu ! par les rues ! s'écria Franz.

– Ah ! mon cher ! dit Albert en se levant à son tour et en allumant son troisième cigare, en vérité, je vous croyais plus brave que cela.

Sur ce, les deux jeunes gens descendirent l'escalier et montèrent en voiture.

XXXIV. APPARITION

Franz avait trouvé un terme moyen pour qu'Albert arrivât au Colisée sans passer devant aucune ruine antique, et par conséquent sans que les préparations graduelles ôtassent au colosse une seule coudée de ses gigantesques proportions. C'était de suivre la via Sistinia, de couper à angle droit devant Sainte-Marie-Majeure, et d'arriver par la via Urbana et San Pietro in Vincoli jusqu'à la via del Colosseo.

Cet itinéraire offrait d'ailleurs un autre avantage : c'était celui de ne distraire en rien Franz de l'impression produite sur lui par l'histoire qu'avait racontée maître Pastrini, et dans laquelle se trouvait mêlé son mystérieux amphitryon de Monte-Cristo. Aussi s'était-il accoudé dans son coin et était-il retombé dans ces mille interrogatoires sans fin qu'il s'était faits à lui-même et dont pas un ne lui avait donné une réponse satisfaisante.

Une chose, au reste, lui avait encore rappelé son ami Simbad le marin : c'étaient ces mystérieuses relations entre les brigands et les matelots. Ce qu'avait dit maître Pastrini du refuge que trouvait Vampa sur les barques des pêcheurs et des contrebandiers rappelait à Franz ces deux bandits corses qu'il avait trouvés soupant avec l'équipage du petit yacht, lequel s'était détourné de son chemin et avait abordé à Porto-Vecchio, dans le seul but de les remettre à terre. Le nom que se donnait son hôte de Monte-Cristo, prononcé par son hôte de l'hôtel d'Espagne, lui prouvait qu'il jouait le même rôle philanthropique sur les côtes de Piombino, de Civita-Vecchia, d'Ostie et de Gaëte que sur celles de Corse, de Toscane et d'Espagne ; et comme lui-même, autant que pouvait se le rappeler Franz, avait parlé de Tunis et de Palerme c'était une preuve qu'il embrassait un cercle de relations assez étendu.

Mais si puissantes que fussent sur l'esprit du jeune homme toutes ces réflexions, elles s'évanouirent à l'instant où il vit s'élever devant lui le spectre sombre et gigantesque du Colisée, à travers les ouvertures duquel la lune projetait ces longs et pâles rayons qui tombent des yeux des fantômes. La voiture arrêta à quelques pas de la Mesa Sudans. Le cocher vint ouvrir la portière ; les deux jeunes gens sautèrent à bas de la voiture et se trouvèrent en face d'un cicerone qui semblait sortir de dessous terre.

Comme celui de l'hôtel les avait suivis, cela leur en faisait deux.

Impossible, au reste, d'éviter à Rome ce luxe de guides : outre le cicerone général qui s'empare de vous au moment où vous mettez le pied sur le seuil de la porte de l'hôtel, et qui ne vous abandonne plus que le jour où vous mettez le pied hors de la ville, il y a encore un cicerone spécial attaché à chaque monument, et je dirai presque à chaque fraction du monument. Qu'on juge donc si l'on doit manquer de ciceroni au Colosseo, c'est-à-dire au monument par excellence, qui faisait dire à Martial :

« Que Memphis cesse de nous vanter les barbares miracles de ses pyramides, que l'on ne chante plus les merveilles de Babylone ; tout doit céder devant l'immense travail de l'amphithéâtre des Césars, et toutes les voix de la renommée doivent se réunir pour vanter ce monument. »

Franz et Albert n'essayèrent point de se soustraire à la tyrannie ciceronienne. Au reste, cela serait d'autant plus difficile que ce sont les guides seulement qui ont droit de parcourir le monument avec des torches. Ils ne firent donc aucune résistance, et se livrèrent pieds et poings liés à leurs conducteurs.

Franz connaissait cette promenade pour l'avoir faite dix fois déjà. Mais comme son compagnon, plus novice, mettait pour la première fois le pied dans le monument de Flavius Vespasien, je dois l'avouer à sa louange, malgré le caquetage ignorant de ses guides, il était fortement impressionné. C'est qu'en effet on n'a aucune idée, quand on ne l'a pas vue, de la majesté d'une pareille ruine, dont toutes les proportions sont doublées encore par la mystérieuse clarté de cette lune méridionale dont les rayons semblent un crépuscule d'Occident.

Aussi, à peine Franz le penseur eut-il fait cent pas sous les portiques intérieurs, qu'abandonnant Albert à ses guides, qui ne voulaient pas renoncer au droit imprescriptible de lui faire voir dans tous leurs détails la Fosse des Lions, la Loge des Gladiateurs, le Podium des Césars, il prit un escalier à moitié ruiné, et leur laissant continuer leur route symétrique, il alla tout simplement s'asseoir à l'ombre d'une colonne, en face d'une échancrure qui lui permettait d'embrasser le géant de granit dans toute sa majestueuse étendue.

Franz était là depuis un quart d'heure à peu près, perdu, comme je l'ai dit, dans l'ombre d'une colonne, occupé à regarder Albert, qui, accompagné de ses deux porteurs de torches, venait de sortir d'un vomitorium placé à l'autre extrémité du Colisée, et lesquels, pareils à des ombres qui suivent un feu follet, descendaient de gradin en gradins vers les places réservées aux vestales. lorsqu'il lui sembla entendre rouler dans les profondeurs du monument une pierre détachée de l'escalier situé en face de celui qu'il venait de prendre pour arriver à l'endroit où il était assis. Ce n'est pas chose rare sans doute qu'une pierre qui se détache sous le pied du temps et va rouler dans l'abîme ; mais, cette fois, il lui semblait que c'était aux pieds d'un homme que la pierre avait cédé, et qu'un bruit de pas arrivait jusqu'à lui, quoique celui qui l'occasionnait fît tout ce qu'il pût pour l'assourdir.

En effet, au bout d'un instant un homme parut, sortant graduellement de l'ombre à mesure qu'il montait l'escalier dont l'orifice, situé en face de Franz, était éclairé par la lune, mais dont les degrés, à mesure qu'on les descendait, s'enfonçaient dans l'obscurité.

Ce pouvait être un voyageur comme lui, préférant une méditation solitaire au bavardage insignifiant de ses guides, et par conséquent son apparition n'avait rien qui pût le surprendre ; mais à l'hésitation avec laquelle il monta les dernières marches, à la façon dont, arrivé sur la plate-forme, il s'arrêta et parut écouter, il était évident qu'il était venu là dans un but particulier et qu'il attendait quelqu'un.

Par un mouvement instinctif, Franz s'effaça le plus qu'il put derrière la colonne.

À dix pieds du sol où ils se trouvaient tous deux la voûte était défoncée, et une ouverture ronde, pareille à celle d'un puits, permettait d'apercevoir le ciel tout constellé d'étoiles.

Autour de cette ouverture, qui donnait peut-être déjà, depuis des centaines d'années, passage aux rayons de la lune, poussaient des broussailles dont les vertes et frêles découpures se détachaient en vigueur sur l'azur mat du firmament, tandis que de grandes lianes et de puissants jets de lierre pendaient de cette terrasse supérieure et se balançaient sous la voûte, pareils à des cordages flottants.

Le personnage dont l'arrivée mystérieuse avait attiré l'attention de Franz était placé dans une demi-teinte qui ne lui permettait pas de distinguer ses traits, mais qui cependant n'était pas assez obscure pour l'empêcher de détailler son costume : il était enveloppé d'un grand manteau brun dont un des pans, rejeté sur son épaule gauche, lui cachait le bas du visage, tandis que son chapeau à large bord en couvrait la partie supérieure. L'extrémité seule de ses vêtements se trouvait éclairée par la lumière oblique qui passait par l'ouverture, et qui permettait de distinguer un pantalon noir encadrant coquettement une botte vernie.

Cet homme appartenait évidemment, sinon à l'aristocratie, du moins à la haute société.

Il était là depuis quelques minutes et commençait à donner des signes visibles d'impatience, lorsqu'un léger bruit se fit entendre sur la terrasse supérieure.

Au même instant une ombre parut intercepter la lumière, un homme apparut à l'orifice de l'ouverture, plongea son regard perçant dans les ténèbres, et aperçut l'homme au manteau ; aussitôt il saisit une poignée de ces lianes pendantes et de ces lierres flottants, se laissa glisser, et, arrivé à trois ou quatre pieds du sol, sauta légèrement à terre. Celui-ci avait le costume d'un Transtévère[41] complet.

– Excusez-moi, Excellence, dit-il en dialecte romain, je vous ai fait attendre. Cependant je ne suis en retard que de quelques minutes. Dix heures viennent de sonner à Saint-Jean de Latran.

– C'est moi qui étais en avance et non vous qui étiez en retard, répondit l'étranger dans le plus pur toscan ; ainsi pas de cérémonie : d'ailleurs m'eussiez-vous fait attendre, que je me serais bien douté que c'était par quelque motif indépendant de votre volonté.

– Et vous auriez eu raison, Excellence ; je viens du château Saint-Ange, et j'ai eu toutes les peines du monde à parler à Beppo.

– Qu'est-ce que Beppo ?

– Beppo est un employé de la prison, à qui je fais une petite rente pour savoir ce qui se passe dans l'intérieur du château de Sa Sainteté.

– Ah ! ah ! je vois que vous êtes homme de précaution, mon cher !

– Que voulez-vous, Excellence ! On ne sait pas ce qui peut arriver ; peut-être moi aussi serai-je un jour pris au filet comme ce pauvre Peppino, et aurai-je besoin d'un rat pour ronger quelques mailles de ma prison.

– Bref, qu'avez-vous appris ?

– Il y aura deux exécutions mardi à deux heures, comme c'est l'habitude à Rome lors des ouvertures des grandes fêtes. Un condamné sera *mazzolato* ; c'est un misérable qui a tué un prêtre qui l'avait élevé, et qui ne mérite aucun intérêt. L'autre sera *decapitato*, et celui-là, c'est le pauvre Peppino.

41. Habitant d'un quartier de Rome du même nom.

– Que voulez-vous, mon cher, vous inspirez une si grande terreur, non seulement au gouvernement pontifical, mais encore aux royaumes voisins, qu'on veut absolument faire un exemple.

– Mais Peppino ne fait pas même partie de ma bande ; c'est un pauvre berger qui n'a commis d'autre crime que de nous fournir des vivres.

– Ce qui le constitue parfaitement votre complice. Aussi, voyez qu'on a des égards pour lui, au lieu de l'assommer, comme vous le serez, si jamais on vous met la main dessus, on se contentera de le guillotiner. Au reste, cela variera les plaisirs du peuple, et il y aura spectacle pour tous les goûts.

– Sans compter celui que je lui ménage et auquel il ne s'attend pas, reprit le Transtévère.

– Mon cher ami, permettez-moi de vous dire, reprit l'homme au manteau, que vous me paraissez tout disposé à faire quelque sottise.

– Je suis disposé à tout pour empêcher l'exécution du pauvre diable qui est dans l'embarras pour m'avoir servi ; par la Madone ! je me regarderais comme un lâche si je ne faisais pas quelque chose pour ce brave garçon.

– Et que ferez-vous ?

– Je placerai une vingtaine d'hommes autour de l'échafaud, et, au moment où on l'amènera, au signal que je donnerai, nous nous élancerons le poignard au poing sur l'escorte, et nous l'enlèverons.

– Cela me paraît fort chanceux, et je crois décidément que mon projet vaut mieux que le vôtre.

– Et quel est votre projet, Excellence ?

– Je donnerai dix mille piastres à quelqu'un que je sais, et qui obtiendra que l'exécution de Peppino soit remise à l'année prochaine ; puis, dans le courant de l'année, je donnerai mille autres piastres à un autre quelqu'un que je sais encore, et le ferai évader de prison.

– Êtes-vous sûr de réussir ?

– Pardieu, dit en français l'homme au manteau.

– Plaît-il ? demanda le Transtévère.

– Je dis, mon cher, que j'en ferai plus à moi seul avec mon or que vous et tous vos gens avec leurs poignards, leurs pistolets, leurs carabines et leurs tromblons. Laissez-moi donc faire.

– À merveille ; mais si vous échouez, nous nous tiendrons toujours prêts.

– Tenez-vous toujours prêts, si c'est votre plaisir ; mais soyez certain que j'aurai sa grâce.

– C'est après-demain mardi, faites-y attention. Vous n'avez plus que demain.

– Eh bien ! mais le jour se compose de vingt-quatre heures, chaque heure se compose de soixante minutes, chaque minute de soixante secondes ; en quatre-vingt-six mille quatre cents secondes on fait bien des choses.

– Si vous avez réussi, Excellence, comment le saurons-nous ?

– C'est bien simple, j'ai loué les trois dernières fenêtres du café Rospoli ; si j'ai obtenu le sursis, les deux fenêtres du coin seront tendues en damas jaune, mais celle du milieu sera tendue en damas blanc avec une croix rouge.

– À merveille. Et par qui ferez-vous passer la grâce ?

– Envoyez-moi un de vos hommes déguisé en pénitent et je la lui donnerai. Grâce à son costume, il arrivera jusqu'au pied de l'échafaud et remettra la bulle au chef de la confrérie, qui la remettra au bourreau. En attendant, faites savoir cette nouvelle à Peppino ; qu'il n'aille pas mourir de peur ou devenir fou, ce qui serait cause que nous aurions fait pour lui une dépense inutile.

– Écoutez, Excellence, dit le paysan, je vous suis bien dévoué, et vous en êtes convaincu, n'est-ce pas ?

– Je l'espère, au moins.

– Eh bien ! si vous sauvez Peppino, ce sera plus que du dévouement à l'avenir, ce sera de l'obéissance.

– Fais attention à ce que tu dis là, mon cher ! Je te le rappellerai peut-être un jour, car peut-être un jour, moi aussi, j'aurai besoin de toi…

– Eh bien, alors, Excellence, vous me trouverez à l'heure du besoin comme je vous aurai trouvé à cette même heure ; alors, fussiez-vous à l'autre bout du monde, vous n'aurez qu'à m'écrire : « Fais cela, » et je le ferai, foi de…

– Chut ! dit l'inconnu, j'entends du bruit.

– Ce sont des voyageurs qui visitent le Colisée aux flambeaux.

– Il est inutile qu'ils nous trouvent ensemble. Ces mouchards de guides pourraient vous reconnaître ; et, si honorable que soit votre amitié, mon cher ami, si on nous savait liés comme nous le sommes, cette liaison, j'en ai bien peur, me ferait perdre quelque peu de mon crédit.

– Ainsi, si vous avez le sursis ?…

– La fenêtre du milieu tendue en damas avec une croix rouge.

– Si vous ne l'avez pas ?…

– Trois tentures jaunes.

– Et alors ?…

– Alors, mon cher ami, jouez du poignard tout à votre aise, je vous le permets, et je serai là pour vous voir faire.

– Adieu, Excellence ; je compte sur vous, comptez sur moi.

À ces mots le Transtévère disparut par l'escalier, tandis que l'inconnu, se couvrant plus que jamais le visage de son manteau, passa à deux pas de Franz et descendit dans l'arène par les gradins extérieurs.

Une seconde après, Franz entendit son nom retentir sous les voûtes : c'était Albert qui l'appelait.

Il attendit pour répondre que les deux hommes fussent éloignés, ne se souciant pas de leur apprendre qu'ils avaient eu un témoin qui, s'il n'avait pas vu leur visage, n'avait pas perdu un mot de leur entretien.

Dix minutes après, Franz roulait vers l'hôtel d'Espagne, écoutant avec une distraction fort impertinente la savante dissertation qu'Albert faisait, d'après Pline et Calpurnius, sur les filets garnis de pointes de fer qui empêchaient les animaux féroces de s'élancer sur les spectateurs.

Il le laissait aller sans le contredire ; il avait hâte de se trouver seul pour penser sans distraction à ce qui venait de se passer devant lui.

De ces deux hommes, l'un lui était certainement étranger, et c'était la première fois qu'il le voyait et l'entendait, mais il n'en était pas ainsi de l'autre ; et, quoique Franz n'eût pas distingué son visage constamment enseveli dans l'ombre ou caché par son manteau, les accents de cette voix l'avaient trop frappé la première fois qu'il les avait entendus pour qu'ils pussent jamais retentir devant lui sans qu'il les reconnût.

Il y avait surtout dans les intonations railleuses quelque chose de strident et de métallique qui l'avait fait tressaillir dans les ruines du Colisée comme dans la grotte de Monte-Cristo.

Aussi était-il bien convaincu que cet homme n'était autre que Simbad le marin.

Aussi, en toute autre circonstance, la curiosité que lui avait inspirée cet homme eût été si grande qu'il se serait fait reconnaître à lui ; mais, dans cette occasion, la conversation qu'il venait d'entendre était trop intime pour qu'il ne fût pas retenu par la crainte très sensée que son apparition ne lui serait pas agréable. Il l'avait donc laissé s'éloigner, comme on l'a vu mais en se promettant, s'il le rencontrait une autre fois, de ne pas laisser échapper cette seconde occasion comme il avait fait de la première.

Franz était trop préoccupé pour bien dormir. Sa nuit fut employée à passer et à repasser dans son esprit toutes les circonstances qui se rattachaient à l'homme de la grotte et à l'inconnu du Colisée, et qui tendaient à faire de ces deux personnages le même individu ; et plus Franz y pensait, plus il s'affermissait dans cette opinion.

Il s'endormit au jour, ce qui fit qu'il ne s'éveilla que fort tard. Albert, en véritable Parisien, avait déjà pris ses précautions pour la soirée. Il avait envoyé chercher une loge au théâtre Argentina.

Franz avait plusieurs lettres à écrire en France, il abandonna donc pour toute la journée la voiture à Albert.

À cinq heures, Albert rentra ; il avait porté ses lettres de recommandation, avait des invitations pour toutes ses soirées et avait vu Rome.

Une journée avait suffi à Albert pour tout cela.

Et encore avait-il eu le temps de s'informer de la pièce qu'on jouait et des acteurs qui la joueraient.

La pièce avait pour titre : *Parisina* ; les acteurs avaient nom : Coselli, Moriani et la Spech.

Nos deux jeunes gens n'étaient pas si malheureux, comme on le voit : ils allaient assister à la représentation d'un des meilleurs opéras de l'auteur de *Luda di Lammermoor*, joué par trois des artistes les plus renommés de l'Italie.

Albert n'avait jamais pu s'habituer aux théâtres ultramontains, à l'orchestre desquels on ne va pas, et qui n'ont ni balcons, ni loges découvertes ; c'était dur pour un homme qui avait sa stalle aux Bouffes et sa part de la loge infernale à l'Opéra.

Ce qui n'empêchait pas Albert de faire des toilettes flamboyantes toutes les fois qu'il allait à l'Opéra avec Franz : toilettes perdues ; car, il faut l'avouer à la honte d'un des représentants les plus dignes de notre fashion, depuis quatre mois qu'il sillonnait l'Italie en tous sens, Albert n'avait pas eu une seule aventure.

Albert essayait quelquefois de plaisanter à cet endroit ; mais au fond il était singulièrement mortifié, lui, Albert de Morcerf, un des jeunes gens les plus courus, d'en être encore pour ses frais. La chose était d'autant plus pénible que, selon l'habitude modeste de nos chers compatriotes, Albert était parti de Paris avec cette conviction qu'il allait avoir en Italie les plus grands succès, et qu'il viendrait faire les délices du boulevard de Gand du récit de ses bonnes fortunes.

Hélas ! il n'en avait rien été : les charmantes comtesses génoises, florentines et napolitaines s'en étaient tenues, non pas à leurs maris, mais à leurs amants, et Albert avait acquis cette cruelle conviction, que les Italiennes ont du moins, sur les Françaises, l'avantage d'être fidèles à leur infidélité.

Je ne veux pas dire qu'en Italie, comme partout, il n'y ait pas des exceptions.

Et cependant Albert était non seulement un cavalier parfaitement élégant, mais encore un homme de beaucoup d'esprit ; de plus il était vicomte ; vicomte de nouvelle noblesse, c'est vrai ; mais aujourd'hui qu'on ne fait plus ses preuves, qu'importe qu'on date de 1399 ou de 1815 ! Par-dessus tout cela il avait cinquante mille livres de rentes. C'était plus qu'il n'en faut comme on le voit, pour être à la mode à Paris. C'était donc quelque peu humiliant de n'avoir encore été sérieusement remarqué par personne dans aucune des villes où il avait passé.

Mais aussi comptait-il se rattraper à Rome, le carnaval étant, dans tous les pays de la terre qui célèbrent cette estimable institution, une époque de liberté où les plus sévères se laissent entraîner à quelque acte de folie. Or, comme le carnaval s'ouvrait le lendemain, il était fort important qu'Albert lançât son prospectus avant cette ouverture.

Albert avait donc, dans cette intention, loué une des loges les plus apparentes du théâtre, et fait, pour s'y rendre, une toilette irréprochable. C'était au premier rang, qui remplace chez nous la galerie. Au reste, les trois premiers étages sont aussi aristocratiques les uns que les autres, et on les appelle pour cette raison les rangs nobles.

Au reste cette loge, où l'on pouvait tenir à douze sans être serrés, avait coûté aux deux amis un peu moins cher qu'une loge de quatre personnes à l'Ambigu.

Albert avait encore un autre espoir, c'est que, s'il arrivait à prendre place dans le cœur d'une belle Romaine, cela le conduirait naturellement à conquérir un *posto* dans la voiture, et par conséquent à voir le carnaval du haut d'un véhicule aristocratique ou d'un balcon princier.

Toutes ces considérations rendaient donc Albert plus sémillant qu'il ne l'avait jamais été. Il tournait le dos aux acteurs, se penchant à moitié hors de la loge et lorgnant toutes les jolies femmes avec une jumelle de six pouces de long.

Ce qui n'amenait pas une seule jolie femme à récompenser d'un seul regard, même de curiosité, tout le mouvement que se donnait Albert.

En effet, chacun causait de ses affaires, de ses amours, de ses plaisirs, du carnaval qui s'ouvrait le lendemain de la semaine sainte prochaine, sans faire attention un seul instant ni aux acteurs, ni à la pièce, à l'exception des moments indiqués, où chacun alors se retournait soit pour entendre une portion du récitatif de Coselli, soit pour applaudir quelque trait brillant de Moriani, soit pour crier bravo à la Spech ; puis les conversations particulières reprenaient leur train habituel.

Vers la fin du premier acte, la porte d'une loge restée vide jusque-là s'ouvrit, et Franz vit entrer une personne à laquelle il avait eu l'honneur d'être présenté à Paris et qu'il croyait encore en France. Albert vit le mouvement que fit son ami à cette apparition, et se retournant vers lui :

– Est-ce que vous connaissez cette femme ? dit-il.

– Oui ; comment la trouvez-vous ?

– Charmante, mon cher, et blonde. Oh ! les adorables cheveux ! C'est une Française ?

– C'est une Vénitienne.

– Et vous l'appelez ?

– La comtesse G…

– Oh ! je la connais de nom, s'écria Albert. On la dit aussi spirituelle que jolie. Parbleu, quand je pense que j'aurais pu me faire présenter à elle au dernier bal de Mme de Villefort, où elle était, et que j'ai négligé cela : je suis un grand niais !

– Voulez-vous que je répare ce tort ? demanda Franz.

– Comment ! vous la connaissez assez intimement pour me conduire dans sa loge ?

– J'ai eu l'honneur de lui parler trois ou quatre fois dans ma vie ; mais, vous le savez, c'est strictement assez pour ne pas commettre une inconvenance.

En ce moment la comtesse aperçut Franz et lui fit de la main un signe gracieux, auquel il répondit par une respectueuse inclination de tête.

– Ah çà, mais il me semble que vous êtes au mieux avec elle ? dit Albert.

– Eh bien ! voilà ce qui vous trompe et ce qui nous fera faire sans cesse, à nous autres Français, mille sottises ; et l'étrange, c'est de tout soumettre à nos points de vue parisiens ; en Espagne, et en Italie surtout, ne jugez jamais de l'intimité des gens sur la liberté des rapports. Nous nous sommes trouvés en sympathie avec la comtesse, voilà tout.

– En sympathie de cœur ? demanda Albert en riant.

– Non, d'esprit, voilà tout, répondit sérieusement Franz.

– Et à quelle occasion ?

– À l'occasion d'une promenade de Colisée pareille à celle que nous avons faite ensemble.

– Au clair de la lune ?

– Oui.

– Seuls ?

– À peu près ?

– Et vous avez parlé…

– Des morts.

– Ah ! s'écria Albert, c'était en vérité fort récréatif. Eh bien ! moi, je vous promets que si j'ai le bonheur d'être le cavalier de la belle comtesse dans une pareille promenade, je ne lui parlerai que des vivants.

– Et vous aurez peut-être tort.

– En attendant, vous allez me présenter à elle comme vous me l'avez promis ?

– Aussitôt la toile baissée.

– Que ce diable de premier acte est long !

– Écoutez le finale, il est fort beau, et Coselli le chante admirablement.

– Oui, mais quelle tournure !

– La Spech y est on ne peut plus dramatique.

– Vous comprenez que lorsqu'on a entendu la Sontag et la Malibran…

– Ne trouvez-vous pas la méthode de Moriani excellente ?

– Je n'aime pas les bruns qui chantent blond.

– Ah ! mon cher, dit Franz en se retournant, tandis qu'Albert continuait de lorgner, en vérité vous êtes par trop difficile.

Enfin la toile tomba à la grande satisfaction du vicomte de Morcerf, qui prit son chapeau, donna un coup de main rapide à ses cheveux, à sa cravate et à ses manchettes, et fit observer à Franz qu'il l'attendait.

Comme de son côté la comtesse, que Franz interrogeait des yeux, lui fit comprendre par un signe qu'il serait le bienvenu, Franz ne mit aucun retard à satisfaire l'empressement d'Albert, et faisant, suivi de son compagnon qui profitait du voyage pour rectifier les faux plis que les mouvements avaient pu imprimer à son col de chemise et au revers de son habit, le tour de l'hémicycle, il vint frapper à la loge nunméro 4, qui était celle qu'occupait la comtesse.

Aussitôt le jeune homme qui était assis à côté d'elle sur le devant de la loge se leva, cédant sa place, selon l'habitude italienne, au nouveau venu, qui doit la céder à son tour lorsqu'une autre visite arrive.

Franz présenta Albert à la comtesse comme un de nos jeunes gens les plus distingués par sa position sociale et par son esprit ; ce qui, d'ailleurs, était vrai ; car à Paris, et dans le milieu où vivait Albert, c'était un cavalier irréprochable. Il ajouta que, désespéré de n'avoir pas su profiter du séjour de la comtesse à Paris pour se faire présenter à elle, il l'avait chargé de réparer cette faute, mission dont il s'acquittait en priant la comtesse, près de laquelle il aurait eu besoin lui-même d'un introducteur, d'excuser son indiscrétion.

La comtesse répondit en faisant un charmant salut à Albert et en tendant la main à Franz.

Albert, invité par elle, prit la place vide sur le devant, et Franz s'assit au second rang derrière la comtesse.

Albert avait trouvé un excellent sujet de conversation : c'était Paris ; il parlait à la comtesse de leurs connaissances communes. Franz comprit qu'il était sur le terrain. Il le laissa aller, et, lui demandant sa gigantesque lorgnette, il se mit à son tour à explorer la salle.

Seule sur le devant d'une loge, placée au troisième rang en face d'eux, était une femme admirablement belle, vêtue d'un costume grec, qu'elle portait avec tant d'aisance qu'il était évident que c'était son costume naturel.

Derrière elle, dans l'ombre, se dessinait la forme d'un homme dont il était impossible de distinguer le visage.

Franz interrompit la conversation d'Albert et de la comtesse pour demander à cette dernière si elle connaissait la belle Albanaise qui était si digne d'attirer non seulement l'attention des hommes, mais encore des femmes.

– Non, dit-elle ; tout ce que je sais, c'est qu'elle est à Rome depuis le commencement de la saison ; car, à l'ouverture du théâtre, je l'ai vue où elle est ; et depuis un mois elle n'a pas manqué une seule représentation, tantôt accompagnée de l'homme qui est avec elle en ce moment, tantôt suivie simplement d'un domestique noir.

– Comment la trouvez-vous, comtesse ?

– Extrêmement belle. Medora devait ressembler à cette femme.

Franz et la comtesse échangèrent un sourire. Elle se remit à causer avec Albert, et Franz à lorgner son Albanaise.

La toile se leva sur le ballet. C'était un de ces bons ballets italiens mis en scène par le fameux Henri, qui s'était fait, comme chorégraphe en Italie, une réputation colossale, que le malheureux est venu perdre au théâtre nautique ; un de ces ballets où tout le monde, depuis le premier sujet jusqu'au dernier comparse, prend une part si active à l'action, que cent cinquante personnes font à la fois le même geste et lèvent ensemble ou le même bras ou la même jambe.

On appelait ce ballet *Poliska*.

Franz était trop préoccupé de sa belle Grecque pour s'occuper du ballet, si intéressant qu'il fût. Quant à elle, elle prenait un plaisir visible à ce spectacle, plaisir qui faisait une opposition suprême avec l'insouciance profonde de celui qui l'accompagnait, et qui, tant que dura le chef-d'œuvre chorégraphique, ne fit pas un mouvement, paraissant, malgré le bruit infernal que menaient les trompettes, les cymbales et les chapeaux chinois à l'orchestre, goûter les célestes douceurs d'un sommeil paisible et radieux.

Enfin le ballet finit, et la toile tomba au milieu des applaudissements frénétiques d'un parterre enivré.

Grâce à cette habitude de couper l'opéra par un ballet, les entr'actes sont très courts en Italie, les chanteurs ayant le temps de se reposer et de changer de costume tandis que les danseurs exécutent leurs pirouettes et confectionnent leurs entrechats.

L'ouverture du second acte commença ; aux premiers coups d'archet, Franz vit le dormeur se soulever lentement et se rapprocher de la Grecque, qui se retourna pour lui adresser quelques paroles, et s'accouda de nouveau sur le devant de la loge.

La figure de son interlocuteur était toujours dans l'ombre, et Franz ne pouvait distinguer aucun de ses traits.

La toile se leva, l'attention de Franz fut nécessairement attirée par les acteurs, et ses yeux quittèrent un instant la loge de la belle Grecque pour se porter vers la scène.

L'acte s'ouvre, comme on sait, par le duo du rêve : Parisina, couchée, laisse échapper devant Azzo le secret de son amour pour Ugo ; l'époux trahi passe par toutes les fureurs de la jalousie, jusqu'à ce que, convaincu que sa femme lui est infidèle, il la réveille pour lui annoncer sa prochaine vengeance.

Ce duo est un des plus beaux, des plus expressifs et des plus terribles qui soient sortis de la plume féconde de Donizetti. Franz l'entendait pour la troisième fois, et quoiqu'il ne passât pas pour un mélomane enragé, il produisit sur lui un effet profond. Il allait en conséquence joindre ses applaudissements à ceux de la salle, lorsque ses mains, prêtes à se réunir, restèrent écartées, et que le bravo qui s'échappait de sa bouche expira sur ses lèvres.

L'homme de la loge s'était levé tout debout, et, sa tête se trouvant dans la lumière, Franz venait de retrouver le mystérieux habitant de Monte-Cristo, celui dont la veille il lui avait si bien semblé reconnaître la taille et la voix dans les ruines du Colisée.

Il n'y avait plus de doute, l'étrange voyageur habitait Rome.

Sans doute l'expression de la figure de Franz était en harmonie avec le trouble que cette apparition jetait dans son esprit, car la comtesse le regarda, éclata de rire, et lui demanda ce qu'il avait.

– Madame la comtesse, répondit Franz, je vous ai demandé tout à l'heure si vous connaissiez cette femme albanaise : maintenant je vous demanderai si vous connaissez son mari.

– Pas plus qu'elle, répondit la comtesse.

– Vous ne l'avez jamais remarqué ?

– Voilà bien une question à la française ! Vous savez bien que, pour nous autres Italiennes, il n'y a pas d'autre homme au monde que celui que nous aimons !

– C'est juste, répondit Franz.

– En tout cas, dit-elle en appliquant les jumelles d'Albert à ses yeux et en les dirigeant vers la loge, ce doit être quelque nouveau déterré, quelque trépassé sorti du tombeau avec la permission du fossoyeur, car il me semble affreusement pâle.

– Il est toujours comme cela, répondit Franz.

– Vous le connaissez donc ? demanda la comtesse ; alors c'est moi qui vous demanderai qui il est.

– Je crois l'avoir déjà vu, et il me semble le reconnaître.

– En effet, dit-elle en faisant un mouvement de ses belles épaules comme si un frisson lui passait dans les veines, je comprends que lorsqu'on a une fois vu un pareil homme on ne l'oublie jamais.

L'effet que Franz avait éprouvé n'était donc pas une impression particulière, puisque une autre personne le ressentait comme lui.

– Eh bien ! demanda Franz à la comtesse après qu'elle eut pris sur elle de le lorgner une seconde fois, que pensez-vous de cet homme ?

– Que cela me paraît être lord Ruthwen en chair et en os.

En effet, ce nouveau souvenir de Byron frappa Franz : si un homme pouvait le faire croire à l'existence des vampires c'était cet homme.

– Il faut que je sache qui il est, dit Franz en se levant.

– Oh ! non, s'écria la comtesse ; non, ne me quittez pas, je compte sur vous pour me reconduire, et je vous garde.

– Comment ! véritablement, lui dit Franz en se penchant à son oreille, vous avez peur ?

– Écoutez, lui dit-elle, Byron m'a juré qu'il croyait aux vampires, il m'a dit qu'il en avait vu, il m'a dépeint leur visage, eh bien ! c'est absolument cela ; ces cheveux noirs, ces grands yeux brillant d'une flamme étrange, cette pâleur mortelle ; puis, remarquez qu'il n'est pas avec une femme comme toutes les femmes, il est avec une étrangère… une Grecque… une schismatique… sans doute quelque magicienne comme lui. Je vous en prie, n'y allez pas. Demain mettez-vous à sa recherche si bon vous semble, mais aujourd'hui je vous déclare que je vous garde.

Franz insista.

– Écoutez, dit-elle en se levant, je m'en vais ; je ne puis rester jusqu'à la fin du spectacle, j'ai du monde chez moi ; seriez-vous assez peu galant pour me refuser votre compagnie ?

Il n'y avait d'autre réponse à faire que de prendre son chapeau, d'ouvrir la porte et de présenter son bras à la comtesse.

C'est ce qu'il fit.

La comtesse était véritablement fort émue ; et Franz lui-même ne pouvait échapper à une certaine terreur superstitieuse, d'autant plus naturelle que ce qui était chez la comtesse le produit d'une sensation instinctive, était chez lui le résultat d'un souvenir.

Il sentit qu'elle tremblait en montant en voiture.

Il la reconduisit jusque chez elle ; il n'y avait personne, et elle n'était aucunement attendue ; il lui en fit le reproche.

– En vérité, lui dit-elle, je ne me sens pas bien, et j'ai besoin d'être seule ; la vue de cet homme m'a toute bouleversée.

Franz essaya de rire.

– Ne riez pas, lui dit-elle ; d'ailleurs vous n'en avez pas envie. Puis promettez-moi une chose.

– Laquelle ?

– Promettez-la-moi.

– Tout ce que vous voudrez, excepté de renoncer à découvrir quel est cet homme. J'ai des motifs que je ne puis vous dire pour désirer savoir qui il est, d'où il vient et où il va.

– D'où il vient, je l'ignore, mais où il va, je puis vous le dire : il va en enfer à coup sûr.

– Revenons à la promesse que vous vouliez exiger de moi, comtesse, dit Franz.

– Ah ! c'est de rentrer directement à l'hôtel et de ne pas chercher ce soir à voir cet homme, il y a certaines affinités entre les personnes que l'on quitte et les personnes que l'on rejoint. Ne servez pas de conducteur entre cet homme et moi. Demain courez après lui si bon vous semble ; mais ne me le présentez jamais, si vous ne voulez pas me faire mourir de peur. Sur ce, bonsoir ; tâchez de dormir, moi je sais bien qui ne dormira pas.

Et à ces mots la comtesse quitta Franz, le laissant indécis de savoir si elle s'était amusée à ses dépens ou si elle avait véritablement ressenti la crainte qu'elle avait exprimée.

En rentrant à l'hôtel, Franz trouva Albert en robe de chambre, en pantalon à pied, voluptueusement étendu sur un fauteuil et fumant son cigare.

– Ah, c'est vous ! lui dit-il. Ma foi, je ne vous attendais que demain.

– Mon cher Albert, répondit Franz, je suis heureux de trouver l'occasion de vous dire une fois pour toutes que vous avez la plus fausse idée des femmes italiennes ; il me semble pourtant que vos mécomptes amoureux auraient dû vous la faire perdre.

– Que voulez-vous ? ces diablesses de femmes, c'est à n'y rien comprendre ! Elles vous donnent la main, elles vous la serrent ; elles vous parlent tout bas, elles se font reconduire chez elles : avec le quart de ces manières de faire, une Parisienne se perdrait de réputation.

– Eh ! justement c'est parce qu'elles n'ont rien à cacher, c'est parce qu'elles vivent au grand soleil, que les femmes y mettent si peu de façons dans le beau pays où résonne le *si*, comme dit Dante. D'ailleurs, vous avez bien vu que la comtesse a eu véritablement peur.

– Peur de quoi ? De cet honnête monsieur qui était en face de nous avec cette jolie Grecque ? Mais j'ai voulu en avoir le cœur net quand ils sont sortis, et je les ai croisés dans le corridor. Je ne sais pas où diable vous avez pris toutes vos idées de l'autre monde ! C'est un fort beau garçon qui est fort bien mis, et qui a tout l'air de se faire habiller en France chez Blin ou chez Humann ; un peu pâle, c'est vrai, mais vous savez que la pâleur est un cachet de distinction.

Franz sourit, Albert avait de grandes prétentions à être pâle.

– Aussi, lui dit Franz, je suis convaincu que les idées de la comtesse sur cet homme n'ont pas le sens commun. A-t-il parlé près de vous, et avez-vous entendu quelques-unes de ses paroles ?

– Il a parlé, mais en romaïque. J'ai reconnu l'idiome à quelques mots grecs défigurés. Il faut vous dire, mon cher, qu'au collège j'étais très fort en grec.

– Ainsi il parlait le romaïque ?

– C'est probable.

– Plus de doute, murmura Franz, c'est lui.

– Vous dites ?...

– Rien. Que faisiez-vous donc là ?

– Je vous ménageais une surprise.

– Laquelle ?

– Vous savez qu'il est impossible de se procurer une calèche ?

– Pardieu ! puisque nous avons fait inutilement tout ce qu'il était humainement possible de faire pour cela.

– Eh bien ! j'ai eu une idée merveilleuse.

Franz regarda Albert en homme qui n'avait pas grande confiance dans son imagination.

– Mon cher, dit Albert, vous m'honorez là d'un regard qui mériterait bien que je vous demandasse réparation.

– Je suis prêt à vous la faire, cher ami, si l'idée est aussi ingénieuse que vous le dites.

– Écoutez.

– J'écoute.

– Il n'y a pas moyen de se procurer de voiture, n'est-ce pas ?

– Non.

– Ni de chevaux ?

– Pas davantage.

– Mais l'on peut se procurer une charrette ?

– Peut-être.

– Une paire de bœufs ?

– C'est probable.

– Eh bien, mon cher ! voilà notre affaire. Je vais faire décorer la charrette, nous nous habillons en moissonneurs napolitains, et nous représentons au naturel le magnifique tableau de Léopold Robert. Si, pour plus grande ressemblance, la comtesse veut prendre le costume d'une femme de Pouzzole ou de Sorrente, cela complétera la mascarade, et elle est assez belle pour qu'on la prenne pour l'original de la Femme à l'Enfant.

– Pardieu ! s'écria Franz, pour cette fois vous avez raison, monsieur Albert, et voilà une idée véritablement heureuse.

– Et toute nationale, renouvelée des rois fainéants, mon cher, rien que cela ! Ah ! messieurs les Romains, vous croyez qu'on courra à pied par vos rues comme des lazzaroni, et cela parce que vous manquez de calèches et de chevaux ; eh bien ! on en inventera.

– Et avez-vous déjà fait part à quelqu'un de cette triomphante imagination ?

– À notre hôte. En rentrant, je l'ai fait monter et lui ai exposé mes désirs. Il m'a assuré que rien n'était plus facile ; je voulais faire dorer les cornes des bœufs, mais il m'a dit que cela demandait trois jours : il faudra donc nous passer de cette superfluité.

– Et où est-il ?

– Qui ?

– Notre hôte ?

– En quête de la chose. Demain il serait déjà peut-être un peu tard.

– De sorte qu'il va nous rendre réponse ce soir même ?

– Je l'attends.

En ce moment la porte s'ouvrit, et maître Pastrini passa la tête.

– *Permesso ?* dit-il.

– Certainement que c'est permis ! s'écria Franz.

– Eh bien ! dit Albert, nous avez-vous trouvé la charrette requise et les bœufs demandés ?

– J'ai trouvé mieux que cela, répondit-il d'un air parfaitement satisfait de lui-même.

– Ah ! mon cher hôte, prenez garde, dit Albert, le mieux est l'ennemi du bien.

– Que Vos Excellences s'en rapportent à moi, dit maître Pastrini d'un ton capable.

– Mais enfin qu'y a-t-il ? demanda Franz à son tour.

– Vous savez, dit l'aubergiste, que le comte de Monte-Cristo habite sur le même carré que vous ?

– Je le crois bien, dit Albert, puisque c'est grâce à lui que nous sommes logés comme deux étudiants de la rue Saint-Nicolas du Chardonnet.

– Eh bien ! il sait l'embarras dans lequel vous vous trouvez, et vous fait offrir deux places dans sa voiture et deux places à ses fenêtres du palais Rospoli.

Albert et Franz se regardèrent.

– Mais, demanda Albert, devons-nous accepter l'offre de cet étranger, d'un homme que nous ne connaissons pas ?

– Quel homme est-ce que ce comte de Monte-Cristo ? demanda Franz à son hôte.

– Un très grand seigneur sicilien ou maltais, je ne sais pas au juste, mais noble comme un Borghèse et riche comme une mine d'or.

– Il me semble, dit Franz à Albert, que, si cet homme était d'aussi bonnes manières que le dit notre hôte, il aurait dû nous faire parvenir son invitation d'une autre façon, soit en nous écrivant, soit…

En ce moment on frappa à la porte !

– Entrez, dit Franz.

Un domestique, vêtu d'une livrée parfaitement élégante, parut sur le seuil de la chambre.

– De le part du comte de Monte-Cristo, pour M. Franz d'Épinay et pour M. le vicomte Albert de Morcerf, dit-il.

Et il présenta à l'hôte deux cartes, que celui-ci remit aux jeunes gens.

– M. le comte de Monte-Cristo, continua le domestique, fait demander à ces Messieurs la permission de se présenter en voisin demain matin chez eux ; il aura l'honneur de s'informer auprès de ces messieurs à quelle heure ils seront visibles.

– Ma foi, dit Albert à Franz, il n'y a rien à y reprendre, tout y est.

– Dites au comte, répondit Franz, que c'est nous qui aurons l'honneur de lui faire notre visite.

Le domestique se retira.

– Voilà ce qui s'appelle faire assaut d'élégance, dit Albert. Allons, décidément vous aviez raison, maître Pastrini, et c'est un homme tout à fait comme il faut que votre comte de Monte-Cristo.

– Alors vous acceptez son offre ? dit l'hôte.

– Ma foi oui, répondit Albert. Cependant, je vous l'avoue, je regrette notre charrette et les moissonneurs ; et, s'il n'y avait pas la fenêtre du palais Rospoli pour faire compensation à ce que nous perdons, je crois que j'en reviendrais à ma première idée : qu'en dites-vous, Franz ?

– Je dis que ce sont aussi les fenêtres du palais Rospoli qui me décident, répondit Franz à Albert.

En effet, cette offre de deux places à une fenêtre du palais Rospoli avait rappelé à Franz la conversation qu'il avait entendue dans les ruines du Colisée entre son inconnu et son Transtévère, conversation dans laquelle l'engagement avait été pris par l'homme au manteau d'obtenir la grâce du condamné. Or, si l'homme au manteau était, comme tout portait Franz à le croire, le même que celui dont l'apparition dans la salle Argentina l'avait si fort préoccupé, il le reconnaîtrait sans aucun doute, et alors rien ne l'empêcherait de satisfaire sa curiosité à son égard.

Franz passa une partie de la nuit à rêver à ses deux apparitions et à désirer le lendemain. En effet, le lendemain tout devait s'éclaircir ; et cette fois, à moins que son hôte de Monte-Cristo ne possédât l'anneau de Gygès et, grâce à cet anneau, la faculté de se rendre invisible, il était évident qu'il ne lui échapperait pas. Aussi fut-il éveillé avant huit heures.

Quant à Albert, comme il n'avait pas les mêmes motifs que Franz d'être matinal, il dormait encore de son mieux.

Franz fit appeler son hôte, qui se présenta avec son obséquiosité ordinaire.

– Maître Pastrini, lui dit-il, ne doit-il pas y avoir aujourd'hui une exécution ?

– Oui, Excellence ; mais si vous me demandez cela pour avoir une fenêtre, vous vous y prenez bien tard.

– Non, reprit Franz ; d'ailleurs, si je tenais absolument à voir ce spectacle, je trouverais place, je pense, sur le mont Pincio.

– Oh ! je présumais que Votre Excellence ne voudrait pas se compromettre avec toute la canaille, dont c'est en quelque sorte l'amphithéâtre naturel.

– Il est probable que je n'irai pas, dit Franz ; mais je désirerais avoir quelques détails.

– Lesquels ?

– Je voudrais savoir le nombre des condamnés, leurs noms, et le genre de leur supplice.

– Cela tombe à merveille, Excellence ! on vient justement de m'apporter les *tavolette.*

– Qu'est-ce que les *tavolette* ?

– Les *tavolette* sont des tablettes en bois que l'on accroche à tous les coins de rue la veille des exécutions, et sur lesquelles on colle les noms des condamnés, la cause de leur condamnation et le mode de leur supplice. Cet avis a pour but d'inviter les fidèles à prier Dieu de donner aux coupables un repentir sincère.

– Et l'on vous apporte ces *tavolette* pour que vous joigniez vos prières à celles des fidèles ? demanda Franz d'un air de doute.

– Non, Excellence ; je me suis entendu avec le colleur, et il m'apporte cela comme il m'apporte les affiches de spectacles, afin que si quelques-uns de mes voyageurs désirent assister à l'exécution, ils soient prévenus.

– Ah ! mais c'est une attention tout à fait délicate ! s'écria Franz.

– Oh ! dit maître Pastrini en souriant, je puis me vanter de faire tout ce qui est en mon pouvoir pour satisfaire les nobles étrangers qui m'honorent de leur confiance.

– C'est ce que je vois, mon hôte ! Et c'est ce que je répéterai à qui voudra l'entendre, soyez-en bien certain. En attendant, je désirerais lire une de ces *tavolette.*

– C'est bien facile, dit l'hôte en ouvrant la porte, j'en ai fait mettre une sur le carré.

Il sortit, détacha la *tavoletta*, et la présenta à Franz.

Voici la traduction littérale de l'affiche patibulaire :

« On fait savoir à tous que le mardi 22 février, premier jour de carnaval, seront, par arrêt du tribunal de la Rota, exécutés sur la place del Popolo les nommés Andrea Rondolo, coupable d'assassinat sur la personne très respectable et très vénérée de don César Torlini, chanoine de l'église de Saint-Jean de Latran, et le nommé Peppino, dit *Rocca Priori*, convaincu de complicité avec le détestable bandit Luigi Vampa et les hommes de sa troupe.

» Le premier sera *mazzolato*,

» Et le second *decapitato*.

» Les âmes charitables sont priées de demander à Dieu un repentir sincère pour ces deux malheureux condamnés. »

C'était bien ce que Franz avait entendu la surveille, dans les ruines du Colisée, et rien n'était changé au programme : les noms des condamnés, la cause de leur supplice et le genre de leur exécution étaient exactement les mêmes.

Ainsi, selon toute probabilité, le Transtévère n'était autre que le bandit Luigi Vampa, et l'homme au manteau Simbad le marin, qui, à Rome comme à Porto-Vecchio et à Tunis, poursuivait le cours de ses philanthropiques expéditions.

Cependant le temps s'écoulait, il était neuf heures, et Franz allait réveiller Albert, lorsqu'à son grand étonnement il le vit sortir tout habillé de sa chambre.

Le carnaval lui avait trotté par la tête, et l'avait éveillé plus matin que son ami ne l'espérait.

– Eh bien ! dit Franz à son hôte, maintenant que nous voilà prêts tous deux, croyez-vous, mon cher monsieur Pastrini, que nous puissions nous présenter chez le comte de Monte-Cristo ?

– Oh ! bien certainement ! répondit-il. Le comte de Monte-Cristo a l'habitude d'être très matinal, et je suis sûr qu'il y a plus de deux heures déjà qu'il est levé.

– Et vous croyez qu'il n'y a pas d'indiscrétion à se présenter chez lui maintenant ?

– Aucune.

– En ce cas, Albert, si vous êtes prêt…

– Entièrement prêt, dit Albert.

– Allons remercier notre voisin de sa courtoisie.

– Allons !

Franz et Albert n'avaient que le carré à traverser, l'aubergiste les devança et sonna pour eux ; un domestique vint ouvrir.

– *I signori Francesi*[42], dit l'hôte.

Le domestique s'inclina et leur fit signe d'entrer.

Ils traversèrent deux pièces meublées avec un luxe qu'ils ne croyaient pas trouver dans l'hôtel de maître Pastrini, et ils arrivèrent enfin dans un salon d'une élégance parfaite. Un tapis de Turquie était tendu sur le parquet, et les meubles les plus confortables offraient leurs coussins rebondis et leurs dossiers renversés. De magnifiques tableaux de maîtres, entremêlés de trophées d'armes splendides, étaient suspendus aux murailles, et de grandes portières de tapisserie flottaient devant les portes.

42. « Les messieurs français » (italien).

– Si Leurs Excellences veulent s'asseoir, dit le domestique, je vais prévenir M. le comte.

Et il disparut par une des portes.

Au moment où cette porte s'ouvrit, le son d'une *guzla* arriva jusqu'aux deux amis, mais s'éteignit aussitôt : la porte, refermée presque en même temps qu'ouverte, n'avait pour ainsi dire laissé pénétrer dans le salon qu'une bouffée d'harmonie.

Franz et Albert échangèrent un regard et reportèrent les yeux sur les meubles, sur les tableaux et sur les armes. Tout cela, à la seconde vue, leur parut encore plus magnifique qu'à la première.

– Eh bien ! demanda Franz à son ami, que dites-vous de cela ?

– Ma foi, mon cher, je dis qu'il faut que notre voisin soit quelque agent de change qui a joué à la baisse sur les fonds espagnols, ou quelque prince qui voyage incognito.

– Chut ! lui dit Franz ; c'est ce que nous allons savoir, car le voilà.

En effet, le bruit d'une porte tournant sur ses gonds venait d'arriver jusqu'aux visiteurs ; et presque aussitôt la tapisserie, se soulevant, donna passage au propriétaire de toutes ces richesses.

Albert s'avança au-devant de lui, mais Franz resta cloué à sa place.

Celui qui venait d'entrer n'était autre que l'homme au manteau du Colisée, l'inconnu de la loge, l'hôte mystérieux de Monte-Cristo.

XXXV. LA MAZZOLATA

– Messieurs, dit en entrant le comte de Monte-Cristo, recevez toutes mes excuses de ce que je me suis laissé prévenir, mais en me présentant de meilleure heure chez vous, j'aurais craint d'être indiscret. D'ailleurs vous m'avez fait dire que vous viendriez, et je me suis tenu à votre disposition.

– Nous avons, Franz et moi, mille remerciements à vous présenter, monsieur le comte, dit Albert. Vous nous tirez véritablement d'un grand embarras, et nous étions en train d'inventer les véhicules les plus fantastiques au moment où votre gracieuse invitation nous est parvenue.

– Eh, mon Dieu ! messieurs, reprit le comte en faisant signe aux deux jeunes gens de s'asseoir sur un divan, c'est la faute de cet imbécile de Pastrini, si je vous ai laissés si longtemps dans la détresse ! Il ne m'avait pas dit un mot de votre embarras, à moi qui, seul et isolé comme je le suis ici, ne cherchais qu'une occasion de faire connaissance avec mes voisins. Du moment où j'ai appris que je pouvais vous être bon à quelque chose, vous avez vu avec quel empressement j'ai saisi cette occasion de vous présenter mes compliments.

Les deux jeunes gens s'inclinèrent. Franz n'avait pas encore trouvé un seul mot à dire ; il n'avait encore pris aucune résolution, et, comme rien n'indiquait dans le comte sa volonté de le reconnaître ou le désir d'être reconnu de lui, il ne savait pas s'il devait, par un mot quelconque, faire allusion au passé, ou laisser le temps à l'avenir de lui apporter de nouvelles preuves. D'ailleurs, sûr que c'était lui qui était la veille dans la loge, il ne pouvait répondre aussi positivement que ce fût lui qui la surveille était au Colisée ; il résolut donc de laisser aller les choses sans faire au comte aucune ouverture directe. D'ailleurs il avait une supériorité sur lui, il était maître de son secret, tandis qu'au contraire il ne pouvait avoir aucune action sur Franz, qui n'avait rien à cacher.

Cependant il résolut de faire tomber la conversation sur un point qui pouvait, en attendant, amener toujours l'éclaircissement de certains doutes.

– Monsieur le comte, lui dit-il, vous nous avez offert des places dans votre voiture et des places à vos fenêtres du palais Rospoli ; maintenant, pourriez-vous nous dire comment nous pourrons nous procurer un poste quelconque, comme on dit en Italie, sur la place del Popolo ?

– Ah, oui ! c'est vrai, dit le comte d'un air distrait et en regardant Morcerf avec une attention soutenue. N'y a-t-il pas, place del Popolo, quelque chose comme une exécution ?

– Oui, répondit Franz, voyant qu'il venait de lui même où il voulait l'amener.

– Attendez, attendez, je crois avoir dit hier à mon intendant de s'occuper de cela ; peut-être pourrai-je vous rendre encore ce petit service.

Il allongea la main vers un cordon de sonnette, qu'il tira trois fois.

– Vous êtes-vous préoccupé jamais, dit-il à Franz, de l'emploi du temps et du moyen de simplifier les allées et venues des domestiques ? Moi, j'en ai fait une étude ; quand je sonne une fois, c'est pour mon valet de chambre ; deux fois, c'est pour mon maître d'hôtel ; trois fois, c'est pour mon intendant. De cette façon je ne perds ni une minute ni une parole. Tenez, voici notre homme.

On vit alors entrer un individu de quarante-cinq à cinquante ans, qui parut ressembler comme deux gouttes d'eau au contrebandier qui l'avait introduit dans la grotte, mais qui ne parut pas le moins du monde le reconnaître. Il vit que le mot était donné.

– Monsieur Bertuccio, dit le comte, vous êtes-vous occupé, comme je vous l'avais ordonné hier, de me procurer une fenêtre sur la place del Popolo ?

– Oui Excellence, répondit l'intendant, mais il était bien tard.

– Comment ! dit le comte en fronçant le sourcil, ne vous ai-je pas dit que je voulais en avoir une ?

– Et Votre Excellence en a une aussi, celle qui était louée au prince Lobanieff ; mais j'ai été obligé de la payer cent…

– C'est bien, c'est bien, monsieur Bertuccio, faites grâce à ces Messieurs de tous ces détails de ménage ; vous avez la fenêtre, c'est tout ce qu'il faut. Donnez l'adresse de la maison au cocher, et tenez-vous sur l'escalier pour nous conduire ; cela suffit ; allez.

L'intendant salua et fit un pas pour se retirer.

– Ah ! reprit le comte, faites-moi le plaisir de demander à Pastrini s'il a reçu la *tavoletta*, et s'il veut m'envoyer le programme de l'exécution.

– C'est inutile, reprit Franz, tirant son calepin de sa poche ; j'ai eu ces tablettes sous les yeux, je les ai copiées et les voici.

– C'est bien ; alors, monsieur Bertuccio, vous pouvez vous retirer, je n'ai plus besoin de vous. Qu'on nous prévienne seulement quand le déjeuner sera servi. Ces Messieurs, continua-t-il en se retournant vers les deux amis, me font-ils l'honneur de déjeuner avec moi ?

– Mais, en vérité, monsieur le comte, dit Albert, ce serait abuser.

– Non pas, au contraire, vous me faites grand plaisir, vous me rendrez tout cela un jour à Paris, l'un ou l'autre et peut-être tous les deux. Monsieur Bertuccio, vous ferez mettre trois couverts.

Il prit le calepin des mains de Franz.

– Nous disons donc, continua-t-il du ton dont il eût lu les *Petites Affiches*, que « seront exécutés, aujourd'hui 22 février, les nommés Andrea Roudolo, coupable d'assassinat sur la personne très respectable et très vénérée de don César Torlini, chanoine de l'église Saint-Jean de Latran, et le nommé Peppino, dit *Rocca Priori*, convaincu de complicité avec le détestable bandit Luigi Vampa et les hommes de sa troupe… » Hum ! « Le premier sera *mazzolato*, le second *decapitato*. » Oui, en effet, reprit le comte, c'était bien comme cela que la chose devait se passer d'abord ; mais je crois que depuis hier il est survenu quelque changement dans l'ordre et la marche de la cérémonie.

– Bah ! dit Franz.

– Oui, hier chez le cardinal Rospigliosi, où j'ai passé la soirée, il était question de quelque chose comme d'un sursis accordé à l'un des deux condamnés.

– À Andrea Rondolo ? demanda Franz.

– Non… reprit négligemment le comte. À l'autre…

Il jeta un coup d'œil sur le calepin comme pour se rappeler le nom.

– … à Peppino, dit *Rocca Priori*. Cela vous prive d'une guillotinade, mais il vous reste la *mazzolata*, qui est un supplice fort curieux quand on le voit pour la première fois, et même pour la seconde, tandis que l'autre, que vous devez connaître d'ailleurs, est trop simple, trop uni : il n'y a rien d'inattendu. La *mandaïa* ne se trompe pas, elle ne tremble pas, ne frappe pas à faux, ne s'y reprend pas à trente fois comme le soldat qui coupait la tête au comte de Chalais, et auquel, au reste, Richelieu avait peut-être recommandé le patient. Ah ! tenez, ajouta le comte d'un ton méprisant, ne me parlez pas des Européens pour les supplices, il n'y entendent rien et en sont véritablement à l'enfance ou plutôt à la vieillesse de la cruauté.

– En vérité, monsieur le comte, répondit Franz, on croirait que vous avez fait une étude comparée des supplices chez les différents peuples du monde.

– Il y en a peu du moins que je n'aie vus, reprit froidement le comte.

– Et vous avez trouvé du plaisir à assister à ces horribles spectacles ?

– Mon premier sentiment a été la répulsion, le second l'indifférence, le troisième la curiosité.

– La curiosité ! le mot est terrible, savez-vous ?

– Pourquoi ? Il n'y a guère dans la vie qu'une préoccupation grave, c'est la mort ; eh bien ! n'est-il pas curieux d'étudier de quelles façons différentes l'âme peut sortir du corps, et comment, selon les caractères, les tempéraments et même les mœurs du pays, les individus supportent ce suprême passage de l'être au néant ? Quant à moi, je vous réponds d'une chose, c'est que plus on a vu mourir, plus il devient facile de mourir ; ainsi, à mon avis, la mort est peut-être un supplice, mais n'est pas une expiation.

– Je ne vous comprends pas bien, dit Franz. Expliquez-vous, car je ne puis vous dire à quel point ce que vous me dites là pique ma curiosité.

– Écoutez, dit le comte ; et son visage s'infiltra de fiel, comme le visage d'un autre se colore de sang. Si un homme eût fait périr, par des tortures inouïes, au milieu de tourments sans fin, votre père, votre mère, votre maîtresse, un de ces êtres enfin qui, lorsqu'on les déracine de votre cœur, y laissent un vide éternel et une plaie toujours sanglante, croiriez-vous la réparation que vous accorde la société suffisante, parce que le fer de la guillotine a passé entre la base de l'occipital et les muscles trapèzes du meurtrier, et parce que celui qui vous a fait ressentir des années de souffrances morales a éprouvé quelques secondes de douleurs physiques ?

– Oui, je le sais, reprit Franz, la justice humaine est insuffisante comme consolatrice ; elle peut verser le sang en échange du sang, voilà tout ; il faut lui demander ce qu'elle peut et pas autre chose.

– Et encore je vous pose là un cas matériel, reprit le comte, celui où la société, attaquée par la mort d'un individu dans la base sur laquelle elle repose, venge la mort par la mort ; mais n'y a-t-il pas des millions de douleurs dont les entrailles de l'homme peuvent être déchirées sans que la société s'en occupe le moins du monde, sans qu'elle lui offre le moyen insuffisant de vengeance dont nous parlions tout à l'heure ? N'y a-t-il pas des crimes pour lesquels le pal des Turcs, les auges des Persans, les nerfs roulés des Iroquois seraient des supplices trop doux, et que cependant la société indifférente laisse sans châtiment ?… Répondez, n'y a-t-il pas de ces crimes ?

– Oui, reprit Franz, et c'est pour les punir que le duel est toléré.

– Ah ! le duel, s'écria le comte, plaisante manière, sur mon âme, d'arriver à son but, quand le but est la vengeance ! Un homme vous a enlevé votre maîtresse, un homme a séduit votre femme, un homme a déshonoré votre fille, d'une vie tout entière, qui avait le droit d'attendre de Dieu la part de bonheur qu'il a promise à tout être humain en le créant, il a fait une existence de douleur, de misère ou d'infamie, et vous vous croyez vengé parce qu'à cet homme, qui vous a mis le délire dans l'esprit et le désespoir dans le cœur, vous avez donné un coup d'épée dans la poitrine ou logé une balle dans la tête ? Allons donc ! Sans compter que c'est lui qui souvent sort triomphant de la lutte, lavé aux yeux du monde et en quelque sorte absous par Dieu. Non, non, continua le comte, si j'avais jamais à me venger, ce n'est pas ainsi que je me vengerais.

– Ainsi, vous désapprouvez le duel ? Ainsi vous ne vous battriez pas en duel ? demanda à son tour Albert, étonné d'entendre émettre une si étrange théorie.

– Oh ! si fait ! dit le comte. Entendons-nous : je me battrais en duel pour une misère, pour une insulte, pour un démenti, pour un soufflet, et cela avec d'autant plus d'insouciance que, grâce à l'adresse que j'ai acquise à tous les exercices du corps et à la lente habitude que j'ai prise du danger, je serais à peu près sûr de tuer mon homme. Oh ! si fait ! je me battrais en duel pour tout cela ; mais pour une douleur lente, profonde, infinie, éternelle, je rendrais, s'il était possible, une douleur pareille à celle que l'on m'aurait faite : œil pour œil, dent pour dent, comme disent les Orientaux, nos maîtres en toutes choses, ces élus de la création qui ont su se faire une vie de rêves et un paradis de réalités.

– Mais, dit Franz au comte, avec cette théorie qui vous constitue juge et bourreau dans votre propre cause, il est difficile que vous vous teniez dans une mesure où vous échappiez éternellement vous-même à la puissance de la loi. La haine est aveugle, la colère étourdie, et celui qui se verse la vengeance risque de boire un breuvage amer.

– Oui, s'il est pauvre et maladroit ; non, s'il est millionnaire et habile. D'ailleurs le pis-aller pour lui est ce dernier supplice dont nous parlions tout à l'heure, celui que la philanthropique révolution française a substitué à l'écartèlement et à la roue. Eh bien ! qu'est-ce que le supplice, s'il s'est vengé ? En vérité, je suis presque fâché que, selon toute probabilité, ce misérable Peppino ne soit pas *decapitato*, comme ils disent, vous verriez le temps que cela dure, et si c'est véritablement la peine d'en parler. Mais, d'honneur, messieurs, nous avons là une singulière conversation pour un jour de carnaval. Comment donc cela est-il venu ? Ah ! je me le rappelle ! Vous m'avez demandé une place à ma fenêtre ; eh bien ! soit, vous l'aurez ; mais mettons-nous à table d'abord, car voilà qu'on vient nous annoncer que nous sommes servis.

En effet, un domestique ouvrit une des quatre portes du salon et fit entendre les paroles sacramentelles :

– *Al suo commodo*[43] *!*

Les deux jeunes gens se levèrent et passèrent dans la salle à manger.

---

43. « À votre aise ! » (italien).

Pendant le déjeuner, qui était excellent et servi avec une recherche infinie, Franz chercha des yeux le regard d'Albert, afin d'y lire l'impression qu'il ne doutait pas qu'eussent produite en lui les paroles de leur hôte ; mais, soit que dans leur insouciance habituelle il ne leur eût pas prêté une grande attention, soit que la concession que le comte de Monte-Cristo lui avait faite à l'endroit du duel l'eût raccommodé avec lui, soit enfin que les antécédents que nous avons racontés, connus de Franz seul, eussent doublé pour lui seul l'effet des théories du comte, il ne s'aperçut pas que son compagnon fût préoccupé le moins du monde ; tout au contraire, il faisait honneur au repas en homme condamné depuis quatre ou cinq mois à la cuisine italienne, c'est-à-dire à l'une des plus mauvaises cuisines du monde. Quant au comte, il effleurait à peine chaque plat ; on eût dit qu'en se mettant à table avec ses convives il accomplissait un simple devoir de politesse, et qu'il attendait leur départ pour se faire servir quelque mets étrange ou particulier.

Cela rappelait malgré lui à Franz la terreur que le comte avait inspirée à la comtesse G..., et la conviction où il l'avait laissée que le comte, l'homme qu'il lui avait montré dans la loge en face d'elle, était un vampire.

À la fin du déjeuner, Franz tira sa montre.

– Eh bien ! lui dit le comte, que faites-vous donc ?

– Vous nous excuserez, monsieur le comte, répondit Franz, mais nous avons encore mille choses à faire.

– Lesquelles ?

– Nous n'avons pas de déguisements, et aujourd'hui le déguisement est de rigueur.

– Ne vous occupez donc pas de cela. Nous avons, à ce que je crois, place del Popolo, une chambre particulière ;

j'y ferai porter les costumes que vous voudrez bien m'indiquer, et nous nous masquerons séance tenante.

– Après l'exécution ? s'écria Franz.

– Sans doute, après, pendant ou avant, comme vous voudrez.

– En face de l'échafaud ?

– L'échafaud fait partie de la fête.

– Tenez, monsieur le comte, j'ai réfléchi, dit Franz ; décidément je vous remercie de votre obligeance, mais je me contenterai d'accepter une place dans votre voiture, une place à la fenêtre du palais Rospoli, et je vous laisserai libre de disposer de ma place à la fenêtre de la piazza del Popolo.

– Mais vous perdez, je vous en préviens, une chose fort curieuse, répondit le comte.

– Vous me la raconterez, reprit Franz, et je suis convaincu que dans votre bouche le récit m'impressionnera presque autant que la vue pourrait le faire. D'ailleurs, plus d'une fois déjà j'ai voulu prendre sur moi d'assister à une exécution, et je n'ai jamais pu m'y décider ; et vous, Albert ?

– Moi, répondit le vicomte, j'ai vu exécuter Castaing ; mais je crois que j'étais un peu gris ce jour-là. C'était le jour de ma sortie du collège, et nous avions passé la nuit je ne sais à quel cabaret.

– D'ailleurs, ce n'est pas une raison, parce que vous n'avez pas fait une chose à Paris, pour que vous ne la fassiez pas à l'étranger ; quand on voyage, c'est pour s'instruire ; quand on change de lieu, c'est pour voir. Songez donc quelle figure vous ferez quand on vous demandera : « Comment exécute-t-on à Rome ? » et que vous répondrez : « Je ne sais pas. » Et puis, on dit que le condamné est un infâme coquin, un drôle qui a tué à coups de chenet un bon chanoine qui l'avait élevé comme son fils. Que diable ! quand on tue un homme d'Église, on prend une arme plus convenable qu'un chenet, surtout quand cet homme d'Église est peut-être notre père. Si vous voyagiez en Espagne, vous iriez voir les combats de taureaux, n'est-ce pas ? Eh bien ! supposez que c'est un combat que nous allons voir ; souvenez-vous des anciens Romains du Cirque, des chasses où l'on tuait trois cents lions et une centaine d'hommes. Souvenez-vous donc de ces quatre-vingt mille spectateurs qui battaient des mains, de ces sages matrones qui conduisaient là leurs filles à marier, et de ces charmantes vestales aux mains blanches qui faisaient avec le pouce un charmant petit signe qui voulait dire : « Allons, pas de paresse ! » achevez-moi cet homme-là qui est aux trois quarts mort.

– Y allez-vous, Albert ? dit Franz.

– Ma foi, oui, mon cher ! j'étais comme vous, mais l'éloquence du comte me décide.

– Allons-y donc, puisque vous le voulez, dit Franz. Mais en me rendant place del Popolo, je désire passer par la rue du Cours ; est-ce possible, monsieur le comte ?

– À pied, oui ; en voiture, non.

– Eh bien ! j'irai à pied.

– Il est bien nécessaire que vous passiez par la rue du Cours ?

– Oui, j'ai quelque chose à y voir.

– Eh bien ! passons par la rue du Cours, nous enverrons la voiture nous attendre sur la piazza del Popolo, par la strada del Babuino ; d'ailleurs je ne suis pas fâché non plus de passer par la rue du Cours pour voir si des ordres que j'ai donnés ont été exécutés.

– Excellence, dit le domestique en ouvrant la porte, un homme vêtu en pénitent demande à vous parler.

– Ah ! oui, dit le comte, je sais ce que c'est. Messieurs, voulez-vous repasser au salon, vous trouverez sur la table du milieu d'excellents cigares de La Havane, je vous y rejoins dans un instant.

Les deux jeunes gens se levèrent et sortirent par une porte, tandis que le comte, après leur avoir renouvelé ses excuses, sortait par l'autre. Albert, qui était un grand amateur, et qui, depuis qu'il était en Italie, ne comptait pas comme un mince sacrifice celui d'être privé des cigares du café de Paris, s'approcha de la table et poussa un cri de joie en apercevant de véritables puros.

– Eh bien ! lui demanda Franz, que pensez-vous du comte de Monte-Cristo ?

– Ce que j'en pense ! dit Albert visiblement étonné que son compagnon lui fît une pareille question ; je pense que c'est un homme charmant, qui fait à merveille les honneurs de chez lui, qui a beaucoup vu, beaucoup étudié, beaucoup réfléchi, qui est, comme Brutus, de l'école stoïque, et, ajouta-t-il en poussant amoureusement une bouffée de fumée qui monta en spirale vers le plafond, et qui par-dessus tout cela possède d'excellents cigares.

C'était l'opinion d'Albert sur le comte ; or, comme Franz savait qu'Albert avait la prétention de ne se faire une opinion sur les hommes et sur les choses qu'après de mûres réflexions, il ne tenta pas de rien changer à la sienne.

– Mais, dit-il, avez-vous remarqué une chose singulière ?

– Laquelle ?

– L'attention avec laquelle il vous regardait.

– Moi ?

– Oui, vous.

Albert réfléchit.

– Ah ! dit-il en poussant un soupir, rien d'étonnant à cela. Je suis depuis près d'un an absent de Paris, je dois avoir des habits de l'autre monde. Le comte m'aura pris pour un provincial ; détrompez-le, cher ami, et dites-lui, je vous prie, à la première occasion, qu'il n'en est rien.

Franz sourit ; un instant après le comte rentra.

– Me voici, messieurs, dit-il, et tout à vous, les ordres sont donnés ; la voiture va de son côté place del Popolo, et nous allons nous y rendre du nôtre, si vous voulez bien, par la rue du Cours. Prenez donc quelques-uns de ces cigares, monsieur de Morcerf.

– Ma foi, avec grand plaisir, dit Albert, car vos cigares italiens sont encore pires que ceux de la régie. Quand vous viendrez à Paris, je vous rendrai tout cela.

– Ce n'est pas de refus ; je compte y aller quelque jour, et, puisque vous le permettez, j'irai frapper à votre porte. Allons, messieurs, allons, nous n'avons pas de temps à perdre ; il est midi et demie, partons.

Tous trois descendirent. Alors le cocher prit les derniers ordres de son maître, et suivit la via del Babuino, tandis que les piétons remontaient par la place d'Espagne et par la via Frattina, qui les conduisait tout droit entre le palais Fiano et le palais Rospoli.

Tous les regards de Franz furent pour les fenêtres de ce dernier palais ; il n'avait pas oublié le signal convenu dans le Colisée entre l'homme au manteau et le Transtévère.

– Quelles sont vos fenêtres ? demanda-t-il au comte du ton le plus naturel qu'il put prendre.

– Les trois dernières, répondit-il avec une négligence qui n'avait rien d'affecté ; car il ne pouvait deviner dans quel but cette question lui était faite.

Les yeux de Franz se portèrent rapidement sur les trois fenêtres. Les fenêtres latérales étaient tendues en damas jaune, et celle du milieu en damas blanc avec une croix rouge.

L'homme au manteau avait tenu sa parole au Transtévère, et il n'y avait plus de doute, l'homme au manteau c'était bien le comte.

Le trois fenêtres étaient encore vides.

Au reste, de tous côtés se faisaient les préparatifs ; on plaçait des chaises, on dressait des échafaudages, on tendait des fenêtres. Les masques ne pouvaient paraître, les voitures ne pouvaient circuler qu'au son de la cloche ; mais on sentait les masques derrière toutes les fenêtres, les voitures derrière toutes les portes.

Franz, Albert et le comte continuèrent de descendre la rue du Cours. À mesure qu'ils approchaient de la place du Peuple, la foule devenait plus épaisse, et, au-dessus des têtes de cette foule, on voyait s'élever deux choses : l'obélisque surmonté d'une croix qui indique le centre de la place, et, en avant de l'obélisque, juste au point de correspondance visuelle des trois rues del Babuino, del Corso et di Ripetta, les deux poutres suprêmes de l'échafaud, entre lesquelles brillait le fer arrondi de la mandaïa.

À l'angle de la rue on trouva l'intendant du comte, qui attendait son maître.

La fenêtre, louée à ce prix exorbitant, sans doute dont le comte n'avait point voulu faire part à ses invités, appartenait au second étage du grand palais, situé entre la rue del Babuino et le monte Pincio ; c'était, comme nous l'avons dit, une espèce de cabinet de toilette donnant dans une chambre à coucher ; en fermant la porte de la chambre à coucher, les locataires du cabinet étaient chez eux ; sur les chaises on avait déposé des costumes de paillasse en satin blanc et bleu des plus élégants.

– Comme vous m'avez laissé le choix des costumes, dit le comte aux deux amis, je vous ai fait préparer ceux-ci. D'abord, c'est ce qu'il y aura de mieux porté cette année ; ensuite, c'est ce qu'il y a de plus commode pour les confetti, attendu que la farine n'y paraît pas.

Franz n'entendit que fort imparfaitement les paroles du comte, et il n'apprécia peut-être pas à sa valeur cette nouvelle gracieuseté ; car toute son attention était attirée par le spectacle que présentait la piazza del Popolo, et par l'instrument terrible qui en faisait à cette heure le principal ornement.

C'était la première fois que Franz apercevait une guillotine ; nous disons guillotine, car la mandaïa romaine est taillée à peu près sur le même patron que notre instrument de mort. Le couteau, qui a la forme d'un croissant qui couperait par la partie convexe, tombe de moins haut, voilà tout.

Deux hommes, assis sur la planche à bascule où l'on couche le condamné, déjeunaient en attendant, et mangeaient, autant que Franz put le voir, du pain et des saucisses ; l'un d'eux souleva la planche, en tira un flacon de vin, but un coup et passa le flacon à son camarade ; ces deux hommes c'étaient les aides du bourreau !

À ce seul aspect, Franz avait senti la sueur poindre à la racine de ses cheveux.

Les condamnés, transportés la veille au soir des Carceri Nuove dans la petite église Sainte-Marie-del Popolo, avaient passé la nuit, assistés chacun de deux prêtres, dans une chapelle ardente fermée d'une grille, devant laquelle se promenaient des sentinelles relevées d'heure en heure.

Une double haie de carabiniers placés de chaque côté de la porte de l'église s'étendait jusqu'à l'échafaud, autour duquel elle s'arrondissait, laissant libre un chemin de dix pieds de large à peu près, et autour de la guillotine un espace d'une centaine de pas de circonférence. Tout le reste de la place était pavé de têtes d'hommes et de femmes. Beaucoup de femmes tenaient leurs enfants sur leurs épaules. Ces enfants, qui dépassaient la foule de tout le torse, étaient admirablement placés.

Le monte Pincio semblait un vaste amphithéâtre dont tous les gradins eussent été chargés de spectateurs ; les balcons des deux églises qui font l'angle des rues del Babuino et de la rue di Ripetta regorgeaient de curieux privilégiés ; les marches des péristyles semblaient un flot mouvant et bariolé qu'une marée incessante poussait vers le portique : chaque aspérité de la muraille qui pouvait donner place à un homme avait sa statue vivante.

Ce que disait le comte est donc vrai : ce qu'il y a de plus curieux dans la vie est le spectacle de la mort.

Et cependant, au lieu du silence qui semblait commander la solennité du spectacle, un grand bruit montait de cette foule, bruit composé de rires, de huées et de cris joyeux ; il était évident encore, comme l'avait dit le comte, que cette exécution n'était rien autre chose, pour tout le peuple, que le commencement du carnaval.

Tout à coup ce bruit cessa comme par enchantement, la porte de l'église venait de s'ouvrir.

Une confrérie de pénitents, dont chaque membre était vêtu d'un sac gris percé aux yeux seulement, et tenait un cierge allumé à la main, parut d'abord ; en tête marchait le chef de la confrérie.

Derrière les pénitents venait un homme de haute taille. Cet homme était nu, à l'exception d'un caleçon de toile au côté gauche duquel était attaché un grand couteau caché dans sa gaine ; il portait sur l'épaule droite une lourde masse de fer. Cet homme, c'était le bourreau.

Il avait en outre des sandales attachées au bas de la jambe par des cordes.

Derrière le bourreau marchaient, dans l'ordre où ils devaient être exécutés, d'abord Peppino et ensuite Andrea.

Chacun était accompagné de deux prêtres.

Ni l'un ni l'autre n'avait les yeux bandés.

Peppino marchait d'un pas assez ferme ; sans doute il avait eu avis de ce qui se préparait pour lui.

Andrea était soutenu sous chaque bras par un prêtre.

Tous deux baisaient de temps en temps le crucifix que leur présentait le confesseur.

Franz sentit, rien qu'à cette vue, les jambes qui lui manquaient ; il regarda Albert. Il était pâle comme sa chemise, et par un mouvement machinal il jeta loin de lui son cigare, quoiqu'il ne l'eût fumé qu'à moitié.

Le comte seul paraissait impassible. Il y avait même plus, une légère teinte rouge semblait vouloir percer la pâleur livide de ses joues.

Son nez se dilatait comme celui d'un animal féroce qui flaire le sang, et ses lèvres, légèrement écartées, laissaient voir ses dents blanches, petites et aiguës comme celles d'un chacal.

Et cependant, malgré tout cela, son visage avait une expression de douceur souriante que Franz ne lui avait jamais vue ; ses yeux noirs surtout étaient admirables de mansuétude et de velouté.

Cependant les deux condamnés continuaient de marcher vers l'échafaud, et à mesure qu'ils avançaient on pouvait distinguer les traits de leur visage. Peppino était un beau garçon de vingt-quatre à vingt-six ans, au teint hâlé par le soleil, au regard libre et sauvage. Il portait la tête haute et semblait flairer le vent pour voir de quel côté lui viendrait son libérateur.

Andrea était gros et court : son visage, bassement cruel, n'indiquait pas d'âge ; il pouvait cependant avoir trente ans à peu près. Dans la prison, il avait laissé pousser sa barbe. Sa tête retombait sur une de ses épaules, ses jambes pliaient sous lui ; tout son être paraissait obéir à un mouvement machinal dans lequel sa volonté n'était déjà plus rien.

– Il me semble, dit Franz au comte, que vous m'avez annoncé qu'il n'y aurait qu'une exécution.

– Je vous ai dit la vérité, répondit-il froidement.

– Cependant voici deux condamnés.

– Oui ; mais de ces deux condamnés l'un touche à la mort, et l'autre a encore de longues années à vivre.

– Il me semble que si la grâce doit venir, il n'y a plus de temps à perdre.

– Aussi, la voilà qui vient ; regardez, dit le comte.

En effet, au moment où Peppino arrivait au pied de la mandaïa, un pénitent, qui semblait être en retard, perça la haie sans que les soldats fissent obstacle à son passage, et, s'avançant vers le chef de la confrérie, lui remit un papier plié en quatre.

Le regard ardent de Peppino n'avait perdu aucun de ces détails ; le chef de la confrérie déplia le papier, le lut et leva la main.

– Le Seigneur soit béni, et Sa Sainteté soit louée ! dit-il à haute et intelligible voix. Il y a grâce de la vie pour l'un des condamnés.

– Grâce ! s'écria le peuple d'un seul cri ; il y a grâce !

À ce mot de grâce, Andrea sembla bondir et redressa la tête.

– Grâce pour qui ? cria-t-il.

Peppino resta immobile, muet et haletant.

– Il y a grâce de la peine de mort pour Peppino dit Rocca Priori, dit le chef de la confrérie.

Et il passa le papier au capitaine commandant les carabiniers, lequel, après l'avoir lu, le lui rendit.

– Grâce pour Peppino ! s'écria Andrea, entièrement tiré de l'état de torpeur où il semblait être plongé ; pourquoi grâce pour lui et pas pour moi ? Nous devions mourir ensemble ; on m'avait promis qu'il mourrait avant moi, on n'a pas le droit de me faire mourir seul ; je ne veux pas mourir seul, je ne le veux pas !

Et il s'arracha aux bras des deux prêtres, se tordant, hurlant, rugissant et faisant des efforts insensés pour rompre les cordes qui lui liaient les mains.

Le bourreau fit signe à ses deux aides, qui sautèrent en bas de l'échafaud et vinrent s'emparer du condamné.

– Qu'y a-t-il donc ? demanda Franz au comte.

Car, comme tout cela se passait en patois romain, il n'avait pas très bien compris.

– Ce qu'il y a ? dit le comte, ne comprenez-vous pas bien ? il y a que cette créature humaine qui va mourir est furieuse de ce que son semblable ne meurt pas avec elle et que, si on la laissait faire, elle le déchirerait avec ses ongles et avec ses dents plutôt que de le laisser jouir de la vie dont elle va être privée. Ô hommes ! hommes ! race de crocodiles ! comme dit Karl Moor, s'écria le comte en étendant les deux poings vers toute cette foule, que je vous reconnais bien là, et qu'en tout temps vous êtes bien dignes de vous-mêmes !

En effet, Andrea et les deux aides du bourreau se roulaient dans la poussière, le condamné criant toujours : « Il doit mourir, je veux qu'il meure ! On n'a pas le droit de me tuer tout seul. »

– Regardez, regardez, continua le comte en saisissant chacun des deux jeunes gens par la main, regardez, car, sur mon âme, c'est curieux ; voilà un homme qui était résigné à son sort, qui marchait à l'échafaud, qui allait mourir comme un lâche, c'est vrai, mais enfin il allait mourir sans résistance et sans récrimination ; savez-vous ce qui lui donnait quelque force ? savez-vous ce qui le consolait ? savez-vous ce qui lui faisait prendre son supplice en patience ? C'est qu'un autre partageait son angoisse ; c'est qu'un autre allait mourir comme lui ; c'est qu'un autre allait mourir avant lui ! Menez deux moutons à la boucherie, deux bœufs à l'abattoir, et faites comprendre à l'un d'eux que son compagnon ne mourra pas, le mouton bêlera de joie, le bœuf mugira de plaisir ; mais l'homme, l'homme que Dieu a fait à son image, l'homme à qui Dieu a imposé pour première, pour unique, pour suprême loi, l'amour de son prochain, l'homme à qui Dieu a donné une voix pour exprimer sa pensée, quel sera son premier cri quand il apprendra que son camarade est sauvé ? Un blasphème. Honneur à l'homme, ce chef-d'œuvre de la nature, ce roi de la création !

Et le comte éclata de rire, mais d'un rire terrible qui indiquait qu'il avait dû horriblement souffrir pour en arriver à rire ainsi.

Cependant la lutte continuait, et c'était quelque chose d'affreux à voir. Les deux valets portaient Andrea sur l'échafaud ; tout le peuple avait pris parti contre lui, et vingt mille voix criaient d'un seul cri : « À mort ! à mort ! »

Franz se rejeta en arrière ; mais le comte ressaisit son bras et le retint devant la fenêtre.

– Que faites-vous donc ? lui dit-il, de la pitié ? Elle est, ma foi, bien placée ! Si vous entendiez crier au chien enragé, vous prendriez votre fusil, vous vous jetteriez dans la rue, vous tueriez sans miséricorde à bout portant la pauvre bête, qui, au bout du compte, ne serait coupable que d'avoir été mordue par un autre chien, et de rendre ce qu'on lui a fait ; et voilà que vous avez pitié d'un homme qu'aucun autre homme n'a mordu, et qui cependant a tué son bienfaiteur, et qui maintenant, ne pouvant plus tuer parce qu'il a les mains liées, veut à toute force voir mourir son compagnon de captivité, son camarade d'infortune ! Non, non, regardez, regardez.

La recommandation était devenue presque inutile, Franz était comme fasciné par l'horrible spectacle. Les deux valets avaient porté le condamné sur l'échafaud, et là, malgré ses efforts, ses morsures, ses cris, ils l'avaient forcé de se mettre à genoux. Pendant ce temps, le bourreau s'était placé de côté et la masse en arrêt ; alors, sur un signe, les deux aides s'écartèrent. Le condamné voulut se relever, mais avant qu'il en eût eu le temps, la masse s'abattit sur sa tempe gauche ; on entendit un bruit sourd et mat, le patient tomba comme un bœuf, la face contre terre, puis, d'un contre-coup, se retourna sur le dos. Alors le bourreau laissa tomber sa masse, tira le couteau de sa ceinture, d'un seul coup lui ouvrit la gorge et, montant aussitôt sur son ventre, se mit à le pétrir avec ses pieds.

À chaque pression, un jet de sang s'élançait du cou du condamné.

Pour cette fois, Franz n'y put tenir plus longtemps ; il se rejeta en arrière, et alla tomber sur un fauteuil à moitié évanoui.

Albert, les yeux fermés, resta debout, mais cramponné aux rideaux de la fenêtre.

Le comte était debout et triomphant comme le mauvais ange.

XXXVI. LE CARNAVAL DE ROME

Quand Franz revint à lui, il trouva Albert qui buvait un verre d'eau dont sa pâleur indiquait qu'il avait grand besoin, et le comte qui passait déjà son costume de paillasse. Il jeta machinalement les yeux sur la place ; tout avait disparu, échafaud, bourreaux, victimes ; il ne restait plus que le peuple, bruyant, affairé, joyeux ; la cloche du monte Citorio, qui ne retentit que pour la mort du pape et l'ouverture de la mascherata, sonnait à pleines volées.

– Eh bien ! demanda-t-il au comte, que s'est-il donc passé ?

– Rien, absolument rien, dit-il, comme vous voyez ; seulement le carnaval est commencé, habillons-nous vite.

– En effet, répondit Franz au comte, il ne reste de toute cette horrible scène que la trace d'un rêve.

– C'est que ce n'est pas autre chose qu'un rêve, qu'un cauchemar, que vous avez eu.

– Oui, moi ; mais le condamné ?

– C'est un rêve aussi ; seulement il est resté endormi, lui, tandis que vous vous êtes réveillé, vous ; et qui peut dire lequel de vous deux est le privilégié ?

– Mais Peppino, demanda Franz, qu'est-il devenu ?

– Peppino est un garçon de sens qui n'a pas le moindre amour-propre, et qui, contre l'habitude des hommes qui sont furieux lorsqu'on ne s'occupe pas d'eux, a été enchanté, lui, de voir que l'attention générale se portait sur son camarade ; il a en conséquence profité de cette distraction pour se glisser dans la foule et disparaître, sans même remercier les dignes prêtres qui l'avaient accompagné. Décidément, l'homme est un animal fort ingrat et fort égoïste… Mais habillez-vous ; tenez, vous voyez que M. de Morcerf vous donne l'exemple.

En effet, Albert passait machinalement son pantalon de taffetas par-dessus son pantalon noir et ses bottes vernies.

– Eh bien ! Albert, demanda Franz, êtes-vous bien en train de faire des folies ? Voyons, répondez franchement.

– Non, dit-il, mais en vérité je suis aise maintenant d'avoir vu une pareille chose, et je comprends ce que disait M. le comte : c'est que, lorsqu'on a pu s'habituer une fois à un pareil spectacle, ce soit le seul qui donne encore des émotions.

– Sans compter que c'est en ce moment-là seulement qu'on peut faire des études de caractères, dit le comte ; sur la première marche de l'échafaud, la mort arrache le masque qu'on a porté toute la vie, et le véritable visage apparaît. Il faut en convenir, celui d'Andrea n'était pas beau à voir… Le hideux coquin !… Habillons-nous, messieurs, habillons-nous !

Il eût été ridicule à Franz de faire la petite maîtresse et de ne pas suivre l'exemple que lui donnaient ses deux compagnons. Il passa donc à son tour son costume et mit son masque, qui n'était certainement pas plus pâle que son visage.

La toilette achevée, on descendit. La voiture attendait à la porte, pleine de confetti et de bouquets.

On prit la file.

Il est difficile de se faire l'idée d'une opposition plus complète que celle qui venait de s'opérer. Au lieu de ce spectacle de mort sombre et silencieux, la place del Popolo présentait l'aspect d'une folle et bruyante orgie. Une foule de masques sortaient, débordant de tous les côtés, s'échappant par les portes, descendant par les fenêtres ; les voitures débouchaient à tous les coins de rue, chargées de pierrots, d'arlequins, de dominos, de marquis, de Transtévères, de grotesques, de chevaliers, de paysans ; tout cela criant, gesticulant, lançant des œufs pleins de farine, des confetti, des bouquets ; attaquant de la parole et du projectile amis et étrangers, connus et inconnus, sans que personne ait le droit de s'en fâcher, sans que pas un fasse autre chose que d'en rire.

Franz et Albert étaient comme des hommes que, pour les distraire d'un violent chagrin, on conduirait dans une orgie, et qui, à mesure qu'ils boivent et qu'ils s'enivrent, sentent un voile s'épaissir entre le passé et le présent. Ils voyaient toujours, ou plutôt ils continuaient de sentir en eux le reflet de ce qu'ils avaient vu. Mais peu à peu l'ivresse générale les gagna ; il leur sembla que leur raison chancelante allait les abandonner ; ils éprouvaient un besoin étrange de prendre leur part de ce bruit, de ce mouvement, de ce vertige. Une poignée de confetti qui arriva à Morcerf d'une voiture voisine, et qui, en le couvrant de poussière, ainsi que ses deux compagnons, piqua son cou et toute la portion de visage que ne garantissait pas le masque, comme si on lui eût jeté un cent d'épingles, acheva de le pousser à la lutte générale dans laquelle étaient déjà engagés tous les masques qu'ils rencontraient. Il se leva à son tour dans la voiture, il puisa à pleines mains dans les sacs, et, avec toute la vigueur et l'adresse dont il était capable, il envoya à son tour œufs et dragées à ses voisins.

Dès lors, le combat était engagé. Le souvenir de ce qu'ils avaient vu une demi-heure auparavant s'effaça tout à fait de l'esprit des deux jeunes gens, tant le spectacle bariolé, mouvant, insensé, qu'ils avaient sous les yeux, était venu leur faire diversion. Quant au comte de Monte-Cristo, il n'avait jamais, comme nous l'avons dit, paru impressionné un seul instant.

En effet, qu'on se figure cette grande et belle rue du Cours, bordée d'un bout à l'autre de palais à quatre ou cinq étages avec tous leurs balcons garnis de tapisseries, avec toutes leurs fenêtres drapées ; à ces balcons et à ces fenêtres, trois cent mille spectateurs, Romains, Italiens, étrangers venus des quatre parties du monde ; toutes les aristocraties réunies, aristocraties de naissance, d'argent, de génie ; des femmes charmantes, qui, subissant elles-mêmes l'influence de ce spectacle, se courbent sur les balcons, se penchent hors des fenêtres, font pleuvoir sur les voitures qui passent une grêle de confetti qu'on leur rend en bouquets ; l'atmosphère tout épaissie de dragées qui descendent et de fleurs qui montent ; puis sur le pavé des rues une foule joyeuse, incessante, folle, avec des costumes insensés ; des choux gigantesques qui se promènent, des têtes de buffles qui mugissent sur des corps d'hommes, de chiens qui semblent marcher sur les pieds de devant ; au milieu de tout cela un masque qui se soulève, et dans cette tentation de saint Antoine rêvée par Callot, quelque Astarté qui montre une ravissante figure, qu'on veut suivre et de laquelle on est séparé par des espèces de démons pareils à ceux qu'on voit dans ses rêves, et l'on aura une faible idée de ce qu'est le carnaval de Rome.

Au second tour le comte fit arrêter la voiture et demanda à ses compagnons la permission de les quitter, laissant sa voiture à leur disposition. Franz leva les yeux ; on était en face du palais Rospoli ; et à la fenêtre du milieu, à celle qui était drapée d'une pièce de damas blanc avec une croix rouge, était un domino bleu, sous lequel l'imagination de Franz se représenta sans peine la belle Grecque du théâtre Argentina.

– Messieurs, dit le comte en sautant à terre, quand vous serez las d'être acteurs et que vous voudrez redevenir spectateurs, vous savez que vous avez place à mes fenêtres. En attendant, disposez de mon cocher, de ma voiture et de mes domestiques.

Nous avons oublié de dire que le cocher du comte était gravement vêtu d'une peau d'ours noir, exactement pareille à celle d'Odry dansL*'Ours et le Pacha*, et que les deux laquais qui se tenaient debout derrière la calèche possédaient des costumes de singe vert, parfaitement adaptés à leurs tailles, et des masques à ressorts avec lesquels ils faisaient la grimace aux passants.

Franz remercia le comte de son offre obligeante : quant à Albert, il était en coquetterie avec une pleine voiture de paysannes romaines, arrêtée, comme celle du comte, par un de ces repos si communs dans les files et qu'il écrasait de bouquet.

Malheureusement pour lui la file reprit son mouvement, et tandis qu'il descendait vers la place del Popolo, la voiture qui avait attiré son attention remontait vers le palais de Venise.

– Ah ! mon cher ! dit-il à Franz, vous n'avez pas vu ?…

– Quoi ? demanda Franz.

– Tenez, cette calèche qui s'en va toute chargée de paysannes romaines.

– Non.

– Eh bien ! je suis sûr que ce sont des femmes charmantes.

– Quel malheur que vous soyez masqué, mon cher Albert, dit Franz, c'était le moment de vous rattraper de vos désappointements amoureux !

– Oh ! répondit-il moitié riant, moitié convaincu, j'espère bien que le carnaval ne se passera pas sans m'apporter quelque dédommagement.

Malgré cette espérance d'Albert, toute la journée se passa sans autre aventure que la rencontre, deux ou trois fois renouvelée, de la calèche aux paysannes romaines. À l'une de ces rencontres, soit hasard, soit calcul d'Albert, son masque se détacha.

À cette rencontre, il prit le reste du bouquet et le jeta dans la calèche.

Sans doute une des femmes charmantes qu'Albert devinait sous le costume coquet de paysannes fut touchée de cette galanterie, car à son tour, lorsque la voiture des deux amis repassa, elle y jeta un bouquet de violettes.

Albert se précipita sur le bouquet. Comme Franz n'avait aucun motif de croire qu'il était à son adresse, il laissa Albert s'en emparer, Albert le mit victorieusement à sa boutonnière, et la voiture continua sa course triomphante.

– Eh bien ! lui dit Franz, voilà un commencement d'aventure !

– Riez tant que vous voudrez, répondit-il, mais en vérité je crois que oui ; aussi je ne quitte plus ce bouquet.

– Pardieu, je crois bien ! dit Franz en riant, c'est un signe de reconnaissance.

La plaisanterie, au reste, prit bientôt un caractère de réalité, car lorsque, toujours conduits par la file, Franz et Albert croisèrent de nouveau la voiture des *contadine*, celle qui avait jeté le bouquet à Albert battit des mains en le voyant à sa boutonnière.

– Bravo, mon cher ! bravo ! lui dit Franz, voilà qui se prépare à merveille ! Voulez-vous que je vous quitte et vous est-il plus agréable d'être seul ?

– Non, dit-il, ne brusquons rien ; je ne veux pas me laisser prendre comme un sot à une première démonstration, à un rendez-vous sous l'horloge, comme nous disons pour le bal de l'Opéra. Si la belle paysanne a envie d'aller plus loin, nous la retrouverons demain ou plutôt elle nous retrouvera. Alors elle me donnera signe d'existence, et je verrai ce que j'aurai à faire.

– En vérité, mon cher Albert, dit Franz, vous êtes sage comme Nestor et prudent comme Ulysse ; et si votre Circé parvient à vous changer en une bête quelconque, il faudra qu'elle soit bien adroite ou bien puissante.

Albert avait raison. La belle inconnue avait résolu sans doute de ne pas pousser plus loin l'intrigue ce jour-là ; car, quoique les jeunes gens fissent encore plusieurs tours, ils ne revirent pas la calèche qu'ils cherchaient des yeux ; elle avait disparu sans doute par une des rues adjacentes.

Alors ils revinrent au palais Rospoli, mais le comte aussi avait disparu avec le domino bleu. Les deux fenêtres tendues en damas jaune continuaient, au reste, à être occupées par des personnes qu'il avait sans doute invitées.

En ce moment, la même cloche qui avait sonné l'ouverture de la mascherata sonna la retraite. La file du Corso se rompit aussitôt, et en un instant toutes les voitures disparurent dans les rues transversales.

Franz et Albert étaient en ce moment en face de la via delle Maratte.

Le cocher l'enfila sans rien dire, et, gagnant la place d'Espagne en longeant le palais Poli, il s'arrêta devant l'hôtel.

Maître Pastrini vint recevoir ses hôtes sur le seuil de la porte.

Le premier soin de Franz fut de s'informer du comte, et d'exprimer le regret de ne l'avoir pas repris à temps, mais Pastrini le rassura en lui disant que le comte de Monte-Cristo avait commandé une seconde voiture pour lui, et que cette voiture était allée le chercher à quatre heures au palais Rospoli. Il était en outre chargé, de sa part, d'offrir aux deux amis la clef de sa loge au théâtre Argentina.

Franz interrogea Albert sur ses dispositions, mais Albert avait de grands projets à mettre à exécution avant de penser à aller au théâtre ; en conséquence, au lieu de répondre, il s'informa si maître Pastrini pourrait lui procurer un tailleur.

– Un tailleur, demanda notre hôte, et pour quoi faire ?

– Pour nous faire d'ici à demain des habits de paysans romains, aussi élégants que possible, dit Albert.

Maître Pastrini secoua la tête.

– Vous faire d'ici à demain deux habits ! s'écria-t-il, voilà bien, j'en demande pardon à Vos Excellences, une demande à la française ; deux habits ! quand d'ici à huit jours vous ne trouveriez certainement pas un tailleur qui consentît à coudre six boutons à un gilet, lui payassiez-vous ces boutons un écu la pièce !

– Alors il faut donc renoncer à se procurer les habits que je désire ?

– Non, parce que nous aurons ces habits tout faits. Laissez-moi m'occuper de cela, et demain vous trouverez en vous éveillant une collection de chapeaux, de vestes et de culottes dont vous serez satisfaits.

– Mon cher, dit Franz à Albert, rapportons-nous-en à notre hôte, il nous a déjà prouvé qu'il était homme de ressources ; dînons donc tranquillement, et après le dîner allons voir *L'Italienne à Alger*.

– Va pour *L'Italienne à Alger*, dit Albert. Mais songez, maître Pastrini, que moi et monsieur, continua-t-il en désignant Franz, nous mettons la plus haute importance à avoir demain les habits que nous vous avons demandés.

L'aubergiste affirma une dernière fois à ses hôtes qu'ils n'avaient à s'inquiéter de rien et qu'ils seraient servis à leurs souhaits ; sur quoi Franz et Albert remontèrent pour se débarrasser de leurs costumes de paillasses.

Albert, en dépouillant le sien, serra avec le plus grand soin son bouquet de violettes : c'était son signe de reconnaissance pour le lendemain.

Les deux amis se mirent à table ; mais, tout en dînant, Albert ne put s'empêcher de remarquer la différence notable qui existait entre les mérites respectifs du cuisinier de maître Pastrini et de celui du comte de Monte-Cristo. Or, la vérité força Franz d'avouer, malgré les préventions qu'il paraissait avoir contre le comte, que le parallèle n'était point à l'avantage du chef de maître Pastrini.

Au dessert, le domestique s'informa de l'heure à laquelle les jeunes gens désiraient la voiture. Albert et Franz se regardèrent, craignant véritablement d'être indiscrets. Le domestique les comprit.

– Son Excellence le comte de Monte-Cristo, leur dit-il, a donné des ordres positifs pour que la voiture demeurât toute la journée aux ordres de Leurs Seigneuries ; Leurs

Seigneuries peuvent donc en disposer sans crainte d'être indiscrètes.

Les jeunes gens résolurent de profiter jusqu'au bout de la courtoisie du comte, et ordonnèrent d'atteler tandis qu'ils allaient substituer une toilette du soir à leur toilette de la journée, tant soit peu froissée par les combats nombreux auxquels ils s'étaient livrés.

Cette précaution prise, ils se rendirent au théâtre Argentina, et s'installèrent dans la loge du comte.

Pendant le premier acte, la comtesse G*** entra dans la sienne ; son premier regard se dirigea du côté où la veille elle avait vu le comte, de sorte qu'elle aperçut Franz et Albert dans la loge de celui sur le compte duquel elle avait exprimé, il y avait vingt-quatre heures, à Franz, une si étrange opinion.

Sa lorgnette était dirigée sur lui avec un tel acharnement, que Franz vit bien qu'il y aurait de la cruauté à tarder plus longtemps de satisfaire sa curiosité ; aussi, usant du privilège accordé aux spectateurs des théâtres italiens, qui consiste à faire des salles de spectacle leurs salons de réception, les deux amis quittèrent-ils leur loge pour aller présenter leurs hommages à la comtesse.

À peine furent-ils entrés dans sa loge qu'elle fit signe à Franz de se mettre à la place d'honneur.

Albert, à son tour, se plaça derrière.

– Eh bien ! dit-elle, donnant à peine à Franz le temps de s'asseoir, il paraît que vous n'avez rien eu de plus pressé que de faire connaissance avec le nouveau lord Ruthwen, et que vous voilà les meilleurs amis du monde ?

– Sans que nous soyons si avancés que vous le dites dans une intimité réciproque, je ne puis nier, madame la comtesse, répondit Franz, que nous n'ayons toute la journée abusé de son obligeance.

– Comment, toute la journée ?

– Ma foi, c'est le mot : ce matin nous avons accepté son déjeuner, pendant toute la mascherata nous avons couru le Corso dans sa voiture, enfin ce soir nous venons au spectacle dans sa loge.

– Vous le connaissiez donc ?

– Oui et non.

– Comment cela ?

– C'est toute une longue histoire.

– Que vous me raconterez ?

– Elle vous ferait trop peur.

– Raison de plus.

– Attendez au moins que cette histoire ait un dénoûment.

– Soit, j'aime les histoires complètes. En attendant comment vous êtes-vous trouvés en contact ? Qui vous a présentés à lui ?

– Personne ; c'est lui au contraire qui s'est fait présenter à nous.

– Quand cela ?

– Hier soir, en vous quittant.

– Par quel intermédiaire ?

– Oh ! mon Dieu ! par l'intermédiaire très prosaïque de notre hôte !

– Il loge donc hôtel d'Espagne, comme vous ?

– Non seulement dans le même hôtel, mais sur le même carré.

– Comment s'appelle-t-il ? Car sans doute vous savez son nom ?

– Parfaitement, le comte de Monte-Cristo.

– Qu'est-ce que ce nom là ? Ce n'est pas un nom de race.

– Non, c'est le nom d'une île qu'il a achetée.

– Et il est comte ?

– Comte toscan.

– Enfin, nous avalerons celui-là avec les autres, reprit la comtesse, qui était d'une des plus vieilles familles des environs de Venise : et quel homme est-ce d'ailleurs ?

– Demandez au vicomte de Morcerf.

– Vous entendez. Monsieur, on me renvoie à vous, dit la comtesse.

– Nous serions difficiles si nous ne le trouvions pas charmant, madame, répondit Albert. Un ami de dix ans n'eût pas fait pour nous plus qu'il n'a fait, et cela avec une grâce, une délicatesse, une courtoisie qui indiquent véritablement un homme du monde.

– Allons, dit la comtesse en riant, vous verrez que mon vampire sera tout bonnement quelque nouvel enrichi qui veut se faire pardonner ses millions, et qui aura pris le regard de Lara pour qu'on ne le confonde pas avec M. de Rotschild. Et elle, l'avez-vous vue ?

– Qui, elle ? demanda Franz en souriant.

– La belle Grecque d'hier.

– Non. Nous avons, je crois bien, entendu le son de sa guzla, mais elle est restée parfaitement invisible.

– C'est-à-dire, quand vous dites invisible, mon cher Franz, dit Albert, c'est tout bonnement pour faire du mystérieux. Pour qui prenez-vous donc ce domino bleu qui était à la fenêtre tendue de damas blanc ?

– Et où était cette fenêtre tendue de damas blanc ? demanda la comtesse.

– Au palais Rospoli.

– Le comte avait donc trois fenêtres au palais Rospoli ?

– Oui. Êtes-vous passée rue du Cours ?

– Sans doute.

– Eh bien ! avez-vous remarqué deux fenêtres tendues de damas jaune et une fenêtre tendue de damas blanc avec une croix rouge ? Ces trois fenêtres étaient au comte.

– Ah çà ! mais c'est donc un nabab que cet homme ? Savez-vous ce que valent trois fenêtres comme celles-là pour huit jours de carnaval, et au palais Rospoli, c'est-à-dire dans la plus belle situation du Corso ?

– Deux ou trois cents écus romains.

– Dites deux ou trois mille.

– Ah diable !

– Et est-ce son île qui lui fait ce beau revenu ?

– Son île ? Elle ne rapporte pas un bajocco.

– Pourquoi l'a-t-il achetée alors ?

– Par fantaisie.

– C'est donc un original ?

– Le fait est, dit Albert, qu'il m'a paru assez excentrique. S'il habitait Paris, s'il fréquentait nos spectacles, je vous dirais, mon cher, ou que c'est un mauvais plaisant qui pose, ou que c'est un pauvre diable que la littérature a perdu ; en vérité, il a fait ce matin deux ou trois sorties dignes de Didier ou d'Antony.

En ce moment une visite entra, et, selon l'usage, Franz céda sa place au nouveau venu ; cette circonstance, outre le déplacement, eut encore pour résultat de changer le sujet de la conversation.

Une heure après, les deux amis rentraient à l'hôtel. Maître Pastrini s'était déjà occupé de leurs déguisements du lendemain, et il leur promit qu'ils seraient satisfaits de son intelligente activité.

En effet, le lendemain à neuf heures il entrait dans la chambre de Franz avec un tailleur chargé de huit ou dix costumes de paysans romains. Les deux amis en choisirent deux pareils, qui allaient à peu près à leur taille, et chargèrent leur hôte de leur faire coudre une vingtaine de mètres de rubans à chacun de leurs chapeaux, et de leur procurer deux de ces charmantes écharpes de soie aux bandes transversales et aux vives couleurs dont les hommes du peuple, dans les jours de fête, ont l'habitude de se serrer la taille.

Albert avait hâte de voir comment son nouvel habit lui irait : c'était une veste et une culotte de velours bleu, des bas à coins brodés, des souliers à boucles et un gilet de soie. Albert ne pouvait, au reste, que gagner à ce costume pittoresque ; et lorsque sa ceinture eut serré sa taille élégante, lorsque son chapeau, légèrement incliné de côté, laissa retomber sur son épaule des flots de rubans, Franz fut forcé d'avouer que le costume est souvent pour beaucoup dans la supériorité physique que nous accordons à certains peuples. Les Turcs, si pittoresques autrefois avec leurs longues robes aux vives couleurs, ne sont-ils pas hideux maintenant avec leurs redingotes bleues boutonnées et leurs calottes grecques qui leur donnent l'air de bouteilles de vin à cachet rouge ?

Franz fit ses compliments à Albert, qui, au reste, debout devant la glace, se souriait avec un air de satisfaction qui n'avait rien d'équivoque.

Ils en étaient là lorsque le comte de Monte-Cristo entra.

– Messieurs, leur dit-il, comme, si agréable que soit un compagnon de plaisir, la liberté est plus agréable encore, je viens vous dire que pour aujourd'hui et les jours suivants je laisse à votre disposition la voiture dont vous vous êtes servis hier. Notre hôte a dû vous dire que j'en avais trois ou quatre en pension chez lui ; vous ne m'en privez donc pas ; usez-en librement, soit pour aller à votre plaisir, soit pour aller à vos affaires. Notre rendez-vous, si nous avons quelque chose à nous dire, sera au palais Rospoli.

Les deux jeunes gens voulurent lui faire quelque observation, mais ils n'avaient véritablement aucune bonne raison de refuser une offre qui d'ailleurs leur était agréable. Ils finirent donc par accepter.

Le comte de Monte-Cristo resta un quart d'heure à peu près avec eux, parlant de toutes choses avec une facilité extrême. Il était, comme on a déjà pu le remarquer, fort au courant de la littérature de tous les pays. Un coup d'œil jeté sur les murailles de son salon avait prouvé à Franz et à Albert qu'il était amateur de tableaux. Quelques mots sans prétention, qu'il laissa tomber en passant, leur prouvèrent que les sciences ne lui étaient pas étrangères ; il paraissait surtout s'être particulièrement occupé de chimie.

Les deux amis n'avaient pas la prétention de rendre au comte le déjeuner qu'il leur avait donné ; c'eût été une trop mauvaise plaisanterie à lui faire que lui offrir, en échange de son excellente table, l'ordinaire fort médiocre de maître Pastrini. Ils le lui dirent tout franchement, et il reçut leurs excuses en homme qui appréciait leur délicatesse.

Albert était ravi des manières du comte, que sa science seule l'empêchait de reconnaître pour un véritable gentilhomme. La liberté de disposer entièrement de la voiture le comblait surtout de joie : il avait ses vues sur ses gracieuses paysannes ; et, comme elles lui étaient apparues la veille dans une voiture fort élégante, il n'était pas fâché de continuer à paraître sur ce point avec elles sur un pied d'égalité.

À une heure et demie, les deux jeunes gens descendirent ; le cocher et les laquais avaient eu l'idée de mettre leurs habits de livrée sur leurs peaux de bêtes, ce qui leur donnait une tournure encore plus grotesque que la veille, et ce qui leur valut tous les compliments de Franz et d'Albert.

Albert avait attaché sentimentalement son bouquet de violettes fanées à sa boutonnière.

Au premier son de la cloche, ils partirent et se précipitèrent dans la rue du Cours par la via Vittoria.

Au second tour, un bouquet de violettes fraîches, parti d'une calèche chargée de paillassines, et qui vint tomber dans la calèche du comte, indiqua à Albert que, comme lui et son ami, les paysannes de la veille avaient changé de costume, et que, soit par hasard, soit par un sentiment pareil à celui qui l'avait fait agir, tandis qu'il avait galamment pris leur costume, elles, de leur côté, avaient pris le sien.

Albert mit le bouquet frais à la place de l'autre, mais il garda le bouquet fané dans sa main ; et, quand il croisa de nouveau la calèche, il le porta amoureusement à ses lèvres ; action qui parut récréer beaucoup non seulement celle qui le lui avait jeté, mais encore ses folles compagnes.

La journée fut non moins animée que la veille, il est probable même qu'un profond observateur y eût encore reconnu une augmentation de bruit et de gaieté. Un instant on aperçut le comte à sa fenêtre, mais lorsque la voiture repassa il avait déjà disparu.

Il va sans dire que l'échange de coquetteries entre Albert et la paillassine aux bouquets de violettes dura toute la journée.

Le soir, en rentrant, Franz trouva une lettre de l'ambassade ; on lui annonçait qu'il aurait l'honneur d'être reçu le lendemain par Sa Sainteté. À chaque voyage précédent qu'il avait fait à Rome, il avait sollicité et obtenu la même faveur ; et, autant par religion que par reconnaissance, il n'avait pas voulu toucher barre dans la capitale du monde chrétien sans mettre son respectueux hommage aux pieds d'un des successeurs de saint Pierre, qui a donné le rare exemple de toutes les vertus.

Il ne s'agissait donc pas pour lui, ce jour-là, de songer au carnaval ; car, malgré la bonté dont il entoure sa grandeur, c'est toujours avec un respect plein de profonde émotion que l'on s'apprête à s'incliner devant ce noble et saint vieillard qu'on nomme Grégoire XVI.

En sortant du Vatican, Franz revint droit à l'hôtel en évitant même de passer par la rue du Cours. Il emportait un trésor de pieuses pensées, pour lesquelles le contact des folles joies de la mascherata eût été une profanation.

À cinq heures dix minutes, Albert rentra. Il était au comble de la joie ; la paillassine avait repris son costume de paysanne, et en croisant la calèche d'Albert elle avait levé son masque.

Elle était charmante.

Franz fit à Albert ses compliments bien sincères ; il les reçut en homme à qui ils sont dus. Il avait reconnu, disait-il, à certains signes d'élégance inimitable, que sa belle inconnue devait appartenir à la plus haute aristocratie.

Il était décidé à lui écrire le lendemain.

Franz, tout en recevant cette confidence, remarqua qu'Albert paraissait avoir quelque chose à lui demander, et que cependant il hésitait à lui adresser cette demande. Il insista, en lui déclarant d'avance qu'il était prêt à faire, au profit de son bonheur, tous les sacrifices qui seraient en son pouvoir. Albert se fit prier tout juste le temps qu'exigeait une amicale politesse : puis enfin il avoua à

Franz qu'il lui rendrait service en lui abandonnant pour le lendemain la calèche à lui tout seul.

Albert attribuait à l'absence de son ami l'extrême bonté qu'avait eue la belle paysanne de soulever son masque.

On comprend que Franz n'était pas assez égoïste pour arrêter Albert au milieu d'une aventure qui promettait à la fois d'être si agréable pour sa curiosité et si flatteuse pour son amour-propre. Il connaissait assez la parfaite indiscrétion de son digne ami pour être sûr qu'il le tiendrait au courant des moindres détails de sa bonne fortune ; et comme, depuis deux ou trois ans qu'il parcourait l'Italie en tous sens, il n'avait jamais eu la chance même d'ébaucher semblable intrigue pour son compte, Franz n'était pas fâché d'apprendre comment les choses se passaient en pareil cas.

Il promit donc à Albert qu'il se contenterait le lendemain de regarder le spectacle des fenêtres du palais Rospoli.

En effet, le lendemain il vit passer et repasser Albert. Il avait un énorme bouquet que sans doute il avait chargé d'être le porteur de son épître amoureuse. Cette probabilité se changea en certitude quand Franz revit le même bouquet remarquable par un cercle de camélias blancs, entre les mains d'une charmante paillassine habillée de satin rose.

Aussi le soir ce n'était plus de la joie, c'était du délire. Albert ne doutait pas que la belle inconnue ne lui répondît par la même voie. Franz alla au-devant de ses désirs en lui disant que tout ce bruit le fatiguait, et qu'il était décidé à employer la journée du lendemain à revoir son album et à prendre des notes.

Au reste, Albert ne s'était pas trompé dans ses prévisions : le lendemain au soir Franz le vit entrer d'un seul bond dans sa chambre, secouant machinalement un carré de papier qu'il tenait par un de ses angles.

– Eh bien ! dit-il, m'étais-je trompé ?

– Elle a répondu ! s'écria Franz.

– Lisez.

Ce mot fut prononcé avec une intonation impossible à rendre. Franz prit le billet et lut :

Mardi soir, à sept heures, descendez de votre voiture en face de la via dei Pontefici, et suivez la paysanne romaine qui vous arrachera votre moccoletto. Lorsque vous arriverez sur la première marche de l'église de San-Giacomo, ayez soin, pour qu'elle puisse vous reconnaître, de nouer un ruban rose sur l'épaule de votre costume de paillasse.

D'ici là vous ne me verrez plus.

Constance et discrétion.

– Eh bien ! dit-il à Franz, lorsque celui-ci eut terminé cette lecture, que pensez-vous de cela, cher ami ?

– Mais je pense, répondit Franz, que la chose prend tout le caractère d'une aventure fort agréable.

– C'est mon avis aussi, dit Albert, et j'ai grand peur que vous n'alliez seul au bal du duc de Bracciano.

Franz et Albert avaient reçu le matin même chacun une invitation du célèbre banquier romain.

– Prenez garde, mon cher Albert, dit Franz, toute l'aristocratie sera chez le duc ; et si votre belle inconnue est véritablement de l'aristocratie, elle ne pourra se dispenser d'y paraître.

– Qu'elle y paraisse ou non, je maintiens mon opinion sur elle, continua Albert. Vous avez lu le billet ?

– Oui.

– Vous savez la pauvre éducation que reçoivent en Italie les femmes du mezzo cito ?

On appelle ainsi la bourgeoisie.

– Oui, répondit encore Franz.

– Eh bien ! relisez ce billet, examinez l'écriture, et cherchez-moi une faute ou de langue ou d'orthographe.

En effet, l'écriture était charmante et l'orthographe irréprochable.

– Vous êtes prédestiné, dit Franz à Albert en lui rendant pour la seconde fois le billet.

– Riez tant que vous voudrez, plaisantez tout à votre aise, reprit Albert, je suis amoureux.

– Oh ! mon Dieu ! vous m'effrayez ! s'écria Franz, et je vois que non seulement j'irai seul au bal du duc de Bracciano, mais encore que je pourrais bien retourner seul à Florence.

– Le fait est que si mon inconnue est aussi aimable qu'elle est belle, je vous déclare que je me fixe à Rome pour six semaines au moins. J'adore Rome, et d'ailleurs j'ai toujours eu un goût marqué pour l'archéologie.

– Allons, encore une rencontre ou deux comme celle-là, et je ne désespère pas de vous voir membre de l'Académie des Inscriptions et Belles-Lettres.

Sans doute Albert allait discuter sérieusement ses droits au fauteuil académique, mais on vint annoncer aux deux jeunes gens qu'ils étaient servis. Or, l'amour chez Albert n'était nullement contraire à l'appétit. Il s'empressa donc, ainsi que son ami, de se mettre à table, quitte à reprendre la discussion après le dîner.

Après le dîner, on annonça le comte de Monte-Cristo. Depuis deux jours les jeunes gens ne l'avaient pas aperçu. Une affaire, avait dit maître Pastrini, l'avait appelé à Civita-Vecchia. Il était parti la veille au soir, et se trouvait de retour depuis une heure seulement.

Le comte fut charmant ; soit qu'il s'observât, soit que l'occasion n'éveillât point chez lui les fibres acrimonieuses que certaines circonstances avaient déjà fait résonner deux ou trois fois dans ses amères paroles, il fut à peu près comme tout le monde. Cet homme était pour Franz une véritable énigme. Le comte ne pouvait douter que le jeune voyageur ne l'eût reconnu ; et cependant, pas une seule parole depuis leur nouvelle rencontre ne semblait indiquer dans sa bouche qu'il se rappelât l'avoir vu ailleurs. De son côté, quelque envie qu'eût Franz de faire allusion à leur première entrevue, la crainte d'être désagréable à un homme qui l'avait comblé, lui et son ami, de prévenances, le retenait ; il continua donc de rester sur la même réserve que lui.

Il avait appris que les deux amis avaient voulu faire prendre une loge dans le théâtre Argentina, et qu'on leur avait répondu que tout était loué.

En conséquence, il leur apportait la clef de la sienne : du moins c'était le motif apparent de sa visite.

Franz et Albert firent quelques difficultés, alléguant la crainte de l'en priver lui-même ; mais le comte leur répondit qu'allant ce soir-là au théâtre Palli, sa loge au théâtre Argentina serait perdue s'ils n'en profitaient pas.

Cette assurance détermina les deux amis à accepter.

Franz s'était peu à peu habitué à cette pâleur du comte qui l'avait si fort frappé la première fois qu'il l'avait vu. Il ne pouvait s'empêcher de rendre justice à la beauté de sa tête sévère, dont la pâleur était le seul défaut ou peut-être la principale qualité. Véritable héros de Byron, Franz ne pouvait, nous ne dirons pas le voir, mais seulement songer à lui sans qu'il se représentât ce visage sombre sur les épaules de Manfred ou sous la toque de Lara. Il avait ce pli du front qui indique la présence incessante d'une pensée amère ; il avait ces yeux ardents qui lisent au plus profond des âmes ; il avait cette lèvre hautaine et moqueuse qui donne aux paroles qui s'en échappent ce caractère particulier qui fait qu'elles se gravent profondément dans la mémoire de ceux qui les écoutent.

Le comte n'était plus jeune ; il avait quarante ans au moins, et cependant on comprenait à merveille qu'il était fait pour l'emporter sur les jeunes gens avec lesquels il se trouverait. En réalité, c'est que, par une dernière ressemblance avec les héros fantastiques du poète anglais, le comte semblait avoir le don de la fascination.

Albert ne tarissait pas sur le bonheur que lui et Franz avaient eu de rencontrer un pareil homme. Franz était moins enthousiaste, et cependant il subissait l'influence qu'exerce tout homme supérieur sur l'esprit de ceux qui l'entourent.

Il pensait à ce projet qu'avait déjà deux ou trois fois manifesté le comte d'aller à Paris, et il ne doutait pas qu'avec son caractère excentrique, son visage caractérisé et sa fortune colossale, le comte n'y produisît le plus grand effet.

Et cependant il ne désirait pas se trouver à Paris quand il y viendrait.

La soirée se passa comme les soirées se passent d'habitude au théâtre en Italie, non pas à écouter les chanteurs, mais à faire des visites et à causer. La comtesse G... voulait ramener la conversation sur le comte, mais Franz lui annonça qu'il avait quelque chose de beaucoup plus nouveau à lui apprendre, et, malgré les démonstrations de fausse modestie auxquelles se livra Albert, il raconta à la comtesse le grand événement qui, depuis trois jours, formait l'objet de la préoccupation des deux amis.

Comme ces intrigues ne sont pas rares en Italie, du moins s'il faut en croire les voyageurs, la comtesse ne fit pas le moins du monde l'incrédule, et félicita Albert sur les commencements d'une aventure qui promettait de se terminer d'une façon si satisfaisante.

On se quitta en se promettant de se retrouver au bal du duc de Bracciano, auquel Rome entière était invitée.

La dame au bouquet tint sa promesse : ni le lendemain ni le surlendemain elle ne donna à Albert signe d'existence.

Enfin arriva le mardi, le dernier et le plus bruyant des jours du carnaval. Le mardi, les théâtres s'ouvrent à dix heures du matin ; car, passé huit heures du soir, on entre dans le carême. Le mardi, tout ce qui, faute de temps, d'argent ou d'enthousiasme, n'a pas pris part encore aux fêtes précédentes, se mêle à la bacchanale, se laisse entraîner par l'orgie, et apporte sa part de bruit et de mouvement au mouvement et au bruit général.

Depuis deux heures jusqu'à cinq heures, Franz et Albert suivirent la file, échangeant des poignées de confetti avec les voitures de la file opposée et les piétons qui circulaient entre les pieds des chevaux, entre les roues des carrosses, sans qu'il survînt au milieu de cette affreuse cohue un seul accident, une seule dispute, une seule rixe. Les Italiens sont le peuple par excellence sous ce rapport. Les fêtes sont pour eux de véritables fêtes. L'auteur de cette histoire, qui a habité l'Italie cinq ou six ans, ne se rappelle pas avoir jamais vu une solennité troublée par un seul de ces événements qui servent toujours de corollaire aux nôtres.

Albert triomphait dans son costume de paillasse. Il avait sur l'épaule un nœud de ruban rose dont les extrémités lui tombaient jusqu'aux jarrets. Pour n'amener aucune confusion entre lui et Franz, celui-ci avait conservé son costume de paysan romain.

Plus la journée s'avançait, plus le tumulte devenait grand ; il n'y avait pas sur tous ces pavés, dans toutes ces voitures, à toutes ces fenêtres, une bouche qui restât muette, un bras qui demeurât oisif ; c'était véritablement un orage humain composé d'un tonnerre de cris et d'une grêle de dragées, de bouquets, d'œufs, d'oranges, de fleurs.

À trois heures, le bruit de boîtes tirées à la fois sur la place du Peuple et au palais de Venise, perçant à grand-peine cet horrible tumulte, annonça que les courses allaient commencer.

Les courses, comme les moccoli, sont un des épisodes particuliers des derniers jours du carnaval. Au bruit de ces boîtes, les voitures rompirent à l'instant même leurs rangs et se réfugièrent chacune dans la rue transversale la plus proche de l'endroit où elles se trouvaient.

Toutes ces évolutions se font, au reste, avec une inconcevable adresse et une merveilleuse rapidité, et cela sans que la police se préoccupe le moins du monde d'assigner à chacun son poste ou de tracer à chacun sa route.

Les piétons se collèrent contre les palais, puis on entendit un grand bruit de chevaux et de fourreaux de sabre.

Une escouade de carabiniers sur quinze de front parcourait au galop et dans toute sa largeur la rue du Cours, qu'elle balayait pour faire place aux barberi.

Lorsque l'escouade arriva au palais de Venise, le retentissement d'une autre batterie de boîtes annonça que la rue était libre.

Presque aussitôt, au milieu d'une clameur immense, universelle, inouïe, on vit passer comme des ombres sept ou huit chevaux excités par les clameurs de trois cent mille personnes et par les châtaignes de fer qui leur bondissent sur le dos ; puis le canon du château Saint-Ange tira trois coups : c'était pour annoncer que le numéro trois avait gagné.

Aussitôt, sans autre signal que celui-là, les voitures se remirent en mouvement, refluant vers le Corso, débordant par toutes les rues comme des torrents un instant contenus qui se rejettent tous ensemble dans le lit du fleuve qu'ils alimentent, et le flot immense reprit, plus rapide que jamais, son cours entre les deux rives de granit.

Seulement un nouvel élément de bruit et de mouvement s'était encore mêlé à cette foule : les marchands de moccoli venaient d'entrer en scène.

Les moccoli ou moccoletti sont des bougies qui varient de grosseur, depuis le cierge pascal jusqu'au rat de cave, et qui éveillent chez les acteurs de la grande scène qui termine le carnaval romain deux préoccupations opposées :

1° Celle de conserver allumé son moccoletto ;

2° Celle d'éteindre le moccoletto des autres.

Il en est du moccoletto comme de la vie : l'homme n'a encore trouvé qu'un moyen de la transmettre ; et ce moyen il le tient de Dieu.

Mais il a découvert mille moyens de l'ôter ; il est vrai que pour cette suprême opération le diable lui est quelque peu venu en aide.

Le moccoletto s'allume en l'approchant d'une lumière quelconque.

Mais qui décrira les mille moyens inventés pour éteindre le moccoletto, les soufflets gigantesques, les éteignoirs monstres, les éventails surhumains ?

Chacun se hâta donc d'acheter des moccoletti, Franz et Albert comme les autres.

La nuit s'approchait rapidement ; et déjà, au cri de : « *Moccoli!* » répété par les voix stridentes d'un millier d'industriels, deux ou trois étoiles commencèrent à briller au-dessus de la foule. Ce fut comme un signal.

Au bout de dix minutes, cinquante mille lumières scintillèrent, descendant du palais de Venise à la place du Peuple, et remontant de la place du Peuple au palais de Venise.

On eût dit la fête des feux follets.

On ne peut se faire une idée de cet aspect si on ne l'a pas vu.

Supposez toutes les étoiles se détachant du ciel et venant se mêler sur la terre à une danse insensée.

Le tout accompagné de cris comme jamais oreille humaine n'en a entendu sur le reste de la surface du globe.

C'est en ce moment surtout qu'il n'y a plus de distinction sociale.

Le facchino s'attache au prince, le prince au Transtévère, le Transtévère au bourgeois, chacun soufflant, éteignant, ranimant. Si le vieil Éole apparaissait en ce moment, il serait proclamé roi des moccoli, et Aquilon héritier présomptif de la couronne.

Cette course folle et flamboyante dura deux heures à peu près ; la rue du Cours était éclairée comme en plein jour, on distinguait les traits des spectateurs jusqu'au troisième et quatrième étage.

De cinq minutes en cinq minutes Albert tirait sa montre ; enfin elle marqua sept heures.

Les deux amis se trouvaient justement à la hauteur de la via dei Pontefici ; Albert sauta à bas de la calèche, son moccoletto à la main.

Deux ou trois masques voulurent s'approcher de lui pour l'éteindre ou le lui arracher ; mais, en habile boxeur, Albert les envoya les uns après les autres rouler à dix pas de lui en continuant sa course vers l'église de San-Giacomo.

Les degrés étaient chargés de curieux et de masques qui luttaient à qui s'arracherait le flambeau des mains. Franz suivait des yeux Albert, et le vit mettre le pied sur la première marche ; puis presque aussitôt un masque, portant le costume bien connu de la paysanne au bouquet, allongea le bras, et, sans que cette fois il fît aucune résistance, lui enleva le moccoletto.

Franz était trop loin pour entendre les paroles qu'ils échangèrent ; mais sans doute elles n'eurent rien d'hostile, car il vit s'éloigner Albert et la paysanne bras dessus bras dessous.

Quelque temps il les suivit au milieu de la foule, mais à la via Macello il les perdit de vue.

Tout à coup le son de la cloche qui donne le signal de la clôture du carnaval retentit, et au même instant tous les moccoli s'éteignirent comme par enchantement. On eût dit qu'une seule et immense bouffée de vent avait tout anéanti.

Franz se trouva dans l'obscurité la plus profonde.

Du même coup tous les cris cessèrent, comme si le souffle puissant qui avait emporté les lumières emportait en même temps le bruit.

On n'entendit plus que le roulement des carrosses qui menaient les masques chez eux ; on ne vit plus que les rares lumières qui brillaient derrière les fenêtres.

Le carnaval était fini.

XXXVII. LES CATACOMBES DE SAINT-SÉBASTIEN

Peut-être, de sa vie, Franz n'avait-il éprouvé une impression si tranchée, un passage si rapide de la gaieté à la tristesse, que dans ce moment ; on eût dit que Rome, sous le souffle magique de quelque démon de la nuit, venait de se changer en un vaste tombeau. Par un hasard qui ajoutait encore à l'intensité des ténèbres, la lune, qui était dans sa décroissance, ne devait se lever que vers les onze heures du soir ; les rues que le jeune homme traversait étaient donc plongées dans la plus profonde obscurité. Au reste, le trajet était court ; au bout de dix minutes, sa voiture ou plutôt celle du comte s'arrêta devant l'hôtel de Londres.

Le dîner attendait ; mais comme Albert avait prévenu qu'il ne comptait pas rentrer de sitôt, Franz se mit à table sans lui.

Maître Pastrini, qui avait l'habitude de les voir dîner ensemble, s'informa des causes de son absence ; mais Franz se contenta de répondre qu'Albert avait reçu la surveille une invitation à laquelle il s'était rendu. L'extinction subite des moccoletti, cette obscurité qui avait remplacé la lumière, ce silence qui avait succédé au bruit, avaient laissé dans l'esprit de Franz une certaine tristesse qui n'était pas exempte d'inquiétude. Il dîna donc fort silencieusement malgré l'officieuse sollicitude de son hôte, qui entra deux ou trois fois pour s'informer s'il n'avait besoin de rien.

Franz était résolu à attendre Albert aussi tard que possible. Il demanda donc la voiture pour onze heures seulement, en priant maître Pastrini de le faire prévenir à l'instant même si Albert reparaissait à l'hôtel pour quelque chose que ce fût. À onze heures Albert n'était pas rentré. Franz s'habilla et partit, en prévenant son hôte qu'il passait la nuit chez le duc de Bracciano.

La maison du duc de Bracciano est une des plus charmantes maisons de Rome ; sa femme, une des dernières héritières des Colona, en fait les honneurs d'une façon parfaite ; il en résulte que les fêtes qu'il donne ont une célébrité européenne. Franz et Albert étaient arrivés à Rome avec des lettres de recommandation pour lui ; aussi sa première question fut-elle pour demander à Franz ce qu'était devenu son compagnon de voyage. Franz lui répondit qu'il l'avait quitté au moment où on allait éteindre les moccoli, et qu'il l'avait perdu de vue à la via Macello.

– Alors il n'est pas rentré ? demanda le duc.

– Je l'ai attendu jusqu'à cette heure, répondit Franz.

– Et savez-vous où il allait ?

– Non, pas précisément ; cependant je crois qu'il s'agissait de quelque chose comme un rendez-vous.

– Diable ! dit le duc, c'est un mauvais jour, ou plutôt c'est une mauvaise nuit pour s'attarder, n'est-ce pas, madame la comtesse ?

Ces derniers mots s'adressaient à la comtesse G..., qui venait d'arriver, et qui se promenait au bras de M. Torlonia, frère du duc.

– Je trouve au contraire que c'est une charmante nuit, répondit la comtesse ; et ceux qui sont ici ne se plaindront que d'une chose, c'est qu'elle passera trop vite.

– Aussi, reprit le duc en souriant, je ne parle pas des personnes qui sont ici ; elles ne courent d'autres dangers, les hommes que de devenir amoureux de vous, les femmes de tomber malades de jalousie en vous voyant si belle ; je parle de ceux qui courent les rues de Rome.

– Eh ! bon Dieu, demanda la comtesse, qui court les rues de Rome à cette heure-ci, à moins que ce ne soit pour aller au bal ?

– Notre ami Albert de Morcerf, madame la comtesse, que j'ai quitté à la poursuite de son inconnue vers les sept heures du soir, dit Franz, et que je n'ai pas revu depuis.

– Comment ! et vous ne savez pas où il est ?

– Pas le moins du monde.

– Et a-t-il des armes ?

– Il est en paillasse.

– Vous n'auriez pas dû le laisser aller, dit le duc à Franz, vous qui connaissez Rome mieux que lui.

– Oh bien oui ! autant aurait valu essayer d'arrêter le numéro trois des barberi qui a gagné aujourd'hui le prix de la course, répondit Franz ; et puis, d'ailleurs, que voulez-vous qu'il lui arrive ?

– Qui sait ! la nuit est très sombre, et le Tibre est bien près de la via Macello.

Franz sentit un frisson qui lui courait dans les veines en voyant l'esprit du duc et de la comtesse si bien d'accord avec ses inquiétudes personnelles.

– Aussi ai-je prévenu à l'hôtel que j'avais l'honneur de passer la nuit chez vous, monsieur le duc, dit Franz, et on doit venir m'annoncer son retour.

– Tenez, dit le duc, je crois justement que voilà un de mes domestiques qui vous cherche.

Le duc ne se trompait pas ; en apercevant Franz, le domestique s'approcha de lui.

– Excellence, dit-il, le maître de l'hôtel de Londres vous fait prévenir qu'un homme vous attend chez lui avec une lettre du vicomte de Morcerf.

– Avec une lettre du vicomte ! s'écria Franz.

– Oui.

– Et quel est cet homme ?

– Je l'ignore.

– Pourquoi n'est-il point venu me l'apporter ici ?

– Le messager ne m'a donné aucune explication.

– Et où est le messager ?

– Il est parti aussitôt qu'il m'a vu entrer dans la salle de bal pour vous prévenir.

– Oh ! mon Dieu ! dit la comtesse à Franz, allez vite ; pauvre jeune homme, il lui est peut-être arrivé quelque accident.

– J'y cours, dit Franz.

– Vous reverrons-nous pour nous donner des nouvelles ? demanda la comtesse.

– Oui, si la chose n'est pas grave ; sinon, je ne réponds pas de ce que je vais devenir moi-même.

– En tout cas, de la prudence, dit la comtesse.

– Oh ! soyez tranquille.

Franz prit son chapeau et partit en toute hâte. Il avait renvoyé sa voiture en lui donnant l'ordre pour deux heures ; mais, par bonheur, le palais Bracciano, qui donne d'un côté rue du Cours et de l'autre place des Saints-Apôtres, est à dix minutes de chemin à peine de l'hôtel de Londres. En approchant de l'hôtel, Franz vit un homme debout au milieu de la rue ; il ne douta pas un seul instant que ce ne fût le messager d'Albert. Cet homme était lui-même enveloppé d'un grand manteau. Il alla à lui ; mais au grand étonnement de Franz, ce fut cet homme qui lui adressa la parole le premier.

– Que me voulez-vous, Excellence ? dit-il, en faisant un pas en arrière comme un homme qui désire demeurer sur ses gardes.

– N'est-ce pas vous, demanda Franz, qui m'apportez une lettre du vicomte de Morcerf ?

– C'est Votre Excellence qui loge à l'hôtel de Pastrini ?

– Oui.

– C'est Votre Excellence qui est le compagnon de voyage du vicomte ?

– Oui.

– Comment s'appelle Votre Excellence ?

– Le baron Franz d'Épinay.

– C'est bien à Votre Excellence alors que cette lettre est adressée.

– Y a-t-il une réponse ? demanda Franz en lui prenant la lettre des mains.

– Oui, du moins votre ami l'espère bien.

– Montez chez moi, alors, je vous la donnerai.

– J'aime mieux l'attendre ici, dit en riant le messager.

– Pourquoi cela ?

– Votre Excellence comprendra la chose quand elle aura lu la lettre.

– Alors je vous retrouverai ici ?

– Sans aucun doute.

Franz rentra ; sur l'escalier il rencontra maître Pastrini.

– Eh bien ? lui demanda-t-il.

– Eh bien quoi ? répondit Franz.

– Vous avez vu l'homme qui désirait vous parler de la part de votre ami ? demanda-t-il à Franz.

– Oui, je l'ai vu, répondit celui-ci, et il m'a remis cette lettre. Faites allumer chez moi, je vous prie.

L'aubergiste donna l'ordre à un domestique de précéder Franz avec une bougie. Le jeune homme avait trouvé à maître Pastrini un air effaré, et cet air ne lui avait donné qu'un désir plus grand de lire la lettre d'Albert ; il s'approcha de la bougie aussitôt qu'elle fut allumée, et déplia le papier. La lettre était écrite de la main d'Albert et signée par lui. Franz la relut deux fois, tant il était loin de s'attendre à ce qu'elle contenait.

La voici textuellement reproduite :

Cher ami, aussitôt la présente reçue, ayez l'obligeance de prendre dans mon portefeuille, que vous trouverez dans le tiroir carré du secrétaire, la lettre de crédit ; joignez-y la vôtre si elle n'est pas suffisante. Courez chez Torlonia, prenez-y à l'instant même quatre mille piastres et remettez-les au porteur. Il est urgent que cette somme me soit adressée sans aucun retard.

Je n'insiste pas davantage, comptant sur vous comme vous pourriez compter sur moi.

P.-S. I believe now to italian banditti.

Votre ami,

ALBERT DE MORCERF.

Au-dessous de ces lignes étaient écrits d'une main étrangère ces quelques mots italiens :

Se alle sei della mattina le quattro mile piastre non sono nelle mie mani, alla sette il conte Alberto avia cessato di vivere[44].

LUIGI VAMPA.

44. « Si à six heures du matin les quatre mille piastres ne sont pas entre mes mains, à sept heures le vicomte Albert aura cessé d'exister » (italien).

Cette seconde signature expliqua tout à Franz, qui comprit la répugnance du messager à monter chez lui ; la rue lui paraissait plus sûre que la chambre de Franz. Albert était tombé entre les mains du fameux chef de bandits à l'existence duquel il s'était si longtemps refusé de croire.

Il n'y avait pas de temps à perdre. Il courut au secrétaire, l'ouvrit, dans le tiroir indiqué trouva le portefeuille, et dans le portefeuille la lettre de crédit : elle était en tout de six mille piastres, mais sur ces six mille piastres Albert en avait déjà dépensé trois mille. Quant à Franz, il n'avait aucune lettre de crédit ; comme il habitait Florence, et qu'il était venu à Rome pour passer sept à huit jours seulement, il avait pris une centaine de louis, et de ces cent louis il lui en restait cinquante tout au plus.

Il s'en fallait donc de sept à huit cents piastres pour qu'à eux deux Franz et Albert pussent réunir la somme demandée. Il est vrai que Franz pouvait compter, dans un cas pareil, sur l'obligeance de MM. Torlonia.

Il se préparait donc à retourner au palais Bracciano sans perdre un instant, quand tout à coup une idée lumineuse traversa son esprit.

Il songea au comte de Monte-Cristo. Franz allait donner l'ordre qu'on fît venir maître Pastrini, lorsqu'il le vit apparaître en personne sur le seuil de sa porte.

– Mon cher monsieur Pastrini, lui dit-il vivement, croyez-vous que le comte soit chez lui ?

– Oui, Excellence, il vient de rentrer.

– A-t-il eu le temps de se mettre au lit ?

– J'en doute.

– Alors, sonnez à sa porte, je vous prie, et demandez-lui pour moi la permission de me présenter chez lui.

Maître Pastrini s'empressa de suivre les instructions qu'on lui donnait ; cinq minutes après il était de retour.

– Le comte attend Votre Excellence, dit-il.

Franz traversa le carré, un domestique l'introduisit chez le comte. Il était dans un petit cabinet que Franz n'avait pas encore vu, et qui était entouré de divans. Le comte vint au-devant de lui.

– Eh ! quel bon vent vous amène à cette heure, lui dit-il, viendriez vous me demander à souper, par hasard ? Ce serait pardieu bien aimable à vous.

– Non, je viens pour vous parler d'une affaire grave.

– D'une affaire ! dit le comte en regardant Franz de ce regard profond qui lui était habituel ; et de quelle affaire ?

– Sommes-nous seuls ?

Le comte alla à la porte et revint.

– Parfaitement seuls, dit-il.

Franz lui présenta la lettre d'Albert.

– Lisez, lui dit-il.

Le comte lut la lettre.

– Ah ! ah ! fit-il.

– Avez-vous pris connaissance du post-scriptum ?

– Oui, dit-il, je vois bien :

Se alle sei della mattina le quattro mile piastre non sono nelle mie mani, alla sette il conte Alberto avia cessato di vivere.

LUIGI VAMPA.

– Que dites-vous de cela ? demanda Franz.

– Avez-vous la somme qu'on vous a demandée ?

– Oui, moins huit cents piastres.

Le comte alla à son secrétaire, l'ouvrit, et faisant glisser un tiroir plein d'or :

– J'espère, dit-il à Franz, que vous ne me ferez pas l'injure de vous adresser à un autre qu'à moi ?

– Vous voyez, au contraire, que je suis venu droit à vous, dit Franz.

– Et je vous en remercie ; prenez. Et il fit signe à Franz de puiser dans le tiroir.

– Est-il bien nécessaire d'envoyer cette somme à Luigi Vampa ? demanda le jeune homme en regardant à son tour fixement le comte.

– Dame ! fit-il, jugez-en vous-même, le post-scriptum est précis.

– Il me semble que si vous vous donniez la peine de chercher, vous trouveriez quelque moyen qui simplifierait beaucoup la négociation, dit Franz.

– Et lequel ? demanda le comte étonné.

– Par exemple, si nous allions trouver Luigi Vampa ensemble, je suis sûr qu'il ne nous refuserait pas la liberté d'Albert.

– À moi ? Et quelle influence voulez-vous que j'aie sur ce bandit ?

– Ne venez-vous pas de lui rendre un de ces services qui ne s'oublient point ?

– Et lequel ?

– Ne venez-vous pas de sauver la vie à Peppino ?

– Ah ! ah ! qui vous a dit cela ?

– Que vous importe ? Je le sais.

Le comte resta un instant muet et les sourcils froncés.

– Et si j'allais trouver Vampa, vous m'accompagneriez ?

– Si ma compagnie ne vous était pas trop désagréable.

– Eh bien ! soit ; le temps est beau, une promenade dans la campagne de Rome ne peut que nous faire du bien.

– Faut-il prendre des armes ?

– Pour quoi faire ?

– De l'argent ?

– C'est inutile. Où est l'homme qui a apporté ce billet ?

– Dans la rue.

– Il attend la réponse ?

– Oui.

– Il faut un peu savoir où nous allons ; je vais l'appeler.

– Inutile, il n'a pas voulu monter.

– Chez vous, peut-être ; mais, chez moi, il ne fera pas de difficultés.

Le comte alla à la fenêtre du cabinet qui donnait sur la rue, et siffla d'une certaine façon. L'homme au manteau se détacha de la muraille et s'avança jusqu'au milieu de la rue.

– *Salite!* dit le comte, du ton dont il aurait donné un ordre à un domestique.

Le messager obéit sans retard, sans hésitation, avec empressement même, et, franchissant les quatre marches du perron, entra dans l'hôtel. Cinq secondes après, il était à la porte du cabinet.

– Ah ! c'est toi, Peppino ! dit le comte.

Mais Peppino, au lieu de répondre, se jeta à genoux, saisit la main du comte et y appliqua ses lèvres à plusieurs reprises.

– Ah ! ah ! dit le comte, tu n'as pas encore oublié que je t'ai sauvé la vie ! C'est étrange, il y a pourtant aujourd'hui huit jours de cela.

– Non, Excellence, et je ne l'oublierai jamais, répondit Peppino avec l'accent d'une profonde reconnaissance.

– Jamais, c'est bien long ! Mais enfin c'est déjà beaucoup que tu le croies. Relève-toi et réponds.

Peppino jeta un coup d'œil inquiet sur Franz.

– Oh ! tu peux parler devant Son Excellence, dit-il, c'est un de mes amis. Vous permettez que je vous donne ce titre, dit en français le comte en se tournant du côté de Franz ; il est nécessaire pour exciter la confiance de cet homme.

– Vous pouvez parler devant moi, reprit Franz, je suis un ami du comte.

– À la bonne heure, dit Peppino en se retournant à son tour vers le comte ; que Votre Excellence m'interroge, et je répondrai.

– Comment le vicomte Albert est-il tombé entre les mains de Luigi ?

– Excellence, la calèche du Français a croisé plusieurs fois celle où était Teresa.

– La maîtresse du chef ?

– Oui. Le Français lui a fait les yeux doux, Teresa s'est amusée à lui répondre ; le Français lui a jeté des bouquets, elle lui en a rendu ; tout cela, bien entendu, du consentement du chef, qui était dans la même calèche.

– Comment ! s'écria Franz, Luigi Vampa était dans la calèche des paysannes romaines ?

– C'était lui qui conduisait, déguisé en cocher, répondit Peppino.

– Après ? demanda le comte.

– Eh bien ! après, le Français se démasqua ; Teresa, toujours du consentement du chef, en fit autant ; le Français demanda un rendez-vous, Teresa accorda le rendez-vous demandé ; seulement, au lieu de Teresa, ce fut Beppo qui se trouva sur les marches de l'église San-Giacomo.

– Comment ! interrompit encore Franz, cette paysanne qui lui a arraché son moccoletto ?…

– C'était un jeune garçon de quinze ans, répondit Peppino ; mais il n'y a pas de honte pour votre ami à y avoir été pris ; Beppo en a attrapé bien d'autres, allez.

– Et Beppo l'a conduit hors des murs ? dit le comte.

– Justement ; une calèche attendait au bout de la via Macello ; Beppo est monté dedans en invitant le Français à le suivre ; il ne se l'est pas fait dire deux fois. Il a galamment offert la droite à Beppo, et s'est placé près de lui. Beppo lui a annoncé alors qu'il allait le conduire à une villa située à une lieue de Rome. Le Français a assuré Beppo qu'il était prêt à le suivre au bout du monde. Aussitôt le cocher a remonté la rue di Rippetta, a gagné la porte San-Paolo ; et à deux cents pas dans la campagne, comme le Français devenait trop entreprenant, ma foi, Beppo lui a mis une paire de pistolets sur la gorge ; aussitôt le cocher a arrêté ses chevaux, s'est retourné sur son siège et en a fait autant. En même temps quatre des nôtres, qui étaient cachés sur les bords de l'Almo, se sont élancés aux portières. Le Français avait bonne envie de se défendre, il a même un peu étranglé Beppo, à ce que j'ai entendu dire, mais il n'y avait rien à faire contre cinq hommes armés, il a bien fallu se rendre ; on l'a fait descendre de voiture, on a suivi les bords de la petite rivière, et on l'a conduit à Teresa et à Luigi, qui l'attendaient dans les catacombes de Saint-Sébastien.

– Eh bien ! mais, dit le comte en se tournant du côté de Franz, il me semble qu'elle en vaut bien une autre, cette histoire. Qu'en dites-vous, vous qui êtes connaisseur ?

– Je dis que je la trouverais fort drôle, répondit Franz, si elle était arrivée à un autre qu'à ce pauvre Albert.

– Le fait est, dit le comte, que si vous ne m'aviez pas trouvé là, c'était une bonne fortune qui coûtait un peu cher à votre ami ; mais, rassurez-vous, il en sera quitte pour la peur.

– Et nous allons toujours le chercher ? demanda Franz.

– Pardieu ! d'autant plus qu'il est dans un endroit fort pittoresque. Connaissez-vous les catacombes de Saint-Sébastien ?

– Non, je n'y suis jamais descendu, mais je me promettais d'y descendre un jour.

– Eh bien ! voici l'occasion toute trouvée, et il serait difficile d'en rencontrer une autre meilleure. Avez-vous votre voiture ?

– Non.

– Cela ne fait rien, on a l'habitude de m'en tenir une tout attelée, nuit et jour.

– Tout attelée ?

– Oui, je suis un être fort capricieux ; il faut vous dire que parfois en me levant, à la fin de mon dîner, au milieu de la nuit, il me prend l'envie de partir pour un point du monde quelconque, et je pars.

Le comte sonna un coup, son valet de chambre parut.

– Faites sortir la voiture de la remise, dit-il, et ôtez-en les pistolets qui sont dans les poches ; il est inutile de réveiller le cocher, Ali conduira.

Au bout d'un instant on entendit le bruit de la voiture qui s'arrêtait devant la porte.

Le comte tira sa montre.

– Minuit et demi, dit-il. Nous aurions pu partir d'ici à cinq heures du matin et arriver encore à temps ; mais peut-être ce retard aurait-il fait passer une mauvaise nuit à votre compagnon, il vaut donc mieux aller tout courant le tirer des mains des infidèles. Êtes-vous toujours décidé à m'accompagner ?

– Plus que jamais.

– Eh bien ! venez alors.

Franz et le comte sortirent, suivis de Peppino.

À la porte, ils trouvèrent la voiture. Ali était sur le siège. Franz reconnut l'esclave muet de la grotte de Monte-Cristo.

Franz et le comte montèrent dans la voiture, qui était un coupé ; Peppino se plaça près d'Ali, et l'on partit au galop. Ali avait reçu ses ordres d'avance, car il prit la rue du Cours, traversa le campo Vaccino, remonta la strada San-Gregorio et arriva à la porte Saint-Sébastien ; là le concierge voulut faire quelques difficultés, mais le comte de Monte-Cristo présenta une autorisation du gouverneur de Rome d'entrer dans la ville et d'en sortir à toute heure du jour et de la nuit ; la herse fut donc levée, le concierge reçut un louis pour sa peine, et l'on passa.

La route que suivait la voiture était l'ancienne voie Appienne, toute bordée de tombeaux. De temps en temps, au clair de la lune qui commençait à se lever, il semblait à Franz voir comme une sentinelle se détacher d'une ruine ; mais aussitôt, à un signe échangé entre Peppino et cette sentinelle, elle rentrait dans l'ombre et disparaissait.

Un peu avant le cirque de Caracalla, la voiture s'arrêta, Peppino vint ouvrir la portière, et le comte et Franz descendirent.

– Dans dix minutes, dit le comte à son compagnon, nous serons arrivés.

Puis il prit Peppino à part, lui donna un ordre tout bas, et Peppino partit après s'être muni d'une torche que l'on tira du coffre du coupé.

Cinq minutes s'écoulèrent encore, pendant lesquelles Franz vit le berger s'enfoncer par un petit sentier au milieu des mouvements de terrain qui forment le sol convulsionné de la plaine de Rome, et disparaître dans ces hautes herbes rougeâtres qui semblent la crinière hérissée de quelque lion gigantesque.

– Maintenant, dit le comte, suivons-le.

Franz et le comte s'engagèrent à leur tour dans le même sentier qui, au bout de cent pas, les conduisit par une pente inclinée au fond d'une petite vallée.

Bientôt on aperçut deux hommes causant dans l'ombre.

– Devons-nous continuer d'avancer ? demanda Franz au comte, ou faut-il attendre ?

– Marchons : Peppino doit avoir prévenu la sentinelle de notre arrivée.

En effet, l'un de ces deux hommes était Peppino, l'autre était un bandit placé en vedette.

Franz et le comte s'approchèrent ; le bandit salua.

– Excellence, dit Peppino en s'adressant au comte, si vous voulez me suivre, l'ouverture des catacombes est à deux pas d'ici.

– C'est bien, dit le comte, marche devant.

En effet, derrière un massif de buissons et au milieu de quelques roches s'offrait une ouverture par laquelle un homme pouvait à peine passer.

Peppino se glissa le premier par cette gerçure ; mais à peine eut-il fait quelques pas que le passage souterrain s'élargit. Alors il s'arrêta, alluma sa torche et se retourna pour voir s'il était suivi.

Le comte s'était engagé le premier dans une espèce de soupirail, et Franz venait après lui.

Le terrain s'enfonçait par une pente douce et s'élargissait à mesure que l'on avançait ; mais cependant Franz et le comte étaient encore forcés de marcher courbés et eussent eu peine à passer deux de front. Ils firent encore cent cinquante pas ainsi, puis ils furent arrêtés par le cri de : « Qui vive ? »

En même temps ils virent au milieu de l'obscurité briller sur le canon d'une carabine le reflet de leur propre torche.

– *Ami !* dit Peppino, et il s'avança seul et dit quelques mots à voix basse à cette seconde sentinelle, qui, comme la première, salua en faisant signe aux visiteurs nocturnes qu'ils pouvaient continuer leur chemin.

Derrière la sentinelle était un escalier d'une vingtaine de marches ; Franz et le comte descendirent les vingt marches, et se trouvèrent dans une espèce de carrefour mortuaire. Cinq routes divergeaient comme les rayons d'une étoile, et les parois des murailles, creusées de niches superposées ayant la forme de cercueils, indiquaient que l'on était entré enfin dans les catacombes.

Dans l'une de ces cavités, dont il était impossible de distinguer l'étendue, on voyait, le jour, quelques reflets de lumière.

Le comte posa la main sur l'épaule de Franz.

– Voulez-vous voir un camp de bandits au repos ? lui dit-il.

– Certainement, répondit Franz.

– Eh bien ! venez avec moi… Peppino, éteins la torche.

Peppino obéit, et Franz et le comte se trouvèrent dans la plus profonde obscurité ; seulement, à cinquante pas à peu près en avant d'eux, continuèrent de danser le long des murailles quelques lueurs rougeâtres devenues encore plus visibles depuis que Peppino avait éteint sa torche.

Ils avancèrent silencieusement, le comte guidant Franz comme s'il avait eu cette singulière faculté de voir dans les ténèbres. Au reste, Franz lui-même distinguait plus facilement son chemin à mesure qu'il approchait de ces reflets qui leur servaient de guides.

Trois arcades, dont celle du milieu servait de porte, leur donnaient passage.

Ces arcades s'ouvraient d'un côté sur le corridor où étaient le comte et Franz, et de l'autre sur une grande chambre carrée tout entourée de niches pareilles à celles dont nous avons déjà parlé. Au milieu de cette chambre s'élevaient quatre pierres qui autrefois avaient servi d'autel, comme l'indiquait la croix qui les surmontait encore.

Une seule lampe, posée sur un fût de colonne, éclairait d'une lumière pâle et vacillante l'étrange scène qui s'offrait aux yeux des deux visiteurs cachés dans l'ombre.

Un homme était assis, le coude appuyé sur cette colonne, et lisait, tournant le dos aux arcades par l'ouverture desquelles les nouveaux arrivés le regardaient.

C'était le chef de la bande, Luigi Vampa.

Tout autour de lui, groupés selon leur caprice, couchés dans leurs manteaux ou adossés à une espèce de banc de pierre qui régnait tout autour du columbarium, on distinguait une vingtaine de brigands ; chacun avait sa carabine à la portée de la main.

Au fond, silencieuse, à peine visible et pareille à une ombre, une sentinelle se promenait de long en large devant une espèce d'ouverture qu'on ne distinguait que parce que les ténèbres semblaient plus épaisses en cet endroit.

Lorsque le comte crut que Franz avait suffisamment réjoui ses regards de ce pittoresque tableau, il porta le doigt à ses lèvres pour lui recommander le silence, et montant les trois marches qui conduisaient du corridor au columbarium, il entra dans la chambre par l'arcade du milieu et s'avança vers Vampa, qui était si profondément plongé dans sa lecture qu'il n'entendit point le bruit de ses pas.

– Qui vive ? cria la sentinelle moins préoccupée, et qui vit à la lueur de la lampe une espèce d'ombre qui grandissait derrière son chef.

À ce cri Vampa se leva vivement, tirant du même coup un pistolet de sa ceinture.

En un instant tous les bandits furent sur pied, et vingt canons de carabine se dirigèrent sur le comte.

– Eh bien ! dit tranquillement celui-ci d'une voix parfaitement calme et sans qu'un seul muscle de son visage bougeât ; eh bien ! mon cher Vampa, il me semble que voilà bien des frais pour recevoir un ami !

– Armes bas ! cria le chef en faisant un signe impératif d'une main, tandis que de l'autre il ôtait respectueusement son chapeau.

Puis, se retournant vers le singulier personnage qui dominait toute cette scène :

– Pardon, monsieur le comte, lui dit-il, mais j'étais si loin de m'attendre à l'honneur de votre visite que je ne vous ai pas reconnu.

– Il paraît que vous avez la mémoire courte en toute chose, Vampa, dit le comte, et que non seulement vous oubliez le visage des gens, mais encore les conditions faites avec eux.

– Et quelles conditions ai-je donc oubliées, monsieur le comte ? demanda le bandit en homme qui, s'il a commis une erreur, ne demande pas mieux que de la réparer.

– N'a-t-il pas été convenu, dit le comte, que non seulement ma personne, mais encore celle de mes amis, vous seraient sacrées ?

– Et en quoi ai-je manqué au traité, Excellence ?

– Vous avez enlevé ce soir et vous avez transporté ici le vicomte Albert de Morcerf ; eh bien ! continua le comte avec un accent qui fit frissonner Franz, ce jeune homme est *de mes amis*, ce jeune homme loge dans le même hôtel que moi, ce jeune homme a fait Corso pendant huit jours dans ma propre calèche, et cependant, je vous le répète, vous l'avez enlevé, vous l'avez transporté ici, et, ajouta le comte en tirant la lettre de sa poche, vous l'avez mis à rançon comme s'il était le premier venu.

– Pourquoi ne m'avez-vous pas prévenu de cela, vous autres ? dit le chef en se tournant vers ses hommes, qui reculèrent tous devant son regard ; pourquoi m'avez-vous exposé ainsi à manquer à ma parole envers un homme comme M. le comte, qui tient notre vie à tous entre ses mains. Par le sang du Christ ! si je croyais qu'un de vous eût su que le jeune homme était l'ami de Son Excellence, je lui brûlerais la cervelle de ma propre main.

– Eh bien ! dit le comte en se retournant du côté de Franz, je vous avais bien dit qu'il y avait quelque erreur là-dessous.

– N'êtes-vous pas seul ? demanda Vampa avec inquiétude.

– Je suis avec la personne à qui cette lettre était adressée, et à qui j'ai voulu prouver que Luigi Vampa est un homme de parole. Venez, Excellence, dit-il à Franz, voilà Luigi Vampa qui va vous dire lui-même qu'il est désespéré de l'erreur qu'il vient de commettre.

Franz s'approcha, le chef fit quelques pas au-devant de Franz.

– Soyez le bienvenu parmi nous, Excellence, lui dit-il. Vous avez entendu ce que vient de dire le comte, et ce que je lui ai répondu : j'ajouterai que je ne voudrais pas, pour les quatre mille piastres auxquelles j'avais fixé la rançon de votre ami, que pareille chose fût arrivée.

– Mais, dit Franz en regardant tout autour de lui avec inquiétude, où donc est le prisonnier ? Je ne le vois pas.

– Il ne lui est rien arrivé, j'espère ? demanda le comte en fronçant le sourcil.

– Le prisonnier est là, dit Vampa en montrant de la main l'enfoncement devant lequel se promenait le bandit en faction, et je vais lui annoncer moi-même qu'il est libre.

Le chef s'avança vers l'endroit désigné par lui comme servant de prison à Albert, et Franz et le comte le suivirent.

– Que fait le prisonnier ? demanda Vampa à la sentinelle.

– Ma foi, capitaine, répondit celle-ci, je n'en sais rien ; depuis plus d'une heure, je ne l'ai pas entendu remuer.

– Venez, Excellences ! dit Vampa.

Le comte et Franz montèrent sept ou huit marches, toujours précédés par le chef, qui tira un verrou et poussa une porte.

Alors, à la lueur d'une lampe pareille à celle qui éclairait le columbarium, on put voir Albert, enveloppé d'un manteau que lui avait prêté un des bandits, couché dans un coin et dormant du plus profond sommeil.

– Allons ! dit le comte souriant de ce sourire qui lui était particulier, pas mal pour un homme qui devait être fusillé à sept heures du matin.

Vampa regardait Albert endormi avec une certaine admiration ; on voyait qu'il n'était pas insensible à cette preuve de courage.

– Vous avez raison, monsieur le comte, dit-il, cet homme doit être de vos amis.

Puis, s'approchant d'Albert et lui touchant l'épaule :

– Excellence ! dit-il, vous plaît-il de vous éveiller ?

Albert étendit les bras, se frotta les paupières et ouvrit les yeux.

– Ah ! ah ! dit-il, c'est vous, capitaine ! Pardieu, vous auriez bien dû me laisser dormir ; je faisais un rêve charmant ; je rêvais que je dansais le galop chez Torlonia avec la comtesse G... !

Il tira sa montre, qu'il avait gardée pour juger lui-même le temps écoulé.

– Une heure et demie du matin ! dit-il, mais pourquoi diable m'éveillez-vous à cette heure-ci ?

– Pour vous dire que vous êtes libre, Excellence.

– Mon cher, reprit Albert avec une liberté d'esprit parfaite, retenez bien à l'avenir cette maxime de Napoléon le Grand : « Ne m'éveillez que pour les mauvaises nouvelles. » Si vous m'aviez laissé dormir, j'achevais mon galop, et je vous en aurais été reconnaissant toute ma vie... On a donc payé ma rançon ?

– Non, Excellence.

– Eh bien ! alors, comment suis-je libre ?

– Quelqu'un, à qui je n'ai rien à refuser, est venu vous réclamer.

– Jusqu'ici ?

– Jusqu'ici.

– Ah ! pardieu ! ce quelqu'un là est bien aimable !

Albert regarda tout autour de lui et aperçut Franz.

– Comment, lui dit-il, c'est vous, mon cher Franz, qui poussez le dévouement jusque-là ?

– Non pas moi, répondit Franz, mais notre voisin, M. le comte de Monte-Cristo.

– Ah ! pardieu ! monsieur le comte, dit gaiement Albert en rajustant sa cravate et ses manchettes, vous êtes un homme véritablement précieux, et j'espère que vous me regarderez comme votre éternel obligé, d'abord pour l'affaire de la voiture, ensuite pour celle-ci !

Et il tendit la main au comte, qui frissonna au moment de lui donner la sienne, mais qui cependant la lui donna.

Le bandit regardait toute cette scène d'un air stupéfait ; il était évidemment habitué à voir ses prisonniers trembler devant lui, et voilà qu'il y en avait un dont l'humeur railleuse n'avait subi aucune altération ; quant à Franz, il était enchanté qu'Albert eût soutenu, même vis-à-vis d'un bandit, l'honneur national.

– Mon cher Albert, lui dit-il, si vous voulez vous hâter, nous aurons encore le temps d'aller finir la nuit chez Torlonia ; vous prendrez votre galop où vous l'avez interrompu, de sorte que vous ne garderez aucune rancune au seigneur Luigi, qui s'est véritablement, dans toute cette affaire, conduit en galant homme.

– Ah ! vraiment, dit-il, vous avez raison, et nous pourrons y être à deux heures. Seigneur Luigi, continua Albert, y a-t-il quelque autre formalité à remplir pour prendre congé de Votre Excellence ?

– Aucune, monsieur, répondit le bandit, et vous êtes libre comme l'air.

En ce cas, bonne et joyeuse vie ; venez, Messieurs, venez !

Et Albert, suivi de Franz et du comte, descendit l'escalier et traversa la grande salle carrée ; tous les bandits étaient debout et le chapeau à la main.

– Peppino, dit le chef, donne-moi la torche.

– Eh bien ! que faites-vous donc ? demanda le comte.

– Je vous reconduis, dit le capitaine, c'est bien le moindre honneur que je puisse rendre à Votre Excellence.

Et, prenant la torche allumée des mains du pâtre, il marcha devant ses hôtes, non pas comme un valet qui accomplit une œuvre de servilité, mais comme un roi qui précède des ambassadeurs.

Arrivé à la porte il s'inclina.

– Et maintenant, monsieur le comte, dit-il, je vous renouvelle mes excuses, et j'espère que vous ne me gardez aucun ressentiment de ce qui vient d'arriver ?

– Non, mon cher Vampa, dit le comte ; d'ailleurs vous rachetez vos erreurs d'une façon si galante qu'on est presque tenté de vous savoir gré de les avoir commises.

– Messieurs ! reprit le chef en se retournant du côté des jeunes gens, peut-être l'offre ne vous paraîtra-t-elle pas bien attrayante ; mais, s'il vous prenait jamais envie de me faire une seconde visite, partout où je serai vous serez les bienvenus.

Franz et Albert saluèrent. Le comte sortit le premier, Albert ensuite, Franz restait le dernier.

– Votre Excellence a quelque chose à me demander ? dit Vampa en souriant.

– Oui, je l'avoue, répondit Franz, je serais curieux de savoir quel était l'ouvrage que vous lisiez avec tant d'attention quand nous sommes arrivés.

– Les *Commentaires de César*, dit le bandit, c'est mon livre de prédilection.

– Eh bien ! ne venez-vous pas ? demanda Albert.

– Si fait, répondit Franz, me voilà !

Et il sortit à son tour du soupirail.

On fit quelques pas dans la plaine.

– Ah ! pardon ! dit Albert en revenant en arrière ; voulez-vous permettre, capitaine ?

Et il alluma son cigare à la torche de Vampa.

– Maintenant, monsieur le comte, dit-il, la plus grande diligence possible ! Je tiens énormément à aller finir ma nuit chez le duc de Bracciano.

On retrouva la voiture où on l'avait laissée ; le comte dit un seul mot arabe à Ali, et les chevaux partirent à fond de train.

Il était deux heures juste à la montre d'Albert quand les deux amis rentrèrent dans la salle de danse.

Leur retour fit événement ; mais, comme ils entraient ensemble, toutes les inquiétudes que l'on avait pu concevoir sur Albert cessèrent à l'instant même.

– Madame, dit le vicomte de Morcerf en s'avançant vers la comtesse, hier vous avez eu la bonté de me promettre un galop, je viens un peu tard réclamer cette gracieuse promesse ; mais voilà mon ami, dont vous connaissez la véracité, qui vous affirmera qu'il n'y a pas de ma faute.

Et, comme en ce moment la musique donnait le signal de la valse, Albert passa son bras autour de la taille de la comtesse et disparut avec elle dans le tourbillon des danseurs.

Pendant ce temps, Franz songeait au singulier frissonnement qui avait passé par tout le corps du comte de Monte-Cristo au moment où il avait été en quelque sorte forcé de donner la main à Albert.

Si à six heures du matin, les quatre mille piastres ne sont point entre mes mains, à sept heures, le vicomte Albert de Morcerf aura cessé d'exister.

XXXVIII. LE RENDEZ-VOUS

Le lendemain, en se levant, le premier mot d'Albert fut pour proposer à Franz d'aller faire une visite au comte ; il l'avait déjà remercié la veille, mais il comprenait qu'un service comme celui qu'il lui avait rendu valait bien deux remerciements.

Franz, qu'un attrait mêlé de terreur attirait vers le comte de Monte-Cristo, ne voulut pas le laisser aller seul chez cet homme et l'accompagna ; tous deux furent introduits dans le salon : cinq minutes après, le comte parut.

– Monsieur le comte, lui dit Albert en allant à lui, permettez-moi de vous répéter ce matin ce que je vous ai mal dit hier : c'est que je n'oublierai jamais dans quelle circonstance vous m'êtes venu en aide, et que je me souviendrai toujours que je vous dois la vie ou à peu près.

– Mon cher voisin, répondit le comte en riant, vous vous exagérez vos obligations envers moi. Vous me devez une petite économie d'une vingtaine de mille francs sur votre budget de voyage et voilà tout ; vous voyez bien que ce n'est pas la peine d'en parler. De votre côté, ajouta-t-il, recevez tous mes compliments, vous avez été adorable de sans-gêne et de laisser-aller.

– Que voulez-vous, comte ! dit Albert, je me suis figuré que je m'étais fait une mauvaise querelle et qu'un duel s'en était suivi, et j'ai voulu faire comprendre une chose à ces bandits : c'est qu'on se bat dans tous les pays du monde, mais qu'il n'y a que les Français qui se battent en riant. Néanmoins, comme mon obligation vis-à-vis de vous n'en est pas moins grande, je viens vous demander si, par moi, par mes amis et par mes connaissances, je ne pourrais pas vous être bon à quelque chose. Mon père, le comte de Morcerf, qui est d'origine espagnole, a une haute position en France et en Espagne ; je viens me mettre, moi et tous les gens qui m'aiment, à votre disposition.

– Eh bien ! dit le comte, je vous avoue, monsieur de Morcerf, que j'attendais votre offre et que je l'accepte de grand cœur. J'avais déjà jeté mon dévolu sur vous pour vous demander un grand service.

– Lequel ?

– Je n'ai jamais été à Paris ; je ne connais pas Paris…

– Vraiment ! s'écria Albert, vous avez pu vivre jusqu'à présent sans voir Paris ? C'est incroyable !

– C'est ainsi, cependant ; mais, je sens comme vous qu'une plus longue ignorance de la capitale du monde intelligent est chose impossible. Il y a plus : peut-être même aurais-je fait ce voyage indispensable depuis longtemps, si j'avais connu quelqu'un qui pût m'introduire dans ce monde où je n'avais aucune relation.

– Oh ! un homme comme vous ! s'écria Albert.

– Vous êtes bien bon ; mais comme je ne me reconnais à moi-même d'autre mérite que de pouvoir faire concurrence comme millionnaire à M. Aguado ou à M. Rotschild, et que je ne vais pas à Paris pour jouer à la bourse, cette petite circonstance m'a retenu. Maintenant votre offre me décide. Voyons, vous engagez-vous, mon cher monsieur de Morcerf (le comte accompagna ces mots d'un singulier sourire), vous engagez-vous, lorsque j'irai en France, à m'ouvrir les portes de ce monde où je serai aussi étranger qu'un Huron ou qu'un Cochinchinois ?

– Oh ! quant à cela, monsieur le comte, à merveille et de grand cœur ! répondit Albert ; et d'autant plus volontiers (mon cher Franz, ne vous moquez pas trop de moi !) que je suis rappelé à Paris par une lettre que je reçois ce matin même et où il est question pour moi d'une alliance avec une maison fort agréable et qui a les meilleures relations dans le monde parisien.

– Alliance par mariage ? dit Franz en riant.

– Oh ! mon Dieu, oui ! Ainsi, quand vous reviendrez à Paris, vous me trouverez homme posé et peut-être père de famille. Cela ira bien à ma gravité naturelle, n'est-ce pas ? En tout cas, comte, je vous le répète, moi et les miens sommes à vous corps et âme.

– J'accepte, dit le comte, car je vous jure qu'il ne me manquait que cette occasion pour réaliser des projets que je rumine depuis longtemps.

Franz ne douta point un instant que ces projets ne fussent ceux dont le comte avait laissé échapper un mot dans la grotte de Monte-Cristo, et il regarda le comte pendant qu'il disait ces paroles pour essayer de saisir sur sa physionomie quelque révélation de ces projets qui le conduisaient à Paris ; mais il était bien difficile de pénétrer dans l'âme de cet homme, surtout lorsqu'il la voilait avec un sourire.

– Mais, voyons, comte, reprit Albert, enchanté d'avoir à produire un homme comme Monte-Cristo, n'est-ce pas là un de ces projets en l'air, comme on en fait mille en voyage, et qui, bâtis sur du sable, sont emportés au premier souffle du vent ?

– Non, d'honneur, dit le comte ; je veux aller à Paris, il faut que j'y aille.

– Et quand cela ?

– Mais quand y serez vous vous-même ?

– Moi, dit Albert ; oh, mon Dieu ! dans quinze jours ou trois semaines au plus tard ; le temps de revenir.

– Eh bien ! dit le comte, je vous donne trois mois ; vous voyez que je vous fais la mesure large.

– Et dans trois mois, s'écria Albert avec joie, vous venez frapper à ma porte ?

– Voulez-vous un rendez-vous jour pour jour, heure pour heure ? dit le comte, je vous préviens que je suis d'une exactitude désespérante.

– Jour pour jour, heure pour heure, dit Albert ; cela me va à merveille.

– Eh bien ! soit. Il étendit la main vers un calendrier suspendu près de la glace. Nous sommes aujourd'hui, dit-il, le 21 février (il tira sa montre) ; il est dix heures et demie du matin. Voulez-vous m'attendre le 21 mai prochain, à dix heures et demie du matin ?

– À merveille ! dit Albert, le déjeuner sera prêt.

– Vous demeurez ?

– Rue du Helder, n° 27.

– Vous êtes chez vous en garçon, je ne vous gênerai pas ?

– J'habite dans l'hôtel de mon père, mais un pavillon au fond de la cour entièrement séparé.

– Bien.

Le comte prit ses tablettes et écrivit : *Rue du Helder, numéro 27, 21 mai, à dix heures et demie du matin.*

– Et maintenant, dit le comte en remettant ses tablettes dans sa poche, soyez tranquille, l'aiguille de votre pendule ne sera pas plus exacte que moi.

– Je vous reverrai avant mon départ ? demanda Albert.

– C'est selon : quand partez-vous ?

– Je pars demain, à cinq heures du soir.

– En ce cas, je vous dis adieu. J'ai affaire à Naples, et ne serai de retour ici que samedi soir ou dimanche matin. Et vous, demanda le comte à Franz, partez-vous aussi, monsieur le baron ?

– Oui.

– Pour la France ?

– Non, pour Venise. Je reste encore un an ou deux en Italie.

– Nous ne nous verrons donc pas à Paris ?

– Je crains de ne pas avoir cet honneur.

– Allons, messieurs, bon voyage, dit le comte aux deux amis en leur tendant à chacun une main.

C'était la première fois que Franz touchait la main de cet homme ; il tressaillit, car elle était glacée comme celle d'un mort.

– Une dernière fois, dit Albert, c'est bien arrêté, sur parole d'honneur, n'est-ce pas ? Rue du Helder, numéro 27, le 21 mai, à dix heures et demie du matin ?

– Le 21 mai, à dix heures et demie du matin, rue du Helder, numéro 27, reprit le comte.

Sur quoi les deux jeunes gens saluèrent le comte et sortirent.

– Qu'avez-vous donc ? dit en rentrant chez lui Albert à Franz, vous avez l'air tout soucieux.

– Oui, dit Franz, je vous l'avoue, le comte est un homme singulier, et je vois avec inquiétude ce rendez-vous qu'il vous a donné à Paris.

– Ce rendez-vous… avec inquiétude ! Ah çà ! mais êtes-vous fou, mon cher Franz, s'écria Albert.

– Que voulez-vous, dit Franz, fou ou non, c'est ainsi.

– Écoutez, reprit Albert, et je suis bien aise que l'occasion se présente de vous dire cela, mais je vous ai toujours trouvé assez froid pour le comte, que, de son côté, j'ai toujours trouvé parfait, au contraire, pour nous. Avez-vous quelque chose de particulier contre lui ?

– Peut-être.

– L'aviez-vous vu déjà quelque part avant de le rencontrer ici ?

– Justement.

– Où cela ?

– Me promettez-vous de ne pas dire un mot de ce que je vais vous raconter ?

– Je vous le promets.

– Parole d'honneur ?

– Parole d'honneur.

– C'est bien. Écoutez donc.

Et alors Franz raconta à Albert son excursion à l'île de Monte-Cristo, comment il y avait trouvé un équipage de contrebandiers, et au milieu de cet équipage deux bandits corses. Il s'appesantit sur toutes les circonstances de l'hospitalité féerique que le comte lui avait donnée dans sa grotte des *Mille et Une Nuits*. Il lui raconta le souper, le haschisch, les statues, la réalité et le rêve, et comment à son réveil il ne restait plus comme preuve et comme souvenir de tous ces événements que ce petit yacht, faisant à l'horizon voile pour Porto-Vecchio. Puis il passa à Rome, à la nuit du Colisée, à la conversation qu'il avait entendue entre lui et Vampa, conversation relative à Peppino, et dans laquelle le comte avait promis d'obtenir la grâce du bandit, promesse qu'il avait si bien tenue, ainsi que nos lecteurs ont pu en juger.

Enfin, il en arriva à l'aventure de la nuit précédente, à l'embarras où il s'était trouvé en voyant qu'il lui manquait pour compléter la somme six ou sept cents piastres ; enfin à l'idée qu'il avait eue de s'adresser au comte, idée qui avait eu à la fois un résultat si pittoresque et si satisfaisant.

Albert écoutait Franz de toutes ses oreilles.

– Eh bien ! lui dit-il quand il eut fini, où voyez-vous dans tout cela quelque chose à reprendre ? Le comte est voyageur, le comte a un bâtiment à lui, parce qu'il est riche. Allez à Portsmouth ou à Southampton, vous verrez les ports encombrés de yachts appartenant à de riches Anglais qui ont la même fantaisie. Pour savoir où s'arrêter dans ses excursions, pour ne pas manger cette affreuse cuisine qui nous empoisonne, moi depuis quatre mois, vous depuis quatre ans ; pour ne pas coucher dans ces abominables lits où l'on ne peut dormir, il se fait meubler un pied-à-terre à Monte-Cristo ; quand son pied-à-terre est meublé, il craint que le gouvernement toscan ne lui donne congé et que ses dépenses ne soient perdues, alors il achète l'île et en prend le nom. Mon cher, fouillez dans votre souvenir, et dites-moi combien de gens de votre connaissance prennent le nom de propriétés qu'ils n'ont jamais eues.

– Mais, dit Franz à Albert, les bandits corses qui se trouvent dans son équipage ?

– Eh bien ! qu'y a-t-il d'étonnant à cela ? Vous savez mieux que personne, n'est-ce pas, que les bandits corses ne sont pas des voleurs, mais purement et simplement des fugitifs que quelque vendetta a exilés de leur ville ou de leur village ; on peut donc les voir sans se compromettre ;

quant à moi, je déclare que si jamais je vais en Corse, avant de me faire présenter au gouverneur et au préfet, je me fais présenter aux bandits de Colomba, si toutefois on peut mettre la main dessus ; je les trouve charmants.

– Mais Vampa et sa troupe, reprit Franz ; ceux-là sont des bandits qui arrêtent pour voler ; vous ne le niez pas, je l'espère. Que dites-vous de l'influence du comte sur de pareils hommes ?

– Je dirai, mon cher, que, comme selon toute probabilité je dois la vie à cette influence, ce n'est point à moi à la critiquer de trop près. Ainsi donc, au lieu de lui en faire comme vous un crime capital, vous trouverez bon que je l'excuse, sinon de m'avoir sauvé la vie, ce qui est peut-être un peu exagéré, mais du moins de m'avoir épargné quatre mille piastres, qui font bel et bien vingt-quatre mille livres de notre monnaie, somme à laquelle on ne m'aurait certes pas estimé en France ; ce qui prouve, ajouta Albert en riant, que nul n'est prophète en son pays.

– Eh bien ! voilà justement ; de quel pays est le comte ? Quelle langue parle-t-il ? Quels sont ses moyens d'existence ? D'où lui vient son immense fortune ? Quelle a été cette première partie de sa vie mystérieuse et inconnue qui a répandu sur la seconde cette teinte sombre et misanthropique ? Voilà, à votre place, ce que je voudrais savoir.

– Mon cher Franz, reprit Albert, quand, en recevant ma lettre, vous avez vu que nous avions besoin de l'influence du comte, vous avez été lui dire : « Albert de Morcerf, mon ami, court un danger, aidez-moi à le tirer de ce danger », n'est-ce pas ?

– Oui.

– Alors, vous a-t-il demandé qu'est-ce que M. Albert de Morcerf ? D'où lui vient son nom ? D'où lui vient sa fortune ? Quels sont ses moyens d'existence ? Quel est son pays ? Où est-il né ? Vous a-t-il demandé tout cela, dites ?

– Non, je l'avoue.

– Il est venu, voilà tout. Il m'a tiré des mains de M. Vampa, où, malgré mes apparences pleines de désinvolture, comme vous dites, je faisais fort mauvaise figure, je l'avoue. Eh bien ! mon cher, quand en échange d'un pareil service il me demande de faire pour lui ce qu'on fait tous les jours pour le premier prince russe ou italien qui passe par Paris, c'est-à-dire de le présenter dans le monde, vous voulez que je lui refuse cela ! Allons donc, Franz, vous êtes fou.

Il faut dire que, contre l'habitude, toutes les bonnes raisons étaient cette fois du côté d'Albert.

– Enfin, reprit Franz avec un soupir, faites comme vous voudrez, mon cher vicomte ; car tout ce que vous me dites là est fort spécieux, je l'avoue ; mais il n'en est pas moins vrai que le comte de Monte-Cristo est un homme étrange.

– Le comte de Monte-Cristo est un philanthrope. Il ne vous a pas dit dans quel but il venait à Paris. Eh bien ! il vient pour concourir aux prix Monthyon ; et s'il ne lui faut que ma voix pour qu'il les obtienne, et l'influence de ce monsieur si laid qui les fait obtenir, eh bien ! je lui donnerai l'une et je lui garantirai l'autre. Sur ce, mon cher Franz, ne parlons plus de cela, mettons-nous à table et allons faire une dernière visite à Saint-Pierre.

Il fut fait comme disait Albert, et le lendemain, à cinq heures de l'après-midi, les deux jeunes gens se quittaient, Albert de Morcerf pour revenir à Paris, Franz d'Épinay pour aller passer une quinzaine de jours à Venise.

Mais, avant de monter en voiture, Albert remit encore au garçon de l'hôtel, tant il avait peur que son convive ne manquât au rendez-vous, une carte pour le comte de Monte-Cristo, sur laquelle, au-dessous de ces mots : *Vicomte Albert de Morcerf*, il y avait écrit au crayon :

21 mai, à dix heures et demie du matin,

27, rue du Helder.

XXXIX. LES CONVIVES

Dans cette maison de la rue du Helder, où Albert de Morcerf avait donné rendez-vous, à Rome, au comte de Monte-Cristo, tout se préparait dans la matinée du 21 mai pour faire honneur à la parole du jeune homme.

Albert de Morcerf habitait un pavillon situé à l'angle d'une grande cour et faisant face à un autre bâtiment destiné aux communs. Deux fenêtres de ce pavillon seulement donnaient sur la rue, les autres étaient percées, trois sur la cour et deux autres en retour sur le jardin.

Entre cette cour et ce jardin s'élevait, bâtie avec le mauvais goût de l'architecture impériale, l'habitation fashionable et vaste du comte et de la comtesse de Morcerf.

Sur toute la largeur de la propriété régnait, donnant sur la rue, un mur surmonté, de distance en distance, de vases de fleurs, et coupé au milieu par une grande grille aux lances dorées, qui servait aux entrées d'apparat ; une petite porte presque accolée à la loge du concierge donnait passage aux gens de service ou aux maîtres entrant ou sortant à pied.

On devinait, dans ce choix du pavillon destiné à l'habitation d'Albert, la délicate prévoyance d'une mère, qui, ne voulant pas se séparer de son fils, avait cependant compris qu'un jeune homme de l'âge du vicomte avait besoin de sa liberté tout entière. On y reconnaissait aussi, d'un autre côté, nous devons le dire, l'intelligent égoïsme du jeune homme, épris de cette vie libre et oisive, qui est celle des fils de famille, et qu'on lui dorait comme à l'oiseau sa cage.

Par ces deux fenêtres donnant sur la rue, Albert de Morcerf pouvait faire ses explorations au-dehors. La vue du dehors est si nécessaire aux jeunes gens qui veulent toujours voir le monde traverser leur horizon, cet horizon ne fût-il que celui de la rue ! Puis, son exploration faite, si cette exploration paraissait mériter un examen plus approfondi, Albert de Morcerf pouvait, pour se livrer à ses recherches, sortir par une petite porte faisant pendant à celle que nous avons indiquée près de la loge du portier, et qui mérite une mention particulière.

C'était une petite porte qu'on eût dit oubliée de tout le monde depuis le jour où la maison avait été bâtie et qu'on eût cru condamnée à tout jamais, tant elle semblait discrète et poudreuse, mais dont la serrure et les gonds, soigneusement huilés, annonçaient une pratique mystérieuse et suivie. Cette petite porte sournoise faisait concurrence aux deux autres et se moquait du concierge, à la vigilance et à la juridiction duquel elle échappait, s'ouvrant comme la fameuse porte de la caverne des *Mille et Une Nuits*, comme la Sésame enchantée d'Ali-Baba, au moyen de quelques mots cabalistiques, ou de quelques grattements convenus, prononcés par les plus douces voix ou opérés par les doigts les plus effilés du monde.

Au bout d'un corridor vaste et calme, auquel communiquait cette petite porte et qui faisait antichambre, s'ouvraient, à droite, la salle à manger d'Albert donnant sur la cour, et, à gauche, son petit salon donnant sur le jardin. Des massifs, des plantes grimpantes s'élargissant en éventail devant les fenêtres, cachaient à la cour et au jardin l'intérieur de ces deux pièces, les seules, placées au rez-de-chaussée comme elles l'étaient, où pussent pénétrer les regards indiscrets.

Au premier, ces deux pièces se répétaient, enrichies d'une troisième prise sur l'antichambre. Ces trois pièces étaient un salon, une chambre à coucher et un boudoir.

Le salon d'en bas n'était qu'une espèce de divan algérien destiné aux fumeurs.

Le boudoir du premier donnait dans la chambre à coucher, et, par une porte invisible, communiquait avec l'escalier. On voit que toutes les mesures de précaution étaient prises.

Au-dessus de ce premier étage régnait un vaste atelier, que l'on avait agrandi en jetant bas murailles et cloisons, pandémonium que l'artiste disputait au dandy. Là se réfugiaient et s'entassaient tous les caprices successifs d'Albert, les cors de chasse, les basses, les flûtes, un orchestre complet, car Albert avait eu un instant, non pas le goût, mais la fantaisie de la musique ; les chevalets, les palettes, les pastels, car à la fantaisie de la musique avait succédé la fatuité de la peinture ; enfin les fleurets, les gants de boxe, les espadons et les cannes de tout genre, car enfin, suivant les traditions des jeunes gens à la mode de l'époque où nous sommes arrivés, Albert de Morcerf cultivait, avec infiniment plus de persévérance qu'il n'avait fait de la musique et de la peinture, ces trois arts qui complètent l'éducation léonine, c'est-à-dire l'escrime, la boxe et le bâton, et il recevait successivement dans cette pièce, destinée à tous les exercices du corps, Grisier, Cooks et Charles Lecour.

Le reste des meubles de cette pièce privilégiée étaient de vieux bahuts du temps de François Ier, bahuts pleins de porcelaines de Chine, de vases du Japon, de faïences de Luca de la Robbia et de plats de Bernard de Palissy ; d'antiques fauteuils où s'étaient peut-être assis Henri IV ou Sully, Louis XIII ou Richelieu, car deux de ces fauteuils, ornés d'un écusson sculpté où brillaient sur l'azur les trois fleurs de lis de France surmontées d'une couronne royale, sortaient visiblement des garde-meubles du Louvre, ou tout au moins de celui de quelque château royal. Sur ces fauteuils aux fonds sombres et sévères étaient jetées pêle-mêle de riches étoffes aux vives couleurs, teintes au soleil de la Perse ou écloses sous les doigts des femmes de Calcutta ou de Chandernagor. Ce que faisaient là ces étoffes, on n'eût pas pu le dire ; elles attendaient, en récréant les yeux, une destination inconnue à leur propriétaire lui-même, et, en attendant, elles illuminaient l'appartement de leurs reflets soyeux et dorés.

À la place la plus apparente se dressait un piano, taillé par Roller et Blanchet dans du bois de rose, piano à la taille de nos salons de Lilliputiens, renfermant cependant un orchestre dans son étroite et sonore cavité, et gémissant sous le poids des chefs-d'œuvre de Beethoven, de Weber, de Mozart, d'Haydn, de Grétry et de Porpora.

Puis, partout, le long des murailles, au-dessus des portes, au plafond, des épées, des poignards, des criks, des masses, des haches, des armures complètes dorées, damasquinées, incrustées ; des herbiers, des blocs de minéraux, des oiseaux bourrés de crin, ouvrant pour un vol immobile leurs ailes couleur de feu et leur bec qu'ils ne ferment jamais.

Il va sans dire que cette pièce était la pièce de prédilection d'Albert.

Cependant, le jour du rendez-vous, le jeune homme, en demi-toilette, avait établi son quartier général dans le petit salon du rez-de-chaussée. Là, sur une table entourée à distance d'un divan large et moelleux, tous les tabacs connus, depuis le tabac jaune de Pétersbourg jusqu'au tabac noir du Sinaï, en passant par le maryland, le porto-ricco et le latakié, resplendissaient dans les pots de faïence craquelée qu'adorent les Hollandais. À côté d'eux, dans des cases de bois odorant, étaient rangés, par ordre de taille et de qualité, les puros, les régalia, les havane et les manille ; enfin dans une armoire tout ouverte, une collection de pipes allemandes, de chibouques aux bouquins d'ambre, ornées de corail, et de narguilés incrustés d'or, aux longs tuyaux de maroquin roulés comme des serpents, attendaient le caprice ou la sympathie des fumeurs. Albert avait présidé lui même à l'arrangement ou plutôt au désordre symétrique qu'après le café les convives d'un déjeuner moderne aiment à contempler à travers la vapeur qui s'échappe de leur bouche et qui monte au plafond en longues et capricieuses spirales.

À dix heures moins un quart, un valet de chambre entra. C'était un petit groom de quinze ans, ne parlant qu'anglais et répondant au nom de John, tout le domestique de Morcerf. Bien entendu que dans les jours ordinaires le cuisinier de l'hôtel était à sa disposition, et que dans les grandes occasions le chasseur du comte était mis à sa disposition.

Ce valet de chambre, qui s'appelait Germain et qui jouissait de la confiance entière de son jeune maître, tenait à la main une liasse de journaux qu'il déposa sur une table, et un paquet de lettres qu'il remit à Albert.

Albert jeta un coup d'œil distrait sur ces différentes missives, en choisit deux aux écritures fines et aux enveloppes parfumées, les décacheta et les lut avec une certaine attention.

– Comment sont venues ces lettres ? demanda-t-il.

– L'une est venue par la poste, l'autre a été apportée par le valet de chambre de Mme Danglars.

– Faites dire à Mme Danglars que j'accepte la place qu'elle m'offre dans sa loge… Attendez donc… puis, dans la journée, vous passerez chez Rosa ; vous lui direz que j'irai, comme elle m'y invite, souper avec elle en sortant de l'Opéra, et vous lui porterez six bouteilles de vins assortis, de Chypre, de Xérès, de Malaga, et un baril d'huîtres d'Ostende… ; prenez les huîtres chez Borel, et dites surtout que c'est pour moi.

– À quelle heure monsieur veut-il être servi ?

– Quelle heure avons-nous ?

– Dix heures moins un quart.

– Eh bien, servez pour dix heures et demie précises. Debray sera peut-être forcé d'aller à son ministère… Et d'ailleurs… (Albert consulta ses tablettes), c'est bien l'heure que j'ai indiquée au comte, le 21 mai, à dix heures et demie du matin, et quoique je ne fasse pas grand fond sur sa promesse, je veux être exact. À propos, savez-vous si madame la comtesse est levée ?

– Si monsieur le vicomte le désire, je m'en informerai ?

– Oui… vous lui demanderez une de ses caves à liqueurs, la mienne est incomplète, et vous lui direz que j'aurai l'honneur de passer chez elle vers trois heures, et que je lui fais demander la permission de lui présenter quelqu'un.

Le valet sortit. Albert se jeta sur le divan, déchira l'enveloppe de deux ou trois journaux, regarda les spectacles, fit la grimace en reconnaissant que l'on jouait un opéra et non un ballet, chercha vainement dans les annonces de parfumerie un opiat pour les dents dont on lui avait parlé, et rejeta l'une après l'autre les trois feuilles les plus courues de Paris, en murmurant au milieu d'un bâillement prolongé :

– En vérité, ces journaux deviennent de plus en plus assommants.

En ce moment une voiture légère s'arrêta devant la porte, et un instant après le valet de chambre rentra pour annoncer M. Lucien Debray. Un grand jeune homme blond, pâle, à l'œil gris et assuré, aux lèvres minces et froides, à l'habit bleu aux boutons d'or ciselés, à la cravate blanche, au lorgnon d'écaille suspendu par un fil de soie, et que, par un effort du nerf sourcilier et du nerf zygomatique, il parvenait à fixer de temps en temps dans la cavité de son œil droit, entra sans sourire, sans parler et d'un air demi-officiel.

– Bonjour, Lucien… Bonjour ! dit Albert. Ah ! vous m'effrayez, mon cher, avec votre exactitude ! Que dis-je ? exactitude ! Vous que je n'attendais que le dernier, vous arrivez à dix heures moins cinq minutes, lorsque le rendez-vous définitif n'est qu'à dix heures et demie ! C'est miraculeux ! Le ministère serait-il renversé, par hasard ?

– Non, très cher, dit le jeune homme en s'incrustant dans le divan ; rassurez-vous, nous chancelons toujours, mais nous ne tombons jamais, et je commence à croire que nous passons tout bonnement à l'inamovibilité, sans compter que les affaires de la Péninsule vont nous consolider tout à fait.

– Ah ! oui, c'est vrai, vous chassez don Carlos d'Espagne.

– Non pas, très cher, ne confondons point ; nous le ramenons de l'autre côté de la frontière de France, et nous lui offrons une hospitalité royale à Bourges.

– À Bourges ?

– Oui, il n'a pas à se plaindre, que diable ! Bourges est la capitale du roi Charles VII. Comment ! vous ne saviez pas cela ? C'est connu depuis hier de tout Paris, et avant-hier la chose avait déjà transpiré à la Bourse, car M. Danglars (je ne sais point par quel moyen cet homme sait les nouvelles en même temps que nous), car M. Danglars a joué à la hausse et a gagné un million.

– Et vous, un ruban nouveau, à ce qu'il paraît ; car je vois un liséré bleu ajouté à votre brochette ?

– Heu ! ils m'ont envoyé la plaque de Charles III, répondit négligemment Debray.

– Allons, ne faites donc pas l'indifférent, et avouez que la chose vous a fait plaisir à recevoir.

– Ma foi, oui ; comme complément de toilette, une plaque fait bien sur un habit noir boutonné ; c'est élégant.

– Et, dit Morcerf en souriant, on a l'air du prince de Galles ou du duc de Reichstadt.

– Voilà donc pourquoi vous me voyez si matin, très cher.

– Parce que vous avez la plaque de Charles III et que vous vouliez m'annoncer cette bonne nouvelle ?

– Non ; parce que j'ai passé la nuit à expédier des lettres ; vingt-cinq dépêches diplomatiques. Rentré chez moi ce matin au jour, j'ai voulu dormir ; mais le mal de tête m'a pris, et je me suis relevé pour monter à cheval une heure. À Boulogne, l'ennui et la faim m'ont saisi, deux ennemis qui vont rarement ensemble, et qui cependant se sont ligués contre moi ; une espèce d'alliance carlo-républicaine ; je me suis alors souvenu que l'on festinait chez vous ce matin, et me voilà ; j'ai faim, nourrissez-moi ; je m'ennuie, amusez-moi.

– C'est mon devoir d'amphitryon, cher ami, dit Albert en sonnant le valet de chambre ; tandis que Lucien faisait sauter, avec le bout de sa badine à pomme d'or incrustée de turquoise, les journaux dépliés. Germain, un verre de xérès et un biscuit. En attendant, mon cher Lucien, voici des cigares de contrebande, bien entendu ; je vous engage à en goûter et à inviter votre ministre à nous en vendre de pareils, au lieu de ces espèces de feuilles de noyer qu'il condamne les bons citoyens à fumer.

– Peste ! je m'en garderais bien. Du moment où ils vous viendraient du gouvernement vous n'en voudriez plus et les trouveriez exécrables. D'ailleurs, cela ne regarde point l'intérieur, cela regarde les finances : adressez-vous à M. Humann, section des contributions indirectes, corridor A, numéro 26.

– En vérité, dit Albert, vous m'étonnez par l'étendue de vos connaissances. Mais prenez donc un cigare !

– Ah ! cher vicomte, dit Lucien en allumant un manille à une bougie rose brûlant dans un bougeoir de vermeil et en se renversant sur le divan, ah ! cher vicomte, que vous êtes heureux de n'avoir rien à faire ! en vérité, vous ne connaissez pas votre bonheur !

– Et que feriez-vous donc, mon cher pacificateur de royaumes, reprit Morcerf avec une légère ironie, si vous ne faisiez rien ? Comment ! secrétaire particulier d'un ministre, lancé à la fois dans la grande cabale européenne et dans les petites intrigues de Paris ; ayant des rois, et, mieux que cela, des reines à protéger, des partis à réunir, des élections à diriger ; faisant plus de votre cabinet avec votre plume et votre télégraphe, que Napoléon ne faisait de ses champs de bataille avec son épée et ses victoires ; possédant vingt-cinq mille livres de rente en dehors de votre place ; un cheval dont Château-Renaud vous a offert quatre cents louis, et que vous n'avez pas voulu donner ; un tailleur qui ne vous manque jamais un pantalon ; ayant l'Opéra, le Jockey-Club et le théâtre des Variétés, vous ne trouvez pas dans tout cela de quoi vous distraire ? Eh bien, soit, je vous distrairai, moi.

– Comment cela ?

– En vous faisant faire une connaissance nouvelle.

– En homme ou en femme ?

– En homme.

– Oh ! j'en connais déjà beaucoup !

– Mais vous n'en connaissez pas comme celui dont je vous parle.

– D'où vient-il donc ? du bout du monde ?

– De plus loin peut-être.

– Ah diable ! j'espère qu'il n'apporte pas notre déjeuner ?

– Non, soyez tranquille, notre déjeuner se confectionne dans les cuisines maternelles. Mais vous avez donc faim ?

– Oui, je l'avoue, si humiliant que cela soit à dire. Mais j'ai dîné hier chez M. de Villefort ; et avez-vous remarqué cela, cher ami ? On dîne très mal chez tous ces gens du parquet ; on dirait toujours qu'ils ont des remords.

– Ah ! pardieu ! dépréciez les dîners des autres, avec cela qu'on dîne bien chez vos ministres.

– Oui, mais nous n'invitons pas les gens comme il faut, au moins ; et si nous n'étions pas obligés de faire les honneurs de notre table à quelques croquants qui pensent et surtout qui votent bien, nous nous garderions comme de la peste de dîner chez nous, je vous prie de croire.

– Alors, mon cher, prenez un second verre de xérès et un autre biscuit.

– Volontiers, votre vin d'Espagne est excellent ; vous voyez bien que nous avons eu tout à fait raison de pacifier ce pays-là.

– Oui, mais don Carlos ?

– Eh bien, don Carlos boira du vin de Bordeaux, et dans dix ans nous marierons son fils à la petite reine.

– Ce qui vous vaudra la Toison d'Or, si vous êtes encore au ministère.

– Je crois, Albert, que vous avez adopté pour système ce matin de me nourrir de fumée.

– Eh ! c'est encore ce qui amuse le mieux, l'estomac, convenez-en ; mais, tenez, justement j'entends la voix de Beauchamp dans l'antichambre, vous vous disputerez, cela vous fera prendre patience.

– À propos de quoi ?

– À propos de journaux.

– Oh ! cher ami, dit Lucien avec un souverain mépris, est-ce que je lis les journaux !

– Raison de plus, alors vous vous disputerez bien davantage.

– M. Beauchamp ! annonça le valet de chambre.

– Entrez, entrez ! plume terrible ! dit Albert en se levant et en allant au-devant du jeune homme. Tenez, voici Debray qui vous déteste sans vous lire, à ce qu'il dit du moins.

– Il a bien raison, dit Beauchamp, c'est comme moi, je le critique sans savoir ce qu'il fait. Bonjour, commandeur.

– Ah ! vous savez déjà cela, répondit le secrétaire particulier en échangeant avec le journaliste une poignée de main et un sourire.

– Pardieu ! reprit Beauchamp.

– Et qu'en dit-on dans le monde ?

– Dans quel monde ? Nous avons beaucoup de mondes en l'an de grâce 1838.

– Eh ! dans le monde critico-politique, dont vous êtes un des lions.

– Mais on dit que c'est chose fort juste, et que vous semez assez de rouge pour qu'il pousse un peu de bleu.

– Allons, allons, pas mal, dit Lucien : pourquoi n'êtes-vous pas des nôtres, mon cher Beauchamp ? Ayant de l'esprit comme vous en avez, vous feriez fortune en trois ou quatre ans.

– Aussi, je n'attends qu'une chose pour suivre votre conseil : c'est un ministère qui soit assuré pour six mois. Maintenant, un seul mot, mon cher Albert, car aussi bien faut-il que je laisse respirer le pauvre Lucien. Déjeunons-nous ou dînons-nous ? J'ai la Chambre, moi. Tout n'est pas rose, comme vous le voyez, dans notre métier.

– On déjeunera seulement ; nous n'attendons plus que deux personnes, et l'on se mettra à table aussitôt qu'elles seront arrivées.

– Et quelles sortes de personnes attendez-vous à déjeuner ? dit Beauchamp.

– Un gentilhomme et un diplomate, reprit Albert.

– Alors c'est l'affaire de deux petites heures pour le gentilhomme et de deux grandes heures pour le diplomate. Je reviendrai au dessert. Gardez-moi des fraises, du café et des cigares. Je mangerai une côtelette à la Chambre.

– N'en faites rien, Beauchamp, car le gentilhomme fût-il un Montmorency, et le diplomate un Metternich, nous déjeunerons à dix heures et demie précises ; en attendant faites comme Debray, goûtez mon xérès et mes biscuits.

– Allons donc, soit, je reste. Il faut absolument que je me distraie ce matin.

– Bon, vous voilà comme Debray ! Il me semble cependant que lorsque le ministère est triste l'opposition doit être gaie.

– Ah ! voyez-vous, cher ami, c'est que vous ne savez point ce qui me menace. J'entendrai ce matin un discours de M. Danglars à la Chambre des députés, et ce soir, chez sa femme, une tragédie d'un pair de France. Le diable emporte le gouvernement constitutionnel ! Et puisque nous avions le choix, à ce qu'on dit, comment avons-nous choisi celui-là ?

– Je comprends ; vous avez besoin de faire provision d'hilarité.

– Ne dites donc pas de mal des discours de M. Danglars, dit Debray : il vote pour vous, il fait de l'opposition.

– Voilà, pardieu, bien le mal ! Aussi j'attends que vous l'envoyiez discourir au Luxembourg pour en rire tout à mon aise.

– Mon cher, dit Albert à Beauchamp, on voit bien que les affaires d'Espagne sont arrangées, vous êtes ce matin d'une aigreur révoltante. Rappelez-vous donc que la chronique parisienne parle d'un mariage entre moi et Mlle Eugénie Danglars. Je ne puis donc pas, en conscience, vous laisser mal parler de l'éloquence d'un homme qui doit me dire un jour : « Monsieur le vicomte, vous savez que je donne deux millions à ma fille. »

– Allons donc ! dit Beauchamp, ce mariage ne se fera jamais. Le roi a pu le faire baron, il pourra le faire pair, mais il ne le fera point gentilhomme, et le comte de Morcerf est une épée trop aristocratique pour consentir, moyennant deux pauvres millions, à une mésalliance. Le vicomte de Morcerf ne doit épouser qu'une marquise.

– Deux millions ! c'est cependant joli ! reprit Morcerf.

– C'est le capital social d'un théâtre de boulevard ou d'un chemin de fer du jardin des Plantes à la Râpée.

– Laissez-le dire, Morcerf, reprit nonchalamment Debray, et mariez-vous. Vous épousez l'étiquette d'un sac, n'est-ce pas ? Eh bien, que vous importe ! mieux vaut alors sur cette étiquette un blason de moins et un zéro de plus ; vous avez sept merlettes dans vos armes, vous en donnerez trois à votre femme et il en restera encore quatre. C'est une de plus qu'a M. de Guise, qui a failli être roi de France, et dont le cousin germain était empereur d'Allemagne.

– Ma foi, je crois que vous avez raison, Lucien, répondit distraitement Albert.

– Et certainement ! D'ailleurs tout millionnaire est noble comme un bâtard, c'est-à-dire qu'il peut l'être.

– Chut ! ne dites pas cela, Debray, reprit en riant Beauchamp, car voici Château-Renaud qui, pour vous guérir de votre manie de paradoxer, vous passera au travers du corps l'épée de Renaud de Montauban, son ancêtre.

– Il dérogerait alors, répondit Lucien, car je suis vilain et très vilain.

– Bon ! s'écria Beauchamp, voilà le ministère qui chante du Béranger, où allons-nous, mon Dieu ?

– M. de Château-Renaud ! M. Maximilien Morrel ! dit le valet de chambre, en annonçant deux nouveaux convives.

– Complets alors ! dit Beauchamp, et nous allons déjeuner ; car, si je ne me trompe, vous n'attendiez plus que deux personnes, Albert ?

– Morrel ! murmura Albert surpris ; Morrel ! qu'est-ce que cela ?

Mais avant qu'il eût achevé, M. de Château-Renaud, beau jeune homme de trente ans, gentilhomme des pieds à la tête, c'est-à-dire avec la figure d'un Guiche et l'esprit d'un Mortemart, avait pris Albert par la main.

– Permettez-moi, mon cher, lui dit-il, de vous présenter M. le capitaine de spahis Maximilien Morrel, mon ami, et de plus mon sauveur. Au reste, l'homme se présente assez bien par lui même. Saluez mon héros, vicomte.

Et il se rangea pour démasquer ce grand et noble jeune homme au front large, à l'œil perçant, aux moustaches noires, que nos lecteurs se rappellent avoir vu à Marseille, dans une circonstance assez dramatique pour qu'ils ne l'aient point encore oublié. Un riche uniforme, demi-français, demi-oriental, admirablement porté faisait valoir sa large poitrine décorée de la croix de la Légion d'honneur, et ressortir la cambrure hardie de sa taille. Le jeune officier s'inclina avec une politesse d'élégance ; Morrel était gracieux dans chacun de ses mouvements, parce qu'il était fort.

– Monsieur, dit Albert avec une affectueuse courtoisie, M. le baron de Château-Renaud savait d'avance tout le plaisir qu'il me procurait en me faisant faire votre connaissance ; vous êtes de ses amis, monsieur, soyez des nôtres.

– Très bien, dit Château-Renaud, et souhaitez, mon cher vicomte, que le cas échéant il fasse pour vous ce qu'il a fait pour moi.

– Et qu'a-t-il donc fait ? demanda Albert.

– Oh ! dit Morrel, cela ne vaut pas la peine d'en parler, et monsieur exagère.

– Comment ! dit Château-Renaud, cela ne vaut pas la peine d'en parler ! La vie ne vaut pas la peine qu'on en parle !... En vérité, c'est par trop philosophique ce que vous dites là, mon cher monsieur Morrel… Bon pour vous qui exposez votre vie tous les jours, mais pour moi qui l'expose une fois par hasard…

– Ce que je vois de plus clair dans tout cela, baron, c'est que M. le capitaine Morrel vous a sauvé la vie.

– Oh ! mon Dieu, oui, tout bonnement, reprit Château-Renaud.

– Et à quelle occasion ? demanda Beauchamp.

– Beauchamp, mon ami, vous saurez que je meurs de faim, dit Debray, ne donnez donc pas dans les histoires.

– Eh bien, mais, dit Beauchamp, je n'empêche pas qu'on se mette à table, moi… Château-Renaud nous racontera cela à table.

– Messieurs, dit Morcerf, il n'est encore que dix heures un quart, remarquez bien cela, et nous attendons un dernier convive.

– Ah ! c'est vrai, un diplomate, reprit Debray.

– Un diplomate, ou autre chose, je n'en sais rien, ce que je sais, c'est que pour mon compte je l'ai chargé d'une ambassade qu'il a si bien terminée à ma satisfaction, que si j'avais été roi, je l'eusse fait à l'instant même chevalier de tous mes ordres, eussé-je eu à la fois la disposition de la Toison-d'Or et de la Jarretière.

– Alors, puisqu'on ne se met point encore à table, dit Debray, versez-vous un verre de xérès comme nous avons fait, et racontez-nous cela, baron.

– Vous savez tous que l'idée m'était venue d'aller en Afrique.

– C'est un chemin que vos ancêtres vous ont tracé, mon cher Château-Renaud, répondit galamment Morcerf.

– Oui, mais je doute que cela fût, comme eux, pour délivrer le tombeau du Christ.

– Et vous avez raison, Beauchamp, dit le jeune aristocrate ; c'était tout bonnement pour faire le coup de pistolet en amateur. Le duel me répugne, comme vous savez, depuis que deux témoins, que j'avais choisis pour accommoder une affaire, m'ont forcé de casser le bras à un de mes meilleurs amis… eh pardieu ! à ce pauvre Franz d'Épinay, que vous connaissez tous.

– Ah oui ! c'est vrai, dit Debray, vous vous êtes battu dans le temps… À quel propos ?

– Le diable m'emporte si je m'en souviens ! dit Château-Renaud, mais ce que je me rappelle parfaitement, c'est qu'ayant honte de laisser dormir un talent comme le mien, j'ai voulu essayer sur les Arabes des pistolets neufs dont on venait de me faire cadeau. En conséquence je m'embarquai pour Oran ; d'Oran je gagnai Constantine, et j'arrivai juste pour voir lever le siège. Je me mis en retraite comme les autres. Pendant quarante-huit heures je supportai assez bien la pluie le jour, la neige la nuit ; enfin, dans la troisième matinée, mon cheval mourut de froid. Pauvre bête ! accoutumée aux couvertures et au poêle de l'écurie… un cheval arabe qui seulement s'est trouvé un peu dépaysé en rencontrant dix degrés de froid en Arabie.

– C'est pour cela que vous voulez m'acheter mon cheval anglais, dit Debray ; vous supposez qu'il supportera mieux le froid que votre arabe.

– Vous vous trompez, car j'ai fait vœu de ne plus retourner en Afrique.

– Vous avez donc eu bien peur ? demanda Beauchamp.

– Ma foi, oui, je l'avoue, répondit Château-Renaud ; et il y avait de quoi ! Mon cheval était donc mort ; je faisais ma retraite à pied ; six Arabes vinrent au galop pour me couper la tête, j'en abattis deux de mes deux coups de fusil, deux de mes deux coups de pistolet, mouches pleines ; mais il en restait deux, et j'étais désarmé. L'un me prit par les cheveux, c'est pour cela que je les porte courts maintenant, on ne sait pas ce qui peut arriver, l'autre m'enveloppa le cou de son yatagan, et je sentais déjà le froid aigu du fer, quand monsieur, que vous voyez, chargea à son tour sur eux, tua celui qui me tenait par les cheveux d'un coup de pistolet, et fendit la tête de celui qui s'apprêtait à me couper la gorge d'un coup de sabre. Monsieur s'était donné pour tâche de sauver un homme ce jour-là, le hasard a voulu que ce fût moi ; quand je serai riche, je ferai faire par Klagmann ou par Marochetti une statue du Hasard.

– Oui, dit en souriant Morrel ; c'était le 5 septembre, c'est-à-dire l'anniversaire d'un jour où mon père fut miraculeusement sauvé ; aussi, autant qu'il est en mon pouvoir, je célèbre tous les ans ce jour-là par quelque action…

– Héroïque, n'est-ce pas ? interrompit Château-Renaud ; bref, je fus l'élu, mais ce n'est pas tout. Après m'avoir sauvé du fer, il me sauva du froid, en me donnant, non pas la moitié de son manteau, comme faisait saint Martin, mais en me le donnant tout entier ; puis de la faim, en partageant avec moi, devinez quoi ?

– Un pâté de chez Félix ? demanda Beauchamp.

– Non pas, son cheval, dont nous mangeâmes chacun un morceau de grand appétit : c'était dur.

– Le cheval ? demanda en riant Morcerf.

– Non, le sacrifice, répondit Château-Renaud. Demandez à Debray s'il sacrifierait son anglais pour un étranger ?

– Pour un étranger, non, dit Debray, mais pour un ami, peut-être.

– Je devinai que vous deviendriez le mien, monsieur le baron, dit Morrel ; d'ailleurs, j'ai déjà eu l'honneur de vous le dire, héroïsme ou non, sacrifice ou non, ce jour-là je devais une offrande à la mauvaise fortune en récompense de la faveur que nous avait faite autrefois la bonne.

– Cette histoire à laquelle M. Morrel fait allusion, continua Château-Renaud, est toute une admirable histoire qu'il vous racontera un jour, quand vous aurez fait avec lui plus ample connaissance ; pour aujourd'hui, garnissons l'estomac et non la mémoire. À quelle heure déjeunez-vous, Albert ?

– À dix heures et demie.

– Précises ? demanda Debray en tirant sa montre.

– Oh ! vous m'accorderez bien les cinq minutes de grâce, dit Morcerf, car, moi aussi, j'attends un sauveur.

– À qui ?

– À moi, parbleu ! répondit Morcerf. Croyez-vous donc qu'on ne puisse pas me sauver comme un autre et qu'il n'y a que les Arabes qui coupent la tête ! Notre déjeuner est un déjeuner philanthropique, et nous aurons à notre table, je l'espère du moins, deux bienfaiteurs de l'humanité.

– Comment ferons-nous ? dit Debray, nous n'avons qu'un prix Montyon ?

– Eh bien, mais on le donnera à quelqu'un qui n'aura rien fait pour l'avoir, dit Beauchamp. C'est de cette façon-là que d'ordinaire l'Académie se tire d'embarras.

– Et d'où vient-il ? demanda Debray. Excusez l'insistance ; vous avez déjà, je le sais bien, répondu à cette question, mais assez vaguement pour que je me permette de la poser une seconde fois.

– En vérité, dit Albert, je n'en sais rien. Quand je l'ai invité, il y a trois mois de cela, il était à Rome ; mais depuis ce temps-là, qui peut dire le chemin qu'il a fait !

– Et le croyez-vous capable d'être exact ? demanda Debray.

– Je le crois capable de tout, répondit Morcerf.

– Faites attention qu'avec les cinq minutes de grâce, nous n'avons plus que dix minutes.

– Eh bien ! j'en profiterai pour vous dire un mot de mon convive.

– Pardon, dit Beauchamp, y a-t-il matière à un feuilleton dans ce que vous allez nous raconter ?

– Oui, certes, dit Morcerf, et des plus curieux, même.

– Dites alors, car je vois bien que je manquerai la Chambre ; il faut bien que je me rattrape.

– J'étais à Rome au carnaval dernier.

– Nous savons cela, dit Beauchamp.

– Oui, mais ce que vous ne savez pas, c'est que j'avais été enlevé par des brigands.

– Il n'y a pas de brigands, dit Debray.

– Si fait, il y en a, et de hideux même, c'est-à-dire d'admirables, car je les ai trouvés beaux à faire peur.

– Voyons, mon cher Albert, dit Debray, avouez que votre cuisinier est en retard, que les huîtres ne sont pas arrivées de Marennes ou d'Ostende, et qu'à l'exemple de Mme de Maintenon, vous voulez remplacer le plat par un conte. Dites-le, mon cher, nous sommes d'assez bonne compagnie pour vous le pardonner et pour écouter votre histoire, toute fabuleuse qu'elle promet d'être.

– Et, moi, je vous dis, toute fabuleuse qu'elle est, que je vous la donne pour vraie d'un bout à l'autre. Les brigands m'avaient donc enlevé et m'avaient conduit dans un endroit fort triste qu'on appelle les catacombes de Saint-Sébastien.

– Je connais cela, dit Château-Renaud, j'ai manqué d'y attraper la fièvre.

– Et, moi, j'ai fait mieux que cela, dit Morcerf, je l'ai eue réellement. On m'avait annoncé que j'étais prisonnier sauf rançon, une misère, quatre mille écus romains, vingt-six mille livres tournois. Malheureusement je n'en avais plus que quinze cents ; j'étais au bout de mon voyage et mon crédit était épuisé. J'écrivis à Franz. Et, pardieu ! tenez, Franz en était, et vous pouvez lui demander si je mens d'une virgule ; j'écrivis à Franz que s'il n'arrivait pas à six heures du matin avec les quatre mille écus, à six heures dix minutes j'aurais rejoint les bienheureux saints et les glorieux martyrs dans la compagnie desquels j'avais eu l'honneur de me trouver. Et M. Luigi Vampa, c'est le nom de mon chef de brigands, m'aurait, je vous prie de le croire, tenu scrupuleusement parole.

– Mais Franz arriva avec les quatre mille écus ? dit Château-Renaud. Que diable ! on n'est pas embarrassé pour quatre mille écus quand on s'appelle Franz d'Épinay ou Albert de Morcerf.

– Non, il arriva purement et simplement accompagné du convive que je vous annonce et que j'espère vous présenter.

– Ah çà ! mais c'est donc un Hercule tuant Cacus, que ce monsieur, un Persée délivrant Andromède ?

– Non, c'est un homme de ma taille à peu près.

– Armé jusqu'aux dents ?

– Il n'avait pas même une aiguille à tricoter.

– Mais il traita de votre rançon ?

– Il dit deux mots à l'oreille du chef, et je fus libre.

– On lui fit même des excuses de t'avoir arrêté, dit Beauchamp.

– Justement, dit Morcerf.

– Ah çà ! mais c'était donc l'Arioste que cet homme ?

– Non, c'était tout simplement le comte de Monte-Cristo.

– On ne s'appelle pas le comte de Monte-Cristo, dit Debray.

– Je ne crois pas, ajouta Château-Renaud avec le sang-froid d'un homme qui connaît sur le bout du doigt son nobiliaire européen ; qui est-ce qui connaît quelque part un comte de Monte-Cristo ?

– Il vient peut-être de Terre Sainte, dit Beauchamp ; un de ses aïeux aura possédé le Calvaire, comme les Mortemart la mer Morte.

– Pardon, dit Maximilien, mais je crois que je vais vous tirer d'embarras, messieurs. Monte-Cristo est une petite île dont j'ai souvent entendu parler aux marins qu'employait mon père : un grain de sable au milieu de la Méditerranée, un atome dans l'infini.

– C'est parfaitement cela, monsieur, dit Albert. Eh bien, de ce grain de sable, de cet atome, est seigneur et roi celui dont je vous parle ; il aura acheté ce brevet de comte quelque part en Toscane.

– Il est donc riche, votre comte ?

– Ma foi, je le crois.

– Mais cela doit se voir, ce me semble ?

– Voilà ce qui vous trompe, Debray.

– Je ne vous comprends plus.

– Avez-vous lu *les Mille et Une Nuits ?*

– Parbleu ! belle question !

– Eh bien, savez-vous donc si les gens qu'on y voit sont riches ou pauvres ? si leurs grains de blé ne sont pas des rubis ou des diamants ? Ils ont l'air de misérables pêcheurs, n'est-ce pas ? Vous les traitez comme tels, et tout à coup ils vous ouvrent quelque caverne mystérieuse, où vous trouvez un trésor à acheter l'Inde.

– Après ?

– Après, mon comte de Monte-Cristo est un de ces pêcheurs-là. Il a même un nom tiré de la chose, il s'appelle Simbad le marin et possède une caverne pleine d'or.

– Et vous avez vu cette caverne, Morcerf ? demanda Beauchamp.

– Non, pas moi, Franz. Mais, chut ! il ne faut pas dire un mot de cela devant lui. Franz y est descendu les yeux bandés, et il a été servi par des muets et par des femmes près desquelles, à ce qu'il paraît, Cléopâtre n'est qu'une lorette. Seulement des femmes il n'en est pas bien sûr, vu qu'elles ne sont entrées qu'après qu'il eut mangé du haschisch ; de sorte qu'il se pourrait bien que ce qu'il a pris pour des femmes fût tout bonnement un quadrille de statues.

Les jeunes gens regardèrent Morcerf d'un œil qui voulait dire :

– Ah çà, mon cher, devenez-vous insensé, ou vous moquez-vous de nous ?

– En effet, dit Morrel pensif, j'ai entendu raconter encore par un vieux marin nommé Penelon quelque chose de pareil à ce que dit là M. de Morcerf.

– Ah ! fit Albert, c'est bien heureux que M. Morrel me vienne en aide. Cela vous contrarie, n'est-ce pas, qu'il jette ainsi un peloton de fil dans mon labyrinthe ?

– Pardon, cher ami, dit Debray, c'est que vous nous racontez des choses si invraisemblables…

– Ah parbleu ! parce que vos ambassadeurs, vos consuls ne vous en parlent pas ! Ils n'ont pas le temps, il faut bien qu'ils molestent leurs compatriotes qui voyagent.

– Ah ! bon, voilà que vous vous fâchez, et que vous tombez sur nos pauvres agents. Eh ! mon Dieu ! avec quoi voulez-vous qu'ils vous protègent ? La Chambre leur rogne tous les jours leurs appointements ; c'est au point qu'on n'en trouve plus. Voulez-vous être ambassadeur, Albert ? je vous fais nommer à Constantinople.

– Non pas ! pour que le sultan, à la première démonstration que je ferai en faveur de Méhémet-Ali, m'envoie le cordon et que mes secrétaires m'étranglent.

– Vous voyez bien, dit Debray.

– Oui, mais tout cela n'empêche pas mon comte de Monte-Cristo d'exister !

– Pardieu ! tout le monde existe, le beau miracle !

– Tout le monde existe, sans doute, mais pas dans des conditions pareilles. Tout le monde n'a pas des esclaves noirs, des galeries princières, des armes comme à la casauba, des chevaux de six mille francs pièce, des maîtresses grecques !

– L'avez-vous vue, la maîtresse grecque ?

– Oui, je l'ai vue et entendue. Vue au théâtre Valle, entendue un jour que j'ai déjeuné chez le comte.

– Il mange donc, votre homme extraordinaire ?

– Ma foi, s'il mange, c'est si peu que ce n'est point la peine d'en parler.

– Vous verrez que c'est un vampire.

– Riez si vous voulez. C'était l'opinion de la comtesse G..., qui, comme vous le savez a connu lord Ruthwen.

– Ah ! joli ! dit Beauchamp, voilà pour un homme non journaliste le pendant du fameux serpent de mer du *Constitutionnel* ; un vampire, c'est parfait !

– Œil fauve dont la prunelle diminue et se dilate à volonté, dit Debray ; angle facial développé, front magnifique, teint livide, barbe noire, dents blanches et aiguës, politesse toute pareille.

– Eh bien, c'est justement cela, Lucien, dit Morcerf, et le signalement est tracé trait pour trait. Oui, politesse aiguë et incisive. Cet homme m'a souvent donné le frisson ; un jour entre autres, que nous regardions ensemble une exécution, j'ai cru que j'allais me trouver mal, bien plus de le voir et de l'entendre causer froidement sur tous les supplices de la terre, que de voir le bourreau remplir son office et que d'entendre les cris du patient.

– Ne vous a-t-il pas conduit un peu dans les ruines du Colisée pour vous sucer le sang, Morcerf ? demanda Beauchamp.

– Ou, après vous avoir délivré, ne vous a-t-il pas fait signer quelque parchemin couleur de feu, par lequel vous lui cédiez votre âme, comme Ésaü son droit d'aînesse ?

– Raillez ! raillez tant que vous voudrez, messieurs ! dit Morcerf un peu piqué. Quand je vous regarde, vous autres beaux Parisiens, habitués du boulevard de Gand, promeneurs du bois de Boulogne, et que je me rappelle cet homme, eh bien, il me semble que nous ne sommes pas de la même espèce.

– Je m'en flatte ! dit Beauchamp.

– Toujours est-il, ajouta Château-Renaud, que votre comte de Monte-Cristo est un galant homme dans ses moments perdus, sauf toutefois ses petits arrangements avec les bandits italiens.

– Eh ! il n'y a pas de bandits italiens ! dit Debray.

– Pas de vampires ! ajouta Beauchamp.

– Pas de comte de Monte-Cristo, ajouta Debray. Tenez, cher Albert, voilà dix heures et demie qui sonnent.

– Avouez que vous avez eu le cauchemar, et allons déjeuner, dit Beauchamp.

Mais la vibration de la pendule ne s'était pas encore éteinte, lorsque la porte s'ouvrit, et que Germain annonça :

– Son Excellence le comte de Monte-Cristo !

Tous les auditeurs firent malgré eux un bond qui dénotait la préoccupation que le récit de Morcerf avait infiltrée dans leurs âmes. Albert lui même ne put se défendre d'une émotion soudaine.

On n'avait entendu ni voiture dans la rue, ni pas dans l'antichambre ; la porte elle-même s'était ouverte sans bruit.

Le comte parut sur le seuil, vêtu avec la plus grande simplicité, mais le *lion* le plus exigeant n'eût rien trouvé à reprendre à sa toilette. Tout était d'un goût exquis, tout sortait des mains des plus élégants fournisseurs, habits, chapeau et linge.

Il paraissait âgé de trente-cinq ans à peine, et, ce qui frappa tout le monde, ce fut son extrême ressemblance avec le portrait qu'avait tracé de lui Debray.

Le comte s'avança en souriant au milieu du salon, et vint droit à Albert, qui, marchant au-devant de lui, lui offrit la main avec empressement.

– L'exactitude, dit Monte-Cristo, est la politesse des rois, à ce qu'a prétendu, je crois, un de nos souverains. Mais quelle que soit leur bonne volonté, elle n'est pas toujours celle des voyageurs. Cependant j'espère, mon cher vicomte, que vous excuserez, en faveur de ma bonne volonté, les deux ou trois secondes de retard que je crois avoir mises à paraître au rendez-vous. Cinq cents lieues ne se font pas sans quelque contrariété, surtout en France, où il est défendu, à ce qu'il paraît, de battre les postillons.

– Monsieur le comte, répondit Albert, j'étais en train d'annoncer votre visite à quelques-uns de mes amis que j'ai réunis à l'occasion de la promesse que vous avez bien voulu me faire, et que j'ai l'honneur de vous présenter. Ce sont M. le comte de Château-Renaud, dont la noblesse remonte aux douze pairs et dont les ancêtres ont eu leur place à la Table-Ronde ; M. Lucien Debray, secrétaire particulier du ministre de l'Intérieur ; M. Beauchamp, terrible journaliste, l'effroi du gouvernement français, mais dont peut-être, malgré sa célébrité nationale, vous n'avez jamais entendu parler en Italie, attendu que son journal n'y entre pas ; enfin M. Maximilien Morrel, capitaine de spahis.

À ce nom le comte, qui avait jusque-là salué courtoisement, mais avec une froideur et une impassibilité tout anglaise, fit malgré lui un pas en avant, et un léger ton de vermillon passa comme l'éclair sur ses joues pâles.

– Monsieur porte l'uniforme des nouveaux vainqueurs français, dit-il, c'est un bel uniforme.

On n'eût pas pu dire quel était le sentiment qui donnait à la voix du comte une si profonde vibration, et qui faisait briller, comme malgré lui, son œil si beau, si calme et si limpide, quand il n'avait point un motif quelconque pour le voiler.

– Vous n'aviez jamais vu nos Africains, monsieur ? dit Albert.

– Jamais, répliqua le comte, redevenu parfaitement libre de lui.

– Eh bien ! monsieur, sous cet uniforme bat un des cœurs les plus braves et les plus nobles de l'armée.

– Oh ! monsieur le comte, interrompit Morrel.

– Laissez-moi dire, capitaine… Et nous venons, continua Albert, d'apprendre de monsieur un fait si héroïque, que, quoique je l'aie vu aujourd'hui pour la première fois, je réclame de lui la faveur de vous le présenter comme mon ami.

Et l'on put encore, à ces paroles, remarquer chez Monte-Cristo ce regard étrange de fixité, cette rougeur fugitive et ce léger tremblement de la paupière qui, chez lui, décelaient l'émotion.

– Ah ! monsieur est un noble cœur, dit le comte, tant mieux !

Cette espèce d'exclamation, qui répondait à la propre pensée du comte plutôt qu'à ce que venait de dire Albert, surprit tout le monde et surtout Morrel, qui regarda Monte-Cristo avec étonnement. Mais en même temps l'intonation était si douce et pour ainsi dire si suave que, quelque étrange que fût cette exclamation, il n'y avait pas moyen de s'en fâcher.

– Pourquoi en douterait-il ? dit Beauchamp à Château-Renaud.

– En vérité, répondit celui-ci, qui, avec son habitude du monde et la netteté de son œil aristocratique, avait pénétré de Monte-Cristo tout ce qui était pénétrable en lui, en vérité Albert ne nous a point trompés, et c'est un singulier personnage que le comte ; qu'en dites-vous, Morrel ?

– Ma foi, dit celui-ci, il a l'œil franc et la voix sympathique, de sorte qu'il me plaît, malgré la réflexion bizarre qu'il vient de faire à mon endroit.

– Messieurs, dit Albert, Germain m'annonce que vous êtes servis. Mon cher comte, permettez-moi de vous montrer le chemin.

On passa silencieusement dans la salle à manger. Chacun prit sa place.

– Messieurs, dit le comte en s'asseyant, permettez-moi un aveu qui sera mon excuse pour toutes les inconvenances que je pourrai faire : je suis étranger, mais étranger à tel point que c'est la première fois que je viens à Paris.

La vie française m'est donc parfaitement inconnue, et je n'ai guère jusqu'à présent pratiqué que la vie orientale, la plus antipathique aux bonnes traditions parisiennes. Je vous prie donc de m'excuser si vous trouvez en moi quelque chose de trop turc, de trop napolitain ou de trop arabe. Cela dit, messieurs, déjeunons.

– Comme il dit tout cela ! murmura Beauchamp. C'est décidément un grand seigneur.

– Un grand seigneur étranger, ajouta Debray.

– Un grand seigneur de tous les pays, monsieur Debray, dit Château-Renaud.

XL. LE DÉJEUNER

Le comte, on se le rappelle, était un sobre convive. Albert en fit la remarque en témoignant la crainte que, dès son commencement, la vie parisienne ne déplût au voyageur par son côté le plus matériel, mais en même temps le plus nécessaire.

– Mon cher comte, dit-il, vous me voyez atteint d'une crainte, c'est que la cuisine de la rue du Helder ne vous plaise pas autant que celle de la place d'Espagne. J'aurais dû vous demander votre goût et vous faire préparer quelques plats à votre fantaisie.

– Si vous me connaissiez davantage, monsieur, répondit en souriant le comte, vous ne vous préoccuperiez pas d'un soin presque humiliant pour un voyageur comme moi, qui a successivement vécu avec du macaroni à Naples, de la polenta à Milan, de l'olla podrida à Valence, du pilau à Constantinople, du karrick dans l'Inde, et des nids d'hirondelle dans la Chine. Il n'y a pas de cuisine pour un cosmopolite comme moi. Je mange de tout et partout, seulement je mange peu ; et aujourd'hui que vous me reprochez ma sobriété, je suis dans mon jour d'appétit, car depuis hier matin je n'ai point mangé.

– Comment, depuis hier matin ! s'écrièrent les convives, vous n'avez point mangé depuis vingt-quatre heures ?

– Non, répondit Monte-Cristo. J'avais été obligé de m'écarter de ma route et de prendre des renseignements aux environs de Nîmes, de sorte que j'étais un peu en retard, et je n'ai pas voulu m'arrêter.

– Et vous avez mangé dans votre voiture ? demanda Morcerf.

– Non, j'ai dormi comme cela m'arrive quand je m'ennuie sans avoir le courage de me distraire, ou quand j'ai faim sans avoir envie de manger.

– Mais vous commandez donc au sommeil, monsieur ? demanda Morrel.

– À peu près.

– Vous avez une recette pour cela ?

– Infaillible.

– Voilà qui serait excellent pour nous autres Africains, qui n'avons pas toujours de quoi manger, et qui avons rarement de quoi boire, dit Morrel.

– Oui, dit Monte-Cristo. Malheureusement, ma recette, excellente pour un homme comme moi, qui mène une vie tout exceptionnelle, serait fort dangereuse appliquée à une armée, qui ne se réveillerait plus quand on aurait besoin d'elle.

– Et peut-on savoir quelle est cette recette ? demanda Debray.

– Oh ! mon Dieu, oui, dit Monte-Cristo, je n'en fais pas de secret, c'est un mélange d'excellent opium que j'ai été chercher moi-même à Canton pour être certain de l'avoir pur, et du meilleur haschisch qui se récolte en Orient, c'est-à-dire entre le Tigre et l'Euphrate ; on réunit ces deux ingrédients en portions égales, et on fait des espèces de pilules qui s'avalent au moment où l'on en a besoin. Dix minutes après, l'effet est produit. Demandez à M. le baron Franz d'Épinay ; je crois qu'il en a goûté un jour.

– Oui, répondit Morcerf, il m'en a dit quelques mots et il en a gardé même un fort agréable souvenir.

– Mais, dit Beauchamp, qui en sa qualité de journaliste était fort incrédule, vous portez donc toujours cette drogue sur vous ?

– Toujours, répondit Monte-Cristo.

– Serait-il indiscret de vous demander à voir ces précieuses pilules ? continua Beauchamp, espérant prendre l'étranger en défaut.

– Non, monsieur, répondit le comte. Et il tira de sa poche une merveilleuse bonbonnière creusée dans une seule émeraude et fermée par un écrou d'or qui, en se dévissant, donnait passage à une petite boule de couleur verdâtre et de la grosseur d'un pois. Cette boule avait une odeur âcre et pénétrante ; il y en avait quatre ou cinq pareilles dans l'émeraude, et elle pouvait en contenir une douzaine.

La bonbonnière fit le tour de la table, mais c'était bien plus pour examiner cette admirable émeraude que pour voir ou pour flairer les pilules que les convives se la faisaient passer.

– Et c'est votre cuisinier qui vous prépare ce régal ? demanda Beauchamp.

– Non pas, monsieur, dit Monte-Cristo, je ne livre pas comme cela mes jouissances réelles à la merci de mains indignes. Je suis assez bon chimiste, et je prépare mes pilules moi-même.

– Voilà une admirable émeraude et la plus grosse que j'aie jamais vue, quoique ma mère ait quelques bijoux de famille assez remarquables, dit Château-Renaud.

– J'en avais trois pareilles, reprit Monte-Cristo. J'ai donné l'une au Grand-Seigneur, qui l'a fait monter sur son sabre ; l'autre à notre saint-père le pape, qui l'a fait incruster sur sa tiare en face d'une émeraude à peu près pareille, mais moins belle cependant, qui avait été donnée à son prédécesseur, Pie VII, par l'Empereur Napoléon ; j'ai gardé la troisième pour moi, et je l'ai fait creuser, ce qui lui a ôté la moitié de sa valeur, mais ce qui l'a rendue plus commode pour l'usage que j'en voulais faire.

Chacun regardait Monte-Cristo avec étonnement ; il parlait avec tant de simplicité qu'il était évident qu'il disait la vérité ou qu'il était fou ; cependant l'émeraude qui était restée entre ses mains faisait que l'on penchait naturellement vers la première supposition.

– Et que vous ont donné ces deux souverains en échange de ce magnifique cadeau ? demanda Debray.

– Le Grand-Seigneur, la liberté d'une femme, répondit le comte. Notre saint-père le pape, la vie d'un homme. De sorte qu'une fois dans mon existence j'ai été aussi puissant que si Dieu m'eût fait naître sur les marches d'un trône.

– Et c'est Peppino que vous avez délivré, n'est-ce pas ? s'écria Morcerf, c'est à lui que vous avez fait l'application de votre droit de grâce ?

– Peut-être, dit Monte-Cristo en souriant.

– Monsieur le comte, vous ne vous faites pas l'idée du plaisir que j'éprouve à vous entendre parler ainsi ! dit Morcerf. Je vous avais annoncé d'avance à mes amis comme un homme fabuleux, comme un enchanteur des *Mille et Une Nuits*, comme un sorcier du Moyen Âge ; mais les Parisiens sont gens tellement subtils en paradoxes qu'ils prennent pour des caprices de l'imagination les vérités les plus incontestables, quand ces vérités ne rentrent pas dans toutes les conditions de leur existence quotidienne. Par exemple, voici Debray qui lit, et Beauchamp qui imprime tous les jours qu'on a arrêté et qu'on a dévalisé sur le boulevard un membre du Jockey-Club attardé ; qu'on a assassiné quatre personnes rue Saint-Denis ou faubourg Saint-Germain ; qu'on a arrêté dix, quinze, vingt voleurs, soit dans un café du boulevard du Temple, soit dans les Thermes de Julien, et qui contestent l'existence des bandits des Maremmes, de la campagne de Rome ou des marais Pontins. Dites-leur donc vous-même, je vous en prie, monsieur le comte, que j'ai été pris par ces bandits, et que, sans votre généreuse intercession, j'attendrais, selon toute probabilité, aujourd'hui, la résurrection éternelle dans les catacombes de Saint-Sébastien, au lieu de leur donner à dîner dans mon indigne petite maison de la rue du Helder.

– Bah ! dit Monte-Cristo, vous m'aviez promis de ne jamais me parler de cette misère.

– Ce n'est pas moi, monsieur le comte ! s'écria Morcerf, c'est quelque autre à qui vous aurez rendu le même service qu'à moi et que vous aurez confondu avec moi. Parlons-en, au contraire, je vous en prie ; car si vous vous décidez à parler de cette circonstance, peut-être non seulement me redirez-vous un peu de ce que je sais, mais encore beaucoup de ce que je ne sais pas.

– Mais il me semble, dit en souriant le comte, que vous avez joué dans toute cette affaire un rôle assez important pour savoir aussi bien que moi ce qui s'est passé.

– Voulez-vous me promettre, si je dis tout ce que je sais, dit Morcerf, de dire à votre tour tout ce que je ne sais pas ?

– C'est trop juste, répondit Monte-Cristo.

– Eh bien, reprit Morcerf, dût mon amour-propre en souffrir, je me suis cru pendant trois jours l'objet des agaceries d'un masque que je prenais pour quelque descendante des Tullie ou des Poppée, tandis que j'étais tout purement et simplement l'objet des agaceries d'une contadine ; et remarquez que je dis contadine pour ne pas dire paysanne. Ce que je sais, c'est que, comme un niais, plus niais encore que celui dont je parlais tout à l'heure, j'ai pris pour cette paysanne un jeune bandit de quinze ou seize ans, au menton imberbe, à la taille fine, qui, au moment où je voulais m'émanciper jusqu'à déposer un baiser sur sa chaste épaule, m'a mis le pistolet sous la gorge, et, avec l'aide de sept ou huit de ses compagnons, m'a conduit ou plutôt traîné au fond des catacombes de Saint-Sébastien, où j'ai trouvé un chef de bandits fort lettré, ma foi, lequel lisait les *Commentaires de César*, et qui a daigné interrompre sa lecture pour me dire que si le lendemain, à six heures du matin, je n'avais pas versé quatre mille écus dans sa caisse, le lendemain à six heures et un quart j'aurais parfaitement cessé d'exister. La lettre existe, elle est entre les mains de Franz, signée de moi, avec un post-scriptum de maître Luigi Vampa. Si vous en doutez, j'écris à Franz, qui fera légaliser les signatures. Voilà ce que je sais. Maintenant, ce que je ne sais pas, c'est comment vous êtes parvenu, monsieur le comte, à frapper d'un si grand respect les bandits de Rome, qui respectent si peu de chose. Je vous avoue que, Franz et moi, nous en fûmes ravis d'admiration.

– Rien de plus simple, monsieur, répondit le comte, je connaissais le fameux Vampa depuis plus de dix ans. Tout jeune et quand il était encore berger, un jour que je lui donnai je ne sais plus quelle monnaie d'or parce qu'il m'avait montré mon chemin, il me donna, lui, pour ne rien avoir à moi, un poignard sculpté par lui et que vous avez dû voir dans ma collection d'armes. Plus tard, soit qu'il eût oublié cet échange de petits cadeaux qui eût dû entretenir l'amitié entre nous, soit qu'il ne m'eût pas reconnu, il tenta de m'arrêter ; mais ce fut moi tout au contraire qui le pris avec une douzaine de ses gens. Je pouvais le livrer à la justice romaine, qui est expéditive et qui se serait encore hâtée en sa faveur, mais je n'en fis rien. Je le renvoyai, lui et les siens.

– À la condition qu'ils ne pécheraient plus, dit le journaliste en riant. Je vois avec plaisir qu'ils ont scrupuleusement tenu leur parole.

– Non, monsieur, répondit Monte-Cristo, à la simple condition qu'ils me respecteraient toujours, moi et les miens. Peut-être ce que je vais vous dire vous paraîtra-t-il étrange, à vous, messieurs les socialistes, les progressifs, les humanitaires ; mais je ne m'occupe jamais de mon prochain, mais je n'essaie jamais de protéger la société qui ne me protège pas, et, je dirai même plus, qui généralement ne s'occupe de moi que pour me nuire ; et, en les supprimant dans mon estime et en gardant la neutralité vis-à-vis d'eux, c'est encore la société et mon prochain qui me doivent du retour.

– À la bonne heure ! s'écria Château-Renaud, voilà le premier homme courageux que j'entends prêcher loyalement et brutalement l'égoïsme : c'est très beau, cela ! bravo, monsieur le comte !

– C'est franc du moins, dit Morrel, mais je suis sûr que monsieur le comte ne s'est pas repenti d'avoir manqué une fois aux principes qu'il vient cependant de nous exposer d'une façon si absolue.

– Comment ai-je manqué à ces principes, monsieur ? demanda Monte-Cristo, qui de temps en temps ne pouvait s'empêcher de regarder Maximilien avec tant d'attention que deux ou trois fois déjà le hardi jeune homme avait baissé les yeux devant le regard clair et limpide du comte.

– Mais il me semble, reprit Morrel, qu'en délivrant M. de Morcerf que vous ne connaissiez pas, vous serviez votre prochain et la société.

– Dont il fait le plus bel ornement, dit gravement Beauchamp en vidant d'un seul trait un verre de vin de Champagne.

– Monsieur le comte ! s'écria Morcerf, vous voilà pris par le raisonnement, vous, c'est-à-dire un des plus rudes logiciens que je connaisse ; et vous allez voir qu'il va vous être clairement démontré tout à l'heure que, loin d'être un égoïste, vous êtes au contraire un philanthrope. Ah ! monsieur le comte, vous vous dites Oriental, Levantin, Malais, Indien, Chinois, Sauvage ; vous vous appelez Monte-Cristo de votre nom de famille, Simbad le marin de votre nom de baptême, et voilà que du jour où vous mettez le pied à Paris vous possédez d'instinct le plus grand mérite ou le plus grand défaut de nos excentriques Parisiens, c'est-à-dire que vous usurpez les vices que vous n'avez pas et que vous cachez les vertus que vous avez !

– Mon cher vicomte, dit Monte-Cristo, je ne vois pas dans tout ce que j'ai dit ou fait un seul mot qui me vaille, de votre part et de celle de ces messieurs, le prétendu éloge que je viens de recevoir. Vous n'étiez pas un étranger pour moi, puisque je vous connaissais, puisque je vous avais cédé deux chambres, puisque je vous avais donné à déjeuner, puisque je vous avais prêté une de mes voitures, puisque nous avions vu passer les masques ensemble dans la rue du Cours, et puisque nous avions regardé d'une fenêtre de la place del Popolo cette exécution qui vous a si fort impressionné que vous avez failli vous trouver mal. Or, je le demande à tous ces messieurs, pouvais-je laisser mon hôte entre les mains de ces affreux bandits, comme vous les appelez ? D'ailleurs, vous le savez, j'avais, en vous sauvant, une arrière-pensée qui était de me servir de vous pour m'introduire dans les salons de Paris quand je viendrais visiter la France. Quelque temps vous avez pu considérer cette résolution comme un projet vague et fugitif ; mais aujourd'hui, vous le voyez, c'est une bonne et belle réalité, à laquelle il faut vous soumettre sous peine de manquer à votre parole.

– Et je la tiendrai, dit Morcerf. Mais je crains bien que vous ne soyez fort désenchanté, mon cher comte, vous, habitué aux sites accidentés, aux événements pittoresques, aux fantastiques horizons. Chez nous, pas le moindre épisode du genre de ceux auxquels votre vie aventureuse vous a habitué. Notre Chimborazzo, c'est Montmartre ; notre Himalaya, c'est le mont Valérien ; notre Grand-Désert, c'est la plaine de Grenelle, encore y perce-t-on un puits artésien pour que les caravanes y trouvent de l'eau. Nous avons des voleurs, beaucoup même, quoique nous n'en ayons pas autant qu'on le dit, mais ces voleurs redoutent infiniment davantage le plus petit mouchard que le plus grand seigneur ; enfin, la France est un pays si prosaïque, et Paris une ville si fort civilisée que vous ne trouverez pas, en cherchant dans nos quatre-vingt-cinq départements, je dis quatre vingt-cinq départements, car, bien entendu, j'excepte la Corse de la France, que vous ne trouverez pas dans nos quatre-vingt-cinq départements la moindre montagne sur laquelle il n'y ait un télégraphe, et la moindre grotte un peu noire dans laquelle un commissaire de police n'ait fait poser un bec de gaz. Il n'y a donc qu'un seul service que je puisse vous rendre, mon cher comte, et pour celui-là je me mets à votre disposition : vous présenter partout, ou vous faire présenter par mes amis, cela va sans dire. D'ailleurs, vous n'avez besoin de personne pour cela ; avec votre nom, votre fortune et votre esprit (Monte-Cristo s'inclina avec un sourire légèrement ironique), on se présente partout soi-même, et l'on est bien reçu partout. Je ne peux donc en réalité vous être bon qu'à une chose. Si quelque habitude de la vie parisienne, quelque expérience du confortable, quelque connaissance de nos bazars, peuvent me recommander à vous, je me mets à votre disposition pour vous trouver une maison convenable. Je n'ose vous proposer de partager mon logement comme j'ai partagé le vôtre à Rome, moi qui ne professe pas l'égoïsme, mais qui suis égoïste par excellence ; car chez moi, excepté moi, il ne tiendrait pas une ombre, à moins que cette ombre ne fût celle d'une femme.

– Ah ! fit le comte, voici une réserve toute conjugale. Vous m'avez en effet, monsieur, dit à Rome quelques mots d'un mariage ébauché ; dois-je vous féliciter sur votre prochain bonheur ?

– La chose est toujours à l'état de projet, monsieur le comte.

– Et qui dit projet, reprit Debray, veut dire éventualité.

– Non pas ! dit Morcerf, mon père y tient, et j'espère bien, avant peu, vous présenter, sinon ma femme, du moins ma future : Mlle Eugénie Danglars.

– Eugénie Danglars ! reprit Monte-Cristo, attendez donc : son père n'est-il pas M. le baron Danglars ?

– Oui, répondit Morcerf ; mais baron de nouvelle création.

– Oh ! qu'importe ? répondit Monte-Cristo, s'il a rendu à l'État des services qui lui aient mérité cette distinction.

– D'énormes, dit Beauchamp. Il a, quoique libéral dans l'âme, complété en 1829 un emprunt de six millions pour le roi Charles X, qui l'a, ma foi, fait baron et chevalier de la Légion d'honneur, de sorte qu'il porte le ruban, non pas à la poche de son gilet, comme on pourrait le croire, mais bel et bien à la boutonnière de son habit.

– Ah ! dit Morcerf en riant, Beauchamp, Beauchamp, gardez cela pour *Le Corsaire* et *Le Charivari* ; mais devant moi épargnez mon futur beau-père.

Puis, se retournant vers Monte-Cristo :

– Mais vous avez tout à l'heure prononcé son nom comme quelqu'un qui connaîtrait le baron ? dit-il.

– Je ne le connais pas, dit négligemment Monte-Cristo, mais je ne tarderai pas probablement à faire sa connaissance, attendu que j'ai un crédit ouvert sur lui par les maisons Richard et Blount de Londres, Arstein et Eskeles de Vienne, et Thomson et French de Rome.

Et, en prononçant ces deux derniers noms, Monte-Cristo regarda du coin de l'œil Maximilien Morrel.

Si l'étranger s'était attendu à produire de l'effet sur Maximilien Morrel, il ne s'était pas trompé. Maximilien tressaillit comme s'il eût reçu une commotion électrique.

– Thomson et French, dit-il, connaissez-vous cette maison, monsieur ?

– Ce sont mes banquiers dans la capitale du monde chrétien, répondit tranquillement le comte. Puis-je vous être bon à quelque chose auprès d'eux ?

– Oh ! monsieur le comte, vous pourriez nous aider peut-être dans des recherches jusqu'à présent infructueuses ; cette maison a autrefois rendu un service à la nôtre, et a toujours, je ne sais pourquoi, nié nous avoir rendu ce service.

– À vos ordres, monsieur, répondit Monte-Cristo en s'inclinant.

– Mais, dit Morcerf, nous nous sommes singulièrement écartés, à propos de M. Danglars, du sujet de notre conversation. Il était question de trouver une habitation convenable au comte de Monte-Cristo ; voyons, messieurs, cotisons-nous pour avoir une idée. Où logerons-nous cet hôte nouveau du grand Paris ?

– Faubourg Saint-Germain, dit Château-Renaud, monsieur trouvera là un charmant petit hôtel entre cour et jardin.

– Bah ! Château-Renaud, dit Debray, vous ne connaissez que votre triste et maussade faubourg Saint-Germain ; ne l'écoutez pas, monsieur le comte, logez-vous Chaussée d'Antin, c'est le véritable centre de Paris.

– Boulevard de l'Opéra, dit Beauchamp. Au premier, une maison à balcon. Monsieur le comte y fera apporter des coussins de drap d'argent, et verra, en fumant sa chibouque, ou en avalant ses pilules, toute la capitale défiler sous ses yeux.

– Vous n'avez donc pas d'idées, vous, Morrel, dit Château-Renaud, que vous ne proposez rien ?

– Si fait, dit en souriant le jeune homme. Au contraire, j'en ai une, mais j'attendais que monsieur se laissât tenter par quelqu'une des offres brillantes qu'on vient de lui faire. Maintenant, comme il n'a pas répondu, je crois pouvoir lui offrir un appartement dans un petit hôtel tout charmant, tout Pompadour, que ma sœur vient de louer depuis un an dans la rue Meslay.

– Vous avez une sœur ? demanda Monte-Cristo.

– Oui, monsieur, et une excellente sœur.

– Mariée ?

– Depuis bientôt neuf ans.

– Heureuse ? demanda de nouveau le comte.

– Aussi heureuse qu'il est permis à une créature humaine de l'être, répondit Maximilien : elle a épousé l'homme qu'elle aimait, celui qui nous est resté fidèle dans notre mauvaise fortune, Emmanuel Herbaut.

Monte-Cristo sourit imperceptiblement.

– J'habite là pendant mon semestre, continua Maximilien, et je serai, avec mon beau-frère Emmanuel, à la disposition de monsieur le comte pour tous les renseignements dont il aura besoin.

– Un moment ! s'écria Albert avant que Monte-Cristo eût eu le temps de répondre, prenez garde à ce que vous faites, monsieur Morrel, vous allez claquemurer un voyageur, Simbad le marin, dans la vie de famille ; un homme qui est venu pour voir Paris vous allez en faire un patriarche.

– Oh ! que non pas, répondit Morrel en souriant, ma sœur a vingt-cinq ans, mon beau-frère en a trente ; ils sont jeunes, gais et heureux ; d'ailleurs monsieur le comte sera chez lui, et il ne rencontrera ses hôtes qu'autant qu'il lui plaira de descendre chez eux.

– Merci, monsieur, merci, dit Monte-Cristo, je me contenterai d'être présenté par vous à votre sœur et à votre beau-frère, si vous voulez bien me faire cet honneur ; mais je n'ai accepté l'offre d'aucun de ces messieurs, attendu que j'ai déjà mon habitation toute prête.

– Comment ! s'écria Morcerf, vous allez donc descendre à l'hôtel ? Ce sera fort maussade pour vous, cela.

– Étais-je donc si mal à Rome ? demanda Monte-Cristo.

– Parbleu ! à Rome, dit Morcerf, vous aviez dépensé cinquante mille piastres pour vous faire meubler un appartement ; mais je présume que vous n'êtes pas disposé à renouveler tous les jours une pareille dépense.

– Ce n'est pas cela qui m'a arrêté, répondit Monte-Cristo, mais j'étais résolu d'avoir une maison à Paris, une maison à moi, j'entends. J'ai envoyé d'avance mon valet de chambre et il a dû acheter cette maison et me la faire meubler.

– Mais dites-nous donc que vous avez un valet de chambre qui connaît Paris ! s'écria Beauchamp.

– C'est la première fois comme moi qu'il vient en France ; il est noir et ne parle pas, dit Monte-Cristo.

– Alors, c'est Ali ? demanda Albert au milieu de la surprise générale.

– Oui, monsieur, c'est Ali lui-même, mon Nubien, mon muet, que vous avez vu à Rome, je crois.

– Oui, certainement, répondit Morcerf, je me le rappelle à merveille. Mais comment avez-vous chargé un Nubien de vous acheter une maison à Paris, et un muet de vous la meubler ? Il aura fait toutes choses de travers, le pauvre malheureux.

– Détrompez-vous, monsieur, je suis certain, au contraire, qu'il aura choisi toutes choses selon mon goût ; car, vous le savez, mon goût n'est pas celui de tout le monde. Il est arrivé il y a huit jours ; il aura couru toute la ville avec cet instinct que pourrait avoir un bon chien chassant tout seul ; il connaît mes caprices, mes fantaisies, mes besoins ; il aura tout organisé à ma guise. Il savait que j'arriverais aujourd'hui à dix heures ; depuis neuf heures il m'attendait à la barrière de Fontainebleau ; il m'a remis ce papier ; c'est ma nouvelle adresse. Tenez, lisez.

Et Monte-Cristo passa un papier à Albert.

– Champs-Élysées, 30, lut Morcerf.

– Ah ! voilà qui est vraiment original ! ne put s'empêcher de dire Beauchamp.

– Et très princier, ajouta Château-Renaud.

– Comment ! vous ne connaissez pas votre maison ? demanda Debray.

– Non, dit Monte-Cristo, je vous ai déjà dit que je ne voulais pas manquer l'heure. J'ai fait ma toilette dans ma voiture et je suis descendu à la porte du vicomte.

Les jeunes gens se regardèrent ; ils ne savaient si c'était une comédie jouée par Monte-Cristo ; mais tout ce qui sortait de la bouche de cet homme avait, malgré son caractère original, un tel cachet de simplicité, que l'on ne pouvait supposer qu'il dût mentir. D'ailleurs pourquoi aurait-il menti ?

– Il faudra donc nous contenter, dit Beauchamp, de rendre à M. le comte tous les petits services qui seront en notre pouvoir. Moi, en ma qualité de journaliste, je lui ouvre tous les théâtres de Paris.

– Merci, monsieur, dit en souriant Monte-Cristo ; mon intendant a déjà l'ordre de me louer une loge dans chacun d'eux.

– Et votre intendant est-il aussi un Nubien, un muet ? demanda Debray.

– Non, monsieur, c'est tout bonnement un compatriote à vous, si tant est cependant qu'un Corse soit compatriote de quelqu'un ; mais vous le connaissez, monsieur de Morcerf.

– Serait-ce par hasard le brave signor Bertuccio, qui s'entend si bien à louer les fenêtres ?

– Justement, et vous l'avez vu chez moi le jour où j'ai eu l'honneur de vous recevoir à déjeuner. C'est un fort brave homme, qui a été un peu soldat, un peu contrebandier, un peu de tout ce qu'on peut être enfin. Je ne jurerais même pas qu'il n'a point eu quelques démêlés avec la police pour une misère, quelque chose comme un coup de couteau.

– Et vous avez choisi cet honnête citoyen du monde pour votre intendant, monsieur le comte ? dit Debray. Combien vous vole-t-il par an ?

– Eh bien, parole d'honneur, dit le comte, pas plus qu'un autre, j'en suis sûr ; mais il fait mon affaire, ne connaît pas d'impossibilité, et je le garde.

– Alors, dit Château-Renaud, vous voilà avec une maison montée : vous avez un hôtel aux Champs-Élysées, domestiques, intendant, il ne vous manque plus qu'une maîtresse.

Albert sourit : il songeait à la belle Grecque qu'il avait vue dans la loge du comte au théâtre Valle et au théâtre Argentina.

– J'ai mieux que cela, dit Monte-Cristo, j'ai une esclave. Vous louez vos maîtresses au théâtre de l'Opéra, au théâtre du Vaudeville, au théâtre des Variétés ; moi, j'ai acheté la mienne à Constantinople ; cela m'a coûté plus, mais, sous ce rapport-là, je n'ai plus besoin de m'inquiéter de rien.

– Mais vous oubliez, dit en riant Debray, que nous sommes, comme l'a dit le roi Charles, francs de nom, francs de nature ; qu'en mettant le pied sur la terre de France, votre esclave est devenue libre ?

– Qui le lui dira ? demanda Monte-Cristo.

– Mais, dame ! le premier venu.

– Elle ne parle que le romaïque.

– Alors c'est autre chose.

– Mais la verrons-nous, au moins ? demanda Beauchamp, ou, ayant déjà un muet, avez-vous aussi des eunuques ?

– Ma foi non, dit Monte-Cristo, je ne pousse pas l'orientalisme jusque-là ; tout ce qui m'entoure est libre de me quitter, et en me quittant n'aura plus besoin de moi ni de personne ; voilà peut-être pourquoi on ne me quitte pas.

Depuis longtemps on était passé au dessert et aux cigares.

– Mon cher, dit Debray en se levant, il est deux heures et demie, votre convive est charmant, mais il n'y a si bonne compagnie qu'on ne quitte, et quelquefois même pour la mauvaise ; il faut que je retourne à mon ministère. Je parlerai du comte au ministre, et il faudra bien que nous sachions qui il est.

– Prenez garde, dit Morcerf, les plus malins y ont renoncé.

– Bah ! nous avons trois millions pour notre police ; il est vrai qu'ils sont presque toujours dépensés à l'avance ; mais n'importe ; il restera toujours bien une cinquantaine de mille francs à mettre à cela.

– Et quand vous saurez qui il est, vous me le direz ?

– Je vous le promets. Au revoir, Albert ; messieurs, votre très humble.

Et, en sortant, Debray cria très haut dans l'antichambre :

– Faites avancer !

– Bon, dit Beauchamp à Albert, je n'irai pas à la Chambre, mais j'ai à offrir à mes lecteurs mieux qu'un discours de M. Danglars.

– De grâce, Beauchamp, dit Morcerf, pas un mot, je vous en supplie ; ne m'ôtez pas le mérite de le présenter et de l'expliquer : n'est-ce pas qu'il est curieux ?

– Il est mieux que cela, répondit Château-Renaud, et c'est vraiment un des hommes les plus extraordinaires que j'aie vus de ma vie. Venez-vous, Morrel ?

– Le temps de donner ma carte à M. le comte, qui veut bien me promettre de venir nous faire une petite visite, rue Meslay, 14.

– Soyez sûr que je n'y manquerai pas, monsieur, dit en s'inclinant le comte.

Et Maximilien Morrel sortit avec le baron de Château-Renaud, laissant Monte-Cristo seul avec Morcerf.

XLI. LA PRÉSENTATION

Quand Albert se trouva en tête-à-tête avec Monte-Cristo :

– Monsieur le comte, lui dit-il, permettez-moi de commencer avec vous mon métier de cicerone en vous donnant le spécimen d'un appartement de garçon. Habitué aux palais d'Italie, ce sera pour vous une étude à faire que de calculer dans combien de pieds carrés peut vivre un des jeunes gens de Paris qui ne passe pas pour être le plus mal logé. À mesure que nous passerons d'une chambre à l'autre, nous ouvrirons les fenêtres pour que vous respiriez.

Monte-Cristo connaissait déjà la salle à manger et le salon du rez-de-chaussée. Albert le conduisit d'abord à son atelier ; c'était, on se le rappelle, sa pièce de prédilection.

Monte-Cristo était un digne appréciateur de toutes les choses qu'Albert avait entassées dans cette pièce : vieux bahuts, porcelaines du Japon, étoffes d'Orient, verroteries de Venise, armes de tous les pays du monde, tout lui était familier, et, au premier coup d'œil, il reconnaissait le siècle, le pays et l'origine. Morcerf avait cru être l'explicateur, et c'était lui au contraire qui faisait, sous la direction du comte, un cours d'archéologie, de minéralogie et d'histoire naturelle. On descendit au premier. Albert introduisit son hôte dans le salon. Ce salon était tapissé des œuvres des peintres modernes ; il y avait des paysages de Dupré, aux longs roseaux, aux arbres élancés, aux vaches beuglantes et aux ciels merveilleux ; il y avait des cavaliers arabes de Delacroix, aux longs burnous blancs, aux ceintures brillantes, aux armes damasquinées, dont les chevaux se mordaient avec rage, tandis que les hommes se déchiraient avec des masses de fer ; des aquarelles de Boulanger, représentant tout *Notre-Dame de Paris* avec cette vigueur qui fait du peintre l'émule du poète ; il y avait des toiles de Diaz, qui fait les fleurs plus belles que les fleurs, le soleil plus brillant que le soleil ; des dessins de Decamps, aussi colorés que ceux de Salvator Rosa, mais plus poétiques ; des pastels de Giraud et de Müller, représentant des enfants aux têtes d'ange, des femmes aux traits de vierge ; des croquis arrachés à l'album du voyage d'Orient de Dauzats, qui avaient été crayonnés en quelques secondes sur la selle d'un chameau ou sous le dôme d'une mosquée ; enfin tout ce que l'art moderne peut donner en échange et en dédommagement de l'art perdu et envolé avec les siècles précédents.

Albert s'attendait à montrer, cette fois du moins, quelque chose de nouveau à l'étrange voyageur ; mais, à son grand étonnement, celui-ci, sans avoir besoin de chercher les signatures, dont quelques-unes d'ailleurs n'étaient présentes que par des initiales, appliqua à l'instant même le nom de chaque auteur à son œuvre, de façon qu'il était facile de voir que non seulement chacun de ces noms lui était connu, mais encore que chacun de ces talents avait été apprécié et étudié par lui.

Du salon on passa dans la chambre à coucher. C'était à la fois un modèle d'élégance et de goût sévère : là un seul portrait, mais signé Léopold Robert, resplendissait dans son cadre d'or mat.

Ce portrait attira tout d'abord les regards du comte de Monte-Cristo, car il fit trois pas rapides dans la chambre et s'arrêta tout à coup devant lui.

C'était celui d'une jeune femme de vingt-cinq à vingt-six ans, au teint brun, au regard de feu, voilé sous une paupière languissante ; elle portait le costume pittoresque des pêcheuses catalanes avec son corset rouge et noir et ses aiguilles d'or piquées dans les cheveux ; elle regardait la mer, et sa silhouette élégante se détachait sur le double azur des flots et du ciel.

Il faisait sombre dans la chambre, sans quoi Albert eût pu voir la pâleur livide qui s'étendit sur les joues du comte, et surprendre le frisson nerveux qui effleura ses épaules et sa poitrine.

Il se fit un instant de silence, pendant lequel Monte-Cristo demeura l'œil obstinément fixé sur cette peinture.

– Vous avez là une belle maîtresse, vicomte, dit Monte-Cristo d'une voix parfaitement calme ; et ce costume, costume de bal sans doute, lui sied vraiment à ravir.

– Ah ! monsieur, dit Albert, voilà une méprise que je ne vous pardonnerais pas, si à côté de ce portrait vous en eussiez vu quelque autre. Vous ne connaissez pas ma mère, monsieur ; c'est elle que vous voyez dans ce cadre ; elle se fit peindre ainsi, il y a six ou huit ans. Ce costume est un costume de fantaisie, à ce qu'il paraît, et la ressemblance est si grande que je crois encore voir ma mère telle qu'elle était en 1830. La comtesse fit faire ce portrait pendant une absence du comte. Sans doute elle croyait lui préparer pour son retour une gracieuse surprise ; mais, chose bizarre, ce portrait déplut à mon père ; et la valeur de la peinture, qui est, comme vous le voyez, une des belles toiles de Léopold Robert, ne put le faire passer sur l'antipathie dans laquelle il l'avait prise. Il est vrai de dire entre nous, mon cher comte, que M. de Morcerf est un des pairs les plus assidus au Luxembourg, un général renommé pour la théorie, mais un amateur d'art des plus médiocres ; il n'en est pas de même de ma mère, qui peint d'une façon remarquable, et qui, estimant trop une pareille œuvre pour s'en séparer tout à fait, me l'a donnée pour que chez moi elle fût moins exposée à déplaire à M. de Morcerf, dont je vous ferai voir à son tour le portrait peint par Gros. Pardonnez-moi si je vous parle ainsi ménage et famille ; mais, comme je vais avoir l'honneur de vous conduire chez le comte, je vous dis cela pour qu'il ne vous échappe pas de vanter ce portrait devant lui. Au reste, il a une funeste influence ; car il est bien rare que ma mère vienne chez moi sans le regarder, et plus rare encore qu'elle le regarde sans pleurer. Le nuage qu'amena l'apparition de cette peinture dans l'hôtel est du reste le seul qui se soit élevé entre le comte et la comtesse, qui, quoique mariés depuis plus de vingt ans, sont encore unis comme au premier jour.

Monte-Cristo jeta un regard rapide sur Albert, comme pour chercher une intention cachée à ses paroles ; mais il était évident que le jeune homme les avait dites dans toute la simplicité de son âme.

– Maintenant, dit Albert, vous avez vu toutes mes richesses, monsieur le comte, permettez-moi de vous les offrir, si indignes qu'elles soient ; regardez-vous comme étant ici chez vous, et, pour vous mettre plus à votre aise encore, veuillez m'accompagner jusque chez M. de Morcerf, à qui j'ai écrit de Rome le service que vous m'avez rendu, à qui j'ai annoncé la visite que vous m'aviez promise ; et, je puis le dire, le comte et la comtesse attendaient avec impatience qu'il leur fût permis de vous remercier. Vous êtes un peu blasé sur toutes choses, je le sais, monsieur le comte, et les scènes de famille n'ont pas sur Simbad le marin beaucoup d'action : vous avez vu d'autres scènes ! Cependant acceptez que je vous propose, comme initiation à la vie parisienne, la vie de politesses, de visites et de présentations.

Monte-Cristo s'inclina pour répondre ; il acceptait la proposition sans enthousiasme et sans regrets, comme une des convenances de société dont tout homme comme il faut se fait un devoir. Albert appela son valet de chambre, et lui ordonna d'aller prévenir M. et Mme de Morcerf de l'arrivée prochaine du comte de Monte-Cristo.

Albert le suivit avec le comte.

En arrivant dans l'antichambre du comte, on voyait au-dessus de la porte qui donnait dans le salon un écusson qui, par son entourage riche et son harmonie avec l'ornementation de la pièce, indiquait l'importance que le propriétaire de l'hôtel attachait à ce blason.

Monte-Cristo s'arrêta devant ce blason, qu'il examina avec attention.

– D'azur à sept merlettes d'or posées en bande. C'est sans doute l'écusson de votre famille, monsieur ? demanda-t-il. À part la connaissance des pièces du blason qui me permet de le déchiffrer, je suis fort ignorant en matière héraldique, moi, comte de hasard, fabriqué par la Toscane à l'aide d'une commanderie de saint-Étienne, et qui me fusse passé d'être grand seigneur si l'on ne m'eût répété que, lorsqu'on voyage beaucoup, c'est chose absolument nécessaire. Car enfin il faut bien, ne fût-ce que pour que les douaniers ne vous visitent pas, avoir quelque chose sur les panneaux de sa voiture. Excusez-moi donc si je vous fais une pareille question.

– Elle n'est aucunement indiscrète, monsieur, dit Morcerf avec la simplicité de la conviction, et vous aviez deviné juste ; ce sont nos armes, c'est-à-dire celles du chef de mon père ; mais elles sont, comme vous voyez, accolées à un écusson qui est de gueule à la tour d'argent, et qui est du chef de ma mère ; par les femmes je suis Espagnol, mais la maison de Morcerf est française, et, à ce que j'ai entendu dire, même une des plus anciennes du midi de la France.

– Oui, reprit Monte-Cristo, c'est ce qu'indiquent les merlettes. Presque tous les pèlerins armés qui tentèrent ou qui firent la conquête de la Terre Sainte prirent pour armes ou des croix, signe de la mission à laquelle ils s'étaient voués, ou des oiseaux voyageurs, symbole du long voyage qu'ils allaient entreprendre et qu'ils espéraient accomplir sur les ailes de la foi. Un de vos aïeux paternels aura été de quelqu'une de vos croisades, et, en supposant que ce ne soit que celle de saint Louis, cela nous fait déjà remonter au treizième siècle, ce qui est encore fort joli.

– C'est possible, dit Morcerf, il y a quelque part dans le cabinet de mon père un arbre généalogique qui nous dira cela, et sur lequel j'avais autrefois des commentaires qui eussent fort édifié d'Hozier et Jaucourt. À présent, je n'y pense plus ; cependant je vous dirai, monsieur le comte, et ceci rentre dans mes attributions de cicerone, que l'on commence à s'occuper beaucoup de ces choses-là sous notre gouvernement populaire.

– Eh bien, alors, votre gouvernement aurait bien dû choisir dans son passé quelque chose de mieux que ces deux pancartes que j'ai remarquées sur vos monuments, et qui n'ont aucun sens héraldique. Quant à vous, vicomte, reprit Monte-Cristo en revenant à Morcerf, vous êtes plus heureux que votre gouvernement, car vos armes sont vraiment belles et parlent à l'imagination. Oui, c'est bien cela, vous êtes à la fois de Provence et d'Espagne ; c'est ce qui explique, si le portrait que vous m'avez montré est ressemblant, cette belle couleur brune que j'admirais si fort sur le visage de la noble Catalane.

Il eût fallu être Œdipe ou le Sphinx lui-même pour deviner l'ironie que mit le comte dans ces paroles, empreintes en apparence de la plus grande politesse ; aussi Morcerf le remercia-t-il d'un sourire, et, passant le premier pour lui montrer le chemin, poussa-t-il la porte qui s'ouvrait au-dessous de ses armes, et qui, ainsi que nous l'avons dit, donnait dans le salon.

Dans l'endroit le plus apparent de ce salon se voyait aussi un portrait ; c'était celui d'un homme de trente-cinq à trente-huit ans, vêtu d'un uniforme d'officier général, portant cette double épaulette en torsade, signe des grades supérieurs, le ruban de la Légion d'honneur au cou, ce qui indiquait qu'il était commandeur, et sur la poitrine, à droite, la plaque de grand officier de l'ordre du Sauveur, et, à gauche, celle de grand-croix de Charles III, ce qui indiquait que la personne représentée par ce portrait avait dû faire les guerres de Grèce et d'Espagne, ou, ce qui revient absolument au même en matière de cordons, avoir rempli quelque mission diplomatique dans les deux pays.

Monte-Cristo était occupé à détailler ce portrait avec non moins de soin qu'il avait fait de l'autre, lorsqu'une porte latérale s'ouvrit, et qu'il se trouva en face du comte de Morcerf lui-même.

C'était un homme de quarante à quarante-cinq ans, mais qui en paraissait au moins cinquante, et dont la moustache et les sourcils noirs tranchaient étrangement avec des cheveux presque blancs coupés en brosse à la mode militaire ; il était vêtu en bourgeois et portait à sa boutonnière un ruban dont les différents lisérés rappelaient les différents ordres dont il était décoré. Cet homme entra d'un pas assez noble et avec une sorte d'empressement. Monte-Cristo le vit venir à lui sans faire un seul pas ; on eût dit que ses pieds étaient cloués au parquet comme ses yeux sur le visage du comte de Morcerf.

– Mon père, dit le jeune homme, j'ai l'honneur de vous présenter M. le comte de Monte-Cristo, ce généreux ami que j'ai eu le bonheur de rencontrer dans les circonstances difficiles que vous savez.

– Monsieur est le bienvenu parmi nous, dit le comte de Morcerf en saluant Monte-Cristo avec un sourire, et il a rendu à notre maison, en lui conservant son unique héritier, un service qui sollicitera éternellement notre reconnaissance.

Et en disant ces paroles le comte de Morcerf indiquait un fauteuil à Monte-Cristo, en même temps que lui-même s'asseyait en face de la fenêtre.

Quant à Monte-Cristo, tout en prenant le fauteuil désigné par le comte de Morcerf, il s'arrangea de manière à demeurer caché dans l'ombre des grands rideaux de velours, et à lire de là sur les traits empreints de fatigue et de soucis du comte toute une histoire de secrètes douleurs écrites dans chacune de ses rides venues avec le temps.

– Madame la comtesse, dit Morcerf, était à sa toilette lorsque le vicomte l'a fait prévenir de la visite qu'elle allait avoir le bonheur de recevoir ; elle va descendre, et dans dix minutes elle sera au salon.

– C'est beaucoup d'honneur pour moi, dit Monte-Cristo, d'être ainsi, dès le jour de mon arrivée à Paris, mis en rapport avec un homme dont le mérite égale la réputation, et pour lequel la fortune, juste une fois, n'a pas fait d'erreur ; mais n'a-t-elle pas encore, dans les plaines de la Mitidja ou dans les montagnes de l'Atlas, un bâton de maréchal à vous offrir ?

– Oh ! répliqua Morcerf en rougissant un peu, j'ai quitté le service, monsieur. Nommé pair sous la Restauration, j'étais de la première campagne, et je servais sous les ordres du maréchal de Bourmont ; je pouvais donc prétendre à un commandement supérieur, et qui sait ce qui fût arrivé si la branche aînée fût restée sur le trône ! Mais la révolution de Juillet était, à ce qu'il paraît, assez glorieuse pour se permettre d'être ingrate ; elle le fut pour tout service qui ne datait pas de la période impériale ; je donnai donc ma démission, car, lorsqu'on a gagné ses épaulettes sur le champ de bataille, on ne sait guère manœuvrer sur le terrain glissant des salons ; j'ai quitté l'épée, je me suis jeté dans la politique, je me voue à l'industrie, j'étudie les arts utiles. Pendant les vingt années que j'étais resté au service, j'en avais bien eu le désir, mais je n'en avais pas eu le temps.

– Ce sont de pareilles idées qui entretiennent la supériorité de votre nation sur les autres pays, monsieur, répondit Monte-Cristo ; gentilhomme issu de grande maison, possédant une belle fortune, vous avez d'abord consenti à gagner les premiers grades en soldat obscur, c'est fort rare ; puis, devenu général, pair de France, commandeur de la Légion d'honneur, vous consentez à recommencer un second apprentissage, sans autre espoir, sans autre récompense que celle d'être un jour utile à vos semblables… Ah ! monsieur, voilà qui est vraiment beau ; je dirai plus, voilà qui est sublime.

Albert regardait et écoutait Monte-Cristo avec étonnement ; il n'était pas habitué à le voir s'élever à de pareilles idées d'enthousiasme.

Hélas ! continua l'étranger, sans doute pour faire disparaître l'imperceptible nuage que ces paroles venaient de faire passer sur le front de Morcerf, nous ne faisons pas ainsi en Italie, nous croissons selon notre race et notre espèce, et nous gardons même feuillage, même taille, et souvent même inutilité toute notre vie.

– Mais, monsieur, répondit le comte de Morcerf, pour un homme de votre mérite, l'Italie n'est pas une patrie, et la France ne sera peut-être pas ingrate pour tout le monde ; elle traite mal ses enfants, mais d'habitude elle accueille grandement les étrangers.

– Eh ! mon père, dit Albert avec un sourire, on voit bien que vous ne connaissez pas M. le comte de Monte-Cristo. Ses satisfactions à lui sont en dehors de ce monde ; il n'aspire point aux honneurs, et en prend seulement ce qui peut tenir sur un passeport.

– Voilà, à mon égard, l'expression la plus juste que j'aie jamais entendue, répondit l'étranger.

– Monsieur a été le maître de son avenir, dit le comte de Morcerf avec un soupir, et il a choisi le chemin de fleurs.

– Justement, monsieur, répliqua Monte-Cristo avec un de ces sourires qu'un peintre ne rendra jamais, et qu'un physiologiste désespérera toujours d'analyser.

– Si je n'eusse craint de fatiguer monsieur le comte, dit le général, évidemment charmé des manières de Monte-Cristo, je l'eusse emmené à la Chambre ; il y a aujourd'hui séance curieuse pour quiconque ne connaît pas nos sénateurs modernes.

– Je vous serai fort reconnaissant, monsieur, si vous voulez bien me renouveler cette offre une autre fois ; mais aujourd'hui l'on m'a flatté de l'espoir d'être présenté à Mme la comtesse, et j'attendrai.

– Ah ! voici ma mère ! s'écria le vicomte.

En effet, Monte-Cristo, en se retournant vivement, vit Mme de Morcerf à l'entrée du salon, au seuil de la porte opposée à celle par laquelle était entré son mari ; immobile et pâle, elle laissa, lorsque Monte-Cristo se retourna de son côté, tomber son bras qui, on ne sait pourquoi, s'était appuyé sur le chambranle doré ; elle était là depuis quelques secondes, et avait entendu les dernières paroles prononcées par le visiteur ultramontain.

Celui-ci se leva et salua profondément la comtesse, qui s'inclina à son tour, muette et cérémonieuse.

– Eh, mon Dieu ! madame, demanda le comte, qu'avez-vous donc ? Serait-ce par hasard la chaleur de ce salon qui vous fait mal ?

– Souffrez-vous, ma mère ? s'écria le vicomte en s'élançant au-devant de Mercédès. Elle les remercia tous deux avec un sourire.

– Non, dit-elle, mais j'ai éprouvé quelque émotion en voyant pour la première fois celui sans l'intervention duquel nous serions en ce moment dans les larmes et dans le deuil. Monsieur, continua la comtesse en s'avançant avec la majesté d'une reine, je vous dois la vie de mon fils, et pour ce bienfait je vous bénis. Maintenant je vous rends grâce pour le plaisir que vous me faites en me procurant l'occasion de vous remercier comme je vous ai béni, c'est-à-dire du fond du cœur.

Le comte s'inclina encore, mais plus profondément que la première fois ; il était plus pâle encore que Mercédès.

– Madame, dit-il, M. le comte et vous me récompensez trop généreusement d'une action bien simple. Sauver un homme, épargner un tourment à un père, ménager la sensibilité d'une femme, ce n'est point faire une bonne œuvre, c'est faire acte d'humanité.

À ces mots, prononcés avec une douceur et une politesse exquises, Mme de Morcerf répondit avec un accent profond :

– Il est bien heureux pour mon fils, monsieur, de vous avoir pour ami, et je remercie Dieu qui a fait les choses ainsi.

Et Mercédès leva ses beaux yeux au ciel avec une gratitude si infinie que le comte crut y voir trembler deux larmes.

M. de Morcerf s'approcha d'elle.

– Madame, dit-il, j'ai déjà fait mes excuses à M. le comte d'être obligé de le quitter, et vous les lui renouvellerez, je vous prie. La séance ouvre à deux heures, il en est trois, et je dois parler.

– Allez, monsieur, je tâcherai de faire oublier votre absence à notre hôte, dit la comtesse avec le même accent de sensibilité. Monsieur le comte, continua-t-elle en se retournant vers Monte-Cristo, nous fera-t-il l'honneur de passer le reste de la journée avec nous ?

– Merci, madame, et vous me voyez, croyez-le bien, on ne peut plus reconnaissant de votre offre, mais je suis descendu ce matin à votre porte, de ma voiture de voyage. Comment suis-je installé à Paris, je l'ignore ; où le suis-je, je le sais à peine. C'est une inquiétude légère, je le sais, mais appréciable cependant.

– Nous aurons ce plaisir une autre fois, au moins, vous nous le promettez ? demanda la comtesse.

Monte-Cristo s'inclina sans répondre, mais le geste pouvait passer pour un assentiment.

– Alors, je ne vous retiens pas, monsieur, dit la comtesse, car je ne veux pas que ma reconnaissance devienne ou une indiscrétion ou une importunité.

– Mon cher comte, dit Albert, si vous le voulez bien, je vais essayer de vous rendre à Paris votre gracieuse politesse de Rome, et mettre mon coupé à votre disposition jusqu'à ce que vous ayez eu le temps de monter vos équipages.

– Merci mille fois de votre obligeance, vicomte, dit Monte-Cristo ; mais je présume que M. Bertuccio aura convenablement employé les quatre heures et demie que je viens de lui laisser, et que je trouverai à la porte une voiture quelconque tout attelée.

Albert était habitué à ces façons de la part du comte : il savait qu'il était, comme Néron, à la recherche de l'impossible, et il ne s'étonnait plus de rien ; seulement, il voulut juger par lui-même de quelle façon ses ordres avaient été exécutés ; il l'accompagna donc jusqu'à la porte de l'hôtel.

Monte-Cristo ne s'était pas trompé : dès qu'il avait paru dans l'antichambre du comte de Morcerf, un valet de pied, le même qui à Rome était venu apporter la carte du comte aux deux jeunes gens et leur annoncer sa visite, s'était élancé hors du péristyle, de sorte qu'en arrivant au perron l'illustre voyageur trouva effectivement sa voiture qui l'attendait.

C'était un coupé sortant des ateliers de Keller, et un attelage dont Drake avait, à la connaissance de tous les lions de Paris, refusé la veille encore dix-huit mille francs.

– Monsieur, dit le comte à Albert, je ne vous propose pas de m'accompagner jusque chez moi, et je ne pourrais vous montrer qu'une maison improvisée, et j'ai, vous le savez, sous le rapport des improvisations, une réputation à ménager. Accordez-moi un jour et permettez-moi alors de vous inviter. Je serai plus sûr de ne pas manquer aux lois de l'hospitalité.

– Si vous me demandez un jour, monsieur le comte, je suis tranquille, ce ne sera plus une maison que vous me montrerez, ce sera un palais. Décidément, vous avez quelque génie à votre disposition.

– Ma foi, laissez-le croire, dit Monte-Cristo en mettant le pied sur les degrés garnis de velours de son splendide équipage, cela me fera quelque bien auprès des dames.

Et il s'élança dans sa voiture, qui se referma derrière lui, et partit au galop, mais pas si rapidement que le comte n'aperçût le mouvement imperceptible qui fit trembler le rideau du salon où il avait laissé Mme de Morcerf.

Lorsque Albert rentra chez sa mère, il trouva la comtesse au boudoir, plongée dans un grand fauteuil de velours : toute la chambre, noyée d'ombre, ne laissait apercevoir que la paillette étincelante attachée çà et là au ventre de quelque potiche ou à l'angle de quelque cadre d'or.

Albert ne put voir le visage de la comtesse perdu dans un nuage de gaze qu'elle avait roulée autour de ses cheveux comme une auréole de vapeur ; mais il lui sembla que sa voix était altérée ; il distingua aussi, parmi les parfums des roses et des héliotropes de la jardinière, la trace âpre et mordante des sels de vinaigre ; sur une des coupes ciselées de la cheminée, en effet, le flacon de la comtesse, sorti de sa gaine de chagrin, attira l'attention inquiète du jeune homme.

– Souffrez-vous, ma mère ? s'écria-t-il en entrant, et vous seriez-vous trouvée mal pendant mon absence ?

– Moi ? non pas, Albert ; mais, vous comprenez, ces roses, ces tubéreuses et ces fleurs d'oranger dégagent pendant ces premières chaleurs, auxquelles on n'est pas habitué, de si violents parfums…

– Alors, ma mère, dit Morcerf en portant la main à la sonnette, il faut les faire porter dans votre antichambre. Vous êtes vraiment indisposée ; déjà tantôt, quand vous êtes entrée, vous étiez fort pâle.

– J'étais pâle, dites-vous, Albert ?

– D'une pâleur qui vous sied à merveille, ma mère, mais qui ne nous a pas moins effrayés pour cela, mon père et moi.

– Votre père vous en a-t-il parlé ? demanda vivement Mercédès.

– Non, madame, mais c'est à vous-même, souvenez-vous, qu'il a fait cette observation.

– Je ne me souviens pas, dit la comtesse.

Un valet entra : il venait au bruit de la sonnette tirée par Albert.

– Portez ces fleurs dans l'antichambre ou dans le cabinet de toilette, dit le vicomte ; elles font mal à Mme la comtesse.

Le valet obéit.

Il y eut un assez long silence, et qui dura pendant tout le temps que se fit le déménagement.

– Qu'est-ce donc que ce nom de Monte-Cristo ? demanda la comtesse quand le domestique fut sorti, emportant le dernier vase de fleurs, est-ce un nom de famille, un nom de terre, un titre simple ?

– C'est, je crois, un titre, ma mère, et voilà tout. Le comte a acheté une île dans l'archipel toscan, et a, d'après ce qu'il a dit lui-même ce matin, fondé une commanderie. Vous savez que cela se fait ainsi pour Saint-Étienne de Florence, pour Saint-Georges-Constantinien de Parme, et même pour l'ordre de Malte. Au reste, il n'a aucune prétention à la noblesse et s'appelle un comte de hasard, quoique l'opinion générale de Rome soit que le comte est un très grand seigneur.

– Ses manières sont excellentes, dit la comtesse, du moins d'après ce que j'ai pu en juger par les courts instants pendant lesquels il est resté ici.

– Oh ! parfaites, ma mère, si parfaites même qu'elles surpassent de beaucoup tout ce que j'ai connu de plus aristocratique dans les trois noblesses les plus fières de l'Europe, c'est-à-dire dans la noblesse anglaise, dans la noblesse espagnole et dans la noblesse allemande.

La comtesse réfléchit un instant, puis après cette courte hésitation elle reprit :

– Vous avez vu, mon cher Albert, c'est une question de mère que je vous adresse là, vous le comprenez, vous avez vu M. de Monte-Cristo dans son intérieur ; vous avez de la perspicacité, vous avez l'habitude du monde, plus de tact qu'on n'en a d'ordinaire à votre âge ; croyez-vous que le comte soit ce qu'il paraît réellement être ?

– Et que paraît-il ?

– Vous l'avez dit vous-même à l'instant, un grand seigneur.

– Je vous ai dit, ma mère, qu'on le tenait pour tel.

– Mais qu'en pensez-vous, vous, Albert ?

– Je n'ai pas, je vous l'avouerai, d'opinion bien arrêtée sur lui ; je le crois maltais.

– Je ne vous interroge pas sur son origine ; je vous interroge sur sa personne.

– Ah ! sur sa personne, c'est autre chose ; et j'ai vu tant de choses étranges de lui que, si vous voulez que je vous dise ce que je pense, je vous répondrai que je le regarderais volontiers comme un des hommes de Byron, que le malheur a marqué d'un sceau fatal ; quelque Manfred, quelque Lara, quelque Werner ; comme un de ces débris enfin de quelque vieille famille qui, déshérités de leur fortune paternelle, en ont trouvé une par la force de leur génie aventureux qui les a mis au-dessus des lois de la société.

– Vous dites ?…

– Je dis que Monte-Cristo est une île au milieu de la Méditerranée, sans habitants, sans garnison, repaire de contrebandiers de toutes nations, de pirates de tous pays. Qui sait si ces dignes industriels ne paient pas à leur seigneur un droit d'asile ?

– C'est possible, dit la comtesse rêveuse.

– Mais n'importe, reprit le jeune homme, contrebandier ou non, vous en conviendrez, ma mère, puisque vous l'avez vu, M. le comte de Monte-Cristo est un homme remarquable et qui aura les plus grands succès dans les salons de Paris. Et tenez, ce matin même, chez moi, il a commencé son entrée dans le monde en frappant de stupéfaction jusqu'à Château-Renaud.

– Et quel âge peut avoir le comte ? demanda Mercédès, attachant visiblement une grande importance à cette question.

– Il a trente-cinq à trente-six ans, ma mère.

– Si jeune ! C'est impossible, dit Mercédès, répondant en même temps à ce que lui disait Albert et à ce que lui disait sa propre pensée.

– C'est la vérité, cependant. Trois ou quatre fois il m'a dit, et certes sans préméditation, à telle époque cinq ans, à telle autre j'avais dix ans, à telle douze ; moi, que la curiosité tenait éveillé sur ces détails, je rapprochais les dates, et jamais je ne l'ai trouvé en défaut. L'âge de cet homme singulier, qui n'a pas d'âge, est donc, j'en suis sûr, de trente-cinq ans. Au surplus, rappelez-vous, ma mère, combien son œil est vif, combien ses cheveux sont noirs et combien son front, quoique pâle, est exempt de rides ; c'est une nature non seulement vigoureuse, mais encore jeune.

La comtesse baissa la tête comme sous un flot trop lourd d'arrière-pensées.

– Et cet homme s'est pris d'amitié pour vous, demanda-t-elle avec un frissonnement nerveux.

– Je le crois, madame.

– Et vous… l'aimez-vous aussi ?

– Il me plaît, madame, quoi qu'en dise Franz d'Épinay, qui voulait le faire passer à mes yeux pour un homme revenant de l'autre monde.

La comtesse fit un mouvement de terreur.

– Albert, dit-elle d'une voix altérée, je vous ai toujours mis en garde contre les nouvelles connaissances. Maintenant vous êtes homme, et vous pourriez me donner des conseils à moi-même, cependant je vous répète : soyez prudent, Albert.

– Encore faudrait-il, chère mère, pour que le conseil me fût profitable, que je susse d'avance de quoi me méfier. Le comte ne joue jamais, le comte ne boit que de l'eau dorée par une goutte de vin d'Espagne ; le comte s'est annoncé si riche que, sans se faire rire au nez, il ne pourrait m'emprunter d'argent ; que voulez-vous que je craigne de la part du comte ?

– Vous avez raison, dit la comtesse, et mes terreurs sont folles, ayant pour objet surtout un homme qui vous a sauvé la vie. À propos, votre père l'a-t-il bien reçu, Albert ? Il est important que nous soyons plus que convenables avec le comte. M. de Morcerf est parfois occupé, ses affaires le rendent soucieux, il se pourrait que, sans le vouloir…

– Mon père a été parfait, madame, interrompit Albert. Je dirai plus : il a paru infiniment flatté de deux ou trois compliments des plus adroits que le comte lui a glissés avec autant de bonheur que d'à-propos, comme s'il l'eût connu depuis trente ans. Chacune de ces petites flèches louangeuses a dû toucher mon père, ajouta Albert en riant, de sorte qu'ils se sont quittés les meilleurs amis du monde, et que M. de Morcerf voulait même l'emmener à la Chambre pour lui faire entendre son discours.

La comtesse ne répondit pas ; elle était absorbée dans une rêverie si profonde que ses yeux s'étaient fermés peu à peu. Le jeune homme, debout devant elle, la regardait avec cet amour filial plus tendre et plus affectueux chez les enfants dont les mères sont jeunes et belles encore ; puis, après avoir vu ses yeux se fermer, il l'écouta respirer un instant dans sa douce immobilité, et, la croyant assoupie, il s'éloigna sur la pointe du pied, poussant avec précaution la porte de la chambre où il laissait sa mère.

– Ce diable d'homme, murmura-t-il en secouant la tête, je lui ai bien prédit là-bas qu'il ferait sensation dans le monde : je mesure son effet sur un thermomètre infaillible. Ma mère l'a remarqué, donc il faut qu'il soit bien remarquable.

Et il descendit à ses écuries, non sans un dépit secret de ce que, sans y avoir même songé, le comte de Monte-Cristo avait mis la main sur un attelage qui renvoyait ses bais au numéro 2 dans l'esprit des connaisseurs.

– Décidément, dit-il, les hommes ne sont pas égaux ; il faudra que je prie mon père de développer ce théorème à la Chambre haute.

XLII. MONSIEUR BERTUCCIO

Pendant ce temps le comte était arrivé chez lui ; il avait mis six minutes pour faire le chemin. Ces six minutes avaient suffi pour qu'il fût vu de vingt jeunes gens qui, connaissant le prix de l'attelage qu'ils n'avaient pu acheter eux-mêmes, avaient mis leur monture au galop pour entrevoir le splendide seigneur qui se donnait des chevaux de 10 000 francs la pièce.

La maison choisie par Ali, et qui devait servir de résidence de ville à Monte-Cristo, était située à droite en montant les Champs-Élysées, placée entre cour et jardin ; un massif fort touffu, qui s'élevait au milieu de la cour, masquait une partie de la façade ; autour de ce massif s'avançaient, pareilles à deux bras, deux allées qui, s'étendant à droite et à gauche, amenaient, à partir de la grille, les voitures à un double perron supportant à chaque marche un vase de porcelaine plein de fleurs. Cette maison, isolée au milieu d'un large espace, avait, outre l'entrée principale, une autre entrée donnant sur la rue de Ponthieu.

Avant même que le cocher eût hélé le concierge, la grille massive roula sur ses gonds ; on avait vu venir le comte, et à Paris comme à Rome, comme partout, il était servi avec la rapidité de l'éclair. Le cocher entra donc, décrivit le demi-cercle sans avoir ralenti son allure, et la grille était refermée déjà que les roues criaient encore sur le sable de l'allée.

Au côté gauche du perron la voiture s'arrêta ; deux hommes parurent à la portière ; l'un était Ali, qui sourit à son maître avec une incroyable franchise de joie, et qui se trouva payé par un simple regard de Monte-Cristo.

L'autre salua humblement et présenta son bras au comte pour l'aider à descendre de la voiture.

– Merci, monsieur Bertuccio, dit le comte en sautant légèrement les trois degrés du marchepied ; et le notaire ?

– Il est dans le petit salon, Excellence, répondit Bertuccio.

– Et les cartes de visite que je vous ai dit de faire graver dès que vous auriez le numéro de la maison ?

– Monsieur le comte, c'est déjà fait ; j'ai été chez le meilleur graveur du Palais-Royal, qui a exécuté la planche devant moi ; la première carte tirée a été portée à l'instant même, selon votre ordre, à M. le baron Danglars, député, rue de la Chaussée-d'Antin numéro 7 ; les autres sont sur la cheminée de la chambre à coucher de Votre Excellence.

– Bien. Quelle heure est-il ?

– Quatre heures.

Monte-Cristo donna ses gants, son chapeau et sa canne à ce même laquais français qui s'était élancé hors de l'antichambre du comte de Morcerf pour appeler la voiture, puis il passa dans le petit salon, conduit par Bertuccio, qui lui montra le chemin.

– Voilà de pauvres marbres dans cette chambre, dit Monte-Cristo, j'espère bien qu'on m'enlèvera tout cela.

Bertuccio s'inclina.

Comme l'avait dit l'intendant, le notaire attendait dans le petit salon.

C'était une honnête figure de deuxième clerc de Paris, élevé à la dignité infranchissable de tabellion[45] de la banlieue.

– Monsieur est le notaire chargé de vendre la maison de campagne que je veux acheter ? demanda Monte-Cristo.

– Oui, monsieur le comte, répliqua le notaire.

– L'acte de vente est-il prêt ?

– Oui, monsieur le comte.

– L'avez-vous apporté ?

– Le voici.

– Parfaitement. Et où est cette maison que j'achète ? demanda négligemment Monte-Cristo, s'adressant moitié à Bertuccio, moitié au notaire.

L'intendant fit un geste qui signifiait : « Je ne sais pas. »

Le notaire regarda Monte-Cristo avec étonnement.

– Comment, dit-il, monsieur le comte ne sait pas où est la maison qu'il achète ?

– Non, ma foi, dit le comte.

– Monsieur le comte ne la connaît pas ?

– Et comment diable la connaîtrais-je ? J'arrive de Cadix ce matin, je ne suis jamais venu à Paris, c'est même la première fois que je mets le pied en France.

– Alors c'est autre chose, répondit le notaire ; la maison que monsieur le comte achète est située à Auteuil.

À ces mots, Bertuccio pâlit visiblement.

– Et où prenez-vous Auteuil ? demanda Monte-Cristo.

45. Dans l'Antiquité romaine, officier public chargé de la rédaction des contrats et des actes publics. Notaire.

– À deux pas d'ici, monsieur le comte, dit le notaire, un peu après Passy, dans une situation charmante, au milieu du bois de Boulogne.

– Si près que cela ! dit Monte-Cristo, mais ce n'est pas la campagne. Comment diable m'avez-vous été choisir une maison à la porte de Paris, monsieur Bertuccio ?

– Moi ! s'écria l'intendant avec un étrange empressement. Non, certes, ce n'est pas moi que monsieur le comte a chargé de choisir cette maison ; que monsieur le comte veuille bien se rappeler, chercher dans sa mémoire, interroger ses souvenirs.

– Ah ! c'est juste, dit Monte-Cristo, je me rappelle maintenant. J'ai lu cette annonce dans un journal, et je me suis laissé séduire par ce titre menteur : *Maison de campagne.*

– Il est encore temps, dit vivement Bertuccio, et si Votre Excellence veut me charger de chercher partout ailleurs, je lui trouverai ce qu'il y aura de mieux, soit à Enghien, soit à Fontenay-aux-Roses, soit à Bellevue.

– Non, ma foi, dit insoucieusement Monte-Cristo ; puisque j'ai celle-là je la garderai.

– Et monsieur a raison, dit vivement le notaire, qui craignait de perdre ses honoraires. C'est une charmante propriété : eaux vives, bois touffus, habitation confortable, quoique abandonnée depuis longtemps, sans compter le mobilier, qui, si vieux qu'il soit, a de la valeur, surtout aujourd'hui que l'on recherche les antiquailles. Pardon, mais je crois que monsieur le comte a le goût de son époque.

– Dites toujours, fit Monte-Cristo ; c'est convenable, alors.

– Ah ! monsieur, c'est mieux que cela, c'est magnifique !

– Peste ! ne manquons pas une pareille occasion, dit Monte-Cristo. Le contrat, s'il vous plaît, monsieur le notaire ?

Et il signa rapidement, après avoir jeté un regard à l'endroit de l'acte où étaient désignés la situation de la maison et les noms des propriétaires.

– Bertuccio, dit-il, donnez cinquante-cinq mille francs à monsieur.

L'intendant sortit d'un pas mal assuré, et revint avec une liasse de billets de banque que le notaire compta en homme qui a l'habitude de ne recevoir son argent qu'après la purge légale.

– Et maintenant, demanda le comte, toutes les formalités sont-elles remplies ?

– Toutes, monsieur le comte.

– Avez-vous les clefs ?

– Elles sont aux mains du concierge qui garde la maison ; mais voici l'ordre que je lui ai donné d'installer monsieur dans sa nouvelle propriété.

– Fort bien.

Et Monte-Cristo fit au notaire un signe de tête qui voulait dire :

– Je n'ai plus besoin de vous, allez-vous-en.

– Mais, hasarda l'honnête tabellion, monsieur le comte s'est trompé, il me semble ; ce n'est que cinquante mille francs, tout compris.

– Et vos honoraires ?

– Se trouvent payés moyennant cette somme, monsieur le comte.

– Mais n'êtes-vous pas venu d'Auteuil ici ?

– Oui, sans doute.

– Eh bien, il faut bien vous payer votre dérangement, dit le comte.

Et il le congédia du geste.

Le notaire sortit à reculons et en saluant jusqu'à terre ; c'était la première fois, depuis le jour où il avait pris ses inscriptions, qu'il rencontrait un pareil client.

– Conduisez monsieur, dit le comte à Bertuccio.

Et l'intendant sortit derrière le notaire.

À peine le comte fut-il seul qu'il sortit de sa poche un portefeuille à serrure, qu'il ouvrit avec une petite clef attachée à son cou et qui ne le quittait jamais.

Après avoir cherché un instant, il s'arrêta à un feuillet qui portait quelques notes, confronta ces notes avec l'acte de vente déposé sur la table, et, recueillant ses souvenirs :

– Auteuil, rue de la Fontaine, numéro 28 ; c'est bien cela, dit-il ; maintenant dois-je m'en rapporter à un aveu arraché par la terreur religieuse ou par la terreur physique ? Au reste, dans une heure je saurai tout. Bertuccio ! cria-t-il en frappant avec une espèce de petit marteau à manche pliant sur un timbre qui rendit un son aigu et prolongé pareil à celui d'un tam-tam, Bertuccio !

L'intendant parut sur le seuil.

– Monsieur Bertuccio, dit le comte, ne m'avez-vous pas dit autrefois que vous aviez voyagé en France ?

– Dans certaines parties de la France, oui, Excellence.

– Vous connaissez les environs de Paris, sans doute ?

– Non, Excellence, non, répondit l'intendant avec une sorte de tremblement nerveux que Monte-Cristo, connaisseur en fait d'émotions, attribua avec raison à une vive inquiétude.

– C'est fâcheux, dit-il, que vous n'ayez jamais visité les environs de Paris, car je veux aller ce soir même voir ma nouvelle propriété, et en venant avec moi vous m'eussiez donné sans doute d'utiles renseignements.

– À Auteuil ? s'écria Bertuccio, dont le teint cuivré devint presque livide. Moi, aller à Auteuil !

– Eh bien ! qu'y a-t-il d'étonnant que vous veniez à Auteuil, je vous le demande ? Quand je demeurerai à Auteuil, il faudra bien que vous y veniez, puisque vous faites partie de la maison.

Bertuccio baissa la tête devant le regard impérieux du maître, et il demeura immobile et sans réponse.

– Ah çà ! mais, que vous arrive-t-il ? Vous allez donc me faire sonner une seconde fois pour la voiture ? dit Monte-Cristo du ton que Louis XIV mit à prononcer le fameux : « J'ai failli attendre ! »

Bertuccio ne fit qu'un bond du petit salon à l'antichambre, et cria d'une voix rauque :

– Les chevaux de Son Excellence !

Monte-Cristo écrivit deux ou trois lettres ; comme il cachetait la dernière, l'intendant reparut.

– La voiture de Son Excellence est à la porte, dit-il.

– Eh bien ! prenez vos gants et votre chapeau, dit Monte-Cristo.

– Est-ce que je vais avec monsieur le comte ? s'écria Bertuccio.

– Sans doute, il faut bien que vous donniez vos ordres, puisque je compte habiter cette maison.

Il était sans exemple que l'on eût répliqué à une injonction du comte ; aussi l'intendant, sans faire aucune objection, suivit-il son maître, qui monta dans la voiture et lui fit signe de le suivre. L'intendant s'assit respectueusement sur la banquette du devant.

XLIII. LA MAISON D'AUTEUIL

Monte-Cristo avait remarqué qu'en descendant le perron Bertuccio s'était signé à la manière des Corses, c'est-à-dire en coupant l'air en croix avec le pouce, et qu'en prenant place dans la voiture il avait marmotté tout bas une courte prière. Tout autre qu'un homme curieux eût eu pitié de la singulière répugnance manifestée par le digne intendant pour la promenade méditée *extra muros* par le comte ; mais, à ce qu'il paraît, celui-ci était trop curieux pour dispenser Bertuccio de ce petit voyage. En vingt minutes on fut à Auteuil. L'émotion de l'intendant avait toujours été croissant. En entrant dans le village, Bertuccio, rencogné dans l'angle de la voiture, commença à examiner avec une émotion fiévreuse chacune des maisons devant lesquelles on passait.

– Vous ferez arrêter rue de la Fontaine, au numéro 28, dit le comte en fixant impitoyablement son regard sur l'intendant, auquel il donnait cet ordre.

La sueur monta au visage de Bertuccio ; cependant il obéit, et, se penchant en dehors de la voiture, il cria au cocher :

– Rue de la Fontaine, numéro 28.

Ce numéro 28 était situé à l'extrémité du village. Pendant le voyage, la nuit était venue, ou plutôt un nuage noir tout chargé d'électricité donnait à ces ténèbres prématurées l'apparence et la solennité d'un épisode dramatique. La voiture s'arrêta et le valet de pied se précipita à la portière, qu'il ouvrit.

– Eh bien ! dit le comte, vous ne descendez pas, monsieur Bertuccio ? Vous restez donc dans la voiture alors ? Mais à quoi diable songez-vous donc ce soir ?

Bertuccio se précipita par la portière et présenta son épaule au comte qui, cette fois, s'appuya dessus et descendit un à un les trois degrés du marchepied.

– Frappez, dit le comte, et annoncez-moi.

Bertuccio frappa, la porte s'ouvrit et le concierge parut.

– Qu'est-ce que c'est ? demanda-t-il.

– C'est votre nouveau maître, brave homme, dit le valet de pied.

Et il tendit au concierge le billet de reconnaissance donné par le notaire.

– La maison est donc vendue ? demanda le concierge, et c'est monsieur qui vient l'habiter ?

– Oui, mon ami, dit le comte, et je tâcherai que vous n'ayez pas à regretter votre ancien maître.

– Oh ! monsieur, dit le concierge, je n'aurai pas à le regretter beaucoup, car nous le voyons bien rarement ; il y a plus de cinq ans qu'il n'est venu, et il a, ma foi ! bien fait de vendre une maison qui ne lui rapportait absolument rien.

– Et comment se nommait votre ancien maître ? demanda Monte-Cristo.

– M. le marquis de Saint-Méran ; ah ! il n'a pas vendu la maison ce qu'elle lui a coûté, j'en suis sûr.

– Le marquis de Saint-Méran ! reprit Monte-Cristo, mais il me semble que ce nom ne m'est pas inconnu, dit le comte. Le marquis de Saint-Méran…

Et il parut chercher.

– Un vieux gentilhomme, continua le concierge, un fidèle serviteur des Bourbons ; il avait une fille unique qu'il avait mariée à M. de Villefort, qui a été procureur du roi à Nîmes et ensuite à Versailles.

Monte-Cristo jeta un regard qui rencontra Bertuccio plus livide que le mur contre lequel il s'appuyait pour ne pas tomber.

– Et cette fille n'est-elle pas morte ? demanda Monte-Cristo. Il me semble que j'ai entendu dire cela.

– Oui, monsieur, il y a vingt et un ans, et depuis ce temps-là nous n'avons pas revu trois fois le pauvre cher marquis.

– Merci, merci, dit Monte-Cristo, jugeant à la prostration de l'intendant qu'il ne pouvait tendre davantage cette corde sans risquer de la briser, merci ! Donnez-moi de la lumière, brave homme.

– Accompagnerai-je monsieur ?

– Non, c'est inutile, Bertuccio m'éclairera.

Et Monte-Cristo accompagna ces paroles du don de deux pièces d'or qui soulevèrent une explosion de bénédictions et de soupirs.

– Ah ! monsieur ! dit le concierge après avoir cherché inutilement sur le rebord de la cheminée et sur les planches y attenantes, c'est que je n'ai pas de bougies ici.

– Prenez une des lanternes de la voiture, Bertuccio, et montrez-moi les appartements, dit le comte.

L'intendant obéit sans observation, mais il était facile à voir, au tremblement de la main qui tenait la lanterne, ce qu'il lui en coûtait pour obéir.

On parcourut un rez-de-chaussée assez vaste ; un premier étage composé d'un salon, d'une salle de bains et de deux chambres à coucher. Par une de ces chambres à coucher, on arrivait à un escalier tournant dont l'extrémité aboutissait au jardin.

– Tiens, voilà un escalier de dégagement, dit le comte, c'est assez commode. Éclairez-moi, monsieur Bertuccio ; passez devant, et allons où cet escalier nous conduira.

– Monsieur, dit Bertuccio, il va au jardin.

– Et comment savez-vous cela, je vous prie ?

– C'est-à-dire qu'il doit y aller.

– Eh bien, assurons-nous-en.

Bertuccio poussa un soupir et marcha devant. L'escalier aboutissait effectivement au jardin.

À la porte extérieure l'intendant s'arrêta.

– Allons donc, monsieur Bertuccio ! dit le comte.

Mais celui auquel il s'adressait était abasourdi, stupide, anéanti. Ses yeux égarés cherchaient tout autour de lui comme les traces d'un passé terrible, et de ses mains crispées il semblait essayer de repousser des souvenirs affreux.

– Eh bien ? insista le comte.

– Non ! non ! s'écria Bertuccio en posant la main à l'angle du mur intérieur ; non, monsieur, je n'irai pas plus loin, c'est impossible !

– Qu'est-ce à dire ? articula la voix irrésistible de Monte-Cristo.

– Mais vous voyez bien, monsieur, s'écria l'intendant, que cela n'est point naturel ; qu'ayant une maison à acheter à Paris, vous l'achetiez justement à Auteuil, et que l'achetant à Auteuil, cette maison soit le numéro 28 de la rue de la Fontaine ! Ah ! pourquoi ne vous ai-je pas tout dit là-bas, monseigneur ! Vous n'auriez certes pas exigé que je vinsse. J'espérais que la maison de monsieur le comte serait une autre maison que celle-ci. Comme s'il n'y avait d'autre maison à Auteuil que celle de l'assassinat !

– Oh ! oh ! fit Monte-Cristo s'arrêtant tout à coup, quel vilain mot venez-vous de prononcer là ! Diable d'homme ! Corse enraciné ! Toujours des mystères ou des superstitions ! Voyons, prenez cette lanterne et visitons le jardin ; avec moi vous n'aurez pas peur, j'espère !

Bertuccio ramassa la lanterne et obéit. La porte, en s'ouvrant, découvrit un ciel blafard dans lequel la lune s'efforçait vainement de lutter contre une mer de nuages qui la couvraient de leurs flots sombres qu'elle illuminait un instant, et qui allaient ensuite se perdre, plus sombres encore, dans les profondeurs de l'infini.

L'intendant voulut appuyer sur la gauche.

– Non pas, monsieur, dit Monte-Cristo, à quoi bon suivre les allées ? Voici une belle pelouse, allons devant nous.

Bertuccio essuya la sueur qui coulait de son front, mais obéit ; cependant, il continuait de prendre à gauche.

Monte-Cristo, au contraire, appuyait à droite. Arrivé près d'un massif d'arbres, il s'arrêta.

L'intendant n'y put tenir.

– Éloignez-vous, monsieur ! s'écria-t-il, éloignez-vous, je vous en supplie, vous êtes justement à la place !

– À quelle place ?

– À la place même où il est tombé.

– Mon cher monsieur Bertuccio, dit Monte-Cristo en riant, revenez à vous, je vous y engage ; nous ne sommes pas ici à Sartène ou à Corte. Ceci n'est point un maquis, mais un jardin anglais, mal entretenu, j'en conviens, mais qu'il ne faut pas calomnier pour cela.

– Monsieur, ne restez pas là ! ne restez pas là ! je vous en supplie.

– Je crois que vous devenez fou, maître Bertuccio, dit froidement le comte ; si cela est, prévenez-moi, car je vous ferai enfermer dans quelque maison de santé avant qu'il n'arrive un malheur.

– Hélas ! Excellence, dit Bertuccio en secouant la tête et en joignant les mains avec une attitude qui eût fait rire le comte, si des pensées d'un intérêt supérieur ne l'eussent captivé en ce moment et rendu fort attentif aux moindres expansions de cette conscience timorée, hélas ! Excellence, le malheur est arrivé.

– Monsieur Bertuccio, dit le comte, je suis fort aise de vous dire que, tout en gesticulant, vous vous tordez les bras, et que vous roulez des yeux comme un possédé du corps duquel le diable ne veut pas sortir ; or, j'ai presque toujours remarqué que le diable le plus entêté à rester à son poste, c'est un secret. Je vous savais corse, je vous savais sombre et ruminant toujours quelque vieille histoire de vendetta, et je vous passais cela en Italie, parce qu'en Italie ces sortes de choses sont de mise, mais en France on trouve généralement l'assassinat de fort mauvais goût ; il y a des gendarmes qui s'en occupent, des juges qui le condamnent et des échafauds qui le vengent.

Bertuccio joignit les mains et, comme en exécutant ces différentes évolutions il ne quittait point sa lanterne, la lumière éclaira son visage bouleversé.

Monte-Cristo l'examina du même œil qu'à Rome il avait examiné le supplice d'Andrea ; puis, d'un ton de voix qui fit courir un nouveau frisson par le corps du pauvre intendant :

– L'abbé Busoni m'avait donc menti, dit-il, lorsque après son voyage en France, en 1829, il vous envoya vers moi, muni d'une lettre de recommandation dans laquelle il me recommandait vos précieuses qualités. Eh bien ! je vais écrire à l'abbé ; je le rendrai responsable de son protégé, et je saurai sans doute ce que c'est que toute cette affaire d'assassinat. Seulement, je vous préviens, monsieur Bertuccio, que lorsque je vis dans un pays, j'ai l'habitude de me conformer à ses lois, et que je n'ai pas envie de me brouiller pour vous avec la justice de France.

– Oh ! ne faites pas cela, Excellence, je vous ai servi fidèlement, n'est-ce pas ? s'écria Bertuccio au désespoir ; j'ai toujours été honnête homme, et j'ai même, le plus que j'ai pu, fait de bonnes actions.

– Je ne dis pas non, reprit le comte, mais pourquoi diable êtes-vous agité de la sorte ? C'est mauvais signe : une conscience pure n'amène pas tant de pâleur sur les joues, tant de fièvre dans les mains d'un homme…

– Mais, monsieur le comte, reprit en hésitant Bertuccio, ne m'avez-vous pas dit vous-même que M. l'abbé Busoni, qui a entendu ma confession dans les prisons de Nîmes, vous avait prévenu, en m'envoyant chez vous, que j'avais un lourd reproche à me faire ?

– Oui, mais comme il vous adressait à moi en me disant que vous feriez un excellent intendant, j'ai cru que vous aviez volé, voilà tout !

– Oh ! monsieur le comte ! fit Bertuccio avec mépris.

– Ou que, comme vous étiez corse, vous n'aviez pu résister au désir de faire une peau, comme on dit dans le pays par antiphrase, quand au contraire on en défait une.

– Eh bien, oui, monseigneur, oui, mon bon seigneur, c'est cela ! s'écria Bertuccio en se jetant aux genoux du comte. Oui, c'est une vengeance, je le jure, une simple vengeance.

– Je comprends, mais ce que je ne comprends pas, c'est que ce soit cette maison justement qui vous galvanise à ce point.

– Mais, monseigneur, n'est-ce pas bien naturel, reprit Bertuccio, puisque c'est dans cette maison que la vengeance s'est accomplie ?

– Quoi ! ma maison !

– Oh ! monseigneur, elle n'était pas encore à vous, répondit naïvement Bertuccio.

– Mais à qui donc était-elle ? À M. le marquis de Saint-Méran, nous a dit, je crois, le concierge. Que diable aviez-vous donc à vous venger du marquis de Saint-Méran ?

– Oh ! ce n'était pas de lui, monseigneur, c'était d'un autre.

– Voilà une étrange rencontre, dit Monte-Cristo, paraissant céder à ses réflexions, que vous vous trouviez comme cela par hasard, sans préparation aucune, dans une maison où s'est passée une scène qui vous donne de si affreux remords.

– Monseigneur, dit l'intendant, c'est la fatalité qui amène tout cela, j'en suis bien sûr. D'abord, vous achetez une maison juste à Auteuil, cette maison est celle où j'ai commis un assassinat ; vous descendez au jardin juste par l'escalier où il est descendu ; vous vous arrêtez juste à l'endroit où il reçut le coup ; à deux pas, sous ce platane, était la fosse où il venait d'enterrer l'enfant ; tout cela n'est pas du hasard, non, car en ce cas le hasard ressemblerait trop à la Providence.

– Eh bien ! voyons, monsieur le Corse, supposons que ce soit la Providence ; je suppose toujours tout ce qu'on veut, moi ; d'ailleurs, aux esprits malades il faut faire des concessions. Voyons, rappelez vos esprits et racontez-moi cela.

– Je ne l'ai jamais raconté qu'une fois, et c'était à l'abbé Busoni. De pareilles choses, ajouta Bertuccio en secouant la tête, ne se disent que sous le sceau de la confession.

– Alors, mon cher Bertuccio, dit le comte, vous trouverez bon que je vous renvoie à votre confesseur ; vous vous ferez avec lui chartreux ou bernardin, et vous causerez de vos secrets. Mais, moi, j'ai peur d'un hôte effrayé par de pareils fantômes ; je n'aime point que mes gens n'osent point se promener le soir dans mon jardin. Puis, je l'avoue, je serais peu curieux de quelque visite de commissaire de police. Car, apprenez ceci, maître Bertuccio : en Italie, on ne paie la justice que si elle se tait, mais en France on ne la paie au contraire que quand elle parle. Peste ! je vous croyais bien un peu Corse, beaucoup contrebandier, fort habile intendant, mais je vois que vous avez encore d'autres cordes à votre arc. Vous n'êtes plus à moi, monsieur Bertuccio.

– Oh ! monseigneur ! monseigneur ! s'écria l'intendant frappé de terreur à cette menace. Oh ! s'il ne tient qu'à cela que je demeure à votre service, je parlerai, je dirai tout ; et si je vous quitte, eh bien, alors ce sera pour marcher à l'échafaud.

– C'est différent alors, dit Monte-Cristo, mais si vous voulez mentir, réfléchissez-y : mieux vaut que vous ne parliez pas du tout.

– Non, monsieur, je vous le jure sur le salut de mon âme, je vous dirai tout ! Car l'abbé Busoni lui même n'a su qu'une partie de mon secret. Mais d'abord, je vous en supplie, éloignez-vous de ce platane ; tenez, la lune va blanchir ce nuage, et là, placé comme vous l'êtes, enveloppé de ce manteau qui me cache votre taille et qui ressemble à celui de M. de Villefort !…

– Comment ! s'écria Monte-Cristo, c'est M. de Villefort…

– Votre Excellence le connaît ?

– L'ancien procureur du roi de Nîmes ?

– Oui.

– Qui avait épousé la fille du marquis de Saint-Méran ?

– Oui.

– Et qui avait dans le barreau la réputation du plus honnête, du plus sévère, du plus rigide magistrat.

– Eh bien, monsieur, s'écria Bertuccio, cet homme à la réputation irréprochable…

– Oui.

– C'était un infâme.

– Bah ! dit Monte-Cristo, impossible.

– Cela est pourtant comme je vous le dis.

– Ah ! vraiment ! dit Monte-Cristo, et vous en avez la preuve ?

– Je l'avais du moins.

– Et vous l'avez perdue, maladroit ?

– Oui ; mais en cherchant bien on peut la retrouver.

– En vérité ! dit le comte, contez-moi cela, monsieur Bertuccio, car cela commence véritablement à m'intéresser.

Et le comte, en chantonnant un petit air de la *Lucia*, alla s'asseoir sur un banc, tandis que Bertuccio le suivait en rappelant ses souvenirs.

Bertuccio resta debout devant lui.

XLIV. LA VENDETTA

– D'où monsieur le comte désire-t-il que je reprenne les choses ? demanda Bertuccio.

– Mais d'où vous voudrez, dit Monte-Cristo, puisque je ne sais absolument rien.

– Je croyais cependant que M. l'abbé Busoni avait dit à Votre Excellence…

– Oui, quelques détails, sans doute, mais sept ou huit ans ont passé là-dessus, et j'ai oublié tout cela.

– Alors je puis donc, sans crainte d'ennuyer Votre Excellence…

– Allez, monsieur Bertuccio, allez, vous me tiendrez lieu de journal du soir.

– Les choses remontent à 1815.

– Ah ! ah ! fit Monte-Cristo, ce n'est pas hier, 1815.

– Non, monsieur, et cependant les moindres détails me sont aussi présents à la mémoire que si nous étions seulement au lendemain. J'avais un frère, un frère aîné, qui était au service de l'Empereur. Il était devenu lieutenant dans un régiment composé entièrement de Corses. Ce frère était mon unique ami ; nous étions restés orphelins, moi à cinq ans, lui à dix-huit ; il m'avait élevé comme si j'eusse été son fils. En 1814, sous les Bourbons, il s'était marié ; l'Empereur revint de l'île d'Elbe, mon frère reprit aussitôt du service, et, blessé légèrement à Waterloo, il se retira avec l'armée derrière la Loire.

– Mais c'est l'histoire des Cent-Jours que vous me faites là, monsieur Bertuccio, dit le comte, et elle est déjà faite, si je ne me trompe.

– Excusez-moi, Excellence, mais ces premiers détails sont nécessaires, et vous m'avez promis d'être patient.

– Allez ! allez ! je n'ai qu'une parole.

– Un jour, nous reçûmes une lettre ; il faut dire que nous habitions le petit village de Rogliano, à l'extrémité du cap Cors. Cette lettre était de mon frère ; il nous disait que l'armée était licenciée et qu'il revenait par Châteauroux, Clermont-Ferrand, le Puy et Nîmes ; si j'avais quelque argent, il me priait de le lui faire tenir à Nîmes, chez un aubergiste de connaissance, avec lequel j'avais quelques relations.

– De contrebande, reprit Monte-Cristo.

– Eh ! mon Dieu ! monsieur le comte, il faut vivre.

– Certainement ; continuez donc.

– J'aimais tendrement mon frère, je vous l'ai dit, Excellence ; aussi je résolus non pas de lui donner l'argent, mais de le lui porter moi même. Je possédais un millier de francs, j'en laissai cinq cents à Assunta, c'était ma belle-sœur ; je pris les cinq cents autres, je me mis en route pour Nîmes. C'était chose facile, j'avais ma barque, un chargement à faire en mer ; tout secondait mon projet.

Mais le chargement fait, le vent devint contraire, de sorte que nous fûmes quatre ou cinq jours sans pouvoir entrer dans le Rhône. Enfin nous y parvînmes ; nous remontâmes jusqu'à Arles ; je laissai la barque entre Bellegarde et Beaucaire, et je pris le chemin de Nîmes.

– Nous arrivons, n'est-ce pas ?

– Oui, monsieur : excusez-moi, mais, comme Votre Excellence le verra, je ne lui dis que les choses absolument nécessaires. Or c'était le moment où avaient lieu les fameux massacres du Midi. Il y avait là deux ou trois brigands que l'on appelait Trestaillon, Truphemy et Graffan, qui égorgeaient dans les rues tous ceux qu'on soupçonnait de bonapartisme. Sans doute, monsieur le comte a entendu parler de ces assassinats ?

– Vaguement, j'étais fort loin de la France à cette époque. Continuez.

– En entrant à Nîmes, on marchait littéralement dans le sang ; à chaque pas on rencontrait des cadavres ; les assassins, organisés par bandes, tuaient, pillaient et brûlaient.

À la vue de ce carnage, un frisson me prit, non pas pour moi ; moi, simple pêcheur corse, je n'avais pas grand-chose à craindre ; au contraire, ce temps-là c'était notre bon temps, à nous autres contrebandiers, mais pour mon frère, pour mon frère soldat de l'Empire, revenant de l'armée de la Loire avec son uniforme et ses épaulettes, et qui par conséquent, avait tout à craindre.

Je courus chez notre aubergiste. Mes pressentiments ne m'avaient pas trompé : mon frère était arrivé la veille à Nîmes, et à la porte même de celui à qui il venait demander l'hospitalité, il avait été assassiné.

Je fis tout au monde pour connaître les meurtriers ; mais personne n'osa me dire leurs noms, tant ils étaient redoutés.

Je songeai alors à cette justice française, dont on m'avait tant parlé, qui ne redoute rien, elle, et je me présentai chez le procureur du roi.

– Et ce procureur du roi se nommait Villefort ? demanda négligemment Monte-Cristo.

– Oui, Excellence : il venait de Marseille, où il avait été substitut. Son zèle lui avait valu de l'avancement. Il était un des premiers, disait-on, qui eussent annoncé au gouvernement le débarquement de l'île d'Elbe.

– Donc, reprit Monte-Cristo, vous vous présentâtes chez lui.

– “Monsieur, lui dis-je, mon frère a été assassiné hier dans les rues de Nîmes, je ne sais point par qui, mais c'est votre mission de le savoir. Vous êtes ici chef de la justice, et c'est à la justice de venger ceux qu'elle n'a pas su défendre.

» – Et qu'était votre frère ? demanda le procureur du roi.

» – Lieutenant au bataillon corse.

» – Un soldat de l'usurpateur, alors ?

» – Un soldat des armées françaises.

» – Eh bien, répliqua-t-il, il s'est servi de l'épée et il a péri par l'épée.

» – Vous vous trompez, monsieur ; il a péri par le poignard.

» – Que voulez-vous que j'y fasse ? répondit le magistrat.

» – Mais je vous l'ai dit : je veux que vous le vengiez.

» – Et de qui ?

» – De ses assassins.

» – Est-ce que je les connais, moi ?

» – Faites-les chercher.

» – Pour quoi faire ? Votre frère aura eu quelque querelle et se sera battu en duel. Tous ces anciens soldats se portent à des excès qui leur réussissaient sous l'Empire, mais qui tournent mal pour eux maintenant ; or, nos gens du Midi n'aiment ni les soldats, ni les excès.

» – Monsieur, repris-je, ce n'est pas pour moi que je vous prie. Moi, je pleurerai ou je me vengerai, voilà tout ; mais mon pauvre frère avait une femme. S'il m'arrivait malheur à mon tour, cette pauvre créature mourrait de faim, car le travail seul de mon frère la faisait vivre. Obtenez pour elle une petite pension du gouvernement.

» – Chaque révolution a ses catastrophes, répondit M. de Villefort. Votre frère a été victime de celle-ci, c'est un malheur, et le gouvernement ne doit rien à votre famille pour cela. Si nous avions à juger toutes les vengeances que les partisans de l'usurpateur ont exercées sur les partisans du roi quand à leur tour ils disposaient du pouvoir, votre frère serait peut-être aujourd'hui condamné à mort. Ce qui s'accomplit est chose toute naturelle, car c'est la loi des représailles.

» – Eh quoi ! monsieur, m'écriai-je, il est possible que vous me parliez ainsi, vous, un magistrat !...

» – Tous ces Corses sont fous, ma parole d'honneur ! répondit M. de Villefort, et ils croient encore que leur compatriote est empereur. Vous vous trompez de temps, mon cher ; il fallait venir me dire cela il y a deux mois. Aujourd'hui il est trop tard ; allez-vous-en donc, et si vous ne vous en allez pas, moi, je vais vous faire reconduire."

» Je le regardai un instant pour voir si par une nouvelle supplication il y avait quelque chose à espérer.

» Cet homme était de pierre. Je m'approchai de lui :

» "Eh bien, lui dis-je à demi voix, puisque vous connaissez les Corses, vous devez savoir comment ils tiennent leur parole. Vous trouvez qu'on a bien fait de tuer mon frère qui était bonapartiste, parce que vous êtes royaliste, vous ; eh bien, moi, qui suis bonapartiste aussi, je vous déclare une chose, c'est que je vous tuerai, vous. À partir de ce moment je vous déclare la vendetta ; ainsi, tenez-vous bien, et gardez-vous de votre mieux, car la première fois que nous nous trouverons face à face, c'est que votre dernière heure sera venue."

» Et là-dessus, avant qu'il fût revenu de sa surprise, j'ouvris la porte et je m'enfuis.

– Ah ! Ah ! dit Monte-Cristo, avec votre honnête figure, vous faites de ces choses-là, monsieur Bertuccio, et à un procureur du roi, encore ! Fi donc ! et savait-il au moins ce que cela voulait dire ce mot *vendetta* ?

– Il le savait si bien qu'à partir de ce moment il ne sortit plus seul et se calfeutra chez lui, me faisant chercher partout. Heureusement, j'étais si bien caché qu'il ne put me trouver. Alors la peur le prit ; il trembla de rester plus longtemps à Nîmes ; il sollicita son changement de résidence, et, comme c'était en effet un homme influent, il fut nommé à Versailles ; mais, vous le savez, il n'y a pas de distance pour un Corse qui a juré de se venger de son ennemi, et sa voiture, si bien menée qu'elle fût, n'a jamais eu plus d'une demi-journée d'avance sur moi, qui cependant la suivis à pied.

» L'important n'était pas de le tuer, cent fois j'en avais trouvé l'occasion ; mais il fallait le tuer sans être découvert et surtout sans être arrêté. Désormais je ne m'appartenais plus : j'avais à protéger et à nourrir ma belle-sœur. Pendant trois mois je guettai M. de Villefort ; pendant trois mois il ne fit pas un pas, une démarche, une promenade, que mon regard ne le suivît là où il allait. Enfin, je découvris qu'il venait mystérieusement à Auteuil ; je le suivis encore et je le vis entrer dans cette maison où nous sommes ; seulement, au lieu d'entrer comme tout le monde par la grande porte de la rue, il venait soit à cheval, soit en voiture, laissait voiture ou cheval à l'auberge, et entrait par cette petite porte que vous voyez là.

Monte-Cristo fit de la tête un signe qui prouvait qu'au milieu de l'obscurité il distinguait en effet l'entrée indiquée par Bertuccio.

– Je n'avais plus besoin de rester à Versailles, je me fixai à Auteuil et je m'informai. Si je voulais le prendre, c'était évidemment là qu'il me fallait tendre mon piège.

» La maison appartenait, comme le concierge l'a dit à Votre Excellence, à M. de Saint-Méran, beau-père de Villefort. M. de Saint-Méran habitait Marseille ; par conséquent, cette campagne lui était inutile, aussi disait-on qu'il venait de la louer à une jeune veuve que l'on ne connaissait que sous le nom de la baronne.

» En effet, un soir, en regardant par-dessus le mur, je vis une femme jeune et belle qui se promenait seule dans ce jardin, que nulle fenêtre étrangère ne dominait ; elle regardait fréquemment du côté de la petite porte, et je compris que ce soir-là elle attendait M. de Villefort. Lorsqu'elle fut assez près de moi pour que malgré l'obscurité je pusse distinguer ses traits, je vis une belle jeune femme de dix-huit à dix-neuf ans, grande et blonde. Comme elle était en simple peignoir et que rien ne gênait sa taille, je pus remarquer qu'elle était enceinte et que sa grossesse même paraissait avancée.

» Quelques moments après, on ouvrit la petite porte ; un homme entra ; la jeune femme courut le plus vite qu'elle put à sa rencontre ; ils se jetèrent dans les bras l'un de l'autre, s'embrassèrent tendrement et regagnèrent ensemble la maison.

» Cet homme, c'était M. de Villefort. Je jugeai qu'en sortant, surtout s'il sortait la nuit, il devait traverser seul le jardin dans toute sa longueur.

– Et, demanda le comte, avez-vous su depuis le nom de cette femme ?

– Non, Excellence, répondit Bertuccio ; vous allez voir que je n'eus pas le temps de l'apprendre.

– Continuez.

– Ce soir-là, reprit Bertuccio, j'aurais pu tuer peut-être le procureur du roi ; mais je ne connaissais pas encore assez le jardin dans tous ses détails. Je craignis de ne pas le tuer raide, et, si quelqu'un accourait à ses cris, de ne pouvoir fuir. Je remis la partie au prochain rendez-vous, et, pour que rien ne m'échappât, je pris une petite chambre donnant sur la rue que longeait le mur du jardin.

» Trois jours après, vers sept heures du soir, je vis sortir de la maison un domestique à cheval qui prit au galop le chemin qui conduisait à la route de Sèvres ; je présumai qu'il allait à Versailles. Je ne me trompais pas. Trois heures après, l'homme revint tout couvert de poussière ; son message était terminé.

» Dix minutes après, un autre homme, à pied, enveloppé d'un manteau, ouvrit la petite porte du jardin, qui se referma sur lui.

» Je descendis rapidement. Quoique je n'eusse pas vu le visage de Villefort, je le reconnus au battement de mon cœur : je traversai la rue, je gagnai une borne placée à l'angle du mur et à l'aide de laquelle j'avais regardé une première fois dans le jardin.

» Cette fois je ne me contentai pas de regarder, je tirai mon couteau de ma poche, je m'assurai que la pointe était bien affilée, et je sautai par-dessus le mur.

» Mon premier soin fut de courir à la porte ; il avait laissé la clef en dedans, en prenant la simple précaution de donner un double tour à la serrure.

» Rien n'entravait donc ma fuite de ce côté-là. Je me mis à étudier les localités. Le jardin formait un carré long, une pelouse de fin gazon anglais s'étendait au milieu, aux angles de cette pelouse étaient des massifs d'arbres au feuillage touffu et tout entremêlé de fleurs d'automne.

» Pour se rendre de la maison à la petite porte, ou de la petite porte à la maison, soit qu'il entrât, soit qu'il sortît, M. de Villefort était obligé de passer près d'un de ces massifs.

» On était à la fin de septembre ; le vent soufflait avec force ; un peu de lune pâle, et voilée à chaque instant par de gros nuages qui glissaient rapidement au ciel, blanchissait le sable des allées qui conduisaient à la maison, mais ne pouvait percer l'obscurité de ces massifs touffus dans lesquels un homme pouvait demeurer caché sans qu'il y eût crainte qu'on ne l'aperçût.

» Je me cachai dans celui le plus près duquel devait passer Villefort ; à peine y étais-je, qu'au milieu des bouffées de vent qui courbaient les arbres au-dessus de mon front, je crus distinguer comme des gémissements. Mais vous savez, ou plutôt vous ne savez pas, monsieur le comte, que celui qui attend le moment de commettre un assassinat croit toujours entendre pousser des cris sourds dans l'air. Deux heures s'écoulèrent pendant lesquelles, à plusieurs reprises, je crus entendre les mêmes gémissements. Minuit sonna.

» Comme le dernier son vibrait encore lugubre et retentissant, j'aperçus une lueur illuminant les fenêtres de l'escalier dérobé par lequel nous sommes descendus tout à l'heure.

» La porte s'ouvrit, et l'homme au manteau reparut.

» C'était le moment terrible ; mais depuis si longtemps je m'étais préparé à ce moment que rien en moi ne faiblit ; je tirai mon couteau, je l'ouvris et je me tins prêt.

» L'homme au manteau vint droit à moi ; mais à mesure qu'il avançait dans l'espace découvert, je croyais remarquer qu'il tenait une arme de la main droite ; j'eus peur, non pas d'une lutte, mais d'un insuccès. Lorsqu'il fut à quelques pas de moi seulement, je reconnus que ce que j'avais pris pour une arme n'était rien autre chose qu'une bêche.

» Je n'avais pas encore pu deviner dans quel but M. de Villefort tenait une bêche à la main, lorsqu'il s'arrêta sur la lisière du massif, jeta un regard autour de lui, et se mit à creuser un trou dans la terre. Ce fut alors que je m'aperçus qu'il y avait quelque chose dans son manteau, qu'il venait de déposer sur la pelouse pour être plus libre de ses mouvements.

» Alors, je l'avoue, un peu de curiosité se glissa dans ma haine ; je voulus voir ce que venait faire là Villefort ; je restai immobile, sans haleine ; j'attendis.

» Puis une idée m'était venue, qui se confirma en voyant le procureur du roi tirer de son manteau un petit coffre long de deux pieds et large de six à huit pouces.

Je le laissai déposer le coffre dans le trou, sur lequel il repoussa la terre ; puis, sur cette terre fraîche, il appuya ses pieds pour faire disparaître la trace de l'œuvre nocturne. Je m'élançai alors sur lui et je lui enfonçai mon couteau dans la poitrine en lui disant :

» "Je suis Giovanni Bertuccio ! ta mort pour mon frère, ton trésor pour sa veuve : tu vois bien que ma vengeance est plus complète que je ne l'espérais."

» Je ne sais s'il entendit ces paroles ; je ne le crois pas, car il tomba sans pousser un cri ; je sentis les flots de son sang rejaillir brûlants sur mes mains et sur mon visage ; mais j'étais ivre, j'étais en délire ; ce sang me rafraîchissait au lieu de me brûler. En une seconde, j'eus déterré le coffret à l'aide de la bêche ; puis, pour qu'on ne vît pas que je l'avais enlevé, je comblai à mon tour le trou, je jetai la bêche par-dessus le mur, je m'élançai par la porte, que je fermai à double tour en dehors et dont j'emportai la clef.

– Bon ! dit Monte-Cristo, c'était, à ce que je vois, un petit assassinat doublé de vol.

– Non, Excellence, répondit Bertuccio, c'était une vendetta suivie de restitution.

– Et la somme était ronde, au moins ?

– Ce n'était pas de l'argent.

– Ah ! oui, je me rappelle, dit Monte-Cristo ; n'avez-vous pas parlé d'un enfant ?

– Justement, Excellence. Je courus jusqu'à la rivière, je m'assis sur le talus, et, pressé de savoir ce que contenait le coffre, je fis sauter la serrure avec mon couteau.

Dans un lange de fine batiste était enveloppé un enfant qui venait de naître ; son visage empourpré, ses mains violettes annonçaient qu'il avait dû succomber à une asphyxie causée par des ligaments naturels roulés autour de son cou ; cependant, comme il n'était pas froid encore, j'hésitai à le jeter dans cette eau qui coulait à mes pieds. En effet, au bout d'un instant je crus sentir un léger battement vers la région du cœur ; je dégageai son cou du cordon qui l'enveloppait, et, comme j'avais été infirmier à l'hôpital de Bastia, je fis ce qu'aurait pu faire un médecin en pareille circonstance ; c'est-à-dire que je lui insufflai courageusement de l'air dans les poumons, qu'après un quart d'heure d'efforts inouïs je le vis respirer, et j'entendis un cri s'échapper de sa poitrine.

À mon tour, je jetai un cri, mais un cri de joie. « Dieu ne me maudit donc pas, me dis-je, puisqu'il permet que je rende la vie à une créature humaine en échange de la vie que j'ai ôtée à une autre ! »

– Et que fîtes-vous donc de cet enfant ? demanda Monte-Cristo ; c'était un bagage assez embarrassant pour un homme qui avait besoin de fuir.

– Aussi n'eus-je point un instant l'idée de le garder. Mais je savais qu'il existait à Paris un hospice où on reçoit ces pauvres créatures. En passant à la barrière, je déclarai avoir trouvé cet enfant sur la route, et je m'informai. Le coffre était là qui faisait foi ; les langes de batiste indiquaient que l'enfant appartenait à des parents riches ; le sang dont j'étais couvert pouvait aussi bien appartenir à l'enfant qu'à tout autre individu. On ne me fit aucune objection ; on m'indiqua l'hospice, qui était situé tout au bout de la rue d'Enfer, et, après avoir pris la précaution de couper le lange en deux, de manière qu'une des deux lettres qui le marquaient continuât d'envelopper le corps de l'enfant, je déposai mon fardeau dans le tour, je sonnai et je m'enfuis à toutes jambes. Quinze jours après, j'étais de retour à Rogliano, et je disais à Assunta :

» “Console-toi, ma sœur ; Israël est mort, mais je l'ai vengé.”

» Alors elle me demanda l'explication de ces paroles, et je lui racontai tout ce qui s'était passé.

» “Giovanni, me dit Assunta, tu aurais dû rapporter cet enfant, nous lui eussions tenu lieu des parents qu'il a perdus, nous l'eussions appelé Benedetto, et en faveur de cette bonne action Dieu nous eût bénis effectivement.”

» Pour toute réponse je lui donnai la moitié de lange que j'avais conservée, afin de faire réclamer l'enfant si nous étions plus riches.

– Et de quelles lettres était marqué ce lange ? demanda Monte-Cristo.

– D'un H et d'un N surmontés d'un tortil de baron.

– Je crois, Dieu me pardonne ! que vous vous servez de termes de blason, monsieur Bertuccio ! Où diable avez-vous fait vos études héraldiques ?

– À votre service, monsieur le comte, où l'on apprend toutes choses.

– Continuez, je suis curieux de savoir deux choses.

– Lesquelles, monseigneur ?

– Ce que devint ce petit garçon ; ne m'avez-vous pas dit que c'était un petit garçon, monsieur Bertuccio ?

– Non, Excellence ; je ne me rappelle pas avoir parlé de cela.

– Ah ! je croyais avoir entendu, je me serai trompé.

– Non, vous ne vous êtes pas trompé ; car c'était effectivement un petit garçon, mais Votre Excellence désirait, disait-elle, savoir deux choses : quelle est la seconde ?

– La seconde était le crime dont vous étiez accusé quand vous demandâtes un confesseur, et que l'abbé Busoni alla vous trouver sur cette demande dans la prison de Nîmes.

– Peut-être ce récit sera-t-il bien long, Excellence.

– Qu'importe ? il est dix heures à peine, vous savez que je ne dors pas, et je suppose que de votre côté vous n'avez pas grande envie de dormir.

Bertuccio s'inclina et reprit sa narration.

– Moitié pour chasser les souvenirs qui m'assiégeaient, moitié pour subvenir aux besoins de la pauvre veuve, je me remis avec ardeur à ce métier de contrebandier, devenu plus facile par le relâchement des lois qui suit toujours les révolutions. Les côtes du Midi, surtout, étaient mal gardées, à cause des émeutes éternelles qui avaient lieu, tantôt à Avignon, tantôt à Nîmes, tantôt à Uzès. Nous profitâmes de cette espèce de trêve qui nous était accordée par le gouvernement pour lier des relations avec tout le littoral. Depuis l'assassinat de mon frère dans les rues de Nîmes, je n'avais pas voulu rentrer dans cette ville. Il en résulta que l'aubergiste avec lequel nous faisions des affaires, voyant que nous ne voulions plus venir à lui, était venu à nous et avait fondé une succursale de son auberge sur la route de Bellegarde à Beaucaire, à l'enseigne du *Pont-du-Gard*. Nous avions ainsi, soit du côté d'Aigue-Mortes, soit aux Martigues, soit à Bouc, une douzaine d'entrepôts où nous déposions nos marchandises et où, au besoin, nous trouvions un refuge contre les douaniers et les gendarmes. C'est un métier qui rapporte beaucoup que celui de contrebandier, lorsqu'on y applique une certaine intelligence secondée par quelque vigueur ; quant à moi, je vivais dans les montagnes ayant maintenant une double raison de craindre gendarmes et douaniers, attendu que toute comparution devant les juges pouvait amener une enquête, que cette enquête est toujours une excursion dans le passé, et que dans mon passé, à moi, on pouvait rencontrer maintenant quelque chose plus grave que des cigares entrés en contrebande ou des barils d'eau-de-vie circulant sans laissez-passer. Aussi, préférant mille fois la mort à une arrestation, j'accomplissais des choses étonnantes, et qui, plus d'une fois, me donnèrent cette preuve, que le trop grand soin que nous prenons de notre corps est à peu près le seul obstacle à la réussite de ceux de nos projets qui ont besoin d'une décision rapide et d'une exécution vigoureuse et déterminée. En effet, une fois qu'on a fait le sacrifice de sa vie, on n'est plus l'égal des autres hommes, ou plutôt les autres hommes ne sont plus vos égaux, et quiconque a pris cette résolution sent, à l'instant même, décupler ses forces et s'agrandir son horizon.

– De la philosophie, monsieur Bertuccio ! interrompit le comte, mais vous avez donc fait un peu de tout dans votre vie ?

– Oh ! pardon, Excellence !

– Non ! non ! c'est que la philosophie à dix heures et demie du soir, c'est un peu tard. Mais je n'ai pas d'autre observation à faire, attendu que je la trouve exacte, ce qu'on ne peut pas dire de toutes les philosophies.

– Mes courses devinrent donc de plus en plus étendues, de plus en plus fructueuses. Assunta était ménagère, et notre petite fortune s'arrondissait. Un jour que je partais pour une course : « Va, dit-elle, et à ton retour je te ménage une surprise. »

» Je l'interrogeais inutilement : elle ne voulut rien me dire et je partis.

» La course dura près de six semaines ; nous avions été à Lucques charger de l'huile, et à Livourne prendre des cotons anglais ; notre débarquement se fit sans événement contraire, nous réalisâmes nos bénéfices et nous revînmes tout joyeux.

» En rentrant dans la maison, la première chose que je vis à l'endroit le plus apparent de la chambre d'Assunta, dans un berceau somptueux relativement au reste de l'appartement, fut un enfant de sept à huit mois. Je jetai un cri de joie. Les seuls moments de tristesse que j'eusse éprouvés depuis l'assassinat du procureur du roi m'avaient été causés par l'abandon de cet enfant. Il va sans dire que de remords de l'assassinat lui-même je n'en avais point eu.

» La pauvre Assunta avait tout deviné : elle avait profité de mon absence, et, munie de la moitié du lange, ayant inscrit, pour ne point l'oublier, le jour et l'heure précis où l'enfant avait été déposé à l'hospice, elle était partie pour Paris et avait été elle-même le réclamer. Aucune objection ne lui avait été faite, et l'enfant lui avait été remis.

» Ah ! j'avoue, monsieur le comte, qu'en voyant cette pauvre créature dormant dans son berceau, ma poitrine se gonfla, et que des larmes sortirent de mes yeux.

» “En vérité, Assunta, m'écriai-je, tu es une digne femme, et la Providence te bénira.”

– Ceci, dit Monte-Cristo, est moins exact que votre philosophie ; il est vrai que ce n'est que la foi.

– Hélas ! Excellence, reprit Bertuccio, vous avez bien raison, et ce fut cet enfant lui-même que Dieu chargea de ma punition. Jamais nature plus perverse ne se déclara plus prématurément, et cependant on ne dira pas qu'il fut mal élevé, car ma sœur le traitait comme le fils d'un prince ; c'était un garçon d'une figure charmante, avec des yeux d'un bleu clair comme ces tons de faïences chinoises qui s'harmonisent si bien avec le blanc laiteux du ton général ; seulement ses cheveux d'un blond trop vif donnaient à sa figure un caractère étrange, qui doublait la vivacité de son regard et la malice de son sourire. Malheureusement il y a un proverbe qui dit que le roux est tout bon ou tout mauvais ; le proverbe ne mentit pas pour Benedetto, et dès sa jeunesse il se montra tout mauvais. Il est vrai aussi que la douceur de sa mère encouragea ses premiers penchants ; l'enfant, pour qui ma pauvre sœur allait au marché de la ville, située à quatre ou cinq lieues de là, acheter les premiers fruits et les sucreries les plus délicates, préférait aux oranges de Palma et aux conserves de Gênes les châtaignes volées au voisin en franchissant les haies, ou les pommes séchées dans son grenier, tandis qu'il avait à sa disposition les châtaignes et les pommes de notre verger.

» Un jour, Benedetto pouvait avoir cinq ou six ans, le voisin Wasilio, qui, selon les habitudes de notre pays, n'enfermait ni sa bourse ni ses bijoux, car, monsieur le comte le sait aussi bien que personne, en Corse il n'y a pas de voleurs, le voisin Wasilio se plaignit à nous qu'un louis avait disparu de sa bourse ; on crut qu'il avait mal compté, mais lui prétendait être sûr de son fait. Ce jour-là Benedetto avait quitté la maison dès le matin, et c'était une grande inquiétude chez nous, lorsque le soir nous le vîmes revenir traînant un singe qu'il avait trouvé, disait-il, tout enchaîné au pied d'un arbre.

» Depuis un mois la passion du méchant enfant, qui ne savait quelle chose s'imaginer, était d'avoir un singe. Un bateleur qui était passé à Rogliano, et qui avait plusieurs de ces animaux dont les exercices l'avaient fort réjoui, lui avait inspiré sans doute cette malheureuse fantaisie.

» "On ne trouve pas de singe dans nos bois, lui dis-je, et surtout de singe enchaîné ; avoue-moi donc comment tu t'es procuré celui-ci."

» Benedetto soutint son mensonge, et l'accompagna de détails qui faisaient plus d'honneur à son imagination qu'à sa véracité ; je m'irritai, il se mit à rire ; je le menaçai, il fit deux pas en arrière.

» "Tu ne peux pas me battre, dit-il, tu n'en as pas le droit, tu n'es pas mon père."

» Nous ignorâmes toujours qui lui avait révélé ce fatal secret, que nous lui avions caché cependant avec tant de soin ; quoi qu'il en soit, cette réponse, dans laquelle l'enfant se révéla tout entier, m'épouvanta presque, mon bras levé retomba effectivement sans toucher le coupable ; l'enfant triompha, et cette victoire lui donna une telle audace qu'à partir de ce moment tout l'argent d'Assunta, dont l'amour semblait augmenter pour lui à mesure qu'il en était moins digne, passa en caprices qu'elle ne savait pas combattre, en folies qu'elle n'avait pas le courage d'empêcher. Quand j'étais à Rogliano, les choses marchaient encore assez convenablement ; mais dès que j'étais parti, c'était Benedetto qui était devenu le maître de la maison, et tout tournait à mal. Âgé de onze ans à peine, tous ses camarades étaient choisis parmi des jeunes gens de dix-huit ou vingt ans, les plus mauvais sujets de Bastia et de Corte, et déjà, pour quelques espiègleries qui méritaient un nom plus sérieux, la justice nous avait donné des avertissements.

» Je fus effrayé ; toute information pouvait avoir des suites funestes ; j'allais justement être forcé de m'éloigner de la Corse pour une expédition importante. Je réfléchis longtemps, et, dans le pressentiment d'éviter quelque malheur, je me décidai à emmener Benedetto avec moi. J'espérais que la vie active et rude de contrebandier, la discipline sévère du bord, changeraient ce caractère prêt à se corrompre, s'il n'était pas déjà affreusement corrompu.

» Je tirai donc Benedetto à part et lui fis la proposition de me suivre, en entourant cette proposition de toutes les promesses qui peuvent séduire un enfant de douze ans.

» Il me laissa aller jusqu'au bout, et lorsque j'eus finis, éclatant de rire :

» “Êtes-vous fou, mon oncle ? dit-il (il m'appelait ainsi quand il était de belle humeur), moi, changer la vie que je mène contre celle que vous menez, ma bonne et excellente paresse contre l'horrible travail que vous vous êtes imposé ! passer la nuit au froid, le jour au chaud ; se cacher sans cesse ; quand on se montre recevoir des coups de fusil, et tout cela pour gagner un peu d'argent ! L'argent, j'en ai tant que j'en veux ! mère Assunta m'en donne quand je lui en demande. Vous voyez donc bien que je serais un imbécile si j'acceptais ce que vous me proposez."

» J'étais stupéfait de cette audace et de ce raisonnement. Benedetto retourna jouer avec ses camarades, et je le vis de loin me montrant à eux comme un idiot.

– Charmant enfant ! murmura Monte-Cristo.

– Oh ! s'il eût été à moi, répondit Bertuccio, s'il eût été mon fils, ou tout au moins mon neveu, je l'eusse bien ramené au droit sentier, car la conscience donne la force. Mais l'idée que j'allais battre un enfant dont j'avais tué le père me rendait toute correction impossible. Je donnai de bons conseils à ma sœur, qui, dans nos discussions, prenait sans cesse la défense du petit malheureux, et comme elle m'avoua que plusieurs fois des sommes assez considérables lui avaient manqué, je lui indiquai un endroit où elle pouvait cacher notre petit trésor. Quant à moi, ma résolution était prise. Benedetto savait parfaitement lire, écrire et compter, car lorsqu'il voulait s'adonner par hasard au travail, il apprenait en un jour ce que les autres apprenaient en une semaine. Ma résolution, dis-je, était prise ; je devais l'engager comme secrétaire sur quelque navire au long cours, et, sans le prévenir de rien, le faire prendre un beau matin et le faire transporter à bord ; de cette façon, et en le recommandant au capitaine, tout son avenir dépendait de lui.

» Ce plan arrêté, je partis pour la France.

» Toutes nos opérations devaient cette fois s'exécuter dans le golfe du Lion, et ces opérations devenaient de plus en plus difficiles, car nous étions en 1829. La tranquillité était parfaitement rétablie, et par conséquent le service des côtes était redevenu plus régulier et plus sévère que jamais. Cette surveillance était encore augmentée momentanément par la foire de Beaucaire, qui venait de s'ouvrir.

» Les commencements de notre expédition s'exécutèrent sans encombre. Nous amarrâmes notre barque, qui avait un double fond dans lequel nous cachions nos marchandises de contrebande, au milieu d'une quantité de bateaux qui bordaient les deux rives du Rhône, depuis Beaucaire jusqu'à Arles. Arrivés là, nous commençâmes à décharger nuitamment nos marchandises prohibées, et à les faire passer dans la ville par l'intermédiaire des gens qui étaient en relations avec nous, ou des aubergistes chez lesquels nous faisions des dépôts. Soit que la réussite nous eût rendus imprudents, soit que nous ayons été trahis, un soir, vers les cinq heures de l'après-midi, comme nous allions nous mettre à goûter, notre petit mousse accourut tout effaré en disant qu'il avait vu une escouade de douaniers se diriger de notre côté. Ce n'était pas précisément l'escouade qui nous effrayait : à chaque instant, surtout dans ce moment-là, des compagnies entières rôdaient sur les bords du Rhône ; mais c'étaient les précautions qu'au dire de l'enfant cette escouade prenait pour ne pas être vue. En un instant nous fûmes sur pied, mais il était déjà trop tard ; notre barque, évidemment l'objet des recherches, était entourée. Parmi les douaniers, je remarquai quelques gendarmes ; et, aussi timide à la vue de ceux-ci que j'étais brave ordinairement à la vue de tout autre corps militaire, je descendis dans la cale, et, me glissant par un sabord, je me laissai couler dans le fleuve, puis je nageai entre deux eaux, ne respirant qu'à de longs intervalles, si bien que je gagnai sans être vu une tranchée que l'on venait de faire, et qui communiquait du Rhône au canal qui se rend de Beaucaire à

Aigues-Mortes. Une fois arrivé là, j'étais sauvé, car je pouvais suivre sans être vu cette tranchée. Je gagnai donc le canal sans accident. Ce n'était pas par hasard et sans préméditation que j'avais suivi ce chemin ; j'ai déjà parlé à Votre Excellence d'un aubergiste de Nîmes qui avait établi sur la route de Bellegarde à Beaucaire une petite hôtellerie.

– Oui, dit Monte-Cristo, je me souviens parfaitement. Ce digne homme, si je ne me trompe, était même votre associé ?

– C'est cela, répondit Bertuccio ; mais depuis sept ou huit ans, il avait cédé son établissement à un ancien tailleur de Marseille qui, après s'être ruiné dans son état, avait voulu essayer de faire sa fortune dans un autre. Il va sans dire que les petits arrangements que nous avions faits avec le premier propriétaire furent maintenus avec le second ; c'était donc à cet homme que je comptais demander asile.

– Et comment se nommait cet homme ? demanda le comte, qui paraissait commencer à reprendre quelque intérêt au récit de Bertuccio.

– Il s'appelait Gaspard Caderousse, il était marié à une femme du village de la Carconte, et que nous ne connaissions pas sous un autre nom que celui de son village ; c'était une pauvre femme atteinte de la fièvre des marais, qui s'en allait mourant de langueur. Quant à l'homme, c'était un robuste gaillard de quarante à quarante-cinq ans, qui plus d'une fois nous avait, dans des circonstances difficiles, donné des preuves de sa présence d'esprit et de son courage.

– Et vous dites, demanda Monte-Cristo, que ces choses se passaient vers l'année…

– 1829, monsieur le comte.

– En quel mois ?

– Au mois de juin.

– Au commencement ou à la fin ?

– C'était le 3 au soir.

– Ah ! fit Monte-Cristo, le 3 juin 1829… Bien, continuez.

– C'était donc à Caderousse que je comptais demander asile ; mais, comme d'habitude, et même dans les circonstances ordinaires, nous n'entrions pas chez lui par la porte qui donnait sur la route, je résolus de ne pas déroger à cette coutume, j'enjambai la haie du jardin, je me glissai en rampant à travers les oliviers rabougris et les figuiers sauvages, et je gagnai, dans la crainte que Caderousse n'eût quelque voyageur dans son auberge, une espèce de soupente dans laquelle plus d'une fois j'avais passé la nuit aussi bien que dans le meilleur lit. Cette soupente n'était séparée de la salle commune du rez-de-chaussée de l'auberge que par une cloison en planches dans laquelle des jours avaient été ménagés à notre intention, afin que de là nous pussions guetter le moment opportun de faire reconnaître que nous étions dans le voisinage. Je comptais, si Caderousse était seul, le prévenir de mon arrivée, achever chez lui le repas interrompu par l'apparition des douaniers, et profiter de l'orage qui se préparait pour regagner les bords du Rhône et m'assurer de ce qu'étaient devenus la barque et ceux qui la montaient. Je me glissai donc dans la soupente et bien m'en prit, car à ce moment même Caderousse rentrait chez lui avec un inconnu.

» Je me tins coi et j'attendis, non point dans l'intention de surprendre les secrets de mon hôte, mais parce que je ne pouvais faire autrement ; d'ailleurs, dix fois même chose était déjà arrivée.

» L'homme qui accompagnait Caderousse était évidemment étranger au midi de la France : c'était un de ces négociants forains qui viennent vendre des bijoux à la foire de Beaucaire et qui, pendant un mois que dure cette foire, où affluent des marchands et des acquéreurs de toutes les parties de l'Europe, font quelquefois pour cent ou cent cinquante mille francs d'affaires.

» Caderousse entra vivement et le premier.

» Puis voyant la salle d'en bas vide comme d'habitude et simplement gardée par son chien, il appela sa femme.

» "Hé ! la Carconte, dit-il, ce digne homme de prêtre ne nous avait pas trompés ; le diamant était bon."

» Une exclamation joyeuse se fit entendre, et presque aussitôt l'escalier craqua sous un pas alourdi par la faiblesse et la maladie.

» "Qu'est-ce que tu dis ? demanda la femme plus pâle qu'une morte.

» – Je dis que le diamant était bon, que voilà monsieur, un des premiers bijoutiers de Paris, qui est prêt à nous en donner cinquante mille francs. Seulement, pour être sûr que le diamant est bien à nous, il demande que tu lui racontes, comme je l'ai déjà fait, de quelle façon miraculeuse le diamant est tombé entre nos mains. En attendant, monsieur, asseyez-vous, s'il vous plaît, et comme le temps est lourd, je vais aller chercher de quoi vous rafraîchir."

» Le bijoutier examinait avec attention l'intérieur de l'auberge et la pauvreté bien visible de ceux qui allaient lui vendre un diamant qui semblait sortir de l'écrin d'un prince.

» "Racontez, madame, dit-il, voulant sans doute profiter de l'absence du mari pour qu'aucun signe de la part de celui-ci n'influençât la femme, et pour voir si les deux récits cadreraient bien l'un avec l'autre.

» – Eh ! mon Dieu ! dit la femme avec volubilité, c'est une bénédiction du ciel à laquelle nous étions loin de nous attendre. Imaginez-vous, mon cher monsieur, que mon mari a été lié en 1814 ou 1815 avec un marin nommé Edmond Dantès : ce pauvre garçon, que Caderousse avait complètement oublié, ne l'a pas oublié, lui, et lui a laissé en mourant le diamant que vous venez de voir.

» – Mais comment était-il devenu possesseur de ce diamant ? demanda le bijoutier. Il l'avait donc avant d'entrer en prison ?

» – Non, monsieur, répondit la femme. Mais en prison il a fait, à ce qu'il paraît, la connaissance d'un Anglais très riche ; et comme en prison son compagnon de chambre est tombé malade, et que Dantès en prit les mêmes soins que si c'était son frère, l'Anglais, en sortant de captivité, laissa au pauvre Dantès, qui, moins heureux que lui, est mort en prison, ce diamant qu'il nous a légué à son tour en mourant, et qu'il a chargé le digne abbé qui est venu ce matin de nous remettre.

» – C'est bien la même chose, murmura le bijoutier. Et, au bout du compte, l'histoire peut être vraie, tout invraisemblable qu'elle paraisse au premier abord. Il n'y a donc que le prix sur lequel nous ne sommes pas d'accord.

» – Comment ! pas d'accord, dit Caderousse, je croyais que vous aviez consenti au prix que j'en demandais.

» – C'est-à-dire, reprit le bijoutier, que j'en ai offert quarante mille francs.

» – Quarante mille ! s'écria la Carconte ; nous ne le donnerons certainement pas pour ce prix-là. L'abbé nous a dit qu'il valait cinquante mille francs, et sans la monture encore.

» – Et comment se nommait cet abbé ? demanda l'infatigable questionneur.

» – L'abbé Busoni, répondit la femme.

» – C'était donc un étranger ?

» – C'était un Italien des environs de Mantoue, je crois.

» – Montrez-moi ce diamant, reprit le bijoutier, que je le revoie une seconde fois ; souvent on juge mal les pierres à une première vue."

» Caderousse tira de sa poche un petit étui de chagrin noir, l'ouvrit et le passa au bijoutier. À la vue du diamant, qui était gros comme une petite noisette, je me le rappelle comme si je le voyais encore, les yeux de la Carconte étincelèrent de cupidité.

– Et que pensiez-vous de tout cela, monsieur l'écouteur aux portes ? demanda Monte-Cristo, ajoutiez-vous foi à cette belle fable ?

– Oui, Excellence ; je ne regardais pas Caderousse comme un méchant homme, et je le croyais incapable d'avoir commis un crime ou même un vol.

– Cela fait plus honneur à votre cœur qu'à votre expérience, monsieur Bertuccio. Aviez-vous connu cet Edmond Dantès dont il était question ?

– Non, Excellence, je n'en avais jamais entendu parler jusqu'alors, et je n'en ai jamais entendu reparler depuis qu'une seule fois par l'abbé Busoni lui-même, quand je le vis dans les prisons de Nîmes.

– Bien ! continuez.

– Le bijoutier prit la bague des mains de Caderousse, et tira de sa poche une petite pince en acier et une petite paire de balances de cuivre ; puis, écartant les crampons d'or qui retenaient la pierre dans la bague, il fit sortir le diamant de son alvéole, et le pesa minutieusement dans les balances.

» “J’irai jusqu’à quarante-cinq mille francs, dit-il, mais je ne donnerai pas un sou avec ; d’ailleurs, comme c’était ce que valait le diamant, j’ai pris juste cette somme sur moi.

» – Oh ! qu’à cela ne tienne, dit Caderousse, je retournerai avec vous à Beaucaire pour chercher les cinq autres mille francs.

» – Non, dit le bijoutier en rendant l’anneau et le diamant à Caderousse. Non, cela ne vaut pas davantage, et encore je suis fâché d’avoir offert cette somme, attendu qu’il y a dans la pierre un défaut que je n’avais pas vu d’abord ; mais n’importe, je n’ai qu’une parole, j’ai dit quarante-cinq mille francs, je ne m’en dédis pas.

» – Au moins remettez le diamant dans la bague, dit aigrement la Carconte.

» – C’est juste, dit le bijoutier.”

» Et il replaça la pierre dans le chaton.

» “Bon, bon, bon, dit Caderousse, remettant l’étui dans sa poche, on le vendra à un autre.

» – Oui, reprit le bijoutier, mais un autre ne sera pas si facile que moi ; un autre ne se contentera pas des renseignements que vous m’avez donnés ; il n’est pas naturel qu’un homme comme vous possède un diamant de cinquante mille francs ; il ira prévenir les magistrats, il faudra retrouver l’abbé Busoni, et les abbés qui donnent des diamants de deux mille louis sont rares ; la justice commencera par mettre la main dessus, on vous enverra en prison, et si vous êtes reconnu innocent, qu’on vous mette dehors après trois ou quatre mois de captivité, la bague se sera égarée au greffe, ou l’on vous donnera une pierre fausse qui vaudra trois francs au lieu d’un diamant qui en vaut cinquante mille, cinquante-cinq mille peut-être, mais que, vous en conviendrez, mon brave homme, on court certains risques à acheter.”

» Caderousse et sa femme s’interrogèrent du regard.

» “Non, dit Caderousse, nous ne sommes pas assez riches pour perdre cinq mille francs.

» – Comme vous voudrez, mon cher ami, dit le bijoutier ; j’avais cependant, comme vous le voyez, apporté de la belle monnaie.

» Et il tira d’une de ses poches une poignée d’or qu’il fit briller aux yeux éblouis de l’aubergiste, et, de l’autre, un paquet de billets de banque.

» Un rude combat se livrait visiblement dans l’esprit de Caderousse : il était évident que ce petit étui de chagrin qu’il tournait et retournait dans sa main ne lui paraissait pas correspondre comme valeur à la somme énorme qui fascinait ses yeux.

» Il se retourna vers sa femme.

» “Qu’en dis-tu ? lui demanda-t-il tout bas.

» – Donne, donne, dit-elle. S’il retourne à Beaucaire sans le diamant, il nous dénoncera et comme il le dit, qui sait si nous pourrons jamais remettre la main sur l’abbé Busoni.

» – Eh bien, soit, dit Caderousse, prenez donc le diamant pour quarante-cinq mille francs ; mais ma femme veut une chaîne d’or, et moi une paire de boucles d’argent.”

» Le bijoutier tira de sa poche une boîte longue et plate qui contenait plusieurs échantillons des objets demandés.

» “Tenez, dit-il, je suis rond en affaires ; choisissez.”

» La femme choisit une chaîne d’or qui pouvait valoir cinq louis, et le mari une paire de boucles qui pouvait valoir quinze francs.

» “J’espère que vous ne vous plaindrez pas, dit le bijoutier.

» – L’abbé avait dit qu’il valait cinquante mille francs, murmura Caderousse.

» – Allons, allons, donnez donc ! Quel homme terrible ! reprit le bijoutier en lui tirant des mains le diamant, je lui compte quarante-cinq mille francs, deux mille cinq cents livres de rente, c’est-à-dire une fortune comme je voudrais bien en avoir une, moi, et il n’est pas encore content.

» – Et les quarante-cinq mille francs, demanda Caderousse d’une voix rauque, voyons, où sont-ils ?

» – Les voilà, dit le bijoutier.”

» Et il compta sur la table quinze mille francs en or et trente mille francs en billets de banque.

» – Attendez que j’allume la lampe, dit la Carconte, il n’y fait plus clair, et on pourrait se tromper.”

» En effet, la nuit était venue pendant cette discussion, et, avec la nuit, l’orage qui menaçait depuis une demi-heure. On entendait gronder sourdement le tonnerre dans le lointain ; mais ni le bijoutier, ni Caderousse, ni la Carconte ne paraissaient s’en occuper, possédés qu’ils étaient tous les trois du démon du gain.

» Moi-même, j’éprouvais une étrange fascination à la vue de tout cet or et de tous ces billets. Il me semblait que je faisais un rêve, et, comme il arrive dans un rêve, je me sentais enchaîné à ma place.

» Caderousse compta et recompta l’or et les billets, puis il les passa à sa femme, qui les compta et recompta à son tour.

» Pendant ce temps, le bijoutier faisait miroiter le diamant sous les rayons de la lampe, et le diamant jetait des éclairs qui lui faisaient oublier ceux qui, précurseurs de l'orage, commençaient à enflammer les fenêtres.

» "Eh bien ! le compte y est-il ? demanda le bijoutier.

» – Oui, dit Caderousse. Donne le portefeuille et cherche un sac, Carconte."

» La Carconte alla à une armoire et revint apportant un vieux portefeuille de cuir, duquel on tira quelques lettres graisseuses à la place desquelles on remit les billets, et un sac dans lequel étaient enfermés deux ou trois écus de six livres, qui composaient probablement toute la fortune du misérable ménage.

» "Là, dit Caderousse, quoique vous nous ayez soulevé une dizaine de mille francs, peut-être, voulez-vous souper avec nous ? C'est de bon cœur.

» – Merci, dit le bijoutier, il doit se faire tard, et il faut que je retourne à Beaucaire ; ma femme serait inquiète ; il tira sa montre. Morbleu ! s'écria-t-il, neuf heures bientôt, je ne serai pas à Beaucaire avant minuit ; adieu, mes petits enfants ; s'il vous revient par hasard des abbés Busoni, pensez à moi.

» – Dans huit jours, vous ne serez plus à Beaucaire, dit Caderousse, puisque la foire finit la semaine prochaine.

» – Non, mais cela ne fait rien ; écrivez-moi à Paris, à M. Joannès, au Palais-Royal, galerie de Pierre, numéro 45, je ferai le voyage exprès si cela en vaut la peine."

» Un coup de tonnerre retentit, accompagné d'un éclair si violent qu'il effaça presque la clarté de la lampe.

» "Oh ! oh ! dit Caderousse, vous allez partir par ce temps-là ?

» – Oh ! je n'ai pas peur du tonnerre, dit le bijoutier.

» – Et des voleurs ? demanda la Carconte. La route n'est jamais bien sûre pendant la foire.

» – Oh ! quant aux voleurs, dit Joannès, voilà pour eux."

Et il tira de sa poche une paire de petits pistolets chargés jusqu'à la gueule.

» "Voici, dit-il, des chiens qui aboient et mordent en même temps : c'est pour les deux premiers qui auraient envie de votre diamant, père Caderousse."

» Caderousse et sa femme échangèrent un regard sombre. Il paraît qu'ils avaient en même temps quelque terrible pensée.

» "Alors, bon voyage ! dit Caderousse.

» – Merci ! dit le bijoutier."

» Il prit sa canne qu'il avait posée contre un vieux bahut, et sortit. Au moment où il ouvrit la porte, une telle bouffée de vent entra qu'elle faillit éteindre la lampe.

» "Oh ! dit-il, il va faire un joli temps, et deux lieues de pays à faire avec ce temps-là !

» – Restez, dit Caderousse, vous coucherez ici.

» – Oui, restez, dit la Carconte d'une voix tremblante, nous aurons bien soin de vous.

» – Non pas, il faut que j'aille coucher à Beaucaire. Adieu."

» Caderousse alla lentement jusqu'au seuil.

» "Il ne fait ni ciel ni terre, dit le bijoutier déjà hors de la maison. Faut-il prendre à droite ou à gauche ?

» – À droite, dit Caderousse ; il n'y a pas à s'y tromper, la route est bordée d'arbres de chaque côté.

» – Bon, j'y suis, dit la voix presque perdue dans le lointain.

» – Ferme donc la porte, dit la Carconte, je n'aime pas les portes ouvertes quand il tonne.

» – Et quand il y a de l'argent dans la maison, n'est-ce pas ? dit Caderousse en donnant un double tour à la serrure."

» Il rentra, alla à l'armoire, retira le sac et le portefeuille, et tous deux se mirent à recompter pour la troisième fois leur or et leurs billets.

» Je n'ai jamais vu expression pareille à ces deux visages dont cette maigre lampe éclairait la cupidité. La femme surtout était hideuse ; le tremblement fiévreux qui l'animait habituellement avait redoublé. Son visage de pâle était devenu livide ; ses yeux caves flamboyaient.

» "Pourquoi donc, demanda-t-elle d'une voix sourde, lui avais-tu offert de coucher ici ?

» – Mais, répondit Caderousse en tressaillant, pour… pour qu'il n'eût pas la peine de retourner à Beaucaire.

» – Ah ! dit la femme avec une expression impossible à rendre, je croyais que c'était pour autre chose, moi.

» – Femme ! femme ! s'écria Caderousse, pourquoi as-tu de pareilles idées, et pourquoi les ayant ne les gardes-tu pas pour toi ?

» – C'est égal, dit la Carconte après un instant de silence, tu n'es pas un homme.

» – Comment cela ? fit Caderousse.

» – Si tu avais été un homme, il ne serait pas sorti d'ici.

» – Femme !

» – Ou bien il n'arriverait pas à Beaucaire.

» – Femme !

» – La route fait un coude et il est obligé de suivre la route, tandis qu'il y a le long du canal un chemin qui raccourcit.

» – Femme, tu offenses le Bon Dieu. Tiens, écoute…"

» En effet, on entendit un effroyable coup de tonnerre en même temps qu'un éclair bleuâtre enflammait toute la salle, et la foudre, décroissant lentement, sembla s'éloigner comme à regret de la maison maudite.

» "Jésus !" dit la Carconte en se signant.

» Au même instant, et au milieu de ce silence de terreur qui suit ordinairement les coups de tonnerre, on entendit frapper à la porte.

» Caderousse et sa femme tressaillirent et se regardèrent épouvantés.

» “Qui va là ? s’écria Caderousse en se levant et en réunissant en un seul tas l’or et les billets épars sur la table et qu’il couvrit de ses deux mains.

» – Moi ! dit une voix.

» – Qui, vous ?

» – Et pardieu ! Joannès, le bijoutier.

» – Eh bien, que disais-tu donc, reprit la Carconte avec un effroyable sourire, que j’offensais le Bon Dieu !… Voilà le Bon Dieu qui nous le renvoie.”

» Caderousse retomba pâle et haletant sur sa chaise.

» La Carconte, au contraire, se leva, et alla d’un pas ferme à la porte, qu’elle ouvrit.

» “Entrez donc, cher monsieur Joannès, dit-elle.

» – Ma foi, dit le bijoutier ruisselant de pluie, il paraît que le diable ne veut pas que je retourne à Beaucaire ce soir. Les plus courtes folies sont les meilleures, mon cher monsieur Caderousse ; vous m’avez offert l’hospitalité, je l’accepte et je reviens coucher chez vous.”

» Caderousse balbutia quelques mots en essuyant la sueur qui coulait sur son front.

» La Carconte referma la porte à double tour derrière le bijoutier.

XLV. LA PLUIE DE SANG

– En entrant, le bijoutier jeta un regard interrogateur autour de lui ; mais rien ne semblait faire naître les soupçons s'il n'en avait pas, rien ne semblait les confirmer s'il en avait.

» Caderousse tenait toujours des deux mains ses billets et son or. La Carconte souriait à son hôte le plus agréablement qu'elle pouvait.

» "Ah ! ah ! dit le bijoutier, il paraît que vous aviez peur de ne pas avoir votre compte, que vous repassiez votre trésor après mon départ ?

» – Non pas, dit Caderousse ; mais l'événement qui nous en fait possesseur est si inattendu que nous n'y pouvons croire, et que, lorsque nous n'avons pas la preuve matérielle sous les yeux, nous croyons faire encore un rêve."

» Le bijoutier sourit.

» "Est-ce que vous avez des voyageurs dans votre auberge ? demanda-t-il.

» – Non, répondit Caderousse, nous ne donnons point à coucher ; nous sommes trop près de la ville, et personne ne s'arrête.

» – Alors, je vais vous gêner horriblement ?

» – Nous gêner, vous ! mon cher monsieur ! dit gracieusement la Carconte, pas du tout, je vous jure.

» – Voyons, où me mettez-vous ?

» – Dans la chambre là-haut.

» – Mais n'est-ce pas votre chambre ?

» – Oh ! n'importe ; nous avons un second lit dans la pièce à côté de celle-ci.”

» Caderousse regarda avec étonnement sa femme.

» Le bijoutier chantonna un petit air en se chauffant le dos à un fagot que la Carconte venait d'allumer dans la cheminée pour sécher son hôte.

» Pendant ce temps, elle apportait sur un coin de la table où elle avait étendu une serviette les maigres restes d'un dîner, auxquels elle joignit deux ou trois œufs frais.

» Caderousse avait renfermé de nouveau les billets dans son portefeuille, son or dans un sac, et le tout dans son armoire. Il se promenait de long en large, sombre et pensif, levant de temps en temps la tête sur le bijoutier, qui se tenait tout fumant devant l'âtre, et qui, à mesure qu'il se séchait d'un côté, se tournait de l'autre.

» “Là, dit la Carconte en posant une bouteille de vin sur la table, quand vous voudrez souper tout est prêt.

» – Et vous ? demanda Joannès.

» – Moi, je ne souperai pas, répondit Caderousse.

» – Nous avons dîné très tard, se hâta de dire la Carconte.

» – Je vais donc souper seul ? fit le bijoutier.

» – Nous vous servirons, répondit la Carconte avec un empressement qui ne lui était pas habituel, même envers ses hôtes payants.”

» De temps en temps Caderousse lançait sur elle un regard rapide comme un éclair.

» L'orage continuait.

» “Entendez-vous, entendez-vous ? dit la Carconte ; vous avez, ma foi, bien fait de revenir.

» – Ce qui n’empêche pas, dit le bijoutier, que si, pendant mon souper, l’ouragan s’apaise, je me remettrai en route.

» – C’est le mistral, dit Caderousse en secouant la tête. Nous en avons pour jusqu’à demain.”

» Et il poussa un soupir.

» “Ma foi, dit le bijoutier en se mettant à table, tant pis pour ceux qui sont dehors.

» – Oui, reprit la Carconte, ils passeront une mauvaise nuit.”

» Le bijoutier commença de souper, et la Carconte continua d’avoir pour lui tous les petits soins d’une hôtesse attentive ; elle d’ordinaire si quinteuse et si revêche, elle était devenue un modèle de prévenance et de politesse. Si le bijoutier l’eût connue auparavant, un si grand changement l’eût certes étonné et n’eût pas manqué de lui inspirer quelque soupçon. Quant à Caderousse, il ne disait pas une parole, continuant sa promenade et paraissant hésiter même à regarder son hôte.

» Lorsque le souper fut terminé, Caderousse alla lui-même ouvrir la porte.

» “Je crois que l’orage se calme”, dit-il.

» Mais en ce moment, comme pour lui donner un démenti, un coup de tonnerre terrible ébranla la maison, et une bouffée de vent mêlée de pluie entra, qui éteignit la lampe.

» Caderousse referma la porte ; sa femme alluma une chandelle au brasier mourant.

» “Tenez, dit-elle au bijoutier, vous devez être fatigué ; j’ai mis des draps blancs au lit, montez vous coucher et dormez bien.”

» Joannès resta encore un instant pour s'assurer que l'ouragan ne se calmait point, et lorsqu'il eut acquis la certitude que le tonnerre et la pluie ne faisaient qu'aller en augmentant il souhaita le bonjour à ses hôtes et monta l'escalier.

» Il passait au-dessus de ma tête, et j'entendais chaque marche craquer sous ses pas.

» La Carconte le suivit d'un œil avide, tandis qu'au contraire Caderousse lui tournait le dos et ne regardait pas même de son côté.

» Tous ces détails, qui sont revenus à mon esprit depuis ce temps-là, ne me frappèrent point au moment où ils se passaient sous mes yeux ; il n'y avait, à tout prendre, rien que de naturel dans ce qui arrivait, et, à part l'histoire du diamant qui me paraissait un peu invraisemblable, tout allait de source.

» Aussi, comme j'étais écrasé de fatigue, que je comptais profiter moi-même du premier répit que la tempête donnerait aux éléments, je résolus de dormir quelques heures et de m'éloigner au milieu de la nuit.

» J'entendais dans la pièce au-dessus le bijoutier, qui prenait de son côté toutes ses dispositions pour passer la meilleure nuit possible. Bientôt son lit craqua sous lui ; il venait de se coucher.

» Je sentais mes yeux qui se fermaient malgré moi, et comme je n'avais conçu aucun soupçon, je ne tentai point de lutter contre le sommeil ; je jetai un dernier regard sur l'intérieur de la cuisine. Caderousse était assis à côté d'une longue table, sur un de ces bancs de bois qui, dans les auberges de village, remplacent les chaises ; il me tournait le dos, de sorte que je ne pouvais voir sa physionomie ; d'ailleurs eût-il été dans la position contraire, la chose m'eût encore été impossible, attendu qu'il tenait sa tête ensevelie dans ses deux mains.

» La Carconte le regarda quelque temps, haussa les épaules et vint s'asseoir en face de lui.

» En ce moment la flamme mourante gagna un reste de bois sec oublié par elle ; une lueur un peu plus vive éclaira le sombre intérieur. La Carconte tenait ses yeux fixés sur son mari, et comme celui-ci restait toujours dans la même position, je la vis étendre vers lui sa main crochue, et elle le toucha au front.

» Caderousse tressaillit. Il me sembla que la femme remuait les lèvres, mais, soit qu'elle parlât tout à fait bas, soit que mes sens fussent déjà engourdis par le sommeil, le bruit de sa parole n'arriva point jusqu'à moi. Je ne voyais même plus qu'à travers un brouillard et avec ce doute précurseur du sommeil pendant lequel on croit que l'on commence un rêve. Enfin mes yeux se fermèrent, et je perdis conscience de moi-même.

» J'étais au plus profond de mon sommeil lorsque je fus réveillé par un coup de pistolet, suivi d'un cri terrible. Quelques pas chancelants retentirent sur le plancher de la chambre, et une masse inerte vint s'abattre dans l'escalier, juste au-dessus de ma tête.

» Je n'étais pas encore bien maître de moi. J'entendais des gémissements, puis des cris étouffés comme ceux qui accompagnent une lutte.

» Un dernier cri, plus prolongé que les autres et qui dégénéra en gémissements, vint me tirer complètement de ma léthargie.

» Je me soulevai sur un bras, j'ouvris les yeux, qui ne virent rien dans les ténèbres, et je portai la main à mon front, sur lequel il me semblait que dégouttait à travers les planches de l'escalier une pluie tiède et abondante.

» Le plus profond silence avait succédé à ce bruit affreux. J'entendis les pas d'un homme qui marchait au-dessus de ma tête ; ses pas firent craquer l'escalier. L'homme descendit dans la salle inférieure, s'approcha de la cheminée et alluma une chandelle.

» Cet homme, c'était Caderousse ; il avait le visage pâle, et sa chemise était tout ensanglantée.

» La chandelle allumée, il remonta rapidement l'escalier, et j'entendis de nouveau ses pas rapides et inquiets.

» Un instant après il redescendit. Il tenait à la main l'écrin ; il s'assura que le diamant était bien dedans, chercha un instant dans laquelle de ses poches il le mettait ; puis, sans doute, ne considérant point sa poche comme une cachette assez sûre, il le roula dans son mouchoir rouge, qu'il tourna autour de son cou.

» Puis il courut à l'armoire, en tira ses billets et son or, mit les uns dans le gousset de son pantalon, l'autre dans la poche de sa veste, prit deux ou trois chemises, et, s'élançant vers la porte, il disparut dans l'obscurité. Alors tout devint clair et lucide pour moi ; je me reprochai ce qui venait d'arriver comme si j'eusse été le vrai coupable. Il me sembla entendre des gémissements ; le malheureux bijoutier pouvait n'être pas mort ; peut-être était-il en mon pouvoir, en lui portant secours, de réparer une partie du mal non pas que j'avais fait, mais que j'avais laissé faire. J'appuyai mes épaules contre une de ces planches mal jointes qui séparaient l'espèce de tambour dans lequel j'étais couché de la salle inférieure ; les planches cédèrent, et je me trouvai dans la maison.

» Je courus à la chandelle, et je m'élançai dans escalier ; un corps le barrait en travers, c'était le cadavre de la Carconte.

» Le coup de pistolet que j'avais entendu avait été tiré sur elle : elle avait la gorge traversée de part en part, et outre sa double blessure qui coulait à flots, elle vomissait le sang par la bouche.

» Elle était tout à fait morte.

» J'enjambai par-dessus son corps, et je passai.

» La chambre offrait l'aspect du plus affreux désordre. Deux ou trois meubles étaient renversés ; les draps, auxquels le malheureux bijoutier s'était cramponné, traînaient par la chambre : lui-même était couché à terre, la tête appuyée contre le mur, nageant dans une mare de sang qui s'échappait de trois larges blessures reçues dans la poitrine.

» Dans la quatrième était resté un long couteau de cuisine, dont on ne voyait que le manche.

» Je marchai sur le second pistolet qui n'était point parti, la poudre étant probablement mouillée.

» Je m'approchai du bijoutier ; il n'était pas mort effectivement : au bruit que je fis, à l'ébranlement du plancher surtout, il rouvrit des yeux hagards, parvint à les fixer un instant sur moi, remua les lèvres comme s'il voulait parler, et expira.

» Cet affreux spectacle m'avait rendu presque insensé ; du moment où je ne pouvais plus porter de secours à personne je n'éprouvais plus qu'un besoin, celui de fuir. Je me précipitai dans l'escalier, en enfonçant mes mains dans mes cheveux et en poussant un rugissement de terreur.

» Dans la salle inférieure, il y avait cinq ou six douaniers et deux ou trois gendarmes, toute une troupe armée.

» On s'empara de moi ; je n'essayai même pas de faire résistance, je n'étais plus le maître de mes sens. J'essayai de parler, je poussai quelques cris inarticulés, voilà tout.

» Je vis que les douaniers et les gendarmes me montraient du doigt ; j'abaissai les yeux sur moi-même, j'étais tout couvert de sang. Cette pluie que j'avais sentie tomber sur moi à travers les planches de l'escalier, c'était le sang de la Carconte.

» Je montrai du doigt l'endroit où j'étais caché.

» "Que veut-il dire ?" demanda un gendarme.

» Un douanier alla voir.

» "Il veut dire qu'il est passé par là", répondit-il.

» Et il montra le trou par lequel j'avais passé effectivement.

» Alors, je compris qu'on me prenait pour l'assassin. Je retrouvai la voix, je retrouvai la force ; je me dégageai des mains des deux hommes qui me tenaient, en m'écriant : "Ce n'est pas moi ! ce n'est pas moi !"

» Deux gendarmes me mirent en joue avec leurs carabines.

» "Si tu fais un mouvement, dirent-ils, tu es mort.

» – Mais, m'écriai-je, puisque je vous répète que ce n'est pas moi !

» – Tu conteras ta petite histoire aux juges de Nîmes, répondirent-ils. En attendant, suis-nous ; et si nous avons un conseil à te donner, c'est de ne pas faire résistance."

» Ce n'était point mon intention, j'étais brisé par l'étonnement et par la terreur. On me mit les menottes, on m'attacha à la queue d'un cheval, et l'on me conduisit à Nîmes.

» J'avais été suivi par un douanier ; il m'avait perdu de vue aux environs de la maison, il s'était douté que j'y passerais la nuit ; il avait été prévenir ses compagnons, et ils étaient arrivés juste pour entendre le coup de pistolet et pour me prendre au milieu de telles preuves de culpabilité que je compris tout de suite la peine que j'aurais à faire reconnaître mon innocence.

» Aussi ne m'attachai-je qu'à une chose : ma première demande au juge d'instruction fut pour le prier de faire chercher partout un certain abbé Busoni, qui s'était arrêté dans la journée à l'auberge du Pont-du-Gard. Si Caderousse avait inventé une histoire, si cet abbé n'existait pas, il était évident que j'étais perdu, à moins que Caderousse ne fût pris à son tour et n'avouât tout.

» Deux mois s'écoulèrent pendant lesquels, je dois le dire à la louange de mon juge, toutes les recherches furent faites pour retrouver celui que je lui demandais. J'avais déjà perdu tout espoir. Caderousse n'avait point été pris. J'allais être jugé à la première session lorsque, le 8 septembre, c'est-à-dire trois mois et cinq jours après l'événement, l'abbé Busoni, sur lequel je n'espérais plus, se présenta à la geôle, disant qu'il avait appris qu'un prisonnier désirait lui parler. Il avait su, disait-il, la chose à Marseille, et il s'empressait de se rendre à mon désir.

» Vous comprenez avec quelle ardeur je le reçus ; je lui racontai tout ce dont j'avais été témoin, j'abordai avec inquiétude l'histoire du diamant ; contre mon attente elle était vraie de point en point ; contre mon attente encore, il ajouta une foi entière à tout ce que je lui dis. Ce fut alors qu'entraîné par sa douce charité, reconnaissant en lui une profonde connaissance des mœurs de mon pays, pensant que le pardon du seul crime que j'eusse commis pouvait peut-être descendre de ses lèvres si charitables, je lui racontai, sous le sceau de la confession, l'aventure d'Auteuil dans tous ses détails. Ce que j'avais fait par entraînement obtint le même résultat que si je l'eusse fait par calcul ; l'aveu de ce premier assassinat, que rien ne me forçait de lui révéler, lui prouva que je n'avais pas commis le second, et il me quitta en m'ordonnant d'espérer, et en promettant de faire tout ce qui serait en son pouvoir pour convaincre mes juges de mon innocence.

» J'eus la preuve qu'en effet il s'était occupé de moi quand je vis ma prison s'adoucir graduellement, et quand j'appris qu'on attendrait pour me juger les assises qui devaient suivre celles pour lesquelles on se rassemblait.

» Dans cet intervalle, la Providence permit que Caderousse fût pris à l'étranger et ramené en France. Il avoua tout, rejetant la préméditation et surtout l'instigation sur sa femme. Il fut condamné aux galères perpétuelles, et moi mis en liberté.

– Et ce fut alors, dit Monte-Cristo, que vous vous présentâtes chez moi porteur d'une lettre de l'abbé Busoni ?

– Oui, Excellence, il avait pris à moi un intérêt visible. “Votre état de contrebandier vous perdra, me dit-il ; si vous sortez d'ici, quittez-le.

» – Mais mon père, demandai-je, comment voulez-vous que je vive et que je fasse vivre ma pauvre sœur ?

» – Un de mes pénitents, me répondit-il, a une grande estime pour moi, et m'a chargé de lui chercher un homme de confiance. Voulez-vous être cet homme ? Je vous adresserai à lui.

» – Ô mon père ! m'écriai-je, que de bonté !

» – Mais vous me jurez que je n'aurai jamais à me repentir.

» J'étendis la main pour faire serment.

» – C'est inutile, dit-il, je connais et j'aime les Corses, voici ma recommandation.”

» Et il écrivit les quelques lignes que je vous remis, et sur lesquelles Votre Excellence eut la bonté de me prendre à son service. Maintenant, je le demande avec orgueil à Votre Excellence, a-t-elle jamais eu à se plaindre de moi ?

– Non, répondit le comte ; et, je le confesse avec plaisir, vous êtes un bon serviteur, Bertuccio, quoique vous manquiez de confiance.

– Moi, monsieur le comte !

– Oui, vous. Comment se fait-il que vous ayez une sœur et un fils adoptif, et que, cependant, vous ne m'ayez jamais parlé ni de l'une ni de l'autre !

– Hélas ! Excellence, c'est qu'il me reste à vous dire la partie la plus triste de ma vie. Je partis pour la Corse. J'avais hâte, vous le comprenez bien, de revoir et de consoler ma pauvre sœur ; mais quand j'arrivai à Rogliano, je trouvai la maison en deuil ; il y avait eu une scène horrible et dont les voisins gardent encore le souvenir ! Ma pauvre sœur, selon mes conseils, résistait aux exigences de Benedetto, qui, à chaque instant, voulait se faire donner tout l'argent qu'il y avait à la maison. Un matin, il la menaça, et disparut pendant toute la journée. Elle pleura, car cette chère Assunta avait pour le misérable un cœur de mère. Le soir vint, elle l'attendit sans se coucher. Lorsqu'à onze heures il rentra avec deux de ses amis, compagnons ordinaires de toutes ses folies, alors elle lui tendit les bras ; mais eux s'emparèrent d'elle, et l'un des trois, je tremble que ce ne soit cet infernal enfant, l'un des trois s'écria :

» “Jouons à la question, et il faudra bien qu'elle avoue où est son argent.”

» Justement le voisin Wasilio était à Bastia ; sa femme seule était restée à la maison. Nul, excepté elle, ne pouvait ni voir ni entendre ce qui se passait chez ma sœur. Deux retinrent la pauvre Assunta, qui, ne pouvant croire à la possibilité d'un pareil crime, souriait à ceux qui allaient devenir ses bourreaux ; le troisième alla barricader portes et fenêtres, puis il revint et, tous trois réunis, étouffant les cris que la terreur lui arrachait devant ces préparatifs plus sérieux, approchèrent les pieds d'Assunta du brasier, sur lequel ils comptaient pour lui faire avouer où était caché notre petit trésor ; mais, dans la lutte, le feu prit à ses vêtements ; ils lâchèrent alors la patiente, pour ne pas être brûlés eux-mêmes. Tout en flammes elle courut à la porte, mais la porte était fermée.

» Elle s'élança vers la fenêtre ; mais la fenêtre était barricadée. Alors la voisine entendit des cris affreux ; c'était Assunta qui appelait au secours. Bientôt sa voix fut étouffée ; les cris devinrent des gémissements, et, le lendemain, après une nuit de terreur et d'angoisses, quand la femme de Wasilio se hasarda de sortir de chez elle et fit ouvrir la porte de notre maison par le juge, on trouva Assunta à moitié brûlée, mais respirant encore, les armoires forcées, l'argent disparu. Quant à Benedetto, il avait quitté Rogliano pour n'y plus revenir ; depuis ce jour je ne l'ai pas revu, et je n'ai pas même entendu parler de lui.

» Ce fut, reprit Bertuccio, après avoir appris ces tristes nouvelles, que j'allai à Votre Excellence. Je n'avais plus à vous parler de Benedetto, puisqu'il avait disparu, ni de ma sœur, puisqu'elle était morte.

– Et qu'avez-vous pensé de cet événement ? demanda Monte-Cristo.

– Que c'était le châtiment du crime que j'avais commis, répondit Bertuccio. Ah ! ces Villefort, c'était une race maudite !

– Je le crois, murmura le comte avec un accent lugubre.

– Et maintenant, n'est-ce pas, reprit Bertuccio, Votre Excellence comprend que cette maison que je n'ai pas revue depuis, que ce jardin où je me suis retrouvé tout à coup, que cette place où j'ai tué un homme ont pu me causer ces sombres émotions dont vous avez voulu connaître la source ; car enfin je ne suis pas bien sûr que devant moi, là, à mes pieds, M. de Villefort ne soit pas couché dans la fosse qu'il avait creusée pour son enfant.

– En effet, tout est possible, dit Monte-Cristo en se levant du banc où il était assis. Même, ajouta-t-il tout bas, que le procureur du roi ne soit pas mort. L'abbé Busoni a bien fait de vous envoyer à moi. Vous avez bien fait de me raconter votre histoire, car je n'aurai pas de mauvaises pensées à votre sujet. Quant à ce Benedetto si mal nommé, n'avez-vous jamais essayé de retrouver sa trace ? N'avez-vous jamais cherché à savoir ce qu'il était devenu ?

– Jamais, si j'avais su où il était, au lieu d'aller à lui, j'aurais fui comme devant un monstre. Non, heureusement, jamais je n'en ai entendu parler par qui que ce soit au monde ; j'espère qu'il est mort.

– N'espérez pas, Bertuccio, dit le comte ; les méchants ne meurent pas ainsi, car Dieu semble les prendre sous sa garde pour en faire l'instrument de ses vengeances.

– Soit, dit Bertuccio. Tout ce que je demande au ciel seulement, c'est de ne le revoir jamais. Maintenant, continua l'intendant en baissant la tête, vous savez tout, monsieur le comte ; vous êtes mon juge ici-bas comme Dieu le sera là-haut ; ne me direz-vous point quelques paroles de consolation ?

– Vous avez raison, en effet, et je puis vous dire ce que vous dirait l'abbé Busoni : celui que vous avez frappé, ce Villefort, méritait un châtiment pour ce qu'il avait fait à vous et peut-être pour autre chose encore. Benedetto, s'il vit, servira, comme je vous l'ai dit, à quelque vengeance divine, puis sera puni à son tour. Quant à vous, vous n'avez en réalité qu'un reproche à vous adresser : demandez-vous pourquoi, ayant enlevé cet enfant à la mort, vous ne l'avez pas rendu à sa mère. Là est le crime, Bertuccio.

– Oui, monsieur, là est le crime et le véritable crime, car en cela j'ai été un lâche. Une fois que j'eus rappelé l'enfant à la vie, je n'avais qu'une chose à faire, vous l'avez dit, c'était de le renvoyer à sa mère. Mais, pour cela, il me fallait faire des recherches, attirer l'attention, me livrer peut-être ; je n'ai pas voulu mourir, je tenais à la vie par ma sœur, par l'amour-propre inné chez nous autres de rester entiers et victorieux dans notre vengeance ; et puis, enfin, peut-être, tenais-je simplement à la vie par l'amour même de la vie. Oh ! moi, je ne suis pas un brave comme mon pauvre frère !

Bertuccio cacha son visage dans ses deux mains, et Monte-Cristo attacha sur lui un long et indéfinissable regard.

Puis, après un instant de silence, rendu plus solennel encore par l'heure et par le lieu :

– Pour terminer dignement cet entretien, qui sera le dernier sur ces aventures, monsieur Bertuccio, dit le comte avec un accent de mélancolie qui ne lui était pas habituel, retenez bien mes paroles, je les ai souvent entendu prononcer par l'abbé Busoni lui même : à tous maux il est deux remèdes, le temps et le silence. Maintenant, monsieur Bertuccio, laissez-moi me promener un instant dans ce jardin. Ce qui est une émotion poignante pour vous, acteur dans cette scène, sera pour moi une sensation presque douce et qui donnera un double prix à cette propriété. Les arbres, voyez-vous, monsieur Bertuccio, ne plaisent que parce qu'ils font de l'ombre, et l'ombre elle-même ne plaît que parce qu'elle est pleine de rêveries et de visions. Voilà que j'ai acheté un jardin croyant acheter un simple enclos fermé de murs, et point du tout ; tout à coup cet enclos se trouve être un jardin tout plein de fantômes, qui n'étaient point portés sur le contrat. Or, j'aime les fantômes ; je n'ai jamais entendu dire que les morts eussent fait en six mille ans autant de mal que les vivants en font en un jour. Rentrez donc, monsieur Bertuccio, et allez dormir en paix. Si votre confesseur, au moment suprême, est moins indulgent que ne le fut l'abbé Busoni, faites-moi venir si je suis encore de ce monde, je vous trouverai des paroles qui berceront doucement votre âme au moment où elle sera prête à se mettre en route pour faire ce rude voyage qu'on appelle l'éternité.

Bertuccio s'inclina respectueusement devant le comte, et s'éloigna en poussant un soupir.

Monte-Cristo resta seul ; et, faisant quatre pas en avant :

– Ici, près de ce platane, murmura-t-il, la fosse où l'enfant fut déposé ; là-bas, la petite porte par laquelle on entrait dans le jardin ; à cet angle, l'escalier dérobé qui conduit à la chambre à coucher. Je ne crois pas avoir besoin d'inscrire tout cela sur mes tablettes, car voilà devant mes yeux, autour de moi, sous mes pieds, le plan en relief, le plan vivant.

Et le comte, après un dernier tour dans ce jardin, alla retrouver sa voiture. Bertuccio, qui le voyait rêveur, monta sans rien dire sur le siège auprès du cocher.

La voiture reprit le chemin de Paris.

Le soir même, à son arrivée à la maison des Champs-Élysées, le comte de Monte-Cristo visita toute l'habitation comme eût pu le faire un homme familiarisé avec elle depuis de longues années ; pas une seule fois, quoiqu'il marchât le premier, il n'ouvrit une porte pour une autre, et ne prit un escalier ou un corridor qui ne le conduisît pas directement où il comptait aller. Ali l'accompagnait dans cette revue nocturne. Le comte donna à Bertuccio plusieurs ordres pour l'embellissement ou la distribution nouvelle du logis et, tirant sa montre, il dit au Nubien attentif :

– Il est onze heures et demie, Haydée ne peut tarder à arriver. A-t-on prévenu les femmes françaises ?

Ali étendit la main vers l'appartement destiné à la belle Grecque, et qui était tellement isolé qu'en cachant la porte derrière une tapisserie on pouvait visiter toute la maison sans se douter qu'il y eût là un salon et deux chambres habités ; Ali, disons-nous donc, étendit la main vers l'appartement, montra le nombre trois avec les doigts de sa main gauche, et sur cette même main, mise à plat, appuyant sa tête, ferma les yeux en guise de sommeil.

– Ah ! fit Monte-Cristo, habitué à ce langage, elles sont trois qui attendent dans la chambre à coucher, n'est-ce pas ?

– Oui, fit Ali en agitant la tête de haut en bas.

– Madame sera fatiguée ce soir, continua Monte-Cristo, et sans doute elle voudra dormir ; qu'on ne la fasse pas parler, les suivantes françaises doivent seulement saluer leur nouvelle maîtresse et se retirer ; vous veillerez à ce que la suivante grecque ne communique pas avec les suivantes françaises.

Ali s'inclina.

Bientôt on entendit héler le concierge ; la grille s'ouvrit, une voiture roula dans l'allée et s'arrêta devant le perron. Le comte descendit ; la portière était déjà ouverte ; il tendit la main à une jeune femme enveloppée d'une mante de soie verte toute brodée d'or qui lui couvrait la tête.

La jeune femme prit la main qu'on lui tendait, la baisa avec un certain amour mêlé de respect, et quelques mots furent échangés, tendrement de la part de la jeune femme et avec une douce gravité de la part du comte, dans cette langue sonore que le vieil Homère a mise dans la bouche de ses dieux.

Alors, précédé d'Ali qui portait un flambeau de cire rose, la jeune femme, laquelle n'était autre que cette belle Grecque, compagne ordinaire de Monte-Cristo en Italie, fut conduite à son appartement, puis le comte se retira dans le pavillon qu'il s'était réservé.

À minuit et demi, toutes les lumières étaient éteintes dans la maison, et l'on eût pu croire que tout le monde dormait.

XLVI. LE CRÉDIT ILLIMITÉ

Le lendemain, vers deux heures de l'après-midi, une calèche, attelée de deux magnifiques chevaux, s'arrêta devant la porte de Monte-Cristo ; un homme vêtu d'un habit bleu, à boutons de soie de même couleur, d'un gilet blanc sillonné par une énorme chaîne d'or et d'un pantalon couleur noisette, coiffé de cheveux si noirs et descendant si bas sur les sourcils qu'on eût pu hésiter à les croire naturels tant ils semblaient peu en harmonie avec celles des rides inférieures qu'ils ne parvenaient point à cacher ; un homme enfin de cinquante à cinquante-cinq ans, et qui cherchait à en paraître quarante, passa sa tête par la portière d'un coupé sur le panneau duquel était peinte une couronne de baron, et envoya son groom demander au concierge si le comte de Monte-Cristo était chez lui.

En attendant, cet homme considérait, avec une attention si minutieuse qu'elle devenait presque impertinente, l'extérieur de la maison, ce que l'on pouvait distinguer du jardin, et la livrée de quelques domestiques que l'on pouvait apercevoir allant et venant. L'œil de cet homme était vif, mais plutôt rusé que spirituel. Ses lèvres étaient si minces qu'au lieu de saillir en dehors elles rentraient dans la bouche ; enfin la largeur et la proéminence des pommettes, signe infaillible d'astuce, la dépression du front, le renflement de l'occiput, qui dépassait de beaucoup de larges oreilles des moins aristocratiques, contribuaient à donner, pour tout physionomiste, un caractère presque repoussant à la figure de ce personnage fort recommandable aux yeux du vulgaire par ses chevaux magnifiques, l'énorme diamant qu'il portait à sa chemise et le ruban rouge qui s'étendait d'une boutonnière à l'autre de son habit.

Le groom frappa au carreau du concierge et demanda :

– N'est-ce point ici que demeure M. le comte de Monte-Cristo ?

– C'est ici que demeure Son Excellence, répondit le concierge, mais…

Il consulta Ali du regard.

Ali fit un signe négatif.

– Mais ?… demanda le groom.

– Mais Son Excellence n'est pas visible, répondit le concierge.

– En ce cas, voici la carte de mon maître, M. le baron Danglars. Vous la remettrez au comte de Monte-Cristo, et vous lui direz qu'en allant à la Chambre mon maître s'est détourné pour avoir l'honneur de le voir.

– Je ne parle pas à Son Excellence, dit le concierge ; le valet de chambre fera la commission.

Le groom retourna vers la voiture.

– Eh bien ? demanda Danglars.

L'enfant, assez honteux de la leçon qu'il venait de recevoir, apporta à son maître la réponse qu'il avait reçue du concierge.

– Oh ! fit celui-ci, c'est donc un prince que ce monsieur, qu'on l'appelle Excellence, et qu'il n'y ait que son valet de chambre qui ait le droit de lui parler ;

n'importe, puisqu'il a un crédit sur moi, il faudra bien que je le voie quand il voudra de l'argent.

Et Danglars se rejeta dans le fond de sa voiture en criant au cocher, de manière qu'on pût l'entendre de l'autre côté de la route :

– À la Chambre des députés !

Au travers d'une jalousie de son pavillon, Monte-Cristo, prévenu à temps, avait vu le baron et l'avait étudié, à l'aide d'une excellente lorgnette, avec non moins d'attention que M. Danglars en avait mis lui-même à analyser la maison, le jardin et les livrées.

– Décidément, fit-il avec un geste de dégoût et en faisant rentrer les tuyaux de sa lunette dans leur fourreau d'ivoire, décidément c'est une laide créature que cet homme ; comment, dès la première fois qu'on le voit, ne reconnaît-on pas le serpent au front aplati, le vautour au crâne bombé et la buse au bec tranchant !

– Ali ! cria-t-il, puis il frappa un coup sur le timbre de cuivre.

Ali parut.

– Appelez Bertuccio, dit-il.

Au même moment Bertuccio entra.

– Votre Excellence me faisait demander ? dit l'intendant.

– Oui, monsieur, dit le comte. Avez-vous vu les chevaux qui viennent de s'arrêter devant ma porte ?

– Certainement, Excellence, ils sont même fort beaux.

– Comment se fait-il, dit Monte-Cristo en fronçant le sourcil, quand je vous ai demandé les deux plus beaux chevaux de Paris, qu'il y ait à Paris deux autres chevaux aussi beaux que les miens, et que ces chevaux ne soient pas dans mes écuries ?

Au froncement de sourcil et à l'intonation sévère de cette voix, Ali baissa la tête.

– Ce n'est pas ta faute, bon Ali, dit en arabe le comte avec une douceur qu'on n'aurait pas cru pouvoir rencontrer ni dans sa voix ni sur son visage ; tu ne te connais pas en chevaux anglais, toi.

La sérénité reparut sur les traits d'Ali.

– Monsieur le comte, dit Bertuccio, les chevaux dont vous me parlez n'étaient pas à vendre.

Monte-Cristo haussa les épaules.

– Sachez, monsieur l'intendant, que tout est toujours à vendre pour qui sait y mettre le prix.

– M. Danglars les a payés seize mille francs, monsieur le comte.

– Eh bien, il fallait lui en offrir trente-deux mille ; il est banquier, et un banquier ne manque jamais une occasion de doubler son capital.

– Monsieur le comte parle-t-il sérieusement ? demanda Bertuccio.

Monte-Cristo regarda l'intendant en homme étonné qu'on ose lui faire une question.

– Ce soir, dit-il, j'ai une visite à rendre ; je veux que ces deux chevaux soient attelés à ma voiture avec un harnais neuf.

Bertuccio se retira en saluant ; près de la porte, il s'arrêta :

– À quelle heure, dit-il, Son Excellence compte-t-elle faire cette visite ?

– À cinq heures, dit Monte-Cristo.

– Je ferai observer à Votre Excellence qu'il est deux heures, hasarda l'intendant.

– Je le sais, se contenta de répondre Monte-Cristo.

Puis, se retournant vers Ali :

– Faites passer tous les chevaux devant madame, dit-il, qu'elle choisisse l'attelage qui lui conviendra le mieux, et qu'elle me fasse dire si elle veut dîner avec moi : dans ce cas on servira chez elle ; allez ; en descendant, vous m'enverrez le valet de chambre.

Ali venait à peine de disparaître que le valet de chambre entra à son tour.

– Monsieur Baptistin, dit le comte, depuis un an vous êtes à mon service ; c'est le temps d'épreuve que j'impose d'ordinaire à mes gens : vous me convenez.

Baptistin s'inclina.

– Reste à savoir si je vous conviens.

– Oh ! monsieur le comte ! se hâta de dire Baptistin.

– Écoutez jusqu'au bout, reprit le comte. Vous gagnez par an quinze cents francs, c'est-à-dire les appointements d'un bon et brave officier qui risque tous les jours sa vie ; vous avez une table telle que beaucoup de chefs de bureau, malheureux serviteurs infiniment plus occupés que vous, en désireraient une pareille. Domestique, vous avez vous-même des domestiques qui ont soin de votre linge et de vos effets. Outre vos quinze cents francs de gages, vous me volez, sur les achats que vous faites pour ma toilette, à peu près quinze cents autres francs par an.

– Oh ! Excellence !

– Je ne m'en plains pas, monsieur Baptistin, c'est raisonnable ; cependant je désire que cela s'arrête là. Vous ne retrouveriez donc nulle part un poste pareil à celui que votre bonne fortune vous a donné. Je ne bats jamais mes gens, je ne jure jamais, je ne me mets jamais en colère, je pardonne toujours une erreur, jamais une négligence ou un oubli. Mes ordres sont d'ordinaire courts, mais clairs et précis ; j'aime mieux les répéter à deux fois et même à trois que de les voir mal interprétés. Je suis assez riche pour savoir tout ce que je veux savoir, et je suis fort curieux, je vous en préviens. Si j'apprenais donc que vous ayez parlé de moi en bien ou en mal, commenté mes actions, surveillé ma conduite, vous sortiriez de chez moi à l'instant même. Je n'avertis jamais mes domestiques qu'une seule fois ; vous voilà averti, allez !

Baptistin s'inclina et fit trois ou quatre pas pour se retirer.

– À propos, reprit le comte, j'oubliais de vous dire que, chaque année, je place une certaine somme sur la tête de mes gens. Ceux que je renvoie perdent nécessairement cet argent, qui profite à ceux qui restent et qui y auront droit après ma mort. Voilà un an que vous êtes chez moi, votre fortune est commencée, continuez-la.

Cette allocution, faite devant Ali, qui demeurait impassible, attendu qu'il n'entendait pas un mot de français, produisit sur M. Baptistin un effet que comprendront tous ceux qui ont étudié la psychologie du domestique français.

– Je tâcherai de me conformer en tous points aux désirs de Votre Excellence, dit-il. D'ailleurs je me modèlerai sur M. Ali.

– Oh ! pas du tout, dit le comte avec une froideur de marbre. Ali a beaucoup de défauts mêlés à ses qualités ; ne prenez donc pas exemple sur lui, car Ali est une exception ; il n'a pas de gages, ce n'est pas un domestique, c'est mon esclave, c'est mon chien ; s'il manquait à son devoir, je ne le chasserais pas, lui, je le tuerais.

Baptistin ouvrit de grands yeux.

– Vous doutez ? dit Monte-Cristo.

Et il répéta à Ali les mêmes paroles qu'il venait de dire en français à Baptistin.

Ali écouta, sourit, s'approcha de son maître, mit un genou à terre, et lui baisa respectueusement la main.

Ce petit corollaire de la leçon mit le comble à la stupéfaction de M. Baptistin.

Le comte fit signe à Baptistin de sortir, et à Ali de le suivre. Tous deux passèrent dans son cabinet, et là ils causèrent longtemps.

À cinq heures, le comte frappa trois coups sur son timbre. Un coup appelait Ali, deux coups Baptistin, trois coups Bertuccio.

L'intendant entra.

– Mes chevaux ! dit Monte-Cristo.

– Ils sont à la voiture, Excellence, répliqua Bertuccio. Accompagnerai-je monsieur le comte ?

– Non, le cocher, Baptistin et Ali, voilà tout.

Le comte descendit et vit attelés à sa voiture les chevaux qu'il avait admirés le matin à la voiture de Danglars.

En passant près d'eux il leur jeta un coup d'œil.

– Ils sont beaux, en effet, dit-il, et vous avez bien fait de les acheter ; seulement c'était un peu tard.

– Excellence, dit Bertuccio, j'ai eu bien de la peine à les avoir, et ils ont coûté bien cher.

– Les chevaux en sont-ils moins beaux ? demanda le comte en haussant les épaules.

– Si Votre Excellence est satisfaite, dit Bertuccio, tout est bien. Où va Votre Excellence ?

– Rue de la Chaussée-d'Antin, chez M. le baron Danglars.

Cette conversation se passait sur le haut du perron. Bertuccio fit un pas pour descendre la première marche.

– Attendez, monsieur, dit Monte-Cristo en l'arrêtant, j'ai besoin d'une terre sur le bord de la mer, en Normandie, par exemple, entre Le Havre et Boulogne. Je vous donne de l'espace, comme vous voyez. Il faudrait que, dans cette acquisition, il y eût un petit point, une petite crique, une petite baie, où puisse entrer et se tenir ma corvette ; elle ne tire que quinze pieds d'eau. Le bâtiment sera toujours prêt à mettre à la mer, à quelque heure du jour ou de la nuit qu'il me plaise de lui donner le signal. Vous vous informerez chez tous les notaires d'une propriété dans les conditions que je vous explique ; quand vous en aurez connaissance, vous irez la visiter, et si vous êtes content, vous l'achèterez à votre nom. La corvette doit être en route pour Fécamp, n'est-ce pas ?

– Le soir même où nous avons quitté Marseille, je l'ai vu mettre à la mer.

– Et le yacht ?

– Le yacht a ordre de demeurer aux Martigues.

– Bien ! Vous correspondrez de temps en temps avec les deux patrons qui les commandent, afin qu'ils ne s'endorment pas.

– Et pour le bateau à vapeur ?…

– Qui est à Châlons ?

– Oui.

– Même ordres que pour les deux navires à voiles.

– Bien !

– Aussitôt cette propriété achetée, j'aurai des relais de dix lieues en dix lieues sur la route du Nord et sur la route du Midi.

– Votre Excellence peut compter sur moi.

Le comte fit un signe de satisfaction, descendit les degrés, sauta dans sa voiture, qui, entraînée au trot du magnifique attelage, ne s'arrêta que devant l'hôtel du banquier.

Danglars présidait une commission nommée pour un chemin de fer, lorsqu'on vint lui annoncer la visite du comte de Monte-Cristo. La séance, au reste, était presque finie.

Au nom du comte, il se leva.

– Messieurs, dit-il en s'adressant à ses collègues, dont plusieurs étaient des honorables membres de l'une ou l'autre Chambre, pardonnez-moi si je vous quitte ainsi ; mais imaginez-vous que la maison Thomson et French, de Rome, m'adresse un certain comte de Monte-Cristo, en lui ouvrant chez moi un crédit illimité. C'est la plaisanterie la plus drôle que mes correspondants de l'étranger se soient encore permise vis-à-vis de moi. Ma foi, vous le comprenez, la curiosité m'a saisi et me tient encore ; je suis passé ce matin chez le prétendu comte. Si c'était un vrai comte, vous comprenez qu'il ne serait pas si riche. Monsieur n'était pas visible. Que vous en semble ? Ne sont-ce point des façons d'altesse ou de jolie femme que se donne là maître Monte-Cristo ? Au reste, la maison située aux Champs-Élysées et qui est à lui, je m'en suis informé, m'a paru propre. Mais un crédit illimité, reprit Danglars en riant de son vilain sourire, rend bien exigeant le banquier chez qui le crédit est ouvert. J'ai donc hâte de voir notre homme. Je me crois mystifié. Mais ils ne savent point là-bas à qui ils ont affaire ; rira bien qui rira le dernier.

En achevant ces mots et en leur donnant une emphase qui gonfla les narines de M. le baron, celui-ci quitta ses hôtes et passa dans un salon blanc et or qui faisait grand bruit dans la Chaussée-d'Antin.

C'est là qu'il avait ordonné d'introduire le visiteur pour l'éblouir du premier coup.

Le comte était debout, considérant quelques copies de l'Albane et du Fattore qu'on avait fait passer au banquier pour des originaux, et qui, toutes copies qu'elles étaient, juraient fort avec les chicorées d'or de toutes couleurs qui garnissaient les plafonds.

Au bruit que fit Danglars en entrant, le comte se retourna.

Danglars salua légèrement de la tête, et fit signe au comte de s'asseoir dans un fauteuil de bois doré garni de satin blanc broché d'or.

Le comte s'assit.

– C'est à monsieur de Monte-Cristo que j'ai l'honneur de parler ?

– Et moi, répondit le comte, à monsieur le baron Danglars, chevalier de la Légion d'honneur, membre de la Chambre des députés ?

Monte-Cristo redisait tous les titres qu'il avait trouvés sur la carte du baron.

Danglars sentit la botte et se mordit les lèvres.

– Excusez-moi, monsieur, dit-il, de ne pas vous avoir donné du premier coup le titre sous lequel vous m'avez été annoncé ; mais, vous le savez, nous vivons sous un gouvernement populaire, et moi, je suis un représentant des intérêts du peuple.

– De sorte, répondit Monte-Cristo, que, tout en conservant l'habitude de vous faire appeler baron, vous avez perdu celle d'appeler les autres comte.

– Ah ! je n'y tiens pas même pour moi, monsieur, répondit négligemment Danglars. Ils m'ont nommé baron et fait chevalier de la Légion d'honneur pour quelques services rendus, mais…

– Mais vous avez abdiqué vos titres, comme ont fait autrefois MM. de Montmorency et de Lafayette ? C'était un bel exemple à suivre, monsieur.

– Pas tout à fait, cependant, reprit Danglars embarrassé. Pour les domestiques, vous comprenez…

– Oui, vous vous appelez monseigneur pour vos gens ; pour les journalistes, vous vous appelez monsieur ; et pour vos commettants, citoyen. Ce sont des nuances très applicables au gouvernement constitutionnel. Je comprends parfaitement.

Danglars se pinça les lèvres : il vit que, sur ce terrain-là, il n'était pas de force avec Monte-Cristo ; il essaya donc de revenir sur un terrain qui lui était plus familier.

– Monsieur le comte, dit-il en s'inclinant, j'ai reçu une lettre d'avis de la maison Thomson et French.

– J'en suis charmé, monsieur le baron. Permettez-moi de vous traiter comme vous traitent vos gens, c'est une mauvaise habitude prise dans des pays où il y a encore des barons, justement parce qu'on n'en fait plus. J'en suis charmé, dis-je ; je n'aurai pas besoin de me présenter moi-même, ce qui est toujours assez embarrassant. Vous aviez donc, disiez-vous, reçu une lettre d'avis ?

– Oui, dit Danglars, mais je vous avoue que je n'en ai pas parfaitement compris le sens.

– Bah !

– Et j'avais même eu l'honneur de passer chez vous pour vous demander quelques explications.

– Faites, monsieur, me voilà, j'écoute et suis prêt à vous entendre.

– Cette lettre, dit Danglars, je l'ai sur moi, je crois (il fouilla dans sa poche). Oui, la voici : cette lettre ouvre à M. le comte de Monte-Cristo un crédit illimité sur ma maison.

– Eh bien ! monsieur le baron, que voyez-vous d'obscur là-dedans ?

– Rien, monsieur ; seulement le mot *illimité*…

– Eh bien, ce mot n'est-il pas français ?... Vous comprenez, ce sont des Anglo-Allemands qui écrivent.

– Oh ! si fait, monsieur, et du côté de la syntaxe il n'y a rien à redire, mais il n'en est pas de même du côté de la comptabilité.

– Est-ce que la maison Thomson et French, demanda Monte-Cristo de l'air le plus naïf qu'il put prendre, n'est point parfaitement sûre, à votre avis, monsieur le baron ? Diable ! cela me contrarierait, car j'ai quelques fonds placés chez elle.

– Ah ! parfaitement sûre, répondit Danglars avec un sourire presque railleur, mais le sens du mot *illimité*, en matière de finances, est tellement vague...

– Qu'il est illimité, n'est-ce pas ? dit Monte-Cristo.

– C'est justement cela, monsieur, que je voulais dire. Or, le vague, c'est le doute, et, dit le sage, dans le doute abstiens-toi.

– Ce qui signifie, reprit Monte-Cristo, que si la maison Thomson et French est disposée à faire des folies, la maison Danglars ne l'est pas à suivre son exemple.

– Comment cela, monsieur le comte ?

– Oui, sans doute ; MM. Thomson et French font les affaires sans chiffres ; mais M. Danglars a une limite aux siennes ; c'est un homme sage, comme il le disait tout à l'heure.

– Monsieur, répondit orgueilleusement le banquier, personne n'a encore compté avec ma caisse.

– Alors, répondit froidement Monte-Cristo, il paraît que c'est moi qui commencerai.

– Qui vous dit cela ?

– Les explications que vous me demandez, monsieur, et qui ressemblent fort à des hésitations.

Danglars se mordit les lèvres ; c'était la seconde fois qu'il était battu par cet homme et cette fois sur un terrain qui était le sien. Sa politesse railleuse n'était qu'affectée, et touchait à cet extrême si voisin qui est l'impertinence.

Monte-Cristo, au contraire, souriait de la meilleure grâce du monde, et possédait, quand il le voulait, un certain air naïf qui lui donnait bien des avantages.

– Enfin, monsieur, dit Danglars après un moment de silence, je vais essayer de me faire comprendre en vous priant de fixer vous-même la somme que vous comptez toucher chez moi.

– Mais, monsieur, reprit Monte-Cristo, décidé à ne pas perdre un pouce de terrain dans la discussion, si j'ai demandé un crédit illimité sur vous, c'est que je ne savais justement pas de quelles sommes j'aurais besoin.

Le banquier crut que le moment était venu enfin de prendre le dessus ; il se renversa dans son fauteuil, et avec un lourd et orgueilleux sourire :

– Oh ! monsieur, dit-il, ne craignez pas de désirer ; vous pourrez vous convaincre alors que le chiffre de la maison Danglars, tout limité qu'il est, peut satisfaire les plus larges exigences, et dussiez-vous demander un million…

– Plaît-il ? fit Monte-Cristo.

– Je dis un million, répéta Danglars avec l'aplomb de la sottise.

– Et que ferais-je d'un million ? dit le comte. Bon Dieu ! monsieur, s'il ne m'eût fallu qu'un million, je ne me serais pas fait ouvrir un crédit pour une pareille misère. Un million ? Mais j'ai toujours un million dans mon portefeuille ou dans mon nécessaire de voyage.

Et Monte-Cristo retira d'un petit carnet où étaient ses cartes de visite deux bons de cinq cent mille francs chacun, payables au porteur, sur le Trésor.

Il fallait assommer et non piquer un homme comme Danglars. Le coup de massue fit son effet : le banquier chancela et eut le vertige, il ouvrit sur Monte-Cristo deux yeux hébétés dont la prunelle se dilata effroyablement.

– Voyons, avouez-moi, dit Monte-Cristo, que vous vous défiez de la maison Thomson et French. Mon Dieu ! c'est tout simple ; j'ai prévu le cas, et, quoique assez étranger aux affaires, j'ai pris mes précautions. Voici donc deux autres lettres pareilles à celle qui vous est adressée : l'une est de la maison Arestein et Eskoles, de Vienne, sur M. le baron de Rothschild, l'autre est de la maison Baring, de Londres, sur M. Laffitte. Dites un mot, monsieur, et je vous ôterai toute préoccupation, en me présentant dans l'une ou l'autre de ces deux maisons.

C'en était fait, Danglars était vaincu ; il ouvrit avec un tremblement visible la lettre de Vienne et la lettre de Londres que lui tendait du bout des doigts le comte, vérifia l'authenticité des signatures avec une minutie qui eût été insultante pour Monte-Cristo s'il n'eût pas fait la part de l'égarement du banquier.

– Oh ! monsieur, voilà trois signatures qui valent bien des millions, dit Danglars en se levant comme pour saluer la puissance de l'or personnifiée en cet homme qu'il avait devant lui. Trois crédits illimités sur nos maisons ! Pardonnez-moi, monsieur le comte, mais tout en cessant d'être défiant on peut demeurer encore étonné.

– Oh ! ce n'est pas une maison comme la vôtre qui s'étonnerait ainsi, dit Monte-Cristo avec toute sa politesse. Ainsi, vous pourrez donc m'envoyer quelque argent, n'est-ce pas ?

– Parlez, monsieur le comte ; je suis à vos ordres.

– Eh bien, reprit Monte-Cristo, à présent que nous nous entendons, car nous nous entendons, n'est-ce pas ?

Danglars fit un signe de tête affirmatif.

– Et vous n'avez plus aucune défiance ? continua Monte-Cristo.

– Ô monsieur le comte ! s'écria le banquier, je n'en ai jamais eu.

– Non ; vous désiriez une preuve, voilà tout. Eh bien, répéta le comte, maintenant que nous nous entendons, maintenant que vous n'avez plus aucune défiance, fixons, si vous le voulez bien, une somme générale pour la première année : six millions, par exemple.

– Six millions, soit ! dit Danglars suffoqué.

– S'il me faut plus, reprit machinalement Monte-Cristo, nous mettrons plus ; mais je ne compte rester qu'une année en France, et pendant cette année je ne crois pas dépasser ce chiffre… enfin nous verrons… veuillez, pour commencer, me faire porter cinq cent mille francs demain, je serai chez moi jusqu'à midi, et d'ailleurs, si je n'y étais pas, je laisserais un reçu à mon intendant.

– L'argent sera chez vous demain à dix heures du matin, monsieur le comte, répondit Danglars. Voulez-vous de l'or, ou des billets de banque, ou de l'argent ?

– Or et billets par moitié, s'il vous plaît.

Et le comte se leva.

– Je dois vous confesser une chose, monsieur le comte, dit Danglars à son tour, je croyais avoir des notions exactes sur toutes les belles fortunes de l'Europe, et cependant la vôtre, qui me paraît considérable, m'était, je l'avoue, tout à fait inconnue ; elle est récente ?

– Non, monsieur, répondit Monte-Cristo, elle est, au contraire, de fort vieille date. C'était une espèce de trésor de famille auquel il était défendu de toucher, et dont les intérêts accumulés ont triplé le capital ; l'époque fixée par le testateur est révolue depuis quelques années seulement, ce n'est donc que depuis quelques années que j'en use, et votre ignorance à ce sujet n'a rien que de naturel ; au reste, vous la connaîtrez mieux dans quelque temps.

Et le comte accompagna ces mots d'un de ces sourires pâles qui faisaient si grand-peur à Franz d'Épinay.

– Avec vos goûts et vos intentions, monsieur, continua Danglars, vous allez déployer dans la capitale un luxe qui va nous écraser tous, nous autres pauvres petits millionnaires ; cependant comme vous me paraissez amateur, car lorsque je suis entré vous regardiez mes tableaux, je vous demande la permission de vous faire voir ma galerie ; tous tableaux anciens, tous tableaux de maîtres garantis comme tels ; je n'aime pas les modernes.

– Vous avez raison, monsieur, car ils ont en général un grand défaut : c'est celui de n'avoir pas encore eu le temps de devenir des anciens.

– Puis-je vous montrer quelques statues de Thorwaldsen, de Bartoloni, de Canova, tous artistes étrangers ? Comme vous voyez, je n'apprécie pas les artistes français.

– Vous avez le droit d'être injuste avec eux, monsieur, ce sont vos compatriotes.

– Mais tout cela sera pour plus tard, quand nous aurons fait meilleure connaissance ; pour aujourd'hui, je me contenterai, si vous le permettez toutefois, de vous présenter à Mme la baronne Danglars ; excusez mon empressement, monsieur le comte, mais un client comme vous fait presque partie de la famille.

Monte-Cristo s'inclina, en signe qu'il acceptait l'honneur que le financier voulait bien lui faire.

Danglars sonna : un laquais, vêtu d'une livrée éclatante, parut.

– Madame la baronne est-elle chez elle ? demanda Danglars.

– Oui, monsieur le baron, répondit le laquais.

– Seule ?

– Non, madame a du monde.

– Ce ne sera pas indiscret de vous présenter devant quelqu'un, n'est-ce pas, monsieur le comte ? Vous ne gardez pas l'incognito ?

– Non, monsieur le baron, dit en souriant Monte-Cristo, je ne me reconnais pas ce droit-là.

– Et qui est près de madame ? M. Debray ? demanda Danglars avec une bonhomie qui fit sourire intérieurement Monte-Cristo, déjà renseigné sur les transparents secrets d'intérieur du financier.

– M. Debray, oui, monsieur le baron, répondit le laquais.

Danglars fit un signe de tête

Puis, se tournant vers Monte-Cristo :

– M. Lucien Debray, dit-il, est un ancien ami à nous, secrétaire intime du ministre de l'Intérieur ; quant à ma femme, elle a dérogé en m'épousant, car elle appartient à une ancienne famille ; c'est une demoiselle de Servières, veuve en premières noces de M. le colonel marquis de Nargonne.

– Je n'ai pas l'honneur de connaître Mme Danglars ; mais j'ai déjà rencontré M. Lucien Debray.

– Bah ! dit Danglars, où donc cela ?

– Chez M. de Morcerf.

– Ah ! vous connaissez le petit vicomte, dit Danglars.

– Nous nous sommes trouvés ensemble à Rome à l'époque du carnaval.

– Ah ! oui, dit Danglars ; n'ai-je pas entendu parler de quelque chose comme une aventure singulière avec des bandits, des voleurs dans les ruines ? Il a été tiré de là miraculeusement. Je crois qu'il a raconté quelque chose de tout cela à ma femme et à ma fille à son retour d'Italie.

– Madame la baronne attend ces messieurs, revint dire le laquais.

– Je passe devant pour vous montrer le chemin, fit Danglars en saluant.

– Et moi, je vous suis, dit Monte-Cristo.

XLVII. L'ATTELAGE GRIS POMMELÉ

Le baron, suivi du comte, traversa une longue file d'appartements remarquables par leur lourde somptuosité et leur fastueux mauvais goût, et arriva jusqu'au boudoir de Mme Danglars, petite pièce octogone tendue de satin rose recouvert de mousseline des Indes ; les fauteuils étaient en vieux bois doré et en vieilles étoffes ; les dessus des portes représentaient des bergeries dans le genre de Boucher ; enfin deux jolis pastels en médaillon, en harmonie avec le reste de l'ameublement, faisaient de cette chambre la seule pièce de l'hôtel qui eût quelque caractère ; il est vrai qu'elle avait échappé au plan général arrêté entre M. Danglars et son architecte, une des plus hautes et des plus éminentes célébrités de l'Empire, et que c'étaient la baronne et Lucien Debray seulement qui s'en étaient réservé la décoration. Aussi M. Danglars, grand admirateur de l'antique à la manière dont le comprenait le Directoire, méprisait-il fort ce coquet réduit où, au reste, il n'était admis en général qu'à la condition qu'il ferait excuser sa présence en amenant quelqu'un ; ce n'était donc pas en réalité Danglars qui présentait, c'était au contraire lui qui était présenté et qui était bien ou mal reçu selon que le visage du visiteur était agréable ou désagréable à la baronne.

Mme Danglars, dont la beauté pouvait encore être citée, malgré ses trente-six ans, était à son piano, petit chef-d'œuvre de marqueterie, tandis que Lucien Debray, assis devant une table à ouvrage, feuilletait un album.

Lucien avait déjà, avant son arrivée, eu le temps de raconter à la baronne bien des choses relatives au comte. On sait combien, pendant le déjeuner chez Albert, Monte-Cristo avait fait impression sur ses convives : cette impression, si peu impressionnable qu'il fût, n'était pas encore effacée chez Debray, et les renseignements qu'il avait donnés à la baronne sur le comte s'en étaient ressentis. La curiosité de Mme Danglars, excitée par les anciens détails venus de Morcerf et les nouveaux détails venus de Lucien, était donc portée à son comble. Aussi cet arrangement de piano et d'album n'était-il qu'une de ces petites ruses du monde à l'aide desquelles on voile les plus fortes précautions. La baronne reçut en conséquence M. Danglars avec un sourire, ce qui de sa part n'était pas chose habituelle. Quant au comte, il eut, en échange de son salut, une cérémonieuse, mais en même temps gracieuse révérence.

Lucien, de son côté, échangea avec le comte un salut de demi-connaissance, et avec Danglars un geste d'intimité.

– Madame la baronne, dit Danglars, permettez que je vous présente M. le comte de Monte-Cristo, qui m'est adressé par mes correspondants de Rome avec les recommandations les plus instantes ; je n'ai qu'un mot à en dire et qui va en un instant le rendre la coqueluche de toutes nos belles dames ; il vient à Paris avec l'intention d'y rester un an et de dépenser six millions pendant cette année ; cela promet une série de bals, de dîners, de médianoches, dans lesquels j'espère que M. le comte ne nous oubliera pas plus que nous ne l'oublierons nous-mêmes dans nos petites fêtes.

Quoique la présentation fût assez grossièrement louangeuse, c'est, en général, une chose si rare qu'un homme venant à Paris pour dépenser en une année la fortune d'un prince, que madame Danglars jeta sur le comte un coup d'œil qui n'était pas dépourvu d'un certain intérêt.

– Et vous êtes arrivé, monsieur ?... demanda la baronne.

– Depuis hier matin, madame.

– Et vous venez, selon votre habitude, à ce qu'on m'a dit, du bout du monde ?

– De Cadix cette fois, madame, purement et simplement.

– Oh ! vous arrivez dans une affreuse saison. Paris est détestable l'été ; il n'y a plus ni bals, ni réunions, ni fêtes. L'Opéra italien est à Londres, l'Opéra français est partout, excepté à Paris ; et, quant au Théâtre-Français, vous savez qu'il n'est plus nulle part. Il nous reste donc pour toute distraction quelques malheureuses courses au Champ-de-Mars et à Satory. Ferez-vous courir, monsieur le comte ?

– Moi, madame, dit Monte-Cristo, je ferai tout ce qu'on fait à Paris si j'ai le bonheur de trouver quelqu'un qui me renseigne convenablement sur les habitudes françaises.

– Vous êtes amateur de chevaux, monsieur le comte ?

– J'ai passé une partie de ma vie en Orient, madame, et les Orientaux, vous le savez, n'estiment que deux choses au monde : la noblesse des chevaux et la beauté des femmes.

– Ah ! monsieur le comte, dit la baronne, vous auriez dû avoir la galanterie de mettre les femmes les premières.

– Vous voyez, madame, que j'avais bien raison quand tout à l'heure je souhaitais un précepteur qui pût me guider dans les habitudes françaises.

En ce moment la camériste favorite de Mme la baronne Danglars entra, et, s'approchant de sa maîtresse, lui glissa quelques mots à l'oreille.

Mme Danglars pâlit.

– Impossible ! dit-elle.

– C'est l'exacte vérité, cependant, madame, répondit la camériste.

Mme Danglars se retourna du côté de son mari.

– Est-ce vrai, monsieur ?

– Quoi, madame ? demanda Danglars, visiblement agité.

– Ce que me dit cette fille…

– Et que vous dit-elle ?

– Elle me dit qu'au moment où mon cocher a été pour mettre mes chevaux à ma voiture, il ne les a pas trouvés à l'écurie ; que signifie cela, je vous le demande ?

– Madame, dit Danglars, écoutez-moi.

– Oh ! je vous écoute, monsieur, car je suis curieuse de savoir ce que vous allez me dire ; je ferai ces messieurs juges entre nous, et je vais commencer par leur dire ce qu'il en est. Messieurs, continua la baronne, M. le baron Danglars a dix chevaux à l'écurie ; parmi ces dix chevaux, il y en a deux qui sont à moi, des chevaux charmants, les plus beaux chevaux de Paris ; vous les connaissez, monsieur Debray, mes gris pommelé ! Eh bien, au moment où Mme de Villefort m'emprunte ma voiture, où je la lui promets pour aller demain au Bois, voilà les deux chevaux qui ne se retrouvent plus ! M. Danglars aura trouvé à gagner dessus quelques milliers de francs, et il les aura vendus. Oh ! la vilaine race, mon Dieu ! que celle des spéculateurs !

– Madame, répondit Danglars, les chevaux étaient trop vifs, ils avaient quatre ans à peine, ils me faisaient pour vous des peurs horribles.

– Eh ! monsieur, dit la baronne, vous savez bien que j'ai depuis un mois à mon service le meilleur cocher de Paris, à moins toutefois que vous ne l'ayez vendu avec les chevaux.

– Chère amie, je vous trouverai les pareils, de plus beaux même, s'il y en a ; mais des chevaux doux, calmes, et qui ne m'inspirent plus pareille terreur.

La baronne haussa les épaules avec un air de profond mépris.

Danglars ne parut point s'apercevoir de ce geste plus que conjugal, et, se retournant vers Monte-Cristo :

– En vérité, je regrette de ne pas vous avoir connu plus tôt, monsieur le comte, dit-il ; vous montez votre maison ?

– Mais oui, dit le comte.

– Je vous les eusse proposés. Imaginez-vous que je les ai donnés pour rien ; mais, comme je vous l'ai dit, je voulais m'en défaire ; ce sont des chevaux de jeune homme.

– Monsieur, dit le comte, je vous remercie ; j'en ai acheté ce matin d'assez bons et pas trop cher. Tenez, voyez, monsieur Debray, vous êtes amateur, je crois ?

Pendant que Debray s'approchait de la fenêtre, Danglars s'approcha de sa femme.

– Imaginez-vous, madame, lui dit-il tout bas, qu'on est venu m'offrir un prix exorbitant de ces chevaux. Je ne sais quel est le fou en train de se ruiner qui m'a envoyé ce matin son intendant, mais le fait est que j'ai gagné seize mille francs dessus ; ne me boudez pas, et je vous en donnerai quatre mille, et deux mille à Eugénie.

Mme Danglars laissa tomber sur son mari un regard écrasant.

– Oh ! mon Dieu ! s'écria Debray.

– Quoi donc ? demanda la baronne.

– Mais je ne me trompe pas, ce sont vos chevaux, vos propres chevaux attelés à la voiture du comte.

– Mes gris pommelé ! s'écria Mme Danglars.

Et elle s'élança vers la fenêtre. En effet, ce sont eux, dit-elle.

Danglars était stupéfait.

– Est-ce possible ? dit Monte-Cristo en jouant l'étonnement.

– C'est incroyable ! murmura le banquier.

La baronne dit deux mots à l'oreille de Debray, qui s'approcha à son tour de Monte-Cristo.

– La baronne vous fait demander combien son mari vous a vendu son attelage.

– Mais je ne sais trop, dit le comte, c'est une surprise que mon intendant m'a faite, et… qui m'a coûté trente mille francs, je crois.

Debray alla reporter la réponse à la baronne.

Danglars était si pâle et si décontenancé que le comte eut l'air de le prendre en pitié.

– Voyez, lui dit-il, combien les femmes sont ingrates : cette prévenance de votre part n'a pas touché un instant la baronne ; ingrate n'est pas le mot, c'est folle que je devrais dire. Mais, que voulez-vous, on aime toujours ce qui nuit ; aussi, le plus court, croyez-moi, cher baron, est toujours de les laisser faire à leur tête ; si elles se la brisent, au moins, ma foi ! elles ne peuvent s'en prendre qu'à elles.

Danglars ne répondit rien, il prévoyait dans un prochain avenir une scène désastreuse ; déjà le sourcil de Mme la baronne s'était froncé, et, comme celui de Jupiter olympien, présageait un orage ; Debray, qui le sentait grossir, prétexta une affaire et partit. Monte-Cristo, qui ne voulait pas gâter la position qu'il voulait conquérir en demeurant plus longtemps, salua Mme Danglars et se retira, livrant le baron à la colère de sa femme.

– Bon ! pensa Monte-Cristo en se retirant, j'en suis arrivé où j'en voulais venir ; voilà que je tiens dans mes mains la paix du ménage et que je vais gagner d'un seul coup le cœur de monsieur et le cœur de madame ; quel bonheur ! Mais, ajouta-t-il, dans tout cela, je n'ai point été présenté à Mlle Eugénie Danglars, que j'eusse été cependant fort aise de connaître. Mais, reprit-il avec ce sourire qui lui était particulier, nous voici à Paris, et nous avons du temps devant nous… Ce sera pour plus tard !…

Sur cette réflexion, le comte monta en voiture et rentra chez lui.

Deux heures après, Mme Danglars reçut une lettre charmante du comte de Monte-Cristo, dans laquelle il lui déclarait que, ne voulant pas commencer ses débuts dans le monde parisien en désespérant une jolie femme, il la suppliait de reprendre ses chevaux.

Ils avaient le même harnais qu'elle leur avait vu le matin ; seulement, au centre de chaque rosette qu'ils portaient sur l'oreille, le comte avait fait coudre un diamant.

Danglars, aussi, eut sa lettre.

Le comte lui demandait la permission de passer à la baronne ce caprice de millionnaire, le priant d'excuser les façons orientales dont le renvoi des chevaux était accompagné.

Pendant la soirée, Monte-Cristo partit pour Auteuil, accompagné d'Ali.

Le lendemain, vers trois heures, Ali, appelé par un coup de timbre, entra dans le cabinet du comte.

– Ali, lui dit-il, tu m'as souvent parlé de ton adresse à lancer le lasso ?

Ali fit signe que oui et se redressa fièrement.

– Bien !… Ainsi, avec le lasso, tu arrêterais un bœuf ?

Ali fit signe de la tête que oui.

– Un tigre ?

Ali fit le même signe.

– Un lion ?

Ali fit le geste d'un homme qui lance le lasso, et imita un rugissement étranglé.

– Bien, je comprends, dit Monte-Cristo, tu as chassé le lion ?

Ali fit un signe de tête orgueilleux.

– Mais arrêterais-tu, dans leur course, deux chevaux emportés ?

Ali sourit.

– Eh bien ! écoute, dit Monte-Cristo. Tout à l'heure une voiture passera emportée par deux chevaux gris pommelé, les mêmes que j'avais hier. Dusses-tu te faire écraser, il faut que tu arrêtes cette voiture devant ma porte.

Ali descendit dans la rue et traça devant la porte une ligne sur le pavé : puis il rentra et montra la ligne au comte, qui l'avait suivi des yeux.

Le comte lui frappa doucement sur l'épaule : c'était sa manière de remercier Ali. Puis le Nubien alla fumer sa chibouque sur la borne qui formait l'angle de la maison et de la rue, tandis que Monte-Cristo rentrait sans plus s'occuper de rien.

Cependant, vers cinq heures, c'est-à-dire l'heure où le comte attendait la voiture ; on eût pu voir naître en lui les signes presque imperceptibles d'une légère impatience ; il se promenait dans une chambre donnant sur la rue, prêtant l'oreille par intervalles, et de temps en temps se rapprochant de la fenêtre, par laquelle il apercevait Ali poussant des bouffées de tabac avec une régularité indiquant que le Nubien était tout entier à cette importante occupation.

Tout à coup on entendit un roulement lointain, mais qui se rapprochait avec la rapidité de la foudre ; puis une calèche apparut dont le cocher essayait inutilement de retenir les chevaux, qui s'avançaient furieux, hérissés, bondissant avec des élans insensés.

Dans la calèche, une jeune femme et un enfant de sept à huit ans, se tenant embrassés, avaient perdu par l'excès de la terreur jusqu'à la force de pousser un cri ; il eût suffi d'une pierre sous la roue ou d'un arbre accroché pour briser tout à fait la voiture, qui craquait. La voiture tenait le milieu du pavé, et on entendait dans la rue les cris de terreur de ceux qui la voyaient venir.

Soudain Ali pose sa chibouque, tire de sa poche le lasso, le lance, enveloppe d'un triple tour les jambes de devant du cheval de gauche, se laisse entraîner trois ou quatre pas par la violence de l'impulsion ; mais, au bout de trois ou quatre pas, le cheval enchaîné s'abat, tombe sur la flèche, qu'il brise, et paralyse les efforts que fait le cheval resté debout pour continuer sa course. Le cocher saisit cet instant de répit pour sauter en bas de son siège ; mais déjà Ali a saisi les naseaux du second cheval avec ses doigts de fer, et l'animal, hennissant de douleur, s'est allongé convulsivement près de son compagnon.

Il a fallu à tout cela le temps qu'il faut à la balle pour frapper le but.

Cependant il a suffi pour que de la maison en face de laquelle l'accident est arrivé un homme se soit élancé suivi de plusieurs serviteurs. Au moment où le cocher ouvre la portière, il enlève de la calèche la dame, qui d'une main se cramponne au coussin, tandis que de l'autre elle serre contre sa poitrine son fils évanoui. Monte-Cristo les emporta tous les deux dans le salon, et les déposant sur un canapé :

– Ne craignez plus rien, madame, dit-il, vous êtes sauvée.

La femme revint à elle, et pour réponse elle lui présenta son fils, avec un regard plus éloquent que toutes les prières.

En effet, l'enfant était toujours évanoui.

– Oui, madame, je comprends, dit le comte en examinant l'enfant. Mais, soyez tranquille, il ne lui est arrivé aucun mal, et c'est la peur seule qui l'a mis dans cet état.

– Oh ! monsieur, s'écria la mère, ne me dites-vous pas cela pour me rassurer ? Voyez comme il est pâle ! mon fils, mon enfant ! mon Édouard ! réponds donc à ta mère ? Ah ! monsieur ! envoyez chercher un médecin. Ma fortune à qui me rend mon fils !

Monte-Cristo fit de la main un geste pour calmer la mère éplorée ; et, ouvrant un coffret, il en tira un flacon de Bohême, incrusté d'or, contenant une liqueur rouge comme du sang et dont il laissa tomber une seule goutte sur les lèvres de l'enfant.

L'enfant, quoique toujours pâle, rouvrit aussitôt les yeux.

À cette vue, la joie de la mère fut presque un délire.

– Où suis-je ? s'écria-t-elle, et à qui dois-je tant de bonheur après une si cruelle épreuve ?

– Vous êtes, madame, répondit Monte-Cristo, chez l'homme le plus heureux d'avoir pu vous épargner un chagrin.

– Oh ! maudite curiosité ! dit la dame. Tout Paris parlait de ces magnifiques chevaux de Mme Danglars, et j'ai eu la folie de vouloir les essayer.

– Comment ! s'écria le comte avec une surprise admirablement jouée, ces chevaux sont ceux de la baronne ?

– Oui, monsieur, la connaissez-vous ?

– Madame Danglars ?… j'ai cet honneur, et ma joie est double de vous voir sauvée du péril que ces chevaux vous ont fait courir, car ce péril, c'est à moi que vous eussiez pu l'attribuer : j'avais acheté hier ces chevaux au baron, mais la baronne a paru tellement les regretter que je les lui ai renvoyés hier en la priant de les accepter de ma main.

– Mais alors vous êtes donc le comte de Monte-Cristo dont Hermine m'a tant parlé hier ?

– Oui, madame, fit le comte.

– Moi, monsieur, je suis Mme Héloïse de Villefort.

Le comte salua en homme devant lequel on prononce un nom parfaitement inconnu.

– Oh ! que M. de Villefort sera reconnaissant ! reprit Héloïse, car enfin il vous devra notre vie à tous deux : vous lui avez rendu sa femme et son fils. Assurément, sans votre généreux serviteur, ce cher enfant et moi, nous étions tués.

– Hélas ! madame ! je frémis encore du péril que vous avez couru.

– Oh ! j'espère que vous me permettrez de récompenser dignement le dévouement de cet homme.

– Madame, répondit Monte-Cristo, ne me gâtez pas Ali, je vous prie, ni par des louanges, ni par des récompenses : ce sont des habitudes que je ne veux pas qu'il prenne. Ali est mon esclave ; en vous sauvant la vie il me sert, et c'est son devoir de me servir.

– Mais il a risqué sa vie, dit Mme de Villefort, à qui ce ton de maître imposait singulièrement.

– J'ai sauvé cette vie, madame, répondit Monte-Cristo ; par conséquent elle m'appartient.

Mme de Villefort se tut : peut-être réfléchissait-elle à cet homme qui, du premier abord, faisait une si profonde impression sur les esprits.

Pendant cet instant de silence, le comte put considérer à son aise l'enfant que sa mère couvrait de baisers. Il était petit, grêle, blanc de peau comme les enfants roux, et cependant une forêt de cheveux noirs, rebelles à toute frisure, couvrait son front bombé, et, tombant sur ses épaules en encadrant son visage, redoublait la vivacité de ses yeux pleins de malice sournoise et de juvénile méchanceté ; sa bouche, à peine redevenue vermeille, était fine de lèvres et large d'ouverture ; les traits de cet enfant de huit ans annonçaient déjà douze ans au moins. Son premier mouvement fut de se débarrasser par une brusque secousse des bras de sa mère, et d'aller ouvrir le coffret d'où le comte avait tiré le flacon d'élixir ; puis, aussitôt, sans en demander la permission à personne, et en enfant habitué à satisfaire tous ses caprices, il se mit à déboucher les fioles.

– Ne touchez pas à cela, mon ami, dit vivement le comte, quelques-unes de ces liqueurs sont dangereuses, non seulement à boire, mais même à respirer.

Mme de Villefort pâlit et arrêta le bras de son fils, qu'elle ramena vers elle ; mais, sa crainte calmée, elle jeta aussitôt sur le coffret un court mais expressif regard que le comte saisit au passage.

En ce moment Ali entra.

Mme de Villefort fit un mouvement de joie, et ramena l'enfant plus près d'elle encore :

– Édouard, dit-elle, vois-tu ce bon serviteur : il a été bien courageux, car il a exposé sa vie pour arrêter les chevaux qui nous emportaient et la voiture qui allait se briser. Remercie-le donc, car probablement, sans lui, à cette heure, serions-nous morts tous les deux.

L'enfant allongea les lèvres et tourna dédaigneusement la tête.

– Il est trop laid, dit-il.

Le comte sourit comme si l'enfant venait de remplir une de ses espérances ; quant à Mme de Villefort, elle gourmanda son fils avec une modération qui n'eût, certes, pas été du goût de Jean-Jacques Rousseau si le petit Édouard se fût appelé Émile.

– Vois-tu, dit en arabe le comte à Ali, cette dame prie son fils de te remercier pour la vie que tu leur as sauvée à tous deux, et l'enfant répond que tu es trop laid.

Ali détourna un instant sa tête intelligente et regarda l'enfant sans expression apparente ; mais un simple frémissement de sa narine apprit à Monte-Cristo que l'Arabe venait d'être blessé au cœur.

– Monsieur, demanda Mme de Villefort en se levant pour se retirer, est-ce votre demeure habituelle que cette maison ?

– Non, madame, répondit le comte, c'est une espèce de pied-à-terre que j'ai acheté : j'habite avenue des Champs-Élysées, numéro 30. Mais je vois que vous êtes tout à fait remise, et que vous désirez vous retirer. Je viens d'ordonner qu'on attelle ces mêmes chevaux à ma voiture, et Ali, ce garçon si laid, dit-il en souriant à l'enfant, va avoir l'honneur de vous reconduire chez vous, tandis que votre cocher restera ici pour faire raccommoder la calèche. Aussitôt cette besogne indispensable terminée, un de mes attelages la reconduira directement chez Mme Danglars.

– Mais, dit Mme de Villefort, avec ces mêmes chevaux je n'oserai jamais m'en aller.

– Oh ! vous allez voir, madame, dit Monte-Cristo, sous la main d'Ali, ils vont devenir doux comme des agneaux.

En effet, Ali s'était approché des chevaux, qu'on avait remis sur leurs jambes avec beaucoup de peine. Il tenait à la main une petite éponge imbibée de vinaigre aromatique ; il en frotta les naseaux et les tempes des chevaux, couverts de sueur et d'écume, et presque aussitôt ils se mirent à souffler bruyamment et à frissonner de tout leur corps durant quelques secondes.

Puis, au milieu d'une foule nombreuse que les débris de la voiture et le bruit de l'événement avaient attirée devant la maison, Ali fit atteler les chevaux au coupé du comte, rassembla les rênes, monta sur le siège, et, au grand étonnement des assistants qui avaient vu ces chevaux emportés comme par un tourbillon, il fut obligé d'user vigoureusement du fouet pour les faire partir, et encore ne put-il obtenir des fameux gris pommelé, maintenant stupides, pétrifiés, morts, qu'un trot si mal assuré et si languissant qu'il fallut près de deux heures à Mme de Villefort pour regagner le faubourg Saint-Honoré, où elle demeurait.

À peine arrivée chez elle, et les premières émotions de famille apaisées, elle écrivit le billet suivant à Mme Danglars :

Chère Hermine,

Je viens d'être miraculeusement sauvée avec mon fils par ce même comte de Monte-Cristo dont nous avons tant parlé hier soir, et que j'étais loin de me douter que je verrais aujourd'hui. Hier vous m'avez parlé de lui avec un enthousiasme que je n'ai pu m'empêcher de railler de toute la force de mon pauvre petit esprit, mais aujourd'hui je trouve cet enthousiasme bien au-dessous de l'homme qui l'inspirait. Vos chevaux s'étaient emportés au Ranelagh comme s'ils eussent été pris de frénésie, et nous allions probablement être mis en morceaux, mon pauvre Édouard et moi, contre le premier arbre de la route ou la première borne du village, quand un Arabe, un Nègre, un Nubien, un homme noir enfin, au service du comte, a, sur un signe de lui, je crois, arrêté l'élan des chevaux, au risque d'être brisé lui même, et c'est vraiment un miracle qu'il ne l'ait pas été. Alors le comte est accouru, nous a emportés chez lui, Édouard et moi, et là a rappelé mon fils à la vie. C'est dans sa propre voiture que j'ai été ramenée à l'hôtel ; la vôtre vous sera renvoyée demain. Vous trouverez vos chevaux bien affaiblis depuis cet accident ; ils sont comme hébétés ; on dirait qu'ils ne peuvent se pardonner à eux-mêmes de s'être laissé dompter par un homme. Le comte m'a chargée de vous dire que deux jours de repos sur la litière et de l'orge pour toute nourriture les remettront dans un état aussi florissant, ce qui veut dire aussi effrayant qu'hier.

Adieu ! Je ne vous remercie pas de ma promenade, et, quand je réfléchis, c'est pourtant de l'ingratitude que de vous garder rancune pour les caprices de votre attelage ; car c'est à l'un de ces caprices que je dois d'avoir vu le comte de Monte-Cristo, et l'illustre étranger me paraît, à part les millions dont il dispose, un problème si curieux et si intéressant que je compte l'étudier à tout prix, dussé-je recommencer une promenade au Bois avec vos propres chevaux.

Édouard a supporté l'accident avec un courage miraculeux. Il s'est évanoui, mais il n'a pas poussé un cri auparavant et n'a pas versé une larme après. Vous me direz encore que mon amour maternel m'aveugle ; mais il y a une âme de fer dans ce pauvre petit corps si frêle et si délicat.

Notre chère Valentine dit bien des choses à votre chère Eugénie ; moi, je vous embrasse de tout cœur.

Héloïse de Villefort.

P.-S. Faites-moi donc trouver chez vous d'une façon quelconque avec ce comte de monte-Cristo, je veux absolument le revoir. Au reste, je viens d'obtenir de M. de Villefort qu'il lui fasse une visite ; j'espère bien qu'il la lui rendra.

Le soir, l'événement d'Auteuil faisait le sujet de toutes les conversations : Albert le racontait à sa mère, Château-Renaud au Jockey-Club, Debray dans le salon du ministre ; Beauchamp lui même fit au comte la galanterie, dans son journal, d'un *fait-divers* de vingt lignes, qui posa le noble étranger en héros auprès de toutes les femmes de l'aristocratie.

Beaucoup de gens allèrent se faire inscrire chez Mme de Villefort afin d'avoir le droit de renouveler leur visite en temps utile et d'entendre alors de sa bouche tous les détails de cette pittoresque aventure.

Quant à M. de Villefort, comme l'avait dit Héloïse, il prit un habit noir, des gants blancs, sa plus belle livrée, et monta dans son carrosse qui vint, le même soir, s'arrêter à la porte du numéro 30 de la maison des Champs-Élysées.

XLVIII. IDÉOLOGIE

Si le comte de Monte-Cristo eût vécu depuis longtemps dans le monde parisien, il eût apprécié en toute sa valeur la démarche que faisait près de lui M. de Villefort.

Bien en cour, que le roi régnant fût de la branche aînée ou de la branche cadette, que le ministre gouvernant fût doctrinaire, libéral ou conservateur ; réputé habile par tous, comme on répute généralement habiles les gens qui n'ont jamais éprouvé d'échecs politiques ; haï par beaucoup, mais chaudement protégé par quelques-uns sans cependant être aimé de personne, M. de Villefort avait une des hautes positions de la magistrature, et se tenait à cette hauteur comme un Harlay ou comme un Molé. Son salon, régénéré par une jeune femme et par une fille de son premier mariage à peine âgée de dix-huit ans, n'en était pas moins un de ces salons sévères de Paris où l'on observe le culte des traditions et la religion de l'étiquette. La politesse froide, la fidélité absolue aux principes gouvernementaux, un mépris profond des théories et des théoriciens, la haine profonde des idéologues, tels étaient les éléments de la vie intérieure et publique affichés par M. de Villefort.

M. de Villefort n'était pas seulement magistrat, c'était presque un diplomate. Ses relations avec l'ancienne cour, dont il parlait toujours avec dignité et déférence, le faisaient respecter de la nouvelle, et il savait tant de choses que non seulement on le ménageait toujours, mais encore qu'on le consultait quelquefois. Peut-être n'en eût-il pas été ainsi si l'on eût pu se débarrasser de M. de Villefort ; mais il habitait, comme ces seigneurs féodaux rebelles à leur suzerain, une forteresse inexpugnable. Cette forteresse, c'était sa charge de procureur du roi, dont il exploitait merveilleusement tous les avantages, et qu'il n'eût quittée que pour se faire élire député et pour remplacer ainsi la neutralité par de l'opposition.

En général, M. de Villefort faisait ou rendait peu de visites. Sa femme visitait pour lui : c'était chose reçue dans le monde, où l'on mettait sur le compte des graves et nombreuses occupations du magistrat ce qui n'était en réalité qu'un calcul d'orgueil, qu'une quintessence d'aristocratie, l'application enfin de cet axiome : *Fais semblant de t'estimer, et on t'estimera*, axiome plus utile cent fois dans notre société que celui des Grecs : *Connais-toi toi-même*, remplacé de nos jours par l'art moins difficile et plus avantageux de connaître les autres.

Pour ses amis, M. de Villefort était un protecteur puissant ; pour ses ennemis, c'était un adversaire sourd, mais acharné ; pour les indifférents, c'était la statue de la loi faite homme ; abord hautain, physionomie impassible, regard terne et dépoli, ou insolemment perçant et scrutateur, tel était l'homme dont quatre révolutions habilement entassées l'une sur l'autre avaient d'abord construit, puis cimenté le piédestal.

M. de Villefort avait la réputation d'être l'homme le moins curieux et le moins banal de France ; il donnait un bal tous les ans et n'y paraissait qu'un quart d'heure, c'est-à-dire quarante-cinq minutes de moins que ne le fait le roi aux siens ; jamais on ne le voyait ni aux théâtres, ni aux concerts, ni dans aucun lieu public ; quelquefois, mais rarement, il faisait une partie de whist, et l'on avait soin alors de lui choisir des joueurs dignes de lui ; c'était quelque ambassadeur, quelque archevêque, quelque prince, quelque président, ou enfin quelque duchesse douairière.

Voilà quel était l'homme dont la voiture venait de s'arrêter devant la porte de Monte-Cristo.

Le valet de chambre annonça M. de Villefort au moment où le comte, incliné sur une grande table, suivait sur une carte un itinéraire de Saint-Pétersbourg en Chine.

Le procureur du roi entra du même pas grave et compassé qu'il entrait au tribunal ; c'était bien le même homme, ou plutôt la suite du même homme que nous avons vu autrefois substitut à Marseille. La nature, conséquente avec ses principes, n'avait rien changé pour lui au cours qu'elle devait suivre. De mince, il était devenu maigre, de pâle il était devenu jaune ; ses yeux enfoncés étaient caves, et ses lunettes aux branches d'or, en posant sur l'orbite, semblaient faire partie de la figure ; excepté sa cravate blanche, le reste de son costume était parfaitement noir, et cette couleur funèbre n'était tranchée que par le léger liséré de ruban rouge qui passait imperceptible par sa boutonnière et qui semblait une ligne de sang tracée au pinceau.

Si maître de lui que fût Monte-Cristo, il examina avec une visible curiosité, en lui rendant son salut, le magistrat qui, défiant par habitude et peu crédule surtout quant aux merveilles sociales, était plus disposé à voir dans le noble étranger, c'était ainsi qu'on appelait déjà

Monte-Cristo, un chevalier d'industrie venant exploiter un nouveau théâtre, ou un malfaiteur en état de rupture de ban, qu'un prince du Saint-Siège ou un sultan des *Mille et Une Nuits*.

– Monsieur, dit Villefort avec ce ton glapissant affecté par les magistrats dans leurs périodes oratoires, et dont ils ne peuvent ou ne veulent pas se défaire dans la conversation, monsieur, le service signalé que vous avez rendu hier à ma femme et à mon fils me fait un devoir de vous remercier. Je viens donc m'acquitter de ce devoir et vous exprimer toute ma reconnaissance.

Et, en prononçant ces paroles, l'œil sévère du magistrat n'avait rien perdu de son arrogance habituelle. Ces paroles qu'il venait de dire, il les avait articulées avec sa voix de procureur général, avec cette raideur inflexible de cou et d'épaules qui faisait, comme nous le répétons, dire à ses flatteurs qu'il était la statue vivante de la loi.

– Monsieur, répliqua le comte à son tour avec une froideur glaciale, je suis fort heureux d'avoir pu conserver un fils à sa mère, car on dit que le sentiment de la maternité est le plus saint de tous, et ce bonheur qui m'arrive vous dispensait, monsieur, de remplir un devoir dont l'exécution m'honore sans doute, car je sais que M. de Villefort ne prodigue pas la faveur qu'il me fait, mais qui, si précieuse qu'elle soit cependant, ne vaut pas pour moi la satisfaction intérieure.

Villefort, étonné de cette sortie à laquelle il ne s'attendait pas, tressaillit comme un soldat qui sent le coup qu'on lui porte sous l'armure dont il est couvert, et un pli de sa lèvre dédaigneuse indiqua que dès l'abord il ne tenait pas le comte de Monte-Cristo pour un gentilhomme bien civil.

Il jeta les yeux autour de lui pour raccrocher à quelque chose la conversation tombée, et qui semblait s'être brisée en tombant.

Il vit la carte qu'interrogeait Monte-Cristo au moment où il était entré, et il reprit :

– Vous vous occupez de géographie, monsieur ? C'est une riche étude, pour vous surtout qui, à ce qu'on assure, avez vu autant de pays qu'il y en a de gravés sur cet atlas.

– Oui, monsieur, répondit le comte, j'ai voulu faire sur l'espèce humaine, prise en masse, ce que vous pratiquez chaque jour sur des exceptions, c'est-à-dire une étude physiologique. J'ai pensé qu'il me serait plus facile de descendre ensuite du tout à la partie que de la partie au tout. C'est un axiome algébrique qui veut que l'on procède du connu à l'inconnu, et non de l'inconnu au connu… Mais asseyez-vous donc, monsieur, je vous en supplie.

Et Monte-Cristo indiqua de la main au procureur du roi un fauteuil que celui-ci fut obligé de prendre la peine d'avancer lui même, tandis que lui n'eut que celle de se laisser retomber dans celui sur lequel il était agenouillé quand le procureur du roi était entré : de cette façon le comte se trouva à demi tourné vers son visiteur, ayant le dos à la fenêtre et le coude appuyé sur la carte géographique qui faisait, pour le moment, l'objet de la conversation, conversation qui prenait, comme elle l'avait fait chez Morcerf et chez Danglars, une tournure tout à fait analogue, sinon à la situation, du moins aux personnages.

– Ah ! vous philosophez, reprit Villefort après un instant de silence, pendant lequel, comme un athlète qui rencontre un rude adversaire, il avait fait provision de force. Eh bien, monsieur, parole d'honneur ! si, comme vous, je n'avais rien à faire, je chercherais une moins triste occupation.

– C'est vrai, monsieur, reprit Monte-Cristo, et l'homme est une laide chenille pour celui qui l'étudie au microscope solaire. Mais vous venez de dire, je crois, que je n'avais rien à faire. Voyons, par hasard, croyez-vous avoir quelque chose à faire, vous, monsieur ? Ou, pour parler plus clairement, croyez-vous que ce que vous faites vaille la peine de s'appeler quelque chose ?

L'étonnement de Villefort redoubla à ce second coup si rudement porté par cet étrange adversaire ; il y avait longtemps que le magistrat ne s'était entendu dire un paradoxe de cette force, ou plutôt, pour parler plus exactement, c'était la première fois qu'il l'entendait.

Le procureur du roi se mit à l'œuvre pour répondre.

– Monsieur, dit-il, vous êtes étranger, et, vous le dites vous-même, je crois, une portion de votre vie s'est écoulée dans les pays orientaux ; vous ne savez donc pas combien la justice humaine, expéditive en ces contrées barbares, a chez nous des allures prudentes et compassées.

– Si fait, monsieur, si fait ; c'est le *pede claudo*[46] antique. Je sais tout cela, car c'est surtout de la justice de tous les pays que je me suis occupé, c'est la procédure criminelle de toutes les nations que j'ai comparée à la justice naturelle ; et, je dois le dire, monsieur, c'est encore cette loi des peuples primitifs, c'est-à-dire la loi du talion, que j'ai le plus trouvée selon le cœur de Dieu.

– Si cette loi était adoptée, monsieur, dit le procureur du roi, elle simplifierait fort nos codes, et c'est pour le

46. Référence abrégée à la phrase latine *Pede poena claudo*, qui signifie que la vengeance ou le châtiment peuvent arriver en boitant, mais atteignent toujours le coupable.

coup que nos magistrats n'auraient, comme vous le disiez tout à l'heure, plus grand-chose à faire.

– Cela viendra peut-être, dit Monte-Cristo ; vous savez que les inventions humaines marchent du composé au simple, et que le simple est toujours la perfection.

– En attendant, monsieur, dit le magistrat, nos codes existent avec leurs articles contradictoires, tirés des coutumes gauloises, des lois romaines, des usages francs ; or, la connaissance de toutes ces lois-là, vous en conviendrez, ne s'acquiert pas sans de longs travaux, et il faut une longue étude pour acquérir cette connaissance, et une grande puissance de tête, cette connaissance une fois acquise, pour ne pas l'oublier.

– Je suis de cet avis-là, monsieur ; mais tout ce que vous savez, vous, à l'égard de ce code français, je le sais, moi, non seulement à l'égard de ce code, mais à l'égard du code de toutes les nations : les lois anglaises, turques, japonaises, hindoues, me sont aussi familières que les lois françaises ; et j'avais donc raison de dire que, relativement (vous savez que tout est relatif, monsieur), que relativement à tout ce que j'ai fait, vous avez bien peu de chose à faire, et que relativement à ce que j'ai appris, vous avez encore bien des choses à apprendre.

– Mais dans quel but avez-vous appris tout cela ? reprit Villefort étonné.

Monte-Cristo sourit.

– Bien, monsieur, dit-il. Je vois que, malgré la réputation qu'on vous a faite d'homme supérieur, vous voyez toute chose au point de vue matériel et vulgaire de la société, commençant à l'homme et finissant à l'homme, c'est-à-dire au point de vue le plus restreint et le plus étroit qu'il ait été permis à l'intelligence humaine d'embrasser.

– Expliquez-vous, monsieur, dit Villefort de plus en plus étonné, je ne vous comprends pas… très bien.

– Je dis, monsieur, que, les yeux fixés sur l'organisation sociale des nations, vous ne voyez que les ressorts de la machine, et non l'ouvrier sublime qui la fait agir ; je dis que vous ne reconnaissez devant vous et autour de vous que les titulaires des places dont les brevets ont été signés par des ministres ou par un roi, et que les hommes que Dieu a mis au-dessus des titulaires, des ministres et des rois, en leur donnant une mission à poursuivre au lieu d'une place à remplir, je dis que ceux-là échappent à votre courte vue. C'est le propre de la faiblesse humaine aux organes débiles et incomplets. Tobie prenait l'ange qui venait lui rendre la vue pour un jeune homme ordinaire. Les nations prenaient Attila, qui devait les anéantir, pour un conquérant comme tous les conquérants et il a fallu que tous révélassent leurs missions célestes pour qu'on les reconnût ; il a fallu que l'un dît : « Je suis l'ange du Seigneur » ; et l'autre : « Je suis le marteau de Dieu » pour que l'essence divine de tous deux fût révélée.

– Alors, dit Villefort de plus en plus étonné et croyant parler à un illuminé ou à un fou, vous vous regardez comme un de ces êtres extraordinaires que vous venez de citer ?

– Pourquoi pas ? dit froidement Monte-Cristo.

– Pardon, monsieur, reprit Villefort abasourdi, mais vous m'excuserez si, en me présentant chez vous, j'ignorais me présenter chez un homme dont les connaissances et dont l'esprit dépassent de si loin les connaissances ordinaires et l'esprit habituel des hommes. Ce n'est point l'usage chez nous, malheureux corrompus de la civilisation, que les gentilshommes possesseurs comme vous d'une fortune immense, du moins à ce qu'on assure, remarquez que je n'interroge pas, que seulement je répète, ce n'est pas l'usage, dis-je, que ces privilégiés des richesses perdent leur temps à des spéculations sociales, à des rêves philosophiques, faits tout au plus pour consoler ceux que le sort a déshérités des biens de la terre.

– Eh ! monsieur, reprit le comte, en êtes-vous donc arrivé à la situation éminente que vous occupez sans avoir admis, et même sans avoir rencontré des exceptions, et n'exercez-vous jamais votre regard, qui aurait cependant tant besoin de finesse et de sûreté, à deviner d'un seul coup sur quel homme est tombé votre regard ? Un magistrat ne devrait-il pas être, non pas le meilleur applicateur de la loi, non pas le plus rusé interprète des obscurités de la chicane, mais une sonde d'acier pour éprouver les cœurs, mais une pierre de touche pour essayer l'or dont chaque âme est toujours faite avec plus ou moins d'alliage ?

– Monsieur, dit Villefort, vous me confondez, sur ma parole, et je n'ai jamais entendu parler personne comme vous faites.

– C'est que vous êtes constamment resté enfermé dans le cercle des conditions générales, et que vous n'avez jamais osé vous élever d'un coup d'aile dans les sphères supérieures que Dieu a peuplées d'êtres invisibles ou exceptionnels.

– Et vous admettez, monsieur, que ces sphères existent, et que les êtres exceptionnels et invisibles se mêlent à nous ?

– Pourquoi pas ? Est-ce que vous voyez l'air que vous respirez et sans lequel vous ne pourriez pas vivre ?

– Alors, nous ne voyons pas ces êtres dont vous parlez ?

– Si fait, vous les voyez quand Dieu permet qu'ils se matérialisent ; vous les touchez, vous les coudoyez, vous leur parlez et ils vous répondent.

– Ah ! dit Villefort en souriant, j'avoue que je voudrais bien être prévenu quand un de ces êtres se trouvera en contact avec moi.

– Vous avez été servi à votre guise, monsieur ; car vous avez été prévenu tout à l'heure, et maintenant encore, je vous préviens.

– Ainsi, vous-même ?

– Je suis un de ces êtres exceptionnels, oui, monsieur, et je crois que, jusqu'à ce jour, aucun homme ne s'est trouvé dans une position semblable à la mienne. Les royaumes des rois sont limités, soit par des montagnes, soit par des rivières, soit par un changement de mœurs, soit par une mutation de langage. Mon royaume, à moi, est grand comme le monde, car je ne suis ni italien, ni français, ni Hindou, ni américain, ni espagnol : je suis cosmopolite. Nul pays ne peut dire qu'il m'a vu naître. Dieu seul sait quelle contrée me verra mourir. J'adopte tous les usages, je parle toutes les langues. Vous me croyez français, vous, n'est-ce pas, car je parle français avec la même facilité et la même pureté que vous ? Eh bien ! Ali, mon Nubien, me croit arabe ; Bertuccio, mon intendant, me croit romain ; Haydée, mon esclave, me croit grec. Donc vous comprenez, n'étant d'aucun pays, ne demandant protection à aucun gouvernement, ne reconnaissant aucun homme pour mon frère, pas un seul des scrupules qui arrêtent les puissants ou des obstacles qui paralysent les faibles ne me paralyse ou ne m'arrête. Je n'ai que deux adversaires ; je ne dirai pas deux vainqueurs, car avec la persistance je les soumets : c'est la distance et le temps. Le troisième, et le plus terrible, c'est ma condition d'homme mortel. Celle-là seule peut m'arrêter dans le chemin où je marche, et avant que j'aie atteint le but auquel je tends : tout le reste, je l'ai calculé. Ce que les hommes appellent les chances du sort, c'est-à-dire la ruine, le changement, les éventualités, je les ai toutes prévues ; et si quelques-unes peuvent m'atteindre, aucune ne peut me renverser. À moins que je ne meure, je serai toujours ce que je suis ; voilà pourquoi je vous dis des choses que vous n'avez jamais entendues, même de la bouche des rois, car les rois ont besoin de vous et les autres hommes en ont peur. Qui est-ce qui ne se dit pas, dans une société aussi ridiculement organisée que la nôtre : « Peut-être un jour aurai-je affaire au procureur du roi ! »

– Mais vous-même, monsieur, pouvez-vous dire cela, car, du moment où vous habitez la France, vous êtes naturellement soumis aux lois françaises.

– Je le sais, monsieur, répondit Monte-Cristo, mais quand je dois aller dans un pays, je commence à étudier, par des moyens qui me sont propres, tous les hommes dont je puis avoir quelque chose à espérer ou à craindre, et j'arrive à les connaître aussi bien, et même mieux peut-être qu'ils ne se connaissent eux-mêmes. Cela amène ce résultat que le procureur du roi, quel qu'il fût, à qui j'aurais affaire, serait certainement plus embarrassé que moi-même.

– Ce qui veut dire, reprit avec hésitation Villefort, que la nature humaine étant faible, tout homme, selon vous, a commis des… fautes ?

– Des fautes… ou des crimes, répondit négligemment Monte-Cristo.

– Et que vous seul, parmi les hommes que vous ne reconnaissez pas pour vos frères, vous l'avez dit vous-même, reprit Villefort d'une voix légèrement altérée, et que vous seul êtes parfait ?

– Non point parfait, répondit le comte. Impénétrable, voilà tout. Mais brisons là-dessus, monsieur, si la conversation vous déplaît ; je ne suis pas plus menacé de votre justice que vous ne l'êtes de ma double vue.

– Non, non, monsieur ! dit vivement Villefort, qui sans doute craignait de paraître abandonner le terrain, non ! Par votre brillante et presque sublime conversation, vous m'avez élevé au-dessus des niveaux ordinaires ; nous ne causons plus, nous dissertons. Or, vous savez combien les théologiens en chaire de Sorbonne, ou les philosophes dans leurs disputes, se disent parfois de cruelles vérités. Supposons que nous faisons de la théologie sociale et de la philosophie théologique, je vous dirai donc celle-ci, toute rude qu'elle est : « Mon frère, vous sacrifiez à l'orgueil ; vous êtes au-dessus des autres, mais au-dessus de vous il y a Dieu. »

– Au-dessus de tous, monsieur ! répondit Monte-Cristo avec un accent si profond que Villefort frissonna involontairement. J'ai mon orgueil pour les hommes, serpents toujours prêts à se dresser contre celui qui les dépasse du front sans les écraser du pied. Mais je dépose cet orgueil devant Dieu, qui m'a tiré du néant pour me faire ce que je suis.

– Alors, monsieur le comte, je vous admire, dit Villefort, qui pour la première fois dans cet étrange dialogue venait d'employer cette formule aristocratique vis-à-vis de l'étranger qu'il n'avait jusque-là appelé que monsieur. Oui, je vous le dis, si vous êtes réellement fort, réellement supérieur, réellement saint ou impénétrable, ce qui, vous avez raison, revient à peu près au même, soyez superbe, monsieur ; c'est la loi des dominations. Mais vous avez bien cependant une ambition quelconque ?

– J'en ai une, monsieur.

– Laquelle ?

– Moi aussi, comme cela est arrivé à tout homme une fois dans sa vie, j'ai été enlevé par Satan sur la plus haute montagne de la terre. Arrivé là, il me montra le monde tout entier, et, comme il avait dit autrefois au Christ, il me dit à moi : « Voyons, enfant des hommes, pour m'adorer que veux-tu ? » Alors j'ai réfléchi longtemps, car depuis longtemps une terrible ambition dévorait effectivement mon cœur ; puis je lui répondis : « Écoute, j'ai toujours entendu parler de la Providence, et cependant je ne l'ai jamais vue, ni rien qui lui ressemble, ce qui me fait croire qu'elle n'existe pas ; je veux être la Providence, car ce que je sais de plus beau, de plus grand et de plus sublime au monde, c'est de récompenser et de punir. » Mais Satan baissa la tête et poussa un soupir. « Tu te trompes, dit-il, la Providence existe ; seulement tu ne la vois pas, parce que, fille de Dieu, elle est invisible comme son père. Tu n'as rien vu qui lui ressemble, parce qu'elle procède par des ressorts cachés et marche par des voies obscures ; tout ce que je puis faire pour toi, c'est de te rendre un des agents de cette Providence. » Le marché fut fait ; j'y perdrai peut-être mon âme mais n'importe, reprit Monte-Cristo, et le marché serait à refaire que je le ferais encore.

Villefort regardait Monte-Cristo avec un sublime étonnement.

– Monsieur le comte, dit-il, avez-vous des parents ?

– Non, monsieur, je suis seul au monde.

– Tant pis !

– Pourquoi ? demanda Monte-Cristo.

– Parce que vous auriez pu voir un spectacle propre à briser votre orgueil. Vous ne craignez que la mort, dites-vous ?

– Je ne dis pas que je la craigne, je dis qu'elle seule peut m'arrêter.

– Et la vieillesse ?

– Ma mission sera remplie avant que je ne sois vieux.

– Et la folie ?

– J'ai manqué de devenir fou, et vous connaissez l'axiome : *non bis in idem*[47] ; c'est un axiome criminel, et qui, par conséquent, est de votre ressort.

– Monsieur, reprit Villefort, il y a encore autre chose à craindre que la mort, que la vieillesse ou que la folie : il y a, par exemple, l'apoplexie, ce coup de foudre qui vous frappe sans vous détruire, et après lequel, cependant, tout est fini. C'est toujours vous, et cependant vous n'êtes plus vous ; vous qui touchiez, comme Ariel, à l'ange, vous n'êtes plus qu'une masse inerte qui, comme Caliban, touche à la bête ; cela s'appelle tout bonnement, comme je vous le disais, dans la langue humaine, une apoplexie. Venez, s'il vous plaît, continuer cette conversation chez moi, monsieur le comte, un jour que vous aurez envie de rencontrer un adversaire capable de vous comprendre et avide de vous réfuter, et je vous montrerai mon père, M. Noirtier de Villefort, un des plus fougueux jacobins de la Révolution française, c'est-à-dire la plus brillante audace mise au service de la plus vigoureuse organisation ; un homme qui, comme vous, n'avait peut-être pas vu tous les royaumes de la terre, mais avait aidé à bouleverser un des plus puissants ; un homme qui,

47. Principe de procédure pénale signifiant que nul ne peut être condamné deux fois pour les mêmes faits.

comme vous, se prétendait un des envoyés, non pas de Dieu, mais de l'Être suprême, non pas de la Providence, mais de la Fatalité ; eh bien, monsieur, la rupture d'un vaisseau sanguin dans un lobe du cerveau a brisé tout cela, non pas en un jour, non pas en une heure, mais en une seconde. La veille, M. Noirtier, ancien jacobin, ancien sénateur, ancien carbonaro, riant de la guillotine, riant du canon, riant du poignard, M. Noirtier, riant avec les révolutions. M. Noirtier, pour qui la France n'était qu'un vaste échiquier duquel pions, tours, cavaliers et reine devaient disparaître pourvu que le roi fût mat, M. Noirtier, si redoutable, était le lendemain *ce pauvre monsieur Noirtier*, vieillard immobile, livré aux volontés de l'être le plus faible de la maison, c'est-à-dire de sa petite-fille Valentine ; un cadavre muet et glacé enfin, qui ne vit sans souffrance que pour donner le temps à la matière d'arriver sans secousse à son entière décomposition.

– Hélas ! monsieur, dit Monte-Cristo, ce spectacle n'est étrange ni à mes yeux ni à ma pensée ; je suis quelque peu médecin, et j'ai, comme mes confrères, cherché plus d'une fois l'âme dans la matière vivante ou dans la matière morte ; et, comme la Providence, elle est restée invisible à mes yeux, quoique présente à mon cœur. Cent auteurs, depuis Socrate, depuis Sénèque, depuis saint Augustin, depuis Gall, ont fait en prose ou en vers le rapprochement que vous venez de faire ; mais cependant je comprends que les souffrances d'un père puissent opérer de grands changements dans l'esprit de son fils. J'irai, monsieur, puisque vous voulez bien m'y engager, contempler au profit de mon humilité ce terrible spectacle qui doit fort attrister votre maison.

– Cela serait sans doute, si Dieu ne m'avait point donné une large compensation. En face du vieillard qui descend en se traînant vers la tombe sont deux enfants qui entrent dans la vie : Valentine, une fille de mon premier mariage avec Mlle de Saint-Méran, et Édouard, ce fils à qui vous avez sauvé la vie.

– Et que concluez-vous de cette compensation, monsieur ? demanda Monte-Cristo.

– Je conclus, monsieur, répondit Villefort, que mon père, égaré par les passions, a commis quelques-unes de ces fautes qui échappent à la justice humaine, mais qui relèvent de la justice de Dieu, et que Dieu, ne voulant punir qu'une seule personne, n'a frappé que lui seul.

Monte-Cristo, le sourire sur les lèvres, poussa au fond du cœur un rugissement qui eût fait fuir Villefort, si Villefort eût pu l'entendre.

– Adieu, monsieur, reprit le magistrat, qui depuis quelque temps déjà s'était levé et parlait debout. Je vous quitte, emportant de vous un souvenir d'estime qui, je l'espère, pourra vous être agréable lorsque vous me connaîtrez mieux, car je ne suis point un homme banal, tant s'en faut. Vous vous êtes fait d'ailleurs dans Mme de Villefort une amie éternelle.

Le comte salua et se contenta de reconduire jusqu'à la porte de son cabinet seulement Villefort, lequel regagna sa voiture précédé de deux laquais qui, sur un signe de leur maître, s'empressaient de la lui ouvrir.

Puis, quand le procureur du roi eut disparu :

– Allons, dit Monte-Cristo en tirant avec effort un sourire de sa poitrine oppressée, allons, assez de poison comme cela, et maintenant que mon cœur en est plein, allons chercher l'antidote.

Et frappant un coup sur le timbre retentissant :

– Je monte chez madame, dit-il à Ali ; que dans une demi-heure la voiture soit prête !

XLIX. HAYDÉE

On se rappelle quelles étaient les nouvelles ou plutôt les anciennes connaissances du comte de Monte-Cristo qui demeuraient rue Meslay : c'étaient Maximilien, Julie et Emmanuel.

L'espoir de cette bonne visite qu'il allait faire, de ces quelques moments heureux qu'il allait passer, de cette lueur de paradis glissant dans l'enfer où il s'était volontairement engagé, avait répandu, à partir du moment où il avait perdu de vue Villefort, la plus charmante sérénité sur le visage du comte, et Ali, qui était accouru au bruit du timbre, en voyant ce visage aussi rayonnant d'une joie si rare, s'était retiré sur la pointe du pied et la respiration suspendue, comme pour ne pas effaroucher les bonnes pensées qu'il croyait voir voltiger autour de son maître.

Il était midi : le comte s'était réservé une heure pour monter chez Haydée ; on eût dit que la joie ne pouvait rentrer tout à coup dans cette âme si longtemps brisée, et qu'elle avait besoin de se préparer aux émotions douces, comme les autres âmes ont besoin de se préparer aux émotions violentes.

La jeune Grecque était, comme nous l'avons dit, dans un appartement entièrement séparé de l'appartement du comte. Cet appartement était tout entier meublé à la manière orientale : c'est-à-dire que les parquets étaient couverts d'épais tapis de Turquie, que des étoffes de brocart retombaient le long des murailles, et que, dans chaque pièce, un large divan régnait tout autour de la chambre avec des piles de coussins qui se déplaçaient à la volonté de ceux qui en usaient.

Haydée avait trois femmes françaises et une femme grecque. Les trois femmes françaises se tenaient dans la première pièce, prêtes à accourir au bruit d'une petite sonnette d'or et à obéir aux ordres de l'esclave romaïque, laquelle savait assez de français pour transmettre les volontés de sa maîtresse à ses trois caméristes, auxquelles Monte-Cristo avait recommandé d'avoir pour Haydée les égards que l'on aurait pour une reine.

La jeune fille était dans la pièce la plus reculée de son appartement, c'est-à-dire dans une espèce de boudoir rond, éclairé seulement par le haut, et dans lequel le jour ne pénétrait qu'à travers des carreaux de verre rose. Elle était couchée à terre sur des coussins de satin bleu brochés d'argent, à demi renversée en arrière sur le divan, encadrant sa tête avec son bras droit mollement arrondi, tandis que, du gauche, elle fixait à ses lèvres le tube de corail dans lequel était enchâssé le tuyau flexible d'un narguilé, qui ne laissait arriver la vapeur à sa bouche que parfumée par l'eau de benjoin, à travers laquelle sa douce aspiration la forçait de passer.

Sa pose, toute naturelle pour une femme d'Orient, eût été pour une Française d'une coquetterie peut-être un peu affectée.

Quant à sa toilette, c'était celle des femmes épirotes, c'est-à-dire un caleçon de satin blanc broché de fleurs roses, et qui laissait à découvert deux pieds d'enfant qu'on eût crus de marbre de Paros, si on ne les eût vus se jouer avec deux petites sandales à la pointe recourbée brodées d'or et de perles ; une veste à longues raies bleues et blanches, à larges manches tendues par les bras, avec des boutonnières d'argent et des boutons de perles ; enfin une espèce de corset laissant, par sa coupe ouverte en cœur, voir le cou et tout le haut de la poitrine, et se boutonnant au-dessous du sein par trois boutons de diamant. Quant au bas du corset et au haut du caleçon, ils étaient perdus dans une des ceintures aux franges soyeuses qui font l'ambition de nos élégantes Parisiennes.

La tête était coiffée d'une petite calotte d'or brodée de perles, inclinée sur le côté, et au-dessous de la calotte, du côté où elle inclinait, une belle rose naturelle de couleur pourpre ressortait mêlée à des cheveux si noirs qu'ils paraissaient bleus.

Quant à la beauté de ce visage, c'était la beauté grecque dans toute la perfection de son type, avec ses grands yeux noirs veloutés, son nez droit, ses lèvres de corail et ses dents de perles.

Puis, sur ce charmant ensemble, la fleur de la jeunesse était répandue avec tout son éclat et tout son parfum ; Haydée pouvait avoir dix-neuf ou vingt ans.

Monte-Cristo appela la suivante grecque, et fit demander à Haydée la permission d'entrer auprès d'elle.

Pour toute réponse, Haydée fit signe à la suivante de relever la tapisserie qui pendait devant la porte, dont le chambranle carré encadra la jeune fille couchée comme un charmant tableau. Monte-Cristo s'avança.

Haydée se souleva sur le coude qui tenait le narguillé, et tendant au comte sa main en même temps qu'elle l'accueillait avec un sourire :

– Pourquoi, dit-elle dans la langue sonore des filles de Sparte et d'Athènes, pourquoi me fais-tu demander la permission d'entrer chez moi ? N'es-tu plus mon maître, ne suis-je plus ton esclave ?

Monte-Cristo sourit à son tour.

– Haydée, dit-il, vous savez…

– Pourquoi ne me dis-tu pas *tu* comme d'habitude ? interrompit la jeune Grecque ; ai-je donc commis quelque faute ? En ce cas il faut me punir, mais non pas me dire *vous*.

– Haydée, reprit le comte, tu sais que nous sommes en France, et par conséquent que tu es libre.

– Libre de quoi faire ? demanda la jeune fille.

– Libre de me quitter.

– Te quitter !… et pourquoi te quitterais-je ?

– Que sais-je, moi ? nous allons voir le monde.

– Je ne veux voir personne.

– Et si parmi les beaux jeunes gens que tu rencontreras, tu en trouvais quelqu'un qui te plût, je ne serais pas assez injuste…

– Je n'ai jamais vu d'hommes plus beaux que toi, et je n'ai jamais aimé que mon père et toi.

– Pauvre enfant, dit Monte-Cristo, c'est que tu n'as guère parlé qu'à ton père et à moi.

– Eh bien ! qu'ai-je besoin de parler à d'autres ? Mon père m'appelait *sa joie*, toi tu m'appelles *ton amour*, et tous deux vous m'appelez *votre enfant*.

– Tu te rappelles ton père, Haydée ?

La jeune fille sourit.

– Il est là et là, dit-elle, en mettant la main sur ses yeux et sur son cœur.

– Et moi, où suis-je ? demanda en souriant Monte-Cristo.

– Toi, dit-elle, tu es partout.

Monte-Cristo prit la main d'Haydée pour la baiser ; mais la naïve enfant retira sa main et présenta son front.

– Maintenant, Haydée, lui dit-il, tu sais que tu es libre, que tu es maîtresse, que tu es reine ; tu peux garder ton costume ou le quitter à ta fantaisie ; tu resteras ici quand tu voudras rester, tu sortiras quand tu voudras sortir ; il y aura toujours une voiture attelée pour toi ; Ali et Myrto t'accompagneront partout et seront à tes ordres ; seulement, une seule chose, je te prie.

– Dis.

– Garde le secret sur ta naissance, ne dis pas un mot de ton passé ; ne prononce dans aucune occasion le nom de ton illustre père ni celui de ta pauvre mère.

– Je te l'ai déjà dit, seigneur, je ne verrai personne.

– Écoute, Haydée ; peut-être cette réclusion tout orientale sera-t-elle impossible à Paris ; continue d'apprendre la vie de nos pays du Nord comme tu as fait à Rome, à Florence, à Milan et à Madrid ; cela te servira toujours, que tu continues à vivre ici ou que tu retournes en Orient.

La jeune fille leva sur le comte ses grands yeux humides et répondit :

– Ou que nous retournions en Orient, veux-tu dire, n'est-ce pas, mon seigneur ?

– Oui, ma fille, dit Monte-Cristo ; tu sais bien que ce n'est jamais moi qui te quitterai. Ce n'est point l'arbre qui quitte la fleur, c'est la fleur qui quitte l'arbre.

– Je ne te quitterai jamais, seigneur, dit Haydée, car je suis sûre que je ne pourrais pas vivre sans toi.

– Pauvre enfant ! dans dix ans je serai vieux, et dans dix ans tu seras jeune encore.

– Mon père avait une longue barbe blanche, cela ne m'empêchait point de l'aimer ; mon père avait soixante ans, et il me paraissait plus beau que tous les jeunes hommes que je voyais.

– Mais voyons, dis-moi, crois-tu que tu t'habitueras ici ?

– Te verrai-je ?

– Tous les jours.

– Eh bien ! que me demandes-tu donc, seigneur ?

– Je crains que tu ne t'ennuies.

– Non, seigneur, car le matin je penserai que tu viendras, et le soir je me rappellerai que tu es venu ; d'ailleurs, quand je suis seule, j'ai de grands souvenirs, je revois d'immenses tableaux, de grands horizons avec le Pinde et l'Olympe dans le lointain ; puis j'ai dans le cœur trois sentiments avec lesquels on ne s'ennuie jamais ; de la tristesse, de l'amour et de la reconnaissance.

– Tu es une digne fille de l'Épire, Haydée, gracieuse et poétique, et l'on voit que tu descends de cette famille de déesses qui est née dans ton pays. Sois donc tranquille, ma fille, je ferai en sorte que ta jeunesse ne soit pas perdue, car si tu m'aimes comme ton père, moi je t'aime comme mon enfant.

– Tu te trompes, seigneur ; je n'aimais point mon père comme je t'aime ; mon amour pour toi est un autre amour ; mon père est mort et je ne suis pas morte ; tandis que toi, si tu mourais, je mourrais.

Le comte tendit la main à la jeune fille avec un sourire de profonde tendresse ; elle y imprima ses lèvres, comme d'habitude.

Et le comte, ainsi disposé à l'entrevue qu'il allait avoir avec Morrel et sa famille, partit en murmurant ces vers de Pindare :

« La jeunesse est une fleur dont l'amour est le fruit… Heureux le vendangeur qui le cueille après l'avoir vu lentement mûrir. »

Selon ses ordres, la voiture était prête. Il y monta, et la voiture, comme toujours, partit au galop.

L. LA FAMILLE MORREL

Le comte arriva en quelques minutes rue Meslay, numéro 7.

La maison était blanche, riante et précédée d'une cour dans laquelle deux petits massifs contenaient d'assez belles fleurs.

Dans le concierge qui lui ouvrit cette porte le comte reconnut le vieux Coclès. Mais comme celui-ci, on se le rappelle, n'avait qu'un œil, et que depuis neuf ans cet œil avait encore considérablement faibli, Coclès ne reconnut pas le comte.

Les voitures, pour s'arrêter devant l'entrée, devaient tourner, afin d'éviter un petit jet d'eau jaillissant d'un bassin en rocaille, magnificence qui avait excité bien des jalousies dans le quartier, et qui était cause qu'on appelait cette maison *le petit-Versailles*.

Inutile de dire que dans le bassin manœuvrait une foule de poissons rouges et jaunes.

La maison, élevée au-dessus d'un étage de cuisines et de caveaux, avait, outre le rez-de-chaussée, deux étages pleins et des combles ; les jeunes gens l'avaient achetée avec les dépendances, qui consistaient en un immense atelier, en deux pavillons au fond d'un jardin et dans le jardin lui-même. Emmanuel avait, du premier coup d'œil, vu dans cette disposition une petite spéculation à faire ; il s'était réservé la maison, la moitié du jardin, et avait tiré une ligne, c'est-à-dire qu'il avait bâti un mur entre lui et les ateliers qu'il avait loués à bail avec les pavillons et la portion du jardin qui y était afférente ; de sorte qu'il se trouvait logé pour une somme assez modique, et aussi bien clos chez lui que le plus minutieux propriétaire d'un hôtel du faubourg Saint-Germain.

La salle à manger était de chêne ; le salon d'acajou et de velours bleu ; la chambre à coucher de citronnier et de damas vert ; il y avait en outre un cabinet de travail pour Emmanuel, qui ne travaillait pas, et un salon de musique pour Julie, qui n'était pas musicienne.

Le second étage tout entier était consacré à Maximilien : il y avait là une répétition exacte du logement de sa sœur, la salle à manger seulement avait été convertie en une salle de billard où il amenait ses amis.

Il surveillait lui-même le pansage de son cheval, et fumait son cigare à l'entrée du jardin quand la voiture du comte s'arrêta à la porte.

Coclès ouvrit la porte, comme nous l'avons dit, et Baptistin, s'élançant de son siège, demanda si madame Herbault et M. Maximilien Morrel étaient visibles pour le comte de Monte-Cristo.

– Pour le comte de Monte-Cristo ! s'écria Morrel en jetant son cigare et en s'élançant au-devant de son visiteur : je le crois bien que nous sommes visibles pour lui ! Ah ! merci, cent fois merci, monsieur le comte, de ne pas avoir oublié votre promesse.

Et le jeune officier serra si cordialement la main du comte que celui-ci ne put se méprendre à la franchise de la manifestation, et il vit bien qu'il avait été attendu avec impatience et reçu avec empressement.

– Venez, venez, dit Maximilien, je veux vous servir d'introducteur ; un homme comme vous ne doit pas être annoncé par un domestique ; ma sœur est dans son jardin, elle casse ses roses fanées ; mon frère lit ses deux journaux, *La Presse* et *Les Débats*, à six pas d'elle, car partout où l'on voit Mme Herbault, on n'a qu'à regarder dans un rayon de quatre mètres, M. Emmanuel s'y trouve, et réciproquement, comme on dit à l'école polytechnique.

Le bruit des pas fit lever la tête à une jeune femme de vingt à vingt-cinq ans, vêtue d'une robe de chambre de soie, et épluchant avec un soin tout particulier un rosier noisette.

Cette femme, c'était notre petite Julie, devenue, comme le lui avait prédit le mandataire de la maison Thomson et French, Mme Emmanuel Herbault.

Elle poussa un cri en voyant un étranger. Maximilien se mit à rire.

– Ne te dérange pas, ma sœur, dit-il, monsieur le comte n'est que depuis deux ou trois jours à Paris, mais il sait déjà ce que c'est qu'une rentière du Marais, et s'il ne le sait pas, tu vas le lui apprendre.

– Ah ! monsieur, dit Julie, vous amener ainsi, c'est une trahison de mon frère, qui n'a pas pour sa pauvre sœur la moindre coquetterie… Penelon !… Penelon !…

Un vieillard qui bêchait une plate-bande de rosiers du Bengale ficha sa bêche en terre et s'approcha, la casquette à la main, en dissimulant du mieux qu'il le pouvait une chique enfoncée momentanément dans les profondeurs de ses joues. Quelques mèches blanches argentaient sa chevelure encore épaisse, tandis que son teint bronzé et son œil hardi et vif annonçaient le vieux marin, bruni au soleil de l'équateur et hâlé au souffle des tempêtes.

– Je crois que vous m'avez hélé, mademoiselle Julie, dit-il : me voilà.

Penelon avait conservé l'habitude d'appeler la fille de son patron mademoiselle Julie, et n'avait jamais pu prendre celle de l'appeler madame Herbault.

– Penelon, dit Julie, allez prévenir M. Emmanuel de la bonne visite qui nous arrive, tandis que M. Maximilien conduira monsieur au salon.

Puis se tournant vers Monte-Cristo :

– Monsieur me permettra bien de m'enfuir une minute, n'est-ce pas ?

Et sans attendre l'assentiment du comte, elle s'élança derrière un massif et gagna la maison par une allée latérale.

– Ah çà ! mon cher monsieur Morrel, dit Cristo, je m'aperçois avec douleur que je fais la révolution dans votre famille.

– Tenez, tenez, dit Maximilien en riant, vous voyez là-bas le mari qui, de son côté, va troquer sa veste contre une redingote ? Oh ! c'est qu'on vous connaît rue Meslay, vous étiez annoncé, je vous prie de le croire.

– Vous me paraissez avoir là, monsieur, une heureuse famille, dit le comte, répondant à sa pensée.

– Oh ! oui, je vous en réponds, monsieur le comte ; que voulez-vous ? il ne leur manque rien pour être heureux ; ils sont jeunes, ils sont gais, ils s'aiment, et avec leurs vingt-cinq mille livres de rente ils se figurent, eux qui ont cependant côtoyé tant d'immenses fortunes, ils se figurent posséder la richesse des Rothschild.

– C'est peu, cependant, vingt-cinq mille livres de rente, dit Monte-Cristo avec une douceur si suave qu'elle pénétra le cœur de Maximilien comme eût pu le faire la voix d'un tendre père ; mais ils ne s'arrêteront pas là, nos jeunes gens, ils deviendront à leur tour millionnaires. Monsieur votre beau-frère est avocat… médecin ?…

– Il était négociant, monsieur le comte, et avait pris la maison de mon pauvre père. M. Morrel est mort en laissant cinq cent mille francs de fortune ; j'en avais une moitié et ma sœur l'autre, car nous n'étions que deux enfants. Son mari, qui l'avait épousée sans avoir d'autre patrimoine que sa noble probité, son intelligence de premier ordre et sa réputation sans tache, a voulu posséder autant que sa femme. Il a travaillé jusqu'à ce qu'il eût amassé deux cent cinquante mille francs ; six ans ont suffi. C'était, je vous le jure, monsieur le comte, un touchant spectacle que celui de ces deux enfants si laborieux, si unis, destinés par leur capacité à la plus haute fortune, et qui, n'ayant rien voulu changer aux habitudes de la maison paternelle, ont mis six ans à faire ce que les novateurs eussent pu faire en deux ou trois ; aussi Marseille retentit encore des louanges qu'on n'a pu refuser à tant de courageuse abnégation. Enfin, un jour, Emmanuel vint trouver sa femme, qui achevait de payer l'échéance.

– Julie, lui dit-il, voici le dernier rouleau de cent francs que vient de me remettre Coclès et qui complète les deux cent cinquante mille francs que nous avons fixés comme limite de nos gains. Seras-tu contente de ce peu dont il va falloir nous contenter désormais ? Écoute, la maison fait pour un million d'affaires par an, et peut rapporter quarante mille francs de bénéfices. Nous vendrons, si nous le voulons, la clientèle, trois cent mille francs dans une heure, car voici une lettre de M. Delaunay, qui nous les offre en échange de notre fonds qu'il veut réunir au sien. Vois ce que tu penses qu'il y ait à faire.

– Mon ami, dit ma sœur, la maison Morrel ne peut être tenue que par un Morrel. Sauver à tout jamais des mauvaises chances de la fortune le nom de notre père, cela ne vaut-il pas bien trois cent mille francs ?

– Je le pensais, répondit Emmanuel ; cependant je voulais prendre ton avis.

– Eh bien, mon ami, le voilà. Toutes nos rentrées sont faites, tous nos billets sont payés ; nous pouvons tirer une barre au-dessous du compte de cette quinzaine et fermer nos comptoirs ; tirons cette barre et fermons-le. Ce qui fut fait à l'instant même. Il était trois heures : à trois heures un quart, un client se présenta pour faire assurer le passage de deux navires ; c'était un bénéfice de quinze mille francs comptant.

– Monsieur, dit Emmanuel, veuillez vous adresser pour cette assurance à notre confrère M. Delaunay. Quant à nous, nous avons quitté les affaires.

– Et depuis quand ? demanda le client étonné.

– Depuis un quart d'heure.

– Et voilà, monsieur, continua en souriant Maximilien, comment ma sœur et mon beau-frère n'ont que vingt-cinq mille livres de rente.

Maximilien achevait à peine sa narration pendant laquelle le cœur du comte s'était dilaté de plus en plus, lorsque Emmanuel reparut, restauré d'un chapeau et d'une redingote. Il salua en homme qui connaît la qualité du visiteur ; puis, après avoir fait faire au comte le tour du petit enclos fleuri, il le ramena vers la maison.

Le salon était déjà embaumé de fleurs contenues à grand-peine dans un immense vase du Japon à anses naturelles. Julie, convenablement vêtue et coquettement coiffée (elle avait accompli ce tour de force en dix minutes), se présenta pour recevoir le comte à son entrée.

On entendait caqueter les oiseaux d'une volière voisine ; les branches des faux ébéniers et des roses venaient border de leurs grappes les rideaux de velours bleu : tout dans cette charmante retraite respirait le calme, depuis le chant de l'oiseau jusqu'au sourire des maîtres.

Le comte, depuis son entrée dans la maison, s'était déjà imprégné de ce bonheur ; aussi restait-il muet, rêveur, oubliant qu'on l'attendait pour reprendre la conversation interrompue après les premiers compliments.

Il s'aperçut de ce silence devenu presque inconvenant, et s'arrachant avec effort à sa rêverie :

– Madame, dit-il enfin, pardonnez-moi une émotion qui doit vous étonner, vous, accoutumée à cette paix et à ce bonheur que je rencontre ici ; mais pour moi, c'est chose si nouvelle que la satisfaction sur un visage humain, que je ne me lasse pas de vous regarder, vous et votre mari.

– Nous sommes bien heureux, en effet, monsieur, répliqua Julie. Mais nous avons été longtemps à souffrir, et peu de gens ont acheté leur bonheur aussi cher que nous.

La curiosité se peignit sur les traits du comte.

– Oh ! c'est toute une histoire de famille, comme vous le disait l'autre jour Château-Renaud, reprit Maximilien. Pour vous, monsieur le comte, habitué à voir d'illustres malheurs et des joies splendides, il y aura peu d'intérêt dans ce tableau d'intérieur. Toutefois nous avons, comme vient de vous le dire Julie, souffert de bien vives douleurs, quoiqu'elles fussent dans ce petit cadre…

– Et Dieu vous a versé, comme il le fait pour tous, la consolation sur la souffrance ? demanda Monte-Cristo.

– Oui, monsieur le comte, dit Julie ; nous pouvons le dire, car il a fait pour nous ce qu'il ne fait que pour ses élus ; il nous a envoyé un de ses anges.

Le rouge monta aux joues du comte, et il toussa pour avoir un moyen de dissimuler son émotion en portant son mouchoir à sa bouche.

– Ceux qui sont nés dans un berceau de pourpre et n'ont jamais rien désiré, dit Emmanuel, ne savent ce que c'est que le bonheur de vivre ; de même ceux-là ne connaissent pas le prix d'un ciel pur, qui n'ont jamais livré leur vie à la merci de quatre planches jetées sur une mer en fureur.

Monte-Cristo se leva, et, sans rien répondre, car au tremblement de sa voix on eût pu reconnaître l'émotion dont il était agité, il se mit à parcourir pas à pas le salon.

– Notre magnificence vous fait sourire, monsieur le comte, dit Maximilien, qui suivait Monte-Cristo des yeux.

– Non, non, répondit Monte-Cristo fort pâle et comprimant d'une main les battements de son cœur, tandis que, de l'autre, il montrait au jeune homme un globe de cristal sous lequel une bourse de soie reposait précieusement couchée sur un coussin de velours noir. Je me demandais seulement à quoi sert cette bourse, qui, d'un côté, contient un papier, ce me semble, et de l'autre un assez beau diamant.

Maximilien prit un air grave et répondit :

– Ceci, monsieur le comte, c'est le plus précieux de nos trésors de famille.

– En effet, ce diamant est assez beau, répliqua Monte-Cristo.

– Oh ! mon frère ne vous parle pas du prix de la pierre, quoiqu'elle soit estimée cent mille francs, monsieur le comte ; il veut seulement vous dire que les objets que renferme cette bourse sont les reliques de l'ange dont nous vous parlions tout à l'heure.

– Voilà ce que je ne saurais comprendre, et cependant ce que je ne dois pas demander, madame, répliqua Monte-Cristo en s'inclinant ; pardonnez-moi, je n'ai pas voulu être indiscret.

– Indiscret, dites-vous ? Oh ! que vous nous rendez heureux, monsieur le comte, au contraire, nous offrant une occasion de nous étendre sur le sujet ! Si nous cachions comme un secret la belle action que rappelle cette bourse nous ne l'exposerions pas ainsi à la vue. Oh ! nous voudrions pouvoir la publier dans tout l'univers, pour qu'un tressaillement de notre bienfaiteur inconnu nous révélât sa présence.

– Ah ! vraiment ! fit Monte-Cristo d'une voix étouffée.

– Monsieur, dit Maximilien en soulevant le globe de cristal et en baisant religieusement la bourse de soie, ceci a touché la main d'un homme par lequel mon père a été sauvé de la mort, nous de la ruine, notre nom de la honte ; d'un homme grâce auquel nous autres, pauvres enfants voués à la misère et aux larmes, nous pouvons entendre aujourd'hui des gens s'extasier sur notre bonheur. Cette lettre, et Maximilien tirant un billet de la bourse le présenta au comte, cette lettre fut écrite par lui un jour où mon père avait pris une résolution bien désespérée, et ce diamant fut donné en dot à ma sœur par ce généreux inconnu.

Monte-Cristo ouvrit la lettre et la lut avec une indéfinissable expression de bonheur ; c'était le billet que nos lecteurs connaissent, adressé à Julie et signé Simbad le marin.

– Inconnu, dites-vous ? Ainsi l'homme qui vous a rendu ce service est resté inconnu pour vous ?

– Oui, monsieur, jamais nous n'avons eu le bonheur de serrer sa main ; ce n'est pas faute cependant d'avoir demandé à Dieu cette faveur, reprit Maximilien, mais il y a eu dans toute cette aventure une mystérieuse direction que nous ne pouvons pas comprendre encore ; tout a été conduit par une main puissante comme celle d'un enchanteur.

– Oh ! dit Julie, je n'ai pas encore perdu tout espoir de baiser un jour cette main comme je baise la bourse qu'elle a touchée. Il y a quatre ans, Penelon était à Trieste : Penelon, monsieur le comte, c'est ce marin que vous avez vu une bêche à la main, et qui de contremaître, s'est fait jardinier. Penelon, étant donc à Trieste, vit sur le quai un Anglais qui allait s'embarquer sur un yacht, et il reconnut celui qui vint chez mon père le 5 juin 1829, et qui m'écrivit ce billet le 5 septembre. C'était bien le même, à ce qu'il assure, mais il n'osa point lui parler.

– Un Anglais ! fit Monte-Cristo rêveur et qui s'inquiétait de chaque regard de Julie, un Anglais, dites-vous ?

– Oui, reprit Maximilien, un Anglais qui se présenta chez nous comme mandataire de la maison Thomson et French de Rome. Voilà pourquoi, lorsque vous avez dit l'autre jour chez M. de Morcerf que MM. Thomson et French étaient vos banquiers, vous m'avez vu tressaillir. Au nom du ciel, monsieur, cela se passait, comme nous vous l'avons dit, en 1829 ; avez-vous connu cet Anglais ?

– Mais ne m'avez-vous pas dit aussi que la maison Thomson et French avait constamment nié vous avoir rendu ce service ?

– Oui.

– Alors cet Anglais ne serait-il pas un homme qui, reconnaissant envers votre père de quelque bonne action qu'il aurait oubliée lui-même, aurait pris ce prétexte pour lui rendre un service ?

– Tout est supposable, monsieur, en pareille circonstance, même un miracle.

– Comment s'appelait-il ? demanda Monte-Cristo.

– Il n'a laissé d'autre nom, répondit Julie en regardant le comte avec une profonde attention, que le nom qu'il a signé au bas du billet : Simbad le marin.

– Ce qui n'est pas un nom évidemment, mais un pseudonyme.

Puis, comme Julie le regardait plus attentivement encore et essayait de saisir au vol et de rassembler quelques notes de sa voix :

– Voyons, continua-t-il, n'est-ce point un homme de ma taille à peu près, un peu plus grand un peu plus mince, emprisonné dans une haute cravate, boutonné, corseté, sanglé et toujours le crayon à la main ?

– Oh ! mais vous le connaissez donc ? s'écria Julie, les yeux étincelants de joie.

– Non, dit Monte-Cristo, je suppose seulement. J'ai connu un lord Wilmore qui semait ainsi des traits de générosité.

– Sans se faire connaître !

– C'était un homme bizarre qui ne croyait pas à la reconnaissance.

– Oh ! s'écria Julie avec un accent sublime et joignant les mains, à quoi croit-il donc, le malheureux !

– Il n'y croyait pas, du moins à l'époque où je l'ai connu, dit Monte-Cristo, que cette voix partie du fond de l'âme avait remué jusqu'à la dernière fibre, mais depuis ce temps peut-être a-t-il eu la preuve que la reconnaissance existait.

– Et vous connaissez cet homme, monsieur ? demanda Emmanuel.

– Oh ! si vous le connaissez, monsieur, s'écria Julie, dites, dites, pouvez-vous nous mener à lui, nous le montrer, nous dire où il est ? Dis donc, Maximilien, dis donc, Emmanuel ; si nous le retrouvions jamais, il faudrait bien qu'il crût à la mémoire du cœur.

Monte-Cristo sentit deux larmes rouler dans ses yeux ; il fit encore quelques pas dans le salon.

– Au nom du ciel ! monsieur, dit Maximilien, si vous savez quelque chose de cet homme, dites-nous ce que vous en savez !

– Hélas ! dit Monte-Cristo en comprimant l'émotion de sa voix, si c'est lord Wilmore votre bienfaiteur, je crains bien que jamais vous ne le retrouviez. Je l'ai quitté il y a deux ou trois ans à Palerme et il partait pour les pays les plus fabuleux ; si bien que je doute fort qu'il en revienne jamais.

– Ah ! monsieur, vous êtes cruel ! s'écria Julie avec effroi.

Et les larmes vinrent aux yeux de la jeune femme.

– Madame, dit gravement Monte-Cristo en dévorant du regard les deux perles liquides qui roulaient sur les joues de Julie, si Lord Wilmore avait vu ce que viens de voir ici, il aimerait encore la vie, car les larmes que vous versez le raccommoderaient avec le genre humain.

Et il tendit la main à Julie, qui lui donna la sienne, entraînée qu'elle se trouvait par le regard et par l'accent du comte.

– Mais ce Lord Wilmore, dit-elle, se rattachant à cette dernière espérance, il avait un pays, une famille, des parents, il était connu enfin ? Est-ce que nous ne pourrions pas… ?

– Oh ! ne cherchez point, madame, dit le comte, ne bâtissez point de douces chimères sur cette parole que j'ai laissé échapper. Non, Lord Wilmore n'est pas l'homme que vous cherchez : il était mon ami, je connaissais tous ses secrets, il m'eût raconté celui-là.

– Et il ne vous en a rien dit ? s'écria Julie.

– Rien.

– Jamais un mot qui pût vous faire supposer ?…

– Jamais.

– Cependant vous l'avez nommé tout de suite.

– Ah ! vous savez… en pareil cas, on suppose.

– Ma sœur, ma sœur, dit Maximilien venant en aide au comte, monsieur a raison. Rappelle-toi ce que nous a dit si souvent notre bon père : « Ce n'est pas un Anglais qui nous a fait ce bonheur. »

Monte-Cristo tressaillit.

– Votre père vous disait… M. Morrel ?… reprit-il vivement.

– Mon père, monsieur, voyait dans cette action un miracle. Mon père croyait à un bienfaiteur sorti pour nous de la tombe. Oh ! la touchante superstition, monsieur, que celle-là, et comme, tout en n'y croyant pas moi-même, j'étais loin de vouloir détruire cette croyance dans son noble cœur ! Aussi combien de fois y rêva-t-il en prononçant tout bas un nom d'ami bien cher, un nom d'ami perdu ; et, lorsqu'il fut près de mourir, lorsque l'approche de l'éternité eût donné à son esprit quelque chose de l'illumination de la tombe, cette pensée, qui n'avait jusque-là été qu'un doute, devint une conviction, et les dernières paroles qu'il prononça en mourant furent celles-ci : « Maximilien, c'était Edmond Dantès ! »

La pâleur du comte, qui depuis quelques secondes allait croissant, devint effrayante à ces paroles. Tout son sang venait d'affluer au cœur, il ne pouvait parler ; il tira sa montre comme s'il eût oublié l'heure, prit son chapeau, présenta à Mme Herbault un compliment brusque et embarrassé, et, serrant les mains d'Emmanuel et de Maximilien :

– Madame, dit-il, permettez-moi de venir quelquefois vous rendre mes devoirs. J'aime votre maison, et je vous suis reconnaissant de votre accueil, car voici la première fois que je me suis oublié depuis bien des années.

Et il sortit à grands pas.

– C'est un homme singulier que ce comte de Monte-Cristo, dit Emmanuel.

– Oui, répondit Maximilien, mais je crois qu'il a un cœur excellent, et je suis sûr qu'il nous aime.

– Et moi ! dit Julie, sa voix m'a été au cœur, et deux ou trois fois il m'a semblé que ce n'était point la première fois que je l'entendais.

LI. PYRAME ET THISBÉ

Aux deux tiers du faubourg Saint-Honoré, derrière un bel hôtel, remarquable entre les remarquables habitations de ce riche quartier, s'étend un vaste jardin dont les marronniers touffus dépassent les énormes murailles, hautes comme des remparts, et laissent, quand vient le printemps, tomber leurs fleurs roses et blanches dans deux vases de pierre cannelée placés parallèlement sur deux pilastres quadrangulaires dans lesquels s'enchâsse une grille de fer du temps de Louis XIII.

Cette entrée grandiose est condamnée, malgré les magnifiques géraniums qui poussent dans les deux vases et qui balancent au vent leurs feuilles marbrées et leurs fleurs de pourpre, depuis que les propriétaires de l'hôtel, et cela date de longtemps déjà, se sont restreints à la possession de l'hôtel, de la cour plantée d'arbres qui donne sur le faubourg, et du jardin que ferme cette grille, laquelle donnait autrefois sur un magnifique potager d'un arpent annexé à la propriété. Mais le démon de la spéculation ayant tiré une ligne, c'est-à-dire une rue à l'extrémité de ce potager et la rue, avant d'exister, ayant déjà grâce à une plaque de fer bruni, reçu un nom, on pensa vendre ce potager pour bâtir sur la rue, et faire concurrence à cette grande artère de Paris qu'on appelle le faubourg Saint-Honoré.

Mais, en matière de spéculation, l'homme propose et l'argent dispose ; la rue baptisée mourut au berceau ; l'acquéreur du potager, après l'avoir parfaitement payé, ne put trouver à le revendre la somme qu'il en voulait, et, en attendant une hausse de prix qui ne peut manquer, un jour ou l'autre, de l'indemniser bien au-delà de ses pertes passées et de son capital au repos, il se contenta de louer cet enclos à des maraîchers, moyennant la somme de cinq cents francs par an.

C'est de l'argent placé à un demi pour cent, ce qui n'est pas cher par le temps qui court, où il y a tant de gens qui le placent à cinquante, et qui trouvent encore que l'argent est d'un bien pauvre rapport.

Néanmoins, comme nous l'avons dit, la grille du jardin, qui autrefois donnait sur le potager, est condamnée, et la rouille ronge ses gonds ; il y a même plus ; pour que d'ignobles maraîchers ne souillent pas de leurs regards vulgaires l'intérieur de l'enclos aristocratique, une cloison de planches est appliquée aux barreaux jusqu'à la hauteur de six pieds. Il est vrai que les planches ne sont pas si jointes qu'on ne puisse glisser un regard furtif dans les intervalles ; mais cette maison est une maison sévère, et qui ne craint point les indiscrétions.

Dans ce potager, au lieu de choux, de carottes, de radis, de pois et de melons, poussent de grandes luzernes, seule culture qui annonce que l'on songe encore à ce lieu abandonné. Une petite porte basse s'ouvrant sur la rue projetée, donne entrée en ce terrain clos de murs, que ses locataires viennent d'abandonner à cause de sa stérilité et qui, depuis huit jours, au lieu de rapporter un demi pour cent comme par le passé, ne rapporte plus rien du tout.

Du côté de l'hôtel, les marronniers dont nous avons parlé couronnent la muraille, ce qui n'empêche pas d'autres arbres luxuriants et fleuris de glisser dans leurs intervalles leurs branches avides d'air. À un angle où le feuillage devient tellement touffu qu'à peine si la lumière y pénètre, un large banc de pierre et des sièges de jardin indiquent un lieu de réunion ou une retraite favorite à quelque habitant de l'hôtel situé à cent pas, et que l'on aperçoit à peine à travers le rempart de verdure qui l'enveloppe. Enfin, le choix de cet asile mystérieux est à la fois justifié par l'absence du soleil, par la fraîcheur éternelle, même pendant les jours les plus brûlants de l'été, par le gazouillement des oiseaux et par l'éloignement de la maison et de la rue, c'est-à-dire des affaires et du bruit.

Vers le soir d'une des plus chaudes journées que le printemps eût encore accordées aux habitants de Paris, il y avait sur ce banc de pierre un livre, une ombrelle, un panier à ouvrage et un mouchoir de batiste dont la broderie était commencée ; et non loin de ce banc, près de la grille, debout devant les planches, l'œil appliqué à la cloison à claire-voie, une jeune femme, dont le regard plongeait par une fente dans le jardin désert que nous connaissons.

Presque au même moment, la petite porte de ce terrain se refermait sans bruit, et un jeune homme, grand, vigoureux, vêtu d'une blouse de toile écrue, d'une casquette de velours, mais dont les moustaches, la barbe et les cheveux noirs extrêmement soignés juraient quelque peu avec ce costume populaire, après un rapide coup d'œil jeté autour de lui pour s'assurer que personne ne l'épiait, passant par cette porte, qu'il referma derrière lui, se dirigeait d'un pas précipité vers la grille.

À la vue de celui qu'elle attendait, mais non pas probablement sous ce costume, la jeune fille eut peur et se rejeta en arrière.

Et cependant déjà, à travers les fentes de la porte, le jeune homme, avec ce regard qui n'appartient qu'aux amants, avait vu flotter la robe blanche et la longue ceinture bleue. Il s'élança vers la cloison, et appliquant sa bouche à une ouverture :

– N'ayez pas peur, Valentine, dit-il, c'est moi.

La jeune fille s'approcha.

– Oh ! monsieur, dit-elle, pourquoi donc êtes-vous venu si tard aujourd'hui ? Savez-vous que l'on va dîner bientôt, et qu'il m'a fallu bien de la diplomatie et bien de la promptitude pour me débarrasser de ma belle-mère, qui m'épie, de ma femme de chambre qui m'espionne, et de mon frère qui me tourmente pour venir travailler ici à cette broderie, qui, j'en ai bien peur, ne sera pas finie de longtemps ? Puis, quand vous vous serez excusé sur votre retard, vous me direz quel est ce nouveau costume qu'il vous a plu d'adopter et qui presque a été cause que je ne vous ai pas reconnu.

– Chère Valentine, dit le jeune homme, vous êtes trop au-dessus de mon amour pour que j'ose vous en parler, et cependant, toutes les fois que je vous vois, j'ai besoin de vous dire que je vous adore, afin que l'écho de mes propres paroles me caresse doucement le cœur lorsque je ne vous vois plus. Maintenant je vous remercie de votre gronderie : elle est toute charmante, car elle me prouve, je n'ose pas dire que vous m'attendiez, mais que vous pensiez à moi. Vous vouliez savoir la cause de mon retard et le motif de mon déguisement ; je vais vous les dire, et j'espère que vous les excuserez ; j'ai fait choix d'un état…

– D'un état !… Que voulez-vous dire, Maximilien ? Et sommes-nous donc assez heureux pour que vous parliez de ce qui nous regarde en plaisantant ?

– Oh ! Dieu me préserve, dit le jeune homme, de plaisanter avec ce qui est ma vie ; mais fatigué d'être un coureur de champs et un escaladeur de murailles, sérieusement effrayé de l'idée que vous me fîtes naître l'autre soir que votre père me ferait juger un jour comme voleur, ce qui compromettrait l'honneur de l'armée française tout entière, non moins effrayé de la possibilité que l'on s'étonne de voir éternellement tourner autour de ce terrain, où il n'y a pas la plus petite citadelle à assiéger ou le plus petit blockhaus à défendre, un capitaine de spahis, je me suis fait maraîcher, et j'ai adopté le costume de ma profession.

– Bon, quelle folie !

– C'est au contraire la chose la plus sage, je crois, que j'aie faite de ma vie, car elle nous donne toute sécurité.

– Voyons, expliquez-vous.

– Eh bien, j'ai été trouver le propriétaire de cet enclos ; le bail avec les anciens locataires était fini, et je le lui ai loué à nouveau. Toute cette luzerne que vous voyez m'appartient, Valentine ; rien ne m'empêche de me faire bâtir une cabane dans les foins et de vivre désormais à vingt pas de vous. Oh ! ma joie et mon bonheur, je ne puis les contenir. Comprenez-vous, Valentine, que l'on parvienne à payer ces choses-là ? C'est impossible, n'est-ce pas ? Eh bien ! toute cette félicité, tout ce bonheur, toute cette joie, pour lesquels j'eusse donné dix ans de ma vie, me coûtent, devinez combien ?… Cinq cents francs par an, payables par trimestre. Ainsi, vous le voyez, désormais plus rien à craindre. Je suis ici chez moi, je puis mettre des échelles contre mon mur et regarder par-dessus, et j'ai, sans crainte qu'une patrouille vienne me déranger, le droit de vous dire que je vous aime, tant que votre fierté ne se blessera pas d'entendre sortir ce mot de la bouche d'un pauvre journalier vêtu d'une blouse et coiffé d'une casquette.

Valentine poussa un petit cri de surprise joyeuse ; puis tout à coup :

– Hélas, Maximilien, dit-elle tristement et comme si un nuage jaloux était soudain venu voiler le rayon de soleil qui illuminait son cœur, maintenant nous serons trop libres, notre bonheur nous fera tenter Dieu ; nous abuserons de notre sécurité, et notre sécurité nous perdra.

– Pouvez-vous me dire cela, mon amie, à moi qui, depuis que je vous connais, vous prouve chaque jour que j'ai subordonné mes pensées et ma vie à votre vie et à vos pensées ? Qui vous a donné confiance en moi ? Mon bonheur, n'est-ce pas ? Quand vous m'avez dit qu'un vague instinct vous assurait que vous couriez quelque grand danger, j'ai mis mon dévouement à votre service, sans vous demander d'autre récompense que le bonheur de vous servir. Depuis ce temps, vous ai-je, par un mot, par un signe, donné l'occasion de vous repentir de m'avoir distingué au milieu de ceux qui eussent été heureux de mourir pour vous ? Vous m'avez dit, pauvre enfant, que vous étiez fiancée à M. d'Épinay, que votre père avait décidé cette alliance, c'est-à-dire qu'elle était certaine ; car tout ce que veut M. de Villefort arrive infailliblement. Eh bien ! je suis resté dans l'ombre, attendant tout, non pas de ma volonté, non pas de la vôtre, mais des événements, de la Providence, de Dieu, et cependant vous m'aimez, vous avez eu pitié de moi, Valentine, et vous me l'avez dit ; merci pour cette douce parole que je ne vous demande que de me répéter de temps en temps, et qui me fera tout oublier.

– Et voilà ce qui vous a enhardi, Maximilien, voilà ce qui me fait à la fois une vie bien douce et bien malheureuse, au point que je me demande souvent lequel vaut mieux pour moi, du chagrin que me causait autrefois la rigueur de ma belle-mère et sa préférence aveugle pour son enfant, ou du bonheur plein de dangers que je goûte en vous voyant.

– Du danger ! s'écria Maximilien. Pouvez-vous dire un mot si dur et si injuste ? Avez-vous jamais vu un esclave plus soumis que moi ? Vous m'avez permis de vous adresser quelquefois la parole, Valentine, mais vous m'avez défendu de vous suivre ; j'ai obéi. Depuis que j'ai trouvé le moyen de me glisser dans cet enclos, de causer avec vous à travers cette porte, d'être enfin si près de vous sans vous voir, ai-je jamais, dites-le-moi, demandé à toucher le bas de votre robe à travers ces grilles ? Ai-je jamais fait un pas pour franchir ce mur, ridicule obstacle pour ma jeunesse et ma force ? Jamais un reproche sur votre rigueur, jamais un désir exprimé tout haut ; j'ai été rivé à ma parole comme un chevalier des temps passés. Avouez cela du moins, pour que je ne vous croie pas injuste.

– C'est vrai, dit Valentine, en passant entre deux planches le bout d'un de ses doigts effilés sur lequel Maximilien posa ses lèvres ; c'est vrai, vous êtes un honnête ami. Mais enfin vous n'avez agi qu'avec le sentiment de votre intérêt, mon cher Maximilien ; vous saviez bien que, du jour où l'esclave deviendrait exigeant, il lui faudrait tout perdre. Vous m'avez promis l'amitié d'un frère, à moi qui n'ai pas d'amis, à moi que mon père oublie, à moi que ma belle-mère persécute, et qui n'ai pour consolation que le vieillard immobile, muet, glacé, dont la main ne peut serrer ma main, dont l'œil seul peut me parler, et dont le cœur bat sans doute pour moi d'un reste de chaleur. Dérision amère du sort qui me fait ennemie et victime de tous ceux qui sont plus forts que moi, et qui me donne un cadavre pour soutien et pour ami ! Oh ! vraiment, Maximilien, je vous le répète, je suis bien malheureuse, et vous avez raison de m'aimer pour moi et non pour vous.

– Valentine, dit le jeune homme avec une émotion profonde, je ne dirai pas que je n'aime que vous au monde, car j'aime aussi ma sœur et mon beau-frère, mais c'est d'un amour doux et calme, qui ne ressemble en rien au sentiment que j'éprouve pour vous : quand je pense à vous, mon sang bout, ma poitrine se gonfle, mon cœur déborde. Mais cette force, cette ardeur, cette puissance surhumaine, je les emploierai à vous aimer seulement jusqu'au jour où vous me direz de les employer à vous servir. M. Franz d'Épinay sera absent un an encore, dit-on ; en un an, que de chances favorables peuvent nous servir, que d'événements peuvent nous seconder ! Espérons donc toujours, c'est si bon et si doux d'espérer ! Mais en attendant, vous, Valentine, vous qui me reprochez mon égoïsme, qu'avez-vous été pour moi ? La belle et fluide statue de la Vénus pudique. En échange de ce dévouement, de cette obéissance, de cette retenue, que m'avez-vous promis, vous ? Rien ; que m'avez vous accordé ? Bien peu de chose. Vous me parlez de M. d'Épinay, votre fiancé, et vous soupirez à cette idée d'être un jour à lui. Voyons, Valentine, est-ce là tout ce que vous avez dans l'âme ? Quoi ! je vous engage ma vie, je vous donne mon âme, je vous consacre jusqu'au plus insignifiant battement de mon cœur, et quand je suis tout à vous, moi, quand je me dis tout bas que je mourrai si je vous perds, vous ne vous épouvantez pas, vous, à la seule idée d'appartenir à un autre ! Oh ! Valentine ! Valentine, si j'étais ce que vous êtes, si je me sentais aimé comme vous êtes sûre que je vous aime, déjà cent fois j'eusse passé ma main entre les barreaux de cette grille, et j'eusse serré la main du pauvre Maximilien en lui disant : « À vous, à vous seul, Maximilien, dans ce monde et dans l'autre. »

Valentine ne répondit rien, mais le jeune homme l'entendit soupirer et pleurer.

La réaction fut prompte sur Maximilien.

– Oh ! s'écria-t-il, Valentine ! Valentine ! oubliez mes paroles, s'il y a dans mes paroles quelque chose qui ait pu vous blesser !

– Non, dit-elle, vous avez raison ; mais ne voyez-vous pas que je suis une pauvre créature, abandonnée dans une maison presque étrangère, car mon père m'est presque un étranger, et dont la volonté a été brisée depuis dix ans, jour par jour, heure par heure, minute par minute, par la volonté de fer des maîtres qui pèsent sur moi ? Personne ne voit ce que je souffre et je ne l'ai dit à personne qu'à vous. En apparence, et aux yeux de tout le monde, tout m'est bon, tout m'est affectueux ; en réalité, tout m'est hostile. Le monde dit : M. de Villefort est trop grave et trop sévère pour être bien tendre envers sa fille, mais elle a eu du moins le bonheur de retrouver dans Mme de Villefort une seconde mère. Eh bien, le monde se trompe, mon père m'abandonne avec indifférence, et ma belle-mère me hait avec un acharnement d'autant plus terrible qu'il est voilé par un éternel sourire.

– Vous haïr ! vous, Valentine ! Et comment peut-on vous haïr ?

– Hélas ! mon ami, dit Valentine, je suis forcée d'avouer que cette haine pour moi vient d'un sentiment presque naturel. Elle adore son fils, mon frère Édouard.

– Eh bien ?

– Eh bien, cela me semble étrange de mêler à ce que nous disions une question d'argent, eh bien, mon ami, je crois que sa haine vient de là du moins. Comme elle n'a pas de fortune de son côté, que moi je suis déjà riche du chef de ma mère, et que cette fortune sera encore plus que doublée par celle de M. et de Mme de Saint-Méran, qui doit me revenir un jour, eh bien, je crois qu'elle est envieuse. Oh ! mon Dieu ! Si je pouvais lui donner la moitié de cette fortune et me retrouver chez M. de Villefort comme une fille dans la maison de son père, certes je le ferais à l'instant même.

– Pauvre Valentine !

– Oui, je me sens enchaînée, et en même temps je me sens si faible qu'il me semble que ces liens me soutiennent, et que j'ai peur de les rompre. D'ailleurs, mon père n'est pas un homme dont on puisse enfreindre impunément les ordres : il est puissant contre moi, il le serait contre vous, il le serait contre le roi lui-même, protégé qu'il est par un irréprochable passé et par une position presque inattaquable. Oh ! Maximilien ! Je vous le jure, je ne lutte pas, parce que c'est vous autant que moi que je crains de briser dans cette lutte.

– Mais enfin, Valentine, reprit Maximilien, pourquoi désespérer ainsi, et voir l'avenir toujours sombre ?

– Ah ! mon ami, parce que je le juge par le passé.

– Voyons cependant, si je ne suis pas un parti illustre au point de vue aristocratique, je tiens cependant, par beaucoup de points, au monde dans lequel vous vivez ; le temps où il y avait deux France dans la France n'existe plus ; les plus hautes familles de la monarchie se sont fondues dans les familles de l'Empire ; l'aristocratie de la lance a épousé la noblesse du canon. Eh bien ! moi, j'appartiens à cette dernière : j'ai un bel avenir dans l'armée, je jouis d'une fortune bornée, mais indépendante ; la mémoire de mon père, enfin, est vénérée dans notre pays comme celle d'un des plus honnêtes négociants qui aient existé. Je dis notre pays, Valentine, parce que vous êtes presque de Marseille.

– Ne me parlez pas de Marseille, Maximilien, ce seul mot me rappelle ma bonne mère, cet ange que tout le monde a regretté, et qui, après avoir veillé sur sa fille pendant son court séjour sur la terre, veille encore sur elle, je l'espère du moins, pendant son éternel séjour au ciel. Oh ! si ma pauvre mère vivait, Maximilien, je n'aurais plus rien à craindre ; je lui dirais que je vous aime, et elle nous protégerait.

– Hélas ! Valentine, reprit Maximilien, si elle vivait, je ne vous connaîtrais pas sans doute, car, vous l'avez dit, vous seriez heureuse si elle vivait, et Valentine heureuse m'eût regardé bien dédaigneusement du haut de sa grandeur.

– Ah ! mon ami, s'écria Valentine, c'est vous qui êtes injuste à votre tour… Mais, dites-moi…

– Que voulez-vous que je vous dise ? reprit Maximilien, voyant que Valentine hésitait.

– Dites-moi, continua la jeune fille, est-ce qu'autrefois à Marseille il y a eu quelque sujet de mésintelligence entre votre père et le mien ?

– Non, pas que je sache, répondit Maximilien, si ce n'est que votre père était un partisan plus que zélé des Bourbons, et le mien un homme dévoué à l'Empereur. C'est, je le présume, tout ce qu'il y a jamais eu de dissidence entre eux. Mais pourquoi cette question, Valentine ?

– Je vais vous le dire, reprit la jeune fille, car vous devez tout savoir. Eh bien, c'était le jour où votre nomination d'officier de la Légion d'honneur fut publiée dans le journal. Nous étions tous chez mon grand-père, M. Noirtier, et de plus il y avait encore M. Danglars, vous savez ce banquier dont les chevaux ont avant-hier failli tuer ma mère et mon frère ? Je lisais le journal tout haut à mon grand-père pendant que ces messieurs causaient du mariage de Mlle Danglars. Lorsque j'en vins au paragraphe qui vous concernait et que j'avais déjà lu, car dès la veille au matin vous m'aviez annoncé cette bonne nouvelle ; lorsque j'en vins, dis-je, au paragraphe qui vous concernait, j'étais bien heureuse… mais aussi bien tremblante d'être forcée de prononcer tout haut votre nom et certainement je l'eusse omis sans la crainte que j'éprouvais qu'on interprétât mal mon silence ; donc je rassemblai tout mon courage, et je lus.

– Chère Valentine !

– Eh bien, aussitôt que résonna votre nom, mon père tourna la tête. J'étais si persuadée (voyez comme je suis folle !) que tout le monde allait être frappé de ce nom comme d'un coup de foudre, que je crus voir tressaillir mon père et même (pour celui-là c'était une illusion, j'en suis sûre), et même M. Danglars.

» "Morrel, dit mon père, attendez donc ! (Il fronça le sourcil.) Serait-ce un de ces Morrel de Marseille, un de ces enragés bonapartistes qui nous ont donné tant de mal en 1815 ?

» – Oui, répondit M. Danglars ; je crois même que c'est le fils de l'ancien armateur."

– Vraiment ! fit Maximilien. Et que répondit votre père, dites, Valentine ?

– Oh ! une chose affreuse et que je n'ose vous redire.

– Dites toujours, reprit Maximilien en souriant.

– « Leur Empereur, continua-t-il en fronçant le sourcil, savait les mettre à leur place, tous ces fanatiques : il les appelait de la chair à canon, et c'était le seul nom qu'ils méritassent. Je vois avec joie que le gouvernement nouveau remet en vigueur ce salutaire principe. Quand ce ne serait que pour cela qu'il garde l'Algérie, j'en féliciterais le gouvernement, quoiqu'elle nous coûte un peu cher. »

– C'est en effet d'une politique assez brutale, dit Maximilien. Mais ne rougissez point, chère amie, de ce qu'a dit là M. de Villefort. Mon brave père ne cédait en rien au vôtre sur ce point, et il répétait sans cesse : « Pourquoi donc l'Empereur, qui fait tant de belles choses, ne fait-il pas un régiment de juges et d'avocats, et ne les envoie-t-il pas toujours au premier feu ? » Vous le voyez, chère amie, les partis se valent pour le pittoresque de l'expression et pour la douceur de la pensée. Mais M. Danglars, que dit-il à cette sortie du procureur du roi ?

– Oh ! lui se mit à rire de ce rire sournois qui lui est particulier et que je trouve féroce ; puis ils se levèrent l'instant d'après et partirent. Je vis alors seulement que mon bon grand-père était tout agité. Il faut vous dire, Maximilien, quc moi seule je devine ses agitations, à ce pauvre paralytique, et je me doutais d'ailleurs que la conversation qui avait eu lieu devant lui (car on ne fait plus attention à lui, pauvre grand-père !) l'avait fort impressionné, attendu qu'on avait dit du mal de son Empereur, et que, à ce qu'il paraît, il a été fanatique de l'Empereur.

– C'est, en effet, dit Maximilien, un des noms connus de l'Empire : il a été sénateur, et, comme vous le savez ou comme vous ne le savez pas, Valentine, il fut à peu près de toutes les conspirations bonapartistes que l'on fit sous la Restauration.

– Oui, j'entends quelquefois dire tout bas de ces choses-là, qui me semblent étranges : le grand-père bonapartiste, le père royaliste ; enfin, que voulez-vous ?... Je me retournai donc vers lui.

Il me montra le journal du regard.

» "Qu'avez-vous, papa ? lui dis-je ; êtes-vous content ?"

» Il me fit de la tête signe que oui.

» "De ce que mon père vient de dire ?" demandai-je.

» Il fit signe que non.

» "De ce que M. Danglars a dit ?"

» Il fit signe que non encore.

» "C'est donc de ce que M. Morrel, je n'osai pas dire Maximilien, est nommé officier de la Légion d'honneur ?"

» Il fit signe que oui.

– Le croiriez-vous, Maximilien ? il était content que vous fussiez nommé officier de la Légion d'honneur, lui qui ne vous connaît pas. C'est peut-être de la folie de sa part, car il tourne, dit-on, à l'enfance ; mais je l'aime bien pour ce oui-là.

– C'est bizarre, pensa Maximilien. Votre père me haïrait donc, tandis qu'au contraire, votre grand-père... Étranges choses que ces amours et ces haines de parti !

– Chut ! s'écria tout à coup Valentine. Cachez-vous, sauvez-vous ; on vient !

Maximilien sauta sur une bêche et se mit à retourner impitoyablement la luzerne.

– Mademoiselle ! Mademoiselle ! cria une voix derrière les arbres, Mme de Villefort vous cherche partout et vous appelle ; il y a une visite au salon.

– Une visite ! dit Valentine tout agitée ; et qui nous fait cette visite ?

– Un grand seigneur, un prince, à ce qu'on dit, M. le comte de Monte-Cristo.

– J'y vais, dit tout haut Valentine.

Ce nom fit tressaillir de l'autre côté de la grille celui à qui le *j'y vais* de Valentine servait d'adieu à la fin de chaque entrevue.

« Tiens ! se dit Maximilien en s'appuyant tout pensif sur sa bêche, comment le comte de Monte-Cristo connaît-il M. de Villefort ? »

LII. TOXICOLOGIE

C'était bien réellement M. le comte de Monte-Cristo qui venait d'entrer chez Mme de Villefort dans l'intention de rendre à M. le procureur du roi la visite qu'il lui avait faite, et à ce nom toute la maison, comme on le comprend bien, avait été mise en émoi.

Mme de Villefort, qui était seule au salon lorsqu'on annonça le comte, fit aussitôt venir son fils pour que l'enfant réitérât ses remerciements au comte, et Édouard, qui n'avait cessé d'entendre parler depuis deux jours du grand personnage, se hâta d'accourir, non par obéissance pour sa mère, non pour remercier le comte, mais par curiosité et pour faire quelque remarque à l'aide de laquelle il pût placer un de ces lazzis qui faisaient dire à sa mère : « Ô le méchant enfant : mais il faut bien que je lui pardonne, il a tant d'esprit ! »

Après les premières politesses d'usage, le comte s'informa de M. de Villefort.

– Mon mari dîne chez M. le Chancelier, répondit la jeune femme ; il vient de partir à l'instant même, et il regrettera bien, j'en suis sûre, d'avoir été privé du bonheur de vous voir.

Deux visiteurs qui avaient précédé le comte dans le salon, et qui le dévoraient des yeux, se retirèrent après le temps raisonnable exigé à la fois par la politesse et par la curiosité.

– À propos, que fait donc ta sœur Valentine ? dit Mme de Villefort à Édouard. Qu'on la prévienne afin que j'aie l'honneur de la présenter à M. le comte.

– Vous avez une fille, madame ? demanda le comte, mais ce doit être une enfant ?

– C'est la fille de M. de Villefort, répliqua la jeune femme. Une fille d'un premier mariage, une grande et belle personne.

– Mais mélancolique, interrompit le jeune Édouard en arrachant, pour en faire une aigrette à son chapeau, les plumes de la queue d'un magnifique ara qui criait de douleur sur son perchoir doré.

Mme de Villefort se contenta de dire :

– Silence, Édouard !

Puis elle ajouta :

– Ce jeune étourdi a presque raison, et répète là ce qu'il m'a bien des fois entendue dire avec douleur ; car Mlle de Villefort est, malgré tout ce que nous pouvons faire pour la distraire, d'un caractère triste et d'une humeur taciturne qui nuisent souvent à l'effet de sa beauté. Mais elle ne vient pas ; Édouard, voyez donc pourquoi cela.

– Parce qu'on la cherche où elle n'est pas.

– Où la cherche-t-on ?

– Chez grand-papa Noirtier.

– Et elle n'est pas là, vous croyez ?

– Non, non, non, non, non, elle n'y est pas, répondit Édouard en chantonnant.

– Et où est-elle ? Si vous le savez, dites-le.

– Elle est sous le grand marronnier, continua le méchant garçon, en présentant, malgré les cris de sa mère, des mouches vivantes au perroquet, qui paraissait fort friand de cette sorte de gibier.

Mme de Villefort étendait la main pour sonner, et pour indiquer à la femme de chambre le lieu où elle trouverait Valentine, lorsque celle-ci entra. Elle semblait triste, en effet, et en la regardant attentivement on eût même pu voir dans ses yeux des traces de larmes.

Valentine, que nous avons, entraîné par la rapidité du récit, présentée à nos lecteurs sans la faire connaître, était une grande et svelte jeune fille de dix-neuf ans, aux cheveux châtain clair, aux yeux bleu foncé, à la démarche languissante et empreinte de cette exquise distinction qui caractérisait sa mère ; ses mains blanches et effilées, son cou nacré, ses joues marbrées de fugitives couleurs, lui donnaient au premier aspect l'air d'une de ces belles Anglaises qu'on a comparées assez poétiquement dans leurs allures à des cygnes qui se mirent.

Elle entra donc, et, voyant près de sa mère l'étranger dont elle avait tant entendu parler déjà, elle salua sans aucune minauderie de jeune fille et sans baisser les yeux, avec une grâce qui redoubla l'attention du comte.

Celui-ci se leva.

– Mlle de Villefort, ma belle-fille, dit Mme de Villefort à Monte-Cristo, en se penchant sur son sofa et en montrant de la main Valentine.

– Et M. le comte de Monte-Cristo, roi de la Chine, empereur de la Cochinchine, dit le jeune drôle en lançant un regard sournois à sa sœur.

Pour cette fois, Mme de Villefort pâlit, et faillit s'irriter contre ce fléau domestique qui répondait au nom d'Édouard. Mais, tout au contraire, le comte sourit et parut regarder l'enfant avec complaisance, ce qui porta au comble la joie et l'enthousiasme de sa mère.

– Mais, madame, reprit le comte en renouant la conversation et en regardant tour à tour Mme de Villefort et Valentine, est-ce que je n'ai pas déjà eu l'honneur de vous voir quelque part, vous et mademoiselle ? Tout à l'heure j'y songeais déjà ; et, quand mademoiselle est entrée, sa vue a été une lueur de plus jetée sur un souvenir confus, pardonnez-moi ce mot.

– Cela n'est pas probable, monsieur ; Mlle de Villefort aime peu le monde, et nous sortons rarement, dit la jeune femme.

– Aussi n'est-ce point dans le monde que j'ai vu mademoiselle, ainsi que vous, madame, ainsi que ce charmant espiègle. Le monde parisien, d'ailleurs, m'est absolument inconnu, car, je crois avoir eu l'honneur de vous le dire, je suis à Paris depuis quelques jours. Non, si vous permettez que je me rappelle… attendez…

Le comte mit sa main sur son front comme pour concentrer tous ses souvenirs :

– Non, c'est au-dehors… c'est… je ne sais pas… mais il me semble que ce souvenir est inséparable d'un beau soleil et d'une espèce de fête religieuse… Mademoiselle tenait des fleurs à la main ; l'enfant courait après un beau paon dans un jardin, et vous, madame, vous étiez sous une treille en berceau… Aidez-moi donc, madame ; est-ce que les choses que je vous dis là ne vous rappellent rien ?

– Non, en vérité, répondit Mme de Villefort, et cependant il me semble, monsieur, que si je vous avais rencontré quelque part, votre souvenir serait resté présent à ma mémoire.

– Monsieur le comte nous a vus peut-être en Italie, dit timidement Valentine.

– En effet, en Italie… c'est possible, dit Monte-Cristo. Vous avez voyagé en Italie, mademoiselle ?

– Madame et moi, nous y allâmes il y a deux ans. Les médecins craignaient pour ma poitrine et m'avaient recommandé l'air de Naples. Nous passâmes par Bologne, par Pérouse et par Rome.

– Ah ! c'est vrai, mademoiselle, s'écria Monte-Cristo, comme si cette simple indication suffisait à fixer tous ses souvenirs. C'est à Pérouse, le jour de la Fête-Dieu, dans le jardin de l'hôtellerie de la Poste, où le hasard nous a réunis, vous, mademoiselle, votre fils et moi, que je me rappelle avoir eu l'honneur de vous voir.

– Je me rappelle parfaitement Pérouse, monsieur, et l'hôtellerie de la Poste, et la fête dont vous me parlez, dit Mme de Villefort. Mais j'ai beau interroger mes souvenirs, et, j'ai honte de mon peu de mémoire, je ne me souviens pas d'avoir eu l'honneur de vous voir.

– C'est étrange, ni moi non plus, dit Valentine en levant ses beaux yeux sur Monte-Cristo.

– Ah ! moi, je m'en souviens, dit Édouard.

– Je vais vous aider, madame, reprit le comte. La journée avait été brûlante ; vous attendiez des chevaux qui n'arrivaient pas à cause de la solennité. Mademoiselle s'éloigna dans les profondeurs du jardin, et votre fils disparut, courant après l'oiseau.

– Je l'ai attrapé, maman ; tu sais, dit Édouard, je lui ai arraché trois plumes de la queue.

– Vous, madame, vous demeurâtes sous le berceau de vigne ; ne vous souvient-il plus, pendant que vous étiez assise sur un banc de pierre et pendant que, comme je vous l'ai dit, Mlle de Villefort et monsieur votre fils étaient absents, d'avoir causé assez longtemps avec quelqu'un ?

– Oui, vraiment, oui, dit la jeune femme en rougissant, je m'en souviens, avec un homme enveloppé d'un long manteau de laine… avec un médecin, je crois.

– Justement, madame ; cet homme, c'était moi ; depuis quinze jours j'habitais dans cette hôtellerie, j'avais guéri mon valet de chambre de la fièvre et mon hôte de la jaunisse, de sorte que l'on me regardait comme un grand docteur. Nous causâmes longtemps, madame, de choses différentes, du Pérugin, de Raphaël, des mœurs, des costumes, de cette fameuse aqua-tofana, dont quelques personnes, vous avait-on dit, je crois, conservaient encore le secret à Pérouse.

– Ah ! c'est vrai, dit vivement Mme de Villefort avec une certaine inquiétude, je me rappelle.

– Je ne sais plus ce que vous me dîtes en détail, madame, reprit le comte avec une parfaite tranquillité, mais je me souviens parfaitement que, partageant à mon sujet l'erreur générale, vous me consultâtes sur la santé de Mlle de Villefort.

– Mais cependant, monsieur, vous étiez bien réellement médecin, dit Mme de Villefort, puisque vous avez guéri des malades.

– Molière ou Beaumarchais vous répondraient, madame, que c'est justement parce que je ne l'étais pas que j'ai, non point guéri mes malades, mais que mes malades ont guéri ; moi, je me contenterai de vous dire que j'ai assez étudié à fond la chimie et les sciences naturelles, mais en amateur seulement… vous comprenez.

En ce moment six heures sonnèrent.

– Voilà six heures, dit Mme de Villefort, visiblement agitée. N'allez-vous pas voir, Valentine, si votre grand-père est prêt à dîner ?

Valentine se leva, et, saluant le comte, elle sortit de la chambre sans prononcer un mot.

– Oh ! mon Dieu, madame, serait-ce donc à cause de moi que vous congédiez Mlle de Villefort ? dit le comte lorsque Valentine fut partie.

– Pas le moins du monde, reprit vivement la jeune femme, mais c'est l'heure à laquelle nous faisons faire à M. Noirtier le triste repas qui soutient sa triste existence. Vous savez, monsieur, dans quel état lamentable est le père de mon mari ?

– Oui, madame, M. de Villefort m'en a parlé ; une paralysie, je crois.

– Hélas ! oui ; il y a chez ce pauvre vieillard absence complète du mouvement, l'âme seule veille dans cette machine humaine, et encore pâle et tremblante, et comme une lampe prête à s'éteindre. Mais pardon, monsieur, de vous entretenir de nos infortunes domestiques, je vous ai interrompu au moment où vous me disiez que vous étiez un habile chimiste.

– Oh ! je ne disais pas cela, madame, répondit le comte avec un sourire, bien au contraire, j'ai étudié la chimie parce que, décidé à vivre particulièrement en Orient, j'ai voulu suivre l'exemple du roi Mithridate.

– *Mithridates, rex Ponticus,* dit l'étourdi en découpant des silhouettes dans un magnifique album ; le même qui déjeunait tous les matins avec une tasse de poison à la crème.

– Édouard ! méchant enfant ! s'écria Mme de Villefort en arrachant le livre mutilé des mains de son fils, vous êtes insupportable, vous nous étourdissez. Laissez-nous, et allez rejoindre votre sœur Valentine chez bon-papa Noirtier.

– L'album… dit Édouard.

– Comment, l'album ?

– Oui : je veux l'album…

– Pourquoi avez-vous découpé les dessins ?

– Parce que cela m'amuse.

– Allez-vous-en ! allez !

– Je ne m'en irai pas si l'on ne me donne pas l'album, fit, en s'établissant dans un grand fauteuil, l'enfant, fidèle à son habitude de ne jamais céder.

– Tenez, et laissez-nous tranquilles, dit Mme de Villefort, et elle donna l'album à Édouard, qui partit accompagné de sa mère.

Le comte suivit des yeux Mme de Villefort.

– Voyons si elle fermera la porte derrière lui, murmura-t-il.

Mme de Villefort ferma la porte avec le plus grand soin derrière l'enfant ; le comte ne parut pas s'en apercevoir.

Puis, en jetant un dernier regard autour d'elle, la jeune femme revint s'asseoir sur sa causeuse.

– Permettez-moi de vous faire observer, madame, dit le comte avec cette bonhomie que nous lui connaissons, que vous êtes bien sévère pour ce charmant espiègle.

– Il le faut bien, monsieur, répliqua Mme de Villefort avec un véritable aplomb de mère.

– C'est son Cornelius Nepos que récitait M. Édouard en parlant du roi Mithridate, dit le comte, et vous l'avez interrompu dans une citation qui prouve que son précepteur n'a point perdu son temps avec lui, et que votre fils est fort avancé pour son âge.

– Le fait est, monsieur le comte, répondit la mère flattée doucement, qu'il a une grande facilité et qu'il apprend tout ce qu'il veut. Il n'a qu'un défaut, c'est d'être trop volontaire ; mais, à propos de ce qu'il disait, est-ce que vous croyez, par exemple, monsieur le comte, que

Mithridate usât de ces précautions et que ces précautions pussent être efficaces ?

– J'y crois si bien, madame, que, moi qui vous parle, j'en ai usé pour ne pas être empoisonné à Naples, à Palerme et à Smyrne, c'est-à-dire dans trois occasions où, sans cette précaution, j'aurais pu laisser ma vie.

– Et le moyen vous a réussi ?

– Parfaitement.

– Oui, c'est vrai ; je me rappelle que vous m'avez déjà raconté quelque chose de pareil à Pérouse.

– Vraiment ! fit le comte avec une surprise admirablement jouée. Je ne me rappelle pas, moi.

– Je vous demandais si les poisons agissaient également et avec une semblable énergie sur les hommes du Nord et sur les hommes du Midi, et vous me répondîtes même que les tempéraments froids et lymphatiques des Septentrionaux ne présentaient pas la même aptitude que la riche et énergique nature des gens du Midi.

– C'est vrai, dit Monte-Cristo ; j'ai vu des Russes dévorer, sans être incommodés, des substances végétales qui eussent tué infailliblement un Napolitain ou un Arabe.

– Ainsi, vous le croyez, le résultat serait encore plus sûr chez nous qu'en Orient, et au milieu de nos brouillards et de nos pluies, un homme s'habituerait plus facilement que sous une chaude latitude à cette absorption progressive du poison ?

– Certainement ; bien entendu, toutefois, qu'on ne sera prémuni que contre le poison auquel on se sera habitué.

– Oui, je comprends ; et comment vous habitueriez-vous, vous, par exemple, ou plutôt comment vous êtes-vous habitué ?

– C'est bien facile. Supposez que vous sachiez d'avance de quel poison on doit user contre vous...

supposez que ce poison soit de la… brucine, par exemple…

– La brucine se tire de la fausse angusture[48], je crois, dit Mme de Villefort.

– Justement, madame, répondit Monte-Cristo, mais je crois qu'il ne me reste pas grand-chose à vous apprendre ; recevez mes compliments ; de pareilles connaissances sont rares chez les femmes.

– Oh ! je l'avoue, dit Mme de Villefort, j'ai la plus violente passion pour les sciences occultes qui parlent à l'imagination comme une poésie, et se résolvent en chiffres comme une équation algébrique ; mais continuez, je vous prie, ce que vous me dites m'intéresse au plus haut point.

– Eh bien, reprit Monte-Cristo, supposez que ce poison soit de la brucine, par exemple, et que vous en preniez un milligramme le premier jour, deux milligrammes le second, eh bien, au bout de dix jours vous aurez un centigramme ; au bout de vingt jours, en augmentant d'un autre milligramme, vous aurez trois centigrammes, c'est-à-dire une dose que vous supporterez sans inconvénient, et qui serait déjà fort dangereuse pour une autre personne qui n'aurait pas pris les mêmes précautions que vous ; enfin, au bout d'un mois, en buvant de l'eau dans la même carafe, vous tuerez la personne qui aura bu cette eau en même temps que vous, sans vous apercevoir autrement que par un simple malaise qu'il y ait eu une substance vénéneuse quelconque mêlée à cette eau.

– Vous ne connaissez pas d'autre contre-poison ?

– Je n'en connais pas.

48. Écorce du vomiquier, arbrisseau renfermant des substances toxiques.

– J'avais souvent lu et relu cette histoire de Mithridate, dit Mme de Villefort, pensive, et je l'avais prise pour une fable.

– Non, madame ; contre l'habitude de l'histoire, c'est une vérité. Mais ce que vous me dites là, ce que vous me demandez n'est point le résultat d'une question capricieuse, puisqu'il y a deux ans déjà vous m'avez fait des questions pareilles, et que vous me dites que depuis longtemps cette histoire de Mithridate vous préoccupait.

– C'est vrai, monsieur, les deux études favorites de ma jeunesse ont été la botanique et la minéralogie, et puis, quand j'ai su plus tard que l'emploi des simples expliquait souvent toute l'histoire des peuples et toute la vie des individus d'Orient, comme les fleurs expliquent toute leur pensée amoureuse, j'ai regretté de n'être pas homme pour devenir un Flamel, un Fontana ou un Cabanis.

– D'autant plus, madame, reprit Monte-Cristo, que les Orientaux ne se bornent point, comme Mithridate, à se faire des poisons une cuirasse, ils s'en font aussi un poignard ; la science devient entre leurs mains non seulement une arme défensive, mais encore fort souvent offensive ; l'une sert contre les souffrances physiques, l'autre contre leurs ennemis ; avec l'opium, avec la belladone, avec la fausse augusture, le bois de couleuvre, le laurier-cerise, ils endorment ceux qui voudraient les réveiller. Il n'est pas une de ces femmes, égyptienne, turque ou grecque qu'ici vous appelez de bonnes femmes, qui ne sache en fait de chimie de quoi stupéfier un médecin, et en fait de psychologie de quoi épouvanter un confesseur.

– Vraiment ! dit Mme de Villefort, dont les yeux brillaient d'un feu étrange à cette conversation.

– Eh ! mon Dieu ! oui, madame, continua Monte-Cristo, les drames secrets de l'Orient se nouent et se dénouent ainsi, depuis la plante qui fait aimer jusqu'à la plante qui fait mourir ; depuis le breuvage qui ouvre le ciel jusqu'à celui qui vous plonge un homme dans l'enfer. Il y a autant de nuances de tous genres qu'il y a de caprices et de bizarreries dans la nature humaine, physique et morale ; et je dirai plus, l'art de ces chimistes sait accommoder admirablement le remède et le mal à ses besoins d'amour ou à ses désirs de vengeance.

– Mais, monsieur, reprit la jeune femme, ces sociétés orientales au milieu desquelles vous avez passé une partie de votre existence sont donc fantastiques comme les contes qui nous viennent de leur beau pays ? Un homme y peut donc être supprimé impunément ? C'est donc en réalité la Bagdad ou la Bassora de M. Galland ? Les sultans et les vizirs qui régissent ces sociétés, et qui constituent ce qu'on appelle en France le gouvernement, sont donc sérieusement des Haroun-al-Raschid et des Giaffar qui non seulement pardonnent à un empoisonneur, mais encore le font premier ministre si le crime a été ingénieux, et qui, dans ce cas, en font graver l'histoire en lettres d'or pour se divertir aux heures de leur ennui ?

– Non, madame, le fantastique n'existe plus même en Orient : il y a là-bas aussi, déguisés sous d'autres noms et cachés sous d'autres costumes, des commissaires de police, des juges d'instruction, des procureurs du roi et des experts. On y pend, on y décapite et l'on y empale très agréablement les criminels ; mais ceux-ci, en fraudeurs adroits, ont su dépister la justice humaine et assurer le succès de leurs entreprises par des combinaisons habiles. Chez nous, un niais possédé du démon de la haine ou de la cupidité qui a un ennemi à détruire ou un grand-parent à annihiler, s'en va chez un épicier, lui donne un faux nom qui le fait découvrir bien mieux que son nom véritable, et achète, sous prétexte que les rats l'empêchent de dormir, cinq à six grammes d'arsenic ; s'il est très adroit, il va chez cinq ou six épiciers, et n'en est que cinq ou six fois mieux reconnu ; puis, quand il possède son spécifique, il administre à son ennemi, à son grand-parent, une dose d'arsenic qui ferait crever un mammouth ou un mastodonte, et sans rime ni raison fait pousser à la victime des hurlements qui mettent tout le quartier en émoi. Alors arrive une nuée d'agents de police et de gendarmes ; on envoie chercher un médecin qui ouvre le mort et récolte dans son estomac et dans ses entrailles l'arsenic à la cuiller. Le lendemain, cent journaux racontent le fait avec le nom de la victime et du meurtrier. Dès le soir même, l'épicier ou les épiciers vient ou viennent dire : « C'est moi qui ai vendu l'arsenic à monsieur. » Et, plutôt que de ne pas reconnaître l'acquéreur, ils en reconnaîtront vingt ; alors le niais criminel est pris, emprisonné, interrogé, confronté, confondu, condamné et guillotiné ; ou, si c'est une femme de quelque valeur, on l'enferme pour la vie. Voilà comme vos Septentrionaux entendent la chimie, madame. Desrues cependant était plus fort que cela, je dois l'avouer.

– Que voulez-vous ! monsieur, dit en riant la jeune femme, on fait ce qu'on peut. Tout le monde n'a pas le secret des Médicis ou des Borgia.

– Maintenant, dit le comte en haussant les épaules, voulez-vous que je vous dise ce qui cause toutes ces inepties ? C'est que sur vos théâtres, à ce dont j'ai pu juger du moins en lisant les pièces qu'on y joue, on voit toujours des gens avaler le contenu d'une fiole ou mordre le chaton d'une bague et tomber raides morts :

cinq minutes après, le rideau baisse ; les spectateurs sont dispersés. On ignore les suites du meurtre ; on ne voit jamais ni le commissaire de police avec son écharpe, ni le caporal avec ses quatre hommes, et cela autorise beaucoup de pauvres cerveaux à croire que les choses se passent ainsi. Mais sortez un peu de France, allez soit à Alep soit au Caire, soit seulement à Naples et à Rome, et vous verrez passer par la rue des gens droits, frais et roses dont le Diable boiteux, s'il vous effleurait de son manteau, pourrait vous dire : « Ce monsieur est empoisonné depuis trois semaines, et il sera tout à fait mort dans un mois. »

– Mais alors, dit Mme de Villefort, ils ont donc retrouvé le secret de cette fameuse aqua-tofana que l'on me disait perdu à Pérouse.

– Eh, mon Dieu ! madame, est-ce que quelque chose se perd chez les hommes ! Les arts se déplacent et font le tour du monde ; les choses changent de nom ; voilà tout, et le vulgaire s'y trompe ; mais c'est toujours le même résultat ; le poison porte particulièrement sur tel ou tel organe ; l'un sur l'estomac, l'autre sur le cerveau, l'autre sur les intestins. Eh bien ! le poison détermine une toux, cette toux une fluxion de poitrine ou telle autre maladie cataloguée au livre de la science, ce qui ne l'empêche pas d'être parfaitement mortelle, et qui, ne le fût-elle pas, le deviendrait grâce aux remèdes que lui administrent les naïfs médecins, en général fort mauvais chimistes, et qui tourneront pour ou contre la maladie, comme il vous plaira ; et voilà un homme tué avec art et dans toutes les règles, sur lequel la justice n'a rien à apprendre, comme disait un horrible chimiste de mes amis, l'excellent abbé Adelmonte de Taormine, en Sicile, lequel avait fort étudié ces phénomènes nationaux.

– C'est effrayant, mais c'est admirable, dit la jeune femme immobile d'attention. Je croyais, je l'avoue, toutes ces histoires des inventions du Moyen Âge.

– Oui, sans doute, mais qui se sont encore perfectionnées de nos jours. À quoi donc voulez-vous que servent le temps, les encouragements, les médailles, les croix, les prix Montyon, si ce n'est pour mener la société vers sa plus grande perfection ? Or, l'homme ne sera parfait que lorsqu'il saura créer et détruire comme Dieu ; il sait déjà détruire, c'est la moitié du chemin de fait.

– De sorte, reprit Mme de Villefort revenant invariablement à son but, que les poisons des Borgia, des Médicis, des René, des Ruggieri, et plus tard probablement du baron de Trenk, dont ont tant abusé le drame moderne et le roman…

– Étaient des objets d'art, madame, pas autre chose, répondit le comte. Croyez-vous que le vrai savant s'adresse banalement à l'individu même ? Non pas. La science aime les ricochets, les tours de force, la fantaisie, si l'on peut dire cela. Ainsi, par exemple, cet excellent abbé Adelmonte, dont je vous parlais tout à l'heure, avait fait, sous ce rapport, des expériences étonnantes.

– Vraiment !

– Oui, je vous en citerai une seule. Il avait un fort beau jardin plein de légumes, de fleurs et de fruits ; parmi ces légumes, il choisissait le plus honnête de tous, un chou, par exemple. Pendant trois jours il arrosait ce chou avec une dissolution d'arsenic ; le troisième jour, le chou tombait malade et jaunissait, c'était le moment de le couper ; pour tous il paraissait mûr et conservait son apparence honnête ; pour l'abbé Adelmonte seul il était empoisonné. Alors, il apportait le chou chez lui, prenait un lapin, l'abbé Adelmonte avait une collection de lapins, de chats et de cochons d'Inde qui ne le cédait en rien à sa collection de légumes, de fleurs et de fruits : l'abbé Adelmonte prenait donc un lapin et lui faisait manger une feuille de chou, le lapin mourait. Quel est le juge d'instruction qui oserait trouver à redire à cela, et quel est le procureur du roi qui s'est jamais avisé de dresser contre M. Magendie ou M. Flourens un réquisitoire à propos des lapins, des cochons d'Inde et des chats qu'ils ont tués ? Aucun. Voilà donc le lapin mort sans que la justice s'en inquiète. Ce lapin mort, l'abbé Adelmonte le fait vider par sa cuisinière et jette les intestins sur un fumier. Sur ce fumier, il y a une poule, elle becquète ces intestins, tombe malade à son tour et meurt le lendemain. Au moment où elle se débat dans les convulsions de l'agonie, un vautour passe (il y a beaucoup de vautours dans le pays d'Adelmonte), celui-là fond sur le cadavre, l'emporte sur un rocher et en dîne. Trois jours après, le pauvre vautour, qui, depuis ce repas, s'est trouvé constamment indisposé, se sent pris d'un étourdissement au plus haut de la nue ; il roule dans le vide et vient tomber lourdement dans votre vivier ; le brochet, l'anguille et la murène mangent goulûment, vous savez cela, ils mordent le vautour. Eh bien, supposez que le lendemain l'on serve sur votre table cette anguille, ce brochet ou cette murène, empoisonnés à la quatrième génération, votre convive, lui, sera empoisonné à la cinquième et mourra au bout de huit ou dix jours de douleurs d'entrailles, de maux de cœur, d'abcès au pylore. On fera l'autopsie, et les médecins diront : « Le sujet est mort d'une tumeur au foie ou d'une fièvre typhoïde. »

– Mais, dit Mme de Villefort, toutes ces circonstances, que vous enchaînez les unes aux autres, peuvent être rompues par le moindre accident ; le vautour peut ne pas passer à temps ou tomber à cent pas du vivier.

– Ah ! voilà justement où est l'art : pour être un grand chimiste en Orient, il faut diriger le hasard ; on y arrive.

Mme de Villefort était rêveuse et écoutait.

– Mais, dit-elle, l'arsenic est indélébile ; de quelque façon qu'on l'absorbe, il se retrouvera dans le corps de l'homme, du moment où il sera entré en quantité suffisante pour donner la mort.

– Bien ! s'écria Monte-Cristo, bien ! voilà justement ce que je dis à ce bon Adelmonte.

» Il réfléchit, sourit, et me répondit par un proverbe sicilien, qui est aussi, je crois, un proverbe français : "Mon enfant, le monde n'a pas été fait en un jour, mais en sept ; revenez dimanche."

» Le dimanche suivant, je revins ; au lieu d'avoir arrosé son chou avec de l'arsenic, il l'avait arrosé avec une dissolution de sel à base de strychnine[49], *strychnos colubrina*, comme disent les savants. Cette fois le chou n'avait pas l'air malade le moins du monde ; aussi le lapin ne s'en défia-t-il point ; aussi cinq minutes après le lapin était-il mort ; la poule mangea le lapin, et le lendemain elle était trépassée. Alors nous fîmes les vautours, nous emportâmes la poule et nous l'ouvrîmes. Cette fois tous les symptômes particuliers avaient disparu, et il ne restait que les symptômes généraux. Aucune indication particulière dans aucun organe ; exaspération du système nerveux, voilà tout, et trace de congestion cérébrale, pas davantage ; la poule n'avait pas été empoisonnée, elle

49. Substance toxique alcaloïde obtenue de certaines plantes comme les noix vomiques. À faible dose elle peut stimuler le système nerveux ; à haute dose donner la mort.

était morte d'apoplexie. C'est un cas rare chez les poules, je le sais bien, mais fort commun chez les hommes.

Mme de Villefort paraissait de plus en plus rêveuse.

– C'est bien heureux, dit-elle, que de pareilles substances ne puissent être préparées que par des chimistes, car, en vérité, la moitié du monde empoisonnerait l'autre.

– Par des chimistes ou des personnes qui s'occupent de chimie, répondit négligemment Monte-Cristo.

– Et puis, dit Mme de Villefort, s'arrachant elle-même et avec effort à ses pensées, si savamment préparé qu'il soit, le crime est toujours le crime : et s'il échappe à l'investigation humaine, il n'échappe pas au regard de Dieu. Les Orientaux sont plus forts que nous sur les cas de conscience, et ont prudemment supprimé l'enfer ; voilà tout.

– Eh ! madame, ceci est un scrupule qui doit naturellement naître dans une âme honnête comme la vôtre, mais qui en serait bientôt déraciné par le raisonnement. Le mauvais côté de la pensée humaine sera toujours résumé par ce paradoxe de Jean-Jacques Rousseau, vous savez : « Le mandarin qu'on tue à cinq mille lieues en levant le bout du doigt. » La vie de l'homme se passe à faire de ces choses-là, et son intelligence s'épuise à les rêver. Vous trouvez fort peu de gens qui s'en aillent brutalement planter un couteau dans le cœur de leur semblable ou qui administrent, pour le faire disparaître de la surface du globe, cette quantité d'arsenic que nous disions tout à l'heure. C'est là réellement une excentricité ou une bêtise. Pour en arriver là, il faut que le sang se chauffe à trente-six degrés, que le pouls batte à quatre-vingt-dix pulsations, et que l'âme sorte de ses limites ordinaires ; mais si, passant, comme cela se pratique en philologie, du mot au synonyme mitigé, vous faites une simple élimination ; au lieu de commettre un ignoble assassinat, si vous écartez purement et simplement de votre chemin celui qui vous gêne, et cela sans choc, sans violence, sans l'appareil de ces souffrances, qui, devenant un supplice, font de la victime un martyr, et de celui qui agit un carnifex[50] dans toute la force du mot ; s'il n'y a ni sang, ni hurlements, ni contorsions, ni surtout cette horrible et compromettante instantanéité de l'accomplissement, alors vous échappez au coup de la loi humaine qui vous dit : « Ne trouble pas la société ! » Voilà comment procèdent et réussissent les gens d'Orient, personnages graves et flegmatiques, qui s'inquiètent peu des questions de temps dans les conjonctures d'une certaine importance.

– Il reste la conscience, dit Mme de Villefort d'une voix émue et avec un soupir étouffé.

– Oui, dit Monte-Cristo, oui, heureusement, il reste la conscience, sans quoi l'on serait fort malheureux. Après toute action un peu vigoureuse, c'est la conscience qui nous sauve, car elle nous fournit mille bonnes excuses dont seuls nous sommes juges ; et ces raisons, si excellentes qu'elles soient pour nous conserver le sommeil, seraient peut-être médiocres devant un tribunal pour nous conserver la vie. Ainsi Richard III, par exemple, a dû être merveilleusement servi par la conscience après la suppression des deux enfants d'Édouard IV ; en effet, il pouvait se dire : « Ces deux enfants d'un roi cruel et persécuteur, et qui avaient hérité des vices de leur père, que moi seul ai su reconnaître dans leurs inclinations juvéniles ; ces deux enfants me gênaient pour faire la félicité du peuple anglais, dont ils eussent infailliblement

50. Bourreau, meurtrier.

fait le malheur. » Ainsi fut servie par sa conscience lady Macbeth, qui voulait, quoi qu'en ait dit Shakespeare, donner un trône, non à son mari, mais à son fils. Ah ! l'amour maternel est une si grande vertu, un si puissant mobile, qu'il fait excuser bien des choses ; aussi, après la mort de Duncan, lady Macbeth eût-elle été fort malheureuse sans sa conscience.

Mme de Villefort absorbait avec avidité ces effrayantes maximes et ces horribles paradoxes débités par le comte avec cette naïve ironie qui lui était particulière.

Puis, après un instant de silence :

– Savez-vous, dit-elle, monsieur le comte, que vous êtes un terrible argumentateur, et que vous voyez le monde sous un jour quelque peu livide ! Est-ce donc en regardant l'humanité à travers les alambics et les cornues que vous l'avez jugée telle ? Car vous aviez raison, vous êtes un grand chimiste, et cet élixir que vous avez fait prendre à mon fils, et qui l'a si rapidement rappelé à la vie…

– Oh ! ne vous y fiez pas, madame, dit Monte-Cristo, une goutte de cet élixir a suffi pour rappeler à la vie cet enfant qui se mourait, mais trois gouttes eussent poussé le sang à ses poumons de manière à lui donner des battements de cœur ; six lui eussent coupé la respiration, et causé une syncope beaucoup plus grave que celle dans laquelle il se trouvait ; dix enfin l'eussent foudroyé. Vous savez, madame, comme je l'ai écarté vivement de ces flacons auxquels il avait l'imprudence de toucher ?

– C'est donc un poison terrible ?

– Oh ! mon Dieu, non ! D'abord, admettons ceci, que le mot poison n'existe pas, puisqu'on se sert en médecine des poisons les plus violents, qui deviennent, par la façon dont ils sont administrés, des remèdes salutaires.

– Qu'était-ce donc alors ?

– C'était une savante préparation de mon ami, cet excellent abbé Adelmonte, et dont il m'a appris à me servir.

– Oh ! dit madame de Villefort, ce doit être un excellent antispasmodique.

– Souverain, madame, vous l'avez vu, répondit le comte, et j'en fais un usage fréquent, avec toute la prudence possible, bien entendu, ajouta-t-il en riant.

– Je le crois, répliqua sur le même ton Mme de Villefort. Quant à moi, si nerveuse et si prompte à m'évanouir, j'aurais besoin d'un docteur Adelmonte pour m'inventer des moyens de respirer librement et me tranquilliser sur la crainte que j'éprouve de mourir un beau jour suffoquée. En attendant, comme la chose est difficile à trouver en France, et que votre abbé n'est probablement pas disposé à faire pour moi le voyage de Paris, je m'en tiens aux antispasmodiques de M. Planche ; et la menthe et les gouttes d'Hoffmann jouent chez moi un grand rôle. Tenez, voici des pastilles que je me fais faire exprès ; elles sont à double dose.

Monte-Cristo ouvrit la boîte d'écaille que lui présentait la jeune femme, et respira l'odeur des pastilles en amateur digne d'apprécier cette préparation.

– Elles sont exquises, dit-il, mais soumises à la nécessité de la déglutition, fonction qui souvent est impossible à accomplir de la part de la personne évanouie. J'aime mieux mon spécifique.

– Mais, bien certainement, moi aussi, je le préférerais d'après les effets que j'en ai vus surtout ; mais c'est un secret sans doute, et je ne suis pas assez indiscrète pour vous le demander.

– Mais moi, madame, dit Monte-Cristo en se levant, je suis assez galant pour vous l'offrir.

– Oh ! monsieur.

– Seulement rappelez-vous une chose : c'est qu'à petite dose c'est un remède, à forte dose c'est un poison. Une goutte rend la vie, comme vous l'avez vu ; cinq ou six tueraient infailliblement, et d'une façon d'autant plus terrible qu'étendues dans un verre de vin elles n'en changeraient aucunement le goût. Mais je m'arrête, madame, j'aurais presque l'air de vous conseiller.

Six heures et demie venaient de sonner, on annonça une amie de Mme de Villefort, qui venait dîner avec elle.

– Si j'avais l'honneur de vous voir pour la troisième ou quatrième fois, monsieur le comte, au lieu de vous voir pour la seconde, dit Mme de Villefort, si j'avais l'honneur d'être votre amie, au lieu d'avoir tout bonnement le bonheur d'être votre obligée, j'insisterais pour vous retenir à dîner, et je ne me laisserais pas battre par un premier refus.

– Mille grâces, madame, répondit Monte-Cristo, j'ai moi même un engagement auquel je ne puis manquer. J'ai promis de conduire au spectacle une princesse grecque de mes amies, qui n'a pas encore vu le Grand Opéra, et qui compte sur moi pour l'y mener.

– Allez, monsieur, mais n'oubliez pas ma recette.

– Comment donc, madame ! il faudrait pour cela oublier l'heure de conversation que je viens de passer près de vous : ce qui est tout à fait impossible.

Monte-Cristo salua et sortit.

Mme de Villefort demeura rêveuse.

– Voilà un homme étrange, dit-elle, et qui m'a tout l'air de s'appeler, de son nom de baptême, Adelmonte.

Quant à Monte-Cristo, le résultat avait dépassé son attente.

– Allons, dit-il en s'en allant, voilà une bonne terre, je suis convaincu que le grain qu'on y laisse tomber n'y avorte pas.

Et, le lendemain, fidèle à sa promesse, il envoya la recette demandée.

Brucea ferruginea.

LIII. ROBERT LE DIABLE

La raison de l'Opéra était d'autant meilleure à donner qu'il y avait ce soir-là solennité à l'Académie royale de musique. Levasseur, après une longue indisposition, rentrait par le rôle de Bertram, et, comme toujours, l'œuvre du maestro à la mode avait attiré la plus brillante société de Paris.

Morcerf, comme la plupart des jeunes gens riches, avait sa stalle d'orchestre, plus dix loges de personnes de sa connaissance auxquelles il pouvait aller demander une place, sans compter celle à laquelle il avait droit dans sa loge des lions.

Château-Renaud avait la stalle voisine de la sienne.

Beauchamp, en sa qualité de journaliste, était roi de la salle et avait sa place partout.

Ce soir-là Lucien Debray avait la disposition de la loge du ministre, et il l'avait offerte au comte de Morcerf, lequel, sur le refus de Mercédès, l'avait envoyée à Danglars, en lui faisant dire qu'il irait probablement faire dans la soirée une visite à la baronne et à sa fille, si ces dames voulaient bien accepter la loge qu'il leur proposait. Ces dames n'avaient eu garde de refuser. Nul n'est friand de loges qui ne coûtent rien comme un millionnaire.

Quant à Danglars, il avait déclaré que ses principes politiques et sa qualité de député de l'opposition ne lui permettaient pas d'aller dans la loge du ministre. En conséquence, la baronne avait écrit à Lucien de la venir prendre, attendu qu'elle ne pouvait pas aller à l'Opéra seule avec Eugénie.

En effet, si les deux femmes y eussent été seules, on eût, certes, trouvé cela fort mauvais ; tandis que Mlle Danglars allant à l'Opéra avec sa mère et l'amant de sa mère il n'y avait rien à dire ; il faut bien prendre le monde comme il est fait.

La toile se leva, comme d'habitude, sur une salle à peu près vide. C'est encore une habitude de notre fashion parisienne, d'arriver au spectacle quand le spectacle est commencé : il en résulte que le premier acte se passe, de la part des spectateurs arrivés, non pas à regarder ou à écouter la pièce, mais à regarder entrer les spectateurs qui arrivent, et à ne rien entendre que le bruit des portes et celui des conversations.

– Tiens ! dit tout à coup Albert en voyant s'ouvrir une loge de côté de premier rang ; tiens ! la comtesse G… !

– Qu'est-ce que c'est que la comtesse G… ? demanda Château-Renaud.

– Oh ! par exemple, baron, voici une question que je ne vous pardonne pas ; vous demandez ce que c'est que la comtesse G… ?

– Ah ! c'est vrai, dit Château-Renaud, n'est-ce pas cette charmante Vénitienne ?

– Justement.

En ce moment la comtesse G… aperçut Albert et échangea avec lui un salut accompagné d'un sourire.

– Vous la connaissez ? dit Château-Renaud.

– Oui, fit Albert, je lui ai été présenté à Rome par Franz.

– Voudrez-vous me rendre à Paris le même service que Franz vous a rendu à Rome ?

– Bien volontiers.

– Chut ! cria le public.

Les deux jeunes gens continuèrent leur conversation, sans paraître s'inquiéter le moins du monde du désir que paraissait éprouver le parterre d'entendre la musique.

– Elle était aux courses du Champ-de-Mars, dit Château-Renaud.

– Aujourd'hui ?

– Oui.

– Tiens ! au fait, il y avait courses. Étiez-vous engagé ?

– Oh ! pour une misère, pour cinquante louis.

– Et qui a gagné ?

– *Nautilus* ; je pariais pour lui.

– Mais il y avait trois courses ?

– Oui. Il y avait le prix du Jockey-Club, une coupe d'or. Il s'est même passé une chose assez bizarre.

– Laquelle ?

– Chut donc ! cria le public.

– Laquelle ? répéta Albert.

– C'est un cheval et un jockey complètement inconnus qui ont gagné cette course.

– Comment ?

– Oh ! mon Dieu, oui ; personne n'avait fait attention à un cheval inscrit sous le nom de *Vampa* et à un jockey inscrit sous le nom de *Job*, quand on a vu s'avancer tout à coup un admirable alezan et un jockey gros comme le poing ; on a été obligé de lui fourrer vingt livres de plomb dans ses poches, ce qui ne l'a pas empêché d'arriver au but trois longueurs de cheval avant *Ariel* et *Barbaro*, qui couraient avec lui.

– Et l'on n'a pas su à qui appartenaient le cheval et le jockey ?

– Non.

– Vous dites que ce cheval était inscrit sous le nom de…

– *Vampa*.

– Alors, dit Albert, je suis plus avancé que vous, je sais à qui il appartenait, moi.

– Silence donc ! cria pour la troisième fois le parterre.

Cette fois la levée de boucliers était si grande que les deux jeunes gens s'aperçurent enfin que c'était à eux que le public s'adressait. Ils se retournèrent un instant, cherchant dans cette foule un homme qui prît la responsabilité de ce qu'ils regardaient comme une impertinence ; mais personne ne réitéra l'invitation, et ils se retournèrent vers la scène.

En ce moment la loge du ministre s'ouvrait, et Mme Danglars, sa fille et Lucien Debray prenaient leurs places.

– Ah ! ah ! dit Château-Renaud, voilà des personnes de votre connaissance, vicomte. Que diable regardez-vous donc à droite ? On vous cherche.

Albert se retourna et ses yeux rencontrèrent effectivement ceux de la baronne Danglars, qui lui fit avec son éventail un petit salut. Quant à Mlle Eugénie, ce fut à peine si ses grands yeux noirs daignèrent s'abaisser jusqu'à l'orchestre.

– En vérité, mon cher, dit Château-Renaud, je ne comprends point, à part la mésalliance, et je ne crois point que ce soit cela qui vous préoccupe beaucoup ; je ne comprends pas, dis-je, à part la mésalliance, ce que vous pouvez avoir contre Mlle Danglars ; c'est en vérité une fort belle personne.

– Fort belle, certainement, dit Albert. Mais je vous avoue qu'en fait de beauté j'aimerais mieux quelque chose de plus doux, de plus suave, de plus féminin, enfin.

– Voilà bien les jeunes gens, dit Château-Renaud qui, en sa qualité d'homme de trente ans, prenait avec Morcerf des airs paternels. Ils ne sont jamais satisfaits. Comment, mon cher ! on vous trouve une fiancée bâtie sur le modèle de la Diane chasseresse, et vous n'êtes pas content !

– Eh bien ! justement, j'aurais mieux aimé quelque chose dans le genre de la Vénus de Milo ou de Capoue. Cette Diane chasseresse, toujours au milieu de ses nymphes, m'épouvante un peu ; j'ai peur qu'elle ne me traite en Actéon.

En effet, un coup d'œil jeté sur la jeune fille pouvait presque expliquer le sentiment que venait d'avouer Morcerf. Mlle Danglars était belle, mais, comme l'avait dit Albert, d'une beauté un peu arrêtée : ses cheveux étaient d'un beau noir, mais dans leurs ondes naturelles on remarquait une certaine rébellion à la main qui voulait leur imposer sa volonté ; ses yeux, noirs comme ses cheveux, encadrés sous de magnifiques sourcils qui n'avaient qu'un défaut, celui de se froncer quelquefois, étaient surtout remarquables par une expression de fermeté qu'on était étonné de trouver dans le regard d'une femme ; son nez avait les proportions exactes qu'un statuaire eût données à celui de Junon ; sa bouche seule était trop grande, mais garnie de belles dents que faisaient ressortir encore des lèvres dont le carmin trop vif tranchait avec la pâleur de son teint ; enfin un signe noir placé au coin de la bouche, et plus large que ne le sont d'ordinaire ces sortes de caprices de la nature, achevait de donner à cette physionomie ce caractère décidé qui effrayait quelque peu Morcerf.

D'ailleurs, tout le reste de la personne d'Eugénie s'alliait avec cette tête que nous venons d'essayer de décrire. C'était, comme l'avait dit Château-Renaud, la Diane chasseresse, mais avec quelque chose encore de plus ferme et de plus musculeux dans sa beauté.

Quant à l'éducation qu'elle avait reçue, s'il y avait un reproche à lui faire, c'est que, comme certains points de sa physionomie, elle semblait un peu appartenir à un autre sexe. En effet, elle parlait deux ou trois langues, dessinait facilement, faisait des vers et composait de la musique. Elle était surtout passionnée pour ce dernier art, qu'elle étudiait avec une de ses amies de pension, jeune personne sans fortune, mais ayant toutes les dispositions possibles pour devenir, à ce que l'on assurait, une excellente cantatrice. Un grand compositeur portait, disait-on, à cette dernière, un intérêt presque paternel, et la faisait travailler avec l'espoir qu'elle trouverait un jour une fortune dans sa voix.

Cette possibilité que Mlle Louise d'Armilly, c'était le nom de la jeune virtuose, entrât un jour au théâtre faisait que Mlle Danglars, quoique la recevant chez elle, ne se montrait point en public en sa compagnie. Du reste, sans avoir dans la maison du banquier la position indépendante d'une amie, Louise avait une position supérieure à celle des institutrices ordinaires.

Quelques secondes après l'entrée de Mme Danglars dans sa loge, la toile avait baissé, et, grâce à cette faculté, laissée par la longueur des entractes, de se promener au foyer ou de faire des visites pendant une demi-heure, l'orchestre s'était à peu près dégarni.

Morcerf et Château-Renaud étaient sortis des premiers. Un instant Mme Danglars avait pensé que cet empressement d'Albert avait pour but de lui venir présenter ses compliments, et elle s'était penchée à l'oreille de sa fille pour lui annoncer cette visite, mais celle-ci s'était contentée de secouer la tête en souriant ; et en même temps, comme pour prouver combien la dénégation d'Eugénie était fondée, Morcerf apparut dans une loge de côté du premier rang. Cette loge était celle de la comtesse G…

– Ah ! vous voilà, monsieur le voyageur, dit celle-ci en lui tendant la main avec toute la cordialité d'une vieille connaissance ; c'est bien aimable à vous de m'avoir reconnue, et surtout de m'avoir donné la préférence pour votre première visite.

– Croyez, madame, répondit Albert, que si j'eusse su votre arrivée à Paris et connu votre adresse, je n'eusse point attendu si tard. Mais veuillez me permettre de vous présenter M. le baron de Château-Renaud, mon ami, un des rares gentilshommes qui restent encore en France, et par lequel je viens d'apprendre que vous étiez aux courses du Champ-de-Mars.

Château-Renaud salua.

– Ah ! vous étiez aux courses, monsieur ? dit vivement la comtesse.

– Oui, madame.

– Eh bien, reprit vivement Mme G…, pouvez-vous me dire à qui appartenait le cheval qui a gagné le prix du Jockey-Club ?

– Non, madame, dit Château-Renaud, et je faisais tout à l'heure la même question à Albert.

– Y tenez-vous beaucoup, madame la comtesse ? demanda Albert.

– À quoi ?

– À connaître le maître du cheval ?

– Infiniment. Imaginez-vous… Mais sauriez-vous qui, par hasard, vicomte ?

– Madame, vous alliez raconter une histoire : imaginez-vous, avez-vous dit.

– Eh bien, imaginez-vous que ce charmant cheval alezan et ce joli petit jockey à casaque rose m'avaient, à la première vue, inspiré une si vive sympathie que je faisais des vœux pour l'un et pour l'autre, exactement comme si j'avais engagé sur eux la moitié de ma fortune ; aussi, lorsque je les vis arriver au but, devançant les autres coureurs de trois longueurs de cheval, je fus si joyeuse que je me mis à battre des mains comme une folle. Figurez-vous mon étonnement lorsque, en rentrant chez moi, je rencontrai sur mon escalier le petit jockey rose ! Je crus que le vainqueur de la course demeurait par hasard dans la même maison que moi, lorsque, en ouvrant la porte de mon salon, la première chose que je vis fut la coupe d'or qui formait le prix gagné par le cheval et le jockey inconnus. Dans la coupe il y avait un petit papier sur lequel étaient écrits ces mots : *À la comtesse G…, lord Ruthwen.*

– C'est justement cela, dit Morcerf.

– Comment ! c'est justement cela ; que voulez-vous dire ?

– Je veux dire que c'est lord Ruthwen en personne.

– Quel lord Ruthwen ?

– Le nôtre, le vampire, celui du théâtre Argentina.

– Vraiment ! s'écria la comtesse, il est donc ici ?

– Parfaitement.

– Et vous le voyez ? Vous le recevez ? Vous allez chez lui ?

– C'est mon ami intime, et M. de Château-Renaud lui-même a l'honneur de le connaître.

– Qui peut vous faire croire que c'est lui qui a gagné ?

– Son cheval inscrit sous le nom de *Vampa.*

– Eh bien, après ?

– Eh bien, vous ne vous rappelez pas le nom du fameux bandit qui m'avait fait prisonnier ?

– Ah ! c'est vrai.

– Et des mains duquel le comte m'a miraculeusement tiré ?

– Si fait.

– Il s'appelait *Vampa.* Vous voyez bien que c'est lui.

– Mais pourquoi m'a-t-il envoyé cette coupe, à moi ?

– D'abord, madame la comtesse, parce que je lui avais fort parlé de vous, comme vous pouvez le croire ; ensuite parce qu'il aura été enchanté de retrouver une compatriote, et heureux de l'intérêt que cette compatriote prenait à lui.

– J'espère bien que vous ne lui avez jamais raconté les folies que nous avons dites à son sujet !

– Ma foi, je n'en jurerais pas, et cette façon de vous offrir cette coupe sous le nom de lord Ruthwen…

– Mais c'est affreux, il va m'en vouloir mortellement.

– Son procédé est-il celui d'un ennemi ?

– Non, je l'avoue.

– Eh bien !

– Ainsi, il est à Paris ?

– Oui.

– Et quelle sensation a-t-il faite ?

– Mais, dit Albert, on en a parlé huit jours, puis sont arrivés le couronnement de la reine d'Angleterre et le vol des diamants de Mlle Mars, et l'on n'a plus parlé que de cela.

– Mon cher, dit Château-Renaud, on voit bien que le comte est votre ami, vous le traitez en conséquence. Ne croyez pas ce que vous dit Albert, madame la comtesse, il n'est au contraire question que du comte de Monte-Cristo à Paris. Il a d'abord débuté par envoyer à Mme Danglars des chevaux de trente mille francs ; puis il a sauvé la vie à Mme de Villefort ; puis il a gagné la course du Jockey-Club, à ce qu'il paraît. Je maintiens au contraire, moi, quoi qu'en dise Morcerf, qu'on s'occupe encore du comte en ce moment, et qu'on ne s'occupera même plus que de lui dans un mois, s'il veut continuer de faire de l'excentricité, ce qui, au reste, paraît être sa manière de vivre ordinaire.

– C'est possible, dit Morcerf. En attendant, qui donc a repris la loge de l'ambassadeur de Russie ?

– Laquelle ? demanda la comtesse.

– L'entre-colonne du premier rang ; elle me semble parfaitement remise à neuf.

– En effet, dit Château-Renaud. Est-ce qu'il y avait quelqu'un pendant le premier acte ?

– Où ?

– Dans cette loge ?

– Non, reprit la comtesse, je n'ai vu personne ; ainsi, continua-t-elle, revenant à la première conversation, vous croyez que c'est votre comte de Monte-Cristo qui a gagné le prix ?

– J'en suis sûr.

– Et qui m'a envoyé cette coupe ?

– Sans aucun doute.

– Mais je ne le connais pas, moi, dit la comtesse, et j'ai fort envie de la lui renvoyer.

– Oh ! n'en faites rien ; il vous en enverrait une autre, taillée dans quelque saphir ou creusée dans quelque rubis.

Ce sont ses manières d'agir ; que voulez-vous, il faut le prendre comme il est.

En ce moment on entendit la sonnette qui annonçait que le deuxième acte allait commencer. Albert se leva pour regagner sa place.

– Vous verrai-je ? demanda la comtesse.

– Dans les entractes, si vous le permettez, je viendrai m'informer si je puis vous être bon à quelque chose à Paris.

– Messieurs, dit la comtesse, tous les samedis soir, rue de Rivoli, 22, je suis chez moi pour mes amis. Vous voilà prévenus.

Les jeunes gens saluèrent et sortirent.

En entrant dans la salle, ils virent le parterre debout et les yeux fixés sur un seul point de la salle ; leurs regards suivirent la direction générale, et s'arrêtèrent sur l'ancienne loge de l'ambassadeur de Russie. Un homme habillé de noir, de trente-cinq à quarante ans, venait d'y entrer avec une femme vêtue d'un costume oriental. La femme était de la plus grande beauté, et le costume d'une telle richesse, que, comme nous l'avons dit, tous les yeux s'étaient à l'instant tournés vers elle.

– Eh ! dit Albert, c'est Monte-Cristo et sa Grecque.

En effet, c'était le comte et Haydée.

Au bout d'un instant, la jeune femme était l'objet de l'attention non seulement du parterre, mais de toute la salle ; les femmes se penchaient hors des loges pour voir ruisseler sous les feux des lustres cette cascade de diamants.

Le second acte se passa au milieu de cette rumeur sourde qui indique dans les masses assemblées un grand événement. Personne ne songea à crier silence. Cette femme si jeune, si belle, si éblouissante, était le plus curieux spectacle qu'on pût voir.

Cette fois, un signe de Mme Danglars indiqua clairement à Albert que la baronne désirait avoir sa visite dans l'entracte suivant.

Morcerf était de trop bon goût pour se faire attendre quand on lui indiquait clairement qu'il était attendu. L'acte fini, il se hâta donc de monter dans l'avant-scène.

Il salua les deux dames et tendit la main à Debray.

La baronne l'accueillit avec un charmant sourire, et Eugénie avec sa froideur habituelle.

– Ma foi, mon cher, dit Debray, vous voyez un homme à bout, et qui vous appelle en aide pour le relayer. Voici madame qui m'écrase de questions sur le comte, et qui veut que je sache d'où il est, d'où il vient, où il va ; ma foi, je ne suis pas Cagliostro, moi, et, pour me tirer d'affaire, j'ai dit : « Demandez tout cela à Morcerf, il connaît son Monte-Cristo sur le bout du doigt » ; alors on vous a fait signe.

– N'est-il pas incroyable, dit la baronne, que lorsqu'on a un demi-million de fonds secrets à sa disposition on ne soit pas mieux instruit que cela ?

– Madame, dit Lucien, je vous prie de croire que si j'avais un demi-million à ma disposition, je l'emploierais à autre chose qu'à prendre des informations sur M. de Monte-Cristo, qui n'a d'autre mérite à mes yeux que d'être deux fois riche comme un nabab ; mais j'ai passé la parole à mon ami Morcerf ; arrangez-vous avec lui, cela ne me regarde plus.

– Un nabab ne m'eût certainement pas envoyé une paire de chevaux de trente mille francs, avec quatre diamants aux oreilles, de cinq mille francs chacun.

– Oh ! les diamants, dit en riant Morcerf, c'est sa manie. Je crois que, pareil à Potemkin, il en a toujours dans ses poches, et qu'il en sème sur son chemin comme le Petit Poucet faisait de ses cailloux.

– Il aura trouvé quelque mine, dit Mme Danglars ; vous savez qu'il a un crédit illimité sur la maison du baron ?

– Non, je ne le savais pas, répondit Albert, mais cela doit être.

– Et qu'il a annoncé à M. Danglars qu'il comptait rester un an à Paris et y dépenser six millions ?

– C'est le shah de Perse qui voyage incognito.

– Et cette femme, monsieur Lucien, dit Eugénie, avez-vous remarqué comme elle est belle ?

– En vérité, mademoiselle, je ne connais que vous pour faire si bonne justice aux personnes de votre sexe.

Lucien approcha son lorgnon de son œil.

– Charmante ! dit-il.

– Et cette femme, M. de Morcerf sait-il qui elle est ?

– Mademoiselle, dit Albert, répondant à cette interpellation presque directe, je le sais à peu près, comme tout ce qui regarde le personnage mystérieux dont nous nous occupons. Cette femme est une Grecque.

– Cela se voit facilement à son costume, et vous ne m'apprenez là que ce que toute la salle sait déjà comme nous.

– Je suis fâché, dit Morcerf, d'être un cicerone si ignorant, mais je dois avouer que là se bornent mes connaissances ; je sais, en outre, qu'elle est musicienne, car un jour que j'ai déjeuné chez le comte, j'ai entendu les sons d'une guzla[51] qui ne pouvaient venir certainement que d'elle.

51. Instrument de musique à une seule corde.

– Il reçoit donc, votre comte ? demanda Mme Danglars.

– Et d'une façon splendide, je vous le jure.

– Il faut que je pousse Danglars à lui offrir quelque dîner, quelque bal, afin qu'il nous les rende.

– Comment, vous irez chez lui ? dit Debray en riant.

– Pourquoi pas ? avec mon mari !

– Mais il est garçon, ce mystérieux comte.

– Vous voyez bien que non, dit en riant à son tour la baronne, en montrant la belle Grecque.

– Cette femme est une esclave, à ce qu'il nous a dit lui-même, vous rappelez-vous, Morcerf, à votre déjeuner ?

– Convenez, mon cher Lucien, dit la baronne, qu'elle a bien plutôt l'air d'une princesse.

– Des *Mille et Une Nuits*.

– Des *Mille et Une Nuits*, je ne dis pas ; mais qu'est-ce qui fait les princesses, mon cher ? Ce sont les diamants, et celle-ci en est couverte.

– Elle en a même trop, dit Eugénie ; elle serait plus belle sans cela, car on verrait son cou et ses poignets, qui sont charmants de forme.

– Oh ! l'artiste. Tenez, dit Mme Danglars, la voyez-vous qui se passionne ?

– J'aime tout ce qui est beau, dit Eugénie.

– Mais que dites-vous du comte alors ? dit Debray, il me semble qu'il n'est pas mal non plus.

– Le comte ? dit Eugénie, comme si elle n'eût point encore pensé à le regarder, le comte, il est bien pâle.

– Justement, dit Morcerf, c'est dans cette pâleur qu'est le secret que nous cherchons. La comtesse G… prétend, vous le savez, que c'est un vampire.

– Elle est donc de retour, la comtesse G… ? demanda la baronne.

– Dans cette loge de côté, dit Eugénie, presque en face de nous, ma mère ; cette femme, avec ces admirables cheveux blonds, c'est elle.

– Oh ! oui, dit Mme Danglars ; vous ne savez pas ce que vous devriez faire, Morcerf ?

– Ordonnez, madame.

– Vous devriez aller faire une visite à votre comte de Monte-Cristo et nous l'amener.

– Pour quoi faire ? dit Eugénie.

– Mais pour que nous lui parlions ; n'es-tu pas curieuse de le voir ?

– Pas le moins du monde.

– Étrange enfant ! murmura la baronne.

– Oh ! dit Morcerf, il viendra probablement de lui-même. Tenez, il vous a vue, madame, et il vous salue.

La baronne rendit au comte son salut, accompagné d'un charmant sourire.

– Allons, dit Morcerf, je me sacrifie ; je vous quitte et vais voir s'il n'y a pas moyen de lui parler.

– Allez dans sa loge ; c'est bien simple.

– Mais je ne suis pas présenté.

– À qui ?

– À la belle Grecque.

– C'est une esclave, dites-vous ?

– Oui, mais vous prétendez, vous, que c'est une princesse… Non. J'espère que lorsqu'il me verra sortir il sortira.

– C'est possible. Allez !

– J'y vais.

Morcerf salua et sortit. Effectivement, au moment où il passait devant la loge du comte, la porte s'ouvrit ; le comte dit quelques mots en arabe à Ali, qui se tenait dans le corridor, et prit le bras de Morcerf.

Ali referma la porte, et se tint debout devant elle ; il y avait dans le corridor un rassemblement autour du Nubien.

– En vérité, dit Monte-Cristo, votre Paris est une étrange ville, et vos Parisiens un singulier peuple. On dirait que c'est la première fois qu'ils voient un Nubien. Regardez-les donc se presser autour de ce pauvre Ali, qui ne sait pas ce que cela veut dire. Je vous réponds d'une chose, par exemple, c'est qu'un Parisien peut aller à Tunis, à Constantinople, à Bagdad ou au Caire, on ne fera pas cercle autour de lui.

– C'est que vos Orientaux sont des gens sensés, et qu'ils ne regardent que ce qui vaut la peine d'être vu ; mais croyez-moi, Ali ne jouit de cette popularité que parce qu'il vous appartient, et qu'en ce moment vous êtes l'homme à la mode.

– Vraiment ! et qui me vaut cette faveur ?

– Parbleu ! vous-même, vous donnez des attelages de mille louis ; vous sauvez la vie à des femmes de procureur du roi ; vous faites courir, sous le nom du major Brack, des chevaux pur sang et des jockeys gros comme des ouistitis ; enfin, vous gagnez des coupes d'or, et vous les envoyez aux jolies femmes.

– Et qui diable vous a conté toutes ces folies ?

– Dame ! La première, Mme Danglars, qui meurt d'envie de vous voir dans sa loge, ou plutôt qu'on vous y voie ; la seconde, le journal de Beauchamp, et la troisième, ma propre imaginative. Pourquoi appelez-vous votre cheval *Vampa* si vous voulez garder l'incognito ?

– Ah ! c'est vrai ! dit le comte, c'est une imprudence. Mais dites-moi donc, le comte de Morcerf ne vient-il point quelquefois à l'Opéra ? Je l'ai cherché des yeux, et je ne l'ai aperçu nulle part.

– Il viendra ce soir.

– Où cela ?

– Dans la loge de la baronne, je crois.

– Cette charmante personne qui est avec elle, c'est sa fille ?

– Oui.

– Je vous en fais mon compliment.

Morcerf sourit.

– Nous reparlerons de cela plus tard et en détail, dit-il. Que dites-vous de la musique ?

– De quelle musique ?

– Mais de celle que vous venez d'entendre.

– Je dis que c'est de fort belle musique pour de la musique composée par un compositeur humain, et chantée par des oiseaux à deux pieds et sans plumes, comme disait feu Diogène.

– Ah çà ! mais, mon cher comte, il semblerait que vous pourriez entendre à votre caprice les sept chœurs du paradis ?

– Mais c'est un peu de cela. Quand je veux entendre d'admirable musique, vicomte, de la musique comme jamais l'oreille mortelle n'en a entendu, je dors.

– Eh bien, mais, vous êtes à merveille ici ; dormez, mon cher comte, dormez, l'Opéra n'a pas été inventé pour autre chose.

– Non, en vérité, votre orchestre fait trop de bruit. Pour que je dorme du sommeil dont je vous parle, il me faut le calme et le silence, et puis une certaine préparation…

– Ah ! le fameux haschisch ?

– Justement, vicomte, quand vous voudrez entendre de la musique, venez souper avec moi.

– Mais j'en ai déjà entendu en y allant déjeuner, dit Morcerf.

– À Rome ?

– Oui.

– Ah ! c'était la guzla d'Haydée. Oui, la pauvre exilée s'amuse quelquefois à me jouer des airs de son pays.

Morcerf n'insista pas davantage ; de son côté, le comte se tut.

En ce moment la sonnette retentit.

– Vous m'excusez ? dit le comte en reprenant le chemin de sa loge.

– Comment donc !

– Emportez bien des choses pour la comtesse G… de la part de son vampire.

– Et à la baronne ?

– Dites-lui que j'aurai l'honneur, si elle le permet, d'aller lui présenter mes hommages dans la soirée.

Le troisième acte commença. Pendant le troisième acte le comte de Morcerf vint, comme il l'avait promis, rejoindre Mme Danglars.

Le comte n'était point un de ces hommes qui font révolution dans une salle ; aussi personne ne s'aperçut-il de son arrivée que ceux dans la loge desquels il venait prendre une place.

Monte-Cristo le vit cependant, et un léger sourire effleura ses lèvres.

Quant à Haydée, elle ne voyait rien tant que la toile était levée ; comme toutes les natures primitives, elle adorait tout ce qui parle à l'oreille et à la vue.

Le troisième acte s'écoula comme d'habitude ; Mlles Noblet, Julia et Leroux exécutèrent leurs entrechats ordinaires ; le prince de Grenade fut défié par Robert-Mario ; enfin ce majestueux roi que vous savez fit le tour de la salle pour montrer son manteau de velours, en tenant sa fille par la main ; puis la toile tomba, et la salle se dégorgea aussitôt dans le foyer et les corridors.

Le comte sortit de sa loge, et un instant après apparut dans celle de la baronne Danglars.

La baronne ne put s'empêcher de jeter un cri de surprise légèrement mêlé de joie.

– Ah ! venez donc, monsieur le comte ! s'écria-t-elle, car, en vérité, j'avais hâte de joindre mes grâces verbales aux remerciements écrits que je vous ai déjà faits.

– Oh ! madame, dit le comte, vous vous rappelez encore cette misère ? Je l'avais déjà oubliée, moi.

– Oui, mais ce qu'on n'oublie pas, monsieur le comte, c'est que vous avez le lendemain sauvé ma bonne amie Mme de Villefort du danger que lui faisaient courir ces mêmes chevaux.

– Cette fois encore, madame, je ne mérite pas vos remerciements ; c'est Ali, mon Nubien, qui a eu le bonheur de rendre à Mme de Villefort cet éminent service.

– Et est-ce aussi Ali, dit le comte de Morcerf, qui a tiré mon fils des bandits romains ?

– Non, monsieur le comte, dit Monte-Cristo en serrant la main que le général lui tendait, non ; cette fois je prends les remerciements pour mon compte ; mais vous me les avez déjà faits, je les ai déjà reçus, et en vérité, je suis honteux de vous retrouver encore si reconnaissant. Faites-moi donc l'honneur, je vous prie, madame la baronne, de me présenter à mademoiselle votre fille.

– Oh ! vous êtes tout présenté, de nom du moins, car il y a deux ou trois jours que nous ne parlons que de vous. Eugénie, continua la baronne en se retournant vers sa fille, monsieur le comte de Monte-Cristo !

Le comte s'inclina : Mlle Danglars fit un léger mouvement de tête.

– Vous êtes là avec une admirable personne, monsieur le comte, dit Eugénie ; est-ce votre fille ?

– Non, mademoiselle, dit Monte-Cristo étonné de cette extrême ingénuité ou de cet étonnant aplomb, c'est une pauvre Grecque dont je suis le tuteur.

– Et qui se nomme ?…

– Haydée, répondit Monte-Cristo.

– Une Grecque ! murmura le comte de Morcerf.

– Oui, comte, dit Mme Danglars ; et dites-moi si vous avez jamais vu à la cour d'Ali-Tebelin, que vous avez si glorieusement servi, un aussi admirable costume que celui que nous avons là devant les yeux.

– Ah ! dit Monte-Cristo, vous avez servi à Janina, monsieur le comte ?

– J'ai été général-inspecteur des troupes du pacha, répondit Morcerf, et mon peu de fortune, je ne le cache pas, vient des libéralités de l'illustre chef albanais.

– Regardez donc ! insista Mme Danglars.

– Où cela ? balbutia Morcerf.

– Tenez ! dit Monte-Cristo.

Et, enveloppant le comte de son bras, il se pencha avec lui hors la loge.

En ce moment, Haydée, qui cherchait le comte des yeux, aperçut sa tête pâle près de celle de M. de Morcerf, qu'il tenait embrassé.

Cette vue produisit sur la jeune fille l'effet de la tête de Méduse ; elle fit un mouvement en avant comme pour les dévorer tous deux du regard, puis, presque aussitôt, elle se rejeta en arrière en poussant un faible cri, qui fut cependant entendu des personnes qui étaient les plus proches d'elle et d'Ali, qui aussitôt ouvrit la porte.

– Tiens, dit Eugénie, que vient-il donc d'arriver à votre pupille, monsieur le comte ? On dirait qu'elle se trouve mal.

– En effet, dit le comte, mais ne vous effrayez point, mademoiselle, Haydée est très nerveuse et par conséquent très sensible aux odeurs, un parfum qui lui est antipathique suffit pour la faire évanouir ; mais, ajouta le comte en tirant un flacon de sa poche, j'ai là le remède.

Et, après avoir salué la baronne et sa fille d'un seul et même salut, il échangea une dernière poignée de main avec le comte et avec Debray, et sortit de la loge de Mme Danglars.

Quand il entra dans la sienne, Haydée était encore fort pâle ; à peine parut-il qu'elle lui saisit la main.

Monte-Cristo s'aperçut que les mains de la jeune fille étaient humides et glacées à la fois.

– Avec qui donc causais-tu là, seigneur ? demanda la jeune fille.

– Mais, répondit Monte-Cristo, avec le comte de Morcerf, qui a été au service de ton illustre père, et qui avoue lui devoir sa fortune.

– Ah ! le misérable ! s'écria Haydée, c'est lui qui l'a vendu aux Turcs ; et cette fortune, c'est le prix de sa trahison. Ne savais-tu donc pas cela, mon cher seigneur ?

– J'avais bien déjà entendu dire quelques mots de cette histoire en Épire, dit Monte-Cristo, mais j'en ignore les détails. Viens, ma fille, tu me les donneras, ce doit être curieux.

– Oh ! oui, viens, viens ; il me semble que je mourrais si je restais plus longtemps en face de cet homme.

Et Haydée, se levant vivement, s'enveloppa de son burnous de cachemire blanc brodé de perles et de corail, et sortit vivement au moment où la toile se levait.

– Voyez si cet homme fait rien comme un autre ! dit la comtesse G… à Albert, qui était retourné près d'elle. Il écoute religieusement le troisième acte de *Robert*, et il s'en va au moment où le quatrième va commencer.

LIV. LA HAUSSE ET LA BAISSE

Quelques jours après cette rencontre, Albert de Morcerf vint faire visite au comte de Monte-Cristo dans sa maison des Champs-Élysées, qui avait déjà pris cette allure de palais que le comte, grâce à son immense fortune, donnait à ses habitations même les plus passagères.

Il venait lui renouveler les remerciements de Mme Danglars, que lui avait déjà apportés une lettre signée baronne Danglars, née Herminie de Servieux.

Albert était accompagné de Lucien Debray, lequel joignit aux paroles de son ami quelques compliments qui n'étaient pas officiels sans doute, mais dont, grâce à la finesse de son coup d'œil, le comte ne pouvait suspecter la source.

Il lui sembla même que Lucien venait le voir, mû par un double sentiment de curiosité, et que la moitié de ce sentiment émanait de la rue de la Chaussée-d'Antin. En effet, il pouvait supposer, sans crainte de se tromper, que Mme Danglars, ne pouvant connaître par ses propres yeux l'intérieur d'un homme qui donnait des chevaux de trente mille francs, et qui allait à l'Opéra avec une esclave grecque portant un million de diamants, avait chargé les yeux par lesquels elle avait l'habitude de voir de lui donner des renseignements sur cet intérieur.

Mais le comte ne parut pas soupçonner la moindre corrélation entre la visite de Lucien et la curiosité de la baronne.

– Vous êtes en rapports presque continuels avec le baron Danglars ? demanda-t-il à Albert de Morcerf.

– Mais oui, monsieur le comte ; vous savez ce que je vous ai dit.

– Cela tient donc toujours ?

– Plus que jamais, dit Lucien. C'est une affaire arrangée.

Et Lucien, jugeant sans doute que ce mot mêlé à la conversation lui donnait le droit d'y demeurer étranger, plaça son lorgnon d'écaille dans son œil et, mordant la pomme d'or de sa badine, se mit à faire le tour de la chambre en examinant les armes et les tableaux.

– Ah ! dit Monte-Cristo, mais, à vous entendre, je n'avais pas cru à une si prompte solution.

– Que voulez-vous ? Les choses marchent sans qu'on s'en doute ; pendant que vous ne songez pas à elles, elles songent à vous ; et quand vous vous retournez vous êtes étonné du chemin qu'elles ont fait. Mon père et M. Danglars ont servi ensemble en Espagne, mon père dans l'armée, M. Danglars dans les vivres. C'est là que mon père, ruiné par la Révolution, et M. Danglars, qui n'avait, lui, jamais eu de patrimoine, ont jeté les fondements, mon père, de sa fortune politique et militaire, qui est belle, M. Danglars, de sa fortune politique et financière, qui est admirable.

– Oui, en effet, dit Monte-Cristo, je crois que, pendant la visite que je lui ai faite, M. Danglars m'a parlé de cela ; et, continua-t-il en jetant un coup d'œil sur Lucien, qui feuilletait un album, et elle est jolie, Mlle Eugénie ? Car je crois me rappeler que c'est Eugénie qu'elle s'appelle.

– Fort jolie, ou plutôt fort belle, répondit Albert, mais d'une beauté que je n'apprécie pas. Je suis un indigne !

– Vous en parlez déjà comme si vous étiez son mari !

– Oh ! fit Albert, en regardant autour de lui pour voir à son tour ce que faisait Lucien.

– Savez-vous, dit Monte-Cristo en baissant la voix, que vous ne me paraissez pas enthousiaste de ce mariage !

– Mlle Danglars est trop riche pour moi, dit Morcerf, cela m'épouvante.

– Bah ! dit Monte-Cristo, voilà une belle raison ; n'êtes-vous pas riche vous-même ?

– Mon père a quelque chose comme une cinquantaine de mille livres de rente, et m'en donnera peut-être dix ou douze en me mariant.

– Le fait est que c'est modeste, dit le comte, à Paris surtout ; mais tout n'est pas dans la fortune en ce monde, et c'est bien quelque chose aussi qu'un beau nom et une haute position sociale. Votre nom est célèbre, votre position magnifique, et puis le comte de Morcerf est un soldat, et l'on aime à voir s'allier cette intégrité de Bayard à la pauvreté de Duguesclin ; le désintéressement est le plus beau rayon de soleil auquel puisse reluire une noble épée. Moi, tout au contraire, je trouve cette union on ne peut plus sortable : Mlle Danglars vous enrichira et vous l'anoblirez !

Albert secoua la tête et demeura pensif.

– Il y a encore autre chose, dit-il.

– J'avoue, reprit Monte-Cristo, que j'ai peine à comprendre cette répugnance pour une jeune fille riche et belle.

– Ô mon Dieu ! dit Morcerf, cette répugnance, si répugnance il y a, ne vient pas toute de mon côté.

– Mais de quel côté donc ? Car vous m'avez dit que votre père désirait ce mariage.

– Du côté de ma mère, et ma mère est un œil prudent et sûr. Eh bien, elle ne sourit pas à cette union ; elle a je ne sais quelle prévention contre les Danglars.

– Oh ! dit le comte avec un ton un peu forcé, cela se conçoit ; Mme la comtesse de Morcerf, qui est la distinction, l'aristocratie, la finesse en personne, hésite un peu à toucher une main roturière, épaisse et brutale ; c'est naturel.

– Je ne sais si c'est cela, en effet, dit Albert. Mais ce que je sais, c'est qu'il me semble que ce mariage, s'il se fait, la rendra malheureuse. Déjà l'on devait s'assembler pour parler d'affaires il y a six semaines ; mais j'ai été tellement pris de migraines…

– Réelles ? dit le comte en souriant.

– Oh ! bien réelles, la peur sans doute… que l'on a remis le rendez-vous à deux mois. Rien ne presse, vous comprenez ; je n'ai pas encore vingt et un ans, et Eugénie n'en a que dix-sept ; mais les deux mois expirent la semaine prochaine. Il faudra s'exécuter. Vous ne pouvez vous imaginer, mon cher comte, combien je suis embarrassé… Ah ! que vous êtes heureux d'être libre !

– Eh bien, mais soyez libre aussi ; qui vous en empêche, je vous le demande un peu ?

– Oh ! ce serait une trop grande déception pour mon père si je n'épouse pas M. Danglars.

– Épousez-la alors, dit le comte avec un singulier mouvement d'épaules.

– Oui, dit Morcerf, mais pour ma mère ce ne sera pas de la déception, mais de la douleur.

– Alors ne l'épousez pas, fit le comte.

– Je verrai, j'essaierai, vous me donnerez un conseil, n'est-ce pas ? Et, s'il vous est possible, vous me tirerez de cet embarras. Oh ! pour ne pas faire de peine à mon excellente mère, je me brouillerais avec le comte, je crois.

Monte-Cristo se détourna ; il semblait ému.

– Eh ! dit-il à Debray, assis dans un fauteuil profond à l'extrémité du salon, et qui tenait de la main droite un crayon et de la gauche un carnet, que faites-vous donc, un croquis d'après le Poussin ?

– Moi ? dit-il tranquillement, oh ! bien oui ! un croquis, j'aime trop la peinture pour cela ! Non pas, je fais tout l'opposé de la peinture, je fais des chiffres.

– Des chiffres ?

– Oui, je calcule ; cela vous regarde indirectement, vicomte ; je calcule ce que la maison Danglars a gagné sur la dernière hausse d'Haïti ; de deux cent six le fonds est monté à quatre cent neuf en trois jours, et le prudent banquier avait acheté beaucoup à deux cent six. Il a dû gagner trois cent mille livres.

– Ce n'est pas son meilleur coup, dit Morcerf ; n'a-t-il pas gagné un million cette année avec les bons d'Espagne ?

– Écoutez, mon cher, dit Lucien, voici M. le comte de Monte-Cristo qui vous dira comme les Italiens :

Danaro e santità
Metà della metà[52].

» Et c'est encore beaucoup. Aussi, quand on me fait de pareilles histoires, je hausse les épaules.

52. Argent et sainteté/ Moitié de la moitié.

– Mais vous parliez d'Haïti ? dit Monte-Cristo.

– Oh ! Haïti, c'est autre chose ; Haïti, c'est l'écarté de l'agiotage français. On peut aimer la bouillotte, chérir le whist, raffoler du boston[53], et se lasser cependant de tout cela ; mais on en revient toujours à l'écarté ; c'est un hors-d'œuvre. Ainsi M. Danglars a vendu hier à quatre cent six et empoché trois cent mille francs ; s'il eût attendu à aujourd'hui, le fonds retombait à deux cent cinq, et au lieu de gagner trois cent mille francs, il en perdait vingt ou vingt-cinq mille.

– Et pourquoi le fonds est-il retombé de quatre cent neuf à deux cent cinq ? demanda Monte-Cristo. Je vous demande pardon, je suis fort ignorant de toutes ces intrigues de Bourse.

– Parce que, répondit en riant Albert, les jours se suivent et ne se ressemblent pas.

– Ah ! diable, fit le comte, M. Danglars joue à gagner ou à perdre trois cent mille francs en un jour ! Ah çà, mais il est donc énormément riche ?

– Ce n'est pas lui qui joue ! s'écria Lucien, c'est Mme Danglars ; elle est véritablement intrépide.

– Mais vous qui êtes raisonnable, Lucien, et qui connaissez le peu de stabilité des nouvelles, vous qui êtes à la source, vous devriez l'empêcher, dit Morcerf avec un sourire.

– Comment le pourrais-je, si son mari ne réussit pas ? demanda Lucien. Vous connaissez le caractère de la baronne ; personne n'a d'influence sur elle, et elle ne fait absolument que ce qu'elle veut.

– Oh ! si j'étais à votre place, dit Albert.

– Eh bien !

53. Jeu de cartes.

– Je la guérirais, moi ; ce serait un service à rendre à son futur gendre.

– Comment cela ?

– Ah pardieu ! c'est bien facile, je lui donnerais une leçon.

– Une leçon ?

– Oui. Votre position de secrétaire du ministre vous donne une grande autorité pour les nouvelles ; vous n'ouvrez pas la bouche que les agents de change ne sténographient au plus vite vos paroles ; faites-lui perdre une centaine de mille francs coup sur coup, et cela la rendra prudente.

– Je ne comprends pas, balbutia Lucien.

– C'est cependant limpide, répondit le jeune homme avec une naïveté qui n'avait rien d'affecté. Annoncez-lui un beau matin quelque chose d'inouï, une nouvelle télégraphique que vous seul puissiez savoir ; que Henri IV, par exemple, a été vu avant-hier chez Gabrielle ; cela fera monter les fonds, elle établira son coup de bourse là-dessus, et elle perdra certainement lorsque Beauchamp écrira le lendemain dans son journal :

» "C'est à tort que les gens bien informés prétendent que le roi Henri IV a été vu avant-hier chez Gabrielle, ce fait est complètement inexact ; le roi Henri IV n'a pas quitté le Pont-Neuf."

Lucien se mit à rire du bout des lèvres. Monte-Cristo, quoique indifférent en apparence, n'avait pas perdu un mot de cet entretien, et son œil perçant avait même cru lire un secret dans l'embarras du secrétaire intime.

Il résulta de cet embarras de Lucien, qui avait complètement échappé à Albert, que Lucien abrégea sa visite.

Il se sentait évidemment mal à l'aise. Le comte lui dit en le reconduisant quelques mots à voix basse auxquels il répondit :

– Bien volontiers, monsieur le comte, j'accepte.

Le comte revint au jeune de Morcerf.

– Ne pensez-vous pas, en y réfléchissant, lui dit-il, que vous avez eu tort de parler comme vous l'avez fait de votre belle-mère devant M. Debray ?

– Tenez, comte, dit Morcerf, je vous en prie, ne dites pas d'avance ce mot-là.

– Vraiment, et sans exagération, la comtesse est à ce point contraire à ce mariage ?

– À ce point que la baronne vient rarement à la maison, et que ma mère, je crois, n'a pas été deux fois dans sa vie chez Mme Danglars.

– Alors, dit le comte, me voilà enhardi à vous parler à cœur ouvert : M. Danglars est mon banquier, M. de Villefort m'a comblé de politesse en remerciement d'un service qu'un heureux hasard m'a mis à même de lui rendre. Je devine sous tout cela une avalanche de dîners et de raouts. Or, pour ne pas paraître brocher fastueusement sur le tout, et pour avoir le mérite de prendre les devants, si vous voulez, j'ai projeté de réunir dans ma maison de campagne d'Auteuil M. et Mme Danglars, M. et Mme de Villefort. Si je vous invite à ce dîner, ainsi que M. le comte et Mme la comtesse de Morcerf, cela n'aura-t-il pas l'air d'une espèce de rendez-vous matrimonial, ou du moins Mme la comtesse de Morcerf n'envisagera-t-elle point la chose ainsi, surtout si M. le baron Danglars me fait l'honneur d'amener sa fille ? Alors votre mère me prendra en horreur, et je ne veux aucunement de cela, moi ; je tiens, au contraire, dites-le-lui toutes les fois que l'occasion s'en présentera, à rester au mieux dans son esprit.

– Ma foi, comte, dit Morcerf, je vous remercie d'y mettre avec moi cette franchise, et j'accepte l'exclusion que vous me proposez. Vous dites que vous tenez à rester au mieux dans l'esprit de ma mère, où vous êtes déjà à merveille.

– Vous croyez ? fit Monte-Cristo avec intérêt.

– Oh ! j'en suis sûr. Quand vous nous avez quittés l'autre jour, nous avons causé une heure de vous ; mais j'en reviens à ce que nous disions. Eh bien, si ma mère pouvait savoir cette attention de votre part, et je me hasarderai à la lui dire, je suis sûr qu'elle vous en serait on ne peut plus reconnaissante. Il est vrai que, de son côté, mon père serait furieux.

Le comte se mit à rire.

– Eh bien, dit-il à Morcerf, vous voilà prévenu. Mais, j'y pense, il n'y aura pas que votre père qui sera furieux ; M. et Mme Danglars vont me considérer comme un homme de fort mauvaise façon. Ils savent que je vous vois avec une certaine intimité, que vous êtes même ma plus ancienne connaissance parisienne, et ils ne vous trouveront pas chez moi ; ils me demanderont pourquoi je ne vous ai pas invité. Songez au moins à vous munir d'un engagement antérieur qui ait quelque apparence de probabilité, et dont vous me ferez part au moyen d'un petit mot, vous le savez, avec les banquiers les écrits seuls sont valables.

– Je ferai mieux que cela, monsieur le comte, dit Albert. Ma mère veut aller respirer l'air de la mer. À quel jour est fixé votre dîner ?

– À samedi.

– Nous sommes à mardi, bien ; demain soir nous partons ; après-demain nous serons au Tréport. Savez-vous, monsieur le comte, que vous êtes un homme charmant de mettre ainsi les gens à leur aise !

– Moi ! en vérité vous me tenez pour plus que je ne vaux ; je désire vous être agréable, voilà tout.

– Quel jour avez-vous fait vos invitations ?

– Aujourd'hui même.

– Bien ! Je cours chez M. Danglars, je lui annonce que nous quittons Paris demain, ma mère et moi. Je ne vous ai pas vu ; par conséquent je ne sais rien de votre dîner.

– Fou que vous êtes ! et M. Debray, qui vient de vous voir chez moi, lui !

– Ah ! c'est juste.

– Au contraire, je vous ai vu et invité ici sans cérémonie, et vous m'avez tout naïvement répondu que vous ne pouviez pas être mon convive, parce que vous partiez pour le Tréport.

– Eh bien ! voilà qui est conclu. Mais vous, viendrez-vous voir ma mère avant demain ?

– Avant demain, c'est difficile ; puis je tomberais au milieu de vos préparatifs de départ.

– Eh bien, faites mieux que cela ; vous n'étiez qu'un homme charmant, vous serez un homme adorable.

– Que faut-il que je fasse pour arriver à cette sublimité ?

– Ce qu'il faut que vous fassiez ?

– Je le demande.

– Vous êtes aujourd'hui libre comme l'air ; venez dîner avec moi ; nous serons en petit comité, vous, ma mère et moi seulement. Vous avez à peine aperçu ma mère ; mais vous la verrez de près. C'est une femme fort remarquable, et je ne regrette qu'une chose, c'est que sa pareille n'existe pas avec vingt ans de moins ; il y aurait bientôt, je vous le jure, une comtesse et une vicomtesse de Morcerf. Quant à mon père, vous ne le trouverez pas : il est de commission ce soir et dîne chez le grand référendaire. Venez, nous causerons voyages. Vous qui avez vu le monde tout entier, vous nous raconterez vos aventures ; vous nous direz l'histoire de cette belle Grecque qui était l'autre soir avec vous à l'Opéra, que vous appelez votre esclave et que vous traitez comme une princesse. Nous parlerons italien, espagnol. Voyons, acceptez ; ma mère vous remerciera.

– Mille grâces, dit le comte. L'invitation est des plus gracieuses, et je regrette vivement de ne pouvoir l'accepter. Je ne suis pas libre comme vous le pensiez, et j'ai au contraire un rendez-vous des plus importants.

– Ah ! prenez garde ; vous m'avez appris tout à l'heure comment, en fait de dîner, on se décharge d'une chose désagréable. Il me faut une preuve. Je ne suis heureusement pas banquier comme M. Danglars ; mais je suis, je vous en préviens, aussi incrédule que lui.

– Aussi vais-je vous la donner, dit le comte.

Et il sonna.

– Hum ! fit Morcerf, voilà déjà deux fois que vous refusez de dîner avec ma mère. C'est un parti pris, comte.

Monte-Cristo tressaillit.

– Oh ! vous ne le croyez pas, dit-il, d'ailleurs voici ma preuve qui vient.

Baptistin entra et se tint sur la porte debout et attendant.

– Je n'étais pas prévenu de votre visite, n'est-ce pas ?

– Dame ! vous êtes un homme si extraordinaire que je n'en répondrais pas.

– Je ne pouvais point deviner que vous m'inviteriez à dîner, au moins.

– Oh ! quant à cela, c'est probable.

– Eh bien, écoutez, Baptistin… que vous ai-je dit ce matin quand je vous ai appelé dans mon cabinet de travail ?

– De faire fermer la porte de M. le comte une fois cinq heures sonnées.

– Ensuite ?

– Oh ! monsieur le comte… dit Albert.

– Non, non, je veux absolument me débarrasser de cette réputation mystérieuse que vous m'avez faite, mon cher vicomte. Il est trop difficile de jouer éternellement le Manfred. Je veux vivre dans une maison de verre. Ensuite… Continuez, Baptistin.

– Ensuite, de ne recevoir que M. le major Bartolomeo Cavalcanti et son fils.

– Vous entendez, M. le major Bartolomeo Cavalcanti, un homme de la plus vieille noblesse d'Italie et dont Dante a pris la peine d'être le d'Hozier… Vous vous rappelez ou vous ne vous rappelez pas, dans le Xe chant de l'*Enfer* ; de plus, son fils, un charmant jeune homme de votre âge à peu près, vicomte, portant le même titre que vous, et qui fait son entrée dans le monde parisien avec les millions de son père. Le major m'amène ce soir son fils Andrea, le contino, comme nous disons en Italie. Il me le confie. Je le pousserai s'il a quelque mérite. Vous m'aiderez, n'est-ce pas ?

– Sans doute ! C'est donc un ancien ami à vous que ce major Cavalcanti ? demanda Albert.

– Pas du tout, c'est un digne seigneur, très poli, très modeste, très discret, comme il y en a une foule en Italie ; des descendants très descendus des vieilles familles. Je l'ai vu plusieurs fois, soit à Florence, soit à Bologne, soit à Lucques, et il m'a prévenu de son arrivée. Les connaissances de voyage sont exigeantes ; elles réclament de vous, en tout lieu, l'amitié qu'on leur a témoignée une fois par hasard ; comme si l'homme civilisé, qui sait vivre une heure avec n'importe qui, n'avait pas toujours son arrière-pensée ! Ce bon major Cavalcanti va revoir Paris, qu'il n'a vu qu'en passant, sous l'Empire, en allant se faire geler à Moscou. Je lui donnerai un bon dîner, il me laissera son fils ; je lui promettrai de veiller sur lui ; je lui laisserai faire toutes les folies qu'il lui conviendra de faire, et nous serons quittes.

– À merveille ! dit Albert, et je vois que vous êtes un précieux mentor. Adieu donc, nous serons de retour dimanche. À propos, j'ai reçu des nouvelles de Franz.

– Ah ! vraiment ! dit Monte-Cristo. Et se plaît-il toujours en Italie ?

– Je pense que oui ; cependant il vous y regrette. Il dit que vous étiez le soleil de Rome, et que sans vous il y fait gris. Je ne sais même pas s'il ne va point jusqu'à dire qu'il y pleut.

– Il est donc revenu sur mon compte, votre ami Franz ?

– Au contraire, il persiste à vous croire fantastique au premier chef ; voilà pourquoi il vous regrette.

– Charmant jeune homme ! dit Monte-Cristo, pour lequel je me suis senti une vive sympathie le premier soir où je l'ai vu cherchant un souper quelconque, et où il a bien voulu accepter le mien. C'est, je crois, le fils du général d'Épinay ?

– Justement.

– Le même qui a été si misérablement tué en 1815 ?

– Par les bonapartistes.

– C'est cela ! Ma foi, je l'aime ! N'y a-t-il pas pour lui aussi des projets de mariage ?

– Oui, il doit épouser Mlle de Villefort.

– C'est vrai ?

– Comme moi je dois épouser Mlle Danglars, reprit Albert en riant.

– Vous riez…

– Oui.

– Pourquoi riez-vous ?

– Je ris parce qu'il me semble voir de ce côté-là autant de sympathie pour le mariage qu'il y en a d'un autre côté entre Mlle Danglars et moi. Mais vraiment, mon cher comte, nous causons de femmes comme les femmes causent d'hommes ; c'est impardonnable !

Albert se leva.

– Vous vous en allez ?

– La question est bonne ! Il y a deux heures que je vous assomme, et vous avez la politesse de me demander si je m'en vais ! En vérité, comte, vous êtes l'homme le plus poli de la terre ! Et vos domestiques, comme ils sont dressés ! M. Baptistin surtout ! je n'ai jamais pu en avoir un comme cela. Les miens semblent tous prendre exemple sur ceux du Théâtre-Français, qui justement parce qu'ils n'ont qu'un mot à dire, viennent toujours le dire sur la rampe. Ainsi, si vous vous défaites de M. Baptistin, je vous demande la préférence.

– C'est dit, vicomte.

– Ce n'est pas tout, attendez : faites bien mes compliments à votre discret Lucquois, au seigneur Cavalcante dei Cavalcanti ; et si par hasard il tenait à établir son fils, trouvez-lui une femme bien riche, bien noble, du chef de sa mère, du moins, et bien baronne du chef de son père. Je vous y aiderai, moi.

– Oh ! oh ! répondit Monte-Cristo, en vérité, vous en êtes là ?

– Oui.

– Ma foi, il ne faut jurer de rien.

– Ah ! comte, s'écria Morcerf, quel service vous me rendriez et comme je vous aimerais cent fois davantage si grâce à vous je restais garçon, ne fût-ce que dix ans.

– Tout est possible, répondit gravement Monte-Cristo.

Et prenant congé d'Albert, il rentra chez lui et frappa trois fois sur son timbre.

Bertuccio parut.

– Monsieur Bertuccio, dit-il, vous saurez que je reçois samedi dans ma maison d'Auteuil.

Bertuccio eut un léger frisson.

– Bien, monsieur, dit-il.

– J'ai besoin de vous, continua le comte, pour que tout soit préparé convenablement. Cette maison est fort belle, ou du moins peut être fort belle.

– Il faudrait tout changer pour en arriver là, monsieur le comte, car les tentures ont vieilli.

– Changez donc tout, à l'exception d'une seule, celle de la chambre à coucher de damas rouge : vous la laisserez même absolument telle qu'elle est.

Bertuccio s'inclina.

– Vous ne toucherez pas au jardin non plus ; mais de la cour, par exemple, faites-en tout ce que vous voudrez ; il me sera même agréable qu'on ne la puisse pas reconnaître.

– Je ferai tout mon possible pour que monsieur le comte soit content ; je serais plus rassuré cependant si monsieur le comte me voulait dire ses intentions pour le dîner.

– En vérité, mon cher monsieur Bertuccio, dit le comte, depuis que vous êtes à Paris je vous trouve dépaysé, trembleur ; mais vous ne me connaissez donc plus ?

– Mais enfin Son Excellence pourrait me dire qui elle reçoit !

– Je n'en sais rien encore, et vous n'avez pas besoin de le savoir non plus. Lucullus dîne chez Lucullus, voilà tout.

Bertuccio s'inclina et sortit.

Argent et sainteté, Moitié de la moitié

LV. LE MAJOR CAVALCANTI

Ni le comte ni Baptistin n'avaient menti en annonçant à Morcerf cette visite du major Lucquois, qui servait à Monte-Cristo de prétexte pour refuser le dîner qui lui était offert.

Sept heures venaient de sonner, et M. Bertuccio, selon l'ordre qu'il en avait reçu, était parti depuis deux heures pour Auteuil, lorsqu'un fiacre s'arrêta à la porte de l'hôtel, et sembla s'enfuir tout honteux aussitôt qu'il eut déposé près de la grille un homme de cinquante-deux ans environ, vêtu d'une de ces redingotes vertes à brandebourgs noirs dont l'espèce est impérissable, à ce qu'il paraît, en Europe. Un large pantalon de drap bleu, une botte encore assez propre, quoique d'un vernis incertain et un peu trop épaisse de semelle, des gants de daim, un chapeau se rapprochant pour la forme d'un chapeau de gendarme, un col noir, brodé d'un liséré blanc, qui, si son propriétaire ne l'eût porté de sa pleine et entière volonté, eût pu passer pour un carcan : tel était le costume pittoresque sous lequel se présenta le personnage qui sonna à la grille en demandant si ce n'était point au numéro 30 de l'avenue des Champs-Élysées que demeurait M. le comte de Monte-Cristo, et qui, sur la réponse affirmative du concierge, entra, ferma la porte derrière lui et se dirigea vers le perron.

La tête petite et anguleuse de cet homme, ses cheveux blanchissants, sa moustache épaisse et grise le firent reconnaître par Baptistin, qui avait l'exact signalement du visiteur et qui l'attendait au bas du vestibule. Aussi, à peine eut-il prononcé son nom devant le serviteur intelligent, que Monte-Cristo était prévenu de son arrivée.

On introduisit l'étranger dans le salon le plus simple. Le comte l'y attendait et alla au-devant de lui d'un air riant.

– Ah ! cher monsieur, dit-il, soyez le bienvenu. Je vous attendais.

– Vraiment ! dit le Lucquois, Votre Excellence m'attendait.

– Oui, j'avais été prévenu de votre arrivée pour aujourd'hui à sept heures.

– De mon arrivée ? Ainsi vous étiez prévenu ?

– Parfaitement.

– Ah ! tant mieux ! Je craignais, je l'avoue, que l'on eût oublié cette petite précaution.

– Laquelle ?

– De vous prévenir.

– Oh ! non pas !

– Mais vous êtes sûr de ne pas vous tromper ?

– J'en suis sûr.

– C'est bien moi que Votre Excellence attendait aujourd'hui à sept heures ?

– C'est bien vous. D'ailleurs, vérifions.

– Oh ! si vous m'attendiez, dit le Lucquois, ce n'est pas la peine.

– Si fait ! si fait ! dit Monte-Cristo.

Le Lucquois parut légèrement inquiet.

– Voyons, dit Monte-Cristo, n'êtes-vous pas monsieur le marquis Bartolomeo Cavalcanti ?

– Bartolomeo Cavalcanti, répéta le Lucquois joyeux, c'est bien cela.

– Ex-major au service d'Autriche ?

– Était-ce major que j'étais ? demanda timidement le vieux militaire.

– Oui, dit Monte-Cristo, c'était major. C'est le nom que l'on donne en France au grade que vous occupiez en Italie.

– Bon, dit le Lucquois, je ne demande pas mieux, moi, vous comprenez…

– D'ailleurs, vous ne venez pas ici de votre propre mouvement, reprit Monte-Cristo.

– Oh ! bien certainement.

– Vous m'êtes adressé par quelqu'un.

– Oui.

– Par cet excellent abbé Busoni ?

– C'est cela ! s'écria le major joyeux.

– Et vous avez une lettre ?

– La voilà.

– Eh pardieu ! vous voyez bien. Donnez donc.

Et Monte-Cristo prit la lettre qu'il ouvrit et qu'il lut.

Le major regardait le comte avec de gros yeux étonnés qui se portaient curieusement sur chaque partie de l'appartement, mais qui revenaient invariablement à son propriétaire.

– C'est bien cela… ce cher abbé, « Le major Cavalcanti, un digne praticien de Lucques, descendant des Cavalcanti de Florence, continua Monte-Cristo tout en lisant, jouissant d'une fortune d'un demi-million de revenu. »

Monte-Cristo leva les yeux de dessus le papier et salua.

– D'un demi-million, dit-il, peste ! mon cher monsieur Cavalcanti.

– Y a-t-il un demi-million ? demanda le Lucquois.

– En toutes lettres ; et cela doit être, l'abbé Busoni est l'homme qui connaît le mieux toutes les grandes fortunes de l'Europe.

– Va pour un demi-million, dit le Lucquois. Mais, ma parole d'honneur, je ne croyais pas que cela montât si haut.

– Parce que vous avez un intendant qui vous vole ; que voulez-vous, cher monsieur Cavalcanti, il faut bien passer par là !

– Vous venez de m'éclairer, dit gravement le Lucquois, je mettrai le drôle à la porte.

Monte-Cristo continua :

– « Et auquel il ne manquerait qu'une chose pour être heureux. »

– Oh ! mon Dieu, oui ! une seule, dit le Lucquois avec un soupir.

– « De retrouver un fils adoré. »

– Un fils adoré !

– « Enlevé dans sa jeunesse, soit par un ennemi de sa noble famille, soit par des Bohémiens. »

– À l'âge de cinq ans, monsieur, dit le Lucquois avec un profond soupir et en levant les yeux au ciel.

– Pauvre père ! dit Monte-Cristo.

Le comte continua :

– « Je lui rends l'espoir, je lui rends la vie, monsieur le comte, en lui annonçant que ce fils, que depuis quinze ans il cherche vainement, vous pouvez le lui faire retrouver. »

Le Lucquois regarda Monte-Cristo avec une indéfinissable expression d'inquiétude.

– Je le puis, répondit Monte-Cristo.

Le major se redressa.

– Ah ! ah ! dit-il, la lettre était donc vraie jusqu'au bout ?

– En aviez-vous douté, cher monsieur Bartolomeo ?

– Non pas, jamais ! Comment donc ! un homme grave, un homme revêtu d'un caractère religieux comme l'abbé Busoni ne se serait pas permis une plaisanterie pareille ; mais vous n'avez pas tout lu, Excellence.

– Ah ! c'est vrai, dit Monte-Cristo, il y a un *post-scriptum.*

– Oui, répéta le Lucquois… oui… il… y… a… un… *post-scriptum.*

– « Pour ne point causer au major Cavalcanti l'embarras de déplacer des fonds chez son banquier, je lui envoie une traite de deux mille francs pour ses frais de voyage, et le crédit sur vous de la somme de quarante-huit mille francs que vous restez me redevoir. »

Le major suivit des yeux ce *post-scriptum* avec une visible anxiété.

– Bon ! se contenta de dire le comte.

– Il a dit bon, murmura le Lucquois. Ainsi… monsieur, reprit-il.

– Ainsi ?… demanda Monte-Cristo.

– Ainsi, le *post-scriptum…*

– Eh bien, le *post-scriptum ?…*

– Est accueilli par vous aussi favorablement que le reste de la lettre ?

– Certainement. Nous sommes en compte, l'abbé Busoni et moi ; je ne sais pas si c'est quarante-huit mille livres précisément que je reste lui redevoir, nous n'en sommes pas entre nous à quelques billets de banque. Ah çà ! vous attachiez donc une si grande importance à ce *post-scriptum*, cher monsieur Cavalcanti ?

– Je vous avouerai, répondit le Lucquois, que plein de confiance dans la signature de l'abbé Busoni, je ne m'étais pas muni d'autres fonds ; de sorte que si cette ressource m'eût manqué, je me serais trouvé fort embarrassé à Paris.

– Est-ce qu'un homme comme vous est embarrassé quelque part ? dit Monte-Cristo ! allons donc !

– Dame ! ne connaissant personne, fit le Lucquois.

– Mais on vous connaît, vous.

– Oui, l'on me connaît, de sorte que…

– Achevez, cher monsieur Cavalcanti !

– De sorte que vous me remettrez ces quarante huit mille livres ?

– À votre première réquisition.

Le major roulait de gros yeux ébahis.

– Mais asseyez-vous donc, dit Monte-Cristo : en vérité, je ne sais ce que je fais… je vous tiens debout depuis un quart d'heure.

– Ne faites pas attention.

Le major tira un fauteuil et s'assit.

– Maintenant, dit le comte, voulez-vous prendre quelque chose ; un verre de xérès, de porto, d'alicante ?

– D'alicante, puisque vous le voulez bien, c'est mon vin de prédilection.

– J'en ai d'excellent. Avec un biscuit, n'est-ce pas ?

– Avec un biscuit, puisque vous m'y forcez.

Monte-Cristo sonna ; Baptistin parut.

Le comte s'avança vers lui.

– Eh bien ?… demanda-t-il tout bas.

– Le jeune homme est là, répondit le valet de chambre sur le même ton.

– Bien ; où l'avez-vous fait entrer ?

– Dans le salon bleu, comme l'avait ordonné Son Excellence.

– À merveille. Apportez du vin d'Alicante et des biscuits.

Baptistin sortit.

– En vérité, dit le Lucquois, je vous donne une peine qui me remplit de confusion.

– Allons donc ! dit Monte-Cristo.

Baptistin rentra avec les verres, le vin et les biscuits.

Le comte emplit un verre et versa dans le second quelques gouttes seulement du rubis liquide que contenait la bouteille, toute couverte de toiles d'araignée et de tous les autres signes qui indiquent la vieillesse du vin bien plus sûrement que ne le font les rides pour l'homme.

Le major ne se trompa point au partage, il prit le verre plein et un biscuit.

Le comte ordonna à Baptistin de poser le plateau à la portée de la main de son hôte, qui commença par goûter l'alicante du bout de ses lèvres, fit une grimace de satisfaction, et introduisit délicatement le biscuit dans le verre.

– Ainsi, monsieur, dit Monte-Cristo, vous habitiez Lucques, vous étiez riche, vous êtes noble, vous jouissiez de la considération générale, vous aviez tout ce qui peut rendre un homme heureux.

– Tout, Excellence, dit le major en engloutissant son biscuit, tout absolument.

– Et il ne manquait qu'une chose à votre bonheur ?

– Qu'une seule, dit le Lucquois.

– C'était de retrouver votre enfant ?

– Ah ! fit le major en prenant un second biscuit ; mais aussi cela me manquait bien.

Le digne Lucquois leva les yeux et tenta un effort pour soupirer.

– Maintenant, voyons, cher monsieur Cavalcanti, dit Monte-Cristo, qu'était-ce que ce fils tant regretté ? Car on m'avait dit, à moi, que vous étiez resté célibataire.

– On le croyait, monsieur, dit le major, et moi-même…

– Oui, reprit Monte-Cristo, et vous-même aviez accrédité ce bruit. Un péché de jeunesse que vous vouliez cacher à tous les yeux.

Le Lucquois se redressa, prit son air le plus calme et le plus digne, en même temps qu'il baissait modestement les yeux, soit pour assurer sa contenance, soit pour aider à son imagination, tout en regardant en dessous le comte, dont le sourire stéréotypé sur les lèvres annonçait toujours la même bienveillante curiosité.

– Oui, monsieur, dit-il, je voulais cacher cette faute à tous les yeux.

– Pas pour vous, dit Monte-Cristo, car un homme est au-dessus de ces choses-là.

– Oh ! non, pas pour moi certainement, dit le major avec un sourire et en hochant la tête.

– Mais pour sa mère, dit le comte.

– Pour sa mère ! s'écria le Lucquois en prenant un troisième biscuit, pour sa pauvre mère !

– Buvez donc, cher monsieur Cavalcanti, dit Monte-Cristo en versant au Lucquois un second verre d'alicante ; l'émotion vous étouffe.

– Pour sa pauvre mère ! murmura le Lucquois en essayant si la puissance de la volonté ne pourrait pas, en agissant sur la glande lacrymale, mouiller le coin de son œil d'une fausse larme.

– Qui appartenait à l'une des premières familles de l'Italie, je crois ?

– Patricienne de Fiesole, monsieur le comte, patricienne de Fiesole !

– Et se nommant ?

– Vous désirez savoir son nom ?

– Oh ! mon Dieu ! dit Monte-Cristo, c'est inutile que vous me le disiez, je le connais.

– Monsieur le comte sait tout, dit le Lucquois en s'inclinant.

– Olivia Corsinari, n'est-ce pas ?

– Olivia Corsinari !

– Marquise ?

– Marquise !

– Et vous avez fini par l'épouser cependant, malgré les oppositions de la famille ?

– Mon Dieu ! oui, j'ai fini par là.

– Et, reprit Monte-Cristo, vous apportez vos papiers bien en règle ?

– Quels papiers ? demanda le Lucquois.

– Mais votre acte de mariage avec Olivia Corsinari, et l'acte de naissance de l'enfant.

– L'acte de naissance de l'enfant ?

– L'acte de naissance d'Andrea Cavalcanti, de votre fils ; ne s'appelle-t-il pas Andrea ?

– Je crois que oui, dit le Lucquois.

– Comment ! vous le croyez ?

– Dame ! je n'ose pas affirmer, il y a si longtemps qu'il est perdu.

– C'est juste, dit Monte-Cristo. Enfin vous avez tous ces papiers ?

– Monsieur le comte, c'est avec regret que je vous annonce que, n'étant pas prévenu de me munir de ces pièces, j'ai négligé de les prendre avec moi.

– Ah ! diable, fit Monte-Cristo.

– Étaient-elles donc tout à fait nécessaires ?

– Indispensables !

Le Lucquois se gratta le front.

– Ah ! *per Baccho !* dit-il, indispensables !

– Sans doute ; si l'on allait élever ici quelque doute sur la validité de votre mariage, sur la légitimité de votre enfant !

– C'est juste, dit le Lucquois, on pourrait élever des doutes.

– Ce serait fâcheux pour ce jeune homme.

– Ce serait fatal.

– Cela pourrait lui faire manquer quelque magnifique mariage.

– *O peccato !*

– En France, vous comprenez, on est sévère ; il ne suffit pas, comme en Italie, d'aller trouver un prêtre et de lui dire : « Nous nous aimons, unissez-nous. Il y a mariage civil en France, et, pour se marier civilement, il faut des pièces qui constatent l'identité. »

– Voilà le malheur : ces papiers, je ne les ai pas.

– Heureusement que je les ai, moi, dit Monte-Cristo.

– Vous ?

– Oui.

– Vous les avez ?

– Je les ai.

– Ah ! par exemple, dit le Lucquois, qui, voyant le but de son voyage manqué par l'absence de ses papiers, craignait que cet oubli n'amenât quelque difficulté au sujet des quarante-huit mille livres ; ah ! par exemple, voilà un bonheur ! Oui, reprit-il, voilà un bonheur, car je n'y eusse pas songé, moi.

– Pardieu ! je crois bien, on ne songe pas à tout. Mais heureusement l'abbé Busoni y a songé pour vous.

– Voyez-vous, ce cher abbé !

– C'est un homme de précaution.

– C'est un homme admirable, dit le Lucquois ; et il vous les a envoyés ?

– Les voici.

Le Lucquois joignit les mains en signe d'admiration.

– Vous avez épousé Olivia Corsinari dans l'église de Sainte-Paule de Monte-Cattini ; voici le certificat du prêtre.

– Oui, ma foi ! le voilà, dit le major en le regardant avec étonnement.

– Et voici l'acte de baptême d'Andrea Cavalcanti, délivré par le curé de Saravezza.

– Tout est en règle, dit le major.

– Alors prenez ces papiers, dont je n'ai que faire, vous les donnerez à votre fils qui les gardera soigneusement.

– Je le crois bien !... S'il les perdait...

– Eh bien, s'il les perdait ? demanda Monte-Cristo.

– Eh bien, reprit le Lucquois, on serait obligé d'écrire là-bas, et ce serait fort long de s'en procurer d'autres.

– En effet, ce serait difficile, dit Monte-Cristo.

– Presque impossible, répondit le Lucquois.

– Je suis bien aise que vous compreniez la valeur de ces papiers.

– C'est-à-dire que je les regarde comme impayables.

– Maintenant, dit Monte-Cristo, quant à la mère du jeune homme ?...

– Quant à la mère du jeune homme... répéta le major avec inquiétude.

– Quant à la marquise Corsinari ?...

– Mon Dieu ! dit le Lucquois, sous les pas duquel les difficultés semblaient naître, est-ce qu'on aurait besoin d'elle ?

– Non, monsieur, reprit Monte-Cristo ; d'ailleurs, n'a-t-elle point ?…

– Si fait, si fait, dit le major, elle a…

– Payé son tribut à la nature ?…

– Hélas ! oui, dit vivement le Lucquois.

– J'ai su cela, reprit Monte-Cristo ; elle est morte il y a dix ans.

– Et je pleure encore sa mort, monsieur, dit le major en tirant de sa poche un mouchoir à carreaux et en s'essuyant alternativement d'abord l'œil gauche et ensuite l'œil droit.

– Que voulez-vous, dit Monte-Cristo, nous sommes tous mortels. Maintenant vous comprenez, cher monsieur Cavalcanti, vous comprenez qu'il est inutile qu'on sache en France que vous êtes séparé de votre fils depuis quinze ans. Toutes ces histoires de Bohémiens qui enlèvent les enfants n'ont pas de vogue chez nous. Vous l'avez envoyé faire son éducation dans un collège de province, et vous voulez qu'il achève cette éducation dans le monde parisien. Voilà pourquoi vous avez quitté Via-Reggio, que vous habitiez depuis la mort de votre femme. Cela suffira.

– Vous croyez ?

– Certainement.

– Très bien, alors.

– Si l'on apprenait quelque chose de cette séparation…

– Ah ! oui. Que dirais-je ?

– Qu'un précepteur infidèle, vendu aux ennemis de votre famille…

– Aux Corsinari ?

– Certainement… avait enlevé cet enfant pour que votre nom s'éteignît.

– C'est juste, puisqu'il est fils unique.

– Eh bien ! maintenant que tout est arrêté, que vos souvenirs, remis à neuf, ne vous trahiront pas, vous avez deviné sans doute que je vous ai ménagé une surprise ?

– Agréable ? demanda le Lucquois.

– Ah ! dit Monte-Cristo, je vois bien qu'on ne trompe pas plus l'œil que le cœur d'un père.

– Hum ! fit le major.

– On vous a fait quelque révélation indiscrète, ou plutôt vous avez deviné qu'il était là.

– Qui, là ?

– Votre enfant, votre fils, votre Andrea.

– Je l'ai deviné, répondit le Lucquois avec le plus grand flegme du monde : ainsi il est ici ?

– Ici même, dit Monte-Cristo. En entrant tout à l'heure, le valet de chambre m'a prévenu de son arrivée.

– Ah ! fort bien ! ah ! fort bien ! dit le major en resserrant à chaque exclamation les brandebourgs de sa polonaise.

– Mon cher monsieur, dit Monte-Cristo, je comprends toute votre émotion, il faut vous donner le temps de vous remettre ; je veux aussi préparer le jeune homme à cette entrevue tant désirée, car je présume qu'il n'est pas moins impatient que vous.

– Je le crois, dit Cavalcanti.

– Eh bien, dans un petit quart d'heure nous sommes à vous.

– Vous me l'amenez donc ? vous poussez donc la bonté jusqu'à me le présenter vous-même ?

– Non, je ne veux point me placer entre un père et son fils, vous serez seuls, monsieur le major ; mais soyez tranquille, au cas même où la voix du sang resterait muette, il n'y aurait pas à vous tromper ; il entrera par cette porte. C'est un beau jeune homme blond, un peu trop blond peut-être, de manières toutes prévenantes ; vous verrez.

– À propos, dit le major, vous savez que je n'ai emporté avec moi que les deux mille francs que ce bon abbé Busoni m'avait fait passer. Là-dessus j'ai fait le voyage, et…

– Et vous avez besoin d'argent… c'est trop juste, cher monsieur Cavalcanti. Tenez, voici pour faire un compte, huit billets de mille francs.

Les yeux du major brillèrent comme des escarboucles.

– C'est quarante mille francs que je vous redois, dit Monte-Cristo.

– Votre Excellence veut-elle un reçu ? dit le major en glissant les billets dans la poche intérieure de sa polonaise.

– À quoi bon ? dit le comte.

– Mais pour vous décharger vis-à-vis de l'abbé Busoni.

– Eh bien, vous me donnerez un reçu général en touchant les quarante derniers mille francs. Entre honnêtes gens, de pareilles précautions sont inutiles.

– Ah ! oui, c'est vrai, dit le major, entre honnêtes gens.

– Maintenant, un dernier mot, marquis.

– Dites.

– Vous permettez une petite recommandation, n'est-ce pas ?

– Comment donc ! Je la demande.

– Il n'y aurait pas de mal que vous quittassiez cette polonaise.

– Vraiment ! dit le major en regardant le vêtement avec une certaine complaisance.

– Oui, cela se porte encore à Via-Reggio, mais à Paris il y a déjà longtemps que ce costume, quelque élégant qu'il soit, a passé de mode.

– C'est fâcheux, dit le Lucquois.

– Oh ! si vous y tenez, vous le reprendrez en vous en allant.

– Mais que mettrai-je ?

– Ce que vous trouverez dans vos malles.

– Comment, dans mes malles ! je n'ai qu'un portemanteau.

– Avec vous sans doute. À quoi bon s'embarrasser ? D'ailleurs, un vieux soldat aime à marcher en leste équipage.

– Voilà justement pourquoi…

– Mais vous êtes homme de précaution, et vous avez envoyé vos malles en avant. Elles sont arrivées hier à l'hôtel des Princes, rue Richelieu. C'est là que vous avez retenu votre logement.

– Alors dans ces malles ?

– Je présume que vous avez eu la précaution de faire enfermer par votre valet de chambre tout ce qu'il vous faut : habits de ville, habits d'uniforme. Dans les grandes circonstances, vous mettrez l'habit d'uniforme, cela fait bien. N'oubliez pas votre croix. On s'en moque encore en France, mais on en porte toujours.

– Très bien, très bien, très bien ! dit le major qui marchait d'éblouissements en éblouissements.

– Et maintenant, dit Monte-Cristo, que votre cœur est affermi contre les émotions trop vives, préparez-vous, cher monsieur Cavalcanti, à revoir votre fils Andrea.

Et, faisant un charmant salut au Lucquois, ravi en extase, Monte-Cristo disparut derrière la tapisserie.

NOTE BIOGRAPHIQUE

Alexandre Dumas naît à Villers-Cotterêts le 24 juillet 1802. Il est le petit-fils d'une esclave noire de Saint-Domingue, Marie Cessette Dumas, et d'un marquis créole. Son père, le comte Thomas Alexandre Davy de la Pailleterie (1762-1806), général de la Grande Armée au côté de Bonaparte, prend Dumas pour nom de guerre et mène au cours de la Révolution puis pendant la campagne d'Égypte une carrière glorieuse. Fait prisonnier en 1799, il passe deux ans dans les geôles du roi Bourbon Ferdinand de Naples, puis subit en 1802 la disgrâce de Napoléon en refusant de se battre pour mater les habitants de Saint-Domingue. Lorsqu'il meurt, en 1806, sans doute des suites d'un empoisonnement en Italie, son fils Alexandre a 4 ans ; il gardera l'image d'un père fort comme Hercule.

L'enfance qui s'ensuit auprès de la mère inconsolable, Marie-Louise Élisabeth Labouret, aubergiste à Villers-Cotterêts, est d'autant moins aisée que Napoléon refuse de leur verser la moindre pension. C'est pourtant une période libre et heureuse. Aux leçons qu'il reçoit au collège de l'abbé Grégoire, Alexandre préfère la chasse et les escapades en forêt. De même, aux fonctions qu'il occupe dès 1816 chez un notaire, il préfère la littérature et les femmes.

En 1823, encouragé par son ami Adolphe de Leuven, avec qui il a écrit des drames et des vaudevilles, Alexandre quitte Villers-Cotterêts pour tenter sa chance à Paris. Employé dans les bureaux de Louis-Philippe pendant la Restauration, il fréquente les cénacles romantiques, se lie d'amitié avec Victor Hugo, multiplie les conquêtes féminines et dévore les classiques. Il se passionne pour l'histoire et découvre Molière, Corneille, Shakespeare, Schiller et Goethe, Walter Scott et lord Byron, compensant en autodidacte l'éducation qu'il a délaissée au collège. Ces influences le convainquent que le romantisme émergent est la voie à suivre face au déclin des classiques.

En 1824, de sa liaison avec la lingère Laure Labay (1793-1868) naît son fils et homonyme Alexandre.

Le 10 février 1829, il triomphe avec la représentation à la Comédie-Française de son drame en prose *Henri III et sa cour*. Ce savant dosage de petite et de grande histoire, de passions et de politique préfigure la révolution théâtrale romantique. Il assoit aussi la carrière de dramaturge de Dumas et son image d'écrivain engagé, renforcée par la part qu'il prend en tant que républicain en 1830 à la révolution de Juillet contre les Bourbons et les soldats du roi. Il devient le chef de file de sa génération, travaille avec les plus grands comédiens, dont Frédérick Lemaître, et multiplie les succès théâtraux, notamment *Antony* (1831), *La Tour de Nesle* (1832), et *Kean* (1836). Il touche un vaste public et s'enrichit, mais il est si généreux et si dépensier qu'il doit écrire toujours plus pour combler ses dettes. Le trop est l'ennemi du bien : jusqu'en 1843 il cumule les échecs et lasse ses spectateurs, puis se détourne de la scène.

C'est la parution en feuilleton et le phénoménal succès des *Mystères de Paris*, d'Eugène Sue, de 1842 à 1843 dans le *Journal des débats*, qui réoriente son travail. Avec la collaboration d'Auguste Maquet, que lui a présenté Gérard de Nerval en 1838, il se lance dans l'écriture des grandes œuvres romanesques qui le rendront célèbre. Sur une idée de l'un ou l'autre, Dumas et son collaborateur élaborent un plan. Puis Maquet rédige un premier jet que Dumas déploie ou démultiplie. Car c'est en feuilleton dans la presse que paraissent et triomphent dans un premier temps la trilogie des Mousquetaires évoquant l'époque de Louis XIII (*Les Trois Mousquetaires*, 1844 ; *Vingt Ans après*, 1845 ; *Le Vicomte de Bragelonne*, 1848-1850), celle des Valois se déroulant pendant les guerres de Religion (*La Reine Margot*, 1845 ; *La Dame de Monsoreau*, 1846 ; *Les Quarante-Cinq*, 1847-1848), la tétralogie des *Mémoires d'un médecin* allant du règne de Louis XV à la Révolution (*Joseph Balsamo*, 1846-1848 ; *Le Collier de la reine*, 1849-1850 ; *Ange Pitou*, 1851 ; *La Comtesse de Charny*, 1852-1855), ou encore *Le Comte de Monte-Cristo* (1845-1846). Dumas et Maquet mènent de front, avec talent et sans jamais s'y perdre, plusieurs intrigues à un rythme effréné.

Si l'auteur jouit d'une grande popularité, la critique, elle, fait la fine bouche, taxant le travail de Dumas de « littérature industrielle » basée sur l'exploitation de subalternes. Quoi qu'il en soit, Dumas a trouvé sa ligne directrice : instruire et distraire les classes populaires. Qu'importe si pour ce faire il faut plier l'histoire à la fiction, transporter le présent dans le passé. L'invention l'emporte sur la vérité historique lorsqu'il s'agit d'écrire le drame ou le scénario de l'histoire de France. Il faut procurer à l'évolution des classes sociales des héros, de l'action et des dialogues enlevés.

La collaboration de Dumas et Maquet est si fructueuse qu'en 1847 Dumas inaugure le Théâtre-Historique, qu'il a fait construire pour produire les personnages de ses romans, qui y triomphent. Le romancier n'a pas cessé d'être dramaturge. En 1846 il fait également ériger dans les Yvelines le château de Monte-Cristo, où il donne des fêtes somptueuses. Mais son goût pour la dépense et la démesure lui attire les foudres de ses créanciers, auxquels il finira par devoir céder presque la moitié de ses droits d'auteur présents et à venir.

Provoquant la désertion des théâtres et librairies, la révolution de 1848 le ruine d'autant plus qu'il cesse ses activités pour tenter d'entrer en politique, un échec retentissant. Son château est vendu, ses meubles saisis, le Théâtre-Historique doit fermer ses portes et Auguste Maquet le quitte. En 1851 Dumas se réfugie à Bruxelles, où il retrouve ses amis proscrits par le coup d'État de Louis-Napoléon Bonaparte, parmi lesquels Victor Hugo. Tandis qu'en 1852 son fils Alexandre Dumas connaît avec sa pièce *La Dame aux camélias* un vif succès qui le propulse vers l'avenir, le père se penche sur son passé pour entamer la rédaction de ses *Mémoires*. Alexandre Dumas n'est plus tout : il devient Dumas père pour se distinguer de l'étoile montante Dumas fils.

De retour à Paris, il fonde le journal *Le Mousquetaire*, dans lequel il publie en feuilleton avec de nouveaux collaborateurs ses *Mémoires* (1852-1856), ou encore le roman *Les Mohicans de Paris* (1854-1859). En 1857, il lance l'hebdomadaire *Le Monte-Cristo*, mais son nouveau collaborateur, Gaspard de Cherville, n'a ni le talent ni la force de travail de Maquet, et leurs romans ne trouvent pas leurs lecteurs. Quant à Auguste Maquet, en 1858, il intente un procès à Dumas pour obtenir des droits d'auteur sur dix-huit romans coécrits.

Tout au long de sa vie, et particulièrement entre 1832 et 1859, Alexandre Dumas dévore le monde comme il dévore les livres et les femmes. Il voyage inlassablement sans jamais cesser d'écrire. Suisse, sud de la France, Italie et Sicile, Belgique ou rives du Rhin, Espagne et Afrique du Nord, Hollande ou Angleterre, Grèce, Autriche et Hongrie, Russie et Caucase : il arpente la planète et rapporte de ses périples des *Impressions de voyage* (1835-1859) dont il est le héros.

En décembre 1859, il suit Garibaldi et l'expédition des Mille à Palerme, participant à l'histoire de son temps et à la chute de ces Bourbons qui ont empoisonné son père dans leurs geôles napolitaines. La victoire consommée, il écrit conjointement une histoire des *Bourbons de Naples* et le roman *La San Felice* (1864-1865), hymne à la Première République.

Après un long séjour en Espagne, il meurt à Puys, près de Dieppe, en décembre 1870. Celui qu'ont admiré Jules Michelet ou Victor Hugo, Alphonse de Lamartine ou George Sand, William Thackeray ou Marcel Proust laisse derrière lui une bibliographie monstre, digne de son appétence pour le tout et l'impossible. Plus de mille titres dans tous les genres, de la poésie au roman historique en passant par la comédie, la tragédie, le drame et les écrits autobiographiques. Des chroniques historiques aux contes et nouvelles en passant par le journalisme, le récit de voyage, ou encore la traduction et l'adaptation d'œuvres théâtrales étrangères. En 2002, à l'occasion du bicentenaire de sa naissance, pour boucler la boucle il rejoint Victor Hugo et les grands de l'histoire de France au Panthéon.

Le 24 février 1815, alors que Napoléon se prépare à quitter l'île d'Elbe pour regagner Paris et tenter de reconquérir le pouvoir, Edmond Dantès, un jeune officier de marine, débarque à Marseille à bord du *Pharaon*. Lors de la traversée, il a pris le commandement du navire et, pour cet acte courageux, il sera promu capitaine par l'armateur. Il est sur le point d'épouser l'amour de sa vie, la belle Mercédès, mais deux rivaux, jaloux de son bonheur, vont faire alliance pour détruire sa vie. Sur leur dénonciation, Dantès est accusé d'être un conspirateur bonapartiste et arrêté le jour de ses fiançailles. Le substitut du Procureur, convaincu de son innocence, s'apprête à le faire libérer mais se ravise lorsqu'il apprend que le jeune marin détient une lettre qui pourrait compromettre sa carrière.

Enfermé dans sa cellule du château d'If, au large de Marseille, le héros pense à mettre fin à ses jours, mais une rencontre providentielle va lui redonner espoir. L'abbé Faria, un compagnon de captivité, lui livre un fabuleux secret : sur l'île de Monte-Cristo se trouve un trésor. À la mort de l'abbé, Dantès réussit à s'évader en prenant place dans le linceul de son compagnon d'infortune que l'on jette à la mer. Il parvient à s'extraire de la toile et est sauvé par des contrebandiers. Enfin libre, il se rend sur l'île indiquée par son ami et retrouve le trésor. Désormais nanti d'une fortune colossale, il devient le mystérieux comte de Monte-Cristo. Il s'installe à Paris pour mettre à exécution la vengeance qu'il a fomentée pendant ses quatorze années d'emprisonnement. Travesti sous de multiples identités et entièrement dominé par son désir de vengeance, il va s'immiscer dans la vie de ses ennemis et découvrir leurs secrets les plus inavouables. Ruine, suicide, folie… chacun paiera chèrement sa trahison.

Le Comte de Monte-Cristo, d'abord publié en feuilleton dans le *Journal des débats* de 1844 à 1846, et en volumes en 1845, est l'un des romans les plus connus et les plus populaires d'Alexandre Dumas. Son succès est à la démesure de l'œuvre. Véritable mythe littéraire, cette sombre histoire de vengeance a inspiré un nombre remarquable d'adaptations cinématographiques. Pour écrire ce morceau de bravoure, Alexandre Dumas (et son collaborateur Auguste Maquet) a puisé dans l'histoire vraie d'un cordonnier accusé à tort d'être un espion à la solde des Anglais. Au fil de l'épopée vengeresse de son protagoniste, l'écrivain livre un portrait minutieux de la vie politique, économique et mondaine après le règne de Napoléon et soumet l'intrigue aux soubresauts de la grande histoire. Dans la période incertaine de la Restauration, la fragilité de la justice conduit à l'emprisonnement arbitraire du héros. Lorsqu'il devient enfin le comte de Monte-Cristo, l'argent est au centre de toutes les préoccupations. Dumas épingle le cynisme et la vanité de cette société parisienne du XIXe siècle où les notables sans morale, absorbés par les spéculations, les héritages, les dots, se comportent comme les truands qu'ils sont si prompts à condamner. Dans sa trame réaliste, le romancier tisse quelques fils de merveilleux, donnant soudain à son récit des airs de conte des *Mille et Une Nuits*. Héros maudit, génie de la métamorphose, vampire ou magicien… les différentes facettes de Monte-Cristo déroutent et fascinent. Ce personnage ambigu, au-delà du Panthéon littéraire auquel il appartient, est devenu une figure de notre imaginaire collectif.

TABLE DES MATIÈRES

COLLECTION
HUGO POCHE CLASSIQUE
(texte intégral)
dirigée par Isabelle Solal

Les Quatre Filles du docteur March, LOUISA MAY ALCOTT
Amour et Amitié suivi de *Lettres choisies*, JANE AUSTEN
Emma, JANE AUSTEN
Lady Susan, suivi de *Les Watson* et *Sanditon*, JANE AUSTEN
Mansfield Park, JANE AUSTEN
Northanger Abbey, JANE AUSTEN
Orgueil et Préjugés, JANE AUSTEN
Persuasion, JANE AUSTEN
Raison et Sentiments, JANE AUSTEN
Le Roman de Tristan et Iseut, ANONYME, JOSEPH BÉDIER
Agnès Grey, ANNE BRONTË
La Dame du château de Wildfell, ANNE BRONTË
Jane Eyre, CHARLOTTE BRONTË
Le Professeur, CHARLOTTE BRONTË
Shirley, CHARLOTTE BRONTË
Villette, CHARLOTTE BRONTË
Les Hauts de Hurlevent, EMILY BRONTË
Don Juan, LORD BYRON
Les Trois Mousquetaires, ALEXANDRE DUMAS
La Dame aux camélias, ALEXANDRE DUMAS FILS
Le Comte de Monte-Cristo I, ALEXANDRE DUMAS
Le Comte de Monte-Cristo II, ALEXANDRE DUMAS
Gatsby le magnifique, FRANCIS SCOTT FITZGERALD
Les Mille et Une Nuits I, ANONYME, A. GALLAND
Les Mille et Une Nuits II, ANONYME, A. GALLAND
L'Éducation sentimentale, GUSTAVE FLAUBERT
Madame Bovary, GUSTAVE FLAUBERT
La Lettre écarlate, NATHANIEL HAWTHORNE
Les Liaisons dangereuses, CHODERLOS DE LACLOS
La Princesse de Clèves, MADAME DE LAFAYETTE
La Princesse de Montpensier, suivi de
La Comtesse de Tende, MADAME DE LAFAYETTE

Bel-Ami, Guy de Maupassant
Une vie, Guy de Maupassant
Carmen, Prosper Mérimée
Cyrano de Bergerac, Edmond Rostand
Indiana, George Sand
Roméo et Juliette, William Shakespeare
Frankenstein, Mary Shelley
La Chartreuse de Parme, Stendhal
Le Rouge et le Noir, Stendhal
Dracula, Bram Stoker
Anna Karénine, Léon Tolstoï
La Belle et la Bête, Madame de Villeneuve
Le Portrait de Dorian Gray, Oscar Wilde

Composition et mise en pages
Nord Compo à Villeneuve-d'Ascq